율리시스 2

세계문학전집
240

James Joyce : Ulysses

율리시스 2

제임스 조이스 장편소설

이종일 옮김

문학동네

일러두기

1. 번역 대본으로는 *Ulysses*(James Joyce, The Bodley Head, 1986)를 사용했다.
2. 주석은 모두 옮긴이주다. 소설의 흐름과 밀접한 관련이 있는 주석은 각주로, 작품 이해에 도움을 주는 상세한 주석은 미주로 처리했다.
3. 본문 중 고딕체는 원서에서 영어 외 기타 언어로 표현된 부분과, 원서에서 이탤릭체로 강조한 부분이다.
4. 문장부호는 가능한 한 원서에 따랐다.
5. 등장인물과 각 장에 대한 해설은 이 책 말미의 옮긴이 '해설'을 참고하기 바란다.

차례

14장

태양신의 황소들

＊ 오른쪽으로 돌아 홀리스로 가자. 오른쪽으로 돌아 홀리스로 가자. 오른쪽으로 돌아 홀리스로 가자.

우리에게 보내주소서, 휘황찬란한 호혼이시여, 새 생명 아이를. 우리에게 보내주소서, 휘황찬란한 호혼이시여, 새 생명 아이를. 우리에게 보내주소서, 휘황찬란한 호혼이시여, 새 생명 아이를.

만세 사내아이로다 만세! 만세 사내아이로다 만세! 만세 사내아이로다 만세!*

---

* 3개의 주문이 각각 3회씩 반복되어 총 9(아기가 뱃속에서 보내는 개월 수)개의 주문으로 구성된 이 첫 단락은 고대 로마에서 풍요와 다산의 여신을 기린 '아르발 찬송'의 형식을 따른 것이다. 첫 주문의 '홀리스(Halles)'는 국립산부인과병원이 있는 거리 이름이고, 두번째 주문의 '호혼(Horhorn)'은 그 병원의 의사 중 한 명인 '혼(Horne)' 박사를 칭하는 동시에 '뿔(horn)'을 가진 황소들의 주인인 고대 그리스의 태양신 '헬리오스'를 암시

보편적으로 지혜를 타고난 사람들이 아주 유익한 연구대상으로 삼는 어떤 일에서건 통찰력이 저평가되는 사람은 원리에 가장 밝고 따라서 분명히 존경받아 마땅한 고매한 심성이라는 장식품을 갖춘 이들이 끊임없이 이구동성으로 주장하는 바를 알지 못하거니와, 그 주장이란 여타의 사정이 같다고 전제할 때 한 국가의 번성을 효과적으로 강조하는 것은 외적인 화려함이 아니라 종족의 증식적인 존속에 대한 간절한 소망을 찬미하는 경지가 얼마나 높은 수준에 이르렀는가 하는 것으로서, 이 현상이 악의 근원을 보이지 않은 채 다행히 뚜렷하게 드러난다면 이는 막강한 국가의 선행이 건전하다는 확실한 징후를 이룬다는 것이로다. 그도 그럴 것이 조금이라도 중요한 일은 무엇이든 인지하면서 외적인 화려함이 쇠퇴일로로 치닫는 혼탁한 현실의 표면일 수도 있음은 의식하지 못하는 자가 어디에 있겠으며, 혹은 그와 반대로, 그 어떤 자연의 축복도 증가의 은혜에는 미치지 못하듯이 아주 올바른 시민이라면 누구나 당연히 자신의 동족을 훈계하고 경고하는 입장에 서서 선조가 물려준 자랑스러운 관습을 아주 깊은 나락으로 점차 추락시키게 될 경우 과거에 국가에 의해 탁월하게 시작됐던 일이 미래에는 그만큼 탁월하게 성취되지 못할 것을 마땅히 염려해야 함을 인식하지 못할 정도로 무지몽매한 자가 또 어디에 있겠으며, 따라서 국가가 그렇게 타락하고 난 뒤에는 풍부의 예언을 들은 인간이건 감소의 위협을 받은 인간이건 모든 인간들에게 두루 영원히 돌이킬 수 없이 부과된 반복적인 출산 기능을 찬양한 복음이 명령하고 또한 약속하는 그 일을 망각하고

하며, 세번째 주문은 사내아이의 탄생을 반기는 조산원의 외침이다.

소홀히 하고 방치하는 것만큼 추악한 죄는 없다고 지나치게 방자하다는 세간의 평가를 두려워하지 않고 벌떡 자리에서 일어나 뻔뻔하게 단언할 자가 어디에 있으리?

그러한즉 최고의 역사학자들이 서술하듯, 본질적으로 훌륭하지 않은 것은 찬미한 적이 없는 켈트족 사이에서 의술이 왜 높이 숭앙받았는지를 의아해할 이유는 없느니라. 양로원, 나환자수용소, 한증막, 전염병 묘지는 말할 것도 없고, 켈트족의 가장 위대한 가문인 오실 가문, 오히키 가문, 오리 가문의 의사들은 무도병이건 뇌출혈이건 병이 난 자와 병이 도진 자들이 건강을 회복하는 다양한 방법을 지성껏 기록해놓았느니라. 확실히 모든 중요한 공적인 일에서는 그 중요성에 걸맞은 준비가 갖추어져야 하기에 그 의사들은 한 가지 계획을 채택했거니와(사전 숙고의 결과인지 숙달된 경험의 결과인지를 현재의 실상에 맞게 분명히 규명하는 일은 후세 학자들의 의견이 분분한 탓에 어려운 일이니라), 그 계획 덕택에 단지 재력이 풍부한 환자뿐만이 아니라 부족한 경제력 탓에 생존이 매우 어렵거나 아예 불가능한 환자에게도 공히 엄청난 혜택이 돌아갈 수 있도록 지난한 산고를 겪는 여성 환자에게 특별히 필요한 경비가 엄청나게 드는 각종 시술이 제공됨으로써 산모가 모든 사고의 가능성으로부터 멀리 벗어나게 되었느니라.

이미 그때나 그후에나, 재정적인 번영이라곤 도저히 꿈도 꿀 수 없는 처지에서 다산한 어머니들의 경우를 제외하고는 주로 이 문제 때문에 곤란한 일이 발생할 수는 없었다고 모든 시민들이 느꼈고, 그들이 이전에 영생의 신들과 인간의 출생을 받아들였듯이 너나없이 모든 이들에게 엄청난 욕망을 안겨주면서 산모가 구급차를 타고 입원할 수 있도록 보살피는 것이, 그렇게 함이 적절한 경우에, 동시대인에게 마땅한 의무가 되었느니라. 오 눈으로 보는 모습에서뿐만 아니라 심지어 귀에 들리는 소문에서도 사람들이 출산을 앞둔 산모를 보러 가는 한편 산모 또한 이제 막 귀한 대접을 받기 시작했다는 느낌을 받았다는 찬사를 받을 가치가 있을 만큼 현명한 국가의 일이여!

태어나기 전에 아기는 축복을 받았노라. 자궁 안에서 아기는 숭배를 얻었노라. 그 한 가지 경우에 행해진 일은 무엇이든 넉넉하게 행해졌노라. 이제 출산이 이루어진 듯이 현명한 선견지명으로 더없이 깨끗한 강보를 갖춘 채 산파가 자리를 지키고 몸에 좋은 음식이 마련되는 편안한 잠자리가 제공되었노라. 이에 못지않게 필요한 각종 약과 출산용 수술기구 외에도 산모의 주의를 효과적으로 끌 수 있도록 우리의 지구가 다양한 위도에 걸쳐 제공하는 모든 풍경과 함께 신과 인간의 초상화가 설비되어 있어서, 산기에 찬 산모가 눈에 띄게 기력이 쇠잔하고 출산 경험이 많아서 누워 있는 것이 적절할 때 해가 밝게 비치는 높은 지대에 잘 지어진 병원에서 별거중인 여자들이 이를 곰곰이 생각하다보면 팽창이 일어나고 분만이 수월해지노라.

길 가던 어느 나그네가 어스름 무렵에 병원 문간에 와 섰노라. 그 사내는 지상에서 먼길을 방랑한 이스라엘 민족의 핏줄을 타고났노라. 그가 병원까지 홀로 발걸음을 한 것은 순전히 인간적인 측은지심 때문이노라.

병원의 주인은 A. 혼이노라. 그이가 그곳에 마련한 침대는 70개로 임신한 어머니들은 으레 거기 누워 산고를 겪다가 하느님의 천사가 마리아에게 전한 것처럼 건강한 아기를 낳노라. 잠들지 않고 병실을 지키는 백의의 두 자매가 그곳으로 걸어가노라. 그들이 고통을 가라앉히고 병을 달래주는 일은 열두 달 삼백 일에 걸쳐 있노라. 그 둘은 진정한 침실 지킴이로서 혼을 위해 주의깊게 근무하노라.

병실을 주의깊게 지키던 여인은 사내가 오는 소리를 듣고 친절하게 목을 베일로 감싸고 다시 일어나 객을 위해 문을 활짝 열어주었노라. 보라, 번개가 번쩍하며 아일랜드의 서쪽 하늘을 환히 밝히노라. 여인은 응징의 하느님이 사악한 죄에 대한 대가로 인류를 물로써 멸망시키려나 싶어 두려웠노라. 여인은 가슴뼈 위에 그리스도의 십자가를 그으며 사내를 자신의 집안으로 어서 들어오라고 청하였노라. 사내는 여인의 뜻을 훌륭하게 헤아려 혼의 집으로 들어갔노라.

폐를 끼칠까 저어한 방문객은 혼의 현관에서 모자를 들고 서 있었노라. 사내는 이전에 여인의 동네에서 사랑하는 아내와 사랑스러운 딸과 함께 살다가 땅과 바다를 건너 긴긴 아홉 해를 밖에서 떠돌았노라. 과거에 시내의 부두에서 여인을 만난 사내는 여인이 절을 하는데도 모자 벗는 인사를 차리지 않은 적이 있었노라. 여인의 용서를 구하기 위해 사내는 자신의 얼굴이 얼른 보일 수 있고 여인의 얼굴도 잘 보이는 자리로 가서 그 당시 여인의 얼굴이 너무나 젊어 보인 탓이라며 마음을 풀어주려 했노라. 그의 말에 여인의 눈은 재빨리 반짝였고, 얼굴은 붉은 꽃을 피웠노라.

그때 여인은 그의 검정 복장에 눈길이 미치자 무슨 슬픈 일이 있는지 물었노라. 여인은 처음에 걱정스러운 표정이었다가 나중에 기쁜 표정으로 바뀌었노라. 사내는 여인에게 먼 해변에서 전해진 오헤어 박사의 안부를 물었고 여인은 슬픔어린 한숨을 내쉬며 오헤어 박사가 하늘나라에 계신다고 답변하였노라. 사내는 그 말을 듣고 슬픔에 겨워 동정심으로 억장이 무너지는 듯하였노라. 이에 여인은 모든 사연을 들려주고 그토록 젊은 친구의 죽음을 마음 아파하며 어쨌든 부득이 고통스러울지라도 올바르고 지혜로우신 하느님의 뜻은 도저히 거역할 수 없는 일이라 하였노라. 여인은 그분이 신부의 성체미사 집전하는 신부에게 고해 속죄를 받고 팔다리에 환자의 성유까지 발랐으니 하느님이 보우하사 곱고 편안하게 임종하셨다고 말하였노라. 그러자 사내는 지체 없이 망자가 무슨 원인으로 별세하셨는지 진지하게 간호사에게 물었고, 간호사는 3년 전 '무죄한 어린이들의 순교 축일' 무렵에 위암으로 모나섬에서 운명하셨다고 답하면서 자비무비하신 하느님께 귀한 영혼을 영생으로 거두어주시기를 기도하였노라. 사내는 모자를 쥐고 슬픈 표정으로 바라보면서 여인의 슬픈 이야기를 들었노라. 이렇게 두 사람은 서로서로 슬픈 절망감 속에 한동안 서 있었노라.

이러한 고로, 모든 이여, 그대의 죽음이라고 하는 종말과 여자에게서 태어나는 모든 이를 덮치는 먼지를 내다볼지니, 이는 어머니의 자궁에서 알몸으로 생겨나듯이 마지막에 처음 올 때와 같이 알몸으로 돌아가기 마련인 까닭이노라.

집안으로 들어온 사내는 그때 간호사에게 말을 붙여 산욕중인 여인의 상태가 어떤지를 물었느니라. 간호사는 답하기를 그 여인이 진통을 겪은 지 꼬박 사흘째로 감내하기 힘든 출산이 될 터이나 이제 곧 끝나리라 하였느니라. 간호사는 덧붙여 많은 여자들의 출산을 보아왔으나 그 여인의 출산만큼 힘든 경우는 처음이라고 말하였느니라. 그러고 나서 간호사는 자세한 사정 이야기를 모두 그에게 털어놓았으니, 그가 예전에 그 병원 근처에 살았음을 알았기 때문이니라. 그는 여자들이 산모가 되어 진통을 겪을 때의 고충을 놀라움 속에 느낀 터라 간호사의 말을 귀담아듣다가 문득 그미의 얼굴을 보고는 어느 남자가 보기에도 고운 저 얼굴에 어찌된 연고로 그 오랜 세월이 흐르도록 아직 처녀로 남아 있는지 의아해하였느니라. 해마다 열두 번 생리를 아홉 해나 하고도 여인은 아이가 없었느니라.

이렇게 둘이서 이야기하는 동안 성문이 열리더니 그곳에 앉아 식사 중이던 여러 사람의 말소리가 시끌벅적 들려오더라. 그리고 둘이 서 있는 곳으로 딕슨이란 이름의 젊은 수련기사騎士가 다가오더라. 그런데 나그네 리어폴드는 그 기사에게 낯이 익었으니, 그 연유인즉 마침 두 사람이 이 기사가 근무하는 성모자혜병원에서 서로 인연을 맺은 적이 있기 때문으로, 그때 나그네 리어폴드가 무시무시한 용*의 창에 찔려 가슴에 심한 부상을 입은 것을 이 기사가 휘발성 소금과 향유를 아낌없이 발라 치료해주더라. 그런데 기사가 나그네에게 하는 말이 저 안에 있는 일행과 즐겁게 놀기 위해 성안으로 들어가자고 하더라. 그러자 나그네 리어폴드는 신중하고 섬세한 체질인지라 딴 곳에 볼일이 있다고 말하더라. 간호사 또한 이 말에 맞장구를 치며 젊은 기사를 만류하면서도, 나그네가 섬세한 성격 탓에 사실이 아닌 말을 한 것이라고 믿더라. 그럼에도 수련기사는 막무가내로 간호사의 충고를 귀담아듣지도 자신의 뜻을 거스르는 나그네의 행동을 수긍하려 들지도 않고, 그곳이 얼마나 훌륭한 성인지를 늘어놓기 바쁘더라. 그리하여 나그네 리어폴드는

---

* 벌을 가리킨다.

여기저기 각지를 돌아다니며 때로는 색정에 빠지기까지 한데다 발도 아프고 하여 잠시 쉴 셈으로 성안으로 들어가더라.

그리고 성안에는 핀란드 자작나무로 만든 식탁이 놓여 있고 그 나라의 난쟁이 넷이 그것을 떠받치고 있었지만, 그들은 황홀한 나머지 더 이상 발을 떼어 움직일 엄두를 내지 못하더라. 그리고 식탁 위에는 악마들이 커다란 동굴 속에서 땀을 뻘뻘 흘리며 백색 불꽃으로 만들어낸 것을 그 나라의 지천에 널린 들소와 수사슴의 뿔에 집어넣어 빚어내는 가공할 검과 칼이 놓여 있더라. 그리고 마법사가 마호메트의 마법으로 마치 거품을 만들 때처럼 바닷모래에 숨을 내뿜어 빚어내는 식기들이 놓여 있더라. 그리고 식탁에 차려진 훌륭한 음식은 풍성하고 진하기가 그 어떤 인간이 고안해내도 이보다 더 풍성하고 진할 수가 없겠더라. 그리고 한 은제 통을 능란하게 옮겨와 여는데 안에 든 신기한 생선들은 대가리가 없는지라 의심 많은 자들이 이를 몸소 보지 못했다면 있을 수 없는 일이라고 부정할 만하겠으나 그럼에도 불구하고 이는 사실이더라. 그리고 이 물고기들은 기름기가 풍부하여 마치 올리브 짜는 기계로 짠 듯한, 포르투갈 땅에서 그곳으로 운반해 온 기름 물에 담겨 있더라. 그리고 또한 성안에서는 경이로운 볼거리가 있었으니, 마법으로 칼데아에서 생산된 기름진 밀콩팥wheatkidney으로 만든 퇴비에 웬 성난 독주를 뿌리자 이것이 거대한 산처럼 어마어마하게 부풀어오르더라. 그리고 그들은 거기 있는 뱀들에게 땅에서 나와 긴 막대 위에 몸을 꼬아 감도록 가르치고 이 뱀들의 떨어진 비늘로 마치 벌꿀술* 같은 양

---

* 위스키를 말한다.

조주를 빚어내더라.

그리고 수련기사가 리어폴드 공자에게 한 잔을 따라주고 마시게 하니 이에 그 자리에 있던 모든 이들이 너나없이 마시더라. 그리고 리어폴드 공자는 그를 기쁘게 해주고자 비버 모자를 들어올리고 평소 입에도 대지 않던 벌꿀술을 친목을 위해 소량 털어마신 다음 옆에 내려놓고 더 많은 양의 남은 술을 옆 사람의 잔에 쥐도 새도 모르게 재빨리 비워버렸으나 옆 사람은 이 책략을 눈치채지 못하더라. 그리고 그는 그들과 더불어 성안에 앉아 잠시 휴식을 취하더라. 전능하신 하느님 감사하나이다.

이러는 동안 이 착한 자매는 문간에 서서 그들에게 만인의 주 예수님을 공경하는 뜻에서 술잔치를 그쳐달라고 당부하면서 이제 분만이 얼마 남지 않은 점잖은 임산부가 위층에 있다는 사정 이야기를 하였도다. 리어폴드 경은 위층에서 나는 고성을 듣고 그것이 여인의 소리인지 아이의 소리인지 궁금해하면서 아직껏 분만되지 않다니 놀랄 일이로군, 하고 말하였도다. 진통이 너무 오래 지속되는 것 같은걸. 그는 주의 깊게도 식탁 건너편에서 다른 누구보다 나이가 든 레너핸이란 이름의 향사鄕士를 알아보았는데 이는 그들 둘 다 매사에 덕망이 높은 기사들이었기 때문으로 그는 자신이 손위인지라 매우 점잖게 말을 붙였도다. 그는 말하기를, 그런데 저분이 이미 엄청나게 오래 기다리셨으니 하느님 은혜로 이제 곧 아이를 낳는 기쁨을 누리게 되면 좋겠구려, 하도다. 그러자 술 취한 향사 왈, 당장이라도 목숨이 위태로운 판인걸, 하도다. 그러면서 그는 자신에게 술 마시기를 권하거나 술 마시기를 바라는 이가 있거나 말거나 앞에 놓인 잔을 집어들고 자 기분좋게 한잔 쭉 들이

켜시게, 하고 말하며 서로의 건강을 위해 한껏 들이켜는데 그 모습이 과연 더없이 유쾌하고 인정 많은 사람다웠도다. 리어폴드 경은 학생식당에 앉아본 손님 중 가장 선량하고 암탉 밑에 남편의 손을 넣어본 이 중 가장 다정다감하며 귀부인을 친절하게 대한 기사 중 천하제일의 진실한 기사인지라 술잔을 정중히 들고 그에게 건배를 하였도다. 여성의 고난을 경탄 속에 헤아리도다.

이제 취할 수 있는 데까지 취할 요량으로 거기서 자리를 함께한 동지들 이야기를 하겠도다. 식탁 양쪽에 일종의 학도들이 앉아 있은즉, 구체적으로 누구누구인고 하니, 성모자혜병원의 신참의사 딕슨과 더불어 그의 벗이자 둘 다 의대생인 린치와 매든, 그리고 레너핸이란 이름의 향사 외에 알바 롱가 출신의 크로터스 향사와 식탁의 상석에 자리한 수도사풍의 청년 스티븐과 왕년에 오래도록 뽐낸 주먹 솜씨로 인해 사람들이 펀치 코스텔로라 일컫는 코스텔로가 그들[188]로서(그런데 이 모든 이들 중 그는, 청년 스티븐을 제외하고는, 벌꿀술을 자꾸 더 가져오라고 요구할 만큼 가장 취해 있었도다), 여기에 다정한 리어폴드 경이 합세했도다. 그러나 그들은 오기로 약속한 청년 맬러카이를 기다리고 있었던바 누군가는 그가 어떻게 맹세를 어겼는지 분노하며 덧붙였도다. 그리고 리어폴드 경이 이들과 한자리를 한 연유인즉 사이먼 경 및 그 자제인 청년 스티븐과 우애가 깊었던 까닭이며, 또한 긴 방랑 끝에 피로가 몰려오는데다 때마침 그들이 극히 공손한 태도로 그를 대접하는 때를 틈타 휴식을 취하고 싶었던 까닭이로다. 방랑 의지와 함께 사랑에 이끌려온 그는 연민에 사로잡혀 떠나기 싫은 까닭이었도다.

더욱이 그들은 정의롭고 지략 넘치는 학도들이기 때문이었도다. 그리고 그가 출생과 정의에 관하여 그들 사이에 오가는 논의를 들은즉, 청년 매든은 이런 경우에 산모가 죽을 가능성이 적다고 주장하였도다(왜냐하면 몇 해 전 혼병원에서 에블라나*의 어느 여성이 이 세상을 떴는데 그 여성이 죽기 바로 전날 밤 의사와 약사 모두가 그 여성의 증세를 논한 적이 있었도다). 그리고 그들은 나아가서 산모가 살 것이라고 말하였거니와, 왜냐하면, 그들이 말하기를, 여성은 산통을 겪기 마련이고 따라서 이 같은 상상력을 가진 그들은 청년 매든이 여성을 죽게 만든다면 양심의 가책을 느낄 터이므로 사실을 말했을 것이라고 단언하였도다. 그리고 린치를 비롯한 여러 사람은 덜떨어진 사람들 생각은 다를지 몰라도 세상이 전례없이 잘못 돌아가는데도 법이고 판사고 마땅한 대책을 내놓지 못한다며 세상이 정의롭다는 것을 의심하였도다. 하느님 도와주소서. 이 말이 떨어지기 무섭게 모두들 이구동성으로, 안돼, 우리 성모님의 은혜로 산모가 살고 아기가 죽어야 해, 라고 소리쳐 말하였도다. 그들의 머리는 논쟁을 한데다 취기까지 겹쳐 짙은 색깔로 물들었지만 레너핸 향사는 여하한 일이 있어도 흥이 깨지면 안 된다며 그들에게 술을 마시라고 수시로 재촉하였도다. 그러자 젊은 매든은 모두에게 상황의 전모를 밝히고자, 어떻게 그 여인이 죽었으며, 또 순례자와 명복 기원자의 권고에 따라 성스러운 종교에 걸고 그리고 그가 아브라칸의 성 울탄에게 한 맹세를 걸고, 여인의 착한 남편이 여인의 죽음을 받아들이려 하지 않음에 따라 모두들 얼마나 극진하게 슬퍼했는지를 말하였도다. 이 말을 들은 청년 스티븐은 말하였도다, 자네들,

* 더블린을 가리킨다.

속인들끼리 종종 수군대는 말이 있다네. 아기와 산모 둘 다 이제 그들의 창조주를 영광되게 하는데, 전자는 지옥 변방의 어둠 속에서, 후자는 정죄淨罪의 불 속에서 그리하는 것일세. 하지만, 하느님 자비를 베푸소서, 신이 가능하게 만들었지만 우리가 밤마다 불가능하게 만든 영혼들은 어찌할 것인가, 그것은 성령, 진정한 신, 주님이자 생명을 주신 분에게 저지른 죄가 아니겠는가? 왜냐하면 자네들, 그는 말하였도다, 우리의 욕정은 짧은 것이라네. 우리는 우리 안에 있는 그 작은 피조물들을 위한 수단에 불과하고 자연은 우리 말고도 다른 목적들을 지녔다네. 그러자 딕슨 학도는 펀치 코스텔로에게 그 목적들이란 게 뭔지 아시느냐고 물었도다. 그러나 그는 과음했는지라 기껏 생각해낸 말이란 게 자기가 왕성한 정력을 발산하는 행운을 얻게 된다면 아내든 처녀든 애인이든 가리지 않고 여자를 범하겠다는 것이었도다. 그 말에 알바 롱가의 크로터스가 천 년에 한 번 뿔을 얻는 유니콘이라는 짐승에 대한 청년 맬러카이의 찬가를 부르자, 나머지 사람들은 이 말을 듣는 내내 그에게 쏘아대는 야유로 위협을 가하며 저마다 성 포티누스에 걸고 맬러카이가 그의 병기를 가지고 남자가 할 수 있는 별의별 짓을 다 하더라는 목격담을 들려주었도다. 그러면서 그들은 청년 스티븐을 제외하고 하나같이 매우 유쾌하게 웃었지만 리어폴드 경은 속을 잘 드러내지 않는 유별난 기질인데다 어디 있는 누구인지 모를 산모에 대한 연민 때문에 차마 대놓고 웃지는 아니하였도다. 그때 청년 스티븐은 그를 가슴 밖으로 내친 모母 교회에 대해서, 교회법에 대해서, 유산流産의 원흉인 밤의 마녀 릴리트에 대해서, 빛의 정자를 실은 바람에 의해서나 입에서 입으로 전하는 흡혈귀의 성교 능력에 의해서나 베르길리우스가 언급한 서

풍의 영향에 의해서나 달거리 냄새에 의해서나 여자가 자기 남자와 잠자리를 한 여자와 **연이은 행위로** 잘 경우나 아베로에스와 모세스 마이모니데스의 의견대로 우연히 목욕하다가 발생하는 임신 따위에 대해서, 의기양양하게 말하였도다. 그는 또한 어떻게 잉태된 지 만 두 달 만에 인간의 영혼이 주입되는지, 그리고 모든 경우에 우리의 성스러운 어머니가 어떻게 모든 영혼을 하느님의 더 큰 영광을 위해 품는 반면 짐승처럼 분만하는 어미 짐승에 지나지 않는 지상의 어미는 교리에 의해서 죽어야 하는지, 교황의 인장을 지닌 자와 성스러운 교회가 모든 시대에 바탕으로 삼는 반석이신 축복의 베드로를 인용하며 말하였도다. 그러자 모든 청년들은 리어폴드 경에게 같은 경우에 처하면 생명을 구하기 위해 생명을 무릅쓸 만큼 산모의 몸을 위험에 빠뜨리겠는지 입을 모아 물었도다. 매사에 합당하게 신중한 마음으로 대답하는 그는 손에 턱을 괴고 평소 버릇대로 능청스럽게, 문외한이지만 의술을 항상 사랑해온 그의 견문으로 보나 그와 같이 매우 드문 사례에 대한 자신의 경험으로 보나 모 교회는 아마 출산과 장례 기부금을 한꺼번에 받게 되어 좋을 것이라고 둘러대고 그러한 교묘한 말솜씨로 그들이 던진 질문의 예봉을 피해갔도다. 딕슨 왈, 거참 지당한 말인데다, 내가 틀리지 않았다면, 함축적인 말이도다. 이 말을 들은 젊은 스티븐이 지극히 기뻐하며 가난한 자들에게서 훔치는 자는 주님께 빌려주는 자라고 단언하는데, 취하면 태도가 어지러워지는 체질인 터에 이제 보아하니 술을 연거푸 마신 탓이었도다.

그러나 리어폴드 경은 말은 그렇게 하면서도 몹시 침울해했으니, 무서우리만큼 귀를 찢는 듯한 비명을 내지르는 산모들에게 항상 연민을 느끼는데다, 암담한 운명 탓에 아무리 의술이 뛰어난 자라도 구제할 수 없었기에 태어난 지 열하루 만에 죽고 만 외아들을 낳아준 착한 부인 매리언의 기억이 떠올랐기 때문이도다. 그리고 매리언은 그 불상사에 크게 상심하고 아들이 추운 곳에 누운 채(왜냐하면 그때가 한겨울 무렵이었는지라) 아주 소멸할까 두려워 털의 정수인 양털로 된 고운 수의를 짜 입혀 매장하였거니와, 또한 이제 자신의 몸에서 나온 아들이 사라진 리어폴드 경은 친구의 아들인 스티븐을 자신의 상속자라 여기며 자신의 사라진 행복을 비통해함과 동시에 그토록 점잖은 용기를 지닌 아들(모두들 진정한 재능을 타고났다고 알아줌)을 잃은 것을 슬퍼하는 한편 그에 못지않게 청년 스티븐이 무뢰배들과 그토록 방탕하게 어울려 매춘부들에게 재화를 낭비하는 것을 보고 크게 상심하였도다.

바로 이때쯤 젊은 스티븐은 그가 술잔에 접근하는 것을 더 현명한 이가 제지하지 않았더라면 다 떨어질 뻔하도록 술을 빈 잔마다 채우고 계속 부지런히 권하더니 지고한 교황의 의도를 위해 기도하며 그리스도의 교황이 브레이의 교황*이기도 하니 그분을 위해 축배를 들자고 제안하는 것이었다. 그는 말하는 것이었다, 자 내가 이 큰 잔의 술을 마시니 진정 내 몸의 일부가 아니라 내 영혼의 신체인 이 벌꿀술을 너희는 들이켜라. 너희는 빵의 성체분할을 빵만으로 사는 자들에게 맡길지어다. 또한 저 빵이 실망을 주는 이상으로 이 술이 위안을 주리니 모자람을 두려워하지 말라. 너희는 여기를 보라. 그러더니 그는 그가 지은 노래의 대가로 받았다며 2파운드 19실링에 달하는 번쩍이는 증정 주화

* 시류에 맞춰 처신한 브레이(더블린 동남쪽에 위치한 읍)의 신부에 대한 노래의 제목.

와 금세공인의 지폐를 그들에게 보여주는 것이었다. 그들은 이때껏 돈이 궁하던 터라 앞서 말한 재화를 보고 모두 감탄하는 것이었다. 그러자 이어지는 그의 말은 다음과 같은 것이었다: 모든 인간은 시간의 폐허가 영원의 저택을 지음을 알라. 이것이 무슨 뜻인고? 욕망의 바람은 가시나무를 시들게 하지만 딸기나무 덤불이었던 그것이 나중에는 시간의 십자가에 핀 장미로 변하리라. 자 나를 보라. 여인의 자궁 속에서 말이 육신으로 바뀌지만 모든 덧없는 육신은 창조자의 영혼 속에서 사라지지 않을 말이 되노라. 이것이 바로 후後창조이니라. 모든 육신이 하느님 당신께 갈 것입니다. 의심의 여지 없이 우리의 구원자이자 치유자요 목자이신 분의 귀중한 육체를 낳아주신 분은 그 이름도 권세가 있는 우리의 강한 어머니요 지극히 거룩한 어머니인지라, 베르나르도는 그분이 옴니포텐티암 데이파라에 수플리켐, 곧 청원의 전능함을 지니셨다는 지당한 말을 한바, 이는 우리가 대를 이은 탯줄로 대대손손 연결되는 우리의 할머니 이브가 하찮은 사과에 넘어가 후손이건 종족이건 자손이건 우리 모두를 팔아넘긴 반면에 그분은 두번째 이브로서 아우구스티누스도 말했듯이 우리의 마음을 사로잡으신 까닭이노라. 그러나 바로 여기에 문제가 있도다. 이 어머니, 즉 내가 두번째 이브라 부르는 분은 하느님과 관계하셨으니 제 자식의 자식, 즉 베르지네 마드레, 필리아 디 투오 필리오*이거나, 그렇지 않고 하느님과 관계하시지 않았다면 잭이 지은 집에 사는 어부 베드로나 모든 불행한 결혼의 행복한 종말의 합동 후원자인 요셉처럼 부정否定하거나 무지하셨던 것이니, 왜냐

---

* 단테의 『신곡』 「천국편」 33곡 1행에 나오는 이탈리아어로 '그대 아들의 딸인 동정녀 성모'라는 뜻.

하면 레오 탁실 씨가 우리에게 말했듯이 성모를 이 저주받은 입장에 처하게 한 것은 거룩한 비둘기, 즉 하느님의 배이기 때문이니라! 변질變質이거나 아니면 동질同質일망정 결코 하질下質은 아닐지로다. 이에 모두들 매우 상스러운 소리라고 소리쳐 나무라는 것이었다. 그는 말하는 것이었다, 쾌락 없는 임신이요, 진통 없는 출산이요, 오점 없는 육신이요, 부르지 않은 배로다. 상스러운 자들은 믿음과 열성으로 숭배할지어다. 이 몸은 의지로써 맞서 반박하리라.

이에 펀치 코스텔로가 주먹으로 식탁을 탕 내리치고는 호탕한 독일 장정의 아이를 밴 처녀 얘기를 담은 〈스타부 스타벨라〉라는 노래의 외설스러운 대목을 처음 석 달간 그 여자 스타부는 몸이 불편했다네 하며 막 부르기 시작할 때 퀴글리 간호사가 화를 내며 여기 문간에 나타나 그들에게, 쉿 부끄러운 줄 아세요, 라고 말했는데, 적절한 처사라고 할 만도 한 것이 그분이 그들에게 상기시킨 것처럼 떠들썩한 분위기로 인해 자신의 근무에 대한 평판이 떨어질까 노심초사하며 앤드루 경이 올 때에 대비해 만사 질서정연하도록 조심해야 했던 것이었다. 그분은 다름아니라 침착한 표정과 그리스도교인다운 걸음걸이, 그리고 침울한 기분과 주름진 얼굴에 어울리게 거무스름한 복장을 한 늙고 슬픈 감독자로서 이분이 무례를 범한 펀치 코스텔로에게 이렇듯 당부를 한 보람이 있어 모두들 그를 나무라기에 이르러, 어떤 이들은 그 상놈을 점잖고도 사납게 타이르고 또 어떤 이들은 듣기 좋은 말로 윽박질러 일깨워주려고 하되 모두들 하나같이 그를 꾸짖기를 이 염병할 멍청아, 마귀한테 혼나봐라, 무지렁이야, 덜떨어진 놈아, 완두콩 짚을 뒤집어쓴 놈아, 불한당아, 돼지 창자 같은 놈아, 역도의 자식아, 도랑에서 난 놈아,

팔삭둥이야 운운하는데, 차분하게 진정시키는 약초 마요라나 꽃의 기장紀章을 단 선량한 리어폴드 경은 하느님의 저주로 태어난 원숭이 같은 자가 홍알홍알 술 취한 헛소리를 더이상 하지 못하도록 시의적절하게 지극히 성스럽고도 지극히 성스러울 가치가 있는 충고를 하는 것이었다. 혼의 집은 평온해야 한다오.

요컨대 이런 일이 일어나자마자 에클스 스트리트의 성모병원에 근무하는 딕슨 학도는 몹시 싱글거리며 젊은 스티븐에게 무슨 이유로 수도사의 맹세를 하지 않기로 결심했는지 물었고 스티븐은 자궁 속 순종이요 무덤 속 정절이지만 평생에 걸친 본의 아닌 궁핍 때문이라고 대답했으렷다. 이 말을 들은 레너핸 학도가 자신이 들은 사악한 행위가 있다며 그 이야기에 따르면 스티븐이 자신을 신뢰한 여성의 백합 같은 정조를 더럽혔다는데 이는 수도사의 타락이라고 받아치자 모두들 너나없이 그 증거를 대며 즐거워하고 그가 아버지 되는 것을 위해 건배했으렷다. 그러나 그는 아주 단호하게 자신이 그들의 생각과는 전혀 딴판으로 영원한 아들이요 변함없는 숫총각이라고 말했으렷다. 이 말에 그들은 더욱 흥겨워하며 마다가스카르섬에서 사제들이 하는 바와 같이 배우자를 옷 벗기고 범하는 기이한 혼례의식을 그에게 낱낱이 들려주는데, 그에 따르면 신부는 흰색과 짙은 노란색 옷을 입고 신랑은 흰색과 자주색의 옷을 입은 다음, 감송향과 양초가 타는 가운데 교회서기들이 자비기도와 찬송가 **우트 노베투르 섹수스 옴니스 코르포리스 미스테리움***을 불러주는 동안 신부의 처녀성이 상실될 때까지 신랑 신부

* '육체적 성의 신비를 죄다 알 수 있도록'이라는 뜻의 라틴어로 성가를 흉내낸 것이다.

는 신혼침대에서 자리를 함께한다는 것이렸다. 그러자 그는 고상한 시인 존 플레처 학도와 프랜시스 보먼트 학도가 천상배필을 위해 지은 『처녀의 비극』에 나오는 매우 훌륭한 혼례 노래를 들려주는데, 그중 **침대로, 침대로**는 버지널*의 반주에 맞춰 따라 부르는 후렴이렸다. 그것은 사랑에 빠진 총각 처녀를 들러리들의 향기로운 촛불로 호위하여 신혼 합궁을 위한 사각 무대로 안내하여 들려줌으로써 마음을 달래주고 설득시키는 데 더없이 안성맞춤인 정교하고 아름다운 혼례 노래렷다. 기쁨에 찬 딕슨 학도 가라사대, 잘 만난 두 사람이지만, 이보오, 젊은 양반, 단언컨대 보 마운트와 레처라는 이름이 더 어울릴 뻔했는데 그러한 결합에서는 대단한 결과가 나올 만하잖은가.** 젊은 스티븐은 아주 잘 기억하는 일이라며 이르기를, 그 둘은 정부 한 명을 공유했는데 성적 쾌락을 채우는 데 임시변통하는 매춘부로서, 이는 당시 풍기가 아주 문란한데다 나라의 풍습 또한 이를 용인했기 때문이노라. 그가 이르기를, 남자가 자기 아내를 친구에게 제공하는 이런 경우보다 더 큰 사랑이 없노라. 너희도 한번 그리해보라. 이렇게, 혹은 이런 취지로, 차라투스트라는 말하였거니와, 한때 옥스테일대학의 불문학과*** 흠정 교수인 그이보다 인류에 더 기여한 인물은 일찍이 없었노라. 낯선 자를 그

---

* Virginal. 16~17세기에 사용된 일종의 하프시코드를 뜻하나 'virgin(처녀)'의 형용사이기도 하고, 'vagina(질膣)'의 형용사인 'vaginal'을 연상시키기도 한다.

** 보먼트(Beaumont)와 플레처(Fletcher)의 이름을 보 마운트(Beau Mount)와 레처(Lecher)로 비틀었다. 'Beau Mount'는 손금에서 색정을 나타내는 부분인 'the Mount of Venus(비너스의 둔덕)'의 시적 표현이고, 'lecher'는 음탕한 사람이라는 의미다.

*** '옥스테일(Oxtail)'은 옥스퍼드의 패러디인 듯하고, '불문학'의 원문인 'French letters'는 은어로 '콘돔'을 뜻한다.

대 탑 안에 들여보라, 쓰라리게도 둘째로 좋은 침대가 그대 차지가 되리라. **오라테, 프라트레스, 프로 메메팁소.*** 그리하면 모든 이들이 아멘, 하고 말하리라. 기억하라 에린이여, 너희 세대들과 너희 옛적을, 어떻게 너희가 나와 내 말을 가벼이 여기고 이방인을 내 대문 안으로 불러들여 내가 보는 앞에서 간음을 저지르고 이스라엘처럼 살이 쪄서 나를 내쫓게 하였는지를. 그러므로 너희는 내 빛에 거슬러 죄를 지었고 너희 주인인 나를 종들의 노예로 만들었도다. 돌아오라, 돌아오라, 밀리 씨족이여, 나를 잊지 말라, 오 밀레시안족이여.** 너희는 어찌하여 할라파*** 장사꾼을 위해 나를 내쫓고 너희 딸들이 음란하게 몸을 섞은 흉악한 말 쓰는 로마인과 인도인에게 나를 부정하고 내 앞에서 이런 몹쓸 짓을 하였느냐? 내 백성이여 이제 명령의 땅을 내다보라, 심지어 호렙산과 네보산과 피사산과 하텐 뿔 산에서 젖과 돈이 흐르는 땅을 내다보라. 그러나 너희는 내게 쓴 우유를 먹이고, 내 달과 내 해를 영원히 꺼뜨렸도다. 그리고 너희는 나를 홀로 쓰라리게 영원히 어두운 길에 버려두었고, 내 입에 재 같은 입맞춤을 하였도다. 그는 말을 이어나가기를, 내부의 이 어둠은 저 높은 동방의 빛이 지옥문을 부수고 아득히 먼 어둠을 찾아올 때까지 그리스어 구약성경의 지혜로 밝혀지기는커녕 언급되지도 못하였도다. 포악한 일도 익숙해지면 그 힘이 약해지고(툴리우스 키케로가 아끼던 스토아 학자들에 대해서 말한 것처럼), 부왕

---

* '형제들이여, 나 자신을 위해 기도하소서'라는 뜻의 라틴어로 사제가 봉헌송 끝에 읊는 말.

** '밀리 씨족'은 아일랜드의 전설적인 왕족인 '밀레시안족'을 뜻하는 아일랜드어.

*** 멕시코 원산의 덩굴식물로 하제 재료로 쓴다.

햄릿은 왕자에게 불에 타 생긴 물집을 보여주지 않았더니라. 생의 한낮에 불투명한 어둠은 생전과 사후의 밤에 가장 잘 어울리는 장소요 방도인 이집트의 역병이로다. 그리고 만물의 종말과 궁극이 어느 정도 그들의 시작과 근원에 일치하고, 태어나 성장하면서 퇴화적 변모에 의해 자연 이치에 맞는 최후를 향하여 축소와 소멸을 이루는 다수의 합치에 일치하는 것처럼, 지상의 우리 존재 또한 그러하도다. 나이든 자매들은 우리를 삶 속으로 이끌어, 우리가 울부짖고 양껏 먹고 놀고 꼭 잡고 껴안고 떨어지고 점점 작아지다 죽으면, 죽은 우리 위로 몸을 굽히도다. 처음에는 갈대밭에 둘러싸인 오랜 나일 강물에서 구출된 가는 나뭇가지로 엮은 침대에서 시작하여, 마지막에는 주변에서 삵과 수리가 함께 울부짖는 산 동굴의 으슥한 무덤에서 끝나도다. 그리고 아무도 자신의 무덤이 어디 있는지 그로 인하여 우리가 어떤 과정으로 인도될지 그리고 도벳 지옥으로 갈지 에덴 낙원으로 갈지 모르는 것과 마찬가지로, 우리가 그의 근원을 가져온 우리 정체의 본질을 까마득하게 먼 지역에서 되돌아보려 할 때에도 모든 것이 숨겨져 있도다.

이에 펀치 코스텔로는 주로 스티븐 노래를 목청껏 불렀지만 스티븐은 그들에게 큰 소리로 가라사대, 보라, 현인이 스스로 집을 지어, 이 거대하고 웅장하며 유구한 궁륭저택이자 창조주의 수정궁전은 완전히 질서정연하니, 콩을 찾아내는 자는 1페니의 상금을 받으리라.

—솜씨 좋은 잭이 지은 저택을 바라보라
역류하는 많은 자루에 저장된 맥아주를 보라
잭존이 야영하는 웅장한 원형 계곡에 있나니.

이때 거리에서, 깜짝이야, 귀를 찢을 듯이 맞받아치는 굉음이 불길하게 울렸으렷다. 왼쪽에서 우렁차게 토르, 즉 망치 던지는 신이 무섭게 성내며 천둥을 쳤으렷다. 불어닥친 폭풍에 이제 스티븐의 심장은 오그라들었으렷다. 그러자 린치 학도는 그에게 그의 사악한 지껄임과 이단적인 생각에 신조차 노하셨으니 함부로 조롱과 음담패설을 입에 담지 말라고 일렀으렷다. 그리고 그 엄청난 폭풍소리를 듣고 나자 아까 그토록 기세등등했던 그는 누가 보기에도 뚜렷하게 창백해진 채 움츠러들었고 앞서 그토록 높이 뻗쳐 올라가던 음성은 이제 갑자기 낮게 곤두박질쳤으며 가슴이라는 새장에 갇힌 심장은 두근거렸으렷다. 그러자 어떤 자들은 흉보고 어떤 자들은 놀려대는데, 펀치 코스텔로는 다시 그의 에일을 벌컥벌컥 들이켜기 시작했고, 레너핸 학도는 나중에 마시겠다고 맹세하느라 서둘러 큰소리를 탕탕 치기는 했지만 안색은 핏기 하나 없었으렷다. 그런데도 이 입만 까진 허풍선이는 응징의 신이 취해서 전혀 개의치 않을 터이니 그에게 뒤지지 않겠다고 큰소리쳤으렷다. 그러나 이는 그저 혼병원에서 겁먹고 움츠린 그가 절망감을 감추려는 소리에 불과하렷다. 온 하늘에 한참 동안 우르릉 천둥이 쳤기 때문에 그는 조금이라도 체면이 살도록 용기를 내기 위해 한숨에 벌컥 마신 것이었고, 그래서 이따금 경건해지는 매든 학도는 최후의 심판일을 알리는 그 천둥소리가 날 때 그의 옆구리를 찔러 주의를 주었으며, 허풍쟁이의 옆에 있던 블룸 학도는 그의 커다란 두려움을 잠재우기 위해 그가 들은 것이 알고 보면 소나기구름에서 빗줄기가 방출됨에 따라 생긴 시끄러운 소리에 불과한 것으로 모든 게 자연현상의 질서에 따른 것이라고 광고하면서 달래는 말을 해주었으렷다.

그러나 젊은 '허풍쟁이'의 두려움이 '달래미'의 말로 사라졌음인가?

어림없음이라, 왜냐하면 그는 말로써는 쫓아낼 수 없는 '한恨'이라는 이름의 못이 가슴에 박혀 있었음이라. 그렇다면 그는 후자처럼 침착하지도 않고 전자처럼 경건하지도 않았음인가? 그는 두 가지 중 어느 쪽도 바라는 만큼 되지 않았음이라. 그러나 그는 당시 달고 살았던 '신성'의 술병을 젊을 때처럼 다시 찾으려고 어렵더라도 노력할 수 없었음인가? 참으로 그러려야 그럴 수 없었던 것이, 그 병을 찾을 '은총'의 힘이 거기 없었음이라. 그렇다면 그때 그가 굉음 속에서 들은 것은 '창조' 하느님의 목소리인가, 아니면 '달래미'의 말대로 '현상'의 소음인가? 듣긴 들었고? 암, '청해聽解'의 관상기관을 틀어막지 않는 한(그는 그러지 않았으매) 못 들을 수가 없었음이라. 왜냐하면 그는 남들과 마찬가지로 덧없는 생명체이므로 언젠가는 반드시 죽을 수밖에 없는 '현상'의 세계에 처해 있음을 그 관상기관을 통해 알았음이라. 그렇다면 그는 남들처럼 죽어 사라지는 일을 곱게 받아들이려 하지 않았음인가? 부득이 하더라도 그는 결코 그러지 않았을 테지만, 그렇다고 '현상'이 '율법'의 책에 따라 행하도록 명하는 더 많은 생명체를 남편들이 아내들과 하는 방식대로 만들어낼 생각도 없었음이라. 그렇다면 그는 '나를 믿으라'라고 불리는 저세상, 즉 '환희'의 왕에게 어울리고 영원하며 죽음도 탄생도 없고 아내나 어미 노릇도 없는, 그것을 믿는 사람은 모두 오게 될 약속의 세상에 대해 아는 바가 전혀 없었음인가? 그렇도다, '신심'의 신은 그에게 그 세상 얘기를 해주었고 '정절'의 신은 거기로 가는 길을 가리켜주었건만, 어찌된 영문이냐 하면 거기로 가는 도중에 생김새가 반반하고 '손안의 새'라고 제 이름을 밝힌 웬 창녀를 어쩌다 만나게 되더니, 이 창녀가 '이봐요', 잘생긴 총각, 발걸음을 이리로 돌리면 근사한 데로 데려가줄게요 어쩌고 하는 감언이설로 그를 바른길에서 벗어나 그른 길로 오게 꾀서는 옆에 누워 어찌나 비위를 잘 맞추던지 자기 굴속에 그를 가두고 말았으니, 이 굴은 '숲속의 두 마리 새'*라고도 일컫고 문자깨나 밝은 자들은 더러 '색욕'이라고도 일컬음이라.

이것이야말로 '어머니들의 저택'의 식당에 모여앉은 일행 모두가 가장 탐내는 바로, 그들이 만일 이 '손안의 새'라는 창녀를 만난다면(이는 온갖 불결한 역병들과 괴물들과 사악한 악마의 내부에 있었으니) 거침없이 덤벼들어 범하려 할 것임이라. 왜냐하면 '나를 믿으라'에 대해 그들은 그건 관념일 뿐이어서 그에 대한 아무런 생각도 품을 수 없다고 말했기 때문인데, 그 이유인즉 첫째, 창녀가 그들을 유인해서 데려간 '숲속의 두 마리 새'는 그야말로 가장 좋은 굴로서 그 안에 있는 네 개의 베개 위에는 '목말타기' '거꾸로 하기' '낯뜨거운 짓' '착 달라붙기' 등과 같은 말이 각각 쓰인 네 개의 표가 붙어 있었고, 둘째, '성병'이라는 역병 또는 괴물에 대해 그들은 예방으로 황소 창자로 된 질긴 방패를 제공받으므로 걱정하지 않았으며, 셋째, '낙태'라는 이름의 동일한 방패 덕에 사악한 악마인 '자식'으로부터 아무런 피해도 입지 않을 것이기 때문이라. 그리하여 그들 모두, 즉 '트집쟁이 군' '가끔 경건 군' '술고래 원숭이 군' '가짜 향사 군' '멋쟁이 딕슨 군' '젊은 허풍쟁이' 및 '신중한 달래미 씨' 들은 맹목적인 도락에 사로잡혔음이라. 오 비참한 무리여, 그 굉음은 생산하라고 명령하시는 당신의 말씀에 역행하여 그들이 저지른 추행과 정액 남용에 대한 벌로 팔을 들어올려 그들의 영

* 영어 속담 '손안에 든 새 한 마리는 숲속의 새 두 마리 값이다'에서 따온 어구.

혼을 팽개칠 만큼 매우 슬퍼하고 분노하신 하느님의 목소리이니, 그대들 모두 어쩌다 이다지 그릇된 길로 빠져들었단 말인가.

이렇듯 6월 16일 목요일에 패ㅌㄱ. 디그넘은 뇌졸중으로 말미암아 흙에 묻히고, 하느님의 뜻으로 극심한 가뭄이 이어진 후 이탄을 실은 거룻배의 사공이 50여 마일의 항해를 마치고 들어와서는 들판뿐 아니라 습지와 언덕까지도 몹시 칙칙한 빛깔을 띠고 극심한 악취를 풍길 만큼 말라붙는 바람에 씨에 싹이 돋지 않는다고 푸념. 언제부터인지도 기억나지 않을 만큼 아득히 오랫동안 가랑비조차 내리지 않아 모두들 숨쉬기도 힘들어하며 완전히 말라죽은 어린 산나무들. 장미꽃봉오리는 모두 갈색으로 변해 얼룩이 퍼지고 언덕에는 불이 닿기가 무섭게 타버릴 것 같은 마른 잎과 가지들뿐. 모르긴 몰라도, 그토록 가혹하게 토지를 황폐하게 만든 지난해 2월의 태풍도 이 척박함에 비하면 조족지혈이라고 온 세상 사람들이 이구동성. 그런데 말이 났으니 말이지만, 앞서 말한 대로, 이날 저녁에 해가 진 후 서쪽 바람이 불고 밤이 깊을수록 한껏 부푼 구름이 뚜렷이 나타나 날씨 잘 보는 이들이 올려다보니 처음엔 몇 차례 막전幕電이 일어나다가 나중에 열시가 지나서는 긴 천둥소리와 두어 차례의 진동 속에 커다란 번개가 한 번 내리친 뒤에 빗줄기가 쏟아지자마자 모두들 김 나는 소나기를 피해 허겁지겁 집 안으로 내닫는데 남자들은 헝겊조각이나 손수건으로 밀짚모자 삼고 여자들은 치마를 걷어올린 채 비를 피해 줄행랑. 일리 플레이스, 배것 스트리트, 듀크스 론에서, 거기서부터 메리언 그린을 지나 홀리스 스트리트에 이르기까지 아까 바싹 말라붙어 있던 곳에 콸콸 물이 흐르면서 이륜마차고 사륜공식마차고 사륜합승마차고 죄다 주변에서 자취를 감추었으나 그 첫번째 천둥으로 그만. 피츠기번 판사 각하(대학부지 건으로 변호사 힐리 씨와 함께 임석 예정)의 사택 문 맞은편에서, 작가인 무어 씨(전에는 가톨릭교도였다가 지금은 독실한 개신교도가 되었다는 분)의 집에 들렀다 방금 나온 신사 중의 신사 맬. 멀리건이 단발머리(현재 켄덜 그린 천으로 만든 무도복과 함께 한창 유행을 타고 있는 머리 꼴)의 알렉. 배넌을 마주친바, 배넌은 마침 합승마차를 타고 멀링가를 출발하여 그의 사촌과 맬 M의 형이 성 스위딘 축제일까지 한 달간 머무를 예정인 시내에 이제 막 도착한 참으로, 도대체 여긴 웬일이냐고 서로 물으니 배넌은 집에 가는 길이라 말하고 멀리건은 포도주 한잔하러 앤드루 혼 병원에 가는 길이라 했는데, 이 말을 듣고도 배넌은 나이에 비해 덩치도 크고 다리가 통통한 발랄한 계집애 얘기를 막 풀어놓으려는 판에 비가 쏟아지자 둘은 함께 혼병원으로 이동. 거기에는 크로퍼드 저널의 리어ㅍ. 블룸이 필시 논쟁중이다 싶은 농땡이 한 떼와 함께 느긋이 앉아 있는데, 성모병원의 학생인 딕슨 2세, 스코틀랜드 친구인 빈. 린치, 윌. 매든, 좋아하는 경주마 때문에 실의에 빠진 T. 레너핸과 스티븐 D.가 바로 그 친구들. 비록 피곤한 탓에 그 자리에 와 있게 됐지만 이제 상태가 나아진 리어ㅍ. 블룸은 물정에 밝은 자들이 기분전환용이라고 여기는 튀르키예 바지에 빨간색 슬리퍼 차림을 한 그의 부인 몰 여사에 대한 희한하게 환상적인 꿈을 간밤에 꾸고 난 터였고, 복통을 호소하고 그곳에 오게 된 퓨어포이 부인은 산파가 무진 애를 쓰는데도 현재 출산예정일을 이틀이나 넘긴 딱한 몸으로 산통을 겪으면서도 분만하지 못하고 메슥메슥한 속을 개운하게 풀어줄 쌀죽한 사발 생각이 간절할 만큼 아주 답답한 숨을 불편하게 쉬고 있는데,

배를 차는 꼴로 보아 대장감이 틀림없지만 그래도 하느님 도움으로 속히 낳았으면 하는 게 사람들의 바람. 내 듣기로 이번 아이가 살아 나온 부인의 아이 중 아홉번째로, 바로 전 아이는 12개월째 되는 성모축일에 손톱을 깎아주었고,* 모두 모유로 키워지다가 죽은 나머지 아이 셋과 함께 흠정영역성서**에 반듯한 필체로 이름을 정서正書. 부인의 부군은 쉰을 넘긴 나이로 감리교도지만 영성체를 받고 주일마다 두 아들과 함께 불럭 항구에서 브레이크가 무거운 릴로 미끼를 살짝 물위에 던져놓거나 작은 삿대 배를 타고 낚싯줄을 흘려 도다리며 대구 따위를 잡는 모습을 보이는데 어획량이 쏠쏠하다는 소문. 요컨대 한도 없이 폭우가 쏟아져 만물이 생기를 찾고 농사는 훨씬 풍작이 될 판이지만 견문 넓은 이들 말로는 말라기 역서의 예언에 따라 비바람이 지난 뒤 불이 닥칠 것이니(그런데 들리는 말로는 러셀 씨가 그의 농민신문에서 힌두스타니어로 똑같은 취지의 예언 마술을 부린 적이 있음) 모두 세 가지를 보게 되는 셈이겠지만, 이는 할머니들과 어린것들에게나 통할 이성적 근거 없는 술수에 불과한데 그럼에도 기이한 일들에 대하여 그들이 어떻게 때때로 올바른 추측을 하는지 그 영문은 수수께끼.

이러는 가운데 레너핸이 테이블 다리로 다가가 그 편지가 그날 석간신문에 어떻게 실렸는지 말하고 몸을 여기저기 뒤져 신문 찾는 시늉을 하다가(왜냐하면 그는 그것을 찾느라 무척 애를 썼다고 맹세했기 때

---

* 아일랜드에서는 아이가 한 살이 되기 전에 손톱을 깎아주면 손버릇이 나쁘고 도벽에 빠진다는 미신이 있다.

** the king's bible. 『킹 제임스 흠정역성서』를 가리키며, 퓨어포이 가족이 개신교도임을 암시한다.

문) 스티븐의 만류로 찾기를 그만두고 옆에 앉으란 소리가 떨어지기가 무섭게 그대로 따름. 그는 어릿광대나 사람 좋은 장난꾸러기로 통하는 나름 유쾌한 신사로 여자, 경마, 또는 화끈한 추문에 관한 일이라면 빠삭함. 사실을 말하자면 그는 재산이 씨가 말라 대체로 유괴주선업자, 말구종, 마권업자, 빈둥거리는 실업자, 삐끼, 도제, 싸구려 창녀, 터키탕 여자들 그리고 그런 바닥의 다른 건달들과 함께 찻집과 상스러운 술집을 맴돌고, 또는 운좋은 수금원이나 순경과 함께 종종 밤부터 대낮까지 술을 마시며, 점잖지 못한 소문을 많이 수집하고 다님. 끼니는 싸구려 주막에서 해결했는데 혹시 지갑에 단돈 6펜스라도 있어서 어설픈 음식한 그릇이나 소 내장 한 접시라도 뱃속에 처넣은 참이면 어김없이 잘 돌아가는 혓바닥 재주로 창녀 따위한테서 주워들은 난잡한 신소리를 늘어놓음으로써 개나 소나 배꼽을 쥐고 웃게 만드는 재주를 가짐. 다른 사람, 그러니까 코스텔로는 이 얘기를 듣고 그 편지 내용이 시인지 이야기인지를 물음. 천만에, 아냐, 프랭크(물은 자의 이름), 죄다 역병에 걸려 도살될 케리 암소[189] 얘기야, 라고 레너핸이 말함. 죽거나 말거나 상관없지만 나한테는 통조림 쇠고깃감인데, 염병할 것, 하고 그는 눈을 찡긋하며 말함. 일찍이 통조림통에서 나온 생선 중 가장 좋은 생선이 이 통 안에 들어 있는지라 그는 그동안 침흘리며 호시탐탐 노리던 옆에 놓인 짭짤한 청어를 몇 점 들어보라고 코스텔로가 매우 친절하게 권하니 마침 몹시 출출하던 터이고 해서 거기 왕림한 주요 목적에 해당하는 안성맞춤의 일거리를 찾은 셈임. 그때 **모르 오 바슈**,* 하고 보르

* '암소들에게 죽음을'이라는 뜻으로, 속어로는 '망할 경찰들'을 뜻한다.

도 지방에 포도주 양조장을 소유한 브랜디 선하주船荷主에게 기한부 도제로 고용된 적이 있는 프랭크가 프랑스어로 말을 하는데, 그 프랑스어 실력 또한 과연 신사다움. 이 프랭크란 자는 어릴 때부터 게으름뱅이여서 하급 경찰이었던 아버지가 학교에 보내 문학과 지리천문학을 배우도록 시켰으나 뜻대로 되지 않았고, 기계공학을 공부하라고 대학에 입학시켰으나 재갈을 물려도 날뛰는 수망아지처럼 펄펄 뛰고 책보다는 사법관이라든가 교구관리하고만 더 친하게 어울렸음. 한때는 배우를, 이어서 종군상인이나 마권업자를 지망하고 그다음엔 곰과 개들의 싸움터와 투계장에만 틀어박혀 지내다가, 그뒤엔 외항선을 타려나 싶더니 나중엔 집시들과 어울려 길거리를 방랑하면서 달빛을 틈타 지주의 상속자를 유괴하거나 처녀들의 아마 속옷을 훔치거나 산울타리 뒤에서 닭 모가지를 비틀곤 했음. 목숨이 아홉 개나 달린 고양이처럼 질긴 목숨으로 여러 번 떠났다가 여러 번 빈털터리로 돌아오니 하급 관리인 아버지는 그 꼴을 볼 때마다 눈물을 바가지로 쏟았음. 아니, 그 모든 소를 다 잡는단 말이오? 그 편지의 취지가 여간 궁금하지 않던 리어폴드 씨가 양손을 깍지 끼고 말함. 바로 오늘 아침만 하더라도 소들이 리버풀행 배로 가는 걸 보았다고 장담하오, 라고 그는 말함. 그렇게까지 사정이 나쁘다니 믿어지지 않는군, 이라고 그는 말함. 그는 유사한 번식용 짐승들에 대해서나 새끼 밴 암소, 기름진 어린 양과 거세한 숫양의 털 따위에 대해 경험이 있던바, 이는 프러시아 스트리트에 있는 개빈 로 씨의 마당 바로 옆에서 가축판매와 목초지 가축경매 사업을 운영하던 훌륭한 거상 조지프 커프 씨 밑에서 수년 전 서기 노릇을 한 덕분임. 그가 말하기를, 난 그 점에 대해 이의가 있소. 그건 폐와 기관지 병 또는 방선균병에 가깝소. 스티븐 씨는 다소 감동받았으나 사정은 그런 게 아니고 자기가 하제 한두 알로 쇠뿔 뽑듯 소의 병을 거뜬히 해결하는 모스크바공국 최고의 권위자인 '우역牛疫 박사'를 파견하는 황제의 수석비서로부터 급한 공문을 전해달라는 부탁과 함께 친절한 심부름에 대한 감사의 말을 들은 바 있다고 매우 시원스럽게 말함. 이런, 이런, 하며 빈센트 씨가 시원시원하게 나섬. 그는 이어서, 그 양반 아일랜드 황소*에 덤벼들었다간 딜레마의 두 뿔에 치일걸, 이라고 말함. 이름도 아이리시요 천성도 아이리시지, 라고 말하며 스티븐 씨는 에일을 여기저기 줄줄 흘림. 영국 도자기 상점에 있는 아일랜드 황소 꼴. 무슨 말인지 알겠다, 하고 딕슨 씨가 말함. 가장 뛰어난 목축업자 니컬러스 농부가 우리 섬에 보낸 것과 똑같은 황소란 거지,** 에메랄드 코걸이를 한 작자 말이야. 너한텐 그렇겠지, 빈센트 씨가 식탁 너머에서 말하더니 또 이어서 말하기를, 게다가 황소 눈깔 같은 과녁 중심을 맞힌 말이기도 한데 토끼풀***에 똥 눈 황소치고 그만큼 통통하고 우람한 놈도 없었지. 그놈의 우람한 뿔과 황금빛 가죽옷과 콧구멍에서 내뿜는 향긋한 연기 같은 숨결에 반한 우리 섬의 여자들이 반죽덩어리고 홍두깨고 다 내팽개치고 늠름하게 데이지 화환을 걸친 그놈 뒤를 졸졸 따라다녔으니까. 그야 무슨 대수랴만, 하며 딕슨 씨가 말하기를, 거세한 니컬러

* '황소(bull)' 또는 '아일랜드 황소(Irish bull)'는 허울좋은 궤변, 황당무계한 소리를 뜻하기도 한다.

** 니컬러스 농부는 영국 출신 교황 하드리아노 4세를 지칭한다. 1155년 그는 영국 헨리 2세에게 아일랜드 지배권을 부여하는 칙서('황소'를 뜻하는 'bull'에는 'papal bull' 즉 '교황칙서'라는 뜻도 있다)와 그 권한을 표상하는 에메랄드 박힌 황금 반지를 보냈다.

*** shamrock. 아일랜드를 상징하는 풀로, 아일랜드의 상징 색 또한 녹색이다.

스 농부는 그 황소를 보내기 전에 자신과 마찬가지로 한심한 의사들 무리*를 시켜 제대로 거세시켰지. 그러고는, 자 이제 떠나라, 그리고 농부의 축복을 받아 내 친사촌인 해리 군주**가 시키는 심부름을 모두 처리하여라, 하고 말하면서 그놈의 볼기짝을 호되게 철썩 후려쳤지. 하지만, 하고 빈센트 씨가 대꾸하기를, 그 후려침과 축복이 그놈에게 과연 든든한 힘이 되었는지, 그놈에게는 다른 자의 두 가지 값어치를 할 화장술 한 가지를 가르쳐주었더니 처녀며 아낙네며 대수녀원장이며 과부며 할 것 없이 모든 여자들이 오늘날까지 단언하기를, 아일랜드 전국의 네 지방을 통틀어 가장 잘나고 힘 좋은 젊은 정력가와 잠자리를 하는 것보다 오히려 한 달 중 아무 날에라도 컴컴한 외양간에서 그놈 귀에다 대고 속삭이거나 그놈의 기다랗고 거룩한 혀로 목덜미 핥기를 받는 게 낫다고들 한다지. 이때 또다른 학도가 거들며 말하기를, 그리고 그놈에게 바늘로 뜬 레이스 셔츠와 속치마뿐 아니라 목도리와 거들 그리고 손목 주름장식까지 입혀주고 앞머리를 잘라주고 온몸에 경뇌유를 발라준 것도 모자라, 시장에서 팔리는 최상급 꼴로 가득한 여물통이 갖춰진 외양간을 길모퉁이마다 지어주어 원 없이 퍼질러 자고 퍼질러 싸게 해주었다지. 이쯤 되자 신자들의 아버지(사람들이 그놈에게 붙여준 별호)는 몸이 어찌나 무거워졌던지 목초지로 걸음 떼기도 힘들었지. 이를 수습하고자 우리의 꾀바른 부인들이며 아가씨들이 그놈의 여

* '의사들 무리'라 직역한 'college of doctors'는 실상 '추기경회'를 뜻하며, 니컬러스 교황이 독신이었기에 추기경회에서 교황으로 선출된 사실을 가리킨다.

** 'Harry'는 'Henry'의 별칭으로 헨리 2세를 가리키나, '악마'를 뜻하기도 하고, 동사로는 '침략하다, 약탈하다'는 뜻도 있다.

물을 앞치마에 담아 가져다주면 그놈은 배가 차자마자 뒷다리로 서서 여인들에게 신비로운 물건을 보여주며 황소의 언어로 목이 터져라 울부짖고 고함치니 그네들이 너나없이 그 꽁무니를 쫓았지. 또다른 학도 왈, 암, 그 황소는 어찌나 많이 처먹는지 온천지에 제가 먹을 푸른 풀 외에는 아무것도 자라게 내버려두지 않았고(왜냐하면 그게 그놈 마음에 드는 유일한 색깔이었으니), 섬의 한가운데에 위치한 언덕에 세워진 게시판에는 이런 문장이 인쇄되어 있었지, 해리 군주의 이름을 걸고 단언컨대* 땅에서 자라는 풀은 녹색이로다. 그러자 딕슨 씨 왈, 행여 로스코먼이나 코네마라 황무지에서 누가 목장을 침입한다든지 슬라이고에서 어느 농부가 겨자씨 한 움큼이나 평지씨 한 자루라도 뿌리는 냄새를 맡으면 그놈은 시골 땅의 절반을 휩쓸고 미쳐 날뛰면서 심은 것을 닥치는 대로 뿔로 파헤쳐 뽑아버리는데 이 모든 게 해리 군주의 어명을 따른 것이었지. 빈센트 씨 왈, 처음엔 그 둘 사이에 악감정이 있어서 해리 군주는 니컬러스 농부에게 세상의 온갖 악마 이름도 모자라 집에 매춘부 일곱 명을 거느린 늙은 뚜쟁이라고 부르고는, 그러니 짐은 그 작자 일에 간섭하리라, 라고 말했지. 선왕이 짐에게 물려주신 쓸 만한 좆의 도움을 받아 그 동물로 하여금 지독한 악취를 풍기게 만들리라, 라고도 했지. 하지만 하룻저녁에는, 딕슨 씨 왈, 해리 군주가 보트경주에서 승리한 뒤(그는 넓적한 노를 썼지만 경기의 제1규칙상 다른 사람들은 쇠스랑을 노로 삼아야 했음) 만찬 석상으로 가기 위해 가죽옷을 씻다가 자신의 몸이 놀랍도록 황소를 닮았음을 발견하였고 식품저

---

* by the Lord Harry. '맹세코'라는 의미의 관용어.

장실에 저장해둔 새까맣게 손을 탄 저질 책을 집어들고 보니 아니나다를까 자신이 그 유명한 로마 최고의 황소인 **보스 보붐**Boss Bovum, 즉 변칙라틴어로 독불장군 소의 사생아임을 알게 되었지. 그후로, 빈센트 씨 왈, 해리 군주는 모든 신하들 앞에서 암소의 식수통에 머리를 처박았다 다시 빼면서 그들 모두에게 자신의 새 이름을 말해주었지. 그러고는 물이 줄줄 흐르는 채로 조모가 쓰던 낡은 겉옷과 치마를 걸치고 황소 언어 입문서를 사서 공부하려 했지만 일인칭 대명사를 제외하고는 한마디도 배우지 못했고, 그 글자를 커다랗게 베껴 써서 달달 외워두었다가 산책이라도 나가는 날에는 주머니를 분필로 가득 채워서는 그 글자를 바위 옆면이고 찻집 테이블이고 솜 고리짝이고 코르크 부표고 할 것 없이 마음이 내켰다 하면 아무거나 골라 그 위에 써댔지. 요컨대 그와 아일랜드 황소는 이내 궁둥이와 셔츠처럼 변치 않는 우정으로 맺어진 친구가 되었지. 스티븐 씨 왈, 그랬지, 그러다가 종국에 가서 배은망덕한 여자들이 모두 한마음이 되자 섬사람들은 별도리 없으리라는 걸 알고는, 뗏목 거룻배를 만들고, 그 위에 짐꾸러미들과 함께 올라타고, 모든 돛을 똑바로 세우고, 등현례를 행하고, 배를 멈추고, 돛 밑을 묶는 밧줄 세 개를 바람 속에 쫙 펴고,* 뱃머리를 흘수선에 처박고, 닻을 올리고, 키를 늦춰 배를 바람 부는 쪽으로 돌리고, 해적기를 슬슬 올리고, 만세삼창을 세 차례 하고, 물 퍼내는 펌프를 가동시키고, 행상선行商船을 타고 출항하여, 바다로 나가 미국 본토를 접수하고자 하였지. 바로 이런 연유로, 빈센트 씨 왈, 한 갑판 장교가 신나는 뱃노래를 작곡하게

---

* 이 구절은 속어로 몹시 취한다는 뜻도 있다.

된 것이지.

—베드로 교황은 그저 오줌싸개.

그래도 사나이는 사나이.

학도들이 우화를 마쳐갈 무렵 우리의 고귀한 지인 맬러카이 멀리건 씨가 이윽고 문간에 나타났고 그와 함께 그가 방금 마주친 친구가 동행했는데, 그 동행자는 알렉 배넌이라는 이름의 젊은 신사로서 국방군의 장교로 임관하여 참전할 의도로 최근에 시내에 도착한 참이었네. 멀리건 군은 품격이 있는지라 그 우화에 꽤 흥미를 나타냈거니와, 거론된 바로 그 악습을 퇴치하기 위한 나름의 계획과도 맞아떨어지기에 더욱더 흥미를 느꼈네. 거기서 그는 그날 퀴넬 씨의 인쇄소에서 인쇄한 명함 한 벌을 일행에게 두루 건넸는데, 거기에는 예쁜 이탤릭체로 미스터 맬러카이 멀리건. 수정매개인 겸 인공배양인. 램베이섬이라는 문구가 인쇄되어 있었네. 그의 계획이란, 그가 이어서 설명한 대로, 시내의 '겉멋 수다쟁이' 경과 '겁쟁이 오지랖' 경의 주업을 형성하는 나태한 쾌락 영역에서 빠져나와 우리의 신체조직이 만들어진 목적에 해당하는 가장 고귀한 사업에 헌신하는 것이었네. 딕슨 씨가 말하였네, 그럼 어디 한번 그 얘기를 들어보자 친구여. 틀림없이 매춘 냄새를 풍기겠지. 자, 둘 다 자리에 앉아. 돈이 더 드는 것도 아닌데 서 있느니 앉는 게 낫지. 멀리건 씨는 그 권유를 받아들여 자신의 구상을 듣는 자들에게 장황하게 늘어놓으며 말하기를, 억제와 금지라는 불임의 두 가지 원인, 즉 결혼생활의 고충 탓이든 아니면 긴축재정 탓이든 억제적인 원인과 선천적인 결함에서 비롯된 것이든 아니면 후천적인 성향에서 비롯된 것이든 금지적인 원인을 고려하다보니 이런 생각을 품게 되었다고 하였네.

그는 부부의 잠자리가 가장 소중한 목표인 자식을 사취당하는 꼴을 보는 것이 뼈아프게 슬프다고 말했고, 또한 풍족한 과부급여재산을 소유한 호감 가는 여성들이 행복으로 가는 길을 늘려나갈 수 있는데도 체질에 맞지 않는 수녀원에서 살면서 겸손하게 자신의 가치를 감추거나 웬 얼굴만 반반하고 이상한 샌님의 품안에서 여자다운 신선미를 상실해가고 그 결과 포옹해줄 훌륭한 남자가 주변에 널렸는데도 소중하기 짝이 없는 여성의 보물을 희생하는 경우가 수없이 많다고 생각하면 이야말로 마음이 슬퍼지는 일이라고 일행에게 단언하였네. 이 불편(그가 잠재적 욕망의 억압에 기인한다고 결론내린 것)에 재갈을 물리기 위해 어떤 훌륭한 조언자들과 상의하고 이 문제를 조사하고 난 뒤, 그는 과거에 램베이섬을 그 소유주인 톨벗 드 맬러하이드 경, 즉 우리의 다수당에 아주 호의적인 토리당의 명사로부터 자유롭게 영구 보유하는 조건으로 구매할 결심을 한 적이 있었네. 그는 그곳에 이집트풍으로 절단하여 건립한 오벨리스크와 함께 옴팔로스라 명명될 국립다산농장을 창설한 뒤, 자신의 천부적으로 타고난 기능을 수행할 욕망을 가지고 그곳에서 그를 지도해줄 여성이면 계층 여하를 막론하고 수태할 수 있도록 책임감 있는 향사의 용역을 제공하겠노라고 제안하였네. 그는 돈이 목적이 아닐뿐더러 한 푼의 수고비도 받지 않겠다고 말하였네. 찢어지게 가난한 부엌데기 계집도 사교계의 부유층 여인들 못지않게, 생김새와 기질로 볼 때 그런 꿈을 꿀 만한 깜냥이 되고도 남는 여인들이라면, 그를 낭군감으로 여길 만하였네. 그는 영양섭취를 위해 오직 그 고장의 맛좋은 덩이줄기와 물고기와 토끼 요리만을 먹겠다는 의지를 보여주었는데, 그중 마지막의 다산하는 설치류의 고기는 육두구 잎사귀 한 개나 관목 고추 깍지 한두 개를 넣고 굽고 삶기를 병행하면 그의 목적에 잘 맞는 것으로 적극 추천할 만하였네. 매우 열성적인 호언장담을 곁들여 수행한 이 설교를 마친 뒤 멀리건 씨는 모자를 가리고 있던 손수건을 순식간에 벗겨냈네. 보아하니 두 사람 모두 갑자기 비를 만나 발걸음을 재촉했음에도 불구하고 비에 흠뻑 젖은 눈치였는데, 이는 멀리건 씨의 자질구레한 회색 나사 옷가지가 이제 다소 얼룩진 것으로 알 수 있었네. 한편 그의 계획은 청취자들에 의해 매우 호의적으로 받아들여져 모두에게서 뜨거운 찬사를 받았지만, 성모병원의 딕슨 씨만은 이의를 달고 깐깐한 태도로 쓸데없는 짓도 할 생각이냐고 물었네. 그러나 멀리건 씨는 그 학도의 비위를 맞춰주며 그가 기억하는 한 그의 주장을 견실하고도 격조 있게 뒷받침한다고 여겨지는 오 시민들이여, 우리 세대의 타락상이 어찌나 지독하고 널리 퍼졌는지 우리의 부인들은 로마 백인대장의 묵직한 고환과 엄청난 발기보다 차라리 골 지역 반편이 사내들의 음란한 간질임을 더 밝힌답니다라는 내용의 적절한 고전 문구를 인용하는 한편, 머리가 돌아가지 않는 자들을 위해서는 단도직입적으로 정곡을 찔러 그들의 위胃에 보다 적합한 동물계인 숲속 빈터의 암수 사슴들과 농장 마당의 암수 오리에 빗대 이야기해주었네.

참으로 손색없는 풍채의 소유자인 이 수다쟁이는 이제 자신의 세련된 이야기에 스스로 적잖이 고무된 채 일행이 그가 개진한 계획에 찬사를 퍼붓는 동안 공중방전放電의 갑작스러운 변덕에 대해 꽤 호된 비난을 퍼부으며 자신의 옷을 꼼꼼히 살펴보았네. 그의 친구인 젊은 신사는 최근 자신에게 새로 일어난 좋은 일에 어찌나 기분이 좋았던지 그 이야기를 가장 가까이에 있는 이에게 들려주지 않고는 배길 수가 없었네. 멀리건 씨는 이제 식탁이 눈에 들어오자 빵과 물고기가 누구를 위해 차린 상인지 물어본 뒤 낯선 이를 보고는 정중히 절을 하며, 선생님께서는 저희가 제공할 수 있는 전문적인 도움이 필요하신지요? 하고 말했네. 그 호의를 받은 이는 적절한 거리를 유지하면서도 심심한 감사를 표한 뒤 자신은 여성의 고통스러운 숙명으로 인해(이 대목에서 그는 깊은 한숨을 내쉬었네) 딱하게도 잉태를 하여 현재 혼병원에 입원해 있는 부인 일로 그 자리에 와 있다며 그분의 경사가 이제는 일어났는지 궁금하다고 하였네. 딕슨 씨는 나서서 분위기를 바꾸려고 멀리건 씨 본인에게 자신이 놀림감으로 삼던 그의 초기 복부비만 현상이 전립선 소낭, 즉 남성의 자궁에 알을 배태한 조짐인지 아니면 유명한 의사 오스틴 멜던 씨가 말하듯 위 속에 아귀餓鬼가 들어 있기* 때문인지를 물었네. 멀리건 씨는 답변삼아 그의 가는 허리 부분을 보고 폭소를 터뜨린 뒤에 자신의 가로막 아래 부분을 탕탕 치며 그로건 어미(여성 중에서 가장 빼어난 인물이지만 안타깝게도 방종한 여자)의 우스꽝스러운 모습을 아주 그럴싸하게 흉내내며 소리쳤네, 애비 없는 아이를 밴 적이 없는 배가 예 있다오. 이 기발하기 짝이 없는 재담에 폭풍처럼 흥이 되살아났고 온 방안이 더없이 강렬한 기쁨으로 들썩였네. 활기차게 왁자지껄한 소리는 똑같은 흉내풍으로 계속될 뻔했으나, 마침 대기실에서 사건이 터지고 말았다네.

여기서 청취자, 즉 다름아니라 삼 부스러기처럼 금발이며 작은 연기 같은 친구인 스코틀랜드 학생은 아주 화통하게 젊은 신사를 축하해주

* '자라나는 아이 뱃속에는 아귀가 들어 있다'는 속담 같은 말이 있다.

고 이야기의 결정적인 대목에 끼어들어 마주앉은 사람에게 공손한 손짓으로 실례지만 코디얼 병을 건네주십사 요청하고 그와 동시에 의사를 타진하는 머릿짓을 하더니(꼬박 백 년에 걸친 예절교육으로도 그토록 점잖은 몸짓을 이뤄낸 적이 없었음), 거기 덧붙여 그 병을 머리와 대등하지만 반대되게 대칭균형을 잡고 일찍이 말로 이루어진 그 어떤 질문보다 또릿또릿한 투로 코디얼 한 잔을 대접해도 되겠느냐고 물었소. 고상한 손님인 그는 말했소, 당연하죠, 처음 뵙지만 고상한 분이시여, 매우 감사합니다. 불감청이언정 고소원이라고, 컬컬하던 차에 좋습니다. 저의 넘치는 행복감을 만끽하는 데는 이 술 한 잔만한 게 없지요. 그런데, 이런, 저한테 남은 것이라곤 제 바랑 속에 든 빵 한 조각과 샘에서 길은 물 한 잔밖에 없다 해도, 어이구, 저는 그걸 받아들이며 기꺼이 땅에 무릎 꿇고 좋은 것들을 베풀어주시는 분이 제게 안겨주신 행복에 대해 하늘에 계신 하느님께 감사를 드리겠어요. 이렇게 말하며 그는 잔을 입에 가져가 코디얼을 양껏 들이켜고 머리를 매만진 다음 옷가슴을 열어젖히더니 비단 리본에 매달린 갑匣을 척 꺼내는데, 거기엔 다름아니라 소녀의 손이 거기에 글자를 써넣은 이래 죽 고이 간직해온 바로 그 사진이 들어 있었소. 지극히 애틋한 눈길로 사진 속의 얼굴 생김을 들여다보며 그는 말했소, 아, 형씨, 이 소녀가 우아한 스카프와 새 요염한 모자를(자기 생일선물이라고 앙증스럽게 얘기해준 것이라오) 애간장을 다 녹이도록 꾸밈없이 아무렇게나 걸친 모습을 제가 그 감동적인 순간에 이 두 눈으로 바라본 것처럼 댁이 바라보기만 했다면, 내 장담하건대, 형씨, 댁이라도 이런 적을 만나면 흔쾌히 항복하거나 영원히 전장을 떠나거나 하고 싶은 너그러운 본성에 이끌렸을 것이오. 결단코 내 평생 그런 감동은 처음이었지요. 하느님, 저의 일생을 창조해주신 당신께 감사하나이다! 그토록 사랑스러운 여성이 총애로써 축복해주는 자는 세 배나 행복하리라. 애정 담긴 한숨으로 이 말에 웅변을 실으며, 그는 갑을 옷가슴 속에 도로 넣은 뒤에 눈을 닦고 다시 한숨을 쉬었소. 당신의 모든 피조물들에게 자애롭게 축복을 뿌려주는 분이시여, 자유인과 노예를, 소박한 시골 총각과 세련된 멋쟁이를, 한창 저돌적인 열정에 빠져 있는 연인과 보다 성숙한 연배의 남편을 두루 사로잡을 수 있을 만큼 극히 인자한 그대의 독재는 얼마나 크고도 너른지요. 하지만 실은, 형씨, 제가 엉뚱한 얘기를 하고 있군요. 지상에 사는 우리의 모든 기쁨은 얼마나 불순하고 불완전한지요. 저주라오! 그는 고통스럽게 외쳤소. 신이 내게 선견지명을 주어 비옷 가지고 나올 생각을 떠올리게 해주기만 했다면! 그 생각만 하면 울음이 다 터질 지경이오. 그랬다면 소나기가 일곱 번을 쏟아졌어도 우리 둘 다 멀쩡했을 것을. 하지만 빌어먹을, 하고 손으로 이마를 딱 치며 그는 소리쳤소, 내일은 새날이 될 텐데, 젠장, 나는 므슈 포인츠라는 **비옷장수**를 알고 있는데 그 사람한테서 여성이 비에 젖지 않도록 해준 그 어떤 비옷보다 더 몸에 꼭 맞는 프랑스 유행풍의 비옷을 단돈 **1리브르**에도 살 수 있습니다. 이때 쯧쯧, 하고 임신중개인이 경쾌한 발걸음으로 들어오며 외치기를, 내 친구 므슈 무어는 아주 경륜이 풍부한 여행가로(마침 방금 시내 최고의 재사들이 모인 자리에서 **그와 함께** 반병을 비우고 온 참이라오) 그 친구 말로는, **방트르 비슈,*** 케이프혼에는 누구라도, 아무리 질긴 비옷을

* 프랑스어 'ventre biche'는 영어로 'belly doe', 즉 '배 나온 암사슴'을 뜻하는데, 이는 속어로 '활기차게 잘 돌아간다'는 의미다.

입은 사람이라도, 홀딱 젖게 만드는 비가 있다오.* 그 친구 말로는, 농담 아닌데, 어찌나 심하게 흠뻑 젖는지 졸지에 저세상으로 떠난 불운한 친구가 한둘이 아니라오. 피! 1리브르라니! 므슈 린치가 외쳤소. 그깟 푼돈으로는 불량품도 구하기 힘들어. 하다못해 요정버섯처럼 작은 우산 하나도 그런 시원찮은 물건 열 개 값어치는 할걸. 조금이라도 생각이 있는 여자라면 누가 그런 물건을 걸치겠어. 내 예쁜 귀요미가 오늘 하는 말이 그런 구원의 방주를 탄 채 굶어죽느니 홍수 속에서 춤을 추겠다는데, 그애가(어지러운 나비들 외에는 자기 말을 엿들을 사람도 없는데 짜릿하게 볼을 붉히고 내 귀에 대고 속삭이며) 상기시켜준 이유인즉 대자연 부인이 신의 은총으로 우리 가슴속에 심어준 뒤 널리 상용어가 돼버린 말로 다른 상황에서라면 체통에 어긋날 우리 알몸의 순수함이 최적의, 아니, 유일한 복장이 되는 상황이 두 가지 있다는 거요. 첫번째는, 하고 걔가 말하기를(그런데 여기서 내 예쁜 철학자는 내가 이륜마차에 태워줄 때 주의를 끄느라고 내 귀의 바깥방을 혀로 툭 건드렸지), 첫번째는 목욕이고—그러나 이 대목에서 홀에서 찌르릉 울리는 벨소리에 우리의 지식 창고를 매우 멋지게 풍성하게 채워줄 뻔한 담론이 중단되어버렸소.

모인 이들 모두가 한가로이 유쾌하게 떠드는 가운데 벨소리가 울려서 다들 웬일인가 궁금해하던 차에 미스 캘런이 들어와 청년 딕슨 씨에게 낮은 목소리로 몇 마디 말을 건네고 일행에게 공손히 절을 하고는 물러갔어요. 난봉꾼 무리 사이에 정숙한 특성을 두루 갖추고 아름다

* 'Cape Horn'을 '망토 뿔'로 읽으면 이 맥락에서는 '우의를 뚫는 뿔'을 암시하게 된다.

운 만큼 근엄하기도 한 여성이 잠시나마 등장하자 가장 음란한 자들의 우스개조차 제동이 걸렸으나 그 여성의 퇴실은 상스러운 말이 쏟아지는 신호탄이 되었어요. 이거 뽕가겠네, 무례한 사나이 코스텔로가 만취한 상태로 말했어요. 몸매 한번 끝내주는걸! 내 단언하는데 저 여자, 니들이랑 놀아났지. 뭐라고, 이 개차반아? 저런 여자들 꼬시는 데는 이골이 났다고? 말씀이라고, 두말하면 잔소리죠, 린치 씨가 말했어요. 성모병원 병실에서 사용하는 건 침대에서 살살 어르는 임상방식이에요. 흥, 오가글 박사는 저기 간호사들 턱밑을 토닥거린다지? 나도 구원받고 싶은 사람이지만, 최근 7개월간 쭉 저기서 잡무를 해온 내 귀요미가 귀띔해준 얘기야. 에구머니, 박사님, 담황색 조끼 차림인 청년이 여자처럼 선웃음을 흘리고 몸을 비비꼬며 소리쳤어요, 몸을 그렇게 간질이면 어떡해요! 나쁜 남자 같으니! 어휴, 온몸이 후들후들 떨려 죽겠네. 어쩜, 저 깜찍한 꼬마 캔터키섬* 신부님같이 못됐을까, 정말이야! 그 여자가 임신하지 않았으면, 코스텔로는 외쳤어요, 반 파인트 맥주를 네 병 다 마시고 목이 막혀도 좋아. 난 여자를 척 보기만 해도 하얀 배가 부른 걸 금방 알지. 그러나 청년 외과의사는 일어나서 실례지만 자리를 비우겠다고 일행에게 양해를 구했는데, 실은 간호사가 방금 전 병실에서 부른다고 알려주었던 거예요. 자애로운 하느님 보우하사 임신한 부인이 놀랍도록 굳세게 버텨온 고생을 치른 끝에 마침내 떡두꺼비 같은 사내아이를 낳은 것이었어요. 그는 말했어요, 내가 밥맛없어하는 족속은 활기를 불어넣을 재치도 남을 가르칠 만한 학식도 없으면서, 마땅히 신에

* '캔터키섬(Cantekissem)'은 'Can't ya kiss'em(걔네들 뽀뽀해줘)'와 발음이 유사하다.

게 바쳐야 할 외경심을 제외하고, 세상에서 행복을 얻는 데 필요한 가장 큰 능력을 발휘함으로써 사람을 고귀하게 만들어주는 직업을 욕하는 놈들이야. 내 확신을 가지고 하는 말이지만, 웃음거리는커녕 오히려 인간의 가슴속에서 명예로운 자극을 주어야 할 저 여성분의 탁월하게 고귀한 봉사를 입증해줄 사람이 필요하다면 구름처럼 많은 인원을 제시할 수도 있어. 그런 놈들은 도저히 못 봐주겠어. 뭐가 어째? 저 상냥한 미스 캘런을 헐뜯어? 그네들 여성에게는 빛이요 우리들 남성에게는 경이인 분을? 그것도 몸이 연약한 아이에게 닥칠 수 있는 가장 중요한 순간에? 당치않아! 그런 악의의 씨가 뿌려지고 혼병원의 산모와 간호사에게 응분의 존경심이 표현되지 않는 민족의 장래를 생각하면 몸서리가 쳐진다고. 이렇게 야단을 치고서 그는 바 주변에서 술판을 벌이고 있는 이들에게 인사한 뒤 문 쪽으로 갔어요. 모두에게서 수긍하는 소리가 웅성웅성 새어나오는가 하면 더 법석 떨 것 없이 그 상스러운 술고래를 쫓아내자는 사람들도 있었으니 이 제안이 실현됐다면 받아 마땅한 애초의 비난만으로 끝날 수도 있었을 일을, 그는 자신의 과실을 줄여보겠답시고 끔찍한 저주를 퍼부으며(욕을 한 바가지 퍼부었거든요) 자기도 이 세상에서 숨을 쉰 누구 못지않게 참된 교회의 아들이라고 주장하는 것이었어요. 그는 말했어요, 날 잡아먹는대도 할말은 해야겠는데, 바로 그게 이 정직한 프랭크 코스텔로가 늘 품고 있는 생각으로, 나는 꽈배기 푸딩이나 즉석 푸딩 만드는 솜씨가 세상에서 제일 좋은 네 아버지랑 네 어머니를 가장 각별하게 존경하도록 교육받고 자라서 그분들을 회상할 때마다 마음이 짠해지는 사람이라고.

블룸 씨 얘기로 돌아가자면, 그는 처음 입장했을 때부터 몇 가지 무례한 희롱을 눈치챘지만, 흔히 동정이란 걸 모른다고 핀잔 듣는 나이 탓이겠거니 하고 꾹 참고 있었지요. 물론 이 젊은 멋쟁이들의 행동은 키만 큰 어린애들처럼 막무가내였고, 그들이 시끌벅적하게 토론하는 말은 알아듣기도 어려운데다 점잖지도 못했으며, 그들이 툭하면 터뜨리는 성질이며 함부로 내뱉는 말은 그의 지성에 거부반응을 불러일으켰고, 그 또래 특유의 혈기왕성한 기질이라는 자랑스러운 자산에도 불구하고 그들은 예의범절을 꼼꼼히 챙기지 못했지요. 그러나 코스텔로 씨의 말은 그에게 달갑지 않은 언어였는데, 그럴 만도 한 것이 그에게 역겨움을 안겨준 그 불한당은 서출로 세상에 나올 때 이가 이미 나 있고 발이 먼저 나와 외과의사의 집게로 얻어맞은 오목한 자국이 색깔도 선명하게 두개골에 남아 있는데다가 보기 흉하게 등까지 튀어나온 까까머리 짐승처럼 보였고, 그래서 이제는 고인이 된 천재연구자 다윈 씨가 애석해한 창조 사슬의 사라진 연결고리를 연상시킬 정도였지요. 그는 수많은 삶의 우여곡절을 겪다보니 어느덧 나이가 인간 수명의 절반을 훌쩍 넘겼고, 신중한 통제력과 본성을 타고나 보기 드문 예측력의 소유자인지라, 솟구치는 분노의 모든 움직임을 억누르고 이를 아주 재빠른 경계심으로 가로막음으로써 풍부한 관용을 가슴속에 기르도록 자신의 마음을 타일렀지만, 이 관용을 마음이 천한 자들은 조롱하고 판단이 성급한 자들은 경멸하며 누구나 봐줄 만하다고, 그저 봐줄 만할 뿐이라고 치부했지요. 여성적인 섬세함을 희생한 대가로 얻는 재치(그가 찬동한 적이 없는 정신습관)를 스스로 키우는 자들에게 그는 올바른 교육이라는 명분을 얻거나 그 전통을 물려받도록 굳이 허용할 의향이 없었지만, 반면에 모든 인내심을 상실하여 더 잃을 게 없는 그런 자들에게는 그들의 오만함으로 하여금 황급하고 굴욕스럽게 도망을 가도록 만들어줄 경험이라는 예리한 해독제를 사용하면 될 일이었지요. 그럼에도 불구하고 그는 노망든 사람의 찡그린 얼굴이나 위중한 병자의 신음소리에는 아랑곳 않고 (성서 저자의 고매한 상상력이 표현하듯이) 자신에게 금지된 나무 열매를 늘 탐내는 흠이 있다 해도, 본업에 종사하고 있는 점잖은 여성에 대해 어떤 경우에도 인간애를 저버리지만 않는다면, 그런 혈기왕성한 청년들의 마음을 헤아리지 못할 바도 아니었지요. 결론적으로 그는 그 간호사의 말로 미루어 이제 곧 해산하리라 믿기는 했지만, 그럼에도 불구하고 사실을 밝히자면, 그토록 오래 지속된 고초를 겪은 끝에 출산이 그토록 잘 풀릴 조짐을 보인다는 사실은 조물주의 은혜뿐만 아니라 자비심까지도 한번 더 입증하는 것이라는 깨달음에 마음이 적잖이 놓이는 것이었지요.

따라서 그는 마음을 열어 옆 사람에게 말했다오, 이 일에 대한 제 생각을 털어놓자면, 제 견해로는(아마 표현해서는 안 될 견해겠지만) 산모가 본인의 잘못도 없이 그토록 고생한 터였기에 그분이 해산의 결실을 보았다는 이 따끈따끈한 소식에 기뻐하지 않는 사람은 냉정한 기질과 냉담한 천성의 소유자임이 틀림없습니다. 옷맵시를 낸 호탕한 청년은 산모를 그런 임신 상태에 몰아넣은 건 실제로 남편의 잘못이고, 그렇지 않더라도 산모가 또다른 에베소의 부인*이 아닌 한 어쨌건 남편의 책임일 수밖에 없다고 말했다오. 선생님께 알려드려야겠습니다, 하고 크로터스 씨는 자신의 의견이 쩌렁쩌렁 울리듯이 강조되는 효과를

* 남편의 죽음을 애통해하고는 곧장 새 남자를 받아들인 에베소의 과부.

빚기 위해 식탁을 탕 치며 말했다오, 오늘 영광의 구세주 어른이 들르셨는데, 볼에 구레나룻을 기른 노인으로 윌헬미나를 내 생명이라 부르며 얘기 나누고 싶다는 요청을 코맹맹이 소리로 하더군요. 저는 이제 곧 닥쳐올 일에 대비해 마음의 준비를 하고 기다리시라고 말씀드렸습니다. 에라, 탁 까놓고 얘기할게. 그 나이에 부인한테서 아이 하나를 또 뽑아낼 수 있는 그 늙은 정력가의 강력한 정력에 감탄을 금할 수가 없더라. 모두들 저마다의 방식으로 이를 찬양하기 시작했지만, 앞서 그 호탕한 청년은 부인의 부군이 아닌 다른 남자가, 그게 성직에 종사하는 교회서기건 횃불 들고 밤길 밝혀주는 (고결한) 소년이건 집집마다 필요한 물건들을 팔고 다니는 행상인이건 간에, 구원의 영웅 노릇을 했으리라는 자신의 앞선 견해를 고수했다오. 길손은 속으로 깊은 생각을 했다오, 저들이 지닌 훌륭하게 들쭉날쭉한 윤회의 기능은 기묘하기도 하구나, 산부인과병원과 해부실이 저렇게 천박한 언행의 온상이 되는가 하면, 이런 경박성의 신봉자들이 학위증을 따기만 하면 각 분야의 저명인사 대부분으로부터 가장 고귀하다는 평가를 받아온 기술의 모범적인 개업자로 순식간에 돌변하다니. 그는 이어서 생각했다오, 하지만 저들을 공통되게 짓누르는 욕구불만을 해소하느라 저러는지도 몰라, 왜냐하면 사람들이 끼리끼리 모여 웃음을 나누는 걸 내 눈으로 관찰한 게 한두 번이 아니니 말이야.

그러나 그의 후원자이신 의원 각하께 여쭙건대, 이 외부인은 무슨 자격이 있다고 자비로우신 국왕의 허용으로 시민권을 얻은 주제에 우리의 내정에 대한 최고 권위자를 자처하고 나서나요? 충성심을 가진 자라면 품어 마땅할 감사의 정은 지금 어디에 있단 말입니까? 최근 전쟁중 적군이 수류탄 덕에 일시적인 우위를 점할 때마다 이 동족의 배신자는 자신의 소유인 국채 연리 4퍼센트가 어찌될까봐 벌벌 떨면서도* 이때다 하고 자신이 주민으로 살고 있는 제국에 대고 멋대로 화기를 발사하지 않았다는 겁니까? 그는 자신이 받은 모든 혜택을 잊듯이 이것도 잊었단 말입니까? 아니면, 소문이 틀리지 않다면, 홀로 스스로를 즐겁게 해주는 자라서[190] 남을 속여오던 끝에 마침내 자신도 봉으로 삼아버렸단 말입니까? 용맹한 소령의 딸인 정숙한 부인의 침실을 더럽히거나 그분의 부덕婦德에 더없이 싸늘한 오명을 안기는 것은 결코 공명정대한 일이 아니지만, 혹여 그가 감히 이 일에 남들의 이목을 끌려고 한다면[191](그러지 않았던 것이 그에게는 참으로 대득이었지만) 그러라고 하십시오. 불행한 여인이여, 그 여인은 그의 질책에 귀기울이면서 절망에 처한 이의 비웃음이 아닌 다른 어떤 감정을 가지기에도 너무나 오래도록 너무나 꾸준히 자신의 합당한 특권을 거부당해왔던 것입니다.[192] 자연의 인연을 망각한 채 서슴없이 사회의 맨 밑바닥 출신인 가정부와 간통하려 한 그가 무슨 도덕의 검열자이자 진정 경건한 펠리컨**이랍시고 이런 말을 합니까! 오호라, 그 되바라진 계집은 청소용 빗자루가 수호천사 노릇을 하지 않았다면 이집트 여자 하갈*** 못지않게 호된 꼴을 당할 뻔했답니다! 방목지 건으로 말하자면, 그의

* 영국이 보어전쟁에서 고전하여 아일랜드에 대한 통치권을 상실할 경우, 현재 블룸이 소유한 캐나다 국채의 금리가 타격받을 수 있다.

** 문장학(紋章學)에서, 펠리컨은 날개를 뒤로 젖히고 제 가슴의 피를 새끼에게 먹인다고 알려져 있고, 이 때문에 그리스도의 상징으로 통한다.

*** 구약성서에서 불임인 사라는 남편 아브라함에게 이집트인 하녀 하갈과 잠자리를 갖도록 하는데, 하갈은 임신 후 오만해져 사막으로 쫓겨나게 된다.

까칠한 심술이 어찌나 악명 높았던지 어느 분개한 목장주가 목가적이면서도 진솔한 말투로 표현한 그에 관한 신랄한 반론의 말이 커프 사장의 귀에까지 들어왔답니다. 그가 그런 복음을 전하다니 어울리지 않는 일입니다. 그는 집에서 더 가까운 곳에 씨 뿌려야 할 밭을 쟁기날이 없는 탓에 묵혀두고 있지 않습니까? 고약한 버릇이란 사춘기에는 제2의 천성이지만 중년기에는 불명예인 것입니다. 만일 그가 한 세대의 미숙한 난봉꾼들의 건강을 회복시켜주기 위해 감람나무 수지를 넣은 엉터리 비방약과 수상한 취향의 잠언을 처방해줘야겠다면, 그는 그 처방을 그가 지금 몰두해 있는 이론에 보다 잘 맞추어야 할 것입니다. 결혼생활중인 그의 가슴속은 차마 점잖은 입에 담기 어려운 비밀들의 창고랍니다. 남편에게서 소홀한 대우를 받다가 육체적 타락에 빠지게 된 배우자를 위해 누가 어떤 빛바랜 아름다움을 음란하게 암시해주면 그에게 위안이 되겠지만, 그러나 이 새로운 도덕 설교자 겸 질병 치료자는 외래종 나무여서, 토착지인 동방에 뿌리를 내린 한창때에는 무럭무럭 자라 무성해지고 풍부한 향기를 냈지만 보다 따뜻한 땅으로 옮겨 심자 그 뿌리가 예전의 생기를 잃는 한편 거기서 빠져나오는 원료는 썩고 산성이라 효험이 없어졌습니다.

그 소식은 숭고한 문*의 의식관례를 상기시키는 신중을 기하여 두번째 간호사에 의해 하급 상주 직원에게 전해졌고 그는 다시 대표단에게 후계자가 탄생했다고 공표하였다. 그가 공히 피로감과 안도감 속에 침묵을 지키고 있는 내무장관과 추밀원 의원들이 배석한 자리에서 규정

* 오스만제국 정부 또는 그 수도인 콘스탄티노플.

된 산후 의식을 보조하기 위해 여성들의 방으로 가자, 대표자들은 오랜 시간 동안 엄숙하게 야근한 데 대해 짜증을 냄과 아울러 마침 여직원과 산과의가 동시에 자리를 비우기도 했으니 이 경사로 인해 방종이 더욱더 수월해지리라는 희망으로 곧장 설전에 돌입하였다. 보채고 달래고 말리려고 애쓰는 광고외판원 블룸 씨의 목소리도 소용없었다. 그토록 제각각인 기질을 한데 묶는 유일한 유대처럼 보이는 갑론을박을 늘어놓기에 너무나 안성맞춤인 순간인 것이다. 이런 상황의 모든 양상, 즉 씨 다른 형제의 태생적 혐오, 제왕절개, 아버지가 죽고 난 뒤의 출생과 더 드문 형태지만 어머니가 죽고 난 뒤의 출생, 차일스 살해로 알려지고 무고한 피고의 무죄방면을 얻어낸 변호사 부시 씨의 열정적 항변에 의해 기억에 남게 된 형제살해 소송, 장자상속권과 쌍둥이 및 세쌍둥이에 대한 왕의 보조금, 위장되거나 은폐된 유산과 유아살해, 심장 없는 태아 속의 태아[193]와 충혈로 인한 안면결여, (의사 지망생 멀리건 씨의 말대로) 한 귀가 하는 말을 다른 귀가 들을 수 있도록 턱뼈돌기들이 중앙선을 따라 잘못 재결합된 탓에(그가 인용한 대로) 턱이 들어간 어떤 중국인들의 아래턱 결여, 마취 혹은 무통분만의 이점, 만년晩年 임신시에 혈관압력으로 말미암은 산통 연장(실례로 나타났듯이), 양수가 일찍 터져 생기는 자궁 부패의 위험, 피하주사기를 이용한 인공수정, 폐경에 따른 자궁 퇴축, 강간 범죄로 임신한 여성의 경우 종을 해치는 범행의 문제, 브란덴부르크 사람들이 불시분만이라고 일컫는 고통스러운 방식의 분만, 월경중 임신이나 근친부모로 인한 다수정多受精, 쌍생, 기형의 출산 기록 실례—요컨대 아리스토텔레스가 착색석판着色石版 삽화가 실린 그의 걸작에서 분류한 인간 출생의 경우들이 모조리 들추어졌다. 산과학과 법의학상의 가장 중대한 문제들이 임신 상태에 대한 가장 통속적인 믿음들, 가령 임신부가 움직이다가 탯줄이 태아의 목을 조를 수 있으니 시골 울타리계단 넘는 걸 금지해야 한다든가 성적 접대를 아무리 받아도 효과가 없을 경우, 오랜 관습상 징벌의 자리로 숭상되어온 신체부위*에 임신부가 손을 대고 싶어하는 경우에 이를 금지해야 한다는 믿음들만큼 활발하게 조사되었다. 한 사람은 언청이, 가슴사마귀, 과다손가락, 띠 모양의 흑반, 홍반 및 자줏빛 모반 따위의 기형이 종종 태어나는 돼지머리나(그리셀 스티븐스 여사의 사례도 잊지 않았다) 개털 난 유아들에 대한 자명하고 당연한 가설적 설명이라고 주장했다. 칼레도니아 공사가 제기하였고 그가 대표하는 스코틀랜드의 형이상학 전통에 합당한 영혼 윤회의 전체 기억이라는 가설은 이런 경우들에서 인간이 되기 전의 어떤 단계에서 배胚의 발생이 중지됨을 상정하였다. 한 이국풍의 대표는 거의 도취된 확신 같은 열성을 띠고 이 두 의견에 다 이의를 제기하며 여성들과 수컷 짐승들 사이의 교접이론을 주장했는데, 그 근거는 고아한 라틴 시인의 천재적인 재능이 그의 『변신』 책장을 통해 우리에게 전수해준 미노타우로스**의 경우와 같은 우화를 지지하는 그 자신의 보증이었다. 그의 말이 남긴 인상은 즉각적이긴 했으나 오래가지 못했다. 그 인상은 의사 지망생 멀리건 씨가 누구보다도 잘 즐길 줄 아는 익살조로 참하고 깨끗

* 성기.

** 오비디우스의 『변신』에서 크레타섬 미노스왕의 왕비인 파시파에는 황소와 수간하여 인간의 몸에 황소 머리를 가진 미노타우로스를 낳았다. 사람을 잡아먹는 미노타우로스를 가두기 위해 제조의 장인 다이달로스(영어식 명칭 데덜러스가 스티븐의 성이다)가 미로를 만든다.

한 노인을 지고의 욕망 대상이라 가정한 연설에 의해 발생했을 때만큼이나 쉽사리 지워졌다. 동시적으로, 샴쌍둥이 중 하나가 다른 하나보다 먼저 죽을 경우에 생기는 사법적 신학적 딜레마와 관련하여 대표 매든 씨와 의사 지망생 린치 씨 사이에 뜨거운 논쟁이 벌어지자, 그 난제는 쌍방합의에 의하여 광고외판원 블룸 씨에게 넘겨 부집사 데덜러스 씨에게 즉시 제출하도록 하였다. 그의 복장에서 풍기는 기이한 품격을 천성적인 엄숙함으로 더 잘 보여주기 위해서인지 아니면 내면의 목소리에 순응하려는 것인지 몰라도, 어쨌든 그는 짤막하게, 그리고 몇 사람이 생각하기에는 건성으로, 신이 합쳐놓은 것을 인간이 떼어놓지 못하게 금한 교회 법령을 설파하였다.

그러나 말라키아스의 이야기는 그들을 공포로 얼어붙게 만들기 시작했어. 그는 그들 앞에 그 장면이 떠오르게 만들었어. 굴뚝 옆에 있던 비밀판자문이 도로 슥 열리더니 그 으슥한 구석에서 나타난 건 바로—헤인스! 우리 중 오싹해지지 않을 사람이 그 누구인가! 녀석은 한 손에는 켈트 문헌으로 가득찬 손가방을, 다른 손에는 '독'이라고 표시된 약병을 들었어. 녀석이 유령처럼 이를 드러내고 사람들을 쳐다보는 동안 모두의 얼굴에는 경악과 공포와 혐오가 서렸어. 녀석은 몸서리치는 웃음소리를 내며 말을 시작했어, 나 대충 이런 대접을 받을 줄 알았지, 그 책임은 역사에 있겠지만 말이야. 그래, 사실이야. 내가 바로 새뮤얼 차일스*의 살해자야. 그런데 내가 무슨 처벌을 받는지 알아! 지옥은 나에게 공포가 되지 못해. 바로 이것이 내가 뒤집어쓴 외모야. 녀석

* 형 토머스를 살해한 혐의로 재판받았다가 방면된 사람.

은 우물우물 지껄였어, 내 꼴을 한번 봐. 눈물에다 상처까지, 내가 도대체 무슨 수로 설 수 있겠어, 게다가 나는 이날이 되도록 아는 노래를 부르며 더블린을 떠도는데 그놈은 마치 무슨 유령이나 살인 냄새처럼 내 뒤를 따라다니잖아? 내 지옥이, 그리고 아일랜드의 지옥이, 이 삶 속에 있어. 그건 내가 지은 죄를 잊으려고 해본 거야. 오락, 까마귀 사냥, 어스어Erse語*(녀석은 몇 마디 주워섬기기도 했어), 아편제(녀석은 약병을 입술에 갖다댔어), 야영. 허사였어! 그놈의 혼령이 따라다니니 말이야. 마취약이 내 유일한 희망이야 .... 아! 파멸이다! 흑표범이다! 외마디 외침과 함께 녀석은 홀연히 사라지고 판자문이 도로 슥 닫혔어. 잠시 후 녀석의 머리가 반대쪽 문에 나타나서 말했어: 열한시 십분에 웨스틀랜드 로 역으로 날 만나러 와라. 녀석은 사라졌어. 방탕한 무리의 눈에서는 눈물이 줄줄 흘렀어. 선지자는 한 손을 하늘로 치켜들고 중얼거렸어: 마나난의 복수여! 현자**는 응징의 법이라고 거듭 말했어. 감상주의자란 제가 저지른 일에 엄청난 책임을 지지 않고 즐기려는 자로다. 말라키아스는 감정에 북받친 채 끝맺었어. 수수께끼는 풀렸어. 헤인스가 세번째 형제였던 거지. 놈의 진짜 이름은 차일스고. 흑표범 자체가 자기 아버지의 유령이었어. 그는 잊으려고 약을 마셨어. 이렇게 구원해줘서 무척 고마워. 묘지 옆 고즈넉한 집은 비어 있어. 앞으로 거기 사는 사람은 없을 거야. 거미가 으슥한 데 줄을 쳐. 야행성 쥐가 구멍에서 내다보고. 그 구멍엔 저주가 내렸어. 귀신이 나타나. 살인자의 터야.

사람 영혼의 나이는 몇이지? 영혼은 새로운 것이 다가올 때마다 색

---

* 아일랜드 게일어(語).

** 9장에 나온 존 에글린턴.

을 바꾸는 카멜레온의 장점을 지녀서 명랑한 이들과 함께하면 즐거워하고 풀죽은 이들과 함께하면 슬퍼하듯이 영혼의 나이 또한 기분처럼 곧잘 변하지. 거기 앉아 골똘히 추억을 새김질하는 리어폴드 역시 착실한 광고회사 직원이나 적당한 액수의 공채 소유자가 이미 아니지. 20년 세월을 훌쩍 날려보내지. 그는 이제 젊은 리어폴드. 거기서 그는 회고조로 구성된 것처럼, 거울 속 거울이 되어(얍, 빨리!), 자신을 바라보지. 당시의 젊은 모습이 보이지, 살을 에는 아침에 엄마의 마음이 담긴 큼직한 밀빵 덩어리가 든 책가방을 멜빵처럼 메고 클랜브래실 스트리트의 낡은 집에서 고등학교로 걸어가는 조숙하게 남자다운 모습이. 또 1년 남짓 지나 중산모자를 처음 쓰고(아, 그때가 좋았지!) 주문 대장과, 향수 뿌린 손수건과(그냥 모양내기 위한 것만은 아니지), 빛나는 장신구 상자와(허어! 이제 과거지사로고!), 그리고 꼬드김에 이미 반쯤 넘어와 손가락 끝을 튕기며 셈을 해보는 이런저런 가정주부라든지 공들인 찬사에 수줍게 답례하는(그런데 마음은? 말해봐!) 꽃다운 처녀에게 상냥하게 쏘아줄 한 통 가득한 미소화살 따위를 갖추고 벌써 거리를 돌아다니며 집안 회사를 위해 일하는 어엿한 행상인 역시 동일한 모습이지. 향기와 미소도 그렇지만 이를 뛰어넘는 검은 눈과 번지르르한 말솜씨는 같은 일을 마치고 나서 집에서 야곱 파이프를 물고 가장용 벽난로에(식사용 국수가 데워지고 있음은 뻔할 뻔 자) 앉아 한 달 전 유럽에서 배달된 신문을 둥근 뿔테안경을 통해 읽고 있는 가족회사 사장에게로 많은 주문을 해질녘에 들고 오게 했지. 그러나 얍, 빨리, 거울에 김을 뿜으면 젊은 편력 기사는 물러나며 쪼그라지고 줄어들어 안개 속의 작은 한 점으로 변하지. 이제는 그 자신도 가장이니 그의 주위에 있는 이들은 그의 아들이 될 수도 있지. 누가 알아? 슬기로운 아비는 제 자식을 알아보는 법. 그는 그곳 보세 상점 바로 옆 해치 스트리트에 이슬비 내리던 밤, 그 첫날밤을 생각하지. 함께(상대는 불쌍한 미아요, 사생아요, 단돈 1실링에다 행운의 개평을 얹어주면 네 것도 내 것도 모두의 것도 되는 여자), 함께 그들은 방수망토 걸친 그림자 둘이 새 왕립 대학교를 지날 때 야경의 육중한 발걸음소리를 듣지. 브라이디! 브라이디 켈리! 그는 그 이름을 결코 잊지 못하리, 그날 밤을 언제까지나 기억하리, 첫날밤을, 새아씨의 밤을. 그들은, 뜻을 이루려는 이와 뜻을 받는 이는, 칠흑 같은 어둠 속에서 엉키니 삽시에(되어라!) 빛이 세상에 넘치리. 심장이 심장으로 뛰었나? 아니라오, 고운 독자여. 단숨에 일어난 일이지만—그만요! 저리 가요! 이럼 안 돼요! 공포에 질려 불쌍한 처녀는 어둠 사이로 달아나지. 어둠의 새아씨요, 밤의 딸이라네. 차마 태양처럼 황금빛인 낮의 아기를 낳을 수는 없지. 안 돼, 리어폴드. 이름과 기억은 네게 위안이 안 돼. 그대의 힘이 넘치던 그 청춘의 환영은 그대에게서 사라졌지—그것도 헛되이. 그대의 사타구니에서 나온 아들은 그대 곁에 없지. 리어폴드에겐 이제 아무도 없게 되었다네, 루돌프* 에게 있어 리어폴드 같은 존재가.

목소리들이 음울한 침묵, 한없이 이어지는 침묵 속에 섞이고 녹아드는가 하면, 재빠르고 조용하게 영혼은 수세대가 살아온 지역들 위에서 떠도누나. 회색 황혼이 너른 황록색 초원 위로 언제까지나 내려오되 결코 떨어지지는 않으면서 땅거미를 드리우고 영원한 별 이슬을 뿌리는

* 블룸의 아버지. 블룸의 아들 이름인 루디(Rudy)는 루돌프의 별칭이다.

지역. 영혼이 아장아장 엄마를, 암망아지 이끄는 암말을 따르누나. 둘은 비록 황혼 유령이지만, 날씬하게 잘빠진 엉덩이에 낭창낭창하게 힘줄 서린 목에 부드럽고 영리한 두개골까지 예언적으로 우아한 몸매를 자랑하누나. 슬픈 유령들 사라지고, 모든 것 떠나가누나. 아겐다스는 황폐한 땅, 불길한 올빼미와 흐린 눈으로 시체 먹는 새의 서식지. 황금빛 네타임은 이제 옛이야기. 그들, 짐승의 혼령들은 반역의 천둥소리를 소곤거리며 구름들의 한길로 오누나. 후우! 들어봐! 후우! 시차視差가 뒤따르며 몰고 가누나, 번개 같은 눈썹이 전갈처럼 찌르는 그 혼령들을. 엘크와 야크, 바산*과 바빌론의 황소들, 매머드와 마스토돈, 이놈들이 가라앉은 바다 사해死海로 우글우글 몰려오누나. 험악한 상판으로 복수심 품은 12궁도의 무리여! 끙끙대며 구름 위를 지나는 놈들, 쇠뿔과 산양뿔 단 놈, 상아 나팔 단 놈, 사자 갈기 달린 놈, 거대한 사슴뿔 단 놈, 돼지주둥이 달린 놈과 기는 놈, 설치류, 반추동물과 후피동물 따위의 짐승들, 움직이며 끙끙대는 그 모든 떼거리는 바로 태양의 살해자들이누나.

그놈들은 사해 쪽으로 쿵쿵 나아가더니, 소금기 있고 졸음에 겨운 무진장의 바닷물을 끝없는 갈증 속에 끔찍이도 벌컥벌컥 마셔대누나. 그리고 말의 형상**이 다시 자라 비어 있던 하늘 안에서, 아니 하늘 자체만큼 웅장한 크기로 팽창하며 마침내 처녀좌의 집 위로 광대한 모습을 드러내누나. 그런데 보라, 윤회의 경이로움이여, 그건 바로 그미, 낮별의 영원한 신부이자 예고자요, 영원히 처녀인 신부. 그건 바로 그미,

---

* 요단강 동쪽의 비옥한 지역.

** 페가수스성좌를 가리킨다.

떠나간 그대 마사이자, 젊고 사랑스럽고 눈부신 밀리선트. 플레이아데스성단 중에서도 여왕격인 그미는 새벽이 오기 두 시간 전, 번쩍이는 황금 샌들을 신고 박사薄紗라 부를 만한 베일을 쓴 채 어찌나 조용하게 떠오르는지. 그 베일은 떠돌며, 별에서 태어난 몸의 주위로 흐르며, 별 사이로 부는 차가운 바람의 흐름을 타고 선녹색, 푸른색, 담자색, 연보랏빛으로 유유히 흘러가며, 굽이치고 감기고 마냥 소용돌이치고 하늘에 신비로운 글자를 비틀며 쓰다가, 마침내 무수한 상징의 윤회 끝에 환히 빛나니, 황소성좌의 이마에 쓰인 진홍색의 세모꼴 기호로 마감하여, 주성主星으로 자리잡누나.

프랜시스는 스티븐에게 콘미 교장 재임시 함께 학교 다니던 몇 해 전을 상기시켜주고 있었구려. 그는 글라우콘, 알키비아데스, 피시스트라토스*의 소식을 물었구려. 그 친구들은 지금 어디에 있는지? 둘 다 모르는구려. 스티븐은 말했구려, 넌 과거와 그때의 환영 얘기를 하네. 걔들 생각을 왜 해? 내가 만일 걔들을 불러 레테강 건너로 살아 돌아오게 한다면 그 불쌍한 혼백들도 내 부름에 모여들지 않을까? 누가 그런 생각을 할까? 나, 황소를 벗삼는 시인이자 황소 영혼의 소유자는 그들 생명의 주인이자 제공자야. 그는 우거진 머리칼을 포도덩굴 잎으로 된 화관으로 둘러싸며 빈센트에게 미소 지었구려. 빈센트는 그에게 말했구려, 그 대답과 그 잎들이 너를 더 적절히 장식해주는 것은 몇 편의 가벼운 송시訟詩들보다 더 큰, 그것도 훨씬 더 큰, 무언가가 네

* 글라우콘은 플라톤의 『국가』에 나오는 강직한 인물이고, 알키비아데스는 소크라테스의 친구면서 제자로 탁월한 재능을 믿고 오만했던 정치가이자 장군이며, 피시스트라토스는 아테네의 왕좌를 찬탈한 뒤 두 번이나 추방당했다가 돌아온 폭군이다.

천재 아버지를 부를 수 있을 때일 거야. 네가 잘되기를 바라는 사람은 모두 너를 위해 이렇게 되기를 바라. 모두들 네가 궁리하는 작품을 창출해내는 걸 보고 싶어하고, 제물의 화관을 쓴 자인 너에게 갈채를 보내고 싶어해. 네가 그들을 실망시키지 않기를 난 진심으로 기원해. 아무렴, 빈센트, 레너핸이 옆 사람 어깨에 손을 얹고 말했구려. 염려 놓게. 설마 자기 어머니를 고아로 남겨놓을까. 젊은이의 안색이 어두워졌구려. 그가 자신의 장래성과 최근의 상실을 떠올리는 게 얼마나 힘든지 모두가 알 수 있었구려. 떠들썩한 목소리들이 그 아픔을 달래주지 않았더라면 그는 연회장을 뜰 뻔했구려. 매든은 기수의 이름에 홀려 셉터에 돈을 걸었다가 5드라크마*를 잃었고, 레너핸은 그 두 배를 잃고 난 뒤였구려. 레너핸은 사람들에게 경마 이야기를 들려주었구려. 기旗가 떨어지자 후우! 출발, 달려, O. 매든이 일어선 가운데 암말은 질풍같이 달려나갔어. 그놈은 선두를 달렸지. 모두들 가슴이 뛰었다네. 심지어 필리스조차 가만있지를 못했으니까. 그 여자는 스카프를 흔들며 만세! 하고 소리쳤어. 셉터가 우승한다! 하지만 결승점을 향해서 달리는 직선 코스에서 모든 말이 다닥다닥 붙어 있을 때 다크호스인 스로어웨이가 바짝 따라붙어 오다가 셉터와 어깨를 나란히 하더니 앞질러버린 거야. 이제 몽땅 다 잃은 거지. 필리스는 할말을 잃은 채, 슬픈 아네모네 같은 눈을 했어. 에구머니, 쫄딱 망했네, 하고 울부짖더라고. 하지만 자기 애인이 달래주며 타원형 사탕 몇 개가 담긴 화려한 황금빛 상자를 갖다주니까 넙죽 받아먹던걸. 눈물 한 방울이 흘렀어,

* 고대 그리스의 은화.

딱 한 방울이. W. 레인은, 레너핸은 말했구려, 무지무지하게 실력 좋은 기수야. 어제는 네 차례, 오늘은 세 차례 우승했거든. 그런 기수가 또 어디 있겠어? 낙타나 사나운 들소를 타고 달리게 해봐, 그래도 우승은 거뜬히 그 친구 몫일걸. 하지만 오래된 관례대로 순순히 받아들이자고. 불운한 자에게 자비를! 불쌍한 셉터! 하며 그는 옅은 한숨을 쉬었구려. 셉터가 옛날 같지가 않아. 그래도 그런 말이 앞으로 또 나온다면 내 손에 장을 지져. 아무렴, 말 중의 여왕이지. 기억나나, 빈센트? 빈센트는 말했구려, 모두들 오늘 내 여왕*을 봤어야 하는 건데. 노란 구두를 신고 이름은 제대로 모르겠다만 무슨 모슬린 드레스를 입었는데 어찌나 젊고 눈부시던지(랄라게도 그 옆에서는 그냥 그런 수준이지). 우리에게 그늘을 준 밤나무가 꽃을 피웠는데, 그 배길 수 없는 향기에다 꽃가루까지 우리 옆에서 떠다니는 바람에 공기가 다 늘어질 지경이었어. 양지바른 땅에서는 과일행상이 다리 근처에서 고린도 건포도가 든 작은 롤빵 한 뭉치 굽는 것도 일이 아니었을걸. 하지만 내 여왕은 자기를 껴안은 내 팔 외에는 아무것도 물고 있지 않다가 내가 너무 꽉 껴안으니까 그 팔을 장난스럽게 깨물었지. 일주일 전만 해도 병이 나서 나흘이나 침대 신세를 졌지만, 오늘은 스스럼없이 쾌활한 것이 잘못 놀렸다가는 큰코다치겠더라고. 그럴 때 더 매력적이야. 걔가 가진 꽃다발은 또 어떻고! 못 말리게 발랄한 애라서 우리가 함께 기대 누울 때면 으스러져라 끌어안는다니까. 그리고 친구야 이건 비밀인데, 우리가 들판을 떠나다가 누구를 마주쳤는지 꿈에도 모를걸. 다름 아닌 콘미였다

---

* Queen. '애인'이라는 뜻도 있다.

고! 그 양반은 산울타리 옆에서 책을 읽으며 걷고 있었는데, 내 생각에 8포인트 활자로 된 그 책 속에는 틀림없이 글리세라 또는 클로이 같은 미인이 보낸 재기발랄한 편지를 페이지 표시용으로 끼워놓았을 거야. 고 귀여운 것은 당황한 나머지 얼굴이 새빨개지더니 옷매무새가 살짝 흐트러졌다고 짜증내는 척을 하는데, 나무들조차 걔한테 홀랑 빠진 판이라 덤불 가지 하나가 달라붙어 있지 뭐야. 콘미가 지나가고 나자 걔는 가지고 다니는 작은 거울로 제 예쁜 얼굴을 슬쩍 보더라. 그래도 콘미는 사람이 친절했어. 지나가면서 우리를 축복해주잖아. 신들도 언제나 친절하지, 레너핸이 말했구려. 내가 재수없게 바스의 말에 걸었으면 그 자식의 술은 나를 더 화끈하게 취하도록 해줘야 할 거 아냐.* 레너핸이 포도주병에 막 손을 대려는데, 맬러카이는 그 모습을 보고 그의 행동을 말리면서 낯선 손님과 그 술병의 주홍색 상표를 가리켰구려. 조심스럽게 드루이드교 사제의 침묵을 유지하게, 하고 맬러카이는 속삭였구려. 저분은 한참 넋이 나가 있다고. 환상에서 깨어나는 것은 아마 태어나는 일처럼 고통스러울 거야. 어떤 사물이든 뚫어지게 쳐다보면 신들의 세계인 불멸의 영겁으로 통하는 문이 될 수도 있어. 그렇게 생각하지 않니, 스티븐? 테오소포스가 내게 그렇게 말했지, 전생에서 이집트 사제들이 업보 법칙의 신비를 전수해준 내 스승 말이야, 라고 스티븐은 대답했구려. 테오소포스가 내게 말했어, 달의 사성司星들은 12궁도의 주성으로부터 옮겨온 오렌지색 불꽃덩어리라서 에테르체體를 띠지 않을 것이고 따라서 이것들은 두번째 성운에서 온 루비색

* 셉터의 소유주인 W. A. H. 바스는 넘버원 바스 에일 회사의 이사인 M. A. 바스의 조카다.

자아에 의해 구체화되었다고.

그러나, 그래도 실은, 그 손님이 일종의 침울한 상태라거나 최면상태라는 허무맹랑한 짐작은 전적으로 가장 얄팍한 성격의 착각에 근거한 것으로 사실과 딴판이었구먼. 위에서 말한 사태가 진행중인 동안 이 중차대한 고비를 맞아 생기를 되찾는 징후를 시각기관을 통해 드러내기 시작한 그 개인은 살아 있는 누구보다 더하지는 않더라도 덜하지도 않게 예민한 상태였으니, 정반대로 추측했던 이라면 누구라도 스스로 번지수가 틀렸음을 아주 신속하게 알아챘겠구먼. 지난 4분가량 동안 그는 다른 많은 술병 중에서도 마침 그가 있는 자리의 정반대편에 위치한데다 그 주홍색 외관 탓에 그 누구의 주의라도 끌 수 있도록 확실하게 계산된, 버튼 온 트렌트의 바스 양조주식회사의 병에 조금 남은 넘버원 바스 맥주를 뚫어지게 응시하던 중이었구먼. 그는 단순히 그리고 오로지, 본인이 가장 잘 알고 있는 이유들, 그리로 형세를 사뭇 딴판으로 바꿔놓은 이유들로 인해 곧이어 밝혀진 것처럼, 소년 시절과 경마에 관한 방금 전의 발언들이 나오고 나서, 나머지 두 사람은 태어나지 않은 아기처럼 공히 까맣게 모르는 그만의 사적인 거래 두세 가지를 돌이켜보는 중이었구먼. 그러나 마침내 두 사람의 눈이 서로 마주쳤고, 상대방이 그 술을 스스로 마시려 애쓰고 있다는 생각이 들자마자 그는 그를 몸소 도와주기로 부득이 작정하였고, 그래서 그는 상대가 탐내는 액체가 담긴 중간 크기의 유리용기 목을 잡고 안에 든 술을 병에 큰 구멍이 생기도록 가득 따랐는데, 그러나 그러는 가운데에도 안에 든 맥주를 조금이라도 그 장소 주변에 흘리지 않도록 엄청난 주의를 기울였구먼.

이어진 토론은 그 범주로 보나 경과로 보나 인생행로의 축소판이었구먼. 장소나 회의 또한 품격에 손색이 없었구먼. 토론자들은 강호에서 가장 예리한 자들이요, 그들이 다루는 주제 또한 가장 숭고하고 중대한 것이구먼. 혼병원의 높은 홀은 일찍이 이토록 대표적이고 이토록 다양한 회합을 본 적이 없었고 그 건물의 오래된 서까래 또한 이다지도 박학다식한 언어를 들어본 적이 일찍이 없었구먼. 토론은 진정 장려한 광경을 연출하였구먼. 크로터스는 돋보이는 하일랜드 의상을 걸친 채 멀 오브 갤러웨이 곶의 갯내나는 바람을 쐬어서 발개진 얼굴로 테이블 발열에 있었구먼. 또한 그의 맞은편에는 얼굴에 때 이른 타락과 조숙한 술수의 징후를 벌써 띠고 있는 린치가 있었구먼. 스코틀랜드인 옆자리는 괴짜 코스텔로에게 배정되었는가 하면, 그 옆자리에서는 쪼그린 자세의 매든이 무덤덤하게 휴식을 취하며 앉아 있구먼. 벽난로 앞 병원 거주자의 의자는 사실 비어 있었지만, 그 양편에는 트위드 반바지에 소금에 절인 쇠가죽 신으로 탐험가 복장을 한 배넌의 모습이 맬러카이 롤런드 세인트 존 멀리건의 앵초* 같은 기품 및 도시풍의 태도와 날카로운 대조를 이루었구먼. 마지막으로 테이블 주빈석에는 교육노동과 소크라테스식 토론의 흥겨운 분위기 속에 진행된 형이상학적 탐구 활동을 마친 후 휴식처를 찾게 된 젊은 시인이 앉았는가 하면, 그 좌우로는 경마장에서 갓 돌아온 경박한 예언자와 조심성 있는 방랑자가 앉았는데, 방랑자는 여행과 전투의 먼지로 더럽혀지고 지울 수 없는 불명예의 흙탕물로 얼룩졌지만, 그 어떤 유혹이나 위험이나 위협이나 타락도

---

* 앵초(primrose)에 길(path[way])이 더해지면 '환락의 길' 또는 '방탕'을 뜻하게 된다.

라피엣*의 영감 받은 화필이 수세기에 걸친 미래를 위하여 묘사해놓은 그 관능적인 미모의 심상을 그의 꿋꿋하고 한결같은 가슴으로부터 결코 지우지 못하겠구먼.

지금 여기서 시작하는 김에 S. 데덜러스 씨(신神 회의론자)의 평소 주장으로 미루어볼 때 그가 몹시 몰두한다고 보일 만한 왜곡된 초월사상이 정설로 굳어진 과학적 방법에 정면으로 배치된다는 점을 밝히는 편이 좋겠다. 아무리 거듭해도 무방한 말이거니와, 과학이란 가시적인 현상을 다루는 것이다. 과학자란 보통 사람과 마찬가지로 무시할 수 없이 엄연한 사실을 대면하여 될 수 있는 한 가장 잘 설명해야 하겠다. 물론 과학이—현재로선—답변할 수 없는 몇 가지 질문들, 가령 장래에 성별이 어떻게 결정될 것인지에 관하여 L. 블룸(공공 외판원)이 제기한 첫번째 문제와 같은 질문들이 있겠다. 우리는 오른쪽 난소가(월경 후 시기라는 설도 있음) 남아 탄생의 원인이라는 트리나크리아의 엠페도클레스의 견해를 받아들여야 하겠는가, 아니면 너무나 오래 방치한 정자나 정액 섬유가 구별 요인이겠는가, 아니면 컬페퍼, 스팔란차니, 블루멘바흐, 러스크, 헤르트비히, 레오폴트 및 발렌티 같은 대부분의 태생학자들의 의견처럼 양자가 혼합된 것이겠는가? 이는 한편으로는 정액 섬유의 형성 경향과 다른 한편으로는 수동적 요소가 적절하게 선택한 위치 즉 하위에 누운 출산능력자 사이의 협력(자연이 좋아하는 방식의 하나)과 동등하겠다. 동일한 탐구자가 제기한 다른 문제, 즉 유아 사망 또한 이에 못지않게 중요하겠다. 이것이 흥미로운 것은, 정곡을 찌

* 더블린의 왕가 담당 사진사 제임스 스택 로더.

른 그의 진술대로, 우리가 모두 같은 방식으로 태어나면서 다른 방식으로 죽는 까닭이겠다. M. 멀리건 씨(위생학 및 우생학 박사)는 회색 폐를 가진 우리 시민들이 먼지 속에 잠복해 있는 박테리아를 흡입함으로써 편도비대증, 폐병 따위에 걸리게 되는 위생 조건을 탓하겠다. 그의 주장으로는, 이 요인들과 우리의 거리가 배출한 역겨운 광경들, 섬뜩한 광고 포스터들, 모든 종파의 성직자들, 불구자가 된 육해군 병사들, 괴혈병에 노출된 마부들, 매달린 동물 사체들, 편집증 총각들과 불임인 가정교사들—이들이야말로, 그의 말로는, 인류라는 계층에 존재하는 갖가지 퇴락을 야기했겠다. 미학적 태교법이 곧 보편적으로 채택될 것이고, 그리되면 인생의 모든 매력들, 즉 진정 좋은 음악, 유쾌한 문학, 가벼운 철학, 교육적인 그림, 비너스와 아폴로 같은 고전 조각품의 석고 모형, 우량아의 예술적 색채 사진 따위의 모든 작은 배려들이 까다로운 조건에 처한 여인들로 하여금 막간의 몇 달을 매우 즐거운 방식으로 보낼 수 있게 해줄 것이라고 그는 예측했겠다. J. 크로터스 씨(담론학사)는 이런 사망들의 몇 가지 원인을 일터에서의 중노동과 가정에서 남편이 가하는 제재에 시달리는 여성 근로자들의 경우에는 복부 외상에서 찾지만, 단연 대다수를 차지하는 원인은 새로 태어난 유아의 비바람 노출이나 불법낙태시술이나 유아살해라는 잔혹한 범죄에서 절정을 이루는 사적 또는 공적 태만에서 찾았겠다. 비록 전자(우리가 생각하는 건 태만)가 의심의 여지 없이 명명백백한 사실이기는 하지만, 복강에 넣은 스펀지 개수 세는 걸 깜박 잊은 간호사의 예는 너무 드물어서 표준적이랄 수는 없겠다. 사실 이 문제를 조사하게 될 때 놀라운 일은, 모든 사정을 고려할 때, 그리고 종종 자연의 의도를 가로막는 우리

인간의 결함에도 불구하고, 실제와 같이 잘 진행되는 임신과 출산이 너무나 많다는 점이겠다. 절묘한 제안 하나가 V. 린치 씨(수학학사)에 의해 제기되었는데, 출생률과 사망률 두 가지뿐만 아니라 다른 모든 진화 현상들, 조수운동, 달의 변화, 혈액 온도, 일반 질병에 이르기까지 모든 일, 요컨대 어떤 머나먼 태양의 소멸부터 우리의 공원을 아름답게 꾸며주는 무수한 꽃들 중 한 송이의 개화에 이르기까지 자연의 방대한 일터에서 일어나는 모든 일이 아직 규명되지 않은 계산법에 따른다는 것이겠다. 그래도 정상적으로 건강한 부모의 아이이고 외견상 건강한 아이이며 제대로 보살핌을 받은 아이가 어찌하여 영문도 모르게 이른 소년 시절에 죽어나가는가 하는(같은 부모에게서 태어난 다른 아이들은 그러지 않는데) 명료하고도 간단한 문제는 분명히, 시인의 말을 빌리자면, 우리를 어리둥절하게 만들겠다. 자연은, 우리가 마음 편히 확신할 수 있듯이, 자신이 하는 어느 일에 대해서도 나름의 충분하고 적절한 이유를 가지고 있거니와, 십중팔구 그러한 죽음은 병균이 서식하는 조직체가 점점 더 일러지는 발달 시기에 사라지는 경향을 보이는 모종의 예측법칙에 기인하니, 이는 우리의(현저하게 어머니의) 몇 가지 감정에 고통을 일으키지만 그럼에도 불구하고, 우리 중 어떤 이들이 생각하듯이, 궁극적으로는 그렇게 함으로써 최적자생존을 확보하는 데 있어 전체 인류에게 유익한 조치겠다. 황달에 걸린 정치꾼과 위황병에 걸린 수녀들은 말할 것도 없고 출산으로 쇠약해지고 위궤양에 걸린 여성이나 비만인 전문가 남성과 같이 각종 자양분을 완전무결하게 태연히 씹고 삼키고 소화시키고 보통의 경로로 명백히 통과시킬 수 있는 잡식성의 존재는 아마도 비틀거리는 송아지 고기로 차린 악의 없는 식사를 하고도 뱃속이 편할 거라는 S. 데덜러스 씨(신 회의론자)의 발언(아니면 훼방이라고 불러야 하나?)은 위에 언급한 경향을 아무도 흉내내지 못하게 그리고 매우 불미스러운 견지에서 드러내겠다. 과학적인 일에 도가 튼 양 온갖 오만을 다 떨지만 산과 알칼리도 잘 구분하지 못하는 이 병적인 정신의 미학자이자 풋내기 철학자가 자부하는 만큼 시립도살장의 속사정을 낱낱이 꿰고 있지 못한 사람들의 계몽을 위하여, 저급한 인허요식업자의 천박한 언어로 소위 비틀거리는 송아지라는 표현은 아마도 어미에게서 갓 떨어진 송아지의 살이 요리할 만하고 먹을 만함을 뜻한다고 진술해야 하겠다. 홀리스 스트리트 29, 30, 31번지에 위치하고 잘 알려진 대로 A. 혼 박사(F.K.Q.C.P.I.*인 면허 산부인과)가 유능하고 인기 좋은 원장으로 있는 국립산부인과병원의 휴게실에서 L. 블룸 씨(공공 외판원)와 함께 최근에 벌인 공개토론에서, 데덜러스 씨는 여자가 일단 제 자루 속에 고양이를 집어넣고 나면**(짐작건대 모든 자연 과정 중에서 가장 복잡하고 경이로운 것에 속하는 과정—성교행위를 지칭하는 미학자의 비유임) 자신의 생명을 구하기 위해 그것을 꺼내거나, 아니면 그의 표현대로 그것에 생명을 부여하거나 해야 한다고 진술한 것으로 목격자들에 의해 전해지겠다. 자신의 생명을 무릅쓰고, 라고 그의 대화 상대가 한 말은 그 말을 분만한 온건하고 신중한 어조에도 불구하고 효과 만점인 대꾸였겠다.

---

* 'Former Knight of the Queen's College of Physicians in Ireland(아일랜드 퀸스 칼리지 의과대학의 전 부총장)'의 약자.

** '고양이를 자루에서 꺼내다'라는 표현은 '비밀을 무심코 누설하다'라는 의미로 쓰이는데, 여기서는 이 표현을 성행위를 암시하는 뜻으로 원용했다.

한편 의원의 기술과 인내심은 만족스러운 출산을 이끌어낸 거야. 산모에게도 의사에게도 공히 힘겹고도 힘겨운 시간이었던 거야. 할 수 있는 외과의 의술이란 의술은 다 써봤고 용감한 여인은 씩씩하게 도움을 주었던 거야. 그랬던 거야. 여인은 잘 싸우고 나서 이제 매우 매우 뿌듯한 거야. 세상을 뜬 이들, 먼저 떠나간 이들 역시 그 감동적인 장면을 내려다보며 미소 짓는 거야. 거기 누워 새 모성애가 처음 피어나는 가운데 어머니의 눈빛으로, 아기 손가락을 만지고 싶어 애타는 마음으로(보기에 사랑스러운 광경이야), 모든 여성의 남편이신 저 높이 계신 분께 말없이 감사기도를 드리는 여인을 공손히 바라봐. 그리고 여인이 사랑 가득한 눈으로 아기를 지켜보며 더 소원하는 축복은 오직 한 가지, 사랑하는 남편 도디가 그 자리를 함께하여 기쁨을 나누고 하느님이 진흙으로 빚은 작은 작품, 그들의 합법적인 교섭의 열매를 품에 안아주는 것뿐인 거야. 남편이 이제 나이가 더 들어(그대와 나는 이 말을 속삭일 수 있지) 어깨가 약간 구부정하긴 해도 돌고 도는 세월 속에 얼스터은행 칼리지 그린 지점의 양심적인 회계차장에게 묵직한 위엄이 자리잡은 거야. 오 도디여, 이제는 늙고 충실한 인생 동반자의 사랑을 받는 그대여, 아득히 멀어져간 그 장밋빛 시절이 다시는 돌아오지 않을 거예요! 고운 머리를 사려 깊게 흔들며 여인은 옛날을 떠올리는 거야. 어머나! 안개 같은 세월이 지나고 지금 와서 생각하니 어쩌면 그리도 아름다운지요! 하지만 여인의 상상 속에서는 아이들이, 자신과 남편의 아이들이 침댓가에 옹기종기 모여 있었으니, 그들은 바로 찰리, 메리 앨리스, 프레더릭 앨버트(살아 있었다면), 메이미, 버지(빅토리아 프랜시스), 톰, 바이얼릿 콘스턴스 루이자, 귀여운 꼬마 밥시(우리의 유명한 남아프리카 전쟁 영웅인 워터퍼드와 칸다하르의 밥스 경의 이름을 딴 아이)와 그리고 이제 진정한 퓨어포이 집안의 코를 가진, 모르긴 몰라도 그 누구보다 퓨어포이 핏줄을 이어받은, 그들의 결합을 통해 나온 이 마지막 아이인 거야. 전도양양한 아이는 더블린성에서 재무성 채권 징수관으로 근무하는 퓨어포이 씨의 영향력 있는 세번째 사촌의 이름을 따 모티머 에드워드라는 세례명을 받게 될 거야. 그렇게 시간은 자꾸 흘러가는 법이지만, 시간의 신이 여기서는 그만 경솔한 짓*을 저질러버린 거야. 안 돼, 그대 정숙한 미나여, 그 가슴에서 한숨을 짓지 마오. 그런데 도디, 당신을 위한 만종이 울릴 때가 오면(그날이 까마득히 멀었으면!) 그대의 파이프, 그대가 늘 아끼는 잘 마른 브라이어 파이프에서 재를 떨어내고 기름도 떨어져가니 성서 읽을 때 비추는 불을 끈 다음 차분한 마음으로 침대로 가 편안히 영면하세요. 하느님은 아시니 하느님께 알맞은 때가 되면 부르실 거예요. 그대도 선전하셨고 그대의 사내 역할을 충실히 수행하셨어요. 어르신, 찬사를 보낼게요. 잘하셨어요, 그대 착하고 성실한 분이여!

남자가 가슴속 가장 어두운 곳에 숨겨두는 죄 또는 사악한 기억(세상 사람들이 부르는 대로 부르자면)이라는 것이 있지만 그것들은 거기 남아 기다리는 법이잖아. 남자는 그것들에 대한 기억을 희미해지도록 내버려둘 수도 있고, 애초부터 없었다는 듯이 털어낼 수도 있으며, 그것들이 없었거나 아니면 적어도 그와는 다르다고 아예 믿어버리기까지 하잖아. 하지만 어쩌다 새어나온 말이 갑자기 그것들을 불러내면

* 남편인 시어도어('도디Doady'는 별칭)가 나이를 먹어 실성한 일을 두고 세월을 탓한다.

그것들은 더없이 다양한 상황에서, 즉 환영이나 꿈에서, 또는 탬버린과 하프가 그의 감각을 어루만져주는 동안, 또는 저녁의 선선한 은빛 평온 속에서, 또는 잔칫집에서, 또는 포도주를 거나하게 마신 한밤에 튀어나와 그에게 달려들 거잖아. 그 환상은 분노의 응징을 받는 자에게 나타날 때처럼 모욕을 주기 위해서나 복수심으로 그를 산 자들의 세상에서 떠나보내기 위해 나타나는 것이 아니라 과거라는 애틋한 옷에 감싸인 채 조용히, 아득히, 원망스러운 표정으로 나타나잖아.

길손은 여전히 앞에 있는 얼굴에서 태연을 가장한 표정이 천천히 사라지는 것을 바라보았는데, 보아하니 그 태연함은 연설자가 상스러운 인생사에 대해 불건전한 생각이랄까 재간이랄까 하는 것을 가졌다는 비난을 살 만큼 심한 말을 한 뒤 습관에 의해서건 잔머리를 굴려서건 그 말에 거짓된 의미로 덮어씌운 거라. 마치 그 좋은 시절이 즉각적인 쾌락들과 함께 그 자리에 정말로 실재하기라도 하듯이(그렇게 생각하는 이들도 있지만), 아주 자연스러운 소탈함을 지닌 한마디 말에 의해 환기된 것처럼 여겨질 만한 관찰자의 기억에서 한 장면이 사라지는 거라. 어느 나른한 5월 저녁의 잘 깎은 잔디 마당[194], 자주색과 흰색의 꽃이 피어 기억에도 생생한 라운드타운의 라일락숲, 공들이 잔디밭 위에서 천천히 앞으로 굴러가거나 짧고 빠른 충격과 함께 공 하나가 옆에 있는 공에 부딪혀 멈출 때 그 공들에 진정한 흥미를 많이 느끼면서도 향기를 풍기며 경기를 관람하던 날씬한 여성들. 그리고 물이 가끔씩 조심스레 길을 내며 움직이는 저쪽 회색 물독 주변에는 그에 못지않은 향기를 풍기는 또다른 자매들인 플로이, 애티, 타이니*가 보였고, 그들과 함께 그때 어딘가 모르게 흥미를 끌고 피부가 더 가무잡잡한 그들의 친구가 보였는데, 그 친구는 바로 한쪽 귀에 어여쁜 체리 고리를 달고 피부의 이국적인 열정을 서늘하게 농익은 열매와 대조를 이루며 너무도 멋들어지게 발산하는 '우리의 체리 여인'인 거라. 아마와 모로 짠 옷을 입은(꽃피는 계절이라도 이제 곧 공들을 거두어 상자에 넣고 나면 훈훈한 난롯가가 반가울 터) 네댓 살짜리 소년은 그 처녀가 다정한 손으로 동그랗게 감싼 채 꼭 붙잡고 있는 물독 위에 서 있는 거라. 소년은 그런 행동의 위험[195]을 어쩌면 너무나 잘 의식하면서도 즐기느라고 지금 이 청년과 똑같이 살짝 상을 찌푸리지만, **베란다**에서 기쁜 표정 속에서도 무심함인지 나무람인지 모를 **제행무상**의 기색을 희미하게 띤 채 화단을 지켜보는 어머니의 눈치를 수시로 흘낏흘낏 살펴야만 하는 거라.

이를 더욱 유념하고 기억하라. 종말은 갑자기 닥친다. 학도들이 모여 있는 출산대기실에 들어가 그들의 얼굴을 주목하라. 보건대, 경솔함이나 난폭함의 기미라곤 전무한 것을. 오히려 그 저택 안에서 그들의 신분에 걸맞은 후견의 조용함이자, 오래전 유다의 베들레헴에 있는 한 구유의 주위에 둘러선 천사들과 목자들의 예의주시임을. 그러나 번개가 치기 전에 압도적으로 넘치는 습기를 머금어 무거워지고 속이 꽉 찬 채 터져라 부풀어오른 폭풍구름 덩어리들이 바짝 마른 들판과 나른해진 황소들과 병충해에 시달리며 자란 덤불과 초목 위에 떨어질 듯이 걸린 채 천지를 하나의 거대한 잠 속에 에워싸던 끝에 마침내 한순간에 섬광이 그 구름덩어리들의 한가운데를 찢으면 우르릉 천둥소리와

* 집주인인 맷 딜런의 딸들.

함께 억수가 폭포 같은 물줄기를 쏟아내듯이, 달리 말고 바로 그렇게 격렬하고 순간적인 변형을 일으키며 그 한마디 말이 터져나옴을.

버크스!* 이 외침소리를 내뱉으며 스티븐 경이 뛰쳐나가자 꼬리에 꼬리를 물고 일행 모두가, 즉 싸움닭, 꼴값 원숭이, 사기꾼, 돌팔이, 시간엄수 블룸 들이 너나없이 투구, 물푸레 지팡이, 검, 파나마모자 및 체르마트 등산지팡이 등등을 움켜잡고 뒤를 따름일세. 미로처럼 피 끓는 청춘, 고귀한 학생은 모두 다 거기로. 복도에서 화들짝 놀란 캘런 간호사도, 1파운드는 족히 되는 태반이 모두 처리되었다는 소식을 가지고 미소를 띠며 아래층으로 내려오는 의사도 그들을 막을 수 없음일세. 그들은 스티븐에게 발길을 계속하라고 재촉함일세. 문이다! 열려 있어? 하! 그들은 왁자지껄 밖으로 나가 잠깐의 경주를 하느라 너나없이 씩씩하게 발걸음을 서두르니, 그 궁극적인 목표는 바로 덴질 앤드 홀리스 거리의 버크스일세. 딕슨은 그들에게 독설을 퍼부으며 뒤를 따르지만, 그 역시 내뱉듯이 욕을 하고는 계속 달림일세. 블룸은 행복한 산모와 위층의 산후조리에 대한 치사를 할 생각으로 간호사와 함께 걸음을 멈춤일세. '식사 담당의'와 '안식 담당의'. 산모도 이제 전혀 딴판으로 보이지 않아요? 혼병원의 철야간호도 진이 다 빠져 창백해진 안색을 끝으로 다 마무리됐음일세. 모두가 가버린 그때 타고난 도우미의 눈빛으로 그는 가는 길에 다소곳이 이렇게 속삭임일세: 부인, 부인께는 황새가 언제 찾아올까요?**

---

* 병원 길 건너편에 있는 술집 '버크스(Burke's)'로 자리를 옮기자고 제안하며 스티븐이 내뱉은 말이지만, '출생(Birth)'과 발음이 유사하기도 하다.

** 황새의 방문은 아기의 출생을 뜻한다.

바깥의 공기는 저기 별이 빛나는 하늘 아래 더블린의 돌 위에서 반들거리는 하늘나라 생명의 본체인 비이슬의 습기를 흠뻑 머금고 있음일세. 하느님의 공기, 만물의 아버지의 공기, 반짝이며 우리를 둘러싸고 있는 생산의 공기. 깊이 들이마시게. 하늘에 걸고 말하건대, 시어도어 퓨어포이여, 그대는 의심할 바 없이 용감한 위업을 이루었구려. 맹세컨대 그대는 이 시끌벅적하고 포괄적이고 더없이 다채로운 연대기에서 누구 못지않게 빼어난 생산자구려. 놀라워라! 저 산모의 뱃속에 하느님이 만들고 하느님이 제공하여 예정된 가능성이 있었는데 그대가 눈곱만큼의 인간적 활동으로 결실을 맺어냈구려. 부인에게 충실하시오! 잘해드려요! 계속 열심히 애쓰고 사나운 개가 따로 없이 일하되 학자풍이니 맬서스 인구론 따위는 꺼지라고 해요. 시어도어, 그대는 그들 모두의 아비라오. 집에선 정육점 계산서로, 은행에선 금괴 덩어리에 시달리며(그대 것도 아닌데!) 그대의 짐에 짓눌려 축 늘어져 있는가? 고개 들어요! 새로 씨를 뿌린 자식 하나하나에 대해 그대는 무르익은 밀을 여러 말씩 거둬들일 터이니. 보구려, 그대의 양털 옷이 흠뻑 젖어 있구려. 아내 조앤과 함께인 저 다비 덜먼이 부럽소? 그들의 자식이라곤 고작 입만 까진 계집애와 눈물 짜는 망나니뿐이라오. 체, 정말이라니까! 그자는 활기나 끈기라곤 찾아볼 수가 없는 노새나 죽은 달팽이로 깨진 크로이처 동전만큼의 가치도 안 나가거든. 번식 없는 교접이라니!* 아니 될 말씀! 애꿎은 아이들을 학살한 헤롯이라 부르는 게 더 맞는 이름이겠지. 세상에, 푸성귀만 먹고서야 살을 부비고 살아도 자

* 이 구절의 원문 'copulation without population'의 비슷한 소리 효과에 유념할 만하다.

식 맛을 볼 수가 있나! 부인에게 피가 뚝뚝 듣는 빨건 날고기 비프스테이크를 줘요! 부은 선腺, 유행성이하선염, 편도선염, 건막류, 꽃가루 알레르기, 욕창, 백선, 콩팥처짐증, 갑상선종, 사마귀, 담즙과다분비, 담석, 찬 발, 정맥류 등등으로, 부인은 백발의 질병종합세트라오. 비가니 만가니 한탄이니 하는 따위의 태어나면서부터 불러온 온갖 죽음의 음악은 이제 그만둬요! 그런 세월이 자그마치 20년, 아쉬워하지 말아요. 그대에게 그 세월은 뜻하고 바라고 기다려도 결코 소득이 없는 자들의 경우와는 달랐으니 말이오. 그대는 그대의 아메리카대륙, 그대의 평생 과업을 보았고 다리 건너편에 있는 들소처럼 암컷에 올라타기 위해 돌진했구려. 차라투스트라가 뭐라 했나요? 너는 고통이라는 네 암소의 젖을 짜고 있구나. 이제 너는 그 암소의 젖통에서 나오는 맛좋은 젖을 마시고 있구나. 거봐요! 그 암소가 그대를 위해 젖을 풍부하게 뿜어주는구려. 마셔요, 이 양반아, 한 젖통 가득한 만큼! 퓨어포이여, 모유를, 인류의 젖을, 또한 저 높이 옅은 비의 김 속에 금홍석처럼 싹트는 별들의 젖을, 저 난봉꾼들이 폭음하는 술집에서 벌컥벌컥 들이켜는 그런 펀치의 젖을, 광기의 젖을, 가나안 땅의 꿀젖을. 뭐라, 그대의 암소는 젖통이 억세다고? 그렇긴 하지, 하지만 그미의 젖은 뜨겁고 달콤하고 기름지지요. 이건 찔끔 한 방울이 아니라 진하고 풍부하게 굳은 젖이지요. 그미를 지켜줘요, 연로한 가장이여! 젖꼭지!* 파르툴라 여신과 페르툰다 여신을 걸고** 지금 우리는 마셔야 해요!

---

* '젖꼭지'의 원문인 'pap'은 '아빠(papa)'를 연상시킨다.

** 파르툴라는 출생을 관장하는 로마의 여신이고, 페르툰다는 처녀성의 상실을 관장하는 여신이다.

모두들 술판을 벌이러 팔짱 끼고 소리치며 거리로 내달아. 진정한 여행자들.* 간밤엔 어서 자쩌? 쪼그라든 잔소리꾼 티머시의 여관이지. 맹렬하게. 그 집안에 우산이나 고무장하는 있고? 빌어먹을 외과의사랑 헌옷은 어디래? 미안아지만 몰러. 만세, 거기 있구나, 딕스! 리본 카운터로 돌진. 펀치는 어딨지? 이상무. 얼씨구, 산부인과병언에서 나오는 저 취한 성직자 좀 봐! **베네디카트 보스 옴니포텐스 데우스, 파테르 에트 필리우스.**** 호구야, 이 사람아. 덴질 레인의 무적저격단 놈들. 이런 젠장! 내달려. 옳거니, 유대 놈들이로군, 저놈들 꼬락서니 좀 안 보게 내쫓아버려. 같이 가실라요? 절대로 주제넘어런 건 아네구요. 엄청 좋은 분이군요. 이 패으거리가 죄에다 그래요. **전진, 내 새끼들!** 제1호포 발사. 버크스로! 버크스로! 거기서부터 그들은 5파라상***을 전진했다. 슬래터리의 기마 보병. 그 망할 놈의 작카는 어딨지? 스티브 목사, 배신짜 신경信經이구나! 아니, 아니, 멀리건! 거기 뒤처져서 뭐해! 앞으로 치고 나와! 시계를 계속 지켜봐. 술집 문 닫을라. 멀리! 너 뭐해? **엄마가 나를 시집보냈다네.** 영국의 팔복八福! **북을 울려라, 둥둥.** 다수결로 통과. 드루이드드럼 출판사에서 여자 도안사 둘이 인쇄하고 장정하기로. 오줌 같은 녹색의 송아지가죽 표지. 예술적 색조의 결정판. 우리 시대 아일랜드에서 제작된 가장 아름다운 서적. **조용히 해!** 좀 서둘러. 긴장. 제일 가까운 술집으로 전진하여 그곳 술 창고를 접수하라. 행진! 쿵, 쿵, 쿵,

---

* 술 판매 시간을 제한하는 법규라도 제때 밥(술)을 먹을 수 없는 '(진짜) 여행자'에게는 예외를 두기도 했다.

** '전능하신 하느님과 성부와 성자께서 그대들을 축복하소서'라는 뜻의 라틴어로 미사가 끝날 때 읊는 축도.

*** 고대 페르시아의 거리 단위로 1파라상은 약 6킬로미터에 해당한다.

사나이들 (복atitudes!) 목이 탄다. 맥주, 소고기, 사업, 성경, 불도그, 전함, 비역, 그리고 주교.* 저 높이 교수대에 서든지. 맥주, 소고기, 성경을 짓밟아라. 사랑하일랜드를 위해서. 짓밟는 자를 짓밟아라. 천둥치기! 망할 군바리 보조를 유지해라. 우리 쓰러진다. 주교 술통. 정지! 선다. 럭비. 스크럼 짜. 딴 사람 건드리지 않고 볼 차기. 아야, 내 발아! 너 아파? 무지무지 미안!

질문. 여기 술값 누가 쏘게? 고명하신 빈털터리. 무일푼 신고함. 판돈을 몽땅 날렸음. 때앵전 한 푼 어없음. 지난 일주일간 주머니 허전. 네 돈은? 초인한테 우리 선조들의 벌꿀술 사주느라 털렸지. 전前과 동同. 넘버원 바스 에일 다섯 잔. 귀하는? 기운 돋우는 생강주. 나를 따라, 마부의 미음주나 드셔. 기운 나는 술이니까. 시계태엽을 감아주는 셈. 갑자기 멈추더니 다시는 돌아가지 않았고 그러자 노인도. 나는 압생트로, 알겠어? 이런! 달걀음료나 양념날달걀을 먹어봐. 몇시야? 내 시계는 전당포 신세라. 십 분 전이야. 엄청 감사. 별말씀을. 딕스, 저 양반은 가슴에 상처라도 입은 거야, 응? 딱 맞혔어. 손바닥만한 마탕garten에 앉아 잘 때마다 어김없이 붕붕벌에 쏘인다나. 저기 성모병원 근처에 살아. 기혼자야. 저 양반 마누라 알아? 그럼, 알고말고. 몸매가 아주 풍만하지. 속옷 차림일 때 한번 봐. 벗으면 볼만할걸. 귀여운 내 사랑. 니들의 말라깽이 암소들은 찌그러지라 그래, 어림없지. 자기야, 블라인드 좀 내려줘. 기네스 두 파인트 줘. 여기도. 동작 봐라. 넘어지면 벌떡 일어나야지. 다섯, 일곱, 아홉. 좋아! 두 눈이 끝내줘, 농담 아냐. 게다가 그 포

---

* 영국의 팔복(beatitudes)은 'beatitude'와 마찬가지로 모두 b(beer, beef, business, bibles, bulldogs, battleships, buggery, bishops)로 시작한다.

근한 두 가슴에 펑퍼짐한 엉덩이는 또 어떻고. 보지 않고는 못 믿는다니까. 너의 굶주린 눈과 백옥 같은 목이 내 마음을 훔쳤어, 오 풀단지* 여. 뭐요? 류머티즘에는 감자라고요?** 실례되는 말씀이지만 허튼소리. 어중이떠중이한테나 통할 소리. 파보천치인가 포네. 어, 의사 선생? 세상 끝에서 돌아왔나? 그 대단한 덩치 잘나가는 거지? 처자식들은 잘 지내? 마누라가 애를 낳을 거라고? 꼼짝 말고 다 내놔. 암호. 저 털 좀 봐. 우리 암호는 하얀 죽음과 붉은 탄생. 어이! 대장, 제 눈에 침 뱉기야! 무언극 배우의 전보. 메러디스 소설에서 따온 문구. 놀림감 되고, 불알 뜨거워지고, 이가 들끓는 예수교도 같으니! 우리 숙모는 아빠 킨치에게 편지를 쓸 거야. 못돼먹은 스티븐 녀석이 착하디착한 맬러카이를 그릇된 길로 이끈다고 말이야.

만세! 젊은이, 술 부대 잡아. 에일 맥주 돌려. 자, 멋재이 하일랜드 사나이에겐 보리술뿐이라네. 마르고 닳도록 굴뚝에서 연기 나고 냄비에서 국 끓기를! 내 술. 고마워. 자 우리를 위하여. 이게 뭐야? 반칙이야. 내 새 바지를 더럽히지 말라고. 거기 너, 여기 후츠 좀 줘. 잘 잡아. 가지고 나갈 캐러웨이 씨야.*** 알아듣겠어? 침묵의 비명소리. 모든 장정은 자기 아가씨에게로. 만인의 애인 비너스. 작은 아씨들. 멀링가 읍 출신의 되바라진 나쁜 계집애. 내가 흠뻑 빠졌다고 전해줘. 사라의 허뤼를 잡고. 맬러하이드 가는 길에. 나? 나를 유혹한 그 여자애가 이름만 남겨

---

* 정액 냄새를 뜻하는 속어.

** 류머티즘에는 감자가 특효라는 미신이 있는데, 블룸은 종일 감자 한 개를 주머니에 넣고 다닌다.

*** 캐러웨이(회향목) 씨는 술냄새 제거에 쓰인다. 원문 'Caraway seed to carry away'는 발음을 이용한 언어유희다.

줬어도. 9펜스에 뭘 사려고? 가득찬 술 단지, 술 항아리. 이불 장난에는 음탕한 몰Moll*이 최고. 그리고 한번 힘껏 저어줘. 탈출!

기다리는 중이신가? 아주 축 처졌네. 아무렴. 넋이 빠진 게 꼭 땡전 한푼 들어올 일 없는 처지 같네. 알아먹겠음? 저 친구 멋대로 쓸 수 있는 돈이 있다구. 쟤 아까 보네 슈중에 쩐이 묵직하던디 지 거라드라. 니가 오라캐서 우리가 쪼르르 달려온 거 아님? 엿장수 맘이지, 이 친구야. 너 하기 나름이야. 돈 다 털어놓으라고. 2실링 반 페니라니. 저어기 프랑스 사기꾼들한테서 배운 수작인가? 이 동네에셔는 씨도 안 맥혀. 증멀 아즈 미얀. 우리 중에 젤 약아빠진 놈이야. 아믄, 글쿠말구. 우리 안 취했떠. 밸로 안 취했따꼬. 또 봐요, 아저씨. 고맙수.

암, 그렇지. 뭐라고? 무허가 술집에서. 취했어. 알 만하군. 밴텀, 이틀간 안 마셨다니. 클라레 와인만 마시면서. 꺼져. 좀 보라고, 봐. 와, 돌겠네. 이 친구 이발소 다녀왔군.** 목구멍까지 차서 말도 못할 지경으로. 철도청 놈하고 말이야. 넌 어떻게 그러냐? 그 친구 오페라를 좋아할까? 카스티야의 장미Rose of Castile. 주조물의 열Rows of cast. 경찰이다! 쓰러진 신사분께 H_2O 좀. 밴텀의 꽃 좀 봐. 얼씨구. 소리지르려고 하네. 금발 아가씨. 나의 금발 아가씨여. 어허, 닥쳐! 야무진 손으로 저놈의 더러운 주둥이 좀 다물게 해. 내가 우승예상마에 대한 엉터리 정보를 귀띔해주지만 않았더라도 그 친구는 오늘 우승마를 잡았을 텐데. 나한테

* 몰(Moll), 몰리(Molly)와 마찬가지로 메리(Mary)의 별칭. '마리아(Maria)', 매리언(Marion)도 같은 어원의 이름이다. 단, 보통명사로 쓰인 'moll'은 '정부' '매춘부'를 뜻한다.

** 런던 사투리 속어로 '주머니를 탈탈 털어서 술 마시다'라는 뜻.

그 알량한 비루먹은 말을 추천한 스티븐 핸드 놈의 목덜미를 그 건달이 갈겨줬으면. 그놈은 허풍쟁이 거물 바스가 경찰서로 보내라는 전보를 든 아이를 경마대기소에서 딱 마주친 거야. 그 사환아이에게 4펜스짜리 동전을 찔러주고 슬쩍 열어보았대. 컨디션 호조의 암말에 주문 폭주. 1기니 대 구스베리 한 알.* 그거, 순 구라야. 만고의 진리지. 범죄행위라고? 옳으신 말씀. 두말하면 잔소리. 그런 장난하다가 경찰에게 걸리면 감방행이야. 매든이 매든에게 건다는 건 미칠 노릇이지.** 오 욕망이여 우리의 위안이고 우리의 힘이로다. 이만 자리를. 가야 돼? 엄마 품으로. 있어봐. 누구 내 얼굴의 취기 좀 감춰줘. 꼰대한테 들켰다간 끝장이야. 집에 돌아오렴, 우리 밴텀. 잘 가게, 친구여. 마눌라에게 줄 앵초꽃 잊지 말고. 털어놔. 그 경마 귀띔해준 게 뉘야? 친구끼리 뭘 그래. 솔직하게. 그 여자의 남편, 고추한테서. 진짜야, 리어 양반이라고. 진짜로. 허튼소리라면 내 손에 장을 지져. 위대하고 거룩하신 대수도사께서 계신 자리잖아. 멋땀시 내게 안 알려줬지? 글씨, 말하자면, 그게 유대 놈들 짓거리가 아니라면, 저, 내가 천벌을 받지. 우리의 주님이신 고추를 통해, 아멘.

제안할 게 있다고? 스티브 이 친구야, 뭔가 한 건 제대로 할 모양이구나. 코가 비뚤어지도록 더 마셔보자고? 엄청 빽적지근하게 쏘는 물주 덕에 가랑이가 찢어지게 가난한 빈대랑 밑 빠진 대형 독 같은 술고래가 이미 시작된 술판을 호화판으로 끝내게 되려나? 숨 좀 돌리자. 주

---

* '압도적 승산'이라는 뜻.

** 경마에서 우승 예상마 셉터를 타는 기수의 이름이 매든(Madden)이고, '미칠'에 해당하는 영어는 'maddening'이다.

인장, 주인장, 쓸 만한 포도주 있소, 스타부? 이보쇼, 주인 나리, 맛보기로 위스키 좀 주시구려. 양껏 드십쇼. 좋았어. 주인장! 압생트를 있는 대로. 노스 옴네스 비베리무스 비리둠 톡시쿰, 디아볼루스 카피아트 포스테리오리아 노스트라.* 여러분, 문 닫을 시간입니다. 응? 멋쟁이 블룸에게 포도주를. 그 이름 잘 못 들었는데 발음 한번 제대로 해줄래? 블루? 광고 외판. 이럴 수가, 사진 아가씨의 아빠라니.[196] 이 친구야, 목소리 좀 죽여. 슬쩍 빠져나가. 친구들 잘 가게. 그리고 매독악마의 덫으로. 그 멋쟁이 샌님은 어디 있지? 뒤통수쳤나? 샜네. 아 구래, 지 갈길 가겠다 이거지. 장군 받아라. 왕을 성채로 옮겨라. 친절한 그리스도교인이여 벙겔로 열쇠를 친구한티 뺏긴 젊은이가 오늘밤 머리를 누일 데를 찾게 도와주겠나. 이런, 나도 꽤 취했네. 내 명예를 글고 말헌디 내 생애 이렇게 질펀하게 놀어보긴 첨이랑게. 그리고, 바텐더, 이 아이에게 과자 두어 개 좀. 에이 브랜디 사탕이 뭐야! 치즈 한 조각 없어? 매독 얘기도 집어치우고 그놈의 다른 술집 술도 이제 그만. 여러분, 시간 됐어요! 온 세상을 떠도는 자들이여. 모두 건강하길. 건강을 위하여!

아니, 저기 매킨토시 입은 작자는 도대체 뭐야? 거지같은 더스티 로즈로군. 옷 입은 꼬락서니하고는. 아이고! 뭘 먹고 있지? 저걸 누구 코에 붙인다고. 틀림없이 쇠고기즙일 거야. 어지간히 굶주렸나봐. 맨발 알지? 리치먼드 정신병원에 있는 꼴값? 그렇지! 지 자지에 납 찌꺼기가 든 줄 알아. 한심하게 미친 거지. 우리가 '빵 바틀'이라고 부르는 놈. 그런데, 이 사람아, 그 녀석도 한땐 잘나가던 시민이었어. 오갈 데 없는

---

* '우리 모두 녹색 독주를 마실 참이니 꼴찌 하는 놈은 악마에게나 잡혀가라'라는 뜻의 라틴어.

처자와 결혼하더니 누더기 신세가 된 남자. 여자가 결국 줄행랑을 놓지 않았겠나. 실연이 따로 없지. 으슥한 골짜기에 출몰하는 매킨토시. 마저 비우고 귀가하세요. 마감시간입니다. 짭새 조심하시고요. 뭐라고요? 오늘 장례식에서 저 사람 보셨다고요? 밥숟가락 놓은 게 선생님 친구분이라고요? 허어! 불쌍한 자식새끼들! 아이고 말도 마세요, 폴드 벡! 친구 패드니가 검은 자루에 실려 나갔다고 주먹 같은 눈물들을 뚝뚝 떨구더라고요? 모든 깜시 중에서도 팻 씨야말로 젤 선한 사람이었지요. 내 평생 그런 사람은 본 적이 없다니까. 글쎄, 글쎄, 한데 정말이지 좋은 말씀이에요, 암요. 에이, 웃기지 마, 겨우 9분의 1 기울기로 뒤집어지다니. 활축活軸으로 운전했다가는 황천행이라고. 제나치*가 그놈을 묵사발 만들 거라는 데 2 대 1로 내기를 걸어도 좋아. 쪽발이들? 고각사격이라, 그렇구만! 전쟁특보에 의하면 격침됐대. 그 친구가 그러더라고, 러시인은 모두 놔두고 그놈만 더 잘못 풀려라. 모두들 시간 됐어요. 열한 명이네. 나가주세요. 앞으로, 축 늘어져 비틀거리는 놈들아! 잘 가. 잘 가. 위대하신 알라신이 오늘밤 너의 영혼을 어마무시하게 보우하시기를.

잘 봐! 우리 고롷게 안 취했져. 리스 경찰이 우리를 쫓아낸다네. 리쯔 병찰이. 토하는 놈이 있나 하고 매의 눈으로 지켜본다고. 저 친구 추한 부위가 거북한 모양이군. 딸꾹. 잘 가. 모나, 내 진실한 사랑. 딸꾸. 모나 나만의 사랑. 딲.

들어봐! 그 험한 입 좀 다물고. 에엥! 에엥! 환히 불탄다. 저기 간다.

---

* 벨기에의 카레이서.

소방대다! 배를 돌리자. 마운트 스트리트 길로. 앞질러라! 에엥! 쉭쉭. 너 안 와? 달리고, 뛰고, 질주해. 에에엥!

린치! 어이? 내 쪽에 딱 붙어 있어. 이리 가면 덴질 레인이야. 여기서 사창가 쪽으로 방향을 바꾸자고. 그 여자가 그랬어, 우리 둘은 수상한 메리가 있는 곳에 잠자리를 정할 거라고. 옳거니, 대환영. **라에타분투르 인 쿠빌리부스 수이스.*** 같이 갈 거야? 귓속말로 말해봐, 검정 옷 차림을 한 저 사람은 도대체 누구지? 쉿! 빛에 죄지었으니 지금도 그분이 세상을 불로 심판할 날이 가깝도다. 에엥! **우트 임플레렌투르 스크립투라에.**** 민요 한 곡 뽑아봐. 그러자 의대생 딕이 동료 의대생 데이비에게 큰 소리로 말했다네.[197] 크리스티클, 메리언 홀에서 성가 부르던 그 개똥 같은 잡놈은 누구야? 엘리야가 오시도다! 아기 양의 피로 씻고. 포도주슉슉거리고, 진지글거리고, 술껄떡거리는 너희 인간들 어서 와! 어서, 개몰골에, 황소목덜미에, 딱정벌레눈썹에, 돼지모가지에, 땅콩뇌에, 족제비눈의 허풍쟁이, 거짓말쟁이, 그리고 과도한 짐 덩어리야! 어서, 너 골수 중의 골수 파렴치범아! 알렉산더 J 크라이스트 도위, 이는 본관의 이름인바, 프리스코 해변에서 블라디보스토크에 이르기까지 지구의 거의 절반에 이르는 지역을 영광의 세계로 확 끌어올렸도다. 전지전능 신은 싸구려 엉터리 쇼가 아니니라. 내 너에게 이르노니, 그분은 정직하시며 기막힌 사업 수완을 가지신 분이노라. 그분은 유례없이 훌륭하신 분이니, 너는 이를 잊지 말지어다. 왕이신 예수 안에서 큰 소리

* '그들이 침대에서 큰 소리로 노래하게 하라'라는 뜻의 라틴어(「시편」 149:5).

** 불가타 역본 복음서에 자주 나오는 말로, '성서 말씀이 이루어지도록'이라는 뜻의 라틴어.

로 구원을 찾으라. 거기 죄지은 자여, 만일 네가 전능하신 신을 속이려거든 아주 일찍 일어나야 하리라. 에에엥! 아직 멀었어. 내 친구여, 그분 뒷주머니에는 펀치 넣은 감기약이 들어 있다네. 그냥 한번 써봐.

15장

키르케

* (매벗 스트리트의 밤동네 입구, 그 앞으로 뼈대뿐인 선로와 붉은색 푸른색의 도깨비불과 위험신호가 설치된 전차대피선이 자갈이 깔리지 않은 바닥에 뻗쳐 있다. 아가리를 떡 벌린 채 늘어선 때 묻은 집들. 희미한 무지갯빛 부채꼴로 그림자 진 희한한 등들. 라바이오티 아이스크림 곤돌라차가 정지해 있는 주위에서 왜소한 남자 여자들이 입씨름한다. 그들이 쥔 웨이퍼 사이엔 산홋빛 구릿빛 눈덩이가 박혀 있다. 빨아대며 천천히 흩어지는 그들은, 아이들이다. 높이 세운 백조볏 꼴의 곤돌라가 등대 아래의 희고 푸른 어둠을 뚫고 서서히 나아간다. 휘파람들이 부르고 응답한다.)

부름

기다려, 자기야, 그리로 갈게.

응답

마구간 뒤로 돌아.

(퉁방울눈에 귀먹고 말 못 하는 천치가 일그러진 입에서 침을 질질 흘린 채 무도병으로 비틀거리며 휙 지나간다. 아이들이 손으로 사슬을 만들어 그를 가둔다.)

아이들

왼손잡이! 경례!

천치

(마비된 왼팔을 들고 꼬르륵거리는 소리로) 영네!

아이들

큰 빛은 어디 있지?

천치

(꼬르륵거리며) 셔뚝에.

(아이들이 그를 놓아준다. 그는 휙 갈 길을 간다. 난쟁이 여자가 두 개의 난간 사이에 걸친 밧줄로 그네를 타며 숫자를 센다. 한 형체가 쓰레기통에 기대어 쭈그려앉아 한 팔과 모자로 얼굴을 가린 채 코를 골다가, 이를 득득 갈며 끙끙거리더니, 다시 코를 곤다. 계단에서는 쓰레깃더미를 뒤지던 늙은 난쟁이가 폐품이 든 자루를 짊어지려고 쭈그린다. 그을린 석유램프를 들고 옆에 선 노파가 난쟁이의 자루 주둥이에 자신의 마지막 병

을 집어넣는다. 난쟁이는 습득물을 메고 일어서서 챙 달린 모자를 눌러쓰더니 묵묵히 절뚝거리며 사라진다. 노파는 램프를 흔들며 은신처로 발길을 돌린다. 종이셔틀콕을 들고 문간 층계에 웅크리고 앉아 있던 안짱다리 아이가 그 뒤를 따라 옆으로 기어가다가 노파 치마를 붙잡고 기어오른다. 술 취한 인부가 육중하게 비틀거리며 지하 출입구 난간을 두 손으로 움켜잡는다. 모퉁이에서 어깨 망토를 걸친 야경꾼 둘이 가죽 곤봉집 위에 손을 얹은 채 우뚝 모습을 드러낸다. 접시가 쨍그렁 깨지면서, 여자가 비명을 지르고, 아이가 울부짖는다. 남자의 욕지기가 터져나와 투덜대다가 멎는다. 형체들이 돌아다니고, 숨어 있고, 우리 밖을 응시한다. 병목에 꽂은 촛불로 밝힌 방에서 지저분한 여자가 연주창에 걸린 아이의 헝클어진 머리칼을 빗질한다. 아직 젊은 시시 캐프리의 목소리가 골목길에서 째지는 소리로 노래한다.)

시시 캐프리

상냥하게 굴어서
몰리에게 주었네,
오리 다리를,
오리 다리를.

(카 이병과 컴프턴 이병이 겨드랑이에 단장을 꼭 끼고 뒤뚱뒤뚱 뒤로 돌아 행진을 하며 입에서 붕 방귀 소리를 함께 터뜨린다. 골목에서 들려오는 남자들의 웃음소리. 왈가닥이 쉿소리로 받아친다.)

왈가닥

재수 옴 붙어라, 털 난 엉덩이. 힘내라 캐번의 시골 처녀.

시시 캐프리

나에게 더 많은 행운을. 캐번과 쿠트힐과 벨터벳. (노래한다)

뱃속을 채우라고
넬리에게 주었네,
오리 다리를,
오리 다리를.

(카 이병과 컴프턴 이병이 램프 불빛을 받아 핏빛으로 빛나는 제복 상의를 걸치고 금발 빡빡머리에 까맣게 파인 모자를 쓴 채 돌아보며 그 대꾸를 되받아친다. 스티븐 데덜러스와 린치가 영국 군인들 가까이에 있는 군중 사이로 지나간다.)

컴프턴 이병

(한 손가락을 톡 내밀며) 목사님* 지나가시게 길을 비켜라.

카 이병

(돌아서서 소리친다) 아니, 목사님이!

* 검은 복장을 한 스티븐을 가리킨다.

시시 캐프리

(목소리를 한껏 더 높여)

어디에 넣었는지 몰라도,
재는 가졌네, 재는 먹었네,
오리 다리를.

(스티븐은 왼손으로 물푸레 지팡이를 휘두르며 기쁨에 찬 소리로 유월절의 입당송을 부른다. 린치는 기수 모자를 이마 깊숙이 눌러쓰고 못마땅한 냉소로 우거지상을 한 채 그를 수행한다.)

스티븐

비디 아쿠암 에그레디엔템 데 템플로 아 라테레 덱스트로. 알렐루야.*

(노파 포주의 굶주린 뻐드렁니들이 문간에서 튀어나온다.)

포주

(쉰 목소리로 중얼거리며) 스슷! 이리 오면 말해주지. 안에 숫처녀 있어. 스슷!

스티븐

(매우 심오하게) 에트 옴네스 아드 쿠오스 페르베니트 아쿠아 이스타.**

---

* '사원 오른쪽에서 물줄기가 솟구치는 걸 보았네. 알렐루야'라는 뜻의 라틴어로 유월절에 부르는 응답합창의 첫 구절.

** '그러자 모두들 물줄기 있는 데로 오더라'라는 뜻의 라틴어로 위의 송가에 이어지는 부분.

포주

(그들이 지나간 자리에 독액을 퉤 뱉으며) 트리니티 의대생들이구먼. 나팔관. 고추만 달았지 한푼도 없는 것들.

(에디 보드먼이 코를 훌쩍이며 버사 서플과 함께 쭈그리고 앉아 숄로 코를 훔친다.)

에디 보드먼

(따지는 소리로) 걔가 그러는 거야: 철로 저쪽에서 기름칠이나 하는 네 기생오라비가 취침모자를 쓰고 너랑 함께 있는 걸 봤지. 그랬니, 내가 말했어. 네가 뭔데 그런 말을 해, 내가 말했어. 넌 내가 하일랜드 출신 유부남이랑 창녀촌에 함께 있는 걸 본 적이 없잖아, 내가 말했어. 뭐 그런 게 다 있담! 고자질쟁이 같은 년! 완전 옹고집이라니까! 저년은 접때 놈팡이를 둘이나 달고 돌아다닌 주제에, 기관사 킬브라이드랑 일병 올리펀트 말이야.

스티븐

(의기양양하게) 살비 파크티 순트.*

(그는 물푸레 지팡이를 휘둘러 램프 형상을 산산조각내고 온 세상에 빛을 흩뿌린다. 배회하던 다갈색과 흰색이 섞인 스패니얼이 으르렁대며 살금살금 그의 뒤를 쫓는다. 린치가 발길질로 그놈을 겁준다.)

* '그래서 그들은 구원을 받았노라'라는 뜻으로 위 송가의 끝 구절.

린치

그래서?

스티븐

(뒤를 돌아본다) 그런고로 음악도 냄새도 아닌 몸짓이야말로 보편 언어로서, 세속적인 의미 대신에 최초의 엔텔레케이아이자 구조적 리듬을 가시적으로 만드는 혀들의 선물이지.

린치

음란학적인 철학신학이야. 메클런버그 홍등가에서 펼쳐지는 형이상학이라고!

스티븐

우리에게는 잔소리에 시달리는 셰익스피어와 공처가 소크라테스가 있어. 심지어 절세무비의 스타게이라 출신 현자*조차 자신을 재갈 물리고 고삐 맨 사랑의 빛**을 등에 태웠지.

린치

바ba!

* 아리스토텔레스를 말한다.

** 바람기 많은 여자를 뜻한다.

스티븐

어쨌든, 빵덩어리와 포도주 항아리를 표현하는 데 몸짓을 두 가지나 쓸 필요 있어? 이 동작 하나가 오마르의 시에 나오는 빵이나 포도주의, 덩어리와 항아리를 표현하는데. 내 지팡이 좀 잡고 있어봐.

린치

너의 그 지긋지긋한 누런 지팡이하고는. 우리 어디로 가는 거지?

스티븐

음탕한 살쾡이*여, 무자비한 미녀 조지나 존슨에게로, 아드 데암 쿠이 라에티피카트 이우벤투템 메암.**

(스티븐이 물푸레 지팡이를 친구에게 떠넘긴 후, 손가락들이 막 떨어질 듯한 양손을 왼손이 위로 가도록 겹쳐 뒤집어 가슴에서 한 뼘 떨어진 거리로 내민다.)

린치

어느 게 빵 항아리라는 거야? 상관없어. 그거든 세관稅關이든. 설명 좀 해봐. 여기 네 목발을 잡고 걸어.

(그들이 지나간다. 토미 캐프리가 가스등 쪽으로 달려들더니 그걸 붙잡고 발작적으로 기어오른다. 토미는 꼭대기 돌출부에서 미끄러져내려온다.

* 살쾡이(lynx)의 철자가 린치(Lynch)와 비슷하다.

** '내 청춘기를 활기차게 해주는 여신에게'라는 뜻의 라틴어로, 미사가 시작될 때 사제가 읊는 '하느님 제단으로 가리라'에 대한 복사의 응답.

재키 캐프리가 붙잡고 기어오른다. 인부가 가스등에 기대어 비틀거린다. 쌍둥이는 어둠 속에서 황급히 달아난다. 인부는 휘청거리며 집게손가락으로 한쪽 콧방울을 누르더니 먼 쪽 콧구멍으로부터 기다란 액체 모양의 콧물을 발사한다. 그는 가스등을 어깨로 친 다음 번들거리는 철통을 들고 군중 사이로 비틀비틀 사라져간다.

뱀 무리 같은 강안개가 느릿느릿 기어간다. 하수구, 갈라진 틈, 오물통, 쓰레깃더미로부터 고였던 악취가 사방으로 훅훅 끼쳐온다. 바다 쪽 강 유역 너머 남쪽에서 붉은빛이 튀어오른다. 인부는 앞을 향해 갈지자걸음으로 군중 틈을 비집고 전차대피선 쪽으로 비틀비틀 나아간다. 철교 아래 먼 쪽에서 블룸이 나타나는데, 상기된 얼굴에 숨을 헐떡이며 옆주머니에 빵과 초콜릿을 쑤셔넣는다. 길런 미용실 창문으로부터 합성 초상화가 그에게 늠름한 넬슨상像을 보여준다. 옆에 있는 오목거울이 사랑에 버림받아 오래도록 상심해 있는 불루홈을 그에게 나타낸다. 근엄한 글래드스턴은 그를 똑바르게, 블룸을 블룸으로 본다. 그는 잔혹한 웰링턴이 째려보는 눈에 주눅들어 지나가지만, 볼록거울 속에서는 방실웃음이 우스꽝 숙맥 명랑폴디의 어린돼지 눈과 오동포동한 볼살을 풀어준다.

앤토니오 라바이오티 식당 문간에 멈춰 선 블룸은 환한 아크등 아래에서 땀흘린다. 그는 사라진다. 이내 그가 다시 나타나 걸음을 서두른다.)

블룸

생선과 감자라. 안 돼. 아!

(그는 내려오는 롤셔터 아래로 해서 올하우센 돼지정육점 안으로 사라진다. 잠시 후 셔터 아래에서 그가 나온다, 헐떡이는 폴디가, 씩씩거리는 블

루홈이. 양손에 꾸러미를 한 개씩 들었는데, 한 꾸러미에는 미지근한 돼지족발이, 다른 꾸러미에는 통후추를 뿌린 차가운 양족발이 들었다. 그는 숨가빠하며 일어선다. 그러고는 한쪽으로 몸을 굽혀 한 꾸러미를 갈빗대에 대고 누르면서 신음한다.)

블룸

옆구리가 쑤시네. 내가 왜 뛰었지?

(그는 조심스레 숨을 들이쉬고 천천히 가로등 측선 쪽으로 나아간다. 빛이 다시 튀어오른다.)

블룸

저게 뭐지? 점멸등인가? 탐조등이구나.

(그는 코맥 식품점 모퉁이에 서서 지켜본다.)

블룸

북극광인가 아니면 주철공장인가? 아, 그렇지, 소방서로구나. 어쨌든 남쪽이야. 큰 불길인걸. 그놈 집일지도. 베거스 부시구區야. 우린 안전해. (명랑하게 흥얼거린다) 런던이 불탄다, 런던이 불탄다! 불이야, 불이야! (톨벗 스트리트의 저편에서 군중 사이로 비틀걸음치는 인부의 모습을 본다) 그를 놓칠라. 뛰자. 빨리. 여기서 건너는 게 좋겠다.

(그는 달려가 길을 건넌다. 개구쟁이들이 소리친다.)

개구쟁이들

조심해요, 아저씨!

(자전거 탄 두 사람이 불 켜진 종이 랜턴을 흔들며 그의 옆을 미끄러져가다가 그를 살짝 스치면서 벨이 따르릉거린다.)

벨

저저저정지.

블룸

(경련을 일으키며 똑바로 선다) 아우!

(그는 돌아보고 별안간 앞으로 내닫는다. 피어오르는 안개 사이로 조심스럽게 운행해 오던, 용처럼 생긴 모래 뿌리는 전차가 그를 덮칠 뻔하면서, 거대한 붉은색 헤드라이트가 깜박이고 활차는 전선에서 쉿쉿 소리를 낸다. 운전사가 발종소리를 뱅뱅 낸다.)

발종

뱅 뱅 블라 박 블럿 벅 블루.

(브레이크가 맹렬하게 끼익 소리를 낸다. 블룸은 경찰관처럼 흰 장갑 낀 손을 들어올리며 뻣뻣해진 다리로 어정어정 선로 밖으로 나온다. 몸이 앞으로 쏠리는 바람에 운전대에서 사자코가 된 운전사는 미끄러져 지나가면서 사슬과 열쇠로 된 운전 스위치 위로 소리친다.)

운전사

야, 똥싸개 같은 놈아, 무슨 못돼처먹은 장난질[198]이냐?

(블룸은 장난스럽게 껑충 보도로 뛰어올라가 다시 멈춘다. 그는 꾸러미 든 손으로 뺨에서 진흙덩이를 쓸어낸다.)

블룸

통행금지 구역이로군. 아슬아슬한 위기탈출이지만 덕분에 쑤시는 통증이 나았네. 샌도 운동을 다시 시작해야겠다. 팔굽혀펴기를. 교통사고 보험에도 들고 말이야. 프로비덴셜* 보험회사. (그는 바지 주머니를 뒤진다) 불쌍한 엄마의 만병통치약. 신발 뒤축이 선로에 걸리거나 구두끈이 톱니바퀴에 걸리기 일쑤. 그날도 레너드 거리 모퉁이에서 죄수호송차 바퀴에 내 구두 가죽이 벗겨져버렸지. 삼세번이면 통하는 법. 신발 장난. 막돼먹은 운전수 놈 같으니라고. 저런 놈은 신고해야 하는 건데. 긴장 탓에 신경이 날카로워지나봐. 오늘 아침에 말처럼 육감적인 그 여자를 못 보게 내 시야를 가린 그놈일지 몰라. 똑같은 유형의 미인. 그래도 그놈이 재빠르긴 했어. 뻣뻣한 걸음걸이. 농담 속의 진담. 래드 레인에서 겪은 끔찍한 경련. 뭔가 독이 든 걸 내가 먹은 거야. 악운의 징조라지. 왜? 아마 불법적으로 도살한 소일 거야. 짐승의 표시. (그는 잠시 눈을 감는다) 머리가 좀 어지러운걸. 달거리거나 아니면 아까 그 짓[199]을 하고 난 후유증. 정신적 피로지. 그때 피곤한 느낌이 들더라니. 이제는 나한테 무리야. 아우!

---

* Providential. '섭리의, 행운의'라는 의미.

(웬 불길한 형체가 오번 카페의 담에 다리를 꼰 채 기대섰는데, 생소한 얼굴에 흑색 수은 성병약을 주사한 몰골이다. 그 형체는 챙 넓은 솜브레로 모자 아래로 사악한 눈으로 그를 응시한다.)

블룸

부에나스 노체스, 세뇨리타 블랑카. 케 카예 에스 에스타?*

형체

(무심히, 한 손을 들어 신호를 보내며) 암호. 매벗 스트리트.

블룸

하하. 고마워요. 에스페란토. 안녕히 계세요. (중얼거린다) 그 싸움꾼이 보낸 게일릭연맹의 첩자인가.

(그는 앞으로 나아간다. 망태를 짊어진 넝마주이가 그의 길을 가로막는다. 그가 왼쪽으로 비키자, 넝마주이도 왼쪽으로 옮긴다.)

블룸

실례.

(그가 오른쪽으로 폴짝 뛰자, 넝마주이도 오른쪽으로.)

---

* '안녕하세요, 미스 블랑카? 여기가 무슨 거리죠?'라는 뜻의 스페인어.

블룸

실례.

(그는 방향을 바꿔 옆걸음질로 한 발짝 비켜나 싹 빠져나와 걸음을 계속 한다.)

블룸

오른쪽, 오른쪽, 오른쪽을 지켜라. 스테퍼사이드* 마을에 관광협회가 세운 안내 표지 기둥이 있으면 그 공공복지를 기안한 사람은 누굴까? 길을 잃고서 『아이리시 사이클리스트』 칼럼에 '깜깜한 스테퍼사이드에서'라는 제목의 글을 기고한 이 몸이시다. 오른쪽을 지키고, 지키고, 또 지켜라. 한밤에 넝마라니. 장물아비이기 십상이다. 살인자가 가장 먼저 찾는 곳. 그가 짊어진 세상의 죄를 씻어라.

(토미 캐프리에게 쫓겨 오던 재키 캐프리가 블룸에게 퍽 부딪친다.)

블룸

오.

(그는 약한 허벅지에 충격을 받고 멈춘다. 토미와 재키가 저기, 저기로 사라진다. 블룸은 꾸러미 든 양손으로 시계주머니, 수첩주머니, 지갑주머니, 죄의 달콤함, 감자비누를 톡톡 두드린다.)

---

* Stepaside. 문자 그대로는 '(걸음을) 비키기'라는 뜻.

블룸

소매치기를 조심해라. 도둑들의 낡은 수법. 부딪치기. 그러고는 네 지갑을 슬쩍.

(레트리버가 코를 땅에 박고 킁킁대며 다가온다. 누가 큰대자로 누워 재채기한다. 굽은 허리에 수염을 기른 형체가 기다란 시온의 장로복을 걸치고 새빨간 술이 달린 흡연모자를 쓴 차림으로 나타난다. 뿔테안경이 처져 콧방울에 걸쳐져 있다. 일그러진 얼굴에는 술독에 찌든 듯 노란 줄무늬가 있다.)

루돌프

반 크라운짜리 동전을 허비한 게 오늘 들어 벌써 두번째야. 술 취한 이교도랑은 절대 어울리지 말라니까. 그러니 너한테 돈이 안 붙지.

블룸

(등뒤로 돼지족발과 양족발을 숨기고 풀이 죽은 채 따뜻하고 차가운 족발을 만지작거리며) 네, 알아요, 아빠.

루돌프

이런 데서 무슨 짓을 하고 다니는 거냐? 넋이 나갔니? (가냘픈 매 발톱으로 묵묵부답인 블룸의 얼굴을 만진다) 너는 내 아들 리어폴드요, 리어폴드의 손자가 아니냐? 아버지의 집을 떠나고 그의 조상 아브라함과 야곱의 신을 버린 내 사랑하는 아들 리어폴드가 아니냔 말이야?

블룸

(다소곳이) 맞겠지요, 아버지. 모젠탈.* 아버지한테 남은 건 저뿐이잖아요.

루돌프

(엄하게) 어느 날 밤엔 그놈들이 아까운 네 돈을 탕진한 후 술 취해 녹초가 된 너를 데리고 집에 왔지. 그 똘마니 놈들을 뭐라고 부르느냐?

블룸

(하얀 속 턱받이가 달리고 맵시 있고 어깨가 좁은 푸른색 아동용 옥스퍼드 제복을 입고, 갈색 등산모를 쓰고, 인장 찍힌 앨버트형型 이중 사슬이 달린 워터베리제製 신사용 순은 태엽시계를 차고 있는데, 한쪽 옆구리에는 굳어가는 진흙이 묻어 있다) 빈대라고 불러요, 아버지. 그때 딱 한 번뿐이에요.

루돌프

한 번이라고! 머리에서 발끝까지 진흙투성이로구나. 손도 갈라지고. 파상풍이다. 그놈들이 네 신세를 망칠 게다, 리어폴드인생을. 그 똘마니들을 멀리해라.

블룸

(약하게) 걔들이 달리기하자고 덤비잖아요. 진흙길에서요. 미끄러졌

* 오스트리아를 배경으로 유대 처녀 리아가 반유대주의 풍조로 인해 애인에게서 버림받는 내용을 다룬 희곡 『버림받은 리아』의 저자.

어요.

루돌프

(경멸조로) 이교도 놈들의 오만한 유흥하고는! 불쌍한 네 어미한테 꼴 좋겠다!

블룸

엄마!

엘런 블룸

(무언극의 귀부인이 쓰는 끈 달린 실내모자에, 과부 트완키의 부푼 치마와 허리받이에, 뒤에 단추가 달리고 양 다리 모양의 소매가 달린 블라우스에, 긴 회색 장갑과 카메오 브로치에, 땋은 머리를 싼 꼬불꼬불한 망사 따위를 착용하고, 한 손에는 촛대를 비스듬히 든 모습으로, 층계난간 위로 나타나 소스라치게 놀란 소리를 내지른다) 오 축복받으신 구세주시여, 저들이 이 아이에게 무슨 짓을 저질렀나요! 정신 들게 하는 내 약을! (부인은 치마를 돌돌 말아올리고 푸른 줄무늬 페티코트의 안주머니를 뒤진다. 약병과 하느님의 양 메달과 쪼그라든 감자와 셀룰로이드 인형이 떨어져나온다.) 성심의 마리아님을 걸고 묻겠는데, 너는 도대체 도대체 어디 갔었니?

(블룸은 눈을 내리깔고 우물우물하며 볼록한 주머니에 꾸러미들을 집어넣으려다가 중얼거리면서 그만둔다.)

목소리

(날카롭게) 폴디!

블룸

누구요? (그는 서투르게 몸을 굽혀 주먹을 피한다) 얼마든지.

(그는 올려다본다. 부인의 신기루 같은 대추야자나무들 곁으로 튀르키예 의상을 입은 아름다운 여인이 그의 앞에 선다. 주홍색 바지와 황금빛으로 트인 웃옷 속에서 풍만한 곡선이 탱탱하다. 여인은 허리에 폭이 넓은 노란 띠를 둘렀다. 하얀 베일이, 밤이라서 제비꽃 색을 띤 채, 커다란 검은 눈과 새까만 머리칼만 남기고 여인의 얼굴을 가렸다.)

블룸

몰리!

매리언

뭔리? 우리 낭군님, 이제부턴 내게 말 걸 때 매리언 여사라 부르셔. (빈정대며) 불쌍한 꼬마신랑이 그토록 오래 기다리느라 발이 다 시리신가 봐?

블룸

(두 발을 교대로 바꾸며) 아니, 아니. 눈곱만큼도 안 시려요.

(그는 심한 동요 속에 숨을 쉬며 뭐에 홀린 듯, 공기, 질문, 희망, 몰리가 저녁에 먹을 돼지족발, 몰리에게 말할 거리, 변명, 욕망 따위를 꿀꺽꿀꺽

삼킨다. 몰리의 이마에서 주화 한 닢이 반짝인다. 몰리의 발에는 발가락 지들이 끼워져 있다. 두 발목은 가느다란 족쇄로 이어져 있다. 몰리의 옆에서는 탑처럼 소용돌이 꼴인 터번을 머리에 두른 낙타가 기다린다. 가로장이 수없이 많은 비단 사다리가 낙타의 등에서 까딱거리는 가마로 기어오른다. 낙타는 뚱한 뒷다리로 터벅터벅 근처를 어슬렁거린다. 몰리가 놈의 엉덩짝을 매섭게 찰싹 후려치니, 몰리의 황금줄 달린 팔찌가 노기등등하게 짤랑짤랑 무어 말로 놈을 꾸짖는다.)

매리언

네브라카다! 페미니눔!*

(낙타는 앞발 하나를 들고 나무에서 커다란 망고 열매를 따서 발굽으로 쥐고 눈을 깜박이며 여주인에게 내밀더니 머리는 떨구고 목은 올린 채로 툴툴거리며 더듬더듬 무릎을 꿇는다. 블룸은 등 짚고 뛰어넘기를 하려고 몸을 굽힌다.)

블룸

전 드릴 수 있어요 ... 말하자면 여사님의 동물원 관리자로서 말이에요 .. 매리언 여사님 ..... 여사님께서 만일 ....

매리언

그러니까 뭔가 달라진 걸 눈치채시나봐? (몰리의 양손이 장식물 달린 가

* '복 받기를! 여성성이여!'라는 뜻.

습덮개 위를 천천히 쓸고 지나갈 때, 눈에 느릿느릿 정답게 조롱하는 빛이 어린다) 오 폴디, 폴디, 진창에 박힌 막대기*같이 딱한 양반아! 가서 인생을 좀 봐! 넓은 세상을 보라고.

블룸

나는 백랍, 오렌지꽃물 로션을 챙기러 막 돌아가려던 참이었어요. 목요일에는 가게가 일찍 문을 닫거든요. 하지만 아침에 일어나자마자 할 일이에요. (그는 주머니마다 토닥인다) 이놈의 콩팥처짐증. 아!

(그는 남쪽을 가리키고 나서 동쪽을 가리킨다. 깨끗한 새 레몬 비누 하나가 나타나서, 빛과 향기를 퍼뜨린다.)

비누

우리는 최고의 짝이라네, 블룸과 나는.

그는 땅을 밝히고. 나는 하늘을 닦고.

(스웨니 약사의 주근깨 얼굴이 비누태양의 표면에 나타난다.)

스웨니

3실링 1페니입니다.

블룸

네. 제 처에게 주려고요. 매리언 여사 말이에요. 특별한 처방으로.

---

* '주변머리 없는 사람, 등신'이라는 뜻.

매리언

(상냥하게) 폴디!

블룸

네, 여사님?

매리언

티 트레마 운 포코 일 쿠오레?*

(같잖다는 듯이 몰리는 과식한 파우터 비둘기처럼 포동포동한 몸으로 〈돈 조반니〉의 이중무곡을 콧노래로 부르며 어슬렁어슬렁 사라져간다.)

블룸

'볼리오'에 대해 제대로 알고 있는 거요? 그러니까 발음이 ....

(그가 뒤따라가자, 그 뒤로 킁킁거리는 테리어가 따라온다. 아래턱 사마귀의 센털이 반짝이는 나이든 포주가 그의 소매를 붙잡는다.)

포주

숫처녀가 10실링이라오. 아직 손을 안 탄 싱싱한 몸이에요. 방년 15세고요. 고주망태인 늙은 애비 외에는 피붙이 하나 없다오.

(포주가 가리킨다. 포주의 컴컴한 소굴 구멍 속에 수상한 브라이디 켈리가 비에 흠뻑 젖은 몸으로 서 있다.)

---

* '심장이 좀 떨리세요?'라는 뜻의 이탈리아어.

브라이디

해치 스트리트에서였죠. 마음이 좀 편해지던가요?

(여자는 꽥 소리를 지르더니 박쥐 숄을 펄럭이며 달아난다. 우람한 깡패가 성큼성큼 구둣발로 뒤쫓는다. 그는 계단에서 삐끗하더니 자세를 바로잡고 어둠 속으로 휙 사라진다. 날카로운 웃음소리가 약하게 들리다가 더 약해진다.)

포주

(늑대 눈을 번뜩이며) 저 양반 재미 보겠어. 고급 창녀촌에서도 처녀는 못 구해요. 10실링이라니까. 밤새워 놀지는 말아요, 사복경찰 눈에 띌까 무서우니. 67번 순경이 여간 깐깐해야지.

(힐끔거리며 거티 맥도웰이 절뚝절뚝 앞으로 나온다. 거티는 추파를 던지며 뒤춤에서 피 묻은 천 조각을 꺼내더니 수줍게 내보인다.)

거티

저는 그대에게 속세의 전 재산을 바쳤건만 그대는. (거티가 어물어물 말한다) 선생님은 그런 짓을 하시다니. 미워요.

블룸

내가? 언제? 꿈꾸는 소리하고는. 난 그쪽을 본 적도 없는데.

포주

이 사기꾼 년아, 신사분께 수작 걸지 마. 신사분께 가짜 편지를 쓰질 않

나. 매춘하려고 꼬드기질 않나. 너같이 닳아빠진 년은 네 어미한테 침대 다리에 묶여 가죽 채찍질을 당해도 싸.

거티

(블룸에게) 선생님이 제 옷장 맨 아래 서랍*의 비밀을 죄다 보셨을 때. (거티는 그의 소매를 톡톡 치며 우는소리를 한다) 더러운 유부남 같으니! 저에게 그런 짓을 하셨어도 사랑해요.

(거티는 샐쭉해지며 슬그머니 사라진다. 브린 부인이 헐거운 풀무 모양의 주머니가 달린 남성용 프리즈 외투를 입고 보도에 서서 익살스러운 눈을 휘둥그레 뜨고 초식성 뻐드렁니를 있는 대로 드러내며 미소 짓는다.)

브린 부인

저 ...

블룸

(나지막이 기침하며) 여사님, 최근 이달 16일자 편지로 우리가 이런 기쁨을 마지막으로 누렸을 때 ....

브린 부인

블룸 씨! 죄의 구렁텅이에서 이러고 계실 줄이야! 딱 걸렸네! 건달 같으니!

---

* '옷장 맨 아래 서랍(bottom drawer)'에는 '엉덩이 속옷'이라는 뜻도 있다.

블룸

(황급히) 제 이름을 어떻게 그렇게 큰 소리로. 도대체 저를 뭐로 보시는 거예요? 제 얘기를 까발리지 마세요. 벽에도 귀가 있는데. 잘 지내셨어요? 마지막 뵌 지도 한참 됐네요. 신수가 훤해 보이세요. 훤하다마다요. 이 계절에 딱 맞는 날씨군요. 검은색이 빛을 굴절시켜요. 여기가 집으로 가는 지름길이어서요. 흥미로운 지역이네요. 윤락 여성 구제 일로. 막달라 갱생원에서. 제가 간사로 .....

브린 부인

(한 손가락을 세우며) 어머, 무슨 턱도 없는 거짓말을! 누군가 그런 말을 들으면 퍽도 좋아하시겠네요. 오, 제가 몰리를 만나기만 하면 그냥! (엉큼하게) 당장 이 자리에서 제대로 말씀 못하시면 혼날 줄 아세요!

블룸

(뒤돌아본다) 몰리는 여길 찾아보고 싶다는 말을 자주 했어요. 빈민굴 시찰 삼아. 색다른 곳이잖아요. 돈만 있으면 제복 차림의 흑인 하인들도 두고 싶대요. 검은 야수 오셀로도 좋고. 유진 스트래턴도 좋고. 심지어 리버모어 크리스티 쇼에 출연한 캐스터네츠 연주자와 탬버린 주자도 좋고. 보히 형제까지. 연예계를 싹쓸이하잖아요.

(검은 피부의 톰과 샘 보히 형제가 흰색 즈크 양복 차림에 주홍색 양말을 신고 빳빳이 다린 삼보 옷깃에 단춧구멍에는 큼직한 주홍색 애스터 꽃장식을 달고 튀어나온다. 각자 밴조를 메고 있다. 그들의 한결 창백하고 한결 작은 흑인 특유의 손이 현을 딩동댕 퉁긴다. 하얀 카피르족 눈과 이를

번뜩이며 그들은 볼품없는 나막신 발로 민속춤을 딸가닥딸가닥 추는가 하면, 등을 맞댄 채 딩딩 현을 퉁기고 노래하는 가운데 발의 앞부리에서 뒤꿈치로, 뒤꿈치에서 앞부리로 움직이며 두툼한 검둥이 입술로 짭짭재잘거린다.)

톰과 샘

누군가 디나랑 집에 있다네,
난 알지, 누군가 집에 있다네,
누군가 디나랑 집에 있다네
낡은 밴조를 퉁기며.

(그들은 까만 가면을 휙 벗어부치고 어린애의 민낯을 드러낸다, 그런 다음 낄낄 킬킬 딩딩 댕댕 소리에 맞춰 흔들흔들 케이크워크 춤을 추며 사라진다.)

블룸

(야릇하고 애틋한 미소를 띠며) 정 그렇게 꼴리신다면 풋내기 춤 한번 땅겨보실까요? 혹시 눈 한 번 깜짝할 동안만 여사님을 껴안아드릴까요?

브린 부인

(쾌활하게 소리친다) 어머, 이런 푼수 같으니라고! 자기 꼬락서니나 한번 보시지!

블룸

옛정, 옛정을 위해서요. 그저 4인조 파티를 하자는 거예요, 우리의 소박하지만 서로 다른 부부관계를 뒤섞은 혼합결혼 말이에요. 제가 여사님께 호감을 갖고 있다는 걸 아시면서. (음울하게) 귀여운 양이 그려진 밸런타인 카드를 보내드린 것도 저란 말이에요.

브린 부인

고마워서 어쩌나, 그토록 꼴불견인 몰골로! 우스꽝스럽기 짝이 없네. (여사는 뭔가 캐내려는 듯 손을 내민다) 등뒤에 숨긴 게 뭐죠? 말해봐요, 착한 양반.

블룸

(비어 있는 손으로 부인의 손목을 잡는다) 그때는 더블린 사교계에 데뷔한 절세미모의 처녀 조시 파월이었지요. 세월이 이토록 빠를 수가! 회고조의 기분을 살려 옛날로 되돌아가자면, 그때 크리스마스 밤에 열린 조지나 심슨네 집들이 생각나세요? 사람들이 눈 가리고 핀을 찾기도 하고 독심술도 하면서 어빙 비숍 게임을 했잖아요. 문제, 이 코담뱃갑에 뭐가 들었을까요?

브린 부인

그쪽은 진지희극seriocomic 이야기로 인기를 독차지하며 역할에 딱 어울렸어요. 여성들에게 항상 인기가 좋았죠.

블룸

(물결무늬 비단 깃 치장을 하고, 단춧구멍에는 파란색 프리메이슨 배지를 꽂고, 검정 나비넥타이와 진주 장식단추가 달린 약식 야회복 차림을 한 마님들을 시중드는 신사로서, 무지개 빛깔 샴페인 잔을 비스듬히 손에 들고) 신사 숙녀 여러분, 여러분께 아일랜드와 가정과 미인을 드리는 바입니다.

브린 부인

까마득히 잊힌 그립고 그리운 시절. 달콤한 옛사랑 노래.

블룸

(의미심장하게 목소리를 낮추어) 제가 누군가의 거시기가 현재 살짝 달아올랐는지 알고 싶은 호기심으로 몸이 달아올라 있음을 실토합니다.

브린 부인

(감정에 북받쳐) 엄청 달아올랐어요! 런던이 불타고 나는 온몸이 말도 못하게 불타고 있어요! (그에게 허리를 비비며) 실내 수수께끼 놀이가 끝나고 크리스마스트리의 크래커 터뜨리기가 끝난 후 우리는 계단발판의 쿠션 의자에 앉았죠. 트리의 겨우살이 장식 아래서요. 둘은 짝이 되니까요.

블룸

(반달 모양의 호박이 달린 자주색 나폴레옹 모자를 쓰고, 여자가 슬며시 내밀어주는 부드럽고 촉촉하고 포동포동한 손바닥을 다섯 손가락으로 살살 어루만

지며) 마술에라도 걸릴 한밤중이었죠. 나는 이 손에서 가시를 조심스레 천천히 빼주었지요. (다정하게, 여자의 손가락에 루비 가락지를 끼워주며) 그리고 우리는 손에 손잡고 간다네.

브린 부인

(달빛처럼 파랗게 염색한 원피스 야회 프록코트를 입고, 이마에는 번지르르한 요정의 왕관을 쓰고, 달빛처럼 파란 공단 슬리퍼 옆에 댄스카드를 떨어뜨린 채, 가쁜 숨을 쉬며 손바닥을 살며시 구부린다) 원하지만 안 ..... 그쪽 몸도 뜨거워요! 불타고 있어요! 왼손이 심장에 제일 가까워요.

블룸

여사님이 지금의 선택을 하셨을 때 남들은 미녀와 야수라고들 했지요. 난 여사님의 그 선택을 절대 용서 못합니다. (꽉 쥔 주먹을 이마에 대고) 그게 무슨 뜻인지 생각해봐요. 그땐 여사님이 내게 모든 의미였는데. (쉰 목소리로) 여자여, 그게 내 가슴을 찢는다오!

(하얀 실크해트를 쓰고 위즈덤 힐리의 샌드위치 광고판을 멘 데니스 브린이 칙칙한 턱수염을 삐죽 내밀고 좌우로 중얼대며 모직 슬리퍼를 신은 발을 질질 끌면서 그들 옆을 지난다. 스페이드 에이스가 그려진 외투를 입은 꼬마 앨프 버건이 포복절도하며 갈지자로 그의 뒤를 따라다닌다.)

앨프 버건

(비아냥대며 샌드위치 광고판을 가리킨다) U. p: up.

브린 부인

(블룸에게) 계단 아래에서는 실내놀이가 질펀했죠. (여자는 그에게 추파를 던진다) 왜 일이 잘 풀리도록 그 부위에 키스해주지 않았어요? 그러고 싶었으면서.

블룸

(충격 받고) 몰리의 제일 친한 친구면서! 어떻게 그런?

브린 부인

(말랑말랑한 혀를 입술 사이에 물고 비둘기 뽀뽀를 하려 대든다) 오오옴. 뭔 대답이 그리 시시해요. 거기 있는 건 저한테 주실 작은 선물인가요?

블룸

(심드렁하게) 정갈한 음식이에요. 저녁을 가볍게 때우려고요. 고기 통조림* 없는 집은 덜 갖춘 집. 밴먼 파머 여사가 주연한 〈리아〉를 보고 온 참이에요. 셰익스피어 작품을 딱 부러지게 연기하는 배우죠. 아쉽게도 그 프로그램을 내다버리고 말았네요. 그 근처에 아주 근사한 돼지족발 집이 있거든요. 만져보세요.

(머리에 여성용 모자 세 개를 핀으로 꽂은 리치 골딩이 나타나는데, 하얀 물감으로 두개골과 교차된 넓적다리뼈가 칠해진 콜리스 앤드 워드 법률 회사의 검은색 서류 가방을 메느라 몸이 한쪽으로 기울어져 있다. 그가

* '성교'라는 뜻도 함축한다.

가방을 열어 보여주는데, 그 안에 돼지고기 소시지, 훈제 청어, 핀던 대구, 꼭꼭 싼 알약 따위가 가득하다.)

리치

더블린에서 최상품이오.

(대머리 팻이 어쩔 줄 모르는 멍청이가 되어 보도에 서서 냅킨을 접으며 시중들려고 기다리고 있다.)

팻

(그레이비가 줄줄 흐르는 접시를 기우뚱하게 들고 앞으로 나서며) 콩팥 섞은 스테이크입니다요. 라거 병맥주고요. 히 히 히. 기다리시면 시중을 들어드리겠습니다요.

리치

우와. 내평 생처 음먹어보 ....

(그는 머리를 떨군 채 꾸역꾸역 또박또박 앞으로 걸어온다. 인부가 옆으로 비틀비틀 지나가면서 불타는 듯한 색깔의 영양 뿔로 그를 쿡 찌른다.)

리치

(아픈 비명을 지르며 손을 등에 갖다댄다) 아야! 신장이야! 허파야!

블룸

(인부를 가리킨다) 첩자다. 주의 끌지 마. 난 멍청한 떼거리가 질색이야.

희희낙락할 기분이 아니야. 심각한 처지라고.

브린 부인

여느 때처럼 수탉과 암소가 붙어먹었다는 유의 이야기로 또 무슨 협잡과 사기를 치려고요.

블룸

내가 어떻게 여기 오게 됐는지 작은 비밀 하나 알려드리고 싶습니다. 하지만 절대 누설하면 안 돼요. 몰리한테조차. 아주 특별한 이유가 있거든요.

브린 부인

(매우 들떠서) 그럼요, 죽었다 깨도.

블룸

계속 좀 걸읍시다. 어때요?

브린 부인

그래요.

(포주가 신호를 보내지만 주의를 끌지 못한다. 블룸은 브린 부인과 계속 걷는다. 테리어가 처량하게 킹킹대고 꼬리를 흔들며 뒤따른다.)

포주

고추랍시고 번데기 같은 유대 남자 같으니!

블룸

(접은 깃에 담쟁이 잔가지가 붙은 아이보리색 운동복, 맵시 있는 황갈색 셔츠, 성 앤드루 십자꼴의 스카프타이를 두른 목사의 격자무늬 망토, 흰색 각반, 팔에 걸친 옅은 황갈색 더스트코트, 적갈색 가죽구두, 어깨탄띠에 걸린 쌍안경, 그리고 회색 중절모자 차림으로) 아주 오래전, 까마득한 옛날에 우리가 마리오네트라 부르던 밀리가 막 젖을 떼고 난 뒤, 우리 모두 함께 페어리하우스 경마장에 간 일 생각나요? 거기가 맞나?

브린 부인

(멋진 청색 드레스, 흰색 벨루어 모자, 거미줄 베일 차림으로) 레퍼즈타운 경마장이죠.

블룸

그러니까, 레퍼즈타운에요. 몰리가 네버텔이라는 세 살배기 말에 걸어 7실링을 따고 나서 낡은 5인승 소형이륜마차를 타고 폭스록을 따라 집에 돌아오던 길에, 한창때였던 여사님은 두더지털 테두리가 달린 흰색 새 벨루어 모자를 쓰고 있었는데, 그 모자는 약간의 철사와 낡은 면벨벳 조각으로 만든 건데 19실링 11펜스밖에 안 되는 할인가라며 헤이스 여사가 사라고 여사님에게 조언했던 것으로, 들으면 좋아하실 비밀을 털어놓자면, 그 여자가 일부러 그런 조언을 한 이유는 ....

브린

아하, 그랬구나, 고 앙큼한 것! 설마하니! 조언 한번 잘하네!

블룸

그 이유는 여사님이 썼을 때 내가 감탄해 마지않은 극락조 날개가 달려 있는 또다른 멋지고 아담한 태미 천 토크랑 마찬가지로 그 모자가 여사님에게 반의반도 안 어울린다고 제 깐엔 그런 건데, 솔직히 여사님이 그걸 쓰니까 너무나 매혹적으로 보였어요. 다만 극락조를, 심장 크기가 깨알만한 작은 새를 죽인 건 안타까운 일이었지요, 이 잔인하고 못된 여자 같으니.

브린 부인

(그의 팔을 꼭 꼬집은 채 선웃음을 지으며) 내가 못되고 잔인했다고!

블룸

(나지막하고 은밀하며 늘 빠르게) 그런데 몰리는 조 갤러허 여사네 점심 바구니에서 양념소고기 샌드위치를 꺼내 먹고 있었지요. 터놓고 말해서 몰리에게 나름의 조언자인지 숭배자인지가 여럿 있긴 했지만, 몰리의 스타일이 썩 마음에 든 적은 없었지요. 몰리는 ....

브린 부인

너무나 ....

블룸

맞아요. 또 몰리는 우리가 농가 옆을 지날 때 로저스와 매것 오레일리가 수탉 흉내를 낸다고 큰 소리로 웃었고, 마침 차茶장수 마커스 터셔스 모지스가 이름이 댄서 모지스라는 딸내미와 이륜경마차를 타고 우리 옆을 지나가고 있었는데 그 딸내미 무릎에 있던 푸들이 몸을 뒤로 젖히고 잘난 체를 하자 여사님이 내게 묻기를 저런 걸 듣거나 읽거나 알거나 만나본 적이 있느냐고 ....

브린 부인

(열렬히) 그래요, 그래, 그래, 그래, 그래, 그래, 그래.

(여사가 그의 옆에서 사라진다. 그는 킹킹대는 개를 뒤에 달고는 지옥문 쪽으로 걸음을 계속한다. 한 여자가 아치 길에 서서 허리를 굽히고 발을 벌린 채 암소처럼 오줌을 눈다. 셔터 내린 술집 밖에서 한 떼의 부랑자들이 주먹코가 으깨진 그들의 왕초가 카랑카랑한 목소리로 내뱉는 우스개를 귀담아듣는다. 그중 팔도 없는 둘이 어설픈 장난 싸움을 하느라 으르렁거리며 땀에 후줄근히 젖은 몸으로 맞붙어서는 발을 쿵쿵 내디딘다.)

왕초

(몸을 웅크린 채 주먹코 속으로 꼬부라진 소리를 낸다) 그런데 케언스가 비버 스트리트의 공사장 비계에서 내려온 뒤 어디에 싸갈겼냐 하면, 바로 더완 건축회사의 미장이들 마시라고 대팻밥 위에 놓아둔 흑맥주 통 속이었거든.

부랑자들

(갈라진 입천장으로 깔깔대며) 아이고 배꼽아!

(페인트가 덕지덕지 묻은 그들의 모자가 흔들린다. 그들은 공사판에서 튀긴 아교와 석회가 묻은 몸으로 팔다리가 없는 양 십장 주위에서 까분다.)

블룸

이것도 우연의 일치다.[200] 저 친구들은 그게 재미있는 줄 아나봐. 속사정은 딴판인데. 벌건 대낮에. 애써 걷고는 있다만. 여자가 없어 그나마 다행.

부랑자들

아이고, 거 웃기는 얘길세. 설사약을 먹었나. 아이고야, 인부들 맥주에다가.

(블룸이 지나간다. 텁수룩한 머리에 숄을 두른 싸구려 창녀들이, 홀로 혹은 쌍쌍이, 골목에서, 문에서, 모퉁이에서 부른다.)

창녀들

먼길 가시나, 괴짜 양반?

가운뎃다리는 안녕하셔?

자기 짝은 있고?

에이, 이리 와, 내가 그걸 딴딴하게 만들어줄게.

(그는 여자들의 물웅덩이를 지나 저 너머 불 켜진 거리를 향해 간다. 볼록 튀어나온 창문 커튼에서 축음기가 망가진 놋쇠 몸체를 곧추세운다. 그늘

에서 술집 주인이 인부 및 영국 군인 둘과 실랑이한다.)

인부

(트림하며) 그 망할 집이 어디야?

술집 주인

퍼던 스트리트요. 흑맥주 한 병에 1실링이고. 점잖은 여자라고요.

인부

(영국 군인 둘을 붙잡고 함께 비틀비틀 앞으로 나아간다) 갑시다, 이 영국군 양반들아!

카 이병

(인부 등뒤에서) 별로 눈치 없지도 않은걸.

컴프턴 이병

(하하 웃으며) 야호!

카 이병

(인부에게) 포르토벨로 병영 매점에서. 카를 찾으세요. 그냥 카라고만 하면 돼요.

인부

(소리친다)

우리는 사나이. 웩스퍼드 사나이.

컴프턴 이병

어이! 특무상사는 어때?

카 이병

베닛? 내가 잘 알아. 참 좋은 사람이지.

인부

(소리친다)

짜증나는 사슬이여.
우리 조국을 해방시켜라.

(그는 앞으로 비틀하며 그들을 끌고 간다. 블룸이 어쩔 줄 몰라 멈칫한다. 개가 다가오더니 혀를 축 늘어뜨리고 헐떡인다.)

블룸

이건 기러기 찾기*로군. 집들이 난립해 있으니. 그 젊은이들이 어디로 갔는지 알 게 뭐람. 술 취한 사람들은 걸음걸이가 배로 빨라지거든. 어지간히도 혼잡하군. 웨스틀랜드 로 역에선 한바탕 난리를 치렀지. 그

* '가망 없는 추적'을 뜻한다.

러고 나선 삼등칸 차표로 일등칸에 타질 않나. 게다가 너무 멀리 가버리고. 엔진이 뒤에 달린 기차. 까딱하면 맬러하이드까지 실려가거나 대피선에서 밤을 새우거나 충돌사고를 당했을지 몰라. 2차까지 마셔서 그래. 1차만 마시면 약인 것을. 내가 도대체 뭣 때문에 그의 뒤를 쫓는 거지? 그래도 그 패거리 중에선 그가 제일 나아. 보포이 퓨어포이 여사 소식을 듣지 않았더라면 거기 가서 만날 일도 없었을 텐데. 다 운명이야. 그가 현금 다 날릴라. 여기 빈민구제소가 있군. 행상인이나 고리대금업자만 좋은 일 시켜주는 거야. 자네 뭐가 필요해? 쉽게 번 건 쉽게 쓰기 마련. 내가 침착성이 있었기 망정이지, 하마터면 그 남자종바퀴선로전차안광괴물 때문에 목숨까지 잃을 뻔했어. 그렇다고 침착성만으로 늘 목숨을 부지하는 건 아냐. 그날도 내가 트룰록 총기상점을 이 분만 늦게 지나갔어도 총에 맞았을걸. 몸의 부재*라. 하긴 총알이 내 외투만 관통했다면 손해배상금으로 500파운드를 버는 건데. 뭐하는 놈이었을까? 킬데어 스트리트 클럽의 멋쟁이. 녀석의 사냥터 관리인은 딱하지.

(그는 앞을 응시하며 벽에 분필로 갈겨쓴 **몽정**이라는 표제와 남근 그림을 읽는다) 기이한 일이다! 몰리는 킹스타운에서 서리 낀 차창에 그림을 그렸지. 이거 뭐 같아? (야한 차림의 인형 같은 여자들이 불 켜진 현관에서, 창구에서 살담배를 피우면서 서성댄다. 그 매스껍고달콤한 담배 냄새가 꾸물꾸물 소용돌이치는 갸름한 동그라미를 그리며 그의 쪽으로 흘러온다.)

---

* Absence of body. 앞서 '침착성'으로 번역된 'presence of mind'와 대비를 이룬다.

소용돌이

달콤한 것은 달다. 죄의 달콤함.

블룸

등골이 빼근한걸. 갈까, 아니면 돌아갈까? 그럼 이 음식은? 먹고 돼지처럼 뒤룩뒤룩 살찌라지. 나는 터무니없어.[201] 돈을 낭비하고. 1실링 8펜스라니, 너무했지. (레트리버가 꼬리를 흔들며 콧물 흐르는 차가운 주둥이를 그의 손에 갖다댄다.) 개들이 날 따르는 게 신기해. 심지어 오늘 그 짐승까지도. 이놈에게 먼저 말을 거는 게 낫겠다. 여자들처럼 개들도 우연히 마주치기를 좋아하니까. 스컹크처럼 냄새가 지독하네. 취향도 가지가지. 광견병에 걸린 놈일지도 몰라. 삼복더위니. 이놈 움직임이 수상한걸. 착하지! 멍멍아Fido! 착하지! 개리오언! (늑대 사냥개는 발라당 드러눕더니 길고 까만 혀를 축 늘어뜨린 채 앞발을 들고 재롱떨며 음란하게 몸을 뒤튼다.) 저놈이 처한 환경의 영향이다. 뭘 줘서 쫓아버리자. 만약 아무도. (그는 따라오라고 부추기는 소리를 지르며 밀렵꾼처럼 살살 비틀거리는 뒷걸음질을 해서 세터를 컴컴하고 지린내나는 구석으로 따라오게 만든다. 그는 꾸러미 하나를 풀어 돼지족발을 슬쩍 던져주려다 말고 양족발을 만져본다.) 3펜스짜리치곤 꽤 큰걸. 그렇긴 해도 왼손에 들고 있자니까. 힘이 더 든단 말이야. 왜지? 쓰지 않으면 작아지니까. 에라, 모르겠다. 2실링 6펜스.

(아쉬워하며 그는 풀어놓은 돼지족발과 양족발을 손에서 떨군다. 맹견은 꾸러미를 흉측하게 찢어발기고 오도독 뼈를 씹으며 그르렁그르렁 게걸스레 처먹는다. 비옷 차림의 야경 두 명이 소리 없이, 경계태세로 다가온다. 그들은 함께 숙덕인다.)

야경

블룸이. 블룸의. 블룸에게. 블룸을.

(각자 블룸의 어깨에 손을 얹는다.)

야경 1

현행범 체포입니다. 쓰레기 무단투기 금지법이오.

블룸

(우물우물하며) 남에게 선행을 베푸는 중인데요.

(한 떼의 갈매기들과 바다제비들이 밴버리 케이크를 부리에 물고 리피강 뻘에서 굶주린 듯 날아오른다.)

갈매기들

커 카람이 캔버리 케이크를 쿠었어요.

블룸

인간의 친구입니다. 정으로 길들였죠.

(그는 가리킨다. 밥 도런이 바의 높은 의자에서 몸을 기울이더니 우적우적 먹는 스패니얼 위에서 휘청거린다.)

밥 도런

왕초 개야. 나한테 발 좀 내밀어봐. 발 내밀어.

(불도그는 목덜미를 세운 채, 거품 낀 침이 줄줄 흐르는 어금니 사이로 돼

지 무릎뼈 조각을 물고 으르렁거린다. 밥 도런은 소리 없이 지하출입구로 떨어진다.)

야경 2

동물학대 방지법이오.

블룸

(악을 쓰며) 고상한 행위요! 난 마구에 쓸려 피부병이 난 불쌍한 말을 학대하는 마부를 해럴즈 크로스 브리지에서 꾸짖은 적도 있습니다. 기껏 좋은 일 했다가 음란한 욕이나 먹었지만요. 하긴 서리 내리는 날의 막차이긴 했지요. 서커스 생활의 온갖 이야기는 아주 풍기를 문란하게 해요.

(분노로 얼굴이 하얗게 질린 시뇨르 마페이가 셔츠 가슴에 다이아몬드 단추를 단 사자 조련사 복장을 하고 앞으로 등장하더니, 서커스 종이굴렁쇠와 똘똘 말린 마부 채찍과 권총을 들고서 게걸스레 먹고 있는 멧돼지 사냥개를 겨눈다.)

시뇨르 마페이

(사악하게 씩 웃으며) 신사 숙녀 여러분, 제가 교육시킨 그레이하운드를 소개합니다. 펄펄 날뛰는 야생마 아약스를 제가 새로 고안한 육식동물용 대못 박은 안장으로 훈련시킨 것도 바로 저입니다. 매듭 있는 가죽 채찍으로 배 아래를 후려칩니다. 밧줄고패와 목 조르는 도르래만 있으면 아무리 다루기 힘든 놈이라도, 그냥 사자 아니라 저 리비아의 식인

사자인 **레오 페록스**까지도 길들일 수 있습니다. 발갛게 달군 쇠지레를 써서 데인 부위에 도찰제를 조금 발라서 문질러줬더니 생각하는 하이에나인 암스테르담의 프리츠가 생산된 것이었습니다. (그는 눈을 부릅뜬다) 제게는 인도의 최면능력이 있습니다. 제 눈의 섬광이 이 가슴에서 반짝이는 보석들과 함께 최면을 겁니다. (매혹적인 미소를 띠고) 이제 곡마단의 자랑, 루비 양을 소개하겠습니다.

야경 1

자. 이름과 주소를 대쇼.

블룸

얼른 생각이 안 나는데요. 아참, 맞다! (고급 모자를 벗고 경례한다) 치과의사 리어폴드 블룸 박사입니다. 폰 블룸 파샤라고 들어보셨을 겁니다. 대부호지요. **벼락 맞을!** 호주의 절반을 소유한 분입니다. 이집트도 그렇고요. 제 사촌 말입니다.

야경 1

증거를 대쇼.

(블룸이 쓴 모자의 가죽 테 안에서 명함이 떨어진다.)

블룸

(빨간 튀르키예 모자를 쓰고 폭넓은 녹색 현장을 두른 이슬람 법관의 예복을 입고 가짜 레지옹도뇌르훈장을 단 채, 황급히 명함을 집어들고 내밀며) 여기

있소. 육해군 청년장교 클럽회원이고요. 고문변호사는 배철러스 워크 27번지 존 헨리 멘턴 씨입니다.

야경 1

(읽는다) 헨리 플라워라. 주소부정이군. 불법적인 매복 감시 및 습격을 범했고.

야경 2

알리바이를 대쇼. 경고하는 거요.

블룸

(가슴주머니에서 꾸깃꾸깃한 노란 꽃을 꺼내며) 이게 문제의 꽃입니다. 이름도 모르는 어떤 사람이 준 것이오. (그럴싸하게) 왜 그 오래된 농담 있잖아요, 카스티야의 장미라고. 블룸. 변경한 이름입니다. 비라그에서. (그는 은밀히 털어놓듯 속삭인다) 우린 약혼한 사이입니다, 경사 양반. 이런 상황에 여성 한 분이. 사랑의 분규랄까요. (그는 두번째 야경을 슬쩍 어깨로 친다) 뭐 어때요. 우리 한량들은 해군에서 다들 그렇게 놀잖아요. 제복 입으면 그렇게 되잖아요. (그는 첫번째 야경 쪽으로 정색하고 고개를 돌린다) 하기는, 그러다 큰코다치는 수가 있긴 하죠. 언제 저녁에 한번 들르셔서 오래된 부르고뉴 포도주 한잔합시다. (두번째 야경에게 활달하게) 형사 양반, 소개해드릴게요. 그 여자도 동할걸요. 쇠뿔도 단김에 빼랬다고.

(수은에 중독되어 검은 얼굴이 베일 쓴 인물을 데리고 나타난다.)

검은 수은

총독부에서 저 사람을 찾습니다. 군대에서 북소리를 들으며 쫓겨난 자요.

마사

(두꺼운 베일을 쓰고, 목에는 진홍색 리본을 두르고, 손에는 〈아이리시 타임스〉를 들고, 손가락질하며 꾸짖는 어조로) 헨리! 리어폴드! 라이어널, 떠나간 그대여! 내 오명을 씻어줘.

야경 1

(엄격하게) 서署로 갑시다.

블룸

(놀라서 모자를 쓰고 뒤로 물러선 다음, 가슴을 움켜쥐고 오른 팔뚝을 직각으로 쳐들더니 프리메이슨 동업자조합의 신호와 정당방위 몸짓을 취한다) 아니, 아니오, 조합장 나리, 매춘부예요. 사람 잘못 보셨어요. 『리옹의 우편열차』에서. 르쥐르크와 뒤보스크를 혼동했듯이. 차일스 형제 살인사건 기억하시죠. 우린 의사거든요. 형을 손도끼로 쳐죽이다니. 저는 억울한 죄를 뒤집어쓴 거예요. 범법자 한 명을 놓치는 한이 있더라도 99명이 억울한 선고를 받아서는 안 되지요.

마사

(베일 뒤로 흐느끼며) 파혼이에요. 제 본명은 페기 그리핀이에요. 저 남

자가 비참한 신세를 한탄하는 편지를 보내왔어요. 우리 오빠가 벡티브 럭비팀 풀백인데, 오빠한테 당신을 일러바칠 거야, 이 무정한 바람둥이야.

블룸

(손으로 입을 가리고) 저 여자 술 마셨어요. 술 취한 여자라고요. (그는 에브라임의 암호를 불분명하게 우물거린다) 싯브롤리스.*

야경 2

(눈물을 글썽이며 블룸에게) 당신은 철저하게 자신을 부끄러워해야 해.

블룸

배심원 여러분, 해명해드리겠습니다. 순전히 뜬구름 잡는 얘깁니다. 저는 오해받은 사람입니다. 저를 희생양 삼고 있다고요. 저는 인격적인 흠결 하나 없는 점잖은 기혼자입니다. 저는 에클스 스트리트에 삽니다. 제 처의 부친은 매우 명망 높은 사령관이자 용감하고 강직한 신사로서, 뭐랄까, 우리의 전승에 기여한 영국 전사들의 일원인 브라이언 트위디 소장입니다. 록스 드리프트 주둔지의 영웅적인 방어에 대한 공으로 소장에 오르신 분입니다.

---

* shitbroleeth. 이스라엘 에브라임 사람과 구별하기 위해 길르앗 사람이 사용한 암호로서 프리메이슨 조합의 입회식에서도 활용한 말인 '쉽볼렛(shibboleth)'을 블룸이 틀리게 발음한 것이다.

야경 1

연대를 대소.

블룸

(방청석을 향해) 남자들이여, 전 세계에 알려진 세상의 소금, 바로 더블린 근위대입니다. 여러분 중에도 저쪽에 옛 전우가 몇 분 보이시는 것 같은데요. 더블린 근위대 소총연대는 우리의 경찰청과 더불어 우리 가정의 수호자들이요, 우리 왕국에 봉사하는 가장 용감한 청년들이요, 기골로 말하자면 가장 빼어난 체격을 가진 장정들입니다.

목소리

배반자! 보어인들은 궐기하라니! 조 체임벌린에게 야유를 퍼부은 건 누구더냐?

블룸

(야경 1의 어깨에 손을 얹고) 우리 아버지도 치안판사였소. 나도 경관님 못지않게 충성스러운 영국인이랍니다. 나는 그 한심한 보어전쟁 때 국왕과 국가를 위한 군대와 더불어 고흐 장군 휘하 군용지에서 전쟁을 치르다가 스피언 콥과 블룸폰테인에서 부상을 입어 신문의 특보에도 이름이 나왔다오. 백인으로서 할 바를 다했단 말이오. (평온한 감정으로) 짐 블러드소.* 뱃머리를 둑에 대어라.

* 민요 〈짐 블러드소〉의 주인공. 미시시피강에서 배를 모는 선장으로서 임무완수를 위해 장렬히 전사한 영웅.

야경 1

전문직이든 일반직이든 직업을 대쇼.

블룸

아, 문필업에 종사하는 작가 겸 기자입니다. 사실 우리는 제가 창안한 기획으로 완전히 신기원을 기록하게 될 현상 단편소설집을 이제 곧 출간하려는 참입니다. 제가 영국과 아일랜드의 출판업계에 연줄이 있거든요. 전화를 걸어보시면 ....

(마일스 크로퍼드가 깃펜을 이에 물고 뒤뚱 걸음으로 성큼 나온다. 진홍색 코가 밀짚모자의 후광 안에서 번들거린다. 그는 한 손으로 양파 다발을 달랑달랑 들고 다른 손으로는 전화 수화기 주둥이를 귀에 댄다.)

마일스 크로퍼드

(수탉의 육수肉垂 같은 목살을 대롱거리며) 여보세요, 7784번입니까. 여보세요. 여긴 〈시민의 오줌통〉 및 〈주간 밑씻개〉입니다. 유럽을 초토화시켜요. 귀사에선 어느 것을? 짭새라고요? 누가 쓰는 건데요? 블룸인가요?

(필립 보포이 씨가 가슴 바깥주머니에 손수건의 뾰족한 끝이 보이는 깔끔한 예복과 주름 잡은 연자주색 바지와 에나멜가죽 부츠를 착용하고 증인석에 창백한 얼굴로 서 있다. 그는 '매첨의 묘기'라는 딱지가 붙은 커다란 서류 가방을 지니고 있다.)

보포이

(늘어진 말투로) 아니, 당신이 아니오. 모르긴 몰라도 어림도 없는 일이오. 당최 납득이 가지 않는다, 그뿐이오. 타고난 신사라면 누구도, 가장 기본적인 신사 본능을 가진 사람이라면 아무도 이토록 유별나게 역겨운 행동을 차마 못할 테니까요. 그런데 그런 자가 여기 있네요, 재판장님. 표절자입니다. 그럴싸한 말주변으로 문인 행세를 하는 좀도둑 말입니다. 저 사람이 가장 선천적인 야비함을 발휘하여 참으로 훌륭한 작품이자 완벽한 보석이요, 의심의 여지가 없는 사랑의 구절들이 담긴 제 베스트셀러의 일부를 표절했다는 것은 완전히 명백합니다. 사랑과 거대 재산을 다룬 보포이 책들은, 재판장님께서도 분명 익숙한 책이겠습니다만, 전 왕국에 걸쳐 필독서가 되었습니다.

블룸

(뚱하게 풀죽은 다소곳한 태도로 중얼거린다) 손에 손 잡고 웃는 마녀 어쩌고 하는 그 대목은 그렇지도 않습니다, 외람되지만 ...

보포이

(입술을 비틀어 올리고 법정을 향해 거드름 피우는 미소를 씩 짓는다) 예끼, 이 웃기는 양반아! 어찌나 고약하고 끔찍하게 괴상한지 말문이 다 막히네그려! 그 문제로 그렇게 무리하게 수고할 필요 없겠소. 내 저작권 대행인 J. B. 핑커 씨가 임석해 계시니 말이오. 재판장님, 아무려면 저희가 기본적인 증언 수당쯤은 받게 되지 않을까요? 저희는 이 레임스의 갈까마귀 같은 떠버리 기자 작자 때문에 막심한 손해를 입었거든요,

대학 문턱도 못 밟아본 자인데 말이죠.

블룸

(잘 안 들리게) 인생대학 다녔거든. 불량예술 따위가 어딜.

보포이

(소리친다) 그건 가증스러울 만큼 악랄한 거짓말입니다, 저자의 도덕적 타락을 보여주는 거라고요! (서류 가방을 내민다) 재판장님, 저희는 빼도 박도 못할 증거로, 저 짐승 같은 자가 남긴 자국으로 꼴사납게 된 저의 보다 원숙한 작품의 견본인 범죄증거를 이 안에 가지고 있습니다.

방청석의 목소리

모세, 모세, 유대인의 왕이여,
〈데일리 뉴스〉지로 밑을 닦았다네.

블룸

(용감하게) 과장이오.

보포이

이 막돼먹은 상놈아! 넌 말연못horsepond에 빠져 죽어야 해, 이 건달아! (법정을 향해) 아니, 저 인간의 사생활을 보세요! 사중四重생활을 하고 있다니까요! 밖에서는 천사요, 집에서는 악마입니다. 남녀가 함께 모인 자리에서는 입에도 못 담을 위인! 이 시대 최고의 음모자!

블룸

(법정을 향해) 그런데 저분은, 독신인데, 어떻게 ...

야경 1

왕 대 블룸. 드리스컬이라는 여자를 불러오시오.

정리

부엌데기 메리 드리스컬!

(꾀죄죄한 하녀 메리 드리스컬이 다가온다. 구부린 팔에 양동이를, 손에는 세척용 빗자루를 들고 있다.)

야경 2

또하나! 아가씨도 매춘 일을 하나?

메리 드리스컬

(분개하여) 저 불량소녀 아네요. 조신하다는 평을 받고 있고, 최근에 일한 집에서는 넉 달 있었어요. 연봉 6파운드에다 금요일 외출까지도 허용된 일자리였는데 저 남자가 자꾸 추근거리는 바람에 관둬야 했어요.

야경 1

저 사람을 무슨 죄목으로 고소하는 거지?

메리 드리스컬

저 남자가 은근히 제 마음을 떠보았지만 저는 비록 가난해도 제 몸을 더 소중히 여겼어요.

블룸

(물결 모양의 천으로 된 실내용 상의와 운동바지 차림에 뒤축 없는 슬리퍼를 신고 수염은 깎지 않고 머리카락이 헝클어진 꼴로: 곰살궂게) 내가 잘 대해줬잖아. 그 처지에 꿈도 못 꿀 세련된 선녹색 가터도 기념품으로 주고 말이야. 네가 좀도둑으로 몰릴 때에도 난 덜컥 네 편을 들어주었지. 매사에 중용이란 게 있는 법이야. 오는 게 있으면 가는 게 있어야지.

메리 드리스컬

(발끈하며) 제가 그 알량한 굴에 손을 댔다면 하느님이 내려다보고 계시는 이 밤에 천벌을 받을 거예요!

야경 1

고소하려는 죄목은? 무슨 일이 있었어?

메리 드리스컬

재판장님, 어느 날 아침 주인아주머니가 장보러 나가신 틈에 저 남자가 옷핀 있느냐며 집 뒤에서 난데없이 들이닥쳤어요. 저를 껴안았고 그 바람에 네 군데나 멍이 들었어요. 그리고 두 번이나 제 옷을 풀어헤쳤어요.

블룸

저 여자도 제게 폭행을 가했습니다.

메리 드리스컬

(어쭙잖다는 듯) 저는 저 남자보다 차라리 세척용 빗자루가 더 존경스러웠어요, 정말로요. 제가 막 따지고 들자, 재판장님, 글쎄 저 남자가 이러는 거예요, 잠자코 있어.

(일동 웃음)

조지 포트렐

(치안서기가 쩌렁쩌렁하게) 정숙하세요! 지금부터 피고의 허위진술이 있겠습니다.

(블룸은 무죄를 주장하며 활짝 핀 수련을 들고 알아들을 수 없는 긴 진술을 시작한다. 사람들은 피고 변호사가 감동적인 연설을 통해 대배심원에게 말하려는 바를 듣게 될 참이었다. 그는 신세를 망치기는 했어도, 이를테면 천덕꾸러기로 낙인찍혔을망정, 개과천선, 그러니까 과거의 기억을 순전히 다소곳한 방식으로 되찾고 순전히 길들인 동물이 되어 자연으로 돌아갈 의도였습니다. 팔삭둥이인 그는 노쇠하여 자리보전한 어머니가 금이야 옥이야 기르고 교육해오던 터였습니다. 탈선한 아버지로서의 과실들이 있었을지 모르지만, 그는 새 출발을 원했고, 그러다가 마침내 태형기둥을 목전에 둔 지금에는 생애의 황혼녘에 가슴 부푼 가족의 애정어린 환경에 푹 안겨 가정적인 삶을 영위하기를 원했습니다. 새 풍토에 길든 영국인으로서 그가 그 여름날 저녁 비가 멎어준 동안 순환철도회사의

기관사실 발판에서 더블린시와 준準자치도시에 있는 사랑 넘치는 가정들의 창문들을 통해 희미하게나마 얼핏 보았던 것은, 말하자면, 1다스에 1실링 9펜스짜리 도크렐 회사 벽지를 바른 천국의 행복이 어린 참으로 목가적인 풍경들, 그러니까 아기 예수에게 혀 짧은 소리로 기도를 드리는 영국 태생의 천진난만한 아이들이나, 숙제하느라 낑낑대는 젊은 학생들이나, 피아노를 연주하는 참한 아가씨들이나, 때로는 성탄일 전야에 타닥타닥 장작 타는 난로 주위에 모여앉아 가족의 묵주기도를 지극정성으로 암송하는 온 가족의 모습들이었고, 다른 한편 골목과 오솔길에서 처녀들이 애인들과 함께 거니는 동안 네 개의 작동하는 음전과 열두 개의 송풍기가 영국제금속으로묶여있는, 유례없는 헐값으로 구매한 오르간 음조의 멜로디언에서 흘러나오는 선율에 박자를 맞추는 것은 ....

재차 웃음. 그는 어수선하게 우물거렸다. 기자들은 들리지 않는다고 투덜댔다.)

일반 기록사와 속기사

(노트만 들여다보느라 올려다보지도 않고) 저사람 자세 좀 편하게 해줘.

맥휴 교수

(기자석에서 기침하며 외친다) 다 털어놔, 이 양반아. 차근차근 풀어놓으라고.

(블룸과 들통에 관한 반대 심문이 진행된다. 커다란 들통. 블룸 자신. 복통. 비버 스트리트에서. 배 아파, 그래. 몹시 심해. 미장이의 들통. 뻐근한 다리로 걷느라. 말 못할 고초를 겪어. 지독한 고통. 정오쯤. 사랑 아니면

부르고뉴 포도주. 그래, 시금치도 약간. 결정적 순간. 그는 들통 안을 들여다보지 않았다. 아무도. 아예 쓰레깃더미. 완전히 그런 건 아니고. 〈팃비츠〉의 묵은 호號.

웅성거리는 소리와 휘파람소리. 회반죽 얼룩이 묻은 찢어진 프록코트를 입고 머리엔 움푹 들어간 실크해트를 비스듬히 쓰고 코를 가로질러 기다란 반창고를 붙인 블룸이 잘 들리지 않게 이야기한다.)

J. J. 오몰로이

(법정 변호사의 회색 가발과 법복을 걸치고 고통스럽게 항의하는 목소리로 연설하며) 이곳은 술 취해 잘못을 저지른 인간을 제물 삼아 상스럽고 경망스러운 행동을 하는 자리가 아닙니다. 우리가 있는 이 자리는 곰 사육장도 아니고 옥스퍼드의 신입생 신고식장도 아니며 재판을 희화화하는 곳도 아닙니다. 제 의뢰인은 밀항자로 어렵게 시작하여 현재는 정직하게 돈을 벌려고 애쓰는 아동일 뿐입니다. 날조된 범행은 유전형질의 일시적인 일탈로 말미암아 환각에 의해 야기된 것으로, 유죄라고들 주장하지만 제 의뢰인의 고국인 파라오의 땅에서는 상당히 허용되고 있는 허물없는 행위들의 한 예일 뿐입니다. 척 봐도, 성행위에 대한 시도는 없었다는 말씀을 드리고 싶은 바입니다. 간통은 발생하지 않았고, 드리스컬이 고소한바, 여성의 정절을 바쳐달라고 간청했다는 범죄는 반복되지 않았습니다. 저는 특히 격세유전을 논하고자 합니다. 제 의뢰인의 가계에는 난파와 몽유병의 사례들이 있었습니다. 만일 피고가 변호할 수 있다면 털어놓을 만한 이야기가 있는데, 책 속에서 서술된 이야기 중 가장 신기한 것입니다. 재판장님, 피고 자신은 구두수선공의

폐질환을 앓는 육체적 폐인입니다. 피고의 변론인즉, 그가 몽골인 혈통인 이상 본인의 행동에 대한 책임이 없다는 것입니다. 실상, 제정신이 아니라는 거지요.

블룸

(맨발에, 새가슴에, 인도 선원의 조끼와 바지 차림으로, 사죄하듯 발가락을 구부린 채, 조그마한 두더지 눈을 뜨고 한 손을 천천히 이마에 갖다대며 눈부신 듯 주위를 둘러본다. 그러고 나서 그는 선원들 방식으로 허리띠를 홱 끌어당기고 동양식으로 공손하게 어깨를 조아리며 엄지손가락 하나를 하늘 쪽으로 가리키며 법정에 인사한다.) 밤을 아조 잘 보내테요. (그는 천진난만하게 경쾌한 노래를 부르기 시작한다)

쬐 쬐 불쌍 쬐꼬만 아이야
밤마따 대지족발 가뎌와
2실리 주께 ....

(불호령이 떨어지자 입을 다문다.)

J. J. 오몰로이

(좌중을 향해 기를 쓰며) 이건 외로운 싸움입니다. 결단코, 저는 제 의뢰인 그 누구도 똥개떼와 히히 웃는 하이에나한테 이런 식으로 재갈 물려 괴롭힘당하도록 좌시하지 않겠습니다. 밀림의 법칙은 모세 율법에 밀려났습니다. 단 한 순간도 정의의 목표를 무너뜨릴 의도 없이 말씀드리건대, 강력히 말씀드리건대, 피고는 사전종범자事前從犯者가 아닐뿐더러 원고 여성 또한 농락당한 적이 없습니다. 저 젊은 여성은 피고에게

마치 친딸과 같은 대우를 받았습니다. (블룸은 j. j. 오몰로이의 한 손을 잡아 자기 입술에 갖다댄다) 저는 숨은 손이 다시 낡은 수작을 부리고 있음을 철두철미하게 증명할 반증 자료를 제시하겠습니다. 그래도 의심스럽다면 그때 블룸을 괴롭히십시오. 천성적으로 수줍음을 타는 제 의뢰인은 순결을 손상당했다고 여성이 항의할 만한 비신사적인 행동을 조금이라도 하거나 그 여성의 현재 처지에 대한 책임이 있는 어떤 비겁자가 마구 못된 짓을 벌여 잘못된 길로 접어들게 된 소녀에게 돌을 던지거나 할 위인이 절대로 아닙니다. 그는 올바로 살기를 원합니다. 그보다 더 순수한 사람을 저는 알지 못합니다. 그는 저멀리 소아시아의 아겐다스 네타임에 있는 광활한 소유지를 저당잡힌 연유로 불운한 처지가 되었는데, 그 소유지의 슬라이드를 이제 곧 보실 것입니다. (블룸에게) 친절을 베풀어주시는 게 어때요.

블룸

파운드당 1페니입니다.

(은빛 안개로 싸인 키너렛호수에서 풀을 뜯고 있는 소들의 희미한 영상이 벽에 투영된다. 색소결핍증에 걸려 담비 눈을 한 모세 들루가치가 푸른색 작업복 차림으로 방청석에서 기립하는데, 양손에 각각 오렌지색 시트론과 돼지 콩팥을 들고 있다.)

들루가치

(쉰 목소리로) 베를린 W. 13, 블라입트로이슈트라세입니다.

(J. J. 오몰로이가 낮은 주춧돌 위로 걸어올라가 엄숙하게 코트 깃을 잡는

다. 그의 얼굴은 길쭉해지고 창백해지며 턱수염이 나고 눈은 움푹 들어간 데다 존 F. 테일러의 폐결핵 부스럼에 소모열로 인한 적색을 띤 광대뼈의 모습이다. 그는 손수건을 입에 갖다대고 장밋빛 선혈이 꿀렁꿀렁 솟구치는 모양을 유심히 뜯어본다.)

J. J. 오몰로이

(거의 안 들리게) 죄송합니다. 저는 심한 오한을 앓고 있고 병상을 떠난 지도 얼마 안 됩니다. 긴한 말씀 몇 마디만 드리겠습니다. (그는 새의 머리와 여우의 콧수염과 시모어 부시의 긴 코를 통한 능변의 소유자다.) 천사의 책이 펼쳐지게 될 때, 만일 수심에 잠긴 가슴이 시작한 것으로서 변형된 영혼과 변형시키는 영혼의 어떤 것이라도 살아 마땅하다면, 피고인의 의심스러운 점을 성스럽게 선의로 해석해주십사 말씀드리는 바입니다.

(무언가가 쓰여 있는 종이가 법정 안으로 전달된다.)

블룸

(궁중복 차림으로) 최고의 신원보증인들 성명을 댈 수 있습니다. 캘런 씨와 콜먼 씨. 치안판사 위즈덤 힐리 씨. 저의 옛 상사 조 커프 씨. 전 더블린시장 V. B. 딜런 씨. 저는 최고 수준의 특권계층에 출입해왔습니다 .... 더블린 사교계의 여왕들. (태연하게) 오늘 오후에도 방금 총독관저의 리셉션에서 제 오랜 친구들인 왕실 천문학자 로버트 볼 경 내외와 대화를 나누던 참입니다. 밥 경, 제가 말하길 ......

옐버턴 배리 여사

(가슴이 깊게 파인 오팔빛 볼 드레스를 입고, 팔꿈치 길이의 상앗빛 장갑을 끼고, 검은색 장식이 달린 벽돌 모양의 퀼트 망토를 걸치고, 머리에 광채 나는 빗과 백로깃털 장식을 꽂고) 경관, 저 남자를 체포해요. 제 남편이 먼스터주州 순회재판 일로 티퍼레리군郡 북구에 가 있을 때, 왼쪽으로 기울어진 서투른 서체로 쓰고 제임스 러브버치라고 서명한 익명의 편지를 보낸 사람이에요. 제가 〈매미〉의 어전연극 공연을 왕립극장 특별석에 앉아 보고 있을 때 위층 발코니 일반석에서 제 절세무비의 가슴을 보았다면서요. 글쎄 저 때문에 온몸이 불타올랐다나요. 그다음주 목요일 던싱크 시간으로 오후 네시 반에 사통하자고 음탕한 수작을 걸어오더라고요. 므슈 폴 드 코크가 지은, 『코르셋 세 벌 입은 처녀』라는 제목의 소설을 우송해주겠다고 덤벼들지 뭐예요.

벨링엄 여사

(레이스 모자를 쓰고 암갈색 토끼모피 망토를 코까지 두른 차림으로, 사륜마차에서 걸어나오더니 커다란 주머니쥐 토시 안에서 꺼낸 외알안경을 쓰고 세심히 살핀다) 저도 당했어요. 맞아요, 바로 그 역겨운 인간인 것 같아요. 왜냐하면 93년 2월 갑자기 한파가 몰아닥치던 당시 배수관의 철망과 욕조의 마개까지 얼어붙고 진눈깨비가 내리던 어느 날 손리 스토커 경의 저택 밖에서 저 남자가 제 마차 문을 닫은 일이 있었거든요. 그랬는데 나중에 저에게 표하는 경의의 표시라면서 고지에서 꺾었다는 에델바이스 꽃 한 송이를 편지에 동봉해 보내온 거예요. 제가 식물전문가에게 감정을 의뢰하여 알아봤더니 글쎄 그게 시범농원의 속성재배 온실에

서 훔쳐온 국산 감자꽃이라지 뭐예요.

옐버턴 배리 여사

망측한 남자!

(창녀와 건달 한 떼가 들이닥친다.)

창녀들과 건달들

(빽빽 소리를 지르며) 도둑 잡아라! 푸른 수염 만세! 유대인 모*에게 만세 삼창!

야경 2

(수갑을 꺼낸다) 수갑 여기 있소.

벨링엄 여사

저 남자는 여러 필체로 쓴 구애편지를 보내 저더러 모피 걸친 비너스라며 역겨운 아첨을 늘어놓고 추위에 떠는 제 마부 파머를 깊이 동정한다고 주장하는가 하면, 이내 말을 바꾸어 제 마부의 귀마개와 푹신푹신한 양피 외투도 부럽고 또 제 마부가 저의 가문 제복을 입고 황금색 수사슴 머리가 새겨진 벨링엄 가문의 검은색 방패 문장을 걸치고 제 의자 뒤에 서 있으면서 운좋게도 제 몸 가까이 있는 것도 부럽다고 털어놓았답니다. 저 남자는 제 두 발과 실크 스타킹을 한껏 치켜신은 포

---

* 9장에 나온 소매치기이자 협잡꾼인 유대인 모세(Ikey Moses).

동포동한 장딴지를 허황되다시피 칭찬하고, 값비싼 레이스 속에 감춰져 있어도 머릿속에 그려볼 수 있다며 저의 보물 같은 여타의 신체 부위를 입에 침이 마르도록 찬미했습니다. 저 남자는(저에게 보채는 게 자기 일생일대의 사명이라 느낀다며) 가능한 한 가장 이른 기회에 제 부부 잠자리를 더럽히라고, 말하자면 간통을 저지르라고 보챘습니다.

머빈 탤보이스 남작부인

(아마존 여전사 복장을 하고, 중산모자를 쓰고, 며느리발톱 모양의 박차가 달린 가죽 장화를 신고, 주홍색 조끼를 걸치고, 끈 실이 달린 황갈색 머스킷총병 장갑을 끼고, 긴 옷자락을 치켜올려 자신의 대다리를 수렵용 채찍으로 끊임없이 때리며) 저도요. 저 남자가 피닉스공원의 폴로 경기장에서 아일랜드 군대의 두 올스타팀 간 폴로 경기가 열렸을 때 마침 저를 보았어요. 이니스킬링스 출신의 강타자 주장인 데너히 대위가 그의 애마 '켄타우로스'를 타고 마지막 회回를 따내는 모습을 바라보던 제 눈이, 저도 알고 있었지만, 황홀하게 빛났겠지요. 이 서민 돈 후안이 전세마차 뒤에서 저를 지켜보다가 파리의 밤길에서나 파는, 어느 여성에게도 모욕적인 음란사진을 두 겹 봉투에 넣어 보내더라고요. 제가 아직도 가지고 있어요. 거기엔 연약하고 아름다운 반라의 여성(저 남자가 제게 틀림없다고 장담한 것처럼 자기가 직접 찍은 자기 아내의 실물사진이에요)이 건달일 게 뻔한 근육질의 투우사와 부정한 성교를 저지르는 광경이 나와 있었어요. 저 남자는 똑같이 해보라고, 부정을 저지르라고, 수비대 장교들과 죄를 지으라고 제게 보채는 거예요. 저 남자는 차마 입에 담지 못할 방식으로 자기 편지를 더럽혀달라고, 자기가 아주 마땅히 받아

야 할 벌을 내려달라고, 자기 등에 올라타 몰고 다니라고, 지독하게 호되게 말채찍으로 때려달라고 애원했어요.

벨링엄 여사

저도요.

옐버턴 배리 여사

저도요.

(아주 기품 있는 더블린 여성 여러 명이 블룸에게서 받은 낯뜨거운 편지를 치켜든다.)

머빈 탤보이스 남작부인

(갑자기 울화통이 터져 짤랑거리는 박차를 찬다) 하늘에 계신 하느님께 맹세코, 전 그렇게 해줄 테예요. 저는 제가 저놈 위에 서 있을 수 있는 한 저 새가슴 망나니를 채찍질해주겠어요. 저놈을 산 채로 가죽 벗길래요.

블룸

(눈을 감으며 기대에 찬 듯 움찔한다) 여기요? (그는 꿈틀거린다) 다시! (그는 굽실거리며 헐떡인다) 저는 그 위험이 좋아요.

머빈 탤보이스 남작부인

암, 그렇겠지! 뜨거운 맛을 보여주마. 춤꾼처럼 팔짝팔짝 뛰게 만들어주마.

벨링엄 여사

볼기짝을 호되게 갈겨줘요, 시건방진 놈! 볼기짝에 성조기를 그려주라고요!

엘버턴 배리 여사

남사스러워라! 변명의 여지가 없지! 유부남 주제에!

블룸

이 사람들이 모두. 난 그저 엉덩이만 찰싹 때려달라는 거였소. 피 나지 않게 뜨끈하고 얼얼하고 화끈거리는 정도로만. 혈액순환을 자극하는 세련된 회초리질 말이오.

머빈 탤보이스 남작부인

(가소롭다는 듯 웃는다) 아, 그러셔, 이 고상한 양반아? 좋아, 살아 계신 하느님께 맹세코, 네 생애 최대의 충격을 안겨주마, 농담 아니고, 남자가 흥정으로 여태껏 받아본 적이 없는 가장 가혹한 매질을 말이야. 너는 잠들어 있던 내 호랑이 성질을 건드려 팔팔 뛰게 만들었어.

벨링엄 여사

(복수심에 불타 토시와 외알안경을 흔들어대며) 얘, 해나야, 저놈에게 따끔한 맛을 보여줘. 정신 번쩍 들게 만들어. 저 잡놈을 목숨이 거의 끊어지도록 매질해줘. 아홉 줄 채찍으로 말이야. 거세해버려. 갈기갈기 찢어버려.

블룸

(벌벌 떨며 움츠리고 두 손을 맞잡는다. 살살 기는 자세로) 아 추워! 아 떨려! 여사님의 고결한 미모 때문에 그랬어요. 잊어주세요, 용서해주세요. 다 운명이에요. 이번 한 번만 봐줘요. (다른 쪽 뺨을 내민다.)

엘버턴 배리 여사

(모질게) 탤보이스 여사님, 절대로 봐주지 말아요! 매우 쳐야 할 놈이에요!

머빈 탤보이스 남작부인

(장갑 단추를 후다닥 풀며) 봐주긴요. 어미 뱃속에서 나올 때부터 지금까지 개돼지 노릇만 한 놈 같으니! 감히 나한테 수작을 걸다니! 대로 한복판에서 검푸르게 멍들도록 패줄 거예요. 저놈 몸뚱이 속에 내 박차를 톱니바퀴까지 박아줄 거예요. 저놈 오쟁이 진 건 세상이 다 알아요. (남작부인은 사냥 채찍을 허공에 대고 매섭게 후려친다) 지체 말고 저놈 바지를 끌어내려요. 이리 오너라, 이놈! 어서! 각오는 돼 있겠지?

블룸

(바들바들 떨며, 슬슬 시키는 대로 따르며) 날씨가 그토록 따뜻했는데.

(곱슬머리의 데이비 스티븐스가 맨발의 신문팔이 소년 떼거리와 함께 지나간다.)

데이비 스티븐스

〈성심의 사자使者〉와 성 패트릭 축제일 부록 딸린 〈이브닝 텔레그래프〉 있습니다. 더블린에서 오쟁이 진 남자 전원의 새 주소록도 들어 있습니다.

(황금색 대법의 차림의 수도회원 오핸런 주교가 대리석 정밀시계를 들어올려 내보인다. 그 앞에서 콘로이 신부와 존 휴스 예수회 신부가 절을 한다.)

정밀시계

(문을 열고)

뻐꾹.

뻐꾹.

뻐꾹.

(침대의 놋쇠 고리들이 내는 소리가 짤랑 들린다.)

고리들

찍짹. 찌가지가. 찍짹.

(널 같은 안개 가닥이 너울너울 빠르게 걷히자 배심원석에서 바로 드러나는 것이 있었으니, 바로 실크해트를 쓴 배심원장 마틴 커닝엄을 비롯해 잭 파워, 사이먼 데덜러스, 톰 커넌, 네드 램버트, 존 헨리 멘턴, 마일스 크로퍼드, 레너핸, 패디 레너드, 노지 플린, 머코이 등의 얼굴과 이름 없는 자의 특색 없는 얼굴이다.)

이름 없는 자

안장 없이 말타기다. 기수의 체급을 저놈 나이에 맞춰라. 저런, 저놈이 여자를 갖고 놀았네.

배심원들

(그 목소리에 모두 고개를 돌리고) 정말?

이름 없는 자

(으르렁거리며) 엉덩이를 머리 위에. 승률은 100실링 대 5실링.

배심원들

(모두 동의의 표시로 머리를 숙이며) 우리도 대부분 그쯤 되려니 했습니다.

야경 1

낙인찍힌 자입니다. 머리카락 잘린 소녀가 한 명 더 있습니다. 지명수배: 잭 더 리퍼.* 현상금 천 파운드.

야경 2

(얼어붙어 속삭인다) 게다가 검은 복장입니다. 모르몬교도인 거죠. 무정부주의자고요.

---

* 1888년 수개월에 걸쳐 런던 동부의 창녀들을 죽이고 수족을 절단한 신원미상의 연쇄 살인자.

정리

(큰 소리로) 주거 부정의 리어폴드 블룸이 유명한 다이너마이트 전문가에 문서 위조자에 중혼자에 포주 및 오쟁이 진 자에 더블린 시민들의 공적인 골칫거리인 반면에, 그리고 이 순회재판위원회에서 재판장님께서 ....

(회색 보석 같은 색깔의 판사복을 입은 더블린 지법 판사 프레더릭 포키너 경이 보석 수염을 달고 자리에서 일어난다. 우산 같은 홀을 품에 안고 있다. 이마에는 모세풍의 숫양 뿔이 우뚝 솟아 있다.)

지법 판사

나는 이 백인 노예 매매에 종지부를 찍고 더블린에서 이 추악한 해충을 제거할 것입니다. 수치예요! (검은색 제모를 쓴다) 부주장관, 피고를 지금 서 있는 피고석에서 데려가 폐하의 국법에 맞는 기간 동안 마운트조이 형무소에 감금시켰다가 목을 매달아 죽이되, 만약 이를 책임지고 완수해내지 못한다면 그대의 영혼에 주님의 자비가 내리길 빌어야 할 것이오. 피고를 퇴정시키시오.

(그의 머리 위로 검은색 두건이 씌워진다. 부주장관 키다리 존 패닝이 독한 헨리 클레이 시가를 피우며 나타난다.)

키다리 존 패닝

(상을 찌푸리며 낭랑하고 우렁찬 말씨로 외친다) 유다 이스카리엇을 교수형에 처할 자는 누구인가?

(이발 장인 H. 럼볼드가 핏빛 가죽조끼와 무두장이 앞치마 차림에 사린

밧줄을 어깨에 메고 교수대에 오른다. 그의 허리띠에는 호신용 지팡이와 못박힌 곤봉이 꽂혀 있다. 그는 너클더스터를 끼운 양손을 맞잡고 험악하게 비벼댄다.)

럼볼드

(지법 판사에게 사악하게 알랑대며) 폐하, 머지강江의 공포, 교수형 집행자 해리이옵니다. 목 하나에 5기니올시다. 목을 처치 못하면 무보수입죠.

(조지교회의 종들이 천천히, 커다랗고 음울한 쇳소리를 내며 울린다)

종들

헤이호! 헤이호!

블룸

(필사적으로) 기다려요. 멈춰요. 갈매기들도 있어요. 온정으로. 전 보았어요. 순진무구함을요. 원숭이관에서 소녀를요. 동물원에서. 발정난 침팬지가. (씩씩거리며) 골반으로. 소녀가 꾸밈없이 얼굴을 붉히는 바람에 저는 기세가 꺾였죠. (감정에 북받쳐) 저는 그 부근을 떴다고요. (그는 방청석의 한 인물에게 고개를 돌려 호소한다) 하인스, 자네한테 말 좀 붙여도 되겠나? 날 알잖아. 그 3실링은 안 갚아도 돼. 좀더 필요하면 .....

하인스

(차갑게) 생판 모르는 사람이 왜.

야경 2

(구석을 가리키며) 여기 폭탄이 있습니다.

야경 1

시한신관이 달린 시한폭탄입니다.

블룸

아니, 아니에요. 돼지족발이에요. 장례식장에도 갔었는걸요.

야경 1

(곤봉을 꺼내며) 거짓말쟁이!

(비글이 주둥이를 치켜들자 괴혈병에 걸려 거무튀튀한 패디 디그넘의 얼굴이 드러난다. 그놈이 모든 걸 씹어먹은 뒤다. 내뿜는 숨에서 썩은 시체 냄새가 난다. 사람의 크기와 형태로 바뀐다. 닥스훈트 가죽 코트는 갈색 수의가 된다. 번뜩이는 녹색 눈 한 쪽에 핏발이 서 있다. 한쪽 귀의 절반과 코의 전부와 엄지손가락 두 개가 다 무덤 파헤치는 귀신에게 먹혀버린 터다.)

패디 디그넘

(공허한 목소리로) 사실이외다. 제 장례식이었어요. 제가 자연적인 원인들로 생긴 병을 끝내 버텨내지 못하자 피누케인 박사님이 사망진단을 내렸습니다.

(그는 살점이 떨어져나간 잿빛 얼굴을 달 쪽으로 쳐들고 처량하게 울부짖

는다.)

블룸

(의기양양해져) 들으셨죠?

패디 디그넘

블룸, 난 패디 디그넘의 혼령이로다. 들어라, 들어라, 오 들을지어다!

블룸

저 목소리는 에서의 목소리인걸.

야경 2

(성호를 긋는다) 어찌 그런 일이?

야경 1

싸구려 교리문답서에도 안 나오는 얘기야.

패디 디그넘

윤회로 말미암도다. 유령들이여.

목소리

에이 참.

패디 디그넘

(열심히) 한때 저는 배철러스 워크 27번지의 변호사이자 서약서 및 선서진술서의 관리위원인 J. H. 멘턴 씨에게 고용된 적이 있었습니다. 지금 저는 심장내벽비대증으로 사망한 몸이오. 불운했지요. 불쌍한 아내는 몹시 슬퍼했다오. 아내가 어떻게 견뎌내고 있을까요? 셰리 술병 근처에도 못 가게 해주세요. (주변을 둘러본다) 등불이. 육체적 욕구 좀 해결해야겠습니다. 그 버터우유는 제게 안 맞았어요.

(뚱뚱한 풍채의 장의사 존 오코넬이 상장喪章으로 묶은 열쇠꾸러미를 들고 앞으로 나선다. 그 옆에는 예배당 전속 코피 신부가 두꺼비 배에 뒤틀린 목을 하고, 짧고 흰 법의와 채색비단 나이트캡을 착용하고, 꼰 양귀비꽃 지팡이를 졸린 듯 들고 서 있다.)

코피 신부

(하품하더니 목쉰 소리로 찬송한다) 나미네. 야곱. 함께. 아멘.

존 오코넬

(확성기로 요란하게 무적소리를 낸다) 고故 패트릭 T. 디그넘.

패디 디그넘

(귀를 쫑긋 세우고 주춤한다) 상음上音이네. (꿈틀꿈틀 앞으로 기어가다 한쪽 귀를 땅에다 갖다댄다) 주인어른 목소리다!

존 오코넬

매장기록번호 U. P. 85,000번. 17호 묘지. 열쇠의 집. 101구역.

(패디 디그넘은 꼬리 끝을 빳빳이 세우고 귀를 쫑긋 세운 채 생각에 잠겨 눈에 띄게 애쓰며 귀기울인다.)

패디 디그넘

저 사람 영혼의 안식을 위해 기도하시오.

(그는 갈색 수의에 달린 사슬을 자갈 위로 딸그락딸그락 끌며 지하 석탄 창고의 투입구 속으로 꼬물꼬물 내려간다. 그 뒤를 뚱뚱한 할아버지 쥐가 회색 등딱지를 지고 버섯 모양의 거북이 발로 엉금엉금 따라간다. 디그넘의 눌린 목소리가 지하에서 길고 낮게 이어지며 '디그넘은 죽어 지하로 사라졌도다'라고 말한다. 울새처럼 가슴 붉은 톰 로치퍼드가 승마용 모자와 바지 차림으로 기둥 두 개가 받치고 있는 기계에서 뛰쳐나온다.)

톰 로치퍼드

(한 손을 가슴뼈에 대고 절한다) 루벤 J. 나는 그에게 1플로린 은화를 찾아준다. (맨홀을 뚫어져라 쳐다보며) 이제 내 차례야. 칼로까지 나를 따라와.

(그는 연어처럼 대담무쌍하게 공중에서 팔딱 뛰어올라 석탄창고 투입구로 쏙 들어간다. 기둥 위에 있는 원반 두 개가 0 모양의 두 눈을 그리며 흔들흔들한다. 모두 물러간다. 블룸은 다시 구덩이를 빠져나와 뚜벅뚜벅 무거운 발걸음을 앞으로 옮긴다. 안개 틈새로 키스들이 쪽쪽 소리를 낸다. 피아노 소리가 난다. 그는 불 켜진 집 앞에 서서 귀기울인다. 키스들이 날갯짓으로 나무그늘 둥지를 나와 그의 주위를 날면서 짹짹, 찌르르, 구구

소리를 낸다.)

키스들

(찌르르 지저귀며) 리어! (짹짹 지저귀며) 리어에게 찍찍 쪽쪽 용용 끈끈! (구구 지저귀며) 구구 구구구! 얌얌, 음음! (찌르르 지저귀며) 커져라 커져! 발끝으로 돌아라! 리어포폴드! (짹짹 지저귀며) 리어리! (찌르르 지저귀며) 오 리어!

(키스들이 그의 의복 위로 살랑살랑 파득파득 내려앉더니, 밝고 어지러운 점, 은빛 금속조각이 된다.)

블룸

남자의 솜씨로군. 슬픈 음악이야. 교회음악. 잘하면 여기서.

(세 개의 청동 버클로 조인 사파이어색 슬립을 입고, 가늘고 까만 벨벳 띠를 목에 두른 젊은 창녀 조이 히긴스가 고개를 끄덕이고 계단을 사뿐히 내려와 그에게 말을 건다.)

조이

누구 찾는 분이라도 있어요? 친구분과 안에 계신데.

블룸

여기가 맥 마담 집인가?

조이

아뇨, 81호예요. 여긴 코언 마담 집이에요. 더 멀리 가봐야 재미 못 볼 텐데. 찰박찰박 슬리퍼 아줌마 집이라고요. (은근히) 아줌마도 우승마들을 알려주고 옥스퍼드 다니는 아들 공부까지 시켜주는 경마전문가인 수의사랑 오늘밤 일을 해요. 초과 근무까지 하는데 오늘은 아줌마 재수가 옴 붙었네요. (수상하다는 듯이) 설마 그 아들의 아버지는 아니시겠죠?

블룸

무슨 소릴!

조이

두 분 다 검정 옷차림이네. 꼬마도령이 오늘밤 근질근질하지 않아요?

(그의 피부가 바짝 긴장한 채 여자의 손가락 끄트머리들이 다가오는 것을 느낀다. 한 손이 그의 왼쪽 허벅지 위로 미끄러진다.)

조이

방울님들 안녕하신지?

블룸

그쪽이 아냐. 고것들이 희한하게도 꼭 오른쪽으로 쏠려 있거든. 그쪽이 더 무거운지. 내 양복장이 머사이어스 말로는 백만 명에 하나꼴로 그렇대.

조이

(화들짝 놀라) 굳은궤양*인가봐요.

블룸

그럴 리가.

조이

만져볼게요.

(손이 그의 왼쪽 바지 주머니로 미끄러져들어가더니 딱딱하고 검고 쭈글쭈글해진 감자를 꺼낸다. 촉촉한 입술을 다물고 감자와 블룸을 주시한다.)

블룸

부적이야. 가보家寶라고.

조이

조이 거예요? 아주 주는 거죠? 서비스 잘해줘라 이거죠, 응?

(조이는 탐나는 듯 감자를 주머니에 넣은 다음 그의 팔짱을 끼고 나긋나긋하고 다정하게 착 달라붙는다. 그는 어색한 미소를 짓는다. 느릿느릿, 한 음 한 음, 동방의 음악이 연주된다. 그는 화장먹을 둥글게 칠한 조이의 황갈색 수정 같은 눈을 들여다본다. 그의 미소가 누그러진다.)

---

* 매독의 초기 병변.

조이

다음에는 저를 알아볼 거예요.

블룸

(허탈하게) 반반한 영양을 예뻐해주면 꼭 ....

(영양들이 산악지대에서 깡충깡충 뛰면서 풀을 뜯고 있다. 근처에 호수들이 있다. 호숫가를 삥 둘러 껌껌한 삼나무 그림자들이 죽 늘어서 있다. 향기가 피어오른다 싶더니, 억세게 자란 머리털 같은 수지가 나타난다. 그것이, 동방이, 사파이어빛의 하늘이 붉게 물들고, 그 가운데를 가르며 청동색 독수리들이 날아오른다. 그 아래 자리잡은 여자도시가 벌거벗고 하얗고 잠잠하고 선선하고 사치스럽다. 다마스크 장미들 사이에서 분수가 속삭인다. 거대한 장미들이 주홍색 포도주 얘기를 속삭인다. 수치와 욕정과 피의 포도주가 새어나오며 묘하게 속삭인다.)

조이

(돼지비계와 장미수로 만든 연고가 농염하게 묻어 있는 술탄의 노예 같은 입술로 음악에 맞춰 단조롭게 속삭이며) 쇼라크 아니 베노바크, 베노이트 히에루샬로임.*

블룸

(매료된 나머지) 말투로 보아 아가씨가 뻐대 있는 가문 출신이라고 생각

* '내 비록 검지만 곱단다, 예루살렘의 딸들아'라는 뜻의 히브리어(「아가」1:5).

했지.

조이

어떤 생각이 그랬는지 알아요?

(작은 금니로 그의 귀를 살살 깨물며 그에게 시든 마늘 냄새를 역겹게 풍긴다. 장미들이 흐트러지며 왕들의 금과 썩어가는 뼈들이 묻힌 무덤을 드러낸다.)

블룸

(뒤로 물러서며 한 손을 어설프게 펴서 조이의 오른쪽 유방을 기계적으로 애무하며) 아가씨는 더블린 사람인가?

조이

(흐트러진 머리칼 한 올을 재치 있게 붙잡아서 말아올린 머리다발로 꼬아넣으며) 걱정도 팔자셔. 잉글랜드 사람이에요. 담배 있어요?

블룸

(전처럼) 잘 안 피운다네, 아가씨. 어쩌다 시가나 피울까. 유치한 짓거리지. (음탕하게) 냄새 고약한 담배보다 입으로 빨기 더 좋은 게 있잖아.

조이

계속해요. 그걸로 유세 연설이라도 해봐요.

블룸

(노동자용 코르덴 작업 바지와 움직이는 빨간색 넥타이를 두른 검은색 모직 셔츠와 아파치 모자를 걸치고) 인류는 구제불능이야. 월터 롤리 경이 신대륙에서 저 감자와 저 담배를 가져왔는데, 전자는 흡수에 의한 전염병 퇴치 작용을 하고 후자는 귀, 눈, 심장, 기억력, 의지력, 이해력 등 온갖 것들에 독소 구실을 하거든. 말하자면 그는, 지금 이름은 생각나지 않지만, 누군가가 그 식품을 들여오기 백 년 전에 그 독을 들여온 셈이야. 자살이지. 거짓말이고. 우리 습성 모두가. 아니, 우리의 공용 생활을 좀 봐!

(먼 교회 첨탑에서 들려오는 한밤의 종소리.)

종소리

다시 돌아서세요, 리어폴드! 더블린 시장님!

블룸

(사슬 달린 참사회원복을 입고) 아런 부두, 인스 부두, 로턴다, 마운트조이 및 노스 독의 유권자 여러분, 가축시장에서 강까지 전차노선을 개설하는 것이 좋겠습니다. 그건 미래의 음악입니다. 그것이 저의 계획입니다. 무슨 소용? 하지만 재정 유령선을 타고 해적질하는 우리의 판데르데켄스 같은 무리들은 .....

유권자

우리의 미래 원수님을 위해 만세 삼창 세 번!

(횃불 행렬에서 북극광이 솟구친다.)

횃불 든 사람들

만세!

(저명한 국회의원 몇 명, 시의 유력자들 및 시민들이 블룸과 악수하고 축하해준다. 더블린 시장을 세 차례 역임한 티머시 해링턴이 주홍색 시장 관복과 금 사슬과 흰색 실크 타이 차림으로 위풍당당하게 임시 대리인인 로컨 셜록 의원과 담화를 나눈다. 그들은 의견의 일치를 보고 열렬하게 고개를 끄덕인다.)

전임시장 해링턴

(직장職杖을 들고 시장의 주홍색 관복과 황금 사슬과 커다란 흰색 실크 스카프 차림으로) 저 참사회원 리어 블룸 경의 연설을 지방세 납부자들의 비용으로 출판하도록 하시오. 저분의 생가는 기념 명판으로 장식하고, 코크 스트리트에서 들어간 위치에 있는, 그간 카우 팔러로 알려진 거리를 이제부터 불러바드 블룸이라고 명명하도록 하시오.

로컨 셜록 의원

만장일치로 가결되었습니다.

블룸

(감격에 겨워) 장식한 선미루에 드러누워 주사위나 던지며 도피행각을 벌이거나 거짓말을 일삼는 네덜란드인들 말이오, 그런 자들이 신경이

나 쓰겠습니까? 기계는 그자들의 구호요, 망상이요, 만병통치약입니다. 노동력을 절약하는 기구, 대체물, 허깨비, 상호살상을 위해 제조된 괴물, 돈에 팔려가는 우리의 노동력에 눈독을 들인 자본가 집단의 탐욕에 의해 생산된 소름 끼치는 도깨비 따위 말입니다. 가난한 사람이 굶주리는 동안 그들은 금전과 권력의 아둔한 허세 속에 그들의 특급 야생 수사슴을 방목하거나 꿩과 메추라기를 사냥하고 있습니다. 그러나 그들의 지배는 아주 아주 영원히 끝이 나 ...

(길게 이어지는 갈채. 장식 기둥들, 5월 축제 기둥들, 축제 아치들이 튀어오른다. 대환영과 수려하십니다, 이스라엘 왕이시여 등의 문구가 박힌 기다란 기가 거리에 걸려 있다. 창문마다 주로 여성들인 구경꾼들이 몰려 있다. 길을 따라 왕립 더블린 보병연대, 국왕 직속 스코틀랜드 국경경비대, 캐머런 하일랜드 군대와 웨일스 보병연대가 부동자세로 군중을 막고 있다. 고등학교 남학생들이 가로등 기둥, 전신주, 창턱, 처마 돌림띠, 홈통, 굴뚝 통풍관, 난간, 처마 빗물받이 따위에 걸터앉아 휘파람 불며 환호한다. 구름 기둥이 나타난다. 멀리서 고적대가 〈우리의 모든 맹세〉*를 연주하는 소리가 들린다. 몰이꾼들이 제국의 독수리 표장을 높이 든 채 기를 끌고 중동 야자수 잎을 흔들며 다가온다. 황금과 상아를 입힌 교황기가 시민들의 삼각기에 둘러싸인 채 우뚝 솟아 있다. 행렬의 선봉은 체스판 무늬의 전령사 관복을 입은 시 의전관 존 하워드 파넬과 애슬론 계보 문장원 부관과 얼스터 문장원장이 이끌고 있다. 그 뒤를 조지프 허친슨 더블린 시장 각하, 코크 시장 각하, 리머릭, 골웨이, 슬라이고 및 워터퍼드

* 속죄일 전야에 유대교도 집회에서 암송하는 기도의 제목.

의 시장 각하들, 왕좌포王座布를 든 아일랜드 대표귀족 스물여덟 명, 족장들, 대공들 및 마하라자들, 더블린 수도소방대, 권세의 서열에 따라 선 재정성인들의 참사회, 다운 앤드 코너의 주교, 아르마의 대주교이자 전全 아일랜드 수좌대주교인 마이클 로그 추기경 각하, 아르마의 대주교이자 전 아일랜드 수좌대주교인 윌리엄 알렉산더 박사 각하, 수석 랍비, 장로교회 의장, 침례교, 재세례교, 감리교 및 모라비아교의 수장들, 퀘이커교의 명예간사 등이 따라온다. 그 뒤로 동업조합, 동업자 및 민병대가 당당하게 행진하는데, 그들은 바로 통 제조업자, 새장수, 물방아 목수, 신문외판원, 법무사, 안마사, 포도주상, 가구架構 제조업자, 굴뚝청소부, 돼지기름 정제업자, 태비넷 및 포플린 직조업자, 장제사, 이탈리아 창고업자, 교회 장식업자, 장화 벗는 기구 제작업자, 장의사, 비단 상인, 보석세공인, 판매장인, 코르크 재단사, 화재손실 사정인, 염색업자 및 세탁업자, 수출용 통조림업자, 모피상, 광고지 도안자, 문장 조각사, 마구간 인부, 금은괴 중개인, 크리켓 및 활 용품상인, 체 제작자, 달걀 및 감자 위탁판매인, 양품 상인 및 장갑 상인, 배관 청부업자 등이다. 그 뒤로 침실시종, 흑장관黑杖官, 가터훈위勳位 대리국장, 금봉金棒 내관, 마료馬寮 장관, 궁내장관, 문장원 총재, 그리고 보검, 성 스테파노 철관, 성배 및 성경을 운반하는 경찰 등이 행진한다. 보행나팔수 네 명이 나팔을 불어 행차를 알린다. 호위병들이 환영의 클라리온을 불어 응답한다. 개선 아치 아래로 블룸이 민머리에, 족제비 모피로 장식된 진홍색 벨벳 망토 차림에, 성 에드워드의 지팡이, 즉 비둘기 장식이 있는 보주와 홀로 된 무촉검無鏃劍을 들고 나타난다. 그는 화려한 장식을 하고 황금 굴레를 씌운, 진홍색 꼬리를 찰랑찰랑 길게 늘어뜨린 우윳빛 말을 타고 있다. 광란의 도가니. 여성들은 발코니에서 장미꽃

잎을 던진다. 공기에는 향수 냄새가 진동한다. 남자들은 환호한다. 블룸의 시동들이 산사나무 가지와 굴뚝새 덤불을 들고 구경꾼들 사이를 뛰어다닌다.)

블룸의 시동들

굴뚝새, 굴뚝새,
모든 새들의 왕,
성 스테파노 축일에
가시금작나무에 갇혔네.

대장장이

(중얼거리며) 하느님 맙소사! 저게 블룸이야? 도저히 서른하나론 안 보이는걸.

도로포장 및 판석포장 인부

저분이 세계 최고 개혁자이신 이 시대의 유명한 블룸이라오. 탈모!

(모두 모자를 벗는다. 여자들은 부지런히 소곤댄다.)

백만장자 여성

(낭랑하게) 저분 너무나 멋지지 않아?

귀족 여성

(고상하게) 저분은 그 모든 걸 보아오셨어!

페미니스트

(사내답게) 그리고 행하셨지!

종지기

고전적인 용안이야! 사색가의 이마를 가지셨어.

(블룸의 날씨. 북서쪽 구름 사이로 강렬한 햇살이 나타난다.)

다운 앤드 코너의 주교

여러분의 진정한 황제-대통령이자 국왕-의장이자 이 왕국의 더없이 침착하고 유능하시고 아주 강력하신 지배자인 분을 여기 모시는 바입니다. 리어폴드 1세 만세!

일동

리어폴드 1세 만세!

블룸

(대관식 예복과 진홍색 망토를 걸치고 위엄을 갖추어 다운 앤드 코너의 주교에게) 감사하오, 주교 예하.

아르마의 대주교 윌리엄

(폭넓은 진홍색 장식 깃과 챙 넓은 모자 차림으로) 그대는 아일랜드 본토와 속령에서 권한에 따라 지혜를 다 바쳐 법과 자비가 행해지도록 하겠습니까?

블룸

(오른손을 불알에 갖다대고 맹세한다) 창조주의 뜻에 따라 그리하겠습니다. 이 모든 것을 수행할 것을 약속합니다.

아르마의 대주교 마이클

(블룸의 머리에 머릿기름 한 병을 붓는다) 가우디움 마그눔 아눈티오 보비스. 하베무스 카르네피켐.* 리어폴드, 패트릭, 앤드루, 데이비드, 조지, 그대들은 성유를 받으시오!

(블룸은 금란金襴 망토를 걸치고 루비 반지를 낀다. 그는 올라가 대관석 위에 선다. 대표 귀족들이 28개의 금관을 동시에 쓴다. 크라이스트성당과 성 패트릭 성당과 조지성당과 즐거운 맬러하이드에서 경축의 종이 울린다. 마이러스 바자의 불꽃이 사방에서 솟아올라 상징적인 남근불꽃기술의 무늬를 수놓는다. 귀족들이 한 명씩 다가와 한쪽 무릎을 꿇고 경배한다.)

귀족들

소인은 목숨과 사지를 다 바쳐 섬기는 폐하의 충복이 되어 이승에서 받들어 모시겠나이다.

(블룸이 오른손을 들어올리니 그 손 위에서 '빛의 산' 다이아몬드가 반짝인다. 그가 탄 말이 운다. 이내 깔리는 침묵. 메시지를 받기 위한 대륙간 및 행성간 무선송수신기가 설치된다.)

* '그대들에게 큰 기쁨이 생겼음을 공포합니다. 우리는 집행자를 얻었습니다'라는 뜻의 라틴어로, 신임 교황을 로마 시민에게 공표하는 형식에 따른다.

블룸

짐의 백성들이여! 짐은 이로써 짐의 충실한 군마 '가연佳緣'을 세습 수상으로 임명하며, 또한 이날로 짐의 전 배우자와의 연을 끊고 밤의 광채 셀레네* 공주를 왕비로 맞이하였음을 선포하노라.

(블룸의 전 천출 배우자가 황급히 죄수 호송차에 실려 나간다. 푸른 달빛 예복을 입고 머리에 은빛 초승달을 올린 셀레네 공주가 거인 두 명이 멘 가마에서 내린다. 터지는 환호성.)

존 하워드 파넬

(왕기를 치켜든다) 고매하신 블룸이여! 저명한 내 형의 후계자여!

블룸

(존 하워드 파넬을 껴안는다) 존, 짐은 같은 조상을 모신 우리 약속의 땅 녹색 에린에서 왕에게 걸맞은 환대를 이같이 베풀어준 데 대해 진심으로 감사하는 바이오.

(도시의 자유가 헌장의 형태로 구체화되어 그에게 바쳐진다. 진홍색 받침에 열십자로 교차배치된 더블린 열쇠가 그에게 진상된다. 그는 녹색 양말을 신고 있음을 모두에게 보여준다.)

---

* 그리스신화에서 태양신 헬리오스의 누이로, 밤을 밝히는 달의 여신.

톰 커넌

폐하, 마땅히 폐하의 것이옵니다.

블룸

20년 전 이날 우리는 레이디스미스에서 숙적을 물리쳤노라. 우리의 유탄포와 낙타 선회포가 적진에 치명적인 타격을 안겼도다. 반 리그 전진! 적군이 돌격한다! 이제 전멸이다! 우리는 항복할 것인가? 아니다! 우리는 놈들을 혼비백산하게 몰아낸다! 보라! 우리가 돌격한다! 왼쪽으로 전개한 우리의 경기병대가 플레브나 고지를 휩쓸고 그들의 구호 **주님의 선군**選軍을 외치며 사라센의 포병들을 한 놈도 남김없이 베었노라.

프리먼지紙 **식자공 조합**

옳소! 옳소!

존 와이스 놀런

제임스 스티븐스를 탈출시킨 분이 저기 계신다.

자선학교 남학생

브라보!

늙은 주민

폐하는 이 나라의 자랑, 바로 그런 분이시옵니다.

사과 파는 여자

아일랜드에 꼭 필요한 분이세요.

블룸

내 사랑하는 백성들이여, 새로운 시대가 밝아오도다. 나 블룸이 그대들에게 진실로 이르노니, 새 시대가 지금도 바로 눈앞에 와 있도다. 그렇도다, 블룸이 약속하거니와, 그대들은 머지않아 황금의 도시에 들어갈지니, 그 도시는 장차 '새 아일랜드'의 새 블루무살렘이 될 것이니라.

(아일랜드의 모든 카운티에서 장미 매듭을 차고 온 노동자 32명이 건축가 더원의 지휘 아래 새 블루무살렘을 건설한다. 이 으리으리한 대건축물은 지붕이 수정으로 되어 있고, 거대한 돼지 콩팥 형태로 지어졌으며, 방이 4만 개나 된다. 그것을 확장시켜나가는 과정에서 여러 건물과 기념물이 철거된다. 정부청사들은 철도 차고로 임시 이전된다. 수많은 집들이 완전히 파괴된다. 거주자들은 모두 L. B.라는 빨간 글자로 표기된 통과 상자에서 숙박한다. 빈민 몇 명이 사다리에서 떨어진다. 충성스러운 구경꾼들이 몰려들다보니 더블린 성벽의 일부가 무너진다.)

구경꾼들

(죽어가며) 모리투리 테 살루탄트.* (죽는다)

(갈색 매킨토시 차림의 사내가 뚜껑문에서 튀어오른다. 그는 손가락 하나를 길게 뻗어 블룸을 가리킨다.)

* '죽어가는 자들이 폐하께 경배드리옵니다'라는 뜻의 라틴어로 검투사들이 검투를 시작할 때 로마 황제에게 바치던 식사(式辭).

매킨토시 차림의 사내

저자가 하는 말을 한 마디도 믿지 마시오. 저자는 악명 높은 방화범 리어폴드 매킨토시입니다. 진짜 이름은 히긴스고요.

블룸

저놈을 쏴라! 개 같은 그리스도교도 같으니! 매킨토시는 이제 지긋지긋하다!

(포성. 매킨토시 차림의 사내가 사라진다. 블룸은 홀笏로 양귀비꽃들을 쓰러뜨린다. 수많은 강적, 목축업자, 하원의원, 상임위원 등의 즉사 소식이 전해진다. 블룸의 경호원이 세족식 빈민구제금, 기념 메달, 빵과 물고기, 금주 배지, 고가의 헨리 클레이 시가, 수프용 공짜 소뼈, 봉인하여 금실로 묶은 봉투에 넣은 고무 피임도구, 버터사탕, 파인애플 얼음사탕, 챙이 위로 젖혀진 모자 모양의 연애편지, 기성복, 우묵한 접시에 담긴 고기반죽 접시, 제이스 소독약병, 헝가리 경품 교환권, 40일 면죄부, 위조 주화, 낙농 돼지 소시지, 극장 무료입장권, 모든 전차노선에 적용되는 정기권, 헝가리 국영 특별복권, 무료식권, 염가판 세계최악도서 12권—『프랑스 놈과 독일 놈』(정치), 『아기 돌보기』(육아), 『7실링 6펜스짜리 식사 50선』(요리), 『예수는 태양신이었는가?』(역사), 『저 고통을 없애라』(의료), 『유아용 우주개론』(우주), 『다 함께 깔깔 웃자』(오락), 『신문판촉편람』(언론), 『수녀원장보의 연애편지』(외설), 『우주인명사전』(천문), 『우리의 심금을 울린 노래』(선율), 『구두쇠 부자 되기』(절약)—따위를 배부한다. 모두들 달려들어 서로 차지하려고 다툰다. 여자들은 블룸의 예복을 만져보려고 내닫는다. 퀜덜린 뒤비댓 여사가 군중 틈에서 튀어나와 펄쩍 뛰어 그의

말에 올라타더니 그의 두 볼에 키스를 퍼붓자 엄청난 환호가 터진다. 마그네슘 플래시가 터지고 사진이 찍힌다. 아기들과 젖먹이들이 높이 올려진다.)

여자들

꼬마 아빠! 꼬마 아빠!

아기들과 젖먹이들

짝짝 손뼉 치면 폴디가 집에 오네,

주머니에 케이크는 리어 혼자 거.

(블룸은 허리를 숙여 아기 보드먼의 배를 살살 찌른다.)

아기 보드먼

(딸꾹질과 함께 굳은 우유를 입에서 흘리며) 하자자자.

블룸

(눈먼 총각과 악수하며) 내 형제보다 나은 사람! (노부부의 어깨를 양팔로 감싸며) 어르신들! (남루한 소년소녀들과 구석 차지 놀이를 한다) 깍! 까꿍! (쌍둥이가 탄 유모차를 민다) 똑딱둘 구두한짝놓을래? (마술사의 재주를 부리며 빨강, 주황, 노랑, 초록, 파랑, 남색, 보라의 실크 손수건을 입에서 꺼낸다) ㅃㅈㄴㅊㅍㄴㅂ. 초속 32피트. (과부를 위로한다) 떠난 사람은 마음을 더 젊어지게 해준대요. (기괴한 어릿광대 동작으로 스코틀랜드 춤을 춘다) 뛰어봐, 요 악마들! (중풍 걸린 노병의 욕창에 입술을 맞춘다) 영광의 상처

요! (뚱뚱한 경찰관의 다리를 걸어 넘어뜨린다) U. p: up. U. p: up.* (얼굴 붉히는 웨이트리스의 귀에 대고 속삭이곤 다정한 소리로 웃는다) 아, 못됐네, 못됐어! (농부 모리스 버털리가 내밀어준 생 순무를 먹는다) 좋아! 기막혀! (기자 조지프 하인스가 내미는 3실링을 한사코 안 받는다) 이 양반아, 이럼 안 돼! (자기 외투를 한 거지에게 준다) 받아줘요. (나이든 앉은뱅이 남녀들이 하는 기어가기 경주에 낀다) 잘해라, 남자들! 힘내라, 여자들!

시민

(감정에 북받쳐 에메랄드빛 목도리로 눈물 한 방울을 훔친다) 선하신 하느님 저분을 축복하소서!

(정숙을 요구하는 숫양의 뿔피리 소리가 울린다. 시온의 기가 게양된다.)

블룸

(뚱뚱한 몸매를 드러내며 인상적으로 외투를 벗은 다음, 종이 한 장을 펴고 엄숙하게 읽는다) 알레프 베트 기멜 달레트 하가다 테필림 코셔 욤 키푸르 하누카 로시하샤나 베니 브리트 바르 미츠바 마소트 아스케나짐 메슈가 탈리트.[202]

(욥 서기보 지미 헨리가 공식 번역문을 읽는다.)

지미 헨리

형평법정이 이제 개정되었습니다. 지극히 관대하신 폐하께옵서 이제

* 이 대목에서 'up'은 '일어나라'라는 뜻이 될 수 있다.

옥외재판을 집정하시겠습니다. 의료 및 법률 상담 무료, 복제 사기 및 기타 문제 해결. 모든 고객 대환영. 천국력 제1년에 우리의 수도 더블린시에서 시행.

패디 레너드

제 지방세와 국세는 어떻게 할까요?

블룸

내시게, 이 양반아.

패디 레너드

감사합니다.

노지 플린

제 화재보험을 담보로 융자를 받을 수 있을까요?

블룸

(단호하게) 여러분, 불법행위법에 따라 여러분은 6개월에 해당하는 보증금으로 5파운드의 금액을 내야 한다는 걸 유념하시오.

J. J. 오몰로이

내가 대니얼 판사님 같은 분이라고 했던가? 웬걸, 피터 오브라이언 같은 판사야!

노지 플린

저는 어디서 5파운드를 구하죠?

오줌싸개 버크

방광염은 어떡하지요?

블룸

희석 질산 및 염산 20방울.

염색 고미정기苦味丁幾 5방울.

민들레 용액 30방울.

증류수 1일 3회.

크리스 캘리낸

지구 및 태양의 중심에서 알데바란*까지의 시차視差는 어떻게 됩니까?

블룸

크리스, 자네 목소리 들으니 반갑군. K. 11**일세.

조 하인스

어이하여 제복 차림이 아니신지요?

---

* 황소좌의 1등성.

** 8장 앞부분에 나온 키노 의류점의 11실링짜리 바지 광고에 착안한 블룸의 엉뚱한 대답.

블룸

작고하신 내 선조께서 오스트리아 독재 군주 제복 차림으로 축축한 감방에 계실 때 그대의 선조는 어디 있었던고?

벤 돌러드

제비꽃*이요?

블룸

교외의 정원을 장식(미화)하라.

벤 돌러드

쌍둥이가 생기면요?

블룸

아버지(부친, 아빠)가 생각을 시작하노라.

래리 오로크

저의 새 가게에 8일 영업허가를 내주십시오. 리어 나으리, 7호에 사실 때 저를 보신 기억이 나시겠지요. 마님께 흑맥주 한 다스를 보내겠습니다.

---

* 제비꽃의 꽃말은 '생각'이다.

블룸

(차갑게) 자네가 누군지 기억나지 않네만. 블룸 여사는 선물을 받지 않는다네.

크로프턴

참으로 흥겨운 축제이옵니다.

블룸

(엄숙하게) 자네는 축제라 부르는군. 나는 성사라 부르겠네.

알렉산더 키스

우리 나름의 열쇠의 집은 언제 갖게 될까요?

블룸

나는 도시의 도덕적 개혁과 온전한 십계명을 지지하오. 헌 세계 대신에 새 세계를. 유대인, 모슬렘, 이교도 할 것 없이 만인의 공동체 말이오. 자연의 모든 아이들에게 돌아가는 3에이커의 땅과 암소 한 마리. 세단 영구차. 만인에게 의무적인 손일. 모든 공원을 대중에게 주야불문 개방. 전기 식기세척기. 결핵, 정신병, 전쟁 및 구걸 행각은 이제 멈춰야 하오. 일반사면, 가면 쓰고 자유분방하게 노는 주례週例 축제, 모든 이에게 지급되는 보너스, 보편적 우애와 함께 보편적 언어 에스페란토. 술집의 공짜 식객과 수종 걸린 사기꾼에게는 애국심 발휘 중단. 아낌없이 푸는 돈, 공짜 주택임대, 자유연애 및 자유 속인俗人 국가의 자유 속인

교회.

오매든 버크

출입이 자유로운 닭장에서 행실이 자유로운 여우.

데이비 번

(하품하며) 이이이이이이이이야아아아아아아아호!

블룸

뒤섞인 인종과 뒤섞인 결혼.

레너핸

뒤섞인 목욕은 어때요?

(블룸은 주변 사람들에게 사회개혁의 계획을 설명한다. 모두 그에게 동조한다. 킬데어 스트리트 국립박물관의 관리인이 화물트럭을 끌고 나타나는데, 트럭에는 예쁜 엉덩이 비너스, 뭇 남성들의 비너스, 윤회 비너스 등의 발가벗은 몇몇 여신의 흔들리는 조각상들과 그리고 상업, 오페라 음악, 연애, 광고, 제조, 언론의 자유, 복식투표, 식도락, 개인위생, 해변음악회, 무통분만 및 대중천문학 등 9명의 새로운 뮤즈를 대표하는, 역시나 발가벗은 석고상들이 실려 있다.)

팔리 신부

저 사람은 우리의 성스러운 신앙을 전복하려고 기를 쓰는 주교직 교회

신자에, 불가지론자에, 무분별신도입니다.

리오던 여사

(유언장을 찢는다) 너한테 실망했다! 이 혐오스러운 인간!

그로건 어미

(장화 한 짝을 벗어 블룸에게 던지려 한다) 이 짐승! 이 역겨운 인간!

노지 플린

한 곡 들려주게, 블룸. 달콤한 옛 노래 중 한 곡.

블룸

(까불까불 익살스럽게)

내 버리지 않겠노라 그토록 맹세했건만,
알고 보니 그 여자는 잔인한 배신자.
내 노래 투랄룸 투랄룸 투랄룸 투랄룸을 듣고.

호피 홀로핸

착해빠진 블룸! 알고 보면 저런 사람도 없다니까.

패디 레너드

바보 노릇을 하는 아일랜드인!

블룸

지브롤터에 있는 전차 선로와 같은 철도 오페라가 뭐게? 주조한 철의 열Rows of Casteele이지.

(웃음.)

레너핸

표절자! 블룸을 타도하라!

베일 쓴 무당

(열성적으로) 나는 블룸신도요, 그걸 영광으로 압니다. 나는 죽었다 깨도 그분을 믿습니다. 그분을 위해서라면 내 목숨도 내줄 수 있어요, 지상 최고의 익살꾼이잖아요.

블룸

(구경꾼들에게 윙크한다) 저분 분명히 예쁜 아가씨일 거예요.

시어도어 퓨어포이

(낚시 모자에 방수포 재킷 차림으로) 저 사람은 자연의 신성한 목적을 그르치기 위해 기계장치를 사용합니다.

베일 쓴 무당

(자기 몸을 칼로 찌른다) 저의 영웅 신이시여! (죽는다)

(아주 매력적이고 열성적인 다수의 여성들 역시 자살을 하는데, 그 방법

은 칼로 찌르기, 물에 빠지기, 청산이나 바꽃이나 비소 마시기, 혈관 절개하기, 거식하기, 증기롤러 아래로, 넬슨스 필러 꼭대기에서, 기네스 양조장의 커다란 술통 속으로 몸 던지기, 가스 오븐에 머리 넣어 질식하기, 맵시 나는 가터에 목매달기, 여러 다른 층의 창문에서 뛰어내리기 따위다.)

알렉산더 J 도위

(격분하여) 동료 기독교인들과 반反블룸주의자들이여, 블룸이란 사내는 지옥 밑바닥 출신으로 기독교도들의 수치입니다. 아주 어렸을 때부터 지독하게 방탕한 생활을 해온 이 악취 풍기는 멘데스의 염소*는 평원의 도시들을 떠올리게 할 정도로 어린 나이 때부터 음탕한 노파와 난잡한 짓거리를 일삼는 징후를 보였습니다. 추잡한 짓에도 거리낌이 없는 이 사악한 위선자는 묵시록에 나오는 하얀 황소입니다. 주홍색 옷차림의 색녀**를 숭배하고 간통을 코로 숨쉬듯 하는 자입니다. 화형용 장작더미와 기름 펄펄 끓는 가마솥 처벌을 받아 마땅한 자이지요. 캘리번!

군중

저놈을 패 죽여라! 태워 죽여라! 파넬처럼 못된 놈이다. 폭스 선생 좋아하네!***

(그로건 어미는 단화 한 짝을 블룸에게 집어던진다. 어퍼와 로어 도싯 스

---

* 멤피스의 아피스, 헬리오폴리스의 음네비스와 더불어 이집트신화의 3대 성스러운 동물이다. '염소'는 '색골'을 뜻한다.

** 신교도들이 로마가톨릭교회를 경멸적으로 일컫는 말.

*** 파넬은 키티 오셰이와 간통하며 밀서를 나눌 때 폭스(Fox)와 스튜어트(Stewart) 등의 가명을 썼다.

트리트의 상점 주인 여러 명이 돼지 허벅다리 뼈, 연유 깡통, 양배추 찌꺼기, 딱딱해진 빵, 양 꼬리, 비계 부스러기 따위의 값나가지 않는 것들을 던진다.)

블룸

(흥분해서) 이건 미쳐도 한참 미친 짓이오, 또다시 웬 말도 안 되는 장난이냔 말이오. 맹세코, 난 녹지 않은 눈처럼 결백해! 다 내 동생 헨리가 저지른 짓이에요. 나하고 똑같이 생겼거든요. 돌핀스 반 2호에 사는 놈입니다. 독사 같은 중상모략으로 인해 저는 억울하게 죄를 뒤집어쓴 거라고요. 동포 여러분, **스게울 이 음바르 바타 코이스데 간 카팔.**[*] 내 오랜 친구인 성 전문가 맬러카이 멀리건 박사에게 나를 위한 의학적 증언을 요청하는 바입니다.

멀리건 박사

(자동차 운전용 조끼 차림에 이마에는 운전용 녹색 고글을 쓰고) 블룸 박사는 양성兩性이라 비정상입니다. 박사는 정신질환 남성들을 위한 유스터스 박사의 사립정신병원에서 최근 탈출했습니다. 사생아로 태어났고 유전적 간질병 증상을 보이는데 이는 주체할 수 없는 욕정의 결과입니다. 박사의 조상 중에는 상피병의 흔적이 발견된 사례도 있습니다. 그는 고질적인 노출증세가 현저합니다. 양손잡이 증세도 잠복해 있고요. 자위행위로 인하여 때 이르게 머리가 벗어졌고, 그 결과 외곬으로 관념

---

* 부정확한 아일랜드어로 '밑도 끝도 없는 이야기는 말 없는 마차'라는 뜻.

적이며, 교정받은 난봉꾼에다가, 금속 이빨까지 있습니다. 집안에 대한 열등감 탓에 일시적으로 기억을 상실했고, 제가 믿기로는 죄를 저지른 쪽이라기보다는 죄행을 당한 쪽에 속합니다. 저는 질 검사에 이어 항문, 겨드랑이, 흉부 및 음부의 털 5427개에 대한 산도酸度 시험을 실시하고 나서 박사가 숫처녀임을 선언합니다.

(블룸은 고급 모자로 생식기를 가린다.)

매든 박사

생식기 기형 증세 또한 뚜렷합니다. 후세대를 위하여 환부를 국립기형학박물관의 포도주정 속에 담가 보관할 것을 제안합니다.

크로터스 박사

저는 환자의 소변을 검사해봤습니다. 단백뇨입니다. 침 분비가 부족하고 무릎뼈는 간간이 조건반사를 보입니다.

펀치 코스텔로 박사

유대인 악취가 심합니다.

딕슨 박사

(건강증명서를 읽는다) 블룸 교수는 새로운 여성적 남성의 모범 사례입니다. 이분의 도덕적 심성은 단순하고 사랑스럽습니다. 많은 이들에게 친근한 사람, 친근한 인물입니다. 대체로 좀 별난 친구로 수줍어하지만, 그렇다고 의학적인 의미로 정신박약은 아닙니다. 이분은 개신

교 목사 보호협회의 법정 선교사에게 참으로 아름다운, 그 자체로 시라 할 수 있는 편지를 보낸 적이 있으니, 이로 보아 의문의 여지가 없습니다. 이분은 사실상 절대금주주의자로서, 저는 이분이 짚을 깐 잠자리에서 자고 더없이 간소한 음식, 즉 심심한 건조식품 가게의 콩을 먹는다고 확언할 수 있습니다. 여름이고 겨울이고 순 아일랜드산 거친 헤어셔츠*를 입고 토요일마다 본인의 몸을 채찍질합니다. 제가 알기로, 이분은 한때 글렌크리 소년원에서 손꼽히는 비행소년이었다고 합니다. 또다른 보고서에는, 부친이 사망한 지 한참 지나 태어났다고 기술되어 있습니다. 저는 일찍이 우리의 발성기관이 발설하도록 요청받아 본 적이 없는 가장 성스러운 말에 걸고 자비를 베풀어줄 것을 호소하는 바입니다. 이분은 이제 곧 아기를 가질 참이거든요.

(모두들 웅성거리며 동정한다. 여자들이 기절한다. 부유한 미국인이 블룸을 위한 거리모금에 나선다. 금화와 은화, 백지수표, 지폐, 보석, 국채, 만기가 찬 환어음, 차용증서, 결혼반지, 시곗줄, 로켓, 목걸이와 팔찌 따위가 신속하게 모인다.)

블룸

아, 너무나 엄마 되고 싶어라.

손턴 산파

(간호사 가운 차림으로) 아기 엄마, 날 꼭 껴안아요. 금방 끝날 거예요.

---

* 고행자가 입는 거친 옷.

자, 꼭.

(블룸은 여사를 꽉 껴안고 황인종과 백인종 사내아이 여덟을 낳는다. 아이들은 붉은 카펫이 깔리고 고가의 초목으로 장식된 계단에 나타난다. 여덟 쌍둥이 모두가 잘생겼고, 고급 귀금속 같은 얼굴에, 균형 잡힌 몸매에, 품위 있는 복장을 착용하고, 거동이 점잖은데다, 5개국의 현대어를 유창하게 구사하고, 다양한 인문과학과 자연과학에 관심을 보인다. 저마다 셔츠 가슴 부분에 뚜렷한 글자로 인쇄된 나소도로, 골드핑거, 크리소스토모스, 맹도레, 실버스마일, 질버젤버, 비파르장, 파나르기로스라는 이름[203]을 달고 있다. 이들은 즉시 여러 다른 나라에서 은행 전무, 철도 운수과장, 유한회사 사장, 호텔연합 부회장 등의 고위직에 임명된다.)

목소리

블룸이여, 그대는 요셉 가문의 구세주인가, 다윗 가문의 구세주인가?

블룸

(어정쩡하게) 말씀하신 대로입니다.

속닥속닥 수사

그렇다면 찰스 신부처럼 기적을 일으켜보라.

밴텀 라이언스

생 레제 경마에서 우승할 말을 예언해보라고.

(블룸은 그물 위를 걸어가, 왼쪽 귀로 왼쪽 눈을 가리고, 여러 개의 벽을

통과하고, 넬슨스 필러를 기어올라가고, 꼭대기의 돌출부에 눈까풀로 매달리고, 굴 열두 개를 (껍질까지) 먹어치우고, 선병 환자 여럿을 치유하고, 얼굴을 일그러뜨려 비컨스필드 경, 바이런 경, 와트 타일러, 이집트의 모세, 모세스 마이모니데스, 모제스 멘델스존, 헨리 어빙, 립 밴 윙클, 코슈트, 장자크 루소, 리어폴드 로스차일드, 로빈슨 크루소, 셜록 홈스, 파스퇴르 등 여러 역사적 인물들을 흉내내고, 양발을 동시에 여러 다른 방향으로 돌리고, 밀물에 뒤돌아가도록 명하고, 새끼손가락을 뻗어 일식을 일으킨다.)

브리니 로마교황 대사

(교황청 소속의 알제리 용병 제복과 가슴받이, 팔받이, 허벅지받이, 다리받이로 구성된 철제 허리갑옷을 입고, 커다란 이교도의 콧수염을 기르고, 갈색 종이 주교관을 쓴 채) **레오폴디 아우템 게네라티오.*** 리어폴드의 탄생 역사는 이러하느니라. 모세는 노아를 낳고 노아는 고자 Eunuch를 낳고 고자는 오핼러런을 낳고 오핼러런은 구겐하임을 낳고 구겐하임은 아겐다스를 낳고 아겐다스는 네타임을 낳고 네타임은 르 허시를 낳고 르 허시는 예수룸을 낳고 예수룸은 매카이를 낳고 매카이는 오스트롤롭스키를 낳고 오스트롤롭스키는 스메르도치를 낳고 스메르도치는 바이스를 낳고 바이스는 슈바르츠를 낳고 슈바르츠는 아드리아노폴리를 낳고 아드리아노폴리는 아란후에스를 낳고 아란후에스는 르위 로슨을 낳고 르위 로슨은 이카부도노소르를 낳고 이카부도

* '리어폴드의 세대는 이러하노라'라는 뜻의 라틴어로 「마태복음」 1장 8절을 흉내낸 것.

노소르는 오도넬 매그너스를 낳고 오도넬 매그너스는 크리스트바움을 낳고 크리스트바움은 벤 마이문을 낳고 벤 마이문은 더스티 로즈를 낳고 더스티 로즈는 베나모르를 낳고 베나모르는 존스스미스를 낳고 존스스미스는 사보르냐노비치를 낳고 사보르냐노비치는 재스퍼스톤을 낳고 재스퍼스톤은 뱅테윙니엠을 낳고 뱅테윙니엠은 솜바텔리를 낳고 솜바텔리는 비라그를 낳고 비라그는 블룸을 낳으니 에트 보카비투르 노멘 에이우스 엠마누엘.*

죽은손

(벽에 쓴다) 블룸은 우스갯거리**.

음모陰毛 속의 이

(덤불숲도적의 복장으로) 너 킬배럭 뒤편 소 다니는 길에서 뭐했어?

여자아이

(딸랑이를 흔든다) 그리고 발리버 브리지 아래에서는?

호랑가시나무 덤불

그리고 악마의 골짜기에선?

---

* '이로써 그의 이름이 임마누엘로 불리게 되리라'라는 뜻의 라틴어로 「이사야」 7장 14절을 흉내낸 것.

** 여기서 '우스갯거리'의 원어인 'cod'는 원래 '대구'란 뜻으로 'god'과 라임을 이룬다.

블룸

(이마에서 엉덩이까지 온통 불같이 빨개지더니 왼쪽 눈에서 눈물 세 방울을 흘린다) 내 과거를 잘 봐줘.

아일랜드의 쫓겨난 소작인들

(몸에 꼭 끼는 코트와 반바지 차림에 도니브룩 박람회의 곤봉을 들고) 저놈을 채찍질해라!

(블룸은 당나귀 귀를 달고 형틀에 앉아 팔짱을 낀 채 다리를 쭉 뻗는다. 그는 〈돈 조반니여, 그대와의 만찬에〉를 휘파람으로 분다. 아테인 마을의 고아들이 손을 맞잡고 그의 주위를 깡충깡충 뛰며 돈다. 프리즌 게이트 미션*의 소녀들이 손을 맞잡고 반대 방향으로 깡충깡충 뛰며 돈다.)

아테인 마을의 고아들

이 촌닭, 이 돼지, 이 더러운 개야!
여자들이 널 사랑하는 줄 알다니!

프리슨 게이트 소녀들

케이를 만나면
말 좀 전해줘
차 마실 때 보자고
내가 그러더라고.

---

* Prison Gate Mission. 단기형을 마치고 출옥하는 여성에게 취업과 기본교육을 제공할 목적으로 마련된 제도.

나팔수

(유대교 제사장 법의에 사냥모자 차림으로 선포한다) 그리하여 저자는 사람들의 죄를 황야에 사는 악마인 아자젤*과 날아다니는 마녀인 릴리트에게 전하게 되리라. 그리하여 사람들이 저자를 돌팔매질하고 욕보일 터이니, 그들은 모두 바로 아겐다스 네타임과 함의 땅 미스라임에서 온 자들이리라.

(모든 사람들이 블룸에게 살살 돌 던지는 시늉을 한다. 진짜 여행자들과 주인 없는 들개들이 다가와서 그를 욕보인다. 헐거운 웃옷을 입고 기다랗게 귀를 덮은 가발을 쓴 마스티안스키와 시트론이 다가온다. 그들은 블룸에게 턱수염을 흔들어댄다.)

마스티안스키와 시트론

벨리알! 가짜 구세주인 이스트리아의 라엠레인! 아불라피아!** 그만두어라!

(블룸의 재단사인 조지 R 머사이어스가 양복점 다리미를 겨드랑이에 끼고 나타나 계산서를 내민다.)

머사이어스

바지 한 벌 수선비가 11실링이오.

---

* Azazel. '추방'이란 뜻의 히브리어로 희생양을 가리킨다.

** 벨리알(Belial)은 '악마', 라엠레인(Laemlein)은 '이교도 예언자', 아불라피아(Abulafia)는 '사이비 메시아'를 뜻한다.

블룸

(기분좋게 손을 비비며) 옛날하고 똑같네. 가엾은 블룸!

(수염 검은 이스카리엇이자 악질 목자인 루벤 J 도드가 익사한 아들의 시체를 어깨에 메고 형틀로 다가온다.)

루벤 J

(쉰 목소리로 속삭인다) 정보가 샜다. 밀고자가 경찰한테 달려갔어. 맨 먼저 오는 마차에 올라타.

소방대

에에엥!

속닥속닥 수사

(블룸에게 불꽃이 알록달록 수놓인 노란 복장과 뾰족한 실크해트를 걸치게 한다. 그는 블룸의 목에 화약자루를 두른 다음 소방대에 넘기며 말한다) 이 사람의 범법행위를 용서해주시지요.

(더블린 소방대의 마이어스 부副대장이 모두의 요구에 따라 블룸에게 불을 놓는다. 비탄의 소리.)

시민

다행이다!

블룸

(I. H. S.라는 문자가 표시된 이음매 없는 의복 차림으로 불사조의 불꽃 속에서 벌떡 일어난다) 나를 위해 울지 말라, 오 에린의 딸들이여. (그는 더블린 기자들에게 화상자국을 내보인다.)

(검은 의복을 입은 에린의 딸들이 손에 커다란 기도서와 불붙인 초를 든 채 무릎 꿇고 기도한다.)

에린의 딸들

블룸의 콩팥이여, 우리를 위해 기도해주소서
욕조의 꽃이여, 우리를 위해 기도해주소서
멘턴의 멘토여, 우리를 위해 기도해주소서
프리먼지의 광고외판원이여, 우리를 위해 기도해주소서
자비로운 메이슨이여, 우리를 위해 기도해주소서
방랑하는 비누여, 우리를 위해 기도해주소서
죄의 달콤함이여, 우리를 위해 기도해주소서
가사 없는 음악이여, 우리를 위해 기도해주소서
시민의 책망자여, 우리를 위해 기도해주소서
모든 주름장식 속치마들의 친구여, 우리를 위해 기도해주소서
더없이 자애로운 산파여, 우리를 위해 기도해주소서
전염병과 역병을 예방하는 감자 방부제여, 우리를 위해 기도해주소서.

(600명의 목소리로 구성된 합창단이, 빈센트 오브라이언의 지휘 아래, 조지프 글린의 오르간 반주에 맞춰, 헨델의 〈메시아〉 중 '할렐루야 전능하신

주 하느님이 다스리시니'의 합창 부분을 노래한다. 블룸은 말을 잃고 쪼그라들며 타들어간다.)

조이

얼굴이 새까매질 때까지 마냥 지껄여요.

블룸

(도제陶製 담뱃대를 밴드에 꽂은 아일랜드식 베레모를 쓰고, 먼지 묻은 단화를 신고, 이주자의 빨간 손수건 다발을 한 손에 쥐고, 이탄 늪에 묻힌 까만 떡갈나무 꼴의 돼지를 새끼줄로 끌고, 눈웃음치며) 매춘부여, 난 이만 가봐야겠네, 코네마라에 있는 모든 염소를 걸고서라도 함께 화내는 아버지 어머니를 모셔야겠으니. (눈물 한 방울을 글썽이며) 모두 미친 짓이야. 애국이니, 망자에 대한 애도니, 음악이니, 인류의 미래니 하는 것들. 살기 아니면 죽기인 것을. 인생의 꿈이 끝났어. 평화롭게 마무리짓는 거야. 산 사람은 살아가고. (애석한 듯 먼 곳을 바라본다) 난 망했어. 바꽃 정제 두어 알을 먹고. 블라인드를 내리고. 편지 한 통을. 그런 다음 누워 휴식을. (살며시 숨을 쉰다) 이제 됐어. 난 살아봤잖아. 잘 지내. 안녕.

조이

(목도리 속에 손가락 하나를 넣고 뻣뻣하게) 정말로요? 담에 봬요. (코웃음친다) 꿈자리가 사나웠거나 아니면 애인이랑 하면서 너무 빨리 싸버렸나보지. 피, 그 속을 모를 줄 알고!

블룸

(씁쓸하게) 남녀 간의 사랑이라, 그게 뭐지? 코르크 마개와 병이야. 신물이 나. 이제 다 손 털었어.

조이

(별안간 샐쭉해지며) 난 맘에 없는 소리 하는 진상이 싫더라. 지독한 창녀하고 한번 놀아보시지.

블룸

(뉘우치듯이) 난 아주 역겨운 놈이야. 아가씨는 필요악이지. 어디 출신인가? 런던?

조이

(청산유수로) 피그스가 오르간 치는 호그스 노턴이에요.* 태어난 곳은 요크셔고요. (자신의 젖꼭지를 만지작거리는 그의 손을 잡으며) 근데요, 쥐방울 토미 씨. 그런 시시한 짓은 그만두고 화끈하게 놀아요. 짧은 밤 보낼 현금은 있으신지? 10실링?

블룸

(빙긋이 웃으며 고개를 천천히 끄덕인다) 더 있어, 예쁜이, 더 있다고.

* 영국 레스터셔에 있는 마을 '호그스 노턴(Hog's Norton)'을 풀이하면 '돼지의 노턴'으로, 오래전 이 마을 오르간 연주자의 이름이 돼지와 발음이 같은 'Piggs'였다고 알려져 있다.

조이

왕창 더 있어요? (벨벳 같은 손으로 스스럼없이 그를 톡톡 두드린다) 연주실에 들어가 우리의 신식 자동피아노를 볼래요? 이리 와요, 나 옷 벗을게요.

블룸

(에누리해달라고 보채는 말에 시달리는 행상인처럼 몹시 어쩔 줄 몰라 어정쩡하게 뒤통수를 긁으며 껍질 벗긴 배 같은 유방의 균형을 살핀다) 누군가 이걸 알면 지독하게 질투할걸. 눈이 녹색인 괴물*이지. (열을 내며) 얼마나 난처한 일인지 알잖아. 말해서 뭐해.

조이

(우쭐해져) 눈이 못 보는 걸 가슴이 어떻게 슬퍼해요. (그를 어루만진다) 이리 와요.

블룸

호호 웃는 마녀 같으니! 요람을 흔드는 손**이로군.

조이

아가야!

---

* 셰익스피어의 『오셀로』에서 이아고가 질투를 가리켜 한 말.

** '요람을 흔드는 손이 세상을 지배한다'는 말에서 차용.

블룸

(아기 배내옷과 겉옷을 입고 까만 털로 된 그물 모자를 큰 머리에 쓰고, 큰 눈으로 조이의 하늘하늘한 속옷을 주시하며 속옷의 청동 버클들을 통통한 한 손가락으로 세느라고 촉촉한 혀를 축 늘어뜨린 채 혀짤배기소리로) 하나 둘 텟: 텟 툴 타나.

버클들

날 사랑한다. 사랑하지 않는다. 날 사랑한다.

조이

침묵은 동의란 뜻이야. (조그맣게 갈라진 손으로 그의 손을 움켜쥔 채 집게 손가락으로 비밀 감시자의 암호를 그의 손바닥에 그리고 그를 운명으로 이끈다) 손이 따뜻하면 뱃속이 차갑대요.*

(그는 향기, 음악, 유혹에 휩싸여 우물쭈물한다. 조이는 겨드랑이 냄새로, 화장한 눈의 음란함으로, 그리고 자신을 취했던 모든 수컷 짐승들의 사자lion 악취가 배고 꼬불꼬불한 주름이 있는 속옷의 바스락거리는 소리로 그를 유인하며 계단으로 이끈다.)

수컷 짐승들

(암내와 똥으로 뒤범벅된 유황 숨을 내뱉으며, 그리고 나지막이 으르렁거리고 약에 취한 머리를 앞뒤로 흔들고 우리 안에서 미친듯이 날뛰며) 좋을시고!

* '손이 차가우면 마음이 따뜻하다'는 속담의 패러디.

(조이와 블룸은 자매 창녀 둘이 앉아 있는 문간에 이른다. 창녀들은 그린 눈썹 아래로부터 그를 희한하다는 듯 물끄러미 쳐다보다가 그가 황급히 절하자 미소를 짓는다. 그는 어설프게 발을 헛디딘다.)

조이

(때마침 손을 뻗어 재빨리 그를 구하며) 에구머니! 위층에서 넘어지지 마세요.

블룸

의로운 사람은 일곱 번 넘어져. (문지방에서 옆으로 비켜선다) 양보가 미덕이니까.

조이

숙녀가 먼저, 신사는 뒤에.

(조이가 문지방을 건넌다. 블룸은 주저한다. 조이가 돌아선 다음 내민 두 손으로 그를 끌어당겨 건너게 해준다. 그는 폴짝 뛴다. 현관의 가지진 뿔 걸이에 어느 남자의 모자와 비옷이 걸려 있다. 블룸은 모자를 벗었지만 그것들을 보고는 상을 찌푸리다가 멍하니 미소 짓는다. 옆으로 꺾이는 층계참의 문이 확 열린다. 진홍색 셔츠와 회색 바지 차림에 갈색 양말을 신은 남자가 대머리와 염소수염을 빳빳이 쳐들고 가득 채운 물항아리를 끌어안은 채, 두 자락이 달린 검정색 바지 멜빵을 뒤에 달랑달랑 끌면서 원숭이걸음으로 지나간다. 블룸은 그의 얼굴을 재빨리 피한 다음 고개를 숙이고 현관 테이블 위에 놓인 달리는 자세를 취한 여우의 스패니얼 같은

눈을 빤히 보다가, 고개를 쳐들고 코를 킁킁거리며 조이를 따라 연주실로 들어간다. 엷은 자줏빛 박엽지로 갓을 씌워 샹들리에 불빛이 희미하다. 나방 한 마리가 부딪혔다 벗어났다 하면서 뱅뱅 그 주위를 돈다. 바닥에 깔린 유포에는 비취색, 하늘색, 선홍색 직사각형들이 모자이크를 이룬다. 그 위에는 온갖 의미를 지닌 발자국들이 찍혀 있는데, 발뒤꿈치와 발뒤꿈치, 발뒤꿈치와 움푹 들어간 발바닥, 발가락과 발가락, 깍지 낀 발, 몸체는 간데없이 질질 끌며 모리스 춤을 추는 발 따위의 모든 것이 뒤죽박죽 얽혀 있다. 벽에는 주목의 갈라진 잎과 휑한 숲속의 빈터가 그려진 종이가 융단처럼 발라져 있다. 벽난로에는 공작의 깃털로 된 가리개가 펼쳐져 있다. 린치가 모자를 앞뒤로 바꿔 쓴 채 털이 헝클어진 난로 앞 깔개에 다리를 포개고 쭈그려앉아 있다. 그는 막대기로 천천히 박자를 맞춘다. 해군복 차림에 산호 팔찌에서 말아올린 사슴가죽장갑을 끼고 사슬 줄 달린 핸드백을 손에 든 깡마르고 해쓱한 창녀 키티 리키츠가 테이블 모서리에 걸터앉아 한쪽 다리를 흔들거리며 벽난로 선반 위에 걸린 도금 거울에 비친 제 모습을 힐끗 본다. 키티의 코르셋 레이스 끝자락이 웃옷 아래로 살짝 삐져나와 있다. 린치가 피아노에 있는 두 사람을 비웃으며 가리킨다.)

키티

(손으로 가리고 기침하며) 재는 좀 모자라. (집게손가락을 뱅뱅 돌려 신호한다) 맹맹. (린치가 막대기로 키티의 치마와 하얀 속치마를 걷어올린다. 키티는 얼른 치마를 끌어내린다.) 체통을 지키세요. (키티가 딸꾹질을 하고 나서 재빨리 선원 모자를 끌어내리자 그 밑으로 헤나 염색을 한 머리카락이 빨갛게 반들거린다) 에구머니, 실례!

조이

찰리, 조명을 더 밝게 해야겠어. (샹들리에로 다가가 가스를 빵빵하게 튼다)

키티

(가스불꽃을 노려본다) 저게 오늘밤 왜 저래?

린치

(굵직한 소리로) 유령 한 분과 도깨비들 납시도다.

조이

조이 등 좀 두들겨줘요.

(린치의 손에 들린 마법 지팡이가 번쩍거린다: 놋쇠 부지깽이. 스티븐이 피아노 앞에 앉아 있고, 피아노 위엔 그의 모자와 물푸레 지팡이가 널브러져 있다. 그는 두 손가락으로 빈 5도* 음렬을 한번 더 반복한다. 곰팡이가 하얗게 핀 딸기 빛깔의 누더기 가운 차림에 거위처럼 살찐 연약한 금발 창녀 플로리 톨벗이 축 늘어진 팔뚝을 베개 위에 걸쳐놓은 채 소파모퉁이에 큰대자로 누워 귀를 기울인다. 플로리의 졸린 눈꺼풀 위에는 묵직한 다래끼가 늘어져 있다.)

* 3도 음이 빠져 있어 음조가 장조인지 단조인지 알 수 없는 5도 음.

키티

(건들거리던 다리를 차며 다시 딸꾹질한다) 에구머니, 실례!

조이

(재빨리) 네 애인이 네 생각을 하고 있구나. 슈미즈에 매듭 잘 매.

(키티 리키츠는 머리를 숙인다. 목도리가 어깨, 등, 팔, 의자 위로 미끄러지며 바닥에 떨어진다. 린치는 애벌레처럼 꼬부라진 목도리를 막대기로 들어올린다. 키티는 느긋하게 누워 목을 꼬아본다. 스티븐은 모자를 앞뒤로 바꿔 쓴 채 쭈그리고 있는 인물을 흘낏 돌아본다.)

스티븐

사실 베네데토 마르첼로*가 그걸 발견한 건지 만든 건지는 전혀 중요하지 않아. 의식이란 시인의 휴식이니까. 데메테르**에게 바치는 오래된 찬가일 수도 있고 또는 코엘라 에나란트 글로리암 도미니***에 대한 해설일 수도 있어. 그 음악에선 지나친 프리기아풍과 뒤섞인 리디아풍만큼이나 아주 동떨어진 마디나 음계도 허용되고, 다윗의, 그러니까 키르케의, 달리 말해서 케레스의 제단 주변에서 큰 소리로 설교하는 신부들과 전능하신 주의 진정성에 관하여 수석 바순주자에게 던져주는 다윗의 믿을 만한 정보만큼이나 상이한 가사들도 허용되지. 그런데 이런, 이야기가 옆길로 샜네. 젊어서 놀지어다. 청춘은 쉬 지나가나니. (그는 말

---

* 「시편」 첫 오십 편에 현대풍 곡을 붙인 이탈리아 작곡가.

** 그리스신화에서 어머니 대지로서 풍요, 농업, 문명을 관장하는 여신.

*** '하늘은 주님의 영광을 선포하노라'라는 뜻의 라틴어로, 「시편」 19편의 첫 행.

을 멈추고 린치의 모자를 가리키고 미소 짓다가 껄껄 웃는다) 네 두개골 어느 쪽에 지식의 돌기가 있니?

모자

(샐쭉하게 토라져서) 쳇! 그렇기 때문에 그렇다니. 여자의 논리네. 유대계 그리스인이 곧 그리스계 유대인이라는 식이야. 양극은 상통한다니. 죽음은 가장 수준 높은 형태의 삶이라니. 쳇!

스티븐

너는 나의 모든 오류와 허풍과 실수를 꽤 정확히 기억하는구나. 그런 불손을 내가 언제까지 계속 눈감아줄까? 숫돌 주제에!

모자

쳇!

스티븐

또하나 얘기해줄게. (상을 찌푸린다) 이유인즉슨 바탕음과 딸림음의 간격이 가능한 최대한의 음정으로 떨어져 있기 때문인데, 그 음정은 ....

모자

그 음정은? 끝내봐. 못하지.

스티븐

(쩔쩔매면서) 그 음정은. 가능한 최대한의 생략음이야. 그것과 상통하는 건. 궁극적인 회귀야. 옥타브지. 그리고 그것은.

모자

그것은?

(밖에 있는 축음기에서 〈성스러운 도시〉가 울려퍼지기 시작한다.)

스티븐

(뜬금없이) 신이건 태양이건 셰익스피어건 외판원이건, 자신을 통과하지 않기 위해 세상의 끝으로 길을 나선 존재는 실상 자신이 통과되게 함으로써 스스로 그 자신이 된다네. 잠깐 기다려. 조금만 기다려. 저 친구는 거리에서 웬 빌어먹을 소음을 내고 난리야. 그 존재가 스스로 불가피하게 그리되도록 예정된 자신이 된다고. 보라!

린치

(조롱조로 히힝 하고 웃음을 터뜨리며 블룸과 조이 히긴스를 보고 씩 웃는다) 이 얼마나 박식한 연설이냐, 이거야?

조이

(활달하게) 한심한 머리하고는, 저분이 아는 것보다 그쪽이 잊어버린 게 더 많을 거야.

(뒤룩뒤룩 살찐 멍청한 플로리 톨벗이 스티븐을 바라본다.)

플로리

올여름에 최후의 심판일이 온대요.

키티

안 돼!

조이

(까르르 웃음을 터뜨리며) 위대하고 부당한 하느님!

플로리

(짜증내며) 얘는, 신문에 적敵그리스도 얘기가 났다니까. 에이, 발이 왜 이리 가려워.

(맨발에 누더기를 걸친 신문팔이 소년들이 노랑할미새 연을 홱홱 잡아당기고 소리지르며 후다닥 지나간다.)

신문팔이 소년들

마감 후 중대속보요. 흔들 목마 경주 결과요. 로열 커낼에 바다뱀이요. 적그리스도 안착이요.

(스티븐이 고개를 돌려 블룸을 본다.)

스티븐

한 번, 여러 번, 그리고 반 번.

(방랑의 유대인 루벤 J 적그리스도가 움켜쥐려는 듯한 손을 등뼈에 대고 벌린 채 뚜벅뚜벅 앞으로 걸어나온다. 그가 허리에 둘러멘 순례자의 바랑에는 약속어음과 부도어음이 삐죽 나와 있다. 어깨 위로 높이 걸머진 기다란 배 상앗대의 갈고리에는 리피강에서 구출한 외아들의 흠뻑 젖고 웅크린 몸뚱이가 축 늘어진 바지에 걸린 채 매달려 있다. 절름발이와 곱사등과 뇌수종과 주걱턱과 움푹 들어간 이마와 앨리 슬로퍼*의 코를 가진 펀치 코스텔로 모습의 도깨비가 짙어지는 어둠 속에서 공중제비를 넘는다.)

일동

뭐야?

도깨비

(턱을 달달 떨면서, 눈을 부라리고, 꽥꽥 소리지르고, 붙잡으려는 듯 양팔을 쭉 뻗은 채 깡충깡충 캥거루 걸음으로 이리저리 폴짝폴짝 뛰는가 싶더니, 느닷없이 쩍 벌린 가랑이 사이로 입술 없는 얼굴을 불쑥 내민다) **그가 온다! 그건 나야! 웃어대는 사내! 원시인!** (광신자처럼 빽빽 소리지르며 빙빙 돈다) **신사 숙녀 여러분, 돈을 거세요!** (몸을 웅크리고 마술을 부린다. 양손에서 조그만 룰렛 행성들이 날아온다) **베팅 시작!** (행성들이 타다닥 우당탕 소리를 내며 우르르 구른다) **베팅 끝!** (행성들이 풍선처럼 부풀더니 두둥실 올라가다 사라

* 싸구려 삽화 유머 주간지 『앨리 슬로퍼의 반휴일』의 주인공으로 주먹코가 특징이다.

진다. 그는 솟구쳐 진공 속으로 사라진다.)

플로리

(망연자실하여 남몰래 성호를 그으며) 말세야!

(여성의 미지근한 악취가 몸에서 풍긴다. 희미한 어둠이 자리잡는다. 바깥에서는 축음기가 떠도는 안개를 뚫고 기침소리와 발 끄는 소리 너머로 요란하게 울린다.)

축음기

예루살렘!
문을 열고 노래하라
호산나 ....

(폭죽이 하늘로 솟구쳐 올라가 터진다. 거기서 흰 별이 떨어지면서, 만물의 종말과 엘리야의 재림을 알린다. 하늘의 꼭대기에서 바닥까지 보이지 않게 팽팽히 켕긴 끝없는 밧줄을 따라, 말세가 사냥 안내인의 킬트와 높은 털모자와 격자무늬 킬트 차림의 머리 둘 달린 문어 꼴을 하고 '인간의 세 다리' 형태*로 물구나무서서 어둠을 뚫고 빙빙 돈다.)

말세

(스코틀랜드 말투로) 뉘 추려나, 뱃놀이, 뱃놀이, 뱃놀이 춤을?

---

* '가랑이에 붙은 세 개의 구부러진 다리'를 뜻하는 이 문구에서 '인간'에 해당하는 원어 'man'은 아일랜드의 해신 매나난 매클리어의 도안이기도 하고, 아일랜드와 영국 사이에 위치한 맨섬의 문장 도안이기도 하다.

(몰아치는 바람과 숨막히는 기침들 너머로 뜸부기 소리처럼 거슬리는 엘리야의 목소리가 저 높이서 끽끽댄다. 엘리야는 깔때기 모양의 소매가 달린 헐렁하고 짧은 흰색 한랭사 중백의를 입고 땀을 흘리면서, 옛 영광의 깃발이 빙 둘러쳐진 제단 위로 성당지기의 얼굴을 하고 나타난다. 그는 난간을 꽝 때린다.)

엘리야

이 비좁은 술집에서 제발 그만 좀 떠들어. 제이크 크레인, 크리올 수, 도브 캠벨, 에이브 커시너, 기침은 입을 다물고 하도록. 그게 말이야, 나는 이 간선철도를 모두 운영하는 입장이거든. 젊은이들, 때는 지금이야. 하느님 시간은 12시 25분이거든. 거기 간다고 어머니께 말씀드리고. 서둘러 신청하는 게 장땡이야. 바로 여기서 합류해. 영원 교차역까지 쭉 직행편을 예약해. 딱 한마디만 더. 자네는 신인가, 아니면 빌어먹을 촌닭인가? 만약 코니 아일랜드에 재림이 일어나면 우린 준비가 되어 있나? 플로리 그리스도, 스티븐 그리스도, 조이 그리스도, 블룸 그리스도, 키티 그리스도, 린치 그리스도, 저 우주의 힘을 알아채는 일은 자네들에게 달렸어. 우리가 우주 문제로 기죽을 일 있나? 천만에. 천사들 편에 서. 프리즘이 되라고. 자네들 내부엔 무언가 있어, 보다 고상한 자아라는 것 말이야. 예수나 고타마나 잉거솔*은 이들과 어깨를 나란히 할 수도 있어. 자네들 모두 이 전율을 느끼나? 그렇군. 일단 이 기회를 잡기만 하면, 신도들이여, 천국행 열차에 훌쩍 올라타기란 식은 죽

* 미국 정치가, 법률가, 웅변가 및 복음주의적 불가지론자.

먹기라네. 알아들어? 아암, 인생길 확 트이는 거지. 일찍이 맛보지 못한 화끈한 횡재이고말고. 금상첨화의 행운이란 말이야. 아주 그냥 기차게 영악하고 깔끔한 한 방을 날리는 거라고. 굉장한, 끝내주게 훌륭한 일이라니까. 그러면 힘이 솟아. 전율이 와. 나도 알지, 나 또한 전율하면 한가락 하는 몸이니까. 농담은 이만하고 본론으로 들어가서, A. J. 그리스도 도위와 조화 철학이라고 있잖나, 뭔지 알겠어? 좋아. 서부 69번 도로의 77호. 알겠어? 바로 그거야. 언제라도 좋으니까 태양전화로 나를 깨워. 술고래들아, 한 푼이라도 아껴둬. (소리친다) 그럼 이제 우리의 찬송가를. 모두들 전심전력으로 함께 부릅시다. 앙코르! (노래한다) 예루 ....

축음기

(그의 목소리를 지우며) 누구루살람그대의높고거어거거거 ... (음반이 바늘에 긁혀 귀 찢는 소리를 낸다)

창녀 셋

(귀를 막고 깩깩 비명소리로) 어이쿠!

엘리야

(셔츠 소매를 걷어올리고 두 팔을 치켜든 채 파랗게 질린 얼굴로 목청껏 소리지른다) 저 높은 곳의 큰형님이신 대통령 각하, 제가 한 일을 방금 말씀드린 소리가 들리시지요. 확실히, 저는 각하를 굳게 믿는 편입니다, 대통령 각하. 저는 지금 미스 히긴스와 미스 리키츠가 마음속 깊이 신앙

을 품고 있다는 확신을 갖고 있습니다. 미스 플로리, 내가 방금 본 대로의 그대만큼 겁에 질린 여성을 본 적이 분명 없는 것 같소. 대통령 각하, 이리 오셔서 우리의 귀한 자매들을 구원해줄 수 있게 도와주십시오. (그는 관중을 향해 윙크한다) 우리의 대통령 각하, 그분은 모든 사정을 꿰고 계시지만 아무 말씀도 없으십니다.

키티-케이트

내가 분수를 잊었어. 어쩌다 보니 실수로 컨스티투션 힐에서 그 짓을 저질렀어. 주교님께 견진성사를 받고 갈색 성의까지 걸쳤는데. 우리 이모는 웬 몬트모런시라는 사람과 결혼했어. 순결했던 내 몸을 더럽힌 그놈은 배관공이었어.

조이-패니

난 재미삼아 그놈이 그걸 내 몸 안에 쑤셔넣게 해줬는데.

플로리-테레사

헤네시 별 3개짜리를 마신데다 적포도주까지 마신 탓이었어. 웰런이 내 침대에 슬그머니 들어오는 바람에 난 그만 죄를 저지르고 말았어.

스티븐

태초에 말씀이 있었고, 최후에 끝없는 세계가 있도다. 팔복에 은총 있기를.

(딕슨, 매든, 크로터스, 코스텔로, 레너핸, 배넌, 멀리건, 린치로 이루어진

팔복은 하얀 학생용 수술 가운을 입고 4열 횡대로 줄지어 다리를 쫙쫙 뻗는 쿵쿵 걸음으로 요란스레 행진을 하며 지나간다.)

팔복

(두서없이) 맥주 소고기 투견 성경 사업가 술집주인 비역꾼 주교.

리스터

(퀘이커교도의 회색 반바지와 테 넓은 모자 차림으로 신중하게 말한다) 저 사람은 우리 친구요. 굳이 내가 그의 흠을 들출 필요는 없고. 그대들이 빛을 찾으시오.*

(그는 춤추듯 뛰어 지나간다. 베스트가 반들반들하게 세탁한 미용사 의상을 입고 컬페이퍼에 머리를 만 모습으로 입장한다. 그를 따라 들어온 존 에글린턴은 도마뱀 글자가 쓰인 중국 관리의 노란색 난징 무명 기모노를 입고 높은 파고다모자를 썼다.)

베스트

(미소 지으며 모자를 들어올려 깎은 머리를 드러내자, 머리 꼭대기에서 오렌지색 상투로 묶은 변발 다발이 곤두선다) 나는 방금 저 친구를 곱게 꾸며주고 있던 참이야, 정말이야. 왜 알잖아, 아름다운 것이라고, 예이츠가 한 말이던가, 아니, 키츠가 한 말이지.

---

* '빛을 찾다(seek the light)'는 '진상을 밝히다'라는 뜻도 함축한다.

존 에글린턴

(녹색 갓을 씌운 까만색 제등을 내밀어 한구석 쪽으로 불을 밝히며 따지는 말투로) 미학*이니 화장품이니 하는 따위는 여자들 방에서나 필요하지. 내가 추구하는 건 진실이야. 보통 사람에게 필요한 있는 그대로의 진실 말이야. 탠더래기 사람들은 사실을 원하고 또 반드시 알아내려고 해.

(석탄통 뒤에 있는 탐조등의 원추형 불빛을 받으며, 눈빛이 성스러운 학자 매나난 매클리어의 수염 난 형체가 턱을 무릎에 괴고 생각에 잠겨 있다. 그는 천천히 일어난다. 드루이드교도다운 입에서 차가운 바닷바람이 불어온다. 그의 머리를 둘러싸고 뱀장어와 새끼 뱀장어가 꿈틀댄다. 그의 몸은 해초와 조개로 덮여 있다. 오른손은 자전거 펌프를 들었다. 왼손은 거대한 가재의 두 발톱을 쥐었다.)

매나난 매클리어

(파도의 목소리로) 아움! 헥! 왈! 악! 룹! 모르! 마! 신들의 흰색 요가도사. 헤르메스 트리스메기스투스**의 비서秘書. (윙윙 부는 바닷바람의 목소리로) 부활하소서, 펀자브의 패트릭이여! 나는 놀림감이 되지 않겠노라. 한 사람이 이런 말을 했다: 샥티***를 숭배하는 왼쪽****을 조심하라.

---

* 여기서 '미학(esthetics)'은 앞서 베스트가 '아름다운 것'을 언급한 데 대한 응답이면서, '피부미용'이라는 뜻도 된다.

** Hermes Trismegistos. 이집트 지식의 신 토트(Thoth)와 그리스 전령의 신 헤르메스가 결합하여 탄생한 신.

*** 힌두교에서 우주의 여성적인 기운을 가리키는 말.

**** '여성'을 가리킨다.

(태풍새의 외침으로) 샥티 시바*여, 어둠 속에 숨은 아버지여! (왼손에 쥔 가재를 자전거 펌프로 후려친다. 협동조합 시계의 숫자판 위에 12궁이 반짝인다. 대양의 맹렬함으로 울부짖는다.) 아움! 바움! 피야움! 나는 농장의 빛이로다! 나는 몽상가의 크림 제조소 버터로다.

(해골 유다 손이 빛을 옥죈다. 녹색 빛이 사그라들더니 엷은 자줏빛이 된다. 가스불꽃이 잉잉 울부짖는다.)

가스불꽃

푸우아! 푸이이이이이이이이!

(조이가 샹들리에로 달려가 한쪽 다리를 굽히고 맨틀을 조절한다.)

조이

누가 여기 나에게 담배 좀 줄래요?

린치

(담배 한 개비를 테이블에 툭 던지며) 옜다.

조이

(짐짓 도도한 척 머리를 갸웃하며) 숙녀한테 담배를 건네는 태도가 그게 뭐예요? (담배를 살살 만지작거리며 불꽃에 불붙이느라 팔을 위로 쭉 뻗으며 겨드랑이의 갈색 털 뭉치를 드러낸다. 린치는 뻔뻔스럽게 부지깽이로 조이의

* 힌두신화의 명상 수행자이자 파괴자로, 세상의 해체를 관장하는 신.

속옷 한쪽 끄트머리를 들어올린다. 가터 위로 쭉 드러난 맨살이 사파이어빛 아래서 물 요정의 녹색으로 보인다. 조이는 태연히 담배를 뻐끔뻐끔 피운다.) 내 엉덩이의 애교점이라도 보여요?

린치

나 안 보는데.

조이

(추파를 던지며) 그래요? 그런 짓 하고도 남을 분이. 레몬즙 마실래요?

(블룸을 보려고 짐짓 수줍은 척 힐끗 곁눈질을 하더니 그쪽을 향해 몸을 돌리고 부지깽이에서 속옷을 빼낸다. 조이의 살 위로 푸른빛의 물결이 다시 흐른다. 블룸은 서서, 탐나는 듯 미소를 짓고 엄지손가락 둘을 만지작거린다. 키티 리키츠는 가운뎃손가락을 침 묻혀 빨고 거울을 들여다보면서 양쪽 눈썹을 전부 쓰다듬는다. 왕실 문서담당비서 리포티 비라그가 굴뚝 연통 속으로 주르륵 재빨리 미끄러져내려와 꼴사나운 분홍색 죽마를 타고 왼쪽으로 두 걸음을 으쓱으쓱 걸어간다. 그는 몇 개의 외투를 순대처럼 걸치고 갈색 매킨토시를 입었는데, 그 밑으로 양피지문서 두루마리를 들고 있다. 그의 왼쪽 눈에서 캐셜 보일 오코너 피츠모리스 티스덜 패럴의 외알안경이 번뜩인다. 머리에는 이집트의 이중왕관을 얹고 있다. 귀 위로 깃펜 두 개가 삐죽 나와 있다.)

비라고

(두 발을 모으고 절한다) 내 이름은 솜버테이의 비라그 리포티다. (사려

깊게 마른기침을 한다) 이 근방은 난잡한 알몸 천지로구먼, 응? 저 여인이 무심코 뒷모습을 보이는 바람에 네가 유난히 숭배하는, 썩 은밀한 속옷을 입지 않았다는 사실이 들통났구나. 허벅지에 난 주사 자국을 알아봤겠지? 좋아.

블룸

할아버지. 하지만 .....

비라그

그에 반해 2번 아가씨, 그러니까 체리색 루즈에 하얀 머리장식을 하고 고페르나무*로 만든 우리 종족의 영약에 적잖은 덕을 본 머리카락을 가진 아가씨는 외출복 차림인데 보아하니 앉은 자세 때문에 코르셋이 꽉 조이나보다. 말하자면 등뼈가 앞에 나와 있는 꼴이지. 꼭 맞는 말인지는 잘 몰라도, 발랄한 사람들이 속옷을 언뜻언뜻 보이도록 입는 행위가 그 노출벼벼벽 덕택에 너를 유혹한다는 걸 난 항상 알고 있다. 한마디로 하자. 히포그리프.** 내 말이 맞느냐?

블룸

저 아가씨는 좀 말랐어요.

* 노아의 방주를 만드는 데 쓰인 나무.

** 말의 몸통에 독수리의 머리와 날개가 달린 전설적인 동물.

비라그

(싫지 않은 듯이) 아무렴! 잘 보았거니와 저렇게 치마 테에 주머니를 달고 살짝 팽이 모양의 효과를 낸 것은 엉덩이가 볼록하다는 티를 내려고 고안해낸 거야. 어떤 대대적인 할인판매장에 나온 신상품에 웬 어리숙한 작자가 바가지를 썼구나. 눈속임을 위해 빛 좋은 개살구 짝으로 만든 장식 의상인 것을. 티끌만한 부분 하나하나까지 신경쓴 것 좀 봐. 오늘 입을 수 있는 것을 미뤄서 내일 입지 말라는 거지. 시차視差야! (짜증스럽게 머리를 휙 흔들며) 내 뇌에서 난 타다닥 소리 들었니? 다음절多音節로 말이다!

블룸

(한쪽 팔꿈치를 손에 받치고 집게손가락을 뺨에 댄 채) 아가씨가 슬퍼 보여요.

비라그

(비꼬듯이, 족제비 같은 누런 이를 드러낸 채 한 손가락으로 왼쪽 눈을 쓸어내리며 목쉰 소리로 짖어댄다) 사기야! 발랑 까진 계집애와 가짜로 슬픈 척하는 걸 조심해라. 뒷골목의 백합*이란다. 모두가 루알두스 콜룸부스가 발견한 음핵을 갖고 있어. 재를 자빠뜨려봐. 콜룸빠뜨려보란 말이야. 카멜레온이라고. (더 다정하게) 자 그러면 3번 품목으로 네 주의를 돌려보마. 저 아가씨는 맨눈으로도 보이는 살이 넘쳐나. 저 두개골에 얹힌

---

* 원문은 'Lily of the alley'로 'Lily of the Valley(골짜기의 백합)'의 패러디.

산화된 식물성 물질 덩어리인 머리칼을 잘 보렴. 허어, 허리 내밀고 선 정적으로 춤춘다! 긴 다리에 깊은 엉덩이라, 무리 중에 미운 오리 새끼로구나.

블룸

(아쉽다는 듯) 하필 총을 두고 나왔더니.*

비라그

순한 것, 중간 것, 독한 것, 우리는 온갖 상품을 다 제공할 수 있어. 돈 내고 선택만 해. 얼마나 만족할지 모를 거야, 어느 쪽이든 ...

블룸

어느 쪽이든 ...?

비라그

(혀를 위로 말면서) 흐음! 봐라. 쟤는 엉덩이 폭이 넓어. 아주 엄청난 두께의 지방으로 덮여 있지. 가슴이 묵직한 것이 명백한 포유동물로, 잘 보면 눈에 잘 띄는 앞쪽에 봉긋 솟은 것이 두 개 있는데 어찌나 큰지 점심 수프 접시에 떨어질 지경이고, 또 그런가 하면 뒤쪽으로 내려가 볼록 튀어나온 것이 또 두 개 있는데 그건 직장直腸이 강하다는 걸 암시하는데다 손으로 만지기 마침맞게 부풀었으니 거기다 탱탱하기만 하

* '뭐가[무슨 오리가] 보였게'로 이어지는 속담 같은 말이 있다.

면 더 바랄 게 없지. 이렇게 살찐 부위들은 세심한 영양공급의 산물이다. 우리에 가두어 살찌우면 간이 코끼리 크기로 커진단다. 알약 형태의 새 빵을 호로파콩이랑 고무안식향과 함께 상당량의 녹차에 담가두면 얼마 지나지 않아 아주 큼직한 지방질의 천연 바늘겨레가 붙게 돼. 네 입맛에 맞겠지, 응? 군침 돌게 따끈한 이집트의 살 미식 말이야. 그 속에 푹 빠져 지내봐. 석송石松.* (목구멍이 칼칼해져) 짜잔! 저놈 또 시작한다.

블룸

다래끼는 싫어요.

비라그

(눈썹을 둥글게 모으며) 다래끼는 금반지로 문지르면 된단다. 여자들에게 통하는 논리야, 옛날 디플로도쿠스와 익티오사우루스가 집정하던 고대 로마와 그리스에서 우리가 하던 말이지. 그 밖의 것에는 이브의 영약이야. 팔진 않아. 임대만 해줄 뿐. 위그노교도. (몸을 부르르 떤다) 재미있는 소리야. (기운을 돋우려는 듯 기침한다) 하지만 어쩌면 그냥 사마귀에 지나지 않을 거다. 너 두통 걸렸을 때 내가 가르쳐주게 될 거 나중에 기억하게 되겠지? 꿀과 사향호두를 곁들인 통밀가루 말이야.

---

* 약용 상록식물로 가루를 내어 찰과상을 비롯한 다양한 증상을 치료하는 데 쓰인다.

블룸

(생각에 잠겨) 석송과 음절을 섞은 통밀가루겠죠. 이 뼈아픈 시련이라니. 오늘은 불행한 사건들로 점철된, 유난히 피곤한 하루였어요. 가만. 그러니까, 사마귀 피는 사마귀를 퍼뜨린다고 말씀하신 게 …

비라그

(엄하게, 코를 심히 둥글게 찡그리고 곁눈질로 윙크하며) 엄지손가락 만지작거리는 짓 좀 그만두고 잘 좀 생각해봐라. 거봐, 넌 잊어버렸잖아. 기억술을 연습해라. **신성한 대의로다.** 타라. 타라. (방백) 쟤는 확실히 기억할 거야.

블룸

로즈메리도 그렇다는, 또는 기생조직에 대한 자제력을 키운다는 뭐 그런 말씀도 하신 걸로 아는데요. 근데 아니 아냐 어렴풋이 떠올랐네. 죽은손을 만지면 낫는다. 기억?

비라그

(신이 나서) 옳지. 그거야. 딱 그거. 술術. (양피지 두루마리를 힘차게 두드린다) 이 책에는 온갖 세밀한 설명과 함께 수행법이 나와 있단다. 착란공포증에 바꽃, 우울증에 염산, 발기지속에 할미꽃을 색인에서 찾아봐. 비라그가 절단술 얘기를 해볼게. 우리가 애용하는 부식제. 사마귀에 뭘 바르면 안 돼. 뺑 뚫린 목 아래를 말총으로 싹둑 잘라내는 거야. 그런데 불가리아 사람들과 바스크 사람들 쪽으로 화제를 바꾸자면, 너 남장여

자들을 좋아할지 싫어할지 결정했니? (냉랭하게 낄낄대며) 너 종교 문제 연구한답시고 꼬박 1년을 바치고 원과 면적이 같은 사각형을 만들어 백만 파운드를 타려고 1886년 여름 달들을 다 보낼 생각이었지. 이 석류대가리야! 숭고한 것과 우스꽝스러운 것은 한 발짝 차이야. 가령 파자마는 어때? 아니면 은밀한 얘기로, 삼각 메리야스를 댄 부푼 속옷은? 아니면 이런 얘기는 어때, 저 복잡한 콤비네이션, 캐미솔 속옷은? (놀려대듯 수탉 울음소리를 낸다) 꼬끼오!

(블룸은 세 창녀를 알쏭달쏭하게 훑어보다가 갓 씌운 담자색 불빛을 응시하면서 나방이 쉴새없이 날아다니는 소리를 듣는다.)

블룸

그때 저는 지금쯤에는 결정하게 되었기를 바랐어요. 잠옷은 도저히. 그래서 이걸로. 하지만 내일은 오기 마련인 새날이지요. 지나가면 과거인 날이 오늘이고요. 지금인 날이 그때 가서 내일이 되는 건 지금이었던 날이 지나면 어제가 되지요.

비라그

(들릴 듯 말 듯하게 일러준다) 오늘날의 곤충들은 짧은 생존 기간을 보내는 동안 용모의 아름다움은 떨어져도 등 부위에 연장된 외음부 신경을 가진 암컷의 냄새에 끌려 교미를 반복한다. 예쁜 앵무새! (그의 노란 앵무새 부리가 콧소리로 지껄인다) 우리 연대로 따져 5550년에 또는 그 무렵에 카르파티아 산악지방에 속담이 있었어. 식탁용 큰 스푼 하나 분량의 꿀이 1등급 맥아식초 여섯 통보다 곰 친구를 더 잘 유혹하는 법이

라고. 곰이 붕붕대면 벌이 시달린다. 하지만 이 얘기는 접어놓자. 다음에 계속해도 되니까. 우리 아주 즐거웠다, 남남인 우리가. (기침하더니 눈살을 찌푸리고는 오므린 손으로 생각에 잠긴 듯 코를 쓰다듬는다) 너는 이 밤 곤충들이 빛을 쫓는다는 걸 알게 될 거다. 착각인 것이, 그것들의 조절 불가능한 복안複眼을 상기해봐. 이 모든 난해한 문제를 이해하려면 L. B. 박사가 금년의 화제작으로 꼽은 내 저서 『성학개론』, 일명 『사랑의 욕정』의 제17권을 봐라. 예컨대, 자동으로 동작하는 것들도 게다가 있단다. 알아둬라. 그건 그놈에겐 나름의 태양이란 걸. 밤새 밤태양 밤거리. 바보야, 나 잡아봐라! (블룸의 귓속에 입김을 불어넣는다) 붕!

블룸

일전에는 또 벌인지 쉬파리인지가 벽에 비친 그림자를 탁 들이받아 저도 멍해지고 나도 멍해졌는데 그러더니 이리저리 헤매다가 내 셔츠 속으로 들어오는 바람에 어쩌나 애를 ....

비라그

(무덤덤한 얼굴로 여자같이 낭랑한 웃음소리를 터뜨린다) 기막히다! 그놈의 바지 앞섶 안에 딱정벌레 넣기,* 아니면 그놈의 구멍 파는 연장에 겨자 연고 바르기라. (늘어진 칠면조 목살로 꼬륵꼬륵 게걸스레 울어댄다) 칠면조 수컷! 칠면조 수컷! 우리 어디를 보고 있었지? 열려라, 참깨! 나와라! (재빨리 양피지 두루마리를 펼치더니, 움켜쥔 문서 위로 반딧불이 애벌

* '바지 앞섶'의 원문은 'fly'이고, '딱정벌레'로 번역한 '가뢰'라는 곤충은 'Spanish fly'로 최음제로 알려져 있다.

레 코를 거꾸로 움직이며 읽는다) 기다려보렴, 얘야. 너에게 답변을 줄 터이니. 레드뱅크 굴이 금방 우리에게 올 거다. 나는 최고 요리사란다. 저 즙 많은 쌍각조개가 우리에게 도움이 될 테고, 페리고르산産 송로버섯, 즉 잡식성 돼지 아저씨가 헤집다가 캐낸 덩이뿌리는 신경쇠약이나 여자의 지나친 정력에 효과가 그만이야. 냄새는 고약해도 탁 쏘는 맛이 있거든. (고개를 저으며 꿱꿱 놀린다) 우스꽝스럽군. 내 눈에 외알안경을 쓰고. (재채기한다) 아멘!

블룸

(우두커니) 시각적으로는 여자의 쌍각조개 경우가 더 심해요. 언제나 열린 참깨죠. 갈라진 성性이고요. 해충이나 기는 것들을 겁낼 만도 하지요. 그래도 이브와 뱀 얘기는 반대죠. 역사적 사실은 아니지만. 제가 보기엔 뻔한 유추예요. 뱀들도 여자 젖이라면 환장을 해요. 수마일이나 되는 잡식성 숲길을 꼬불꼬불 돌아가서 여자 가슴이 말라붙도록 젖을 쪽쪽 빨아먹는 거죠. 엘레판툴리아시스*의 책에 나오는 칠면조 수컷만큼이나 웃기는 로마 여인네들이 그렇죠.

비라그

(입을 몹시 주름지게 뾰족 내밀고 눈은 절망적으로 꼭 감은 채, 기이할 만큼 단조로운 음조로 찬송가를 부른다) 젖통이 팽팽히 부푼 저 암소들이 바로 그동안 알려진 ....

---

* Elephantuliasis. 블룸이 이름을 부정확하게 기억하는 엘레판티스(Elephantis)는 그리스의 음란서 저술가다. 철자가 비슷한 'elephantiasis(상피병)' 때문에 혼동한 듯하다.

블룸

저 큰 소리로 외칠 거예요. 실례할게요. 네? 자 그럼. (반복한다) 저도 모르게 도마뱀 소굴을 찾아내 그에게 젖통을 게걸스레 빨아먹도록 맡기고. 개미는 진딧물을 빨아먹는다. (심오하게) 본능이 세계를 지배하노라. 살아서나. 죽어서나.

비라그

(머리를 갸우뚱 기울이고, 등과 둥글게 오므린 어깨날개를 활처럼 구부리고, 침침한 퉁방울눈으로 나방을 빤히 쳐다보고, 뿔 모양의 손가락으로 가리키며 소리친다) 나방 나방은 누구냐? 누가 사랑스러운 제럴드냐? 사랑스러운 제ㄹ, 너냐? 아이고, 얘가 제럴드네. 아, 녀석이 아주 심하게 탈까봐 걱정이 이만저만 아니야. 어떤 사람이 나중에라도 최고급 식탁 냅킨을 흔들어 그런 재앙을 막아주겠나? (야옹 소리를 낸다) 나비 나비 나비 나비야! (한숨지으며 뒤로 물러나 아래턱을 떨군 채 곁눈질로 내려다본다) 자, 자. 고양이가 이윽고 쉰다. (느닷없이 입으로 허공을 물어뜯는다)

나방

나는야 작고도 작은 벌레
봄에 쉴새없이 날아다니며
빙글빙글 신나게 맴을 돈다네.
아득한 옛날엔 왕이었지만
지금은 이런 짓이나 하며
난다네, 난다네!

빙!

(나방은 요란하게 파닥거리며 달려들어 담자색 등갓에 부딪힌다)

예쁘고 예쁘고 예쁘고 예쁘고 예쁘고 예쁜 속치마.

(왼편 위쪽 입구에서 헨리 플라워가 미끄러지듯 두 걸음을 내디디며 좌측 정면의 중앙을 향해 앞으로 나선다. 검정 망토와 깃털 장식이 늘어진 챙 넓은 모자 차림이다. 은줄 달린 상감 덜시머와 여자 머리 모양의 도제 대통이 달린 기다란 대나무 야곱 담뱃대를 들고 있다. 까만 벨벳 바지를 입고 은제 버클이 달린 펌프스를 신었다. 낭만적인 구세주의 얼굴에 머리카락을 치렁치렁 늘어뜨리고 성긴 턱수염과 콧수염을 길렀다. 가늘고 긴 다리와 참새 발은 칸디아의 가왕 테너 마리오를 닮았다. 그는 장식주름 목깃을 가다듬고 색정적인 혀로 입술을 훑으며 적신다.)

헨리

(기타줄을 퉁기며 낮고 나지막하고 감미로운 목소리로) 한 송이 꽃이 피어나네.

(잔혹한 비라그가 턱을 다물고 등불을 노려본다. 엄숙한 블룸은 조이의 목을 바라본다. 늠름한 헨리가 목 밑에 군살을 늘어뜨리고 피아노 쪽으로 고개를 돌린다.)

스티븐

(혼잣말로) 눈을 감고 연주해라. 아빠를 흉내내서. 돼지 사료인 옥수수 껍데기로 배를 채우고. 이건 이제 신물이 난다. 일어나서 아빠한테 가자. 아마 이러실 거야. 스티브, 너 위험에 처했구나. 디지 교장님을 찾아

뵙든지 전보를 쳐야 한다. 오늘 아침의 우리 면담은 인상 깊었어. 우리 나이 차이에도. 내일은 편지를 충분히 쓸 거야. 그런데 내가 약간 취했네. (다시 피아노 건반을 건드린다) 이제 단조 화음 차례다. 그래. 하지만 당치않아.

(알미다노 아르티포니가 콧수염을 힘차게 움직이면서 악보를 말아 지휘봉으로 삼은 것을 내민다.)

아르티포니

치 리플레타. 레이 로비나 투토.*

플로리

우리한테 뭐 좀 불러줘요. 〈달콤한 옛사랑 노래〉요.

스티븐

목소리가 안 받쳐줘. 난 상당히 숙련된 예술가야. 린치, 내가 류트에 대해서 쓴 문서를 너한테 보여줬니?

플로리

(억지웃음 지으며) 노래 부를 수 있지만 부르지 않으려는 새는.**

(두 명의 옥스퍼드 학감인 샴쌍둥이 술 취한 필립과 정신 멀쩡한 필립이 잔디 깎는 기계를 끌고 나팔꽃 모양의 창에 나타난다. 둘 다 매슈 아널드

---

* '잘 생각해봐. 넌 모든 걸 망쳐'라는 뜻의 이탈리아어.

** '부르도록 만들어야 한다'로 이어지는 속담.

의 가면을 쓰고 있다.)

멀쩡한 필립

바보의 충고도 한번 받아봐. 만사가 잘 돌아가는 건 아냐. 착하고 어린 바보처럼 연필 끄트머리로 계산해봐. 네가 가졌던 돈이 3파운드 12실링인데, 지폐 두 장에 소브린 금화 한 개에 크라운 은화 두 개야, 젊은 애가 뭘 알아야 말이지. 시내의 무니 술집에, 바닷가 무니 술집에, 모이라 술집에, 라칫 식당에, 홀리스 스트리트 병원에, 버크 술집까지. 응? 내가 너 지켜보고 있어.

술 취한 필립

(참지 못하고) 어허, 이런 사람 봤나. 무슨 말씀! 난 빚지지 않고 살았다고. 옥타브에 대해서 알아낼 수만 있다면. 이중인격이야. 나에게 이름을 말해준 게 누구더라? (그의 잔디 깎는 기계가 부르릉 소리를 내기 시작한다) 아, 맞다. **조에 모우 사스 아가포.*** 전에도 여기 온 것 같다는 생각이 든다. 언제였더라, 어떤 친구 명함을 어디엔가 두었는데, 앳킨슨은 아니고. 맥Mac 아무개인데. 알았다, 언맥Unmack이야. 그 친구가 나한테 얘기해준 게, 가만있자, 스윈번이었던가, 아냐?

플로리

근데 노래는요?

---

* '내 생명이여, 널 사랑하노라'라는 뜻의 그리스어로 바이런의 서정시 〈아테네의 처녀여, 우리 헤어지기 전에〉의 제사이자 후렴.

스티븐

마음은 굴뚝같으나 몸이 말을 안 듣누나.

플로리

메이누스 신학대학 나왔어요? 내가 전에 알던 누구랑 닮아서요.

스티븐

지금 거기 나와 있어. (혼잣말로) 똑똑도 하지.*

술 취한 필립과 멀쩡한 필립

(그들의 잔디 깎는 기계가 부르릉 소리를 내고 풀줄기가 리고동 춤을 추는 가운데) 항상 똑똑해. 거기 나와 있어 거기 나와 있어. 참, 너 가지고 있니? 그 책이랑 그거, 물푸레 지팡이 말이야. 그래, 저기 있다, 그래. 항상똑똑해 지금거기나와있어. 상태를 잘 유지해라. 우리처럼 하라고.

조이

그제 밤에 신부가 여기 와서 옷 단추를 목까지 다 채운 채로 볼일 보려고 한 거 있죠. 뭘 그리 감추려고 그래요, 하고 말해줬죠. 로만칼라 차신 거 다 아는데.

---

* 플로리가 "메이누스 신학대학 나왔어요?(Are you out of Maynooth?)"라고 질문하자 스티븐이 대답한 'Out of it now'는 플로리에게는 '거기 출신이야'로 들리겠지만, 스티븐에게는 그 대학 외부인이라는 뜻의 중의적 표현이다. 스티븐은 이런 절묘한 대답을 생각해내어 뿌듯해한다.

비라그

그 사람 입장에서 보면 완전히 논리적이다. 인간의 타락. (눈동자가 커지면서 쉰 목소리로) 망할 놈의 교황! 태양 아래 새로운 건 없다더니. 이 몸이 바로 수도자들과 처녀들의 성생활 비밀을 폭로한 그 비라그니라. 내가 왜 로마교회를 떠났게. 『신부와 여자와 고해실』이란 책을 읽어봐. 펜로즈만 해도 그래. 플리퍼티 지퍼트* 같은 놈. (몸을 비튼다) 여자는, 달콤하게 수줍어하는 척 골풀 새끼줄 허리띠를 풀고, 흥건히 젖은 요니yoni를 남자의 링감lingam에 바친다. 잠시 후 남자는 여자에게 밀럼의 고깃조각들을 선물한다. 여자는 기쁜 티를 내며 몸을 깃털가죽으로 가린다. 남자는 딴딴해진 거대한 링감으로 여자의 요니를 격렬하게 사랑해준다. (남자가 소리친다) **부득이 기꺼이**. 그러자 어지러워진 여자는 이리저리 도망치려고 한다. 힘센 남자는 여자의 손목을 쥔다. 여자는 꽥꽥 소리지르고 물고 침을 뱉는다. 남자는 이제 사납게 성이 나서 여자의 살찐 엉덩이를 때린다. (남자가 자기 꼬리를 쫓는다) 피프파프! 포포! (남자는 멈추고 재채기한다) 에취! (남자가 자기 엉덩이를 물고 흔들어댄다) 프르르르르르흣!

린치

아가씨, 그 착한 신부에게 속죄했겠지? 여성 상위 체위로 한 대가로 영광송을 아홉 번 부르면서.

* 『리어왕』에서 언급되는 악마의 앞잡이.

조이

(콧구멍으로 해마 꼴의 연기를 내뿜는다) 그분은 제대로 하지도 못했어요. 그냥 기분만 내는 거 있죠. 싸지도 못할 걸 들이대기는.

블룸

딱한 사람!

조이

(심드렁하게) 자기 혼자서만 재미 보느라고.

블룸

어떻게?

비라그

(까맣게 빛나는 입을 얼굴이 쭈그러들도록 악마같이 떡 벌리고 황새같이 가는 목을 앞으로 길게 뺀다. 천치 같은 코를 치켜들고 울부짖는다.) **저주받을 이교도 놈!** 예수에겐 아비가, 마흔 명씩이나 돼. 그놈은 존재한 적도 없는 거야. 돼지 신! 왼발이 두 개였어. 그놈은 유다 이아키아, 리비아의 고자, 교황의 사생아야. (비튼 앞발을 딛고 팔꿈치를 뻣뻣이 구부리고 맥없는 해골 목에서 괴로워하는 눈빛으로 몸을 쭉 내밀고 잠잠한 세계 위로 짖어댄다) 창녀의 자식. 종말.

키티

파란색 모자를 쓴 지미 피전한테서 옮은 매독 때문에 성병병원에 입원한 메리 쇼톨이 그놈의 아이를 가졌는데 아이가 삼키지를 못해 매트리스에서 경련을 일으키다 질식사하는 바람에 우리 모두 돈을 거둬 장례를 치렀잖아.

술 취한 필립

(정중하게) 너를 이 비참한 지경에 빠뜨린 게 누구야, 필립?

멀쩡한 필립

(쾌활하게) 성스러운 비둘기야, 필립.

(키티가 핀을 빼고 모자를 벗어 가만히 내려놓더니 헤나로 염색한 머리를 톡톡 두드린다. 매춘부의 어깨에 얹힌 머리치고 그토록 예쁘고 우아하고 매력적인 곱슬머리가 일찍이 없었다. 린치가 키티의 모자를 쓴다. 키티가 그걸 확 벗긴다.)

린치

(웃으며) 그런데 메치니코프가 유인원에게 예방접종을 시키다니, 이렇게 기쁜 일이 있나.

플로리

(고개를 끄덕인다) 운동장애야.

조이

(쾌활하게) 어머, 내 사전.

린치

세 명의 현명한 처녀들일세.

비라그

(오한으로 달달 떨며, 경련하는 여윈 입술 위에 노란 물고기 알 같은 게거품을 잔뜩 물고) 예수 어미는 미약과 백랍과 오렌지꽃을 팔았다. 로마의 백인대장 판테르*가 생식기로 더럽힌 여자야. (한 손을 사타구니에 댄 채, 인광이 깜박이는 전갈 혀를 쏙 내밀고) 구세주는 개뿔! 제 어미 고막을 찢고 나온 놈을.** (개코원숭이처럼 마구 꽥꽥거리며 비꼬듯이 엉덩이를 발작적으로 팍팍 흔들어댄다) 힉! 헥! 학! 혹! 훅! 콕! 쿡!

(벤 점보 돌러드가, 얼굴은 벌겋고, 근육은 거대하고, 콧구멍에 털이 많고, 턱수염은 큼직하고, 귀는 양배추 같고, 가슴털은 텁수룩하고, 갈기는 엉클어지고, 젖꼭지는 도톰한 꼴을 하고 앞으로 나와 서는데, 허리와 생식기가 까만 수영바지 안에 꽉 끼어 있다.)

벤 돌러드

(통통한 양손에 쥔 캐스터네츠 심으로 따르륵 소리를 내면서 술통 같은 저음으로 즐겁게 요들을 부른다) 내 불타는 영혼이 사랑에 푹 빠졌을 때.

---

* Panther. 영어의 '표범'과 철자가 같다.

** 성모마리아는 말씀으로 임신했으니 고막으로 임신한 셈이라는 일설이 있다.

(두 처녀, 캘런 간호사와 퀴글리 간호사가 곡마단 경비들과 밧줄을 뚫고 튀어나와 두 팔 벌리고 그를 에워싼다.)

처녀들

(과장된 감정으로) 빅 벤! 내 사랑 벤!

목소리

저 고약한 바지 입은 놈을 잡아라.

벤 돌러드

(너털웃음을 터뜨리며 제 허벅지를 찰싹 때린다) 그래 잡아봐.

헨리

(절단된 여자 머리를 가슴에 안고 중얼거린다) 그대 연정, 내 사랑. (류트 현을 뜯는다) 내가 처음 보았을 때 ...

비라그

(살갗을 허물 벗고 수많은 깃털을 털갈이하면서) 어림없지! (석탄처럼 까만 목구멍이 보이도록 하품하고, 양피지 두루마리를 밀어올려 턱을 다문다) 할말을 마쳤으니 이만 자리를 뜨겠다. 잘 있게. 부디 잘들 있어. 쓰레기!

(헨리 플라워는 호주머니 빗으로 재빨리 콧수염과 턱수염을 빗고 머리카락을 소처럼 핥아 뻣뻣이 곧추세운다. 헝클어진 하프를 등뒤에 걸머진 채 긴 쌍날칼로 방향을 잡으며 문으로 미끄러져 간다. 비라그가 꼬리를 쫑긋

세운 채 꼴사나운 죽마 두 개를 신고 깡충 뛰어 문으로 간 다음, 고름처럼 누런 광고지를 벽에다 비스듬히 솜씨 좋게 찰싹 붙이고는 머리로 탁탁 받아 누른다.)

광고지

K. 11. 광고지 부착 금지. 극비 사항. 하이 프랭크스 박사.

헨리

이제 모든 게 사라졌어.

(비라그는 삽시에 머리를 돌려 빼서 옆구리에 낀다.)

비라그의 머리

돌팔이!

(따로 퇴장한다.)

스티븐

(어깨 너머로 조이에게) 아가씨는 신교도의 오류를 창립한 저 싸움꾼 목사를 더 좋아했을 거야. 하지만 견유학파 현인 안티스테네스와 이교 지도자 아리우스의 최후를 경계해요. 변소에서 당한 고통이란.

린치

저 아가씨한테는 모두 매한가지 신이야.

스티븐

(경건하게) 그리고 지고하신 만물의 주인.

플로리

(스티븐에게) 오빠는 틀림없이 타락한 신부일 거야. 수도사든지.

린치

그렇지. 추기경 아들인걸.

스티븐

대죄*지. 코르크 따개의 수도사들.**

(전全 아일랜드의 대사제인 사이먼 스티븐 데덜러스 추기경 각하가 붉은 사제복에 샌들과 양말 차림으로 문간에 나타난다. 역시 붉은 옷차림을 한 일곱 난쟁이 유인원 복사들, 즉 칠죄종이 그의 옷자락을 치켜들고 그 아래를 들여다본다. 그는 머리에 찌그러진 실크해트를 비스듬히 걸치고 있다. 두 엄지손가락을 겨드랑이에 꼭 낀 채 손바닥을 활짝 펴고 있다. 목에 두른 코르크 묵주가 가슴에 있는 코르크 따개 십자가에서 끝난다. 그는 엄지손가락들을 빼고 커다랗게 손을 흔드는 동작으로 천상의 은총을 축원하고 과장되게 장엄한 태도로 선언한다.)

---

* '추기경 아들(cardinal's son)'과 '대죄(cardinal sin)'는 발음이 유사하다.

** Monks of the screw. 18세기 아일랜드에서 자칭 성 패트릭 교단을 구성한 쾌락주의적인 법률가, 정치가, 지식인 집단.

추기경

콘세르비오가 붙잡혀 누워 있네
가장 낮은 지하 감옥에 누워 있네
팔다리를 묶은 쇠고랑과 쇠사슬
무게가 3톤도 더 나간다네.

(그는 잠시 오른쪽 눈을 꼭 감고 왼쪽 뺨을 볼록 부풀린 채 모두를 바라본다. 그러다가 넘치는 흥을 주체하지 못해 양손을 허리에 대고 앞뒤로 흔들흔들 움직이며 거침없이 까불까불 익살스레 노래한다.)

오, 저 불쌍한 꼬마 친구
그그그그그의 다리는 누런데다
몸은 통통하게 살찌고 무거워도 뱀처럼 날쌨는데
하지만 웬 못된 망나니가
그의 하얀 양배추를 뜯어먹으려다
넬 플래허티네 암오리를 사랑하는 수오리를 죽여버렸다네.

(수많은 작은 곤충이 그의 로브 위로 하얗게 우글우글 몰려든다. 그는 상을 찌푸리고 양팔을 교차시켜 갈빗대 위를 긁으며 외친다.)

나는 지옥에 떨어진 자의 고통을 겪고 있도다. 엉터리 속임수에 걸고 맹세컨대, 다행스럽게도 이 우스운 좀생이 벌레들이 한꺼번에 달려들지는 않는구나. 그랬다간 놈들이 이 망할 지구 표면에서 나를 영원히 보내버릴 뻔했도다.

(그는 고개를 갸우뚱 기울인 채 집게손가락과 가운뎃손가락으로 짤막한 축복을 해주고, 부활절 키스를 보내고, 모자를 이리저리 흔들며 우스꽝스럽게 발을 교대로 두 번씩 질질 끌며 춤추는 걸음으로 사라지다가, 이내

그의 옷자락을 받드는 복사들의 크기로 줄어든다. 난쟁이 복사들은 낄낄대고, 훔쳐보고, 서로 옆구리를 콕콕 찌르고, 곁눈질하고, 부활절 키스를 보내며, 갈지자걸음으로 그 뒤를 따른다. 멀리서 그의 자비로운 남자 목소리가 아름다운 선율로 들려온다.)

이 마음 그대에게 전하리,
이 마음 그대에게 전하리,
그리고 향기로운 밤바람 불어와
이 마음 그대에게 전하리!

(마술 문손잡이가 돌아간다.)

문손잡이

그대애애애에게!

조이

저 문 안에 악마가 있어.

(남자 형체가 삐걱거리는 계단을 내려가고 옷걸이에서 방수복과 모자를 챙기는 소리가 들린다. 블룸은 저도 모르게 후닥닥 앞으로 튀어나가고, 지나가면서 문을 반쯤 닫고, 호주머니에서 초콜릿을 꺼내 초조하게 조이에게 내민다.)

조이

(그의 머리카락을 활달하게 냄새 맡으며) 흐으으음! 토끼고기 감사하다고 오빠 어머님께 인사 전해줘요. 난 맘에 드는 건 아주 밝히거든요.

블룸

(문간에서 창녀들과 얘기 나누는 남자 목소리를 듣고, 귀를 쫑긋 세운다) 혹시 저게 그 자식*이라면? 끝내고 나서? 아니면 못해서? 아니면 두 탕을?

조이

(은박지를 찢어서 편다) 포크보다 먼저 만들어진 게 손가락이라고요. (한 조각을 뜯어 오물거리고, 또 한 조각을 키티 리키츠에게 준 다음 애교부리며 린치 쪽으로 몸을 돌린다) 프랑스 사탕 괜찮죠? (린치가 고개를 끄덕인다. 조이는 그를 골린다.) 지금 가질래요, 아니면 한참 기다렸다가 받을래요? (린치는 고개를 젖히고 입을 아 벌린다. 조이는 그 탐스러운 사탕을 왼쪽으로 빙빙 돌린다. 그의 머리가 따라간다. 조이는 사탕을 다시 오른쪽으로 빙빙 돌린다. 린치가 조이를 의심스레 바라본다.) 받아요!

(조이가 한 조각을 툭 던진다. 린치가 그걸 능숙하게 덥석 물어 잡아채고 우두둑 깨문다.)

키티

(씹으며) 바자에서 나랑 함께한 그 기사분은 멋진 것들을 갖고 있어요. 최고급 증류주가 가득이에요. 총독도 영부인이랑 함께 와 있었죠. 토프트네 이동놀이공원에 있는 회전목마를 얼마나 신나게 탔는지. 아직도 어질어질하다니까.

---

* 보일런을 지칭하는 듯하다.

블룸

(스벤갈리의 모피 외투를 걸치고, 팔짱을 끼고, 나폴레옹풍 앞머리를 하고, 독수리처럼 날카로운 눈매로 문 쪽을 노려보며 상을 찌푸리고 복화술로 퇴마 주문을 외운다. 그런 다음 왼발을 앞으로 내민 부동자세로 서서 쭉 편 손가락들로 팍 찌르는 동작을 하고는, 오른팔을 왼쪽 어깨에서 끌어내리며 프리메이슨 전前 단장의 신호를 한다.) 네가 누구이든, 내 너를 불러내노니, 물러가라, 물러가라, 물러가라!

(바깥의 안개 속으로 사라지는 남자의 기침소리와 발소리가 들린다. 블룸의 얼굴 표정이 풀어진다. 그는 조끼에 한 손을 넣고 가만히 자세를 취한다. 조이가 그에게 초콜릿을 내민다.)

블룸

(예를 갖추어) 고맙소.

조이

시키는 대로 해요. 자!

(계단에서 단단한 구둣발소리가 똑똑 들린다.)

블룸

(초콜릿을 받는다) 최음제인가? 쑥국화와 박하라. 하지만 그건 내가 산 거요. 바닐라는 진정제라던가 뭐라던가? 기억Mnemo. 어지러운 빛은 기억memory도 어지럽혀. 붉은빛은 피부결핵에 좋아. 색깔이 여자들 성격에 영향을 미친대, 성격이란 게 있다면 말이지. 이 검은 옷은 나를 슬

프게 만들어. 내일을 위해 잘 먹고 즐기자. (먹는다) 맛에도 영향을 미친대, 엷은 자주색은. 하지만 내가 그런 건 아주 오래전 일이야. 새로운 느낌이네. 최음. 그 신부는. 싸야지. 끝내 못 싸는 것보다는 늦게라도 싸는 편이 낫지. 앤드루 식품점에서 송로버섯을 사봐.

(문이 열린다. 몸집이 육중한 포주 벨라 코언이 들어온다. 벨라는 옷 가두리 주위로 술 장식을 한 상앗빛 칠분 길이 가운을 입고, 〈카르멘〉에 출연한 소프라노 미니 혹처럼 까만 뿔 부채를 부쳐 몸을 식힌다. 왼손에는 결혼반지와 덧반지를 끼었다. 눈에는 까만 화장을 짙게 했다. 코밑에 수염이 송송 나 있다. 올리브색 묵직한 얼굴은 살짝 땀에 젖었고, 콧구멍이 오렌지색으로 물든 코는 큼지막하다. 커다란 녹주석 귀고리를 늘어뜨려 달았다.)

벨라

어머나! 나 더러운 땀범벅이야.

(주변의 남녀 쌍들을 죽 훑어본다. 그러더니 눈길이 아주 고집스럽게 블룸에게 머무른다. 커다란 부채가 달아오른 얼굴과 목, 그리고 풍만한 몸에 바람을 날려보낸다. 매 눈이 번뜩인다.)

부채

(재빨리, 그다음엔 천천히 펄럭거리며) 보아하니, 기혼자시네요.

블룸

맞아요. 부분적으로는, 내가 엉뚱한데다 둔 .....

부채

(반쯤 펼쳐지다가, 도로 접히며) 그리고 마님이 주인이시네. 엄처시하군요.

블룸

(멋쩍게 씩 웃으며 눈을 내리깐다) 그렇게 됐다오.

부채

(하나로 접혀 벨라의 왼쪽 귀고리에 기대놓인다) 나를 잊은 거예요?

블룸

아니그래. 그래아냐.

부채

(접힌 채 허리에 얹혀) 아저씨가 전에 꿈꾼 게 나 그 여자인가요? 그렇담 이후로 그 여자가 그 남자를 아저씨가 우리를 알고 지낸 거예요? 내가 그 모두이고 똑같은 지금의 나인 거예요?

(벨라가 부채를 살살 토닥이며 다가온다.)

블룸

(움찔하며) 강력한 존재일세. 내 눈 속에서 여자들이 사랑하는 잠을 읽어봐요.

부채

(톡톡 치며) 우리 만난 적이 있어요. 아저씬 내 거야. 운명인걸.

블룸

(주눅들어) 씩씩한 여성일세. 댁한테 지배받는 걸 난 엄청나게 소망하오. 나는 지쳐빠지고 버림받은데다 이젠 젊지도 않아요. 말하자면 나는 부치지 못해 규정초과요금이 붙은 편지를 들고 인생 중앙우체국의 초과지체 우편함 앞에 서 있는 셈이오. 직각으로 열린 문과 창은 낙하물체의 법칙에 따라 초속 32피트의 바람을 일으킨다지. 나는 이 순간 왼쪽 엉덩이 근육에 좌골신경통을 심하게 느꼈어요. 우리 집안 내력이라오. 홀아비였던 아빠는 불쌍하게도 이 신경통으로 기압을 정확하게 알아맞히셨어요. 동물의 체온을 믿으셨어요. 겨울 외투에 고양이 모피를 안감으로 대셨고요. 임종 무렵에는 다윗왕과 수넴 여인의 이야기를 떠올리시고 아토스와 함께 주무셨는데, 녀석은 아버지 돌아가신 뒤에도 충실했던 개라오. 개의 침은 아마 그쪽이 .... (움찔하며) 아!

리치 골딩

(무거운 가방을 들고 문을 지나간다) 흉내내다가 옮는 법이야. 더블린에서 제일 알아주는 집. 군주에게나 어울릴 법한. 간이며 콩팥이며.

부채

(톡톡 치며) 매사에 끝이 있죠. 내 남자가 돼줘요. 지금.

블룸

(우물쭈물하며) 바로 지금? 내가 부적을 넘겨주지 말았어야 하는 건데. 해질 무렵 바닷가 바위에서 비를 맞은 건 이 나이에는 사소하나마 실수야. 모든 현상에는 자연적인 원인이 있기 마련이거든.

부채

(천천히 아래를 가리킨다) 이거 매줘도 돼요.

블룸

(아래를 보고 상대 여성의 구두끈이 풀린 것을 알아챈다) 보는 눈이 있잖소.

부채

(재빨리 아래를 가리킨다) 매줘야 한다니까.

블룸

(내키면서도 마지못해) 난 진짜로 단단하게 매듭 맺을 수 있어요. 켈릿 포목상에서 근무하며 통신판매 업무를 맡을 때 배운 거요. 이래 봬도 숙련자라고요. 매듭은 저마다 많은 걸 알려주지요. 그럼 어디. 예를 갖춰서. 오늘 아까도 한 번 무릎 꿇은 적이 있는데. 아!

(벨라가 가운을 살짝 치켜올리고 자세를 잘 잡아 도톰한 반장화 굽과 실크 양말 신은 통통한 발목을 의자 모서리에 올린다. 블룸은 다리가 뻣뻣하고 나이도 들었지만, 여자의 굽 위로 허리를 숙이고 손가락으로 점잖게 끈을 넣고 빼고 한다.)

블룸

(다정하게 중얼거린다) 맨필드 양화점에서 착화를 돕는 직원이 되는 것이 내 애인의 젊은 시절 꿈이었고, 클라이드 로드 여성들의 그토록 믿을 수 없이 너무도 작은, 공단 안감을 댄 화려한 염소가죽 구두의 끈을 엇갈리게 무릎길이까지 매기 위해 기분좋게 단추걸이를 달아주던 일도 소중한 기쁨이었어요. 심지어 날마다 그들의 밀랍인형 모델 레이먼드를 찾아가 파리에서 신는 것과 같은 매끄러운 스타킹과 루바브 줄기 모양의 담황색 앞부리를 감상하곤 했지요.

발굽

강렬한 내 염소가죽 냄새를 맡아봐. 내 특급 중량을 느껴봐.

블룸

(끈을 엇갈려 매면서) 너무 조여요?

발굽

핸디 앤디, 잡치면 네 축구공을 차주겠어.

블룸

바자 무도회가 열리던 밤처럼 구멍을 잘못 찾아 끈 매는 일이 없어야 해. 불운으로. 댁이 언급한 그 여자 .... 몸의 엉뚱한 훅에 거는 바람에. 그날 밤 아내가 만난 .... 자!

(그는 끈의 매듭을 맨다. 벨라는 발을 바닥에 내려놓는다. 블룸은 고개를

쳐든다. 벨라의 묵직한 얼굴이, 벨라의 눈이 블룸의 이마 한가운데에 꽂힌다. 그의 눈이 무지근해지고, 더 거뭇해진 채 부풀고, 코는 굵어진다.)

블룸

(우물우물한다) 신사 여러분, 저희는 앞으로도 여러분의 명령을 기다리며 ....

벨로*

(바실리스크 같은 매서운 시선에 바리톤 목소리로) 이 뻔뻔한 개자식!

블룸

(황홀경에 빠져) 여왕 폐하!

벨로

(육중한 엉덩이 살을 축 늘어뜨린 채) 간통한 여자 엉덩이에 미친 놈!

블룸

(청승 떨며) 거대하시옵니다!

벨로

똥이나 처먹을 놈!

---

* 이름이 '벨라'에서 '벨로'로 바뀐 데 주목. 벨라의 성(性)이 여자에서 남자로 바뀐 것이다.

블룸

(힘줄을 반쯤 수축시키며) 장대하시옵니다!

벨로

꿇어! (그는 부채로 여자*의 어깨를 톡 친다) 두 발을 앞으로 구부려! 왼발을 뒤로 한 걸음 빼! 네년은 쓰러질 거야. 쓰러지고 있어. 두 손 짚고 엎드려!

블룸

(찬미의 신호로 눈을 치켜떴다 감고 짖어댄다) 송로버섯!

(뇌전증 환자 같은 귀청을 찢는 비명을 지르며 네 팔다리를 짚고 엎드려, 으르렁거리고 킁킁거리며 두 발에 코를 대고 헤집다가, 죽은 척 드러누워 두 눈을 꼭 감고 눈꺼풀을 바르르 떨며 지고한 프리메이슨 단장의 자세로 바닥에서 등을 활처럼 구부린다.)

벨로

(짧은 머리에, 처진 자줏빛 턱살에, 면도한 입 둘레로 무성하게 난 동그란 콧수염에, 등산용 각반에, 은단추 달린 녹색 외투와 스포츠 스커트와 붉은 수컷 들꿩의 깃털을 꽂은 등산모 차림에, 바지 주머니 깊숙이 두 손을 넣은 채, 구두 뒤축을 여자의 목에 얹고 갈아 뭉갠다) 발판! 내 온몸의 무게를 느껴보아라.

* 블룸을 가리킨다. 벨로, 즉 남자가 된 벨라의 명령에 바닥에 무릎 꿇고 엎드리는 이 장면부터 블룸의 대명사는 여성으로 바뀌었다가, 나중에 벨로가 블룸을 말처럼 올라타려는 장면에서 다시 남성으로 돌아온다.

노예야, 이토록 반짝이며 당당하게 꼿꼿이 선 네 군주의 찬란한 뒤축의 옥좌 앞에 절을 올릴지어다.

블룸

(넋을 잃고 우는소리로 뇌까린다) 결코 명령을 어기지 않을 것을 약속드리옵니다.

벨로

(껄껄 웃는다) 이럴 수가! 너에게 무슨 일이 닥칠지 잘 모를 게다. 나는 너의 보잘것없는 운명을 결정하고 너를 길들여줄 타타르인이니라! 아들아, 여기 있는 너희들 모두에게 칵테일 턱 내는 내기를 걸고 하는 말인데, 너에게서 수치심을 끌어내 혼쭐을 내주마. 어디서 감히 건방을 떨어. 그랬다가는 체육복 차림으로 발발 떨면서 구두 뒤축에 뭉개지는 벌을 받을까봐 전전긍긍하게 될 테니까.

(블룸은 소파 아래를 기면서 술 장식 사이로 밖을 살핀다.)

조이

(블룸의 몸을 가려주려고 자신의 슬립을 쫙 펼치며) 걔 여기 없어요.

블룸

(눈을 감으며) 걔 여기 없어요.

플로리

(제 가운으로 블룸을 감춰주며) 벨로 아저씨, 걔 진심은 아니었어요. 앞으로 착해질 거예요.

키티

벨로 아저씨, 걔를 너무 혹독하게 다루지 마세요. 그래주실 거죠, 아줌저씨.

벨로

(살살 달래며) 자, 아가, 얘기 좀 하자꾸나, 아가, 그냥 버릇 좀 고쳐주게. 얘야, 허물없이 몇 마디만 하자. (블룸은 겁먹은 머리를 슬금슬금 내민다) 옳지, 우리 딸 착하다. (벨로는 블룸의 머리카락을 난폭하게 움켜잡고 앞으로 끌어낸다) 네 앞길을 위해 잘못된 버릇을 살살 부드럽게 고쳐주려는 것뿐이야. 그 연한 엉덩이가 어때? 아, 아주 살살 다뤄주마, 얘야. 슬슬 시작해볼까.

블룸

(기절할 듯이) 찢지 말아요, 제 ...

벨로

(잔인하게) 네년으로 하여금 옛날 누비아 노예처럼 플루트 연주를 들으면서 코뚜레, 집게, 곤장, 교수용 고리, 가죽채찍 따위로 호된 맛을 보게 해주마. 너 이번엔 꼼짝없이 걸렸어. 네가 타고난 수명의 남은 기간 내

내 나를 기억하게 만들어주지. (이마의 핏줄이 부풀고 얼굴이 충혈되며) 아침마다 매터슨 식품점의 기름진 얇은 햄조각에 기네스 흑맥주 한 병을 곁들인 아침식사를 아주 푸짐하게 먹은 후에 너의 등을 안장 삼아 올라탈 것이니라. (트림한다) 나는 아주 맛좋은 증권거래소 시가를 빨면서 〈인허 요식업계 신문〉을 읽는 거야. 모르긴 몰라도 나는 너를 마구간에서 도살하여 꼬챙이에 꿴 다음, 네 살점을 레몬이나 건포도 소스를 곁들인 쌀밥과 함께 애저처럼 양철냄비에 넣고 버터 발라 구워 아삭아삭 맛있게 먹게 해주마. 그럼 넌 아플 거야. (벨로는 블룸의 팔을 비튼다. 블룸은 벌렁 나자빠져 비명을 지른다.)

블룸

잔인하게 하지 말아요, 간호사! 그러지 마요!

벨로

(비틀며) 한번 더!

블룸

(비명 지른다) 아이고, 사람 잡네! 온몸의 신경이 미치게 아파요!

벨로

(소리친다) 좋아, 팔짝팔짝 뛸 듯한 기분이야! 달포 만에 들어보는 제일 신나는 소식이야. 감히 어디서 기다리게 만들어, 이 망할 것! (블룸의 뺨을 찰싹 때린다)

블룸

(훌쩍인다) 왜 자꾸 때리는 거예요. 이를 거야 ....

벨로

얘들아, 이놈* 눌러서 꿇려라, 올라타야겠다.

조이

예. 이놈을 올라타요! 제가 할게요.

플로리

내가 할 거야. 욕심내지 마.

키티

아니, 내가 할 거야. 이놈 나한테 양보하라고.

(주름지고 흰 턱수염 난 창녀촌의 요리사 키오 아줌마가 기름 전 턱받이를 매고 남자용 회색 양말에 녹색 구두를 신고 밀가루 범벅이 된 채로, 빨갛게 드러난 팔과 손에 마른 밀가루 반죽이 묻은 밀방망이를 단단히 끼고 문간에 나타난다.)

키오 아줌마

(사납게) 거들어줄까?

---

* 여기서 블룸의 성이 다시 남자로 바뀐다.

(그들은 블룸을 잡고 꽉 붙든다.)

벨로

(치켜든 블룸의 얼굴 위에 꿀꿀거리며 올라타고는 담배 연기를 내뿜으며 살찐 다리를 쓰다듬는다) 보아하니 키팅 클레이가 리치먼드 정신병원 부원장으로 선임됐다는데, 그건 그렇다 치고 기네스의 우량주식이 16.75파운드래. 크레이그와 가드너가 기껏 얘기해준 몫을 나는 사지 않았으니, 이 빌어먹을 천치 같으니. 게다가 배당률 20 대 1로 승산 없던 그 망할 놈의 말 스로어웨이까지. (울화가 치밀어 블룸의 귀에다 시가 불을 끈다) 망할 놈의 재떨이는 도대체 어디 간 거야?

블룸

(엉덩이에 짓눌려 괴로워하며) 아! 아! 괴물들! 잔인한 사람!

벨로

십 분마다 그걸 부탁해봐. 빌어라. 그 어느 때보다 더 간절하게 그걸 베풀어달라고 기도하란 말이야. (주먹 쥔 손의 검지와 중지 사이에 시가를 음란하게 끼워 내민다) 자, 여기다 키스해봐. 둘 다. 키스해. (한 다리를 획 올려 걸터앉고는 기수들이 하듯 양 무릎으로 누르고 준엄한 목소리로 외친다) 이랴! 밴버리 네거리로 신나게 달리자. 이클립스 경마 때 이놈을 타야지. (몸을 옆으로 굽히고 블룸의 불알을 마구 움켜쥐고 외친다) 자 어서 달려라! 너를 제대로 다뤄주마. (안장에서 들썩들썩 뛰며 신나게 말달린다) 숙녀는 천천히 딱 딱, 마부는 빠르게 따각 따각, 신사는 전속력으로 따가

다따가다따가다따가닥 달리지.

플로리

(벨로를 잡아끈다) 이제 내가 탈래요. 탈 만큼 탔으면서. 내가 먼저 요구했잖아.

조이

(플로리를 잡아끌며) 나야. 나. 이놈하고 아직도 안 끝났어요, 거머리 아줌마?

블룸

(숨가빠하며) 못하겠어요.

벨로

아니, 안 끝났어. 기다려. (숨을 죽인다) 빌어먹을. 여기가. 이 마개가 터질 것 같아. (엉덩이에서 코르크 마개를 빼더니, 온갖 상을 찌푸리고 붕 방귀를 뀐다) 이거나 먹고 떨어져라! (마개를 다시 닫는다) 그래, 틀림없어, 16.75파운드야.

블룸

(몸에서 땀 한 방울을 흘리며) 남자 아네요. (킁킁 냄새 맡는다) 여자예요.*

---

* 여기서부터 블룸은 다시 제대로 여성이 되었다가 나중에 서서 소변을 보도록 벨로에게 교육받으면서 다시 남성으로 돌아온다. 그런 후 벨로가 블룸에게 결혼반지를 끼워주면서

벨로

(일어선다) 더이상 이러쿵저러쿵 딴소리하기 없기다. 네가 간절히 바라던 게 이루어졌잖아. 이제부터 넌 남성을 잃고 본격적으로 내 것이 됐어, 속박된 소유물 말이야. 자 벌로 이 드레스를 입어라. 남자 옷을 벗는 거야, 알겠어, 루비 코언? 그리고 호화롭게 바삭거리는 비단벌레 색깔의 비단옷을 머리와 어깨 위로 뒤집어써. 그것도 냉큼!

블룸

(움츠린다) 비단이래, 마님이 그러셨어! 아 바스락거려! 살랑거려! 손톱으로 살살 만져야 하나요?

벨로

(자기 창녀들을 가리킨다) 너도 지금의 쟤들처럼 될 거야, 가발 쓰고, 머리칼 지지고, 향수 뿌리고, 미분을 바르고, 겨드랑이 털을 싹 밀고 말이야. 네 몸의 치수를 줄자로 꼭 맞게 잴 거야. 너는 다이아몬드 장식을 한 골반, 그러니까 네 몸의 맨 바깥 모서리까지 고래뼈 살대가 달린 연한 비둘기색 쿠틸 천으로 된 죔쇠같이 단단한 코르셋을 사정없이 꽉꽉 끈으로 조여 입는 한편, 놀 때보다 살이 더 찐 네 몸은 촘촘한 망사 드레스와 술로 꾸민 2온스짜리 예쁜 속옷과 당연히 우리집 상표가 찍힌 의류와 앨리스에게 주려고 산 고운 란제리 신상품과 앨리스에게 주려던 좋은 향수로 꾸밀 거야. 앨리스는 그 매력을 느낄 거야. 마사와 메리

여성이 되었다가 매춘을 시키려는 대목에서 양성을 거쳐 마지막으로 다시 남성으로 돌아온다.

는 이렇게 얇은 허벅지 싸개를 걸치고 처음에 약간 추워하겠지만, 넌 맨 무릎에 가냘픈 주름장식 레이스를 걸치면 생각이 날 거야.....

블룸

(덕지덕지 처바른 볼, 겨자색 머리칼, 남자같이 커다란 손과 코, 심술궂은 입을 지닌 매력적인 하녀가 되어) 난 아내 옷을 가벼운 장난 삼아 홀리스 스트리트에서 딱 두 번 입어봤어요. 우리 살림이 궁색했을 때 세탁비를 아끼려고 그 옷들을 빨았어요. 내 셔츠는 뒤집어 입고요. 지극히 순수한 근검절약이었지요.

벨로

(비아냥거린다) 어머니에게 기쁨을 주는 작은 수고라 이거야, 응? 도미노 복을 입고 몸을 내맡기는 갖가지 자세를 취하면서 꼭 닫은 블라인드 뒤에 있는 거울에 비추어 치마 벗은 허벅다리와 숫염소의 젖통을 요염하게 드러내 보였단 말이냐, 응? 호! 호! 웃음이 절로 나네! 미리엄 댄드레이드 부인이 마지막 강간을 당했을 때 바늘땀이 다 터져나가는 바람에 셸번호텔에서 네게 팔아넘긴 그 까만색 야회용 중고품 슈미즈 윗도리와 짧은 반바지 팬티 말이냐, 응?

블룸

미리엄. 검정. 데미몬데인.

벨로

(껄껄 웃는다) 아이고, 우스워 죽겠네, 이럴 수가! 네가 뒷문 털을 잘라내고, 스마이스-스마이스 중위, 하원의원 필립 오거스터스 블록웰 씨, 저 건장한 테너 시뇨르 라치 다레모, 엘리베이터 보이인 푸른 눈의 버트, 고든 베닛 컵의 명 레이서 앙리 플뢰리, 쿼드룬의 크로서스라 불리는 부호이자 트리니티 칼리지의 8번 보트 선수였던 셰리던, 그 여자의 멋진 뉴펀들랜드 애인, 그리고 매너해밀턴 공작의 미망인 밥스 등등에게 막 겁탈당할 찰나의 댄드레이드 부인처럼 그 옷차림으로 침대를 가로질러 발랑 누워 넋을 잃던 때에는 보기 좋은 미리엄 같았지. (다시 껄껄 웃는다) 아이고, 이거야 원 샴고양이도 웃을 노릇 아니냐?

블룸

(두 손과 이목구비를 꼼지락거리면서) 고등학교 연극 〈맞바꾸기〉에서 여성 역할을 맡은 나를 진짜 코르셋 열광자로 만들어준 건 제럴드였어요. 그리운 제럴드였다고요. 걔는 누이의 코르셋에 홀딱 빠지면서 그 변태 기질이 생겼대요. 그립고 그리운 제럴드는 이제 연분홍 무대화장을 사용하고 눈꺼풀을 황금빛으로 칠해요. 미의 숭배지요.

벨로

(심술궂게 기뻐 날뛰며) 미라고! 그만 좀 웃겨라! 네가 물결 모양의 주름 장식이 있는 치마를 걷어올리고 만질만질하게 닳은 옥좌에 여성스럽게 살포시 앉는 꼴이라니.

블룸

과학이죠. 우리가 저마다 즐기는 여러 가지 즐거움을 비교해보는 거예요. (진지하게) 정말로 그게 훨씬 나은 자세예요 .... 제가 종종 적시는 버릇이 있어서 ....

벨로

(엄격하게) 어디서 불손하게! 저 구석에 있는 톱밥을 네년에게 써야겠구나. 내가 너에게 엄히 일렀잖니? 제발 좀 서서 해라! 사기꾼처럼 행동하다니, 내가 버릇을 가르쳐주마. 네 기저귀에서 얼룩 하나라도 나온다면. 아하! 도런스의 당나귀를 걸고 단단히 약속하는데, 내가 아주 엄격하다는 걸 알게 해주마. 네년이 지은 과거의 죄들이 네게 떠오르고 있어. 많아. 수백 가지야.

과거의 죄들

(잡다한 목소리로) 저 남자는 까만 교회 그늘에서 적어도 여자 한 명 이상과 비밀스러운 혼례를 치렀어요. 돌리어 스트리트에 주소지를 둔 미스 던에게 마음속으로 전화를 걸어 차마 입에 담을 수 없는 말을 전하면서, 그러는 동안 전화박스 안에 있는 전화기에 제 몸을 상스럽게 들이댄 남자예요. 밤에 다니는 매춘부에게 빈집에 딸린 비위생적인 뒷간에서 똥이며 다른 배설물을 싸지르라고 말로도 행동으로도 노골적으로 부추기기도 했고요. 공중변소 다섯 군데에 연필로 광고문을 써서 팔다리 강건한 모든 남성에게 자기 배우자를 제공한 남자라고요. 그리고 밤이면 밤마다 냄새 고약한 황산염 공장 옆에서 사랑하고 구애하는 쌍

들 옆을 지나치면서 행여 뭘 얼마나 구경할 수 있을지 알아보려 하지 않았겠어요? 또한 저 상스러운 수퇘지는 생강빵과 우편환에 자극을 받은 나머지, 추잡한 매춘부가 실컷 쓰고 나서 건네준 메스꺼운 화장지 한 조각을 침대에 누워 흐뭇한 눈길로 바라보지 않았겠어요?

벨로

(시끄럽게 빽빽거린다) 말해라! 네가 저지른 모든 범죄행각 중에서 가장 혐오스러운 음란행위가 무엇이었느냐? 낱낱이 불어라! 몽땅 털어놓으란 말이야! 단 한 번만이라도 솔직해봐.

(곁눈질하고, 사라지고, 횡설수설하며 묵묵히 앞으로 몰려드는 비인간적인 얼굴들이 있었으니, 그들은 불루훔, 폴디 콕, 1페니짜리 구두끈, 캐시디 가게의 노파, 눈먼 총각, 래리 코뿔소, 그 소녀, 그 여자, 그 창녀, 다른 그, 골목의 사람 등이다.)

블룸

제게 묻지 말아요! 서로 지켜야 할 신의가 있죠. 플레전츠 스트리트. 제가 단지 어설프게 생각한 그 ... 거룩한 맹세로 단언하지만 ....

벨로

(단호하게) 대답해라. 이 구역질나는 자식아! 난 반드시 알아야겠다. 뭔가 재미있는 얘길 해봐, 음담패설이든 진짜 그럴싸한 괴담이든 시 한 줄이든, 빨리, 빨리, 빨리! 어디서? 어떻게? 어느 때? 몇 명과? 딱 3초 주겠다. 하나! 둘! 세 .....

블룸

(다소곳해져서, 콜록거린다) 내가 구구구역질나는 냄새를 맡은 건 구구구역질나는 ...

벨로

(오만하게) 에라, 꺼져라, 이 징그러운 놈! 입다물고! 내가 먼저 말 붙일 때까지는 말하지 마라.

블룸

(절한다) 나리! 마님! 인간조련사님!

(그는 두 팔을 올린다. 고리 팔찌들이 떨어진다.)

벨로

(빈정대며) 낮에는, 우리 여성들이 몸이 불편하면 너는 냄새나는 우리 내의도 물에 푹 적셔 다듬이질하고, 옷을 걷어올려 핀으로 고정시킨 채 행주를 엉덩이에 달고 봉걸레로 우리 변소를 깨끗이 치우도록 해. 재미있지 않겠니? (여자의 손가락에 루비 반지를 끼워준다) 이 반지로 그대를 소유하노라. 감사합니다, 마님이라고 말해봐.

블룸

감사합니다, 마님.

벨로

침대들을 손보고, 내 목욕물을 데우고, 각 방에 있는 요강들을, 키오 요리사 아줌마의 열은 갈색 것까지 포함해서, 비워내라. 아 참, 명심해, 그 일곱 개를 잘 헹구든지, 아니면 아줌마 걸 샴페인 삼아 핥아먹든지 해라. 나를 위해 화끈하게 건배하라고. 빠릿빠릿하게! 너 제대로 시중들지 못하면, 미스 루비, 네 잘못에 대해 혼쭐을 내주고, 얘야, 네 맨 엉덩이를 머리빗으로 찰싹찰싹 때려줄 줄 알아. 잘못을 저지르면 혼이 나야지. 밤에는, 크림을 잘 바르고 작은 팔찌를 낀 네 손은 활석가루 화장품을 새로 바르고 손가락 끝에서 향긋한 냄새가 나는 단추 43개짜리 장갑을 낄 거야. 이렇게 꾸민 여자를 차지하려고 옛날 기사들은 목숨을 바쳤단다. (그는 낄낄거린다) 남자 손님들, 그중에서도 특히 대령은 혼례 전날 밤 금박 입힌 힐을 신은 내 새로운 명물을 품에 안으려고 여기 왔다가 그토록 숙녀 같은 자태를 지닌 너를 보면 뻥갈 거야. 먼저 내가 손수 너를 시험해봐야겠다. 내가 매춘업을 하며 알게 된 찰스 앨버타 마시(난 방금 이 남자와 하너퍼 앤드 페티 백 고등법원 사무실의 또다른 신사랑 자고 오는 길이야)란 이름의 남자가 짧은 시간에 온갖 서비스를 다 해주는 처녀를 찾고 있거든. 가슴을 부풀려라. 미소를 지어라. 어깨를 늘어뜨려라. 가격은 얼마요? (가리킨다) 저 아가씨한테 말이오. 바구니를 입에 물고 무슨 일이든 다 하도록 주인한테 훈련받은 애랍니다. (그는 소매를 걷어붙이더니 팔꿈치까지 깊이 블룸의 음문 속으로 팔을 집어넣는다) 손님 좋게시리 참 깊기도 해라! 어때요, 남자분들? 발딱 서지 않나요? (한 입찰자의 얼굴에 팔을 들이민다) 자 바닥을 적시고 닦아내세요!

입찰자

1플로린.

(딜런 경매장 하인이 손종을 흔든다.)

하인

짤랑!

목소리

1실링 8펜스라니 너무 비싼데.

찰스 앨버타 마시

처녀가 틀림없군. 입냄새도 좋고. 깨끗해.

벨로

(작은 망치로 탕 친다) 2실링이오. 최저 가격이고 그 값이면 싼 거요. 키는 네 뼘 높이고. 그(미)의 몸 군데군데를 만져보고 살펴보시오. 그(미)를 다뤄요. 털 보송보송한 이 피부, 이 부드러운 근육들, 이 나긋나긋한 살. 여기서 나에게 황금 송곳만 있다면 그냥! 그리고 젖도 아주 잘 나온다오. 갓 짠 젖이 하루에 3갤런씩. 제시간 안에 새끼를 쭉쭉 뽑아내게 돼 있는 순수한 종자요. 이놈 아비의 젖 뽑는 기록은 전유가 40주일에 3천 갤런이나 되었다오. 워, 내 보물단지! 앞발 들어! 워! (그는 자기 이름 첫 문자 C를 블룸의 엉덩이에 낙인찍는다) 됐어! 보증된 코언 종種! 여러분, 2실링에 선불로 얼마를?

얼굴 검은 남자

(꾸며낸 억양으로) 영화英貨 100파운드요.

목소리들

(나지막이) 칼리프를 위해. 하룬 알 라시드.

벨로

(쾌활하게) 좋아. 남자들 다 오라고 해. 꼭 끼고 대담하게 짧은 치마는 하얀 속바지가 삐죽 보일 만큼 무릎에서 치켜올라가 있어서 강력한 무기가 되고, 선녹색 가터벨트가 달려 있고 길고 반듯한 솔기가 무릎 한참 위까지 길게 뻗친 투명 스타킹은 환락에 물린 도회지 남자의 고상한 본능에 와닿는다. 4인치짜리 루이 15세풍 힐을 신고 미끄러지듯 뽐내며 걷는 걸음걸이, 엉덩이를 도발적으로 씰룩 내밀고 허벅지를 물결치듯 움직이며 무릎을 얌전하게 맞대고 상체를 살짝 앞으로 굽혀서 걷는 걸음걸이를 배워라. 너의 모든 매력을 발산해서 남자들을 홀려봐. 고모라식으로 음란한 남자들 취향에 맞춰줘.

블룸

(빨개진 얼굴을 겨드랑이 속으로 숙이고 집게손가락을 입에 문 채 배시시 웃는다) 아, 뭘 두고 하는 말인지 이제 알겠어요.

벨로

달리 어디다 써먹겠니, 너같이 성불능인 놈을? (그는 몸을 굽히고는 통통하게 살쪄 여러 겹으로 접힌 블룸의 엉덩이 지방층 아래를 빤히 쳐다보며 부채로 막 찔러댄다) 세워라! 세워! 꼬리 없는 고양이 같으니! 여기 뭐가 있냐? 똘똘 말린 찻주전자 같은 그 물건은 어디로 갔어? 아니면 누가 네 몸 거기에서 꼬리를 싹둑 잘라낸 거냐, 이 짹짹아? 노래해봐, 병아리야, 노래하라고. 마차 뒤에서 쉬하는 여섯 살짜리 꼬마만큼 축 늘어졌구나. 물통을 사든지 아니면 네 펌프를 팔아버리든지 해. (큰 소리로) 그래갖고 너 사내구실이나 하겠어?

블룸

에클스 스트리트 ....

벨로

(비꼬며) 결코 네 기분을 상하게 할 생각은 없다만, 네 집에서 주인 행세하는 근육질 사내가 한 놈 있단다. 주객이 전도됐다고, 이 애송이 게이야! 그놈은 뭔가 성숙한 바깥 사나이 같단 말이야. 이 맹추야, 마디랑 혹이랑 사마귀가 줄줄이 달린 그 무기를 네가 가졌으면 좋았을걸. 똑똑히 말해주는데, 그놈은 굵직한 화살을 날렸어. 발에 발, 무릎에 무릎, 배에 배, 유방에 가슴을 맞댔다고! 그놈은 고자가 아냐. 엉덩이 뒤로 헝클어진 빨간색 털 다발이 가시금작화 덤불처럼 달라붙어 있는 놈이라고! 아홉 달만 있어봐, 이 사람아! 이를 어쩌나, 네 마누라 뱃속에서 고것이 벌써 여기저기 발차기하면서 쿵쿵거리고 있는걸! 돌아버릴 노릇 아냐? 아픈 데를 찔렀나? (경멸하듯 침을 뱉는다) 침통!

블룸

이런 무례한 대접을 받다니, 난 ..... 경찰에 신고할 거야. 겨우 백 파운드에. 차마 입에 담지도 못하겠어. 난 ....

벨로

할 수 있으면 해봐, 이 제구실 못하는 놈아. 우리가 원하는 건 소나기지 네놈의 이슬비가 아냐.

블룸

사람 미치겠네! 몰! 내가 잊고 있었어! 용서해줘! 몰 .... 우린 .... 아직 .....

벨로

(무정하게) 아냐, 리어폴드 블룸, 네가 20년 전 그날 밤 슬리피 할로에서 쫙 뻗어 잠든 이후 여자의 의지로 모든 게 바뀌었어. 돌아가서 보라고.

(옛날 슬리피 할로가 고원 너머로 부른다.)

슬리피 할로

립 밴 윙크! 립 밴 윙클!

블룸

(너덜너덜한 사슴가죽 구두를 신고, 녹슨 새총을 들고, 발끝으로 걸으며, 손가락 끝으로 더듬으며, 턱수염 나고 해쓱하게 여윈 얼굴로 마름모꼴 유리창 사이로 내다보며 크게 외친다) 몰리가 보인다! 몰리야! 맷 덜런 집에서 지낸

첫날밤! 한데 저 드레스가, 녹색이잖아! 게다가 머리가 황금빛으로 염색돼 있고 그놈은 ....

벨로

(비웃음을 터뜨린다) 저건 네 딸이야, 이 겉똑똑이야, 멀링가 학생이랑 함께 있잖아.

(금발에, 녹색 조끼를 입고, 날씬한 샌들을 신은 밀리 블룸이 파란 스카프를 바닷바람에 소용돌이치듯 마구 휘날리며, 애인 품에서 빠져나와 젊은 눈을 휘둥그레 뜨고 소리친다.)

밀리

어머나! 아빠다! 그런데, 어쩜 아빠, 어쩌다 이렇게 늙으셨을까!

벨로

변했지, 응? 우리 장식선반, 한 번도 글 써본 적 없는 우리 책상, 헤거티 숙모네 안락의자, 옛날 대가들의 우리 고전 재판본. 한 사내와 그 일당이 저기서 떵떵거리며 살고 있어. 〈뻐꾸기 둥지〉라고! 뭐 어때? 너는 얼마나 많은 여자들과 어울렸니, 어두운 거리에서 평발로 뒤를 밟으며, 숨죽인 킁킁 소리로 흥분시키면서 말이야, 이 남창 놈아, 응? 식료품 꾸러미를 들고 가는 애꿎은 부인네들을. 역지사지야. 암거위에 맞는 양념이라고, 아, 이 수거위야.*

* '암거위에 맞는 양념은 수거위에도 맞는다(What's sauce for the goose is sauce for the gander)'라는 속담은 '한쪽에 들어맞는 것은 다른 쪽에도 들어맞는다'는 의미다.

블룸

그 여자들은 .... 난 ....

벨로

(신랄하게) 그놈들의 발자국이 네가 렌 경매에서 산 브뤼셀 카펫에 찍힐 거다. 말괄량이 몰과 함께 몰의 바지 속에서 수컷 벼룩을 찾느라고 야단법석을 떨면서 그놈들은 네가 예술을 위한 예술이랍시고 비를 맞으며 집에 가져온 그 작은 동상을 더럽힐 거다. 네 옷장 맨 밑 서랍에 숨겨둔 물건들을 마구 헤집어놓을 거야. 네 천문학 편람 책장을 찢어서 파이프 담배 불쏘시개로 쓸 거다. 그리고 네가 햄턴 리덤 잡화점에서 산 10실링짜리 놋쇠 난로망에 침을 뱉을 거야.

블룸

10실링 6파운드예요. 천박한 악당 놈들이나 하는 짓거리예요. 가야겠어요. 돌아가겠다고요. 밝혀낼 ...

목소리

맹세해!

(블룸은 두 주먹을 꽉 쥐고 사냥칼을 잇새에 문 채 앞으로 기어간다.)

벨로

하숙인으로 말인가, 아니면 얹혀사는 정부로서 말인가? 너무 늦었어. 네가 두번째로 좋은 침대를 만들어놓았으니 다른 놈들이 거기서 잘 수밖에. 네 비명은 써놓았어. 넌 쫄딱 망했으니 그걸 잊지 말라고, 이 양반아.

블룸

정의를! 온 아일랜드가 한 사람에게 맞서다니! 아무도 ...? (엄지손가락을 깨문다)

벨로

네가 한 가닥 체면이나 체통이라도 가졌다면 죽어서 지옥에나 떨어져. 네게 진귀하고 오래된 포도주를 줘서 지옥에 휭 다녀올 수 있게 할 수도 있어. 유서에 서명해서 네가 가진 돈을 땡전 한푼 남김없이 우리에게 넘겨. 가진 게 없으면 구해오든 훔쳐오든 강도질이라도 하는 꼴을 보여봐! 우리가 너를 우리의 덤불숲 변소에 묻어줄 테니, 그곳에서 내가 결혼한 의붓 조카 컥 코언이나, 목에 근육경련 일으키는 그 망할 놈의 늙어빠진 통풍환자에 수간자인 소송대리인이나, 그 잡놈들 이름이야 어찌됐든 간에 한 똥통 속에서 질식한 내 다른 서방들 여남은 명과 더럽게 죽어지내봐. (가래 낀 웃음소리를 커다랗게 터뜨린다) 우리가 거름 줄게, 플라워 씨! (냉소적으로 새된 목소리를 낸다) 잘 가, 폴디! 잘 가, 아빠!

블룸

(머리를 움켜쥔다) 내 의지력! 기억력! 난 죄를 졌구나! 난 괴로 .... (눈물 없이 운다)

벨로

(조롱한다) 울보! 악어 눈물!

(제물로 삼기 위해 단단히 베일 씌운 블룸은 실의에 빠져 얼굴을 땅에 박고 흐느낀다. 조종소리가 들린다. 삼베와 재를 뒤집어쓴, 할례를 받은 자들의 검은 숄 두른 형체가 통곡의 벽 옆에 서 있으니, 바로 M. 슐로모비츠, 조지프 골드워터, 모지스 허조그, 해리스 로젠버그, M. 모이젤, J. 시트론, 미니 워치먼, P. 마스티안스키, 리어폴드 아브라모비츠 신부, 낭독자 등이 그들이다. 그들은 배교자 블룸 위에서 팔을 흔들며 네우마*로 구슬프게 울부짖는다.)

할례 받은 자들

(목쉰 소리로 구슬픈 찬송가를 부르며 그에게 사해 과일을 던질 뿐, 꽃은 던지지 않는다) 셰마 이스라엘 아도나이 엘로헤누 아도나이 에차드.**

목소리들

(한숨지으며) 이렇게 그는 가버렸네. 아 그래. 그래, 정말로. 블룸? 못 들어본 이름이야. 못 들어봤다고? 별난 친구야. 저기 과부가 있다. 그래? 아, 그렇군.

(순사를 위한 장작더미에서 고무 장뇌 불꽃이 올라온다. 향연의 장막이

---

* pneuma. 여기선 neume(중세 초기 음악의 기보법), 즉 단선율성가에서 멜로디가 끝날 때 단일한 음절에 맞춰 부르는 음정을 뜻한다.

** 히브리어로 '오 이스라엘이여, 우리 주 하느님 말씀을 들어라, 주님은 한 분이시니'라는 뜻.

드리워졌다 흩어졌다 한다. 머리를 풀고 예술적인 색채의 다갈색 옷을 가볍게 걸친 요정이 참나무 액자에서 튀어나온 뒤, 바위동굴에서 내려와 서로 뒤얽힌 주목 아래를 지나 블룸 위에 선다.)

주목들

(잎사귀로 소곤거리며) 누이다. 우리 누이야. 쉬!

요정

(상냥하게) 필멸의 인간이여! (다정하게) 그만, 울음을 그쳐요!

블룸

(나뭇가지 아래에서 햇빛으로 줄무늬가 드리워진 채 의젓하게 스멀스멀 기어나온다) 이 자세야. 나에게 이런 걸 기대한다고 느꼈어. 습관의 힘이랄까.

요정

필멸의 인간이여! 그대는 날 사악한 무리와 한통속으로 보았지요, 캉캉무희, 손수레 과일행상인, 권투선수, 인기 좋은 장군들, 살색 타이츠 차림의 음란한 팬터마임 배우, 그리고 금세기의 히트 뮤지컬 〈라 오로라와 카리니〉에 나오는 멋쟁이 시미춤 댄서 따위의 무리와 말이에요. 난 석유 냄새 나는 싸구려 분홍색 종이에 숨어 있었어요. 사교모임 회원들의 진부한 음담패설, 순진한 젊은이 마음을 들쑤실 이야기, 환등 슬라이드 광고, 아주 똑같은 주사위 두 개와 가슴패드, 전매특허품 따위에 둘러싸여 있었는데, 아니, 내장탈출증에 걸린 남성들의 추천장이 끼어 있는 탈장대를 차고 있지 뭐예요. 기혼자에게 유용한 지침들이지요.

블룸

(요정의 무릎 쪽으로 거북이 머리를 치켜올린다) 우리 전에 만난 적이 있지. 다른 별에서.

요정

(슬프게) 고무 제품. 귀족층에 공급되는 내구성이 좋은 상품. 남성용 코르셋. 저는 발작을 치료합니다, 효과 없으면 환불해드려요. 발트만 교수의 경이로운 가슴 확대 장치에 대한 자발적인 추천. 내 가슴은 3주 만에 4인치 커졌어요, 라고 거스 러블린 여사가 사진을 첨부하여 보고하네요.

블룸

『포토 비츠』 말인가?

요정

맞아요. 아저씨는 저를 멀리 데려가 참나무와 금속조각으로 만든 액자에 넣고 부부 침대 위에 걸어놓았죠. 어느 여름날 저녁 보는 사람 없을 때 아저씨는 제 몸 네 군데에 키스했어요. 그러곤 사랑이 담긴 필치로 제 눈과 가슴과 부끄러운 곳에 명암을 넣었어요.

블룸

(요정의 긴 머리에 공손히 키스한다) 그대의 고전적인 곡선, 영원한 아름다움에, 나는 아름다운 존재인 그대를 기쁘게 바라보고, 찬미하고, 기도까지 할 뻔했지.

요정

어두운 밤이면 아저씨의 찬양 소리가 들렸어요.

블룸

(얼른) 맞아, 맞아. 그 말은 내가 .... 누구나 자면서 가장 나쁜 면을 드러내거든, 애들이라면 또 몰라도. 난 내가 침대 아래로 떨어졌거나 차라리 떠밀렸다는 걸 알아. 쇳가루 포도주는 코골이를 고친다지. 다른 문제들에 대해서는 영국인이 발명한 그 치료제가 있는데, 그것에 대한 팸플릿을 며칠 전에 받아봤더니 주소가 틀리게 되어 있더라고. 소리도 나지 않고 불쾌감도 주지 않게 방귀를 뀔 수 있게 해준다나. (한숨짓는다) 항상 그런 식이었지. 연약한 자여, 그대 이름은 결혼이니라.

요정

(손가락으로 귀를 막고) 그리고 말도 들렸어요. 내 사전엔 없는 말들인데.

블룸

그 말을 알아듣기는 했고?

주목들

쉬!

요정

(두 손으로 얼굴을 감싼다) 제가 그 방에서 못 본 게 있는 줄 알아요? 이 두 눈이 내려다볼 수밖에 없는 게 뭐였겠어요?

블룸

(사과조로) 알아. 더러워져 조심스레 뒤집어놓은 사적인 시트. 침대 쇠고리도 헐겁고. 오래전에 지브롤터에서 먼바다 거쳐 온 것인데.

요정

(고개를 숙인다) 더 심한 거예요, 더 심한 거!

블룸

(골똘히 생각에 잠긴다) 그 낡은 요강 말이군. 몰리 몸무게 때문이 아니야. 11스톤 9밖에 안 나가는걸. 아기 젖 떼고 나서 9파운드가 는 거고. 금이 갔는데 접착제가 떨어지는 바람에. 응? 게다가 손잡이가 하나밖에 없는 그 우스꽝스러운 연결고리 무늬의 요강하고는.

(맑은 폭포의 물 떨어지는 소리가 들린다.)

폭포

폴라푸카 폴라푸카

폴라푸카 폴라푸카.

주목들

(서로 가지를 섞으며) 들어봐. 속삭여. 우리 누이 말이 맞아. 우린 폴라푸카 폭포 옆에서 자랐지. 나른한 여름날엔 그늘을 만들어주었지.

존 와이스 놀런

(아일랜드 국유림 관리 제복 차림으로 배경에 서서 깃털 장식 모자를 벗는다) 우거져라! 나른한 날에 그늘을 만들어라, 아일랜드의 나무들이여!

주목들

(속삭이며) 고등학교 소풍 때 폴라푸카로 온 게 누구였지? 열매 찾던 반 친구들을 떠나 우리 그늘을 찾은 게 누구였지?

블룸

(화들짝 놀라) 폴라 고등학교? 기억mnemo? 기능을 충분히 갖지 못해서. 뇌진탕 탓에. 전차에 치였거든.

메아리

가짜다!

블룸

(새가슴에, 패드를 넣어 만든 병 모양의 어깨를 하고, 회색 및 검은색 줄무늬가

있고 너무 작은데다 그렇고 그런 아동복을 입고, 흰색 테니스화와 윗부분을 접은 테 두른 양말을 신고, 배지 달린 빨간색 학교 모자를 쓴 모습으로) 나는 한창 자라는 십대 소년이었어. 그때는 작은 일로도 충분했어, 덜컹거리는 마차, 여자들의 휴대품 보관소와 화장실에서 여러 가지가 뒤섞여 풍기는 냄새, 옛날 로열극장 계단에 밀집한 인파(사람들은 떼거리의 본능으로 붐비는 걸 좋아하는데다, 어둡고 성적인 냄새가 풍기는 극장은 성적인 타락을 만연시키거든), 심지어 여성 의류의 가격표까지 말이야. 그해 여름엔 태양 흑점이 나타났어. 수업이 끝난 후. 포도주 적신 스펀지케이크. 태평시절이었지.

(태평시절, 푸른색과 흰색의 축구복 상하의를 입은 고등학생들인 도널드 턴벌 군, 에이브러햄 채터턴 군, 오언 골드버그 군, 잭 메러디스 군, 퍼시 앱존 군이 숲속의 빈터에 서서 리어폴드 블룸 군에게 외친다.)

태평시절

고등어! 다시 우리랑 놀자. 만세! (환호성을 지른다)

블룸

(따스한 장갑을 끼고, 엄마 목도리를 두른 어수룩한 소년이 얻어맞은 눈뭉치를 온몸에 별처럼 단 채 일어서려고 버둥거린다) 다시! 열여섯 살이 된 기분이야! 정말 신난다! 몬터규 스트리트에 있는 종을 전부 울리자. (가냘프게 환성을 지른다) 고등학교 만세!

메아리

바보!

주목들

(살랑거리며) 우리 누이 말이 맞아. 속삭여. (속삭이듯 키스하는 소리가 온 숲에서 들린다. 나무 요정들의 얼굴이 나무줄기와 잎사귀 틈에서 삐죽 내다보다가 흩어지며 꽃으로 활짝 핀다.) 조용한 우리 그늘을 모독한 게 누구야?

요정

(벌린 손가락 사이로 수줍게) 저기서? 야외에서?

주목들

(아래로 축 늘어지며) 누이야, 맞아. 그리고 우리의 순결한 풀밭에서도.

폭포

폴라푸카 폴라푸카
푸카푸카 푸카푸카.

요정

(손가락들을 넓게 벌리고) 어머, 뻔뻔해라!

블룸

난 조숙했어. 젊음. 호색의 신. 난 숲의 신에게 제물을 바쳤어. 봄에 피는 꽃들. 짝짓는 철이었어. 모세관 인력은 자연현상이야. 나는 로티 클라크라는 아맛빛 머리의 여자가 밤에 요강에다 일보는 모습을 돌아가신 아빠의 오페라글라스를 가지고 덜 닫힌 커튼 사이로 보았는데, 그 바람둥이 여자는 풀을 미친듯이 먹었지. 그 여자는 넘치는 혈기로 나를 유혹하려고 리앨토 브리지에서 언덕 아래로 굴렀어. 그 여자는 구부러진 나무를 기어올라가고 나는. 성현이라도 뿌리치지 못했을걸. 난 악마에게 사로잡혔거든. 게다가, 누가 봤대?

(흰 점박이 송아지인 비틀비틀 밥이 축축한 콧구멍을 하고 반추하는 머리를 우거진 잎 사이로 들이민다.)

비틀비틀 밥

(툭 튀어나온 눈에서 닭똥 같은 눈물을 뚝뚝 흘리며 훌쩍인다) 내가. 내가 본다고.

블룸

그냥 욕구를 만족시키느라고 난 ... (비감하게) 여자애를 좀 꼬셔보려 해도 넘어오는 애가 없었어. 너무 못생겼다나. 놀아주려고 하질 않았어 ....

(저 높이 벤 호스 언덕에서 젖통 통통하고 꼬리 짤막한 암염소가 건포도 같은 똥을 떨구며 철쭉꽃밭을 지나간다.)

암염소

(운다) 메게가게그! 난난난니!

블룸

(모자 없이, 얼굴이 발개져, 엉겅퀴 털과 가시금작화의 가시로 덮인 채) 정식으로 약혼한 사이였어. 상황에 따라 경우가 달라지는 거지. (물을 골똘히 내려다본다) 초속 32피트로 거꾸로 낙하. 광고지의 악몽. 아찔한 엘리야. 절벽에서 추락. 정부 인쇄소 직원의 슬픈 종말.

(조용한 은빛 여름 대기를 뚫고 미라 천에 싸인 블룸의 인형이 라이언스 헤드 절벽에서 떼굴떼굴 굴러 기다리고 있는 자줏빛 바다로 떨어진다.)

미라 인형

구구구구구르르르르르굴굴굴구르쿵!

(저멀리 베일리 등대와 키시 등대 사이의 만에서 에린스킹호가 점점 넓어지는 깃털 같은 석탄 연기를 굴뚝에서 뭍으로 내보내며 항해한다.)

내너티 시의원

(검은색 알파카 털옷 차림에 노란 솔개 얼굴을 하고 한 손을 조끼의 벌어진 틈 속에 넣은 채 갑판에 홀로 서서 열변을 토한다) 우리 나라가 세계의 각국 사이에 자리를 잡는 그날, 그날이 오기까지는 내 묘비명을 쓰지 말라. 나는 ...

블룸

끝냈다. 부웅!

요정

(도도하게) 오늘 아저씨가 보았듯이, 우리 영생의 존재는 그런 부위도 없고, 또 그 자리에 털도 없어요. 우리는 돌처럼 차갑고 순결해요. 우리는 전깃불을 먹어요. (집게손가락을 입에 넣고 몸을 요염하게 웅크려 활처럼 휘어지게 만든다) 나한테 말 걸었죠. 뒤에서 소리가 났거든요. 그때 도대체 어떻게 그런 ...?

블룸

(손으로 히스나무를 비굴하게 긁으며) 오, 난 여태까지 완전히 불결한 놈이었어. 관장도 시행했고. 콰시아 3분의 1파인트에다 암염 한 숟가락을 넣어서. 항문 위로 쭉. 여성들의 상비품인 해밀턴 롱 제약회사의 세척기로.

요정

어떻게 내 앞에서. 분첩을 다 바르고. (낯을 붉히고 한쪽 무릎을 꿇는다) 그 밖에 다른 짓들까지!

블룸

(풀죽어) 그래. 난 죄를 지었어! 나는 등이 이름을 바꾸는 살아 있는 제단에서 경의를 표했지. (갑자기 열성적으로) 이러니 향수 뿌리고 보석 낀 섬세한 손, 그 손이 뭔가를 지배하는 것 아니겠어?

(형체들이 완만한 삼림지대의 형태로 나무줄기들을 뱀처럼 꼬불꼬불 감으며 달콤한 구구 소리를 낸다.)

키티 목소리

(덤불 속에서) 거기 쿠션 하나만 이리 줘.

플로리 목소리

여기.

(들꿩 한 마리가 덤불 사이로 어색한 날갯짓을 한다.)

린치 목소리

앗! 뜨거워라!

조이 목소리

(덤불 속에서) 뜨거운 부위 밑에 깔려 있다 왔거든.

비라그 목소리

(파란 줄무늬가 있고 깃털 장식을 한 추장 새가 가는 투창을 들고 완전무장을 한 채 너도밤나무와 도토리를 밟고 타닥거리는 등나무숲 사이로 성큼성큼 걸어가며) 뜨겁다! 뜨거워! 시팅 불* 추장을 경계해라!

블룸

그건 배겨낼 수가 없어요. 아내의 뜨거운 몸이 남긴 뜨거운 흔적 말이죠. 여자가 앉았던 자리에 앉기만 해도, 특히 마치 마지막 호의를 베풀

* '시팅 불(Sitting Bull)'은 '앉아 있는 황소'란 뜻으로, 소파가 플로리의 뜨거운 엉덩이 밑에 있다 온 것임을 암시.

겠다는 듯이 가랑이를 쩍 벌린 상태일 때, 무엇보다도 특히 하얀 새틴 팬티를 미리 잘 걷어올린 상태일 때 그렇지.

폭포

필라풀라 풀라푸카
풀라푸카 풀라푸카.

주목들

쉬! 누이, 말해!

요정

(눈이 멀어, 하얀 수녀복을 입고 두건과 커다란 날개 달린 베일을 걸친 채 아득한 눈길로) 트랭퀼라 수녀원. 아가사 자매. 카르멜산. 노크 마을과 루르드 성지의 환영幻影. 욕망은 이제 끝. (한숨지으며 머리를 눕힌다) 오직 하늘나라만. 몽롱하고 보드라운 갈매기가 무료한 바다 위를 훨훨 나는 곳.

(블룸이 어정쩡하게 일어선다. 바지 뒷단추가 툭 터진다.)

단추

툭!

(쿰 거리의 창녀 두 명이 숄을 걸친 채 맥없이 비 오는 듯한 춤동작으로 지나가며, 맥없이 소리친다.)

창녀들

오, 리어폴드 팬티에서 핀이 빠졌네
어쩔 줄 모른다네,
흘러내릴라,
흘러내릴라.

블룸

(차갑게) 아가씨는 마법을 깨버렸어. 마지막 지푸라기를. 하늘나라만 있다면 성직 지망자며 수련 수사 같은 그대들은 모두 어디에 있겠소? 오줌 싸는 당나귀처럼 빼면서도 동하겠지.

주목들

(은박지 같은 잎들이 우수수 떨어지고, 앙상한 큰 가지들이 늙어가며 흔들리는 가운데) 허무하구나!

요정

(표정이 굳어지며 접힌 옷자락을 더듬는다) 신성모독! 내 정절을 앗으려 하다니! (커다랗고 축축한 얼룩이 옷에 나타난다) 내 순결을 더럽히다니! 아저씨는 순수한 여성의 의복을 만져서는 안 될 사람이야. (옷 속을 다시 꽉 움켜쥔다) 잠깐. 악마, 앞으로 더는 사랑 노래를 부르지 말아요. 아멘. 아멘. 아멘. 아멘. (단검을 뽑더니, 9인조 선발기사단의 몸에 착 달라붙는 쇠미늘 갑옷 차림으로 그의 허리를 찌른다) 악당!

블룸

(벌떡 일어나 요정의 손을 잡는다) 어이! 복 받았네! 목숨이 아홉 개인 고양이! 정정당당해야지, 아가씨. 어디서 감히 나뭇가지 베는 칼을. 여우와 신 포도라 이거지? 철조망만으로는 부족해서? 십자가상은 덜 굵어서? (요정의 베일을 움켜쥔다) 불여우, 아가씨가 원하는 게 거룩한 수도원장인가, 절름발이 정원사 브로피인가, 물병자리의 주둥이 떨어진 조각상인가, 아니면 선량한 알폰수스 수녀원장인가, 응?

요정

(비명을 지르며 베일이 벗겨진 채 그에게서 도망치다가 자신의 석고상이 깨지자 그 깨진 틈 여기저기서 악취가 뭉실뭉실 퍼져나온다) 경찰 ...!

블룸

(요정 뒤에서 소리친다) 곧바로 그 재미를 즐긴 게 누군데 그래. 푹 박아주지 않아도 온몸에 점액이 덕지덕지 묻어서는. 내가 그걸 시험해봤지. 아가씨 강점이 우리 약점. 우리가 박아주는 대가는? 즉석에서 얼마 줄 거야? 어디서 읽었는데, 아가씨는 리비에라 유원지에서 남자 무용수들을 고용한다더라. (달아나던 요정이 곡소리를 낸다) 응? 난 과거에 16년 동안 흑인 노예 노동을 한 경력이 있어. 그런데 내일 배심원이 별거수당으로 5실링을 주려나, 응? 속이려거든 나 말고 딴 데 가서 알아봐. (코를 킁킁거린다) 암내로군. 양파. 오줌. 유황. 지방.

(벨라 코언의 형체가 블룸 앞에 선다.)*

벨라

다음엔 날 알아 모시겠지.

블룸

(차분하게 벨라를 바라본다) 한물갔어. 영계처럼 빼입은 퇴물. 늙었어도 머리털은 풍성하네. 자기 전에 생양파를 먹으면 얼굴색이 좋아질 거요. 이중턱 운동도 좀 하고요. 눈은 박제한 여우의 유리의안처럼 흐리멍덩해서는. 무슨 눈이 얼굴의 다른 부분들 합쳐놓은 것만큼 커가지고는, 이제 됐어. 내가 무슨 강력한 삼중 프로펠러도 아니고.

벨라

(경멸조로) 실은 동하질 않는 거겠지. (벨라의 암퇘지씹이 짖어댄다) 푸드드드들!

블룸

(경멸조로) 우선 손톱 빠진 가운뎃손가락부터 씻지, 그쪽의 식은 뚜쟁이 정액이 볏에서 뚝뚝 듣고 있으니까. 건초를 한 움큼 집어다 몸을 닦으라고.

벨라

난 당신을 알아, 이 외판원! 죽은 불알아!

---

* 이 대목에서 벨라는 다시 여성으로 돌아온다.

블룸

난 그 친구를 봤어, 이 포주야! 매독과 요도염 장사치야!

벨라

(피아노 쪽으로 몸을 돌린다) 너희들 중 〈사울〉에 나오는 장송행진곡을 친 게 누구지?

조이

저요. 조심해서 발 디디자. (피아노로 내달아 팔짱 낀 채 건반을 꽝꽝 친다) 쇠찌끼 사이를 어슬렁거리는 고양이. (힐끗 뒤돌아본다) 어? 누가 내 사탕을 물고 있지? (도로 테이블로 내닫는다) 네 거는 내 거고 내 거도 내 거.

(키티가 쩔쩔매며 은박지로 이를 가린다. 블룸이 조이에게 다가간다.)

블룸

(점잖게) 그 감자 좀 돌려줄래?

조이

벌금놀이예요, 좋은 물건, 끝내주게 좋은 물건이니까.

블룸

(감회를 느끼며) 별건 아니지만, 그래도 돌아가신 어머니 유품이야.

조이

한번 준 걸 빼앗으면
하느님이 그게 어디 있냐고 물으시고
모른다고 대답하면
저 아래 지옥으로 보낸다네.

블룸

그 물건에 추억이 서려 있어서 그래. 내가 갖고 싶어.

스티븐

갖느냐 못 갖느냐 그것이 문제로다.

조이

여기요. (속옷을 끌어올려 허벅지 맨살을 드러내고, 스타킹 끝에 말려 있던 감자를 꺼낸다) 감춘 자가 어디서 찾을지를 아는 법.

벨라

(상을 찌푸린다) 그만해. 이건 음악 반주 들으며 들여다보는 쇼가 아니야. 그리고 너는 그 피아노 좀 꽝꽝 때리지 마. 여기 누가 계산할 거죠?

(벨라가 피아노 쪽으로 간다. 스티븐이 주머니를 뒤적이더니 지폐를 모서리로 잡고 꺼내서 벨라에게 건네준다.)

스티븐

(과장되게 공손히) 이 비단 지갑은 술집의 암퇘지 귀로 만든 겁니다. 마담, 잠깐만요. 실례가 안 된다면. (린치와 블룸 쪽을 애매하게 가리킨다) 우린 모두 한배를 탔어요, 킨치와 린치 말입니다. 우리 재판이 열리는 이 사창가에서.*

린치

(난로에서 부른다) 데덜러스! 내 대신 마담에게 축복을 드려줘.

스티븐

(벨라에게 주화 한 닢을 건넨다) 금화요. 드렸어.

벨라

(그 돈을 보다가, 이어서 스티븐을, 그다음엔 조이와 플로리와 키티를 본다) 아가씨가 세 명 필요하우? 여기선 10실링인데.

스티븐

(흔쾌히) 아이고, 큰 결례를 했습니다. (다시 뒤적이더니 5실링 은화 두 닢을 꺼내 건넨다) 이해해주세요, 모자랐네, 시력이 좀 안 좋은 나머지 그만.

(벨라가 테이블로 가서 돈을 세는 동안 스티븐은 짤막짤막하게 혼잣말한

* 프랑수아 비용의 「살찐 마르고의 발라드」에 나오는 시구.

다. 조이가 테이블 위로 몸을 굽힌다. 키티는 조이의 목 위에 기댄다. 린치가 일어나 모자를 바로잡고 나서 키티의 허리를 붙잡고 일행이 있는 곳에 머릿수를 보탠다.)

플로리

(일어서려고 힘겹게 용을 쓴다) 아야! 발 저려. (테이블로 절뚝절뚝 건너간다. 블룸이 다가온다.)

벨라, 조이, 키티, 린치, 블룸

(중구난방으로 왁자지껄) 저분이 ... 10실링을 .... 세 명 값으로 ... 잠깐만 ... 이분은 따로 지불하시고 .... 거기 손대는 게 누구야? ... 아야! ... 조심해 어딜 꼬집어 ... 긴 밤이에요, 짧은 밤이에요? ... 누가 그랬어? ... 이 거짓말쟁이, 잠깐 ... 저 신사분이 신사답게 지불하셨어 ... 술은 ... 열한 시도 한참 지났네.

스티븐

(피아노 곁에서 질색하는 시늉을 하며) 술은 관둬요! 아니, 열한시라고? 수수께끼!

조이

(속치마를 걷어붙이고 반 파운드 금화를 스타킹 맨 위에 집어넣는다) 누워서 힘들게 버는 돈이야.

린치

(키티를 테이블에서 안아올리며) 가자!

키티

기다려요. (은화 두 닢을 움켜쥔다)

플로리

그럼 나는?

린치

고리 던지기!

(키티를 안아올린 뒤 소파로 데리고 가서 털썩 던져놓는다.)

스티븐

여우는 울고, 수탉은 날고,
하늘에서 종들이
열한시를 쳤네.
불쌍한 여자 영혼이
하늘나라 벗어날 시간.

블룸

(조용히 반 파운드 금화를 벨라와 플로리 사이의 테이블에 놓는다) 이럼. 실례 좀. (1파운드 지폐를 집어든다) 10실링이 셋이니. 계산은 제대로 됐소.

벨라

(탄복하듯) 어쩜 이렇게 엉큼하실까, 이 잘난 양반. 키스해줄까봐.

조이

(가리킨다) 저분요? 두레우물처럼 속이 깊네요.

(린치가 키티를 다시 소파 위로 쓰러뜨리고 키스한다. 블룸은 1파운드 지폐를 들고 스티븐에게 간다.)

블룸

이거 자네 거야.

스티븐

어째서요? 얼빠졌거나 멍청한 거지네. (다시 주머니를 뒤지더니 주화 한 움큼을 꺼낸다. 웬 물건이 떨어진다.) 저게 떨어졌네.

블룸

(허리를 굽혀 성냥갑을 집어들고 건넨다) 이거.

스티븐

루시퍼.* 감사합니다.

---

* '루시퍼(Lucifer)'는 '마왕'이라는 뜻으로, 성냥의 상표명이었으나 나중에 성냥을 총칭하게 된다.

블룸

(은밀히) 그 현금을 잘 간수해줄 테니 내게 맡기는 게 좋겠네. 왜 돈을 더 내?

스티븐

(주화를 모두 블룸에게 건넨다) 관대하기에 앞서 정당하세요.

블룸

그럴게, 근데 그게 현명한 말일까? (셈한다) 하나, 일곱, 열하나에 다섯. 여섯. 열하나. 자네가 이미 분실했을지 모르는 돈은 책임 못 지네.

스티븐

왜 열한시를 치지? 프로파록시톤.* 싱의 말로 해서 다음 순간의 앞 순간. 목마른 여우. (큰 소리로 웃는다) 할머니를 묻기. 어쩌면 제가 죽이고서.

블룸

그럼 1파운드 6실링에 11펜스군. 대충 1파운드 7실링 꼴이지.

스티븐

까짓것 아무려면 어때요.

---

* Proparoxyton. 열하나(Eleven)처럼 끝음절부터 따져 두번째 음절에 강세가 오는 단어를 뜻하는 그리스어.

블룸

그렇긴 하지만 ....

스티븐

(테이블로 온다) 담배 좀. (린치가 소파에서 테이블로 담배 한 개비를 던진다) 그래서 조지나 존슨이 죽어서 결혼한 거네. (담배 한 개비가 테이블에 나타난다. 스티븐이 그걸 바라본다.) 놀라워. 휴게실 마술. 결혼했다고. 흠. (성냥을 켜고 묘하게 우울한 표정으로 담배에 불붙이기 시작한다)

린치

(스티븐을 지켜보며) 성냥을 더 가까이 들면 불붙이기가 더 쉬울 거야.

스티븐

(성냥을 눈 가까이 가져온다) 살쾡이 눈. 안경을 구해야겠어. 어제 깨뜨렸거든. 16년 전. 거리라는 게. 눈은 모든 걸 평면으로 보지. (성냥을 멀리 밀어낸다. 성냥이 꺼진다.) 뇌는 생각한다. 가까이: 멀리. 보이는 것들의 불가피한 양태. (묘하게 상을 찌푸린다) 흠. 스핑크스. 한밤에 등이 두 개가 되는 짐승. 결혼하다니.

조이

조지나하고 결혼한 남자는 외판원이었는데 개를 멀리 데려가고 말았어요.

플로리

(고개를 끄덕인다) 런던에서 온 램Lambe 씨라고.

스티븐

런던의 양Lamb이라, 우리 세상의 죄악을 치우는 사람이네.

린치

(소파에서 키티를 껴안고 굵직한 목소리로 찬송한다) 도나 노비스 파켐.*

(스티븐의 손가락에서 담배가 미끄러져 떨어진다. 블룸이 그걸 주워 벽난로 안에 던진다.)

블룸

담배 피우지 마. 뭘 먹어야지. 그 망할 놈의 개를 만나는 바람에. (조이에게) 뭐 없어?

조이

저분 배고프대요?

스티븐

(웃음 띠며 조이에게 손을 내밀고 〈신들의 황혼〉**에 나오는 피의 맹세 가락을

---

* '우리에게 평화를 주소서'라는 뜻의 라틴어로, 성찬식에서 부르는 노래 〈하느님의 어린 양〉의 끝부분.

** 리하르트 바그너의 오페라 4부작 〈니벨룽겐의 반지〉 중 마지막 오페라.

노래한다)

욕망은 간절한데
마누라가 캐고 드니
우리 모두 망했네.

조이

(비극적으로) 햄릿, 나는 네 아버지의 나사송곳gimlet이니라! (스티븐의 손을 잡는다) 눈 푸른 미남님, 손금을 봐줄게요. (그의 이마를 가리킨다) 재주 없이 주름 없다. (센다) 둘, 셋, 마르스궁宮, 이건 용기예요. (스티븐은 고개를 젓는다) 농담 아녜요.

린치

막전幕電 용기지. 오싹해서 달달 떨지 못할 젊은이. (조이에게) 손금 읽는 법을 누가 가르쳐줬지?

조이

(고개를 돌린다) 내가 못 가진 불알한테나 물어보시죠. (스티븐에게) 오빠 얼굴에 그게 보여요. 눈이, 그렇게. (고개를 숙이고 얼굴을 찌푸린다)

린치

(하하 웃으며 키티의 엉덩이를 두 차례 찰싹 때린다) 이렇게 말이지, 손바닥 맞기.[204]

(두 번 커다랗게 찰싹 때리는 소리가 나자, 피아노 뚜껑이 활짝 열리면서

돌런 신부의 작고 동그란 대머리가 툭 튀어나온다.)

돌런 신부

누구 매맞고 싶은 아이 있니? 안경을 깨뜨렸다고? 빈둥대며 게으름 부리는 꼬마 꾀보 같으니. 네 눈에 쓰여 있어.

(온화하고 자애로우며 사제답게 책망하는 돈 존 콘미의 머리가 피아노 뚜껑에서 튀어나온다.)

돈 존 콘미

그런데, 돌런 신부님! 자. 틀림없이 스티븐은 매우 착한 어린이입니다!

조이

(스티븐의 손바닥을 살펴보며) 여자 손이네.

스티븐

(속삭인다) 계속해. 누워. 날 껴안아. 애무해줘. 대구에 찍힌 그분의 범죄형 엄지손가락 지문 빼고는 그분의 필적을 도저히 못 읽겠더라고.

조이

태어난 날이 무슨 요일이에요?

스티븐

목요일. 오늘이지.

조이

목요일에 태어난 아이는 출세하게 되어 있대요. (그의 손금들을 더듬어 살핀다) 운명선. 세도가 친구들.

플로리

(가리키며) 상상력.

조이

달의 궁. 어쩌다 만나게 될 사람이 .... (돌연히 그의 두 손을 흘낏 본다) 오빠한테 안 좋은 얘기는 안 할래. 혹시 알고 싶어요?

블룸

(조이의 손가락들을 떼어내고 자기 손바닥을 내민다) 좋은 일보다는 나쁜 일이 많겠지만. 여기. 내 손금을 봐줘.

벨라

어디 봐요. (블룸의 손을 뒤집는다) 그럴 줄 알았어. 손가락 마디가 굵은 걸 보니 여자들이 많이 따르겠어.

조이

(블룸의 손바닥을 뚫어지게 보며) 석쇠. 바다 너머로 여행해서 부자와 결혼해요.

블룸

틀렸어.

조이

(얼른) 아, 알았다. 새끼손가락이 짧네. 공처가. 이것도 틀려요?

(분필로 그린 원 안에서 알을 까는 거대한 수탉 블랙 리즈가 일어나 날개를 활짝 펴고 꼬끼오 운다.)

블랙 리즈

가라. 클룩. 클룩. 클룩. (갓 낳은 달걀에서 가만히 옆으로 벗어나 뒤뚱뒤뚱 사라진다)

블룸

(자기 손을 가리킨다) 거기 그 채찍자국은 사고야. 20년 전에 넘어져 베인 거야. 열여섯 살 때였지.

조이

알겠다,* 라고 눈먼 사람이 말한다나. 새로운 얘기 좀 해봐요.

스티븐

알겠어? 한 가지 커다란 목표로 움직인다. 내가 스물두 살인데. 16년

* '알겠다'의 원문 'I see'에는 '보인다'는 뜻도 있다.

전에 이분도 스물두 살이었어. 스물두 살인 내가 16년 전에 넘어진 거야. 22년 전에 열여섯 살이던 이분이 목마에서 떨어지셨어. (움찔한다) 어디선가 내 손을 다쳤어. 치과에 가봐야지. 돈?

(조이가 플로리에게 속삭인다. 둘이서 킥킥거린다. 블룸이 자기 손을 빼내어 테이블 위에 연필로 완만한 곡선을 그리며 왼쪽으로 기울어진 서체로 느릿느릿 글씨를 쓴다.)

플로리

뭐예요?

(도니브룩의 하모니 애비뉴에서 제임스 바턴이 엉덩이가 화려한 암말을 부려 모는 324번 전세마차가 총총 뛰며 지나간다. 블레이지스 보일런과 레너핸이 옆자리에 사지를 쭉 뻗고 앉아서 흔들리고 있다. 오먼드호텔의 구두닦이가 차축 위의 뒷자리에 쭈그리고 있다. 크로스블라인드 너머를 리디아 두스와 미나 케네디가 슬프게 응시한다.)

구두닦이

(흔들리면서, 엄지와 벌레처럼 꿈틀거리는 손가락들로 그들을 놀린다) 저, 저, 누나들 뿔피리는 있어요?

(황금과 청동이 나란히 앉아 소곤댄다.)

조이

(플로리에게) 속삭여. (다시 속삭인다)

(마차의 오목한 자리 위로 몸을 기댄 블레이지스 보일런이 밀짚모자를 삐

딱하게 쓰고 입에는 빨간 꽃을 물고 있다. 요트모자와 하얀 신발 차림의 레너핸은 블레이지스 보일런의 코트 어깨에서 기다란 털 한 올을 떼어내는 오지랖을 떤다.)

레너핸

호! 내가 바라보는 이게 뭐지? 두어 개의 질에 솔질해서 거미줄을 떨어내기라도 했나?

보일런

(재미 볼 만큼 봤다는 듯, 미소 띠며) 칠면조 털 뽑았지.

레너핸

밤일 한번 화끈하게 했군.

보일런

(두툼하고 손톱이 뭉툭한 손가락들을 치켜들고 윙크한다) 블레이지스 케이트! 견본과 다르면 환불. (집게손가락을 쑥 내민다) 냄새 맡아봐.

레너핸

(반색하며 냄새 맡는다) 아! 마요네즈 친 바닷가재다. 아!

조이와 플로리

(함께 웃는다) 하 하 하 하.

보일런

(마차에서 사뿐히 뛰어내리고 모두에게 들리도록 큰 소리로 외친다) 어이, 블룸! 블룸 부인이 지금쯤 옷 입었을까?

블룸

(제복 입은 하인풍으로 짙은 자색 플러시 코트에 반바지, 그리고 황갈색 스타킹과 분칠한 가발을 걸치고) 아닐 겁니다, 나리. 마지막 옷들을 .....

보일런

(블룸에게 6펜스를 던져준다) 자, 진토닉이나 사 마셔. (사슴이 된 블룸의 머리에 달린 뿔 걸이에 모자를 가뿐히 건다) 안으로 안내해라. 네 아내랑 사적으로 가벼운 볼일이 있다, 알겠느냐?

블룸

감사합니다, 나리. 네, 나리. 트위디 부인은 목욕중입니다, 나리.

매리언

저 사람은 아주 영광스럽게 느껴야 해요. (철벅철벅 물을 튀기며 물 밖으로 나온다) 내 사랑 라울, 이리 와 몸을 말려줘요. 난 알몸이에요. 새 모자랑 휴대용 스펀지 빼고요.

보일런

(한 눈을 즐겁게 반짝이며) 끝내준다!

벨라

뭐라고? 뭔데 그래?

(조이가 벨라에게 귓속말한다.)

매리언

저 사람이 볼 테면 보라지, 얼빠진 남자! 뚜쟁이! 자신을 괴롭히면서! 힘센 창녀나 수염 난 여자 바르톨로모나에게 편지를 써서, 저 사람에게 굵기가 1인치나 되는 채찍자국을 남기고 서명 날인한 영수증을 저 사람을 시켜 도로 가져오게 할 거야.

보일런

(제 몸을 꼭 껴안는다) 자, 이 풋내기랑 더이상 노닥거리고 있을 때가 아니지. (다리를 기병처럼 꼿꼿이 세우고 성큼성큼 사라져간다)

벨라

(웃으며) 호 호 호 호.

보일런

(블룸에게 어깨 너머로) 내가 네 마누라랑 두어 차례 일 치르는 동안 너는 눈을 열쇠 구멍에 대고 딸딸이나 쳐.

블룸

감사합니다, 나리. 그럴게요. 제 남자친구 둘을 데려와 그 행위를 목격하고 스냅사진을 찍어도 될까요? (연고 단지를 내민다) 바셀린 드릴까요? 오렌지꽃 기름은 ...? 미지근한 물은 ...?

키티

(소파에서) 말해봐, 플로리. 말해. 뭘 ...

(플로리가 키티에게 귓속말을 해준다. 사랑의 말을 나누는 속삭임 속에 뽁뽁 쪽쪽 입술 빠는 소리가 커다랗게 난다.)

미나 케네디

(눈을 뒤집고) 어머, 저 냄새는 제라늄하고 탐스러운 복숭아 향기 같을 거야! 어머, 저분이 여자 몸을 구석구석 마냥 탐미하는 것 좀 봐! 서로 찰싹 달라붙었어! 키스 범벅이야!

리디아 두스

(입을 벌리고) 얌얌. 저분 그 짓 하면서 여자를 데리고 온 방안을 빙빙 돌아! 흔들목마 타는 것처럼 기분 째질 거야. 파리랑 뉴욕에서도 저 소리 들릴 거야. 크림 묻힌 딸기를 한입 가득 문 것 같아.

키티

(웃으며) 히 히 히.

보일런의 목소리

(명치에서 나는 달콤하고 쉰 소리로) 아! 하느님지옥그룩브루카르크르하

시트!

매리언의 목소리

(목구멍까지 차오르는 쉬고 달콤한 소리로) 오! 씨잇고싶어키스이나푸이스트나푸헉!

블룸

(눈을 휘둥그레 치뜨고 제 몸을 꼭 껴안는다) 보여줘! 감춰! 보여! 여자를 쟁기질해! 더! 쏴!

벨라, 조이, 플로리, 키티

호 호! 하 하! 히 히!

린치

(가리킨다) 자연을 비추는 거울. (웃는다) 후 후 후 후 후!

(스티븐과 블룸이 거울을 들여다본다. 윌리엄 셰익스피어의 수염 없는 얼굴이 거기 나타나는데, 안면마비로 굳은 채, 거울에 비친 현관의 사슴뿔 모자걸이를 왕관처럼 쓴 모습이다.)

셰익스피어

(근엄하게 복화술로) 큰 소리로 웃는 걸 보니 마음속이 비었구나. (블룸에게) 그대는 몸이 점점 작아져 안 보이게 된다고 생각하지. 잘 봐. (거세한 검은 수탉이 웃는 소리를 낸다) 이아고고! 어떻게 내 옛친구가 더스디

모넌*을 목졸라죽였나. 이아고고고고!

블룸

(창녀 셋에게 샐쭉 미소 짓는다) 그 농담 내게는 언제 들려줄 거야?

조이

아저씨가 두 번 결혼하고 한 번 홀아비 되기 전에요.

블룸

과실은 용서받는 법. 저 위대한 나폴레옹도 사후에 몸을 세밀하게 검사했더니 … 나폴레옹의 검시 결과 그의 몸이 여성적인 특징(튀어나온 가슴 등)을 보였다는 설이 있다.

(과부 여인 디그넘 여사가 상복 차림에 보닛을 삐뚜로 쓰고 뺨과 입술과 코에 분과 연지를 바르고, 사망 얘기, 눈물, 터니 가게의 황갈색 셰리 따위로 들창코와 뺨이 빨개진 채 급히 옆을 지나가는데, 영락없이 새끼 백조 떼거리를 졸졸 쫓아다니는 어미 백조의 모습이다. 치마 밑으로 작고한 남편의 일용 바지와 끝이 말린 대형 8호 치수 장화가 나타난다. 여사가 스코틀랜드 미망인 보험증서와 함께 들고 있는 커다란 천막 우산 아래로 함께 달리는 새끼들이 있었으니, 그들은 바로 칼라를 느슨하게 두르고 돼지고

* Thursdaymornun. 의미상으로는 '목요일 아침(의 수녀)'이고, 발음상으로는 '데스데모나'에 가깝다. 셰익스피어의 희곡 『오셀로』에서 오셀로는 이아고의 간계에 넘어가 순결한 아내 데스데모나를 오해한 나머지 질투에 눈이 멀어 목 졸라 죽인다. 한편 목요일은 스티븐이 태어난 요일이다.

기 스테이크 꾸러미를 달랑거리며 신발 신은 한 발로 깡충깡충 뛰는 팻시와, 훌쩍거리는 프레디와, 입이 울부짖는 대구 모양인 수지와, 아기와 씨름하는 앨리스다. 여사는 장식 리본을 저 높이 휘날리며 아이들을 손바닥으로 찰싹찰싹 쳐서 길을 재촉한다.)

프레디

아, 엄마, 왜 이렇게 질질 잡아끌어요!

수지

엄마, 쇠고기곰국 먹은 게 넘어와요!

셰익스피어

(마비된 얼굴로 성내며) 처째 아내를 죽이디 안코 어떠 두째 얻으리.

(턱수염 난 마틴 커닝엄의 얼굴이 턱수염 없는 셰익스피어의 얼굴로 도로 바뀐다. 천막 우산이 취한 듯 휘청거리고, 아이들은 옆으로 달린다. 우산 아래로 커닝엄 부인이 쾌활한 과부의 모자를 쓰고 기모노 가운을 걸친 채 나타난다. 부인은 가만가만 옆걸음질하며, 절을 하며, 일본식으로 빙빙 돌며 미끄러져 온다.)

커닝엄 부인

(노래한다)

사람들은 나를 두고 아시아의 보석이라 부른다네!

마틴 커닝엄

(심드렁하니 부인을 빤히 쳐다본다) 잘 논다! 이렇게 무지막지하게 행실이 더러운 년이 있나!

스티븐

에트 엑살타분투르 코르누아 이우스티.* 여왕들은 특급 황소들과 잤도다. 넘치는 색정으로 우리의 늙고상스러운할아버지로 하여금 첫번째 고해소를 짓게 만든 파시파에를 기억하라. 그리셀 스티븐스 마담도, 램버트 가문의 비곗덩어리 자손들도 잊지 말지어다. 그리고 노아는 포도주에 취했노라. 그의 방주 또한 열려 있었나니.

벨라

그런 얘기 여기서는 안 먹혀요. 번지수가 틀렸다고.

린치

내버려두세요. 파리에서 돌아온 친구니까.

조이

(스티븐에게 달려가 팔짱을 낀다) 아이, 계속해요! 프랑스 말 좀 들어보게.

(스티븐은 모자를 훌쩍 쓰고 난로로 건너간 다음 서서 어깨를 으쓱하고 지느러미 같은 손을 쫙 펴며 얼굴에 거짓 미소를 짓는다.)

---

* '정의로운 자의 뿔을 높이 받들리라'라는 뜻의 라틴어(「시편」 75:10).

린치

(소파에 연달아 주먹질하면서) 르믐 르믐 르믐 르르르르르르므므므믐.

스티븐

(꼭두각시처럼 딱딱하게 착착 움직이며 지껄인다) 장갑과 그 밖의 물건들, 잘하면 자기네들 심장과 최고급 맥주도 파는 아름다운 여자들과 함께 저녁 시간을 보낼 만한 수많은 유흥장소라든가 철저하게 유행을 좇는 매우 이국적인 집이 있는데, 그런 곳에서는 마치 공주처럼 차려입은 아름다운 매춘부들이 수없이 나와 캉캉을 추거나 외국인도 가리지 않고 총각들을 위해 우스꽝스럽기 짝이 없는 파리식 광대놀이를 하면서 어슬렁거리는데, 영어가 영 엉성하다가도 사랑 얘기나 음담패설을 늘어놓을 때는 또 어찌나 유창해지는지. 향락에 까다로운 취향을 지닌 남자들은 근조의 촛불을 들고 은색 눈물을 흘리는 일이 밤마다 벌어지는 천당과 지옥 쇼에 참석해 마땅하지요. 전 세계적으로 이처럼 완전히 충격적이고 무시무시하게 종교계에 대한 조롱을 하는 광경을 볼 수 있는 곳이 또 없을 것이오. 더없이 단정한 옷차림을 하고 도착한 세련된 여성들도 뱀파이어 사내가 어지러운 속옷 차림의 매우 젊고 싱싱한 수녀를 범하는 걸 보면 한결같이 옷을 벗어부치고 소리를 꽥꽥 질러댄답니다. (큰 소리로 혀를 찬다) 오, 저기 저기! 저 남자 코 좀 봐!

린치

비브 르 방피르!*

창녀들

브라보! 프랑스 말이다!

스티븐

(고개를 뒤로 젖히고 얼굴을 찌푸린 채 스스로에게 박수갈채를 보내며 큰 소리로 웃는다) 통쾌하게 웃어보기. 창녀 못지않은 천사들과 지독한 악당 뺨치는 성도들도 있지요. 매우 곱게 빼입고 반짝이는 다이아몬드로 치장한 빼어난 미모의 화류계 여성들demimondaines도 있고요. 또는 현대적인 쾌락으로 꼽히는 행위 중에 노인들이 밝히는 난잡한 짓거리를 여러분은 더 좋아하시려나? (괴이한 손짓으로 주위를 쭉 가리키자 린치와 창녀들이 응답한다) 안팎을 뒤집어 쓸 수 있는 탄성고무 여자 인형이나 남자들이 엿볼 수 있게 실물 크기로 만든 육감적인 처녀 알몸에는 키스를 50번씩이나 하지요. 신사분, 입장하셔서 각종 기계 미녀들이 그네를 타고 취하는 온갖 자세를 거울로 들여다보시고, 게다가 엄청나게 짐승 같은 욕정이 솟구치신다면 정육점 아이가 뜨거운 송아지 간을 더럽히는 광경이나 셰익스피어의 작품에 나오는 옴릿**이 배를 더럽히는 광경을 보실 수도 있습니다.

벨라

(소파에 털썩 누워 배를 두드리고 큰 소리로 웃음을 터뜨리며) 오믈렛이 배를 .... 호! 호! 호! 호! ... 오믈렛이 배를 ....

---

* 프랑스어로 '뱀파이어 만세!'라는 뜻.

** Omlet. '햄릿(Hamlet)'과 발음이 유사한 데 착안한 말놀이.

스티븐

(거드름 피우며) 사랑합니다, 신사 숙녀 여러분. 상호우호적인 이해를 위해 영국인 여러분의 언어로 말씀드립니다. 아 예, 늑대 씨. 얼마냐고요? 워털루. 화장실. (갑자기 말을 끊고 집게손가락을 치켜든다)

벨라

(웃으며) 오믈렛이라 ....

창녀들

(웃으며) 앙코르! 앙코르!

스티븐

잘 들어봐요. 내가 수박* 꿈을 꾸었거든요.

조이

해외로 나가 외국 여자를 사랑한다 이거죠.

린치

아내 찾아 세계 일주.

---

* 워털루(Waterloo), 화장실(watercloset)에 이어 수박(watermelon)까지 모두 'water'가 포함된 단어다.

플로리

꿈은 반대래.

스티븐

(두 팔을 뻗으며) 바로 여기였어요. 사창가요. 서펀타인 애비뉴에서 마왕Beelzebub이 그 여자, 땅딸막한 과부를 내게 보여줬어요. 붉은 융단은 어디에 깔린 거야?

블룸

(스티븐에게 다가가며) 저 ....

스티븐

아니, 난 날았어요. 내 적을 발밑에 깔고. 앞으로도 영원히 그럴 거예요. 이 세상 마지막까지. (외친다) 아버지! 자유예요!

블룸

그러니까, 저 ...

스티븐

내 영혼을 파멸시킨다고, 그놈이? 이런 빌어먹을! (독수리 발톱을 날카롭게 세우고 외친다) 어이! 어어이!

(사이먼 데덜러스가 어이 어이 대답하는데 다소 졸린 듯하지만 대뜸 튀어나온 목소리다.)

사이먼

괜찮아. (힘을 북돋아주려는 외침소리와 함께 강하고 묵직한 독수리 날개로 빙빙 돌면서 공중을 애매하게 급강하한다) 어이, 아들! 너 이길 거야? 야! 영차! 저 혼혈아들에게 흔들리지 마. 저놈들하고 당나귀 울음소리가 들리지 않을 만하게 거리를 두겠다. 고개 들고! 계속 버텨! 날개를 쫙 펴고 은빛 들판을 나는 붉은색 독수리다. 무장한 얼스터의 왕이여! 야호! (비글의 힘찬 소리로 짖는다) 으릉! 으르릉으르르릉! 어이, 아들!

(벽지의 이파리무늬와 여백들이 줄지어 들판을 빠른 속도로 행진한다. 덤불에 숨어 있다 몰려난 통통한 여우가 털이 보송보송한 꼬리를 곧추세운 채 할머니를 묻고 나서 너른 들판으로 쏜살같이 달려가 눈에 불을 켜고 나뭇잎 아래에서 오소리 굴을 찾는다. 사슴사냥개 무리가 뒤따라와 코를 땅에 박고 사냥감 냄새를 킁킁 맡으며 피맛을 보겠다고 으르렁 짖어댄다. 워드 협회 소속 남녀 사냥꾼들이 사냥개들과 함께 지내며 사냥감 잡는 데 열을 올린다. 식스 마일 포인트, 플랫하우스, 나인 마일 스톤 등의 장소로부터 옹이 작대기, 건초쇠스랑, 연어작살, 올가미밧줄 따위를 들고 발로 뛰는 이들, 가축용 채찍을 든 목동들, 손북을 든 곰놀이꾼, 투우용 칼을 든 투우사들, 횃불을 흔드는 백발의 흑인들이 뒤따른다. 주사위노름꾼, 왕관 및 닻 표시가 있는 주사위노름꾼, 야바위꾼, 카드 사기꾼 등의 떼거리 외침소리. 도둑망보기와 경마정보염탐꾼, 춤 높은 마술사 모자를 쓴 마권업자들이 쉰 목소리로 귀 따갑게 고함을 지른다.)

떼거리

마권입니다. 마권!

일반 말에 10 대 1!

이건 거저먹기요! 거저먹기!

우승후보 아니면 10 대 1! 한 마리 빼고 10 대 1!

경마기계로 운을 점치세요!

우승후보 아니면 10 대 1!

여러분, 500파운드짜리 팔아요! 500파운드짜리!

한 마리당 열 배로 드려요!

한 마리 빼고 10 대 1!

(다크호스가 기수도 없이, 갈기를 초승달 모양의 거품처럼 휘날리고, 눈알을 별처럼 빛내며 유령처럼 뛰어나와 결승점을 지난다. 처진 말들, 제멋대로 날뛰는 말들이 무리 지어 뒤따라온다. 앙상한 말들, 셉터, 맥시멈 2세, 진판델, 웨스트민스터 공작의 숏오버, 리펄스, 파리 대상 수상마인 보퍼트 공작의 실론 등이다. 그 말들을 모는 녹슨 갑옷 차림의 난쟁이들이 그들의, 그들의 안장 위에서 껑충, 껑충 튀어오른다. 마지막으로 이슬비 속에 늙고 천식에 걸린 담황색 인기마인 북부의 콕을 타고, 꿀색 모자와 녹색 상의와 오렌지색 소매를 착용한 개릿 디지가 꼿꼿한 자세로 고삐를 쥐고 하키 스틱을 치켜든 채 등장한다. 그의 늙은 말이 하얀 각반 찬 발을 절뚝이며 바위투성이 길을 따라 저벅저벅 걸어간다.)

오렌지 당원들

(비아냥거리며) 어르신, 그냥 내려서 미세요. 마지막 한 바퀴예요! 이러다간 댁에 밤에나 돌아가실라!

개릿 디지

(몸을 꼿꼿이 세우고, 손톱자국 난 얼굴에 우표를 붙인 채, 그의 말이 훈련시의 쾌속으로 경중경중 질주하는 동안, 샹들리에의 프리즘에 파란 눈을 번뜩이면서 하키 스틱을 휘두른다) 똑바른 길로!

(멍에에 매인 물통 한 쌍이 그와 뒷발로 곧추선 그의 늙은 말에게 표범마냥 덮쳐 주화처럼 춤추는 당근, 보리, 양파, 순무, 감자 따위들과 함께 뒤섞인 양고기 국물을 폭포처럼 쏟아붓는다.)

녹색 당원들

상쾌한 날씨입니다, 존 경! 상쾌한 날씨예요, 나리!

(카 이병, 컴프턴 이병 및 시시 캐프리가 창 밑으로 지나가며 엇갈리는 음으로 노래 부른다.)

스티븐

들어보라! 우리의 친구인 거리의 소음이로다.

조이

(한 손을 들어올리고) 정지!

카 이병, 컴프턴 이병 및 시시 캐프리

하지만 나에겐 있다네
요크셔 취향 같은 게 ...

조이

나야. (손뼉을 친다) 춤추자! 춤! (피아노로 달려간다) 2펜스 가진 사람?

블룸

누가 ...?

린치

(주화를 건네며) 여기.

스티븐

(초조하게 손가락을 똑똑 튕기며) 빨리! 빨리! 내 점치는 막대기 어디 있지? (피아노로 달려가 물푸레 지팡이를 집어들고 3박자로 발을 구른다)

조이

(드럼 손잡이를 돌린다) 자.

(주화 구멍에 1페니짜리 동전 두 개를 넣는다. 황금빛, 분홍빛, 자줏빛 불이 켜진다. 드럼이 멈칫멈칫 낮은 왈츠 박자로 두두둥 돌아간다. 나비매듭이 달린 가발과 대례복과 때 묻은 인버네스 망토 차림의 굿윈 교수는 어이없이 늙은 탓에 허리는 몹시 굽고 손은 달달 떨면서 비틀비틀 방을 가로지른다. 그가 피아노 의자에 조그맣게 쭈그리고 앉아 막대기 같은 두 팔을 들어올렸다가 건반을 어설프게 두드리면서 소녀처럼 우아하게 고갯짓을 하자, 그의 나비매듭이 펄럭인다.)

조이

(구두 뒤축을 딱딱 구르며 빙빙 돈다) 춤춰요. 당기는 사람 없어요? 누가 출 거예요? 테이블 좀 치워요.

(피아놀라가 불빛을 바꾸면서 왈츠 박자로 〈내 소녀는 요크셔 소녀〉의 서곡을 연주한다. 스티븐은 물푸레 지팡이를 테이블에 던지고 조이의 허리를 휘어잡는다. 플로리와 벨라가 테이블을 난로 쪽으로 밀어낸다. 스티븐은 과장되게 우아한 자세로 조이를 안고 방을 빙 돌며 왈츠를 이끌기 시작한다. 블룸이 옆으로 비켜선다. 우아미를 돋보이게 하는 조이의 팔에서 소매가 흘러내리자 하얀 살꽃 같은 백신자국이 드러난다. 커튼 사이로 마지니 교수가 한쪽 다리를 들이밀고 발끝으로 실크해트를 빙빙 돌린다. 교수는 교묘한 발차기로 빙빙 도는 모자를 머리에 올려보내고는, 멋들어지게 모자 쓴 모습으로 미끄러져 들어온다. 그는 자홍색 비단 옷깃이 달린 청회색 프록코트, 크림색의 망사비단 목장식, 가슴이 깊게 파인 녹색 조끼, 하얀 스카프로 장식한 칼라, 꼭 끼는 연자주색 바지, 독특한 펌프스, 담황색 장갑 등을 착용하고 있다. 단춧구멍에 커다란 달리아꽃이 꽂혀 있다. 그는 구름무늬 지팡이를 반대 방향으로 돌리고 나서 겨드랑이에 꼭 끼운다. 그는 한 손을 가슴뼈에 살짝 얹고 절을 한 뒤 꽃과 단추들을 쓰다듬는다.)

마지니

동작의 시요, 미용체조의 예술입니다. 레깃 번 여사의 학원이나 레빈스턴 학원과는 무관합니다. 가장무도회가 준비되었습니다. 거동. 캐티 래너 스텝. 이렇게. 저를 잘 보세요! 저의 무용 실력을. (벌처럼 경쾌하고 빠른 발로 미뉴에트를 추며 세 걸음 앞으로 나아간다) 모두 앞으로! 인사! 모두 제자리!

(서곡이 멈춘다. 굿윈 교수는 막연히 팔을 휘젓다가, 오므라들고, 푹 가라앉자, 그의 움직이는 망토가 의자 주위에 떨어진다. 곡이 더욱 견고한 왈츠 박자로 울린다. 스티븐과 조이가 자유롭게 돈다. 불빛들이 바뀌고, 빛나다가, 희미해지면서 황금빛 장밋빛 제비꽃빛이 된다.)

피아놀라

젊은이 둘이 자기네 소녀들, 소녀들, 소녀들 얘기를 하고 있었다네
두고 온 애인들 얘기를 ......

(한쪽 구석에서 아침의 시간들이 뛰어나오는데, 금발에, 날씬한 샌들을 신고, 산뜻한 파란 옷을 입고, 말벌의 허리에, 깨끗한 손을 하고 있다. 그들은 줄넘기 줄을 빙빙 돌리며 날렵하게 춤춘다. 낮의 시간들이 호박색 황금색 옷을 입고 따라 나온다. 웃음소리를 내며, 서로 팔짱을 끼고, 호화로운 머리빗을 반짝이며, 두 팔을 들어, 흉내내는 거울 속의 해를 붙잡는다.)

마지니

(장갑을 껴서 소리 나지 않는 손으로 탁탁 손뼉 친다) 스퀘어 댄스! 두 걸음씩 앞으로! 호흡 고르기! 흔들기!

(아침과 낮의 시간들이 자기 자리에서 왈츠를 추면서 돌고, 서로에게 다가가고, 곡선을 그리고, 마주보고 인사한다. 그 뒤에서 춤 파트너 남자들이 두 팔을 공중에서 아치로 만들어 치켜든 채, 두 손을 내려 어깨를 만지

다가 위로 올린다.)

시간들

내 어깨를 만져도 되는데.

파트너 남자들

그쪽 어깨를 만져도 돼요?

시간들

오, 하지만 살짝요!

파트너 남자들

오, 아주 살짝!

피아놀라

내 어린 수줍고 어린 아가씨는 허리가 가늘대요.

(조이와 스티븐은 더 느슨하게 흔들면서 대담하게 몸을 돌린다. 황혼의 시간들이 기다란 땅 그림자에서 나와 흩어지더니, 눈을 나른하게 뜨고 뺨에는 분을 살짝 발라 옅은 가짜 홍조를 띤 채 느릿느릿 걷는다. 황혼의 시간들이 입은 얇은 회색 옷에 달린 검은 박쥐 소매가 뭍바람에 펄럭인다.)

마지니

네 쌍 앞으로! 두 줄로 갈라서서 마주보기! 인사! 번갈아 손 주기! 짝 바꾸기!

(밤의 시간들이 하나씩 슬그머니 마지막 장소로 온다. 그 앞에서 아침, 낮, 황혼의 시간들이 물러난다. 밤의 시간들은 가면과 단도 꼴의 머리칼과 소리 둔탁한 방울 달린 팔찌를 하고 있다. 노곤하여 베일 쓴 머리로 꾸벅꾸벅 절을 한다.)

팔찌들

헤이호! 헤이호!

조이

(한 손을 이마에 대고, 빙그르르 돌며) 오!

마지니

중간 열 형태로! 여자들 손 사슬 만들기! 바구니 형태로! 서로 등지기!

(그들은 지친 채 아라베스크 자세로 바닥 위에 무늬를 짜는데, 짜다가 풀고, 절을 하고, 빙빙 돌다가 마구 소용돌이친다.)

조이

어지러워!

(일행에서 빠져나와 의자 위에 늘어진다. 스티븐은 플로리를 붙잡고 함께 돈다.)

마지니

빵 반죽하기! 원형으로! 손잡기! 회전목마! 소용돌이!

(손을 바꿔 잡으며 합쳤다 물러났다 하는 가운데, 밤의 시간들은 아치를 그린 양팔로 서로서로 연결하며 동작의 모자이크를 형성한다. 스티븐과 플로리는 어색하게 돈다.)

마지니

파트너와 함께 추기! 파트너 바꾸기! 여성 파트너에게 작은 꽃다발 바치기! 감사 인사!

피아놀라

최고, 모두 중 최고,
바라아붐!

키티

(벌떡 일어선다) 오, 저거 마이러스 바자에서 사람들이 회전목마 타고 연주하던 노래다!

(스티븐에게 달려간다. 스티븐은 무정하게 플로리를 버리고 키티를 잡는다. 알락해오라기가 귀에 거슬리는 고음의 비명소리를 날카롭게 까악 내지른다. 끙끙들펑꼴록거리는 토프트의 불편한 회전목마가 오른쪽으로 방 주위를 천천히 빙 돈다.)

피아놀라

내 소녀는 요크셔 소녀.

조이

철두철미 요크셔. 자 모두들!

(플로리를 붙잡고 왈츠를 리드한다.)

스티븐

독무!

(그는 키티를 빙 돌려 린치의 품에 안겨준 뒤, 테이블에서 물푸레 지팡이를 낚아채고 춤판에 낀다. 블룸벨라 키티린치 플로리조이 대추 여자들 모두가 빙 돌고 빙빙 돌고 왈츠 추고 빙그르르 돈다. 스티븐은 모자 물푸레 지팡이를 가지고 입다문 채 가랑이 아래로 손을 쥐었다 폈다 하며 개구리 다리를 벌려 중간 높이로 발차기를 한다. 땡 딸랑 꽝 피아노 줄 해머와 쉭쉭 뿔피리와 파랑 초록 노랑 섬광 속에서 도금한 뱀들에게 매달린 기수들을 태운 토프트의 불편한 회전목마를 타고 보니, 내장이 판당고 춤을 추며 발로 흙을 차고 튀어오르다 도로 떨어진다.)

피아놀라

그래도 공장 아가씨라

비싼 옷을 못 입는다네.

(휙 스치는 반짝빰빠라번뜩 속에 빨리 더 빨리 그들은 꼭 붙잡고 터벅터벅 지나가며 질주약탈돌진한다. 바라아붐!)

합창

앙코르! 한번 더! 브라보! 앙코르!

사이먼

네 외가 사람들을 생각해라!

스티븐

죽음의 춤.

(하인의 종소리가 쨍 새롭게 짤랑 쨍 울리는 가운데, 말, 조랑말, 수송아지, 새끼돼지, 그리스도당나귀를 탄 콘미, 절뚝이는 목발과 의족을 쓰는 수병이 거룻배에서 팔짱 끼고 밧줄 당기고 고리를 걸며 철두철미 혼파이프 춤동작으로 발을 구른다. 바라아붐! 조랑말 불깐 돼지 방울 단 말 가다라산產 돼지 따위를 타고 있는 관 속의 코니 철갑상어의 불알 외팔이 넬슨 자두 얼룩이 묻은 불여우 사교계 여성 두 명이 비명을 지르며 유모차에서 떨어진다. 분명히 저놈은 챔피언이야. 술통에서 나타난 퓨즈의 푸르스름한 빛 저녁기도를 하는 러브 사제 4인승 전세마차에 탄 블레이지스 눈멀고 반으로 접힌 대구 같은 자세의 자전거 선수들 허름한 옷차림에 스노케이크를 먹는 딜리. 그때, 덜컥거리며 오르락내리락하는 마지막 롤러코스터를 타고 맥아즙 통 같은 몸매의 총독과 여왕이 물통목재 꽈당주州 장미에 입맛 다신다. 바라아붐!

짝들이 서로 떨어진다. 스티븐이 어지럽게 돈다. 방이 반대로 돈다. 그는 눈을 감고 비틀거린다. 빨간 뜸부기들이 허공으로 난다. 여러 태양들 주변 일대의 별들이 멀리서 돈다. 빛나는 작은 곤충들이 벽 위에서 춤춘다.

그가 별안간 멈춘다.)

스티븐

호!

(스티븐의 어머니가 쇠약한 몰골로 방바닥을 뚫고 힘차게 솟아오르는데, 문둥이 같은 회색 옷차림에 시든 오렌지꽃 화관과 찢어진 신부 베일을 쓰고, 얼굴은 코가 없이 수척한데다 무덤의 흙이 묻어 녹색이다. 머리칼은 성기고 뻣뻣하다. 스티븐의 어머니는 테두리가 푸르고 뻥 뚫린 눈구멍을 스티븐에게 고정시키고 이 빠진 입을 열어 소리 없는 한마디 말을 뱉는다. 처녀들과 고해신부들의 합창대가 소리 없이 노래한다.)

합창대

백합처럼 밝게 빛나는 고해신부 무리가 ....

영광스러운 처녀 합창단이 ....

(탑 꼭대기에서 벅 멀리건이 암갈색과 노란색이 알록달록 섞인 어릿광대 옷과 고리 모양의 방울이 달린 광대 모자 차림으로 한 손에 김이 모락모락 나는 버터 발린 스콘 조각을 들고 서서 입을 딱 벌린 채 스티븐의 어머니를 멍하니 쳐다본다.)

벅 멀리건

아주머니는 비참하게 돌아가셨어. 딱도 하시지. 멀리건은 괴로워하는 어머니를 만난다. (눈을 위로 치켜뜬다) 재기발랄 맬러카이여!

어머니

(죽음의 광기가 어린 야릇한 미소를 띠고) 나도 한때는 아름다운 메이 골딩이었단다. 지금은 죽었지만.

스티븐

(공포에 질려) 여우원숭이, 넌 누구냐? 안 돼. 이 무슨 도깨비장난이냐?

벅 멀리건

(고리 모양의 모자 방울을 흔든다) 가소롭구나! 송사리 킨치가 제 어머니의 개 같은 몸을 죽였으니. 어머니 명줄이 떨어졌단 말이다. (녹은 버터 같은 눈물이 눈에서 스콘으로 떨어진다) 우리의 위대하고 포근한 어머니! 적포도줏빛 바다에서.

어머니

(스티븐에게 더 가까이 다가와 눅눅한 재 같은 숨을 살며시 내쉰다) 누구나 겪어야 하는 일이란다, 스티븐. 세상에는 남자보다 여자가 더 많아. 너도 마찬가지야. 그때가 올 거야.

스티븐

(놀라움과 가책과 공포로 목이 메어) 어머니, 남들은 제가 어머니를 죽였다고들 하지요. 저 녀석이 어머니 기억을 망쳐놓은 거예요. 어머니를 죽인 건 암이지, 제가 아니라고요. 운명이죠.

어머니

(한쪽 입가에서 실개울 같은 녹색 담즙을 줄줄 흘리며) 네가 내게 불러준 노래 있지. 〈사랑의 쓰라린 신비〉라고.

스티븐

(애타게) 이제 아시면, 그 단어를 말해줘요, 어머니. 모든 남자들이 알고 있는 그 단어를요.

어머니

네가 패디 리와 도키에서 기차에 올라타던 날 밤에 너를 구한 게 누구더냐? 네가 낯선 이들 틈에 끼여 서러워할 때 너를 불쌍히 여겨준 건 또 누구였지? 기도의 힘은 막강하단다. 우르술라 편람과 40일 면죄부에 나오는 고통받는 자들을 위한 기도 말이야. 회개해라, 스티븐.

스티븐

악귀! 하이에나!

어머니

내가 있는 저세상에서 너를 위해 기도한단다. 너 매일 밤 정신노동을 한 후에는 딜리더러 쌀죽을 끓여달라고 해라. 기나긴 세월 동안 너를 사랑해왔다, 오, 우리 아들, 우리 첫째, 네가 내 뱃속에 있었을 때.

조이

(벽난로 부채로 부치며) 내 마음이 녹아들어!

플로리

(스티븐을 가리킨다) 저기 봐! 저 남자 얼굴이 창백해.

블룸

(창문을 더 열려고 창가로 간다) 어지러운가보다.

어머니

(애처로운 눈빛으로) 회개해! 오, 지옥의 불!

스티븐

(헐떡이며) 저놈의 비부식성 승화昇華! 시체 씹어먹는 귀신! 껍질 벗겨진 대가리에 피 묻은 뼈다귀.

어머니

(얼굴을 가까이 더 가까이 당겨와 재 같은 숨을 내쉬며) 조심해! (한 손가락을 쭉 뻗은 채 새까맣게 시든 오른팔을 천천히 스티븐의 가슴 쪽으로 올린다) 하느님의 손을 조심해!

(녹색 게가 빨간 눈에 악의를 품고 드러낸 발톱으로 스티븐의 가슴속을 깊이 찌른다)

스티븐

(분노로 목이 막히고 얼굴이 잿빛에 늙은 생김새로 일그러지며) 빌어먹을!

블룸

(창가에서) 뭐야?

스티븐

별거 아녜요, 나 원 참! 지적인 상상일 뿐! 난 모 아니면 도예요. 논 세르비암!*

플로리

저 오빠 찬물 좀 드려야겠다. 기다려. (뛰쳐나간다)

어머니

(두 손을 천천히 꼭 모으고 절망적으로 신음한다) 오 성심 예수여, 저 아이에게 자비를 베푸소서! 저 아이를 지옥에서 구해주소서, 오 거룩한 성심이여!

스티븐

싫어! 싫어! 싫다고! 모두들 내 영혼을 망치려면 망쳐봐! 모두들 내 꽁무니나 따라다니게 될 줄 알아!

---

* '섬기지 않으리라!'라는 뜻의 라틴어로, 악마가 타락하는 순간 내뱉은 말로 여겨진다.

어머니

(죽을 때의 가래 끓는 소리로) 주여, 저를 위해 스티븐을 불쌍히 여기소서! 갈보리산에서 사랑과 슬픔과 고뇌를 안고 숨을 거둘 때 저의 고통은 형언할 수 없었나이다.

스티븐

노퉁![*]

(물푸레 지팡이를 양손으로 높이 쳐들고 샹들리에를 후려친다. 시간의 창백한 불꽃이 마지막으로 튄 뒤, 어둠이 이어지자, 모든 공간이 파멸하고, 유리가 산산이 부서지며, 석조건물이 무너진다.)

가스등

펑!

블룸

멈춰!

---

* Nothung. 일단 맥락상 지팡이로 가스등을 때리는 소리를 가리키는 의성어 '땅!'으로 보이는 이 말은 독일어로 '필요한 (일)'이란 뜻이자, 바그너의 〈니벨룽겐의 반지〉에 나오는 '마법의 검'이기도 하다. 또한 영어 'Nothing'을 연상시킨다. 스티븐은 여기서 등을 박살내 불빛을 끄려 했으나, 등의 본체가 아닌 종이로 된 '갓(shade)'만을 망가뜨렸을 뿐이다. 즉 '빛(light)'에 대한 공격 시도는 한순간 성공한 듯 보였으나, 실제로는 오히려 '어둠(shade)'을 슬쩍 건드린 셈이다.

린치

(앞으로 달려나와 스티븐의 손을 잡는다) 야! 그만해! 날뛰지 좀 마!

벨라

경찰!

(스티븐은 물푸레 지팡이를 팽개치고 머리와 팔을 뒤로 확 젖힌 채 땅을 박차고 방을 뛰쳐나가 달음박질치며 문간에 있는 창녀들을 지나친다.)

벨라

(소리친다) 저놈 쫓아라!

(창녀 둘이 현관문으로 내닫는다. 린치와 키티와 조이가 우르르 방에서 달려나간다. 다들 흥분해서 떠들어댄다. 블룸이 뒤따르다 말고 돌아온다.)

창녀들

(문간을 꽉 메우고 손가락으로 가리키며) 저기에.

조이

(가리키며) 저기. 저기에 뭔 일이 터졌어.

벨라

등값은 누가 물어낼 거죠? (블룸의 외투 자락을 잡는다) 여기요, 저 청년이랑 일행이시죠. 등이 부서졌거든요.

블룸

(현관으로 내달았다가 달려 돌아온다) 등이라니, 아줌마?

창녀

이분 외투가 찢어졌어요.

벨라

(분노와 탐욕이 뒤섞인 눈을 험악하게 뜨고 가리킨다) 저건 누가 변상할 거죠? 10실링이에요. 목격자잖아요.

블룸

(스티븐의 물푸레 지팡이를 잡아챈다) 내가? 10실링을? 그만하면 그 청년한테서 우려먹을 만큼 우려먹지 않았소? 청년이 돈 내지 않았냐고 ....?

벨라

(큰 소리로) 이보세요, 허풍 좀 그만 떨어요. 여기가 매음굴인 줄 아시나 봐. 10실링짜리 번듯한 집이라고요.

블룸

(등 밑으로 가서 줄을 당긴다. 앵 우는 소리를 내며, 가스등이 망가진 담자색 자주색 갓을 비춘다. 그는 물푸레 지팡이를 치켜든다.) 등피만 망가진 걸 갖고. 그 청년은 그저 여기를 ....

벨라

(뒤로 피하며 비명을 지른다) 에구머니! 그러지 말아요!

블룸

(후려치는 동작을 멈추고) 청년이 등피 종이를 어떻게 쳤는지 보여주려던 거요. 손상된 건 16펜스어치도 안 되겠구먼. 10실링이라니!

플로리

(물 한 잔을 들고 들어온다) 그분 어디 있어요?

벨라

경찰을 부르면 좋겠어요?

블룸

아, 알아요. 경내의 치안경관 말이지. 그런데 그 청년이 트리니티 칼리지 학생이라오. 마담네 업소 단골들이잖소. 집세를 내주는 신사들이란 말이지. (메이슨의 암호 동작을 한다) 무슨 말인지 알아듣겠소? 대학 부총장 조카라고. 나쁜 소문 도는 걸 바라진 않으실 텐데.

벨라

(성내며) 트리니티라고. 보트경주 끝나면 이리로 와글와글 몰려와서는 돈도 안 내고 튀는 종자들. 댁이 나한테 무슨 윗사람이라도 돼요? 이 청년 어디 있어요? 고소할 거야! 치욕을 안겨줄 거야, 못할 줄 알고!

(소리친다) 조이! 조이!

블룸

(다급해져) 만일 옥스퍼드 다니는 청년이 마담 자신의 아들이라면? (경고조로) 난 다 알고 있다고.

벨라

(어안이 벙벙하여) 댁이 누구길래. 암행!

조이

(문간에서) 저기 웬 소동이 벌어졌어요.

블룸

뭐라고? 어디서? (1실링 은화를 테이블에 내던지고 자리를 뜬다) 등피 값이오. 어디야? 싱싱한 공기 좀 마셔야겠어.

(그는 현관을 통해 서둘러 나간다. 창녀들이 가리킨다. 플로리가 기울어진 컵에서 물을 흘리며 뒤따른다. 문간에 몰려든 모든 창녀들이 안개가 걷힌 오른쪽을 가리키며 왁자지껄 수다를 떤다. 왼쪽에서 전세마차가 딸랑거리며 도착한다. 마차가 집 앞에서 서서히 멈춘다. 문간에 있던 블룸은 코니 켈러허를 알아보았는데, 코니는 과묵한 호색한 두 명과 함께 마차에서 막 내리는 참이었다. 블룸은 그의 얼굴을 피한다. 벨라가 현관 안에서 창녀들을 부추긴다. 창녀들은 뻑뻑쨥쨥쪽쪽 얌얌 키스를 날린다. 코니 켈러허는 무시무시하게 음탕한 미소로 응수한다. 과묵한 호색한들은

돌아서서 마부에게 돈을 지불한다. 조이와 키티는 여전히 오른쪽을 가리킨다. 블룸은 재빨리 창녀들 사이를 헤치고 칼리프의 두건과 판초를 끌어당기고 고개를 옆으로 돌린 채 황급히 계단을 내려간다. 암행자 하룬 알라시드, 그는 과묵한 호색한들 뒤를 휙 지나쳐, 짐승냄새를, 아니스열매향신료에 푹 전 뜯긴 봉지들을 뒤로 흩뿌리며 표범처럼 날랜 걸음으로 난간 옆을 서둘러 달아난다. 물푸레 지팡이가 그의 발걸음 자취를 남긴다. 사냥 모자와 낡은 회색 바지 차림으로 개 채찍을 휘두르는 트리니티 칼리지의 나팔수에 이끌려 멀리서부터 냄새를 맡으며 따라오던 수색견 한 무리가 더 가까이 와서는 짖고 헐떡거리다가 냄새를 잃었는지, 그 자리를 떠서 혀를 날름거리며 그를 바짝 따라붙더니 그의 꼬리에 달려든다. 그는 걷다가, 뛰다가, 갈지자로 우왕좌왕하다가, 두 귀가 휘날리게 질주한다. 그에게 자갈, 양배추 뿌리, 비스킷 상자, 달걀, 감자, 죽은 대구, 여자 슬리퍼 따위가 우수수 날아온다. 새로 발각된 그의 뒤로 추격의 함성이 갈지자로 질주하며 대장 따라하기 게임 방식으로 맹추격을 해오는데, 그들은 바로 C 65호 및 C 66호 야경, 존 헨리 멘턴, 위즈덤 힐리, VB 딜런, 내너티 시의원, 알렉산더 키스, 래리 오로크, 조 커프, 오다우드 여사, 오줌싸개 버크, 무명씨無名氏, 리오던 여사, 시민, 개리오언, 아무개, 낯선 얼굴, 판박이친구, 구면舊面씨, 혹부리, 크리스 캘리낸, 찰스 캐머런 경, 벤저민 돌러드, 레너핸, 바텔 다시, 조 하인스, 레드 머리, 브레이든 편집장, T. M. 힐리, 판사 피츠기번 씨, 존 하워드 파넬, 틴드 새먼 신부, 졸리 교수, 브린 부인, 데니스 브린, 시어도어 퓨어포이, 미나 퓨어포이, 웨스틀랜드 로 여성 우체국장, C. P. 머코이, 라이언스의 친구, 호피 홀로핸, 보통사람, 다른보통사람, 축구화, 들창코 운전수, 돈 많은 신교도 여성, 데이비 번, 엘런 맥기

네스 여사, 조 갤러허 여사, 조지 리드웰, 티눈 난 지미 헨리, 래러시 감독, 카울리 신부, 크로프턴 전前 세무관장, 댄 도슨, 발치기를 든 치과의사 블룸, 밥 도런 여사, 케너픽 여사, 와이스 놀런 여사, 존 와이스 놀런, 클론스키행전차에서펑퍼짐한엉덩이로비벼대는잘생긴유부녀, 『죄의 달콤함』의 서적상, 미스 너는아빠돼라및그여자는아빠됐다, 로벅의 제럴드 및 스태니슬로스 모런 여사들, 드리미 보험회사의 지배인, 웨더럽, 헤이스 대령, 마스티안스키, 시트론, 펜로즈, 애런 피갯너, 모지스 허조그, 마이클 E 게러티, 트로이 경위, 갤브레이스 여사, 에클스 스트리트 모퉁이의 순경, 청진기를 지닌 노의사 브레이디, 해변의 수수께끼 사나이, 레트리버, 미리엄 댄드레이드 여사와 여사의 모든 애인들.)

추격의 함성

(허둥지둥던지며발구른다) 저기 블룸이다! 블룸 잡아라! 블룸을잡아라! 도둑을잡아라! 야! 야! 모퉁이의 저놈잡아라!

(비버 스트리트 모퉁이의 비계 아래에서 블룸은 시끄럽게 말다툼하는 무리, 아무런 영문도 모른 채 온통법썩떠는 누군지무언지 주변에서 야! 야! 난리피우며 말싸움하는 떼거리의 가장자리에서 헐떡이며 발을 멈춘다.)

스티븐

(느리게 심호흡을 하며 정교한 제스처로) 여러분은 제 손님입니다. 불청객이지만. 조지 5세와 에드워드 7세 덕택에. 역사의 잘못이오. 기억의 어머니들이 지어냈지요.

카 이병

(시시 캐프리에게) 저놈이 아가씨를 모욕했어요?

스티븐

여성 호격으로 말을 붙였을 뿐이오. 중성인지도 모르지만. 소유격이 아니고.

목소리들

아냐, 안 그랬어. 난 저 청년 봤어. 저 처녀는 저기에. 저 청년은 코언 여사의 집에 있었어. 무슨 일이야? 군인하고 민간인이.

시시 캐프리

저는 군인들과 어울리고 있었는데 군인들이, 저어, 일을 볼 수 있도록 제가 자리를 비켜주니까 저 청년이 갑자기 뒤로 다가와서는. 하지만 제가 비록 1실링짜리 창녀라도 대우 잘해주는 남자에게는 지조를 지켜요.

목소리들

저여자가남자에게지조를.

스티븐

(린치와 키티의 머리를 발견한다) 여어, 시시포스. (자신과 남들을 가리킨다) 시적詩的이야. 비뇨시적이야.

시시 캐프리

그래요, 저 남자분과 어울리다니. 게다가 저는 군인 친구와 일행이거든요.

컴프턴 이병

저 형편없는 녀석, 귀싸대기라도 한 대 얻어맞고 싶은가. 해리, 한 방 갈겨줘.

카 이병

(시시에게) 내가 저 친구와 오줌 눌 때 저 친구가 아가씰 모욕했소?

테니슨 경

(영국 국기 외투와 크리켓 플란넬 바지를 입고, 맨머리에 턱수염을 미끈하게 늘어뜨린 채) 이유를 따지는 건 저들의 일이 아니도다.

컴프턴 이병

한 방 갈겨주라고, 해리.

스티븐

(컴프턴 이병에게) 성함은 모르겠지만 지당한 말씀이오. 스위프트 박사 말씀이, 갑옷 하나가 셔츠 열을 이긴답니다. 셔츠는 제유提喩고요. 부분으로 전체를 나타내는 표현이죠.

시시 캐프리

(군중에게) 아녜요, 저는 병사들이랑 있었어요.

스티븐

(상냥하게) 뭐 어때요? 씩씩한 군인 청년 좋죠. 내 생각엔 어떤 여성이라도 가령 .....

카 이병

(모자를 삐딱하게 쓰고 스티븐에게 다가간다) 어이, 어떨까, 이 양반아, 그 턱주가리를 한 대 갈겨주면?

스티븐

(하늘을 올려다본다) 어떠냐고? 매우 불쾌하겠지. 그럴싸한 허세 부리기 수법일세. 개인적으로 난 몸싸움이 싫은데. (손을 흔든다) 손이 좀 아파서 말이야. 싸우고 싶은 건 그쪽 사정이시겠지. (시시 캐프리에게) 여기 무슨 문제가 생긴 것 같은데. 정확히 무슨 일이지?

돌리 그레이

(발코니에서 손수건을 흔들어 예리코 여걸의 신호를 보내며) 저 라합*이에요. 요리사의 아드님, 안녕히. 집에 있는 돌리에게 무사히 돌아와요. 두

---

* 모세가 죽고 난 후 이스라엘 백성들의 지도자가 된 여호수아는 요단강을 건너 여리고(예리코)시를 함락하기 위해 밀정 둘을 파견했는데, 이들이 의심을 받게 되자 이스라엘의 신을 외경하던 창녀 라합이 이들을 도와준다.

고 가신 소녀 꿈을 꾸시면 소녀도 그대 꿈을 꾸어드릴 거예요.

(군인들은 눈물을 글썽이며 시선을 돌린다.)

블룸

(팔꿈치로 군중의 틈을 헤치고 나아가며 스티븐의 소매를 힘껏 잡아끈다) 자 갑시다, 교수 양반, 저 마부가 기다리고 있잖소.

스티븐

(몸을 돌린다) 어? (소매를 뿌리친다) 제가 왜 저 친구에게든, 아니면 편구偏球 형태의 이 오렌지 위에서 직립보행을 하는 그 어떤 인간에게든, 말을 걸어선 안 되는 겁니까? (손가락으로 가리킨다) 상대방 눈이 보이면 누구에게든 두려움 없이 얘기할 수 있습니다. 직립 자세를 유지한 상대라면요. (한 발짝 뒤로 비틀 물러선다)

블룸

(그를 받쳐주며) 본인의 직립 자세부터 유지하세요.

스티븐

(헛헛하게 웃는다) 무게중심이 옮겨갔어요. 요령을 잊어버려서 그만. 어디 딴 데로 가 앉아서 토론하시죠. 생명을 위한 투쟁은 생존법칙이지만, 그저 인류 평화주의자에 불과한 자들, 특히 러시아 황제와 영국 왕은 중재재판을 창안해냈습니다. (이마를 톡톡 친다) 그러나 이 머릿속에서 신부와 왕을 죽일 수밖에 없는 게 바로 제 입장입니다.

임질 할멈

너 저 교수님 말씀 들었어? 대학교수님이시래.

씹의 케이트

그래. 들었어.

임질 할멈

저분은 어쩜 저렇게 미사여구가 세련되셨다니.

씹의 케이트

정말 그래. 그러면서도 정곡을 기막히게 찌르셔.

카 이병

(몸을 빼내 앞으로 나온다) 우리 폐하에 대해 뭐라고 지껄이는 거냐?

(에드워드 7세가 아치 통로에 나타난다. 그가 착용한 하얀 셔츠 위에는 가터와 엉겅퀴, 황금 양모, 덴마크의 코끼리, 스키너 및 프로빈의 기마, 링컨 법학회관 간부, 그리고 유서 깊고 영예로운 매사추세츠 포병중대 따위의 훈장들과 함께 성심상이 수놓여 있다. 그는 빨간 대추사탕을 빤다. 흙손과 앞치마를 지니고, 당당하게 선출된, 완벽하고 숭고한 프리메이슨 단원으로서 독일제라고 표시된 정복 차림이다. 왼손에 든 미장이의 들통에는 소변 금지라고 찍혀 있다. 우레와 같은 환영의 함성이 그를 맞이한다.)

에드워드 7세

(느리고 엄숙하지만 모호하게) 평화, 완전한 평화. 신분확인을 위해 내 손에 들통을 들었노라. 무고하시오, 여러분. (백성들 쪽으로 몸을 돌린다) 짐이 여기 온 것은 정정당당한 싸움에 임석하기 위한바, 짐은 두 사나이 모두에게 최고의 행운을 기원하노라. 마하크 마카르 아 바크.* (카 이병, 컴프턴 이병, 스티븐, 블룸 및 린치와 악수한다)

(일제히 박수갈채. 에드워드 7세는 답례로 들통을 우아하게 들어올린다.)

카 이병

(스티븐에게) 그 말 다시 해봐.

스티븐

(초조하고 친근하게 자제한다) 나에게 현재로선 왕이 없지만 댁의 견해를 이해는 합니다. 현대는 특허 의약품의 시대지요. 이 아래에서는 토론이 어렵겠네요. 하지만 요점은 이거요. 댁은 나라를 위해 죽는다는 것. 가정해봅시다. (한 팔을 카 이병의 소매에 얹는다) 그렇다고 댁이 그렇게 되길 바란다는 얘긴 아니오. 그러나 나 같으면 이렇게 말하겠소, 나라가 나를 위해 죽어라. 현재까지 그래왔소. 나라가 죽기를 바란 건 아니오. 죽음이라니, 개뿔. 생명 만세!

* 에드워드 7세가 아랍어를 시도해본 것으로, '그대의 상대는 교활한 그대의 부친'이라는 의미라는 설이 있으나, 확실하지는 않다.

에드워드 7세

(의관을 갖추고 농담하는 예수의 후광을 쓰고 인광을 내는 얼굴에 하얀 대추사탕을 문 채, 살해당한 시체 무더기 위로 공중부양한다.)

내 방법은 새롭고 놀라움을 일으키노라.
눈먼 자가 보도록 내 그들 눈에 먼지를 던지노라.

스티븐

왕들과 일각수들이여! (한 발짝 뒤로 물러난다) 어딘가로 오시면 우리가 ...

저 소녀가 무슨 말을 하고 있었더라 ...?

컴프턴 이병

어이, 해리, 저 자식 불알을 차버려. 고추에도 한 방 먹이고.

블룸

(병사들에게, 상냥하게) 저 청년은 자기가 무슨 말을 하는지도 모르오. 좀 과하게 마셨거든. 압생트를 말이오. 녹색 눈의 괴물이라지. 내가 아는 청년이오. 신사에다, 시인이지. 괘념치 말아요.

스티븐

(미소 짓고 웃음을 터뜨리며 고개를 끄덕인다) 신사에, 애국자에, 학자에, 사기꾼들의 심판자지.

카 이병

저 자식이 누군지 내 알 바 아니오.

컴프턴 이병

저 자식이 누군지 우리 알 바 아니오.

스티븐

이 친구들 나 때문에 화났나봐. 흔들리는 녹색 천 앞에 선 황소들처럼.

(파리의 케빈 이건이 술 달린 까만 스페인풍 셔츠와 여명단원 모자 차림으로 스티븐에게 신호를 보낸다.)

케빈 이건

안녕! 안녕! 싯누런 이빨 할망구 귀신.

(퍼트리스 이건이 토끼 같은 얼굴로 마르멜로 잎을 갉아먹으며 뒤에서 훔쳐본다.)

퍼트리스

사회주의자!

돈 에밀 파트리치오 프란츠 루퍼트 포프 헤네시

(중세 쇠사슬갑옷을 입고 나는 기러기 두 마리로 장식된 투구를 쓰고 점잖게 노여워하며 쇠미늘 철갑 낀 손으로 병사들을 가리킨다) 저 구역질나는 놈들을 네 발밑에 메다꽂아라. 그레이비를 온통 뒤집어쓴 채 오만하게 우쭐

대는 돼지같이 더러운 잉글랜드 놈들 같으니!

블룸

(스티븐에게) 집에 가지. 이러다 봉변당할라.

스티븐

(마음이 흔들리며) 전 피하지 않아요. 저놈이 제 지성을 건드리잖아요.

임질 할멈

뼈대 있는 가문 출신인 걸 금방 알아채겠네.

왈가닥

적색 위에 녹색이라고 말했어. 울프 톤이.*

포주

적색이 녹색만 못할까. 더 낫지. 군인들 잘한다! 에드워드왕 만세!

깡패

(웃는다) 아무렴! 드 웻** 사령관님께 거수!

---

* 18세기에 활약한 아일랜드 애국지사로서 아일랜드 국민연합회의 창설자 중 한 사람. 적색은 영국을, 녹색은 아일랜드를 각각 가리킨다.

** 보어전쟁에서 영국에 대항하며 명성을 떨친 보어인 장군이자 정치가.

시민

(거대한 에메랄드빛 머플러를 두르고 곤봉을 든 채 외친다)

하늘에 계신 하느님
면도날처럼 예리한 이빨 가진
비둘기를 내려보내시어
우리 아일랜드 지도자들을 목매단
영국 개자식들의
목을 째게 하소서.

까까머리 총각

(목에 밧줄 올가미를 건 채 쏟아져나오는 창자들을 양손으로 부여잡고 뱃속에 밀어넣는다)

내 비록 생명체에게 원한 품지 않으나
조국을 왕보다 사랑하노라.

악마 이발사 럼볼드

(검은 복면 쓴 조수 두 명을 데리고 앞으로 나오며 들고 온 여행 가방을 연다)

신사 숙녀 여러분, 이 식칼은 피어시 여사가 모그를 베기 위해 구입한 것입니다. 또 이 칼은 부아쟁이 동포의 아내를 절단하는 데 쓴 것으로, 그는 그 유해에 수의를 입혀서 지하실에 두었는데, 그 불행한 여성의 목은 한쪽 귀에서 다른 쪽 귀까지 베어져 있었습니다. 이것은 미스 배런의 시신에서 추출한 비소가 들어 있는 약병으로, 세던을 교수대로 보낸 바로 그 물건입니다.

(그는 밧줄을 확 잡아당긴다. 조수들이 피해자의 다리에 달려들어 낑낑대며 피해자를 아래로 끌어내린다. 까까머리 총각의 혀가 툭 튀어나온다.)

까까머리 총각

허머니의 한식을 휘해 히도하는 헐 힞었네.*

(그는 숨을 거둔다. 교수당한 자가 격렬한 발기를 일으키면서 정액덩어리들이 사형수의 의복을 뚫고 뿜어져나와 돌알 위에 떨어진다. 벨링엄 여사와 옐버턴 배리 여사와 머빈 탤보이스 남작부인이 앞으로 뛰쳐나와 손수건으로 그것을 훔쳐낸다.)

럼볼드

저도 얼마 안 남았습니다. (밧줄을 푼다) 이건 끔찍한 반역자의 목을 맨 밧줄입니다. 한 번에 10실링입니다. 여왕 폐하께 적용된 대로. (그는 교수당한 자의 뺑 뚫린 뱃속에 머리를 처박았다가 돌돌 감기고 김이 모락모락 나는 창자들이 엉겨붙은 채로 다시 빼낸다.) 고통스러운 제 임무도 이로써 끝입니다. 국왕 폐하 만세!

에드워드 7세

(들통을 덜컹거리면서 느릿느릿 엄숙하게 춤추고 은근히 뿌듯한 기분으로 노래한다)

* 혀가 뽑혀 초성들을 제대로 발음하지 못하고 모두 'ㅎ'으로 발음한 것. '어머니의 안식을 위해 기도하는 걸 잊었네.'

대관식 날에, 대관식 날에,
오, 우리 즐거이 놀아보면 어떠리,
위스키와 맥주와 포도주를 마시면서!

카 이병

야. 우리 국왕에 대해 무슨 말을 하는 거냐?

스티븐

(두 손을 든다) 에이, 이건 너무 시시하잖아. 형편없네. 저자는 빈곤에 이골이 났을 텐데도, 자기네 야수 같은 대영제국을 위해 내 돈과 목숨을 원하는구나. 내가 무슨 돈이 있다고. (건성으로 여러 주머니를 뒤진다) 누군가한테 줬나보다.

카 이병

네 빌어먹을 돈을 누가 원한대?

스티븐

(자리를 뜨려고 애쓴다) 이런 필요악들을 어디 가야 가장 덜 마주칠지 알려줄 사람 누구 없소? 파리에서도 이런 구경은 할 수 있다고. 그렇다고 내가 ... 하지만, 패트릭 성인에 맹세코 .....!

(여자들의 머리가 하나로 합쳐진다. 원추형 모자를 쓴 이빨 빠진 늙은 할멈이 마른 감자병의 죽음꽃을 가슴에 달고 독버섯에 앉은 모습으로 나타난다.)

스티븐

아하! 누군지 알겠다, 이 할망구! 햄릿, 복수해라! 제 새끼들을 잡아먹는 늙은 암돼지![*]

이빨 빠진 늙은 할멈

(이리저리 흔들거리며) 아일랜드의 연인이고 스페인 왕의 딸이며 내 귀염둥이입니다. 내 집에 있는 이방인들, 그들을 푸대접하라! (밴시의 비통함으로 곡한다) 아이고! 아이고! 비단결 같은 암소여! (울부짖는다) 가련하고 늙은 아일랜드를 만났다는데, 근황이 어떻던가?

스티븐

내가 그대를 어찌 감당하느냐고? 못된 장난질이로구나! 성 삼위일체 중 제3위격은 어디 있는가? 내 사랑하는 사제여? 썩은 고기 먹는 까마귀 사제.

시시 캐프리

(날카로운 소리로 외친다) 이 사람들 싸움 좀 말려요!

깡패

우리 부하들은 물러났어.

---

* 『젊은 예술가의 초상』에서 스티븐이 독립운동 지도자 파넬에게 등을 돌린 아일랜드 국민을 가리켜 쓴 어구.

카 이병

(허리띠를 단단히 조이며) 우리 씹할 국왕에 대해 버릇없는 소리 하는 씹새끼는 닥치는 대로 목을 비틀어버리겠다.

블룸

(놀라서) 이 청년 아무 말도 안 했어. 한마디도. 순전히 오해라고.

컴프턴 이병

밀어붙여, 해리. 눈을 한방 갈겨줘. 저 자식 친親보어파야.

스티븐

내가? 언제?

블룸

(붉은 제복을 입은 병사들에게) 우린 남아프리카에서 당신네 국민을 위해 싸웠어, 아일랜드 보병부대가 말이야. 그거 역사잖아? 왕립 더블린 화승총 연대. 우리 군주께 치하도 받았다고.

인부

(비틀비틀 지나가며) 아, 맞아! 세상에, 그렇지! 아, 제대로 한번 붙어봐! 오! 보!

(투구와 갑옷을 착용한 미늘창 병사들이 장선腸線 달린 창끝을 불쑥 내민다. 트위디 소령이 투르크멘 괴걸처럼 콧수염을 기르고, 닭의 목둘레 깃

털을 꽂은 곰가죽 모자를 쓰고, 견장과 황금빛 수장과 가죽가방을 갖춘 복장에, 가슴에는 메달을 번쩍이며 출발선에 선다. 그는 성당기사단 순례 무사의 신호를 보낸다.)

트위디 소령

(목쉰 소리로 호통친다) 록스 여울이다! 근위부대, 힘차게 공격하라! 서둘러 전리품을 취하라.

시민

아일랜드여 심판의 날까지 영원하라!

(트위디 소령과 시민은 서로 메달, 장식, 전리품, 상처 따위를 과시한다. 둘 다 매서운 적개심을 품고 경례한다.)

카 이병

이놈을 작살내주겠어.

컴프턴 이병

(군중을 뒤로 물린다) 정정당당하게, 자. 저 새끼를 푸줏간의 피바다 꼴로 만들어버려.

(집결한 취주악대가 〈개리오언〉과 영국 국가를 연주한다.)

시시 캐프리

이 남자들 싸우려나봐. 나 때문이야!

씹의 케이트

용사와 미녀.

임질 할멈

내 소견으론 저기 흑의黑衣 기사가 마상창시합에서 우세할 거야.

씹의 케이트

(얼굴이 새빨개지면서) 무슨 말씀을요, 마님. 저는 씩씩한 적의赤衣 기사성 조지가 이긴다고 봐요.

스티븐

이 거리 저 거리의 매춘부 울음소리
늙은 아일랜드의 수의를 짜게 되리.

카 이병

(허리띠를 느슨하게 풀면서 소리친다) 나의 피 흘리는 씹할 국왕에 대해 버릇없는 소리를 하는 씹할 후레자식은 닥치는 대로 모가지를 비틀어 버리겠다.

블룸

(시시 캐프리의 어깨를 흔든다) 말을 해요, 아가씨! 갑자기 벙어리가 됐어? 아가씨가 국가와 국가, 그리고 세대와 세대를 연결해주는 고리잖아. 말하라, 여자여, 거룩한 생명의 창조자여!

시시 캐프리

(깜짝 놀라 카 이병의 소매를 잡는다) 내가 오빠랑 한편 아네요? 내가 오빠 여자 아네요? 시시는 오빠 여자라고요. (소리친다) 경찰!

스티븐

(황홀경에 빠져, 시시 캐프리에게)

그대 손은 희고, 그대 입은 붉으며
그대 몸은 우아하여라.

목소리들

경찰!

아득한 목소리

더블린이 불탄다! 더블린이 불탄다! 불이야, 불!

(유황 불꽃이 솟구친다. 짙은 구름이 너울너울 지나간다. 육중한 개틀링 기관총들이 두르르 울린다. 아수라장. 군대가 배치된다. 질주하는 말발굽. 포병대. 목쉰 명령. 종들이 땡땡 울린다. 후원군이 소리친다. 주정뱅이들이 악을 쓴다. 창녀들이 비명을 지른다. 무적들이 뚜우 울린다. 용맹한 외침소리. 단말마의 비명. 창이 허리갑옷에 쨍쨍 부딪친다. 도둑들은 시신을 턴다. 맹금들이 바다에서 날아오거나, 늪지에서 솟구치거나, 둥지에서 급강하해 빽빽 울며 맴도는데, 바로 뱁새, 가마우지, 독수리, 참매, 나무 기어오르는 누른도요, 송골매, 쇠황조롱이, 검정들꿩, 흰꼬리수리, 갈매기, 신천옹, 검정기러기다. 한밤의 해가 깜깜해진다. 땅이 진동한다. 프로스펙트

와 제롬산의 공동묘지에서 소생한 더블린의 망자들이 하얀 양모 외투와 검은 염소가죽 망토 차림으로 많은 사람들에게 나타난다. 지면에서 커다란 틈이 소리 없이 쩍 갈라진다. 우승자 톰 로치퍼드가 육상선수의 얇은 조끼와 바지 차림으로 전국 장애물 핸디캡 경기의 선두로 도착하더니 그 갈라진 골로 펄쩍 뛰어내린다. 육상선수와 도약선수 한 무리가 그의 뒤를 따른다. 그들은 미친듯이 낭떠러지 가장자리에서 펄쩍 뛴다. 그들의 몸이 떨어진다. 호화로운 옷차림의 여공들이 붉게 타는 요크셔의 바라아붐 장미탄을 투척한다. 사교계 여성들이 몸을 보호하려고 치마를 머리 위로 뒤집어쓴다. 붉고 짧은 셔츠 차림의 마녀들이 히히히 웃으며 빗자루를 타고 공중을 날아다닌다. 퀘이커교도리스터가 물집에 고약을 바른다. 용들의 이빨이 빗발친다. 무장한 영웅들이 밭고랑에서 솟아오른다. 그들은 적십자 기사들의 암호를 사이좋게 교환하고 기병들도 결투를 벌인다: 울프 톤 대 헨리 그래턴, 스미스 오브라이언 대 대니얼 오코넬, 마이클 대빗 대 아이작 버트, 저스틴 매카시 대 파넬, 아서 그리피스 대 존 레드먼드, 존 올리어리 대 리어 오조니, 에드워드 피츠제럴드 경 대 제럴드 피츠에드워드 경, 협곡의 오도노휴 대 오도노휴의 협곡. 지면 중심부의 고지에 성 바바라의 야외 제단이 우뚝 솟아 있다. 복음서와 사도서의 뿔 촛대에 검정 양초들이 뾰족 솟아 있다. 탑의 높은 망루에서 두 줄기 광선이 연기로 뒤덮인 제단대석 위로 내리꽂힌다. 제단대석 위에 불합리의 여신인 미나 퓨어포이 부인이 볼록한 배 위에 성배를 얹은 채 족쇄 찬 알몸으로 누워 있다. 맬러카이 오플린 신부가 레이스 페티코트와 뒤집은 제의 차림에 두 왼발을 다시 앞으로 내밀고 야영미사 의식을 거행한다. 문학석사 휴 C 헤인스러브 신부가 긴 검정 겉옷과 각모를 착용하고 머리와 옷깃의 뒤쪽을 앞으로 한 채 사제의 머리 위에 우산을 펼쳐 들고 있다.)

맬러카이 오플린 신부

악마의 제단으로 올라가리라.

헤인스 러브 신부

내 젊은 시절을 기쁘게 만들어준 악마에게로.

맬러카이 오플린 신부

(피가 뚝뚝 듣는 성찬식 빵을 성배에서 집어 받든다) 이는 내 육신.

헤인스 러브 신부

(사제의 페티코트를 뒤로 높이 들어 당근이 꽂혀 있고 회색 털이 난 엉덩이 맨살을 드러낸다) 내 육신.

모든 저주받은 자의 목소리

라노시리스다 이님느하 주 신하능전, 야루렐알!

(저 높이서 아도나이의 목소리가 소리쳐 부른다.)

아도나이

님ㅇㅇㅇㅇㅇㅇㅇㅇㅇㅇㅇㅇ느하!*

* Doooooooooooog! 두 행 위의 성경 구절(「요한계시록」 19장 6절)처럼 'god'을 거꾸로 쓴 단어로 'dog'가 되기도 한다.

모든 축복받은 자의 목소리

알렐루야, 전능하신 주 하느님이 다스리시노라!

(저 높이서 아도나이의 목소리가 소리쳐 부른다.)

아도나이

하느으으으으으으으으으으으님!

(귀에 거슬리는 불협화음으로 오렌지당과 녹색당의 농부 및 시민들이 〈교황을 차라〉와 〈날이면 날마다 마리아를 찬송하라〉를 부른다.)

카 이병

(험악한 발음으로) 저놈 작살내줄 테니, 씹할 그리스도야 나 좀 도와줘! 저 씹할 후레자식의 빌어먹고 저주받은 씹할 숨통을 비틀어줄 거야!

(군중의 가장자리에서 냄새 맡던 레트리버가 시끄럽게 짖는다.)

블룸

(린치에게 사정한다) 스티븐 좀 딴 데로 데려갈 수 없나?

린치

저 친구는 만국공통어인 변증법을 좋아하는걸요. 키티! (블룸에게) 아저씨가 재를 좀 데려가주세요. 제 말은 도무지 안 들어서요.

(키티를 잡아끌고 데려간다.)

스티븐

(가리킨다) 유다는 떠났도다. 그리고 가서는 목을 맸도다.

블룸

(스티븐에게 사정한다) 사태가 악화되기 전에 지금 나와 같이 가세. 자네 지팡이 여기 있어.

스티븐

지팡이, 말고요. 이성. 이 순수이성의 향연.

이빨 빠진 늙은 할멈

(스티븐의 손에 단검을 내민다) 해치워버려요, 우리 총각님. 오전 여덟시 삼십오분이면 총각님은 하늘나라에 가 있고 아일랜드는 자유를 얻을 거야. (기도한다) 오 선량하신 하느님, 이 총각을 받아주소서!

시시 캐프리

(카 이병을 잡아당기며) 그만 가요, 취하셨어요. 저분이 절 모욕했지만 전 용서해요. (귀에 대고 외친다) 절 모욕한 걸 용서한다고요.

블룸

(스티븐의 어깨 너머로) 그래요, 그만 가보쇼. 보다시피 이 학생은 몸도 못 가누는구먼.

카 이병

(몸을 빼낸다) 저 자식한테 창피를 줄 거야.

(주먹을 쭉 뻗은 채 스티븐에게 달려들더니 얼굴을 친다. 스티븐은 머리가 멍해져 비틀하더니, 몸을 가누지 못하고, 쓰러진다. 스티븐은 얼굴을 하늘로 향한 채 앞으로 고꾸라지고, 모자는 벽으로 굴러간다. 블룸이 따라가 모자를 줍는다.)

트위디 소령

(큰 소리로) 총 원위치! 사격중지! 경례!

레트리버

(맹렬하게 짖어대며) 으릉 으릉 으릉 으릉 으릉 으릉 으릉 으릉.

군중

일으켜줘라! 쓰러진 사람은 치지 마라! 공기를 쏘여줘! 누구야? 군인이 저 사람을 쳤다. 교수라는데. 다쳤나? 막 다루지 마! 기절했잖아!

쭈그렁 할멈

영국 병사는 저 신사를 뭣 때문에 쳤을까, 취한 사람을. 저기 가서 보어군하고나 싸우라 그래!

포주

별소릴 다 듣겠네! 군인이 자기 여자를 편들어줄 권리도 없나? 맞아도

싼 비겁자를 쳤을 뿐인데.

(둘은 서로 머리끄덩이를 잡고 손톱으로 할퀴며 침을 뱉는다.)

레트리버

(짖으며) 월 월 월.

블룸

(두 여자를 밀쳐 떼어내며, 큰 소리로) 물러나요, 떨어지라고요!

컴프턴 이병

(동료를 잡아끌며) 자. 튀자, 해리. 경찰이 왔어!

(비옷을 걸친 키가 큰 2인조 야경이 무리 속에 선다.)

야경 1

여기 무슨 일이요?

컴프턴 이병

우린 이 여성과 일행이었습니다. 그런데 저 녀석이 우리를 모욕했어요. 내 친구를 폭행하기도 했고요. (레트리버가 짖는다) 이 망할 놈의 똥개는 주인이 누구야?

시시 캐프리

(기대하면서) 저 사람 피 흘리나봐!

남자

(무릎을 펴고 일어서면서) 아니오. 기절했소. 다시 정신이 들 거요.

블룸

(재빨리 남자를 흘깃 본다) 이 사람 제게 맡겨요. 제가 쉽게 .....

야경 2

누구십니까? 이 사람 알아요?

카 이병

(야경 쪽으로 비실거리며 간다) 저 녀석이 내 숙녀 친구를 모욕했다니까요.

블룸

(화내며) 그쪽이 애먼 사람을 쳤잖소. 내가 증인이오. 경관님, 이 군인의 연대번호를 받아두세요.

야경 2

내 임무수행에 선생 지시는 필요 없소.

컴프턴 이병

(동료를 잡아끌며) 자, 자리를 뜨자, 해리. 잘못하면 베넷이 널 영창 보낼라.

카 이병

(비실비실 끌려가며) 그까짓 베넷, 까라 그래. 엉덩이 희멀건 꼰대야. 그 딴 놈 누가 신경이나 쓴대?

야경 1

(수첩을 꺼낸다) 이 사람 이름이 뭐요?

블룸

(군중 너머를 응시하며) 저기 마차 한 대가 보이네. 잠깐 거들어주시면, 경사님 ....

야경 1

주소 성명을 대시오.

(코니 켈러허가 모자에 상장을 두르고 손에는 조화를 든 채 구경꾼들 사이에서 나타난다.)

블룸

(얼른) 어이, 마침 잘 왔네! (속삭인다) 사이먼 데덜러스의 아들이야. 좀 취했어. 이 경관들한테 저 뜨내기들 좀 돌려보내라고 해.

야경 2

안녕하십니까, 켈러허 씨.

코니 켈러허

(거슴츠레한 눈으로 야경에게) 괜찮습니다. 내가 아는 분이오. 경마로 돈 좀 따셨지. 골드컵에서. 스로어웨이로. (소리 내서 웃는다) 20 대 1로. 내 말 알아듣겠소?

야경 1

(군중을 향한다) 뭐 볼 게 있다고 그리 입을 딱 벌리고들 있습니까? 이제 그만 가서 볼일들 보세요.

(군중이 투덜대며 골목을 따라 슬금슬금 흩어진다.)

코니 켈러허

경사, 이 일은 내게 맡기시오. 별일 없을 거요. (머리를 흔들어대며 껄껄 웃는다) 우리도 종종 저렇게 사고치곤 했지, 아니, 더했지. 어때요? 응, 어때?

야경 1

(헤헤 웃는다) 그렇겠죠.

코니 켈러허

(야경 2의 옆구리를 찌른다) 자 이 건은 불문에 부칩시다. (머리를 흔들며 경쾌하게 노래한다) 내 투랄룸 투랄룸 투랄룸 투랄룸과 함께. 어때, 응, 내 말 알아듣겠소?

야경 2

(싹싹하게) 아, 하긴 우리도 그랬죠.

코니 켈러허

(윙크하며) 청년들이 다 그렇지 뭐. 내가 저기께 마차를 세워두었소만.

야경 2

알겠습니다, 켈러허 씨. 안녕히 계십시오.

코니 켈러허

뒷일은 내가 알아서 하겠소.

블룸

(야경 둘과 차례로 악수한다) 정말 감사합니다, 여러분. 감사합니다. (은근하게 중얼거린다) 아시다시피, 말 나와서 좋을 거 없거든요. 이 청년 부친께서 아주 존경받는 유명한 시민이랍니다. 젊은 혈기로 좀 논 것뿐, 아시겠지만요.

야경 1

아, 이해합니다, 선생님.

야경 2

괜찮습니다, 선생님.

야경 1

신체적 상해 건에 한해서만 서에 보고하게 돼 있거든요.

블룸

(고개를 빨리 끄덕인다) 당연하죠. 지당해요. 필수적인 의무에 한해서.

야경 2

우리 임무니까요.

코니 켈러허

잘들 가시오, 여러분.

야경

(함께 경례하며) 안녕히 계십시오, 여러분.

(느릿느릿 터벅터벅 사라져간다.)

블룸

(휴 하고 한숨 돌린다) 천우신조로 제때 와주었네. 마차가 있다고 ...?

코니 켈러허

(비계에 기대 세워둔 마차를 어깨 너머 엄지손가락으로 가리키며, 껄껄 웃는다) 재밋 술집에서 다른 손님들에게 샴페인을 한턱낸 외판원 둘이 있었어. 정말 호화판이더라고. 그중 하나가 경마에서 2파운드를 잃었대.

울화를 삭히고 있었어. 근데 잘 노는 아가씨들과 한잔하고 싶어하는 거 있지. 그래서 내가 그 친구들을 비핸의 마차에 태워 밤거리로 데려온 거야.

블룸

난 가디너 스트리트로 막 집에 가던 참인데 때마침 ...

코니 켈러허

(웃는다) 물론 그 친구들은 여자들이랑 어울려 노는 데 나도 끼었으면 하더라고. 천만에요, 별말씀을, 난 그랬지. 나나 자네 같은 고수들한테 어디 될 말인가. (다시 웃고는 거슴츠레한 눈으로 짓궂게 빤히 쳐다본다) 다행히 우린 집에 하나씩 꿰차고 있잖나, 어때, 응, 내 말 알아듣겠어? 하, 하, 하!

블룸

(웃어보려 애쓴다) 헤, 헤, 헤! 맞아. 사실 난 거기서 옛친구한테 문병 가던 참이었어, 비라그라고 자넨 모를 거야(딱한 친구, 지난주 내내 집에 몸져누워 있었거든). 어쨌든 우린 술 한 잔 나누고 난 막 집으로 가던 중인데 ......

(말이 운다.)

말

호호호호호호! 호호호홈!

코니 켈러허

물론 우리가 그 외판원 둘을 코언 마담 집에 두고 떠나온 후 저기 있는 우리 마부 비핸이 이 소동을 나한테 알려주었고, 그래서 난 마부에게 마차를 세우라고 말하고 내려서 보러 온 거야. (웃는다) 술 마시지 않는 장의마차 전문 마부지. 저 사람을 집에 태워줄까? 어디 사는데? 캐브라나 뭐 그런 덴가?

블룸

아니, 이 청년이 흘린 말로는 샌디코브일 거야.

(앞으로 쓰러져 있는 스티븐이 별들을 향해 숨을 내쉰다. 코니 켈러허는 곁눈질하며 말에게 느린 말투로 말한다. 블룸은 침울한 상태로 어렴풋이나마 가라앉은 모습이다.)

코니 켈러허

(목덜미를 긁는다) 샌디코브라! (허리를 굽혀 스티븐에게 소리친다) 어이! (다시 소리친다) 어이! 어쩐 일인지 톱밥투성이군. 그놈들이 이 사람한테서 뭐 털어간 거 없는지 잘 봐.

블룸

아냐, 아냐, 아냐. 이 사람 돈이랑 여기 모자랑 지팡이는 내가 갖고 있어.

코니 켈러허

아, 좋아, 곧 정신이 돌아올 거야. 뼈 부러진 데도 없고. 그럼, 난 이만 가보겠네. (웃는다) 아침에 약속이 있어서. 망자 매장 건으로. 집에 잘 가게!

말

(운다) 호호호호홈.

블룸

잘 가게. 난 그냥 기다리다가 곧 이 사람 데리고 가야지 ...

(코니 켈러허가 무개마차로 돌아가 탑승한다. 마구가 딸랑거린다.)

코니 켈러허

(마차에서 선 채로) 잘 가.

블룸

잘 가.

(마부는 고삐를 휙 던지고 힘내라는 듯이 채찍을 든다. 마차와 말이 천천히 어설프게 뒤로 물러서다가 방향을 바꾼다. 옆자리에 앉은 코니 켈러허는 머리를 이리저리 내저으며 블룸의 곤경을 흥겨워하는 내색을 한다. 더 먼 자리에 앉은 마부도 말없이 유쾌하게 끄덕끄덕 고갯짓을 한다. 블룸은 묵묵히 머리를 흔들며 즐거이 응답한다. 코니 켈러허는 엄지와 손바닥을 써서 두 경관이 달리 필요한 일을 하느라 잠자는 사람을 건드리지 않을

거라고 안심시켜준다. 블룸은 바로 그것이야말로 스티븐에게 필요한 일이므로 고개를 천천히 끄덕여 고마움을 전한다. 마차는 투랄룸 골목 모퉁이를 돌면서 투랄룸 짤랑거린다. 코니 켈러허는 다시 손으로 안심룸시킨다. 블룸은 안심룸하다고 손으로 코니 켈러허를 확신룸시킨다. 따각거리는 말발굽소리와 짤랑거리는 마구 소리가 투랄룰루 룰루 레이 하며 점점 희미해져간다. 블룸은 톱밥으로 꽃단장한 스티븐의 모자와 물푸레 지팡이를 한 손에 들고 서서 망설인다. 이윽고 그는 허리를 숙이고 스티븐의 어깨를 흔든다.)

블룸

어이! 호! (응답이 없다. 다시 허리를 숙인다.) 데덜러스 군! (응답이 없다) 이름을 부르면. 몽유병자니까.* (다시 허리를 숙이고 주저하다가 뻗어 있는 형체의 얼굴 가까이에 입을 갖다댄다) 스티븐! (응답이 없다. 다시 부른다.) 스티븐!

스티븐

(우거지상을 한다) 누구야? 검은 표범. 뱀파이어. (한숨 쉬고 기지개를 켜더니 모음을 길게 늘어뜨려 탁한 소리로 웅얼거린다)

누가 ... 지금 퍼거스를 ... 몰고
숲의 그늘을 누비며 ... 뚫고 가나 ...?**

---

* 몽유병자를 깨우는 데는 성보다 이름이나 친근한 별명을 불러주는 것이 효과적이라는 흔한 설이 있다.

** 예이츠의 시 「누가 퍼거스와 어울리나?」의 구절. 이어지는 구절의 출처도 같다.

(왼쪽으로 몸을 돌리고는 한숨 쉬며 몸을 웅크린다.)

블룸

시로구나. 교양도 많지. 안타깝게. (다시 허리를 굽혀 스티븐의 외투 단추를 끄른다) 숨을 쉬도록. (손과 손가락들을 능숙하게 놀려 스티븐의 옷에서 톱밥을 털어낸다) 1파운드 7실링. 어쨌든 다치진 않았군. (귀를 기울인다) 뭐라고?

스티븐

(웅얼거린다)

.... 그림자 ... 숲

... 하얀 가슴 ... 어둑한 바다.

(두 팔을 펴 기지개를 켜고 다시 한숨 쉬더니 몸을 구부린다. 블룸은 모자와 물푸레 지팡이를 들고 똑바로 서 있다. 멀리서 개가 짖는다. 블룸은 물푸레 지팡이 잡은 손을 쥐락펴락한다.[205] 스티븐의 얼굴과 몸체를 내려다본다.)

블룸

(밤과 교감한다) 얼굴을 보니 돌아가신 애 모친 생각이 나는군. 그늘진 숲에서. 깊고 하얀 가슴. 퍼거슨이라고 들은 것 같아. 한 소녀. 어느 소녀. 그렇다면 애에게 생길 수 있는 가장 좋은 일이 될 텐데. (중얼거린다) ..... 맹세코 나는 하나든 여러 개든 그 어떤 역할이라도, 그 어떤 책략이라도 늘 기꺼이 받아들이며, 반드시 감추고 결코 드러내지 않겠습

니다*...... (중얼거린다) ..... 바다의 거친 모래밭에서 ... 해변에서 밧줄 끄는 거리에서 .... 조수가 빠지고 .... 들어오고 .....

(그는 묵묵히 생각에 잠겨 비밀결사단장의 자세로 손가락들을 입술에 댄 채, 경계심을 늦추지 않고 스티븐 곁을 지킨다. 깜깜한 담을 배경으로 웬 형체가 서서히 나타나는데, 바로 유괴되어 바꿔치기당한 열한 살짜리 곱상한 아이로서, 이튼 교복을 입고 유리 구두를 신고 자그만 청동 헬멧을 쓴 채 한 손에 책을 들고 있다. 아이는 미소 띤 채 책장에 입을 맞추며 오른쪽에서 왼쪽으로 들리지 않게 책을 읽는다.)

블룸

(소스라치게 놀라, 들리지 않는 소리로 부른다) 루디!

루디

(블룸의 눈을 멍하니 응시하며 계속 읽고, 입맞추고, 미소 짓는다. 섬세한 연자줏빛 얼굴이다. 교복에는 다이아몬드와 루비 단추가 달렸다. 빈 왼손에는 보라색 나비매듭이 달린 날씬한 상아 지팡이를 들었다. 조끼 주머니에서 하얀 어린 양이 내다본다.)

* 프리메이슨의 입회선서.

제3부
귀가

16장

에우마이오스

＊ 만사 제쳐놓고 블룸 씨는 큰 대팻밥을 먼저 털어주고는 스티븐에게 모자와 물푸레 지팡이를 건넨 다음 대체로 그에게 절실하게 필요한 정통 사마리아인의 방식으로 기운을 북돋아주었다. 그의(스티븐의) 정신상태는 딱히 어지럽다기보다는 그저 좀 불안정할 뿐이었고 그런 그가 뭘 좀 마시고 싶다는 욕구를 밝히자, 블룸 씨는 밤늦은 시간도 시간인데다 마실 물은커녕 손 씻을 바트리 수도 펌프조차 없는 형편에서 마침 임시방편이 떠올라 마부휴게소라 불리는 장소가 안성맞춤이겠다는 즉석 제안을 했는데, 버트 브리지 근처라 엎어지면 코 닿을 거리도 채 안 되는 그곳에서 우유 탄 소다수나 광천수 따위의 마실 것을 구할 수 있으리란 생각에서였다. 그러나 문제는 거기까지 어떻게 가느냐 하는 것이었다. 당장 그는 어찌할 바를 몰랐지만, 이 사안에 대한 모종의

조치를 강구하는 것이 명백히 자신의 책임인지라 적절한 수단과 방법을 궁리해보았는데, 그러는 동안에도 스티븐은 연신 하품을 해댔다. 그가 볼 수 있는 한 그의 얼굴은 꽤 창백했고, 그래서 둘 다, 특히 스티븐이, 녹초가 된 그때의 여건에서 마침맞은 모종의 교통수단을 구하는 것이 썩 바람직하겠다는 생각이 떠올랐거니와, 그런 것은 당연히 찾을 수 있다고 늘 생각하던 터였기 때문이다. 따라서 면도 분야의 평소 임무를 충실히 수행하느라고 비눗물로 꽤 젖은 손수건을 챙기는 것을 잊어버리기는 했지만, 대팻밥을 털어내는 등 두어 가지 사전준비를 마치고, 그들은 함께 비버 스트리트, 아니 더 적절히 말해서 비버 레인을 따라 장제소와 대기에 고약한 말똥냄새가 심하게 감도는 몽고메리 스트리트 모퉁이까지 걸어간 뒤, 거기서 급히 왼쪽으로 꺾어 댄 버진 식료품점 모퉁이를 돌아 에이미언스 스트리트로 들어섰다. 그러나 그가 아무래도 그러려니 하고 예상한 대로, 노스 스타 호텔 안에서 술이나 퍼마시고 있는 어떤 작자들이 예약해두었을 게 뻔한 사륜마차 한 대가 바깥에 세워져 있을 뿐 어디에도 손님을 기다리는 마부라고는 코빼기도 보이지 않는데다 그 마차나마 손톱만큼도 꼼짝할 기미가 없었으므로, 휘파람 선수와는 거리가 먼 블룸 씨도 머리 위로 두 팔을 아치 모양으로 올린 채 휘파람 비슷한 걸 딱 두 번 불어서 마차 부르는 시늉을 해보았을 뿐이다.

난처한 지경이지만 상식적으로 생각해보면 아무 일 없다는 듯이 털고 일어나 걸을 수밖에 없다는 것이 분명하였고, 따라서 그들은 그렇게 했다. 그리하여, 이내 도달한 멀릿 주류상점과 시그널 식료품점을 돌아나간 그들이 어쩔 수 없이 에이미언스 스트리트 철도 종착역 방향으로 나아가던 차에 블룸을 곤란하게 만든 상황이 발생했으니, 바로 바지 뒷단추 하나가, 유서 깊은 속담을 바꿔 말해서, 모든 단추의 길을 가버린 것이었으나,* 그래도 사태의 정상을 철저히 참작한 그는 영웅스럽게 이 재난을 대수롭지 않다고 일축했다. 그리하여 마침 둘 중 누구도 딱히 시간에 쫓기지 않았고 비의 신 주피터가 최근에 다녀간 뒤로 하늘이 맑게 개어 기온 또한 상쾌한지라, 그들은 어슬렁어슬렁 걷다가 빈 마차 한 대가 승객도 마부도 없이 기다리는 곳을 지나치게 되었다. 때마침 더블린연합 전차회사의 모래 뿌리는 차 한 대가 돌아오는 걸 보고 연장자는 길벗에게 우발적인 사건과 관련하여 얼마 전에 자신이 겪은 참으로 기적적인 탈출 이야기를 늘어놓았다. 그들은 벨파스트행 노선의 출발점이지만 그렇게 늦은 시간에는 당연히 모든 운행이 중지된 그레이트 노던 철도역의 중앙 입구를 지나고, 시체공시장(특히 밤에는 더욱 그렇지만, 어느 정도 으스스한 것은 말할 것도 없고 별로 끌리지도 않는 장소)의 뒷문을 지나 이윽고 술집 독 테이번에 다다른 뒤, 얼마 지나지 않아 C지구 경찰서로 유명한 스토어 스트리트로 접어들었다. 이 지점과 베레스퍼드 플레이스의 높다랗고 지금은 불 꺼진 창고들 사이에서 스티븐은 먼저 오른쪽으로 꺾으면서 마음속으로 어쩌다 톨벗 플레이스에 있는 베어드 석공소가 연상되어 입센을 생각해볼까 싶었고, 반면에 그의 충실한 단짝 역할을 맡은 동행자는 그들이 있는 자리에서 아주 가까이에 위치한 제임스 로크 시영 제과점의 냄새를, 대중의 모든 일용품 중 으뜸가며 가장 필수적인 것으로 우리가 날마다 먹는

* 사망을 뜻하는 '모든 육체의 길을 가다'의 변용.

빵의 바로 그 맛깔스러운 냄새를, 속으로 흐뭇해하며 들이마셨다. 빵을, 생명의 지주를, 자신의 빵을 스스로 벌어먹어라, 오 최고급 빵이 어디 있는지 알려다오, 로크 제과점에 있다고 하네.

도중에 말수도 없고 터놓고 말하자면 아직 정신이 온전히 돌아오지 못한 길벗에게 어떤 경우에도, 그리고 지금은 그 어느 때보다 더, 완벽하게 기능하며 실상 역겨우리만치 정신 멀쩡한 블룸 씨는 평판 나쁜 여자들과 허울만 번듯한 소매치기들이 판치는 밤거리의 위험성에 대하여 경고 한마디를 해주었는데, 왜냐하면 상습적이 아니고 어쩌다 한 번씩 들른다 해도 봐줄까 말까 한 그런 장소는 그 또래 젊은 친구들에게, 특히 술을 마시는 습관이 밴 경우라면 더욱더, 조심하지 않으면 등판을 땅에 대고 누워 있는 작자라도 야비한 발길질을 날릴 수 있는 판이라 제반 우발사고에 대비하여 주짓수라도 조금 익혀놓지 않는 한 본격적인 우범지역으로 돌변하기 쉬운 까닭이었다. 스티븐이 다행히 무의식 상태에 있을 때 코니 켈러허가 현장에 나타난 것은 천우신조로, 그 난세 영웅이 열한시에 등장하지 않았더라면 결국 그가 부상자 병동이나 그게 아니면 구치소 신세를 지다가 그다음날 법정에서 토바이어스 씨, 아니 그는 변호사에 가까우므로 제쳐놓고 그러니까 월 영감, 혹은 머호니 앞에 출두하게 될 것이고, 그런 소문이 퍼지는 날엔 한 친구가 꼼짝없이 신세 망치는 결말을 맞게 될 터였다. 그가 그 점을 언급한 이유는 진심으로 혐오하는 다수의 경찰관들이 영국 왕의 지배에 봉사하면서 누가 봐도 파렴치한 짓을 일삼았고, 블룸 씨 표현대로, 클랜브래실 스트리트의 A지구에서 벌어진 사건을 한두 가지만 떠올려보더라도, 걸핏하면 죄를 침소봉대하여 뒤집어씌우기 일쑤이기 때문이다. 법의 수

호자라는 자들이 필요한 현장에는 절대 안 나타나고 도시의 조용한 구역들, 가령 펨브로크 로드 같은 데에서는 잘도 눈에 띄는데, 그 뻔한 이유는 그들이 상류계층을 보호하고 봉급을 받아서다. 그가 의견을 피력한 또 한 가지 일은 때를 가리지 않고 발사되기 쉬운 각종 화기나 휴대무기로 군인들을 무장시키는 관행으로, 이는 혹시 어떤 일로 그들 사이에 의견 충돌이라도 발생할 경우 민간인들에게 발사하도록 부추기는 것이나 진배없었다. 자네는 시간과 건강과 인격까지 낭비했고, 게다가 그런 일의 낭비에 그치지 않고 문란한 화류계의 여자들이 덤으로 수많은 파운드며 실링이며 펜스를 우려내게 했고, 무엇보다 가장 위험한 것은 자네가 누구와 함께 취했느냐 하는 것일세, 라고 그는 매우 사리에 맞는 주장을 하면서도, 다만 흥분제라고 하는 말썽 많은 문제를 다루자면, 그 자신은 제철에 나온 오래된 고급 포도주 한 잔은 영양가 높고 피를 만들어주며 변을 잘 통하게 하는 이점이 있다는 점에서(그가 굳게 믿는 좋은 버건디는 특히) 즐겨 마시되, 술이라는 게 사실상 남에게 호락호락 휘둘리게 만든다는 점은 말할 것도 없고 그 밖에도 온갖 말썽을 일으킬 뿐이기 때문에 그가 일관되게 선을 긋는 일정량 이상으로는 결코 마시지 않노라 하였다. 무엇보다도 그는 스티븐이 함께 술집에 간 동료 중 한 명만 제외하고 모두에게 버림받은 사실을 가리켜 이는 형제 의대생들이 저지른, 그 어떤 상황에서도 아주 명백한 배신행위라며 질타하였다.

—그런데 그 한 명이 유다였지요, 그때까지 일언반구도 없던 스티븐이 말했다.

이 화제들과 이와 비슷한 화제들을 토론하면서 그들이 세관 뒤를 지름길로 가로질러 루프 철교 아래를 지나려 하자, 초소 혹은 그와 비슷하게 생긴 집 앞에서 타고 있는 코크스 화로가 무던히도 꾸물거리는 그들의 발걸음을 잡아끌었다. 스티븐은 별다른 이유도 없이 저절로 걸음을 멈추고 쓸모없는 자갈 무더기를 바라보면서 화로에서 발산되는 불빛으로 초소의 어둑한 곳 안에 있는 시 관청 야경꾼의 더 어두운 형체를 겨우 찾아냈다. 그는 이런 일이 전에도 일어났거나 아니면 일어났다는 얘기를 들었던 기억이 떠오르기 시작했지만, 정작 초소 안에서 찾아낸 사람이 아버지의 예전 친구인 검리라는 사실을 기억해내기까지는 적잖은 애를 써야 했다. 마주치는 걸 피하려고 그는 철교 기둥 쪽으로 더 가까이 다가갔다.

—누가 자네한테 인사하는데, 블룸 씨가 말했다.

분명히 다리 아치들 아래를 배회중인 중키의 인물이 다시 소리치며 인사했다.

—안녕!

물론 스티븐은 아찔할 만큼 깜짝 놀라 인사에 답하려고 걸음을 멈추었다. 블룸 씨는 남의 일에 오지랖 떨지 않는다는 신조를 언제나 가지고 있는 만큼 타고난 세심함이 동기로 작용하여 자리를 비키기는 했으나, 그럼에도 불구하고 경계심을 늦추지 않은 것은 일말의 걱정 때문이지 추호도 겁을 먹어서는 아니었다. 비록 더블린 지역에서는 드문 일이라고 해도 그가 알기로 먹고살 게 없다시피 한 막가는 무법자들이 밖으로 나돌면서 시내를 벗어난 으슥한 지점에 잠복해 있다가 평화로운 보행자들 머리에 권총을 겨누고 협박을 일삼는 일이 알려진 바 없는 것은 결코 아니었으니, 그들은 단순히 그 주변을 어슬렁거리는 템스

강둑의 굶주린 부랑자 부류일 수도 있고, 돈 아니면 목숨을 내놓아라, 라는 짧은 경고와 함께 맹렬히 급습하여 털 수 있는 돈은 죄다 턴 후에 교훈으로 삼으라는 듯이 피해자의 목을 조르거나 자른 채로 거기 남겨 둔 채 여차하면 줄행랑을 놓을 태세가 된, 그야말로 딱 부러진 강도일 수도 있는 것이다.

스티븐은 인사말을 걸어온 인물이 바짝 다가왔을 때 비록 자신의 정신도 아주 멀쩡한 상태는 아니었지만 콜리의 숨결에서 썩은 옥수수 위스키 냄새가 나는 것을 눈치챘다. 어떤 이들이 존 콜리 경이라고 부르는 그의 혈통은 이렇게 생겨났다. 그는 라우스 카운티에 사는 농부의 딸 캐서린 브로피라는 여성과 결혼했다가 최근에 별세한 G지구 소속 콜리 경위의 장남이었다. 뉴 로스 마을에 사는 그의 조부 패트릭 마이클 콜리는 처녓적 이름이 (역시) 캐서린 톨벗이었던 그곳 여관 주인의 과부와 결혼한 터였다. 소문에 따르면 (증명되지는 않았지만) 그 여자는 톨벗 드 맬러하이드 경 가문의 핏줄로서, 그런 종류의 주택으로는 참으로 의심할 바 없이 훌륭하여 구경할 가치가 충분한 이 가문의 저택에서 그 여자의 어머니인지 숙모인지 또는 어떤 친척인지 절세미녀라는 소문이 파다한 여자가 그 집 세탁소에 고용되는 특별대우를 누렸다고 한다. 그러므로 지금 스티븐에게 말을 걸어온 사람이 방탕하지만 아직 비교적 젊은 나이인데도, 익살기가 있는 일부 사람들한테서 존 콜리 경이라 불리는 것은 바로 이 때문이었다.

그는 스티븐을 한쪽으로 데려가 예의 처량한 신세한탄을 늘어놓았다. 하룻밤 숙박할 돈이 한 푼도 없다는 것이었다. 그의 친구들도 모두 그를 버렸다. 더욱이 그는 레너핸과 한바탕 다툰 일이 있어서 스티븐한테 레너핸을 치사하고 야비한 얼치기라고 부르는 데 그치지 않고 그 밖에도 주제넘은 표현들을 한도 끝도 없이 덧붙였다. 그는 실직한 상태여서 스티븐에게 도대체 어디 가야 무슨 일거리를, 아니 아무 일거리라도 얻을 수 있겠는지 알려달라고 사정하였다. 아니, 세탁소 일을 하던 어머니의 딸이 그 집 상속자와 한 젖을 먹고 자란 누이였거나 아니면 그들이 어떤 방식으로건 외가 쪽으로 인척관계였다는 건데, 만일 이 모든 것이 처음부터 끝까지 완벽한 날조가 아니라면 두 가지 사태가 동시에 일어난 셈이다. 어쨌든 그는 기진맥진한 상태였다.

—너한테 부탁 같은 거 하지 않을 거야, 그는 말을 이었다, 엄숙히 맹세코 하느님도 아시듯이 내가 돈이 궁하지만 않다면 말이다.

—도키에 있는 남자학교에서, 스티븐이 그에게 말했다, 내일이나 모레 보조교사 자리가 생길 거야. 개럿 디지 교장이라고. 한번 알아봐. 내 이름을 대도 좋아.

—에이, 뭐야, 콜리가 대답했다, 야, 내가 어떻게 학교에서 가르친다고 그래. 내가 어디 너희들처럼 똑똑한 애들하고 똑같니, 그는 어설피 웃으며 덧붙였다. 크리스천 브러더스 학교에서 저학년 때 두 번이나 낙제 먹은 실력인데.

—나 역시 잘 데가 없는 몸이야, 스티븐이 그에게 알려주었다.

콜리는 처음엔 스티븐이 하숙집에서 쫓겨난 것이 웬 한심한 길거리 창녀를 데려온 것과 관련 있을 거라는 의심이 들려고 했다. 말버러 스트리트에 멀로니 아줌마 집이라는 싼 하숙집이 있었는데 하숙비가 겨우 6펜스밖에 되지 않는데다 불쾌한 종자들만 득실거렸지만, 맥코너치 말로는 저쪽 와인태번 스트리트에 있는 브레이즌 헤드 호텔(이야기를 듣는 쪽에게는 막연하게 베이컨 수도사를 떠올리게 하는 이름이었다)에서는 단돈 1실링만으로도 할 수 있는 멋진 일이 널렸다고 했다. 그는, 그에 대해서 한마디도 하지 않았지만, 실은 죽도록 배가 고프기도 했다.

이런 종류의 일이 하루걸러 밤마다 계속 벌어지다시피 해도 스티븐은 마음 한구석에서 동정심을 주체하지 못했지만, 콜리가 시답잖게 늘어놓는 아주 새로운 넋두리가 이전 것들과 마찬가지로 별로 믿을 만한 얘기가 못 된다는 건 알고 있었다. 그럼에도 스티븐은 라틴 시인의 말대로 **나도 불행을 겪을 만큼 겪어서 비참한 이들을 돕는 법을 배웠다***는 입장이었고, 특히 상당액을 날려버릴망정 마침 매월 중간을 넘겨 실상 오늘과 한 날짜인 16일이 될 때마다 봉급을 받는 터이므로 더욱 그러했다. 그러나 무엇보다 우스운 일은 스티븐이 유복하게 지내고 있어서 필요한 돈을 나누어주는 것 말고는 달리 할일이 없다는 생각이 콜리의 머릿속을 떠나지 않는다는 것이었다. 그건 그렇고. 스티븐이 어쨌든 주머니에 손을 넣은 것은 거기서 무슨 음식이라도 찾아낼 생각에서가 아니라 대신에 상대에게 돈을 1실링쯤이라도 빌려줘서 상대가 어떻게든 충분한 먹거리를 구하려고 노력하게 해주자는 생각에서였지만, 주머니를 뒤져본 결과 뜻밖에도 현금이 사라지고 없어서 곤혹스러웠다. 찾아본 결과 나온 것이라고는 비스킷 두어 조각뿐이었다. 그가 아무래도 분실한 것인지 아니면 어디 두고 온 것인지 기억해내려고 그 순간 무진 애를 쓴 것은 그런 불의의 사고가 난 경우라면 이 사태가 즐겁기는

* 고대 로마 시인 베르길리우스의 서사시 『아이네이스』에 나오는 표현.

커녕 실상 그와는 정반대일 것이기 때문이었다. 그는 철저한 조사를 시행하기에는 너무나 완전히 기진맥진한 상태였지만, 그래도 기억해내려고 애를 써보았다. 비스킷에 관해서는 어렴풋이 생각이 났다. 도대체 그걸 준 사람이 정확히 누구였을까, 또는 어디였을까, 아니면 자신이 산 것일까. 그런데 또다른 주머니에서 뭐가 만져지기에 어둠 속 짐작으로 1페니짜리 동전들이려니 싶었지만, 알고 보니 틀린 생각이었다.

—반 크라운짜리 은화잖아, 이 친구야, 콜리가 그의 빗나간 짐작을 바로잡아주었다.

아니나다를까, 보니까 은화가 맞았다. 어떻든 스티븐은 그중 한 닢을 그에게 빌려주었다.

—고마워, 콜리가 대답했다, 넌 신사야. 언젠가 갚을게. 너랑 같이 있던 저분은 누구냐? 캠든 스트리트의 블리딩 호스 술집에서 광고지 붙이는 보일런이랑 같이 있는 걸 두어 번 본 적 있거든. 우리 사이도 있고 하니 거기서 나를 써달라고 네가 말 좀 잘 넣어줬으면 좋겠는데. 샌드위치 광고판이라도 메볼까 했더니 사무실 여자 말이 앞으로 3주 동안 자리가 꽉 차 있다지 뭐야. 기가 막혀, 예약을 해야 하다니, 아니, 누가 들으면 무슨 칼 로사 오페라 광고라도 되는 줄 알겠어. 아무튼 일자리만 구한다면야 뭐 어때, 건널목지기라도 좋아.

그렇게 2실링 6펜스를 얻고 나서 풀죽었다 좀 살아난 콜리는 스티븐도 잘 알 거라며 배그스 코미스키라는 이름의 친구 이야기를 들려주었는데, 풀럼 선구상점의 회계장부 담당으로, 오마라와 이름이 타이기인 말더듬이 꼬마와 함께 네이글 술집의 안쪽 자리에서 종종 눈에 띄던 친구다. 어쨌든 그 친구가 그저께 밤에 술 취해서 소란을 피우다가 경찰에 연행되기를 거부하는 바람에 체포되어 벌금 10실링을 물었다고 했다.

그러는 동안 블룸 씨는 관청의 야경초소 앞 코크스 화로 옆에 있는 자갈 근처에서 계속 어슬렁거리고 있다가, 일벌레인 그 야경이 더블린 시민들이 자는 동안 본인의 몸도 생각해서 사실상 조용히 졸음에 빠져 있었나보다 하는 생각이 퍼뜩 들었다. 그가 옷차림이 아무리 봐도 깔끔한 것과는 거리가 먼 스티븐의 말상대에게도 수시로 야릇한 시선을 던지는 모습은 마치 그 귀족을 어디선가 본 적이 있는 것 같은 품새였지만, 그게 어디서였는지를 정확히 진술할 입장도 아니었고 언제였는지 또한 도무지 생각나지 않았다. 날카로운 관찰로 말하자면 웬만한 사람들한테 지고 싶은 생각이 없을 만큼 빈틈없는 사람인지라, 블룸은 그 사내의 매우 낡아빠진 모자라든가 지저분한 옷차림으로 보아 틀림없이 고질적인 궁핍에 시달려온 사람일 거라는 의견도 개진하였다. 그 사내가 스티븐에게 빈대 붙는 사람 중 하나라는 건 불 보듯 뻔했지만, 이 일로 말하자면 그건 그저 이웃 사람을 닥치는 대로 등쳐먹는 수렁에 아주 깊이, 말하자면, 더 깊은 심연에, 빠질 만큼 빠져 있다는 문제에 지나지 않았고, 또 이 일로 말하자면 보통사람이 어쩌다 법정 피고석에 선다 해도 벌금 유무를 떠나 징역형을 받는 일은 전적으로 아주 희귀한 사례일 터였다. 하여튼 밤인지 아침인지 모를 그 시간에 사람들을 가로막다니, 그자의 뻔뻔스러운 몰염치는 실로 터무니가 없었다. 확실히 도가 지나쳐도 한참 지나친 짓이었다.

둘이 작별을 고하고 스티븐이 돌아오자 산전수전 다 겪은 눈의 소유자인 블룸 씨는 스티븐이 기생충 같은 상대의 감언이설에 넘어갔다는 것을 눈치채지 못할 수가 없었다. 그 만남에 대해 웃으면서 그는, 그러니까 스티븐은 말했다.

—재는 운이 나빠요. 재가 저한테 부탁하기를 광고지 붙이는 웬 보일런이란 분께 부탁해서 자기한테 샌드위치맨 자리를 얻어주십사고 아저씨께 부탁해달라던데요.

이 정보에 별 관심을 보이지 않는 것처럼 보였던 블룸 씨는 0.5초쯤 되는 시간 동안 에블라나라는 널리 알려진 명성을 누리고는 있으나 수리가 아예 물 건너간 상태로 보이는 꼴을 하고 세관 부두 옆쪽에 정박해 있는 버켓 준설선 쪽을 멍하니 바라보다가 얼버무리듯 소견을 내놓았다.

—누구나 자기 몫의 운명을 타고난다지. 자네가 그 얘기를 꺼내고 보니 그 청년 낯이 익군. 한데 그 얘긴 잠시 접어두고, 내가 너무 꼬치꼬치 캐묻는 게 아니라면, 하고 그는 물었다, 떼어준 돈이 얼마인가?

—반 크라운입니다, 스티븐이 대답했다. 틀림없이 어디 잘 곳을 구하는 데 필요한 돈일 거예요.

—필요하다고! 블룸 씨는 그 정보에 털끝만큼도 놀란 기색이 없이 버럭 소리를 질렀다, 난 그 주장을 정말 믿을 수 있고 그 청년에게 늘 돈이 필요하다는 걸 장담하네. 누구나 필요에 따라 살기 아니면 행위에 따라 살기지. 하지만 일반적인 얘기를 하자면, 그는 미소를 한번 짓고 덧붙였다, 자네 자신은 어디서 자려고? 샌디코브까지 걸어간다는 건 말도 안 돼. 설령 걸어간다고 해도 웨스틀랜드 로 역에서 그런 일이 있었으니 숙소로 다시 들어갈 수는 없는 노릇 아닌가. 공연히 그러다가 녹초나 되겠지. 내가 자네에게 이래라저래라 할 생각은 추호도 없네만,

도대체 부친 댁에서는 왜 나왔나?

—불행을 찾아서요, 스티븐의 대답이었다.

—최근에 어떤 일로 존경스러운 자네 부친을 뵈었어, 블룸 씨는 요령 좋게 말을 받았다, 사실은 오늘, 아니, 아주 엄밀히 말하자면 어제지. 부친께서는 현재 어디 사시나? 대화를 나누다보니 이사하셨나보다 싶었거든.

—더블린 어딘가에 계시겠죠, 스티븐은 심드렁하게 대답했다, 왜요?

—재사시더군, 블룸 씨는 아버지 데덜러스 씨에 대해 말했다, 다방면에 걸쳐서, 게다가 누구 못지않게 타고난 이야기꾼이시기도 하고. 응당 그럴 만한 일이지만, 자네를 큰 자랑으로 여기셔. 어쩌면 돌아갈 수도 있을 텐데, 하고 그는 여전히 웨스틀랜드 로 역에서 벌어진 매우 불쾌한 소동을 생각하며 어렵사리 말했거니와, 그때 다른 두 명이, 그러니까 멀리건과 관광 온 그의 영국인 친구가, 결국 또 한 친구를 뒤통수쳐서 마치 그 망할 역이 온통 저희들 것이라도 되는 양 혼란스러운 틈을 타 스티븐을 따돌리고 뺑소니치려는 속셈이 들여다보였고, 또 실제로 그렇게 했던 것이다.

그러나 그 제안에 아무런 반응도 얼른 나타나지 않았던 것은, 대수로운 일이 아닐지 모르지만, 스티븐의 마음속 눈이 자기 집의 벽난로 주변 정경을 다시 그려보는 데 너무 정신없이 몰두해 있었던 까닭으로, 그가 그 정경을 마지막으로 보았을 때 벽난로 옆에 앉아 있던 누이동생 딜리는 머리칼을 늘어뜨린 채 매기와 부디와 케이티에게 달걀 하나씩만 안겨주고 오빠와 둘이서 두 마리에 1페니 주고 산 금요일의 청어를 먹고 나서 우유 대신 귀리 음료를 곁들여 마시려고 검댕이투성이인 주전자 안에 연하게 탄 트리니다드산産 꼬투리 없는 코코아 차가 끓기를 기다리고 있었고, 그러는 동안 고양이는 다림질기계 아래에서 마침 그날이 4회일인가 아니면 사계재일인가 뭔가 하는 날이어서 정해진 날에는 단식하고 절제하라는 교회의 제3계율에 따라 네모난 갈색 종이 위에 어지럽게 널린 달걀 껍질과 까맣게 탄 생선의 대가리와 뼈를 게걸스레 먹고 있었다.

—아니지, 블룸 씨는 거듭 말했다, 내가 자네 입장이라면 흥밋거리를 제공하는 자네 술친구 멀리건에게 안내자나 철학자나 친구로서의 신뢰를 나로서는 그다지 두지 않겠네. 그 친구는 아무리 봐도 끼니를 제대로 챙겨먹지 못한다는 게 뭔지를 깨닫지 못할 만큼 유복한 팔자인데도 이해타산에 잔머리가 잘 돌아간다네. 물론 자네는 나만큼 눈치를 못 챘겠지. 하지만 그 친구가 뭔가 엉큼한 속셈으로 한 줌의 담배나 약간의 마취제를 자네 음료에 탔다는 걸 알게 되더라도 난 전혀 놀라지 않을 걸세.

그러나 그간 들어온 모든 이야기를 통해서 블룸이 이해하게 된 사실은 멀리건 박사가 결코 의학에만 국한되지 않고 다방면에 걸쳐 다재다능한 인물로서, 자신의 전공분야에서 급속도로 두각을 나타내고 있고 세간의 평이 사실로 확인된다면 자신의 근로에 대한 대가로 상당한 급료를 받는 특급 개업의로서 그리 멀지 않은 장래에 영업이 크게 번창할 가능성이 높은데다, 이러한 전문적 지위에 덧붙여 스케리스에서인가, 아니면 맬러하이드에서였나?, 꼼짝없이 익사할 뻔한 사람을 인공호흡과 소위 응급처치로써 구해낸 전력은, 인정할 수밖에 없는 일이지만, 아무리 칭찬해도 모자랄 정도로 지극히 용감한 행동이었으니, 이런 마당에 솔직히 그가 그런 배신행위를 한 이면에 순전히 지독한 악의나 질투 탓으로 돌릴 만한 것 말고는 달리 어떤 세속적인 이유가 깔려 있었는지 도저히 가늠할 길이 없었다.

—그게 아니라면 사정은 오직 한 가지로 귀결돼, 그 친구가 자네의 두뇌를 소위 우려먹고 있다는 것으로 말이지, 그는 과감하게 할말을 내뱉었다.

그가 현재 시무룩한 표정의 스티븐 얼굴에 던진 걱정 반 호기심 반에 다정함까지 더해져 더욱 신중해진 눈길만으로 살펴봐서는 스티븐이 무심코 흘렸거나 아니면 정반대로 사태를 간파하고 그 자신이 가장 잘 아는 이런저런 이유로 일의 형편에 대해 얼마간 내뱉은 두세 마디의 시무룩한 말로 판단하건대 그가 심하게 골탕 먹는 일을 스스로 초래한 건지 아닌지 하는 문제를 환히 알게 되는 건 고사하고 실은 아예 털끝만큼도 알아낼 수가 없었다. 찢어지는 가난이란 그런 효과를 갖는 법이라, 그는 스티븐이 높은 교육적 능력을 갖추긴 했어도 수입과 지출의 균형을 맞추는 데 적잖은 어려움을 겪고 있음을 충분히 짐작할 수 있었다.

남자 공중화장실 근처에서 아이스크림 차가 그들 눈에 띄었고, 그 주변에 이탈리아인들로 여겨지는 사람 한 떼가 열띤 말다툼을 벌이며 유난히 생기 넘치게 톡톡 튀는 그들의 언어로 수다스러운 표현을 쏟아내고 있는 것이 패거리들 사이에 뭔가 사소한 의견 차이가 있는 모양새였다.

—이거 매춘부가 요조숙녀 행세할 판이네, 저놈이 우리한테 돈을 줘야

지! 내 말이 틀려? 망할 자식 같으니!

—계산은 똑바로 하자고. 반 파운드 더 …

—나 참 별 개소리 다 듣겠네!

—반 파운드.

—날강도 같으니! 죽은 조상도 더러운 놈!

—내 말 좀 들어보라고! 1인당 5파운드씩 더 …

블룸 씨와 스티븐은 그가 그때까지 좀처럼 와본 적이 없는 소박한 목재건물인 마부휴게소에 들어갔는데, 전자가 후자에게 미리 그 장소의 주인에 대해 두어 가지 사실을 속삭이면서 귀띔해준 바에 의하면, 그 주인이 한때 유명했던 무적저격단의 '염소가죽꾼' 피츠해리스라는 설이 있지만 진실의 흔적이라곤 눈곱만큼도 엿보이지 않는 일을 실제 사실이라고 장담할 수가 없다는 것이었다. 잠시 후 우리의 밤 나그네 둘이 외딴 구석에 무사히 자리를 잡았나 싶었지만, 이미 거기서 먹고 마시며 얘기를 나누는 데 열중이던, 부랑자와 방랑자 말고도 특징 없는 인간 표본들로 구성된 뚜렷이 잡다한 무리의 시선을 끌고야 말았으니, 그들에게는 두 사람이 두드러진 호기심의 대상인가보았다.

—그런데 커피 한잔하려다 보니 생각이 나는데, 블룸 씨는 어색한 침묵 끝에 이야기 실마리를 찾기 위해 과감히 그럴싸한 제안을 했다, 자넨 뭔가 실속 있는 음식, 가령 롤빵 같은 걸 먹어둬야겠어.

그에 따라 그의 첫번째 행동은 특유의 냉정한 태도로 이 식료품들을 조용히 주문하는 일이었다. 마부든 부두인부든 다른 무엇이든 그 서민들은 대충 훑어보고 나서 탐탁지 않다는 듯이 시선을 돌렸고, 유독 턱수염이 붉고 머리칼이 희끗희끗하며 아마 뱃사람일 성싶은 술꾼 한 사람만이 여전히 한참을 빤히 쳐다보고 나서야 비로소 바닥으로 골똘한 주의를 돌렸다. 블룸 씨는 비록 원하다voglio에 대해서는 확실히 다소 난감해하는 편이라 해도 말다툼중인 언어에 대해서는 서당개 풍월 읊는 수준은 되는 터인지라 자유언론의 권리를 이용하기로 하고, 아직도 시끌벅적하게 한창 소란스러운 거리의 대논쟁에 대한 소견을 그의 피보호자에게 들릴 만한 목소리 톤으로 말했다.

—아름다운 언어야. 노래용으로 말이지. 저 언어로 시를 써보지 그래? 아름다운 시! 아주 음악적이고 생기 넘쳐. 미인. 원하다.

스티븐은 온몸이 노곤함에 시달려 하품을 하려고 젖 먹던 힘까지 기울여 애를 쓰다가 대답했다.

—쇠귀에 경 읽기죠. 돈 때문에 벌어진 실랑이예요.

—그런가? 블룸 씨가 물었다. 물론, 그는 우선 세상에 언어가 꼭 필요한 수보다 더 많다는 생각이 내심 들면서 서글프게 덧붙였다, 그저 그 언어를 감싸고 있는 남쪽의 매력 때문인지도 모르지.

이 대화가 한창 진행중일 때 휴게소 주인은 넘치도록 끓는 특별조제품이란 라벨이 붙은 커피 한 잔과 호랑이 담배 먹던 시절의 것이나 다름없어 보이는 작은 롤빵을 테이블에 내놓았다. 그런 후 주인이 판매대로 돌아가자, 블룸 씨는 그를 아주 똑똑히 살펴봐야겠다고 마음먹었지만 눈치채면 안 되니까 나중으로 미루기로 했다. 그런 이유로 그는 스티븐에게 말을 계속하도록 눈짓으로 부추기는 한편, 일단은 커피라고 부를 만한 음료가 든 컵을 슬쩍 스티븐 가까이로 밀어주는 대접을 해주었다.

—소리는 사기예요, 스티븐은 잠깐 가만히 있다가 말했다, 이름도

마찬가지고요. 키케로는 병아리콩이죠. 나폴레옹은 몸짱 씨고요. 예수는 도일 씨죠. 셰익스피어란 이름은 머피만큼이나 흔했죠. 이름이 뭐 별거예요?*

—그럼, 그렇고말고, 블룸 씨는 선선히 동의했다. 당연하지. 내 성도 바뀌었어, 그는 소위 롤빵이라는 것을 건너편으로 밀어주며 덧붙였다.

새로 들어온 그들을 유심히 관찰하던 붉은 턱수염의 뱃사람이 특히 주목하고 싶은 대상으로 이미 꼽아놓은 스티븐에게 수작을 붙이며 단도직입적으로 물었다.

—그렇다면 젊은이 이름은 혹 어찌되는고?

때를 놓칠세라 블룸 씨는 얼른 동료의 구두 한 짝을 툭 쳤지만 스티븐은 뜻밖의 위치에서 날아온 이 애정어린 압력을 아랑곳하지 않고 대답했다.

—데덜러스입니다.

뱃사람은 이왕이면 상당히 오래된 홀랜드 진에 물을 섞었을 법한 술을 골라 지나치게 마셔댄 탓에 졸려서 아예 감기다시피 할 만큼 축 풀어진 두 눈으로 그를 무겁게 빤히 쳐다보았다.

—사이먼 데덜러스를 아나? 이윽고 그가 물었다.

—들어본 적은 있습니다, 스티븐이 말했다.

---

* 셰익스피어의 『로미오와 줄리엣』에서 줄리엣이 로미오의 가문을 알게 된 후에 읊는 대사다. 스티븐은 소리와 이름의 속임수를 말하려고 다음의 예들을 언급하는데, '키케로(Cicero)'의 라틴어 어원인 'cicera'는 영어의 '병아리콩(chickpea=podmore)'에 대응하고, 코르시카식으로 표기한 나폴레옹의 이름(Buonaparte)은 영어의 'Goodbody'에 대응한다. 예수의 성(Christ)은 영어의 '성유 바른 자(anointed=oiled)'와 발음이 유사한 '도일(Doyle)'에 대응한다.

블룸 씨는 다른 사람들도 엿듣는 눈치가 역력하다보니 잠시 당혹스러웠다.

—아일랜드 사람다운 분이야, 뱃사람은 여전히 똑같은 방식으로 빤히 바라보는 눈길로 고개를 끄덕이며 배짱 좋게 단언했다. 꼴통 아일랜드 양반이라고.

—너무나 된통 아일랜드 분이시죠, 스티븐이 맞장구쳤다.

블룸 씨로 말하자면 뭐가 어떻게 돌아가고 있는 영문인지 갈피를 잡을 수가 없어서 둘 사이가 도대체 무슨 연줄일까 속으로 궁금해하던 차에, 뱃사람이 알아서 휴게소의 나머지 손님들에게 고개를 돌리고 말을 꺼냈다.

—난 그 양반이 50야드 떨어진 거리에서 병 두 개에 얹힌 달걀 두 개를 어깨 너머로 쏘아 떨어뜨리는 걸 봤소이다. 왼손잡이 명사수였지.

비록 이따금 말을 더듬는 바람에 약간 주춤하기도 하고 몸짓 또한 실상 어색했지만 그러거나 말거나 그는 최선을 다해 설명했다.

—병이 저쪽에 있다고 칩시다. 정확히 50야드 거리에. 달걀은 병에 얹혀 있고. 어깨 너머로 총의 공이치기를 잡아당기기. 겨냥.

그는 몸을 반쯤 돌리고 오른쪽 눈을 꼭 감았다. 그런 뒤 얼굴을 약간 옆으로 돌린 채 잔뜩 찡그리고 볼썽사나운 얼굴 표정으로 바깥쪽 밤의 어둠 속을 노려다보았다.

—빵! 그다음 그는 한 번 소리질렀다.

청중은 모두 달걀 하나가 더 남아 있었으므로 폭발음을 또 한 방 예상하면서 기다렸다.

—빵! 그는 두 번째로 소리질렀다.

두번째 달걀이 볼 것도 없이 박살나자, 그는 고개를 끄덕이고 눈을 찡긋하며 피에 굶주린 듯 덧붙였다.

—버펄로 빌*은 사격의 명수,

과거에도 미래에도 백발백중.

한 차례 침묵이 이어진 끝에 블룸 씨는 분위기를 살리느라고 그저 그게 비즐리**와 같은 사격술대회에서 있었던 일인지 물어보고 싶은 생각이 났다.

—잘 못 들었소만, 뱃사람이 말했다.

—오래전 일인가요? 블룸 씨는 털끝만큼도 움찔하지 않고 밀어붙였다.

—글쎄요, 뱃사람은 용쟁호투의 마력적인 위세에 눌려 웬만큼 누그러지며 대답했다, 한 십 년 되려나. 그 양반은 헹글러의 로열 서커스단과 함께 전 세계를 누볐다오. 그 양반 솜씨를 본 건 스톡홀름에서였지만.

—우연의 일치치곤 희한하군, 블룸 씨는 남들이 눈치채지 못하게 스티븐에게 털어놓았다.

—내 이름은 머피요, 뱃사람이 말을 이었다. 캐리갤로의 D. B. 머피.*** 어딘지 아쇼?

—퀸스타운항이지요, 스티븐이 대답했다.

---

* 미국 서부개척시대에 정찰과 들소 계약 청부업을 하면서 명사수로 이름을 떨친 윌리엄 F. 코디의 별명.

** 런던 서남부의 비즐리 코먼에서 매년 개최되던 전국 라이플협회 주최의 사격대회.

*** '머피(Murphy)'는 대표적인 아일랜드인 이름으로 '바다의 전사'라는 뜻이다. 그 외에 '감자'라는 우스개 뜻도 있다.

—그렇지, 뱃사람이 말했다. 캠든 요새랑 칼라일 요새가 그 근방이고. 내가 바로 거기 출신이야. 여우 같은 우리 마누라가 거기 있걸랑. 날 기다리면서, 난 알아. 잉글랜드와 집과 미인을 위하여. 사랑스러운 조강지처인데 못 본 지 벌써 7년일세, 배 타고 떠돌다보니.

블룸 씨는 이 장면에 그가 등장하는 모습, 즉 데이비 존스*의 손아귀를 벗어난 뒤 달빛도 없는 비 내리는 밤에 뱃사람의 길가 오두막집으로 귀가하는 모습을 쉬 그려볼 수 있었다. 아내 찾아 삼만리. 볼트가의 부부인 앨리스와 벤에 관한 그 특별한 화제, 이넉 아든이며 립 밴 윙클에 관한 이야기는 널리고 널렸는데, 타계한 존 케이시가 아끼던 더없이 쓰라린 한 편의 열변이자 소박하나마 나름대로 완벽한 시 「코크 올리리」를 기억하는 자 부근에 그 누구인가. 집 떠난 남편에게 아무리 충실했더라도 한번 달아난 아내가 돌아오는 얘기는 없다. 창문에 나타난 얼굴! 긴 고생 끝에 마침내 집에 돌아왔건만 사랑하는 아내에 관한 끔찍한 진실, 그가 사랑에 좌초했다는 진실을 맞닥뜨렸을 때 얼마나 놀랐을지 헤아려봐. 당신은 내가 올 줄 몰랐겠지만 나는 집에 눌러앉아 새 출발하려고 왔소. 거기, 옛날 바로 그 난롯가에 독수공방해야 할 아내가 앉아 있다. 내가 죽어 깊은 바다의 요람에 흔들리고 있으리라 믿고. 그런데 그 자리에, 꺼벙이 첩Chubb이나, 경우에 따라서는, 크라운 앤드 앵커 술집의 주인인 톰킨이 양파 곁들인 소 엉덩잇살 스테이크를 셔츠 바람으로 먹고 있는 것이 아닌가! 아버지 자리는 없구나. 위잉! 폭풍이여! 아내의 무릎 위엔 갓 태어난 아기, 아비 없이 생겨난 아이가 앉아 있

* 선원들을 곤경에 몰아넣는다는 전설 속 악마.

구나. 높게 로ro! 난잡하게 로! 그리고 쾌속질주로 맵시 나게 오! 불가피한 운명에 순종하라. 쓴웃음 속에 견뎌라. 나는 언제까지나 가슴 미어져도 사랑 넘치는 그대의 남편 D B 머피로 남으리라.

아무래도 더블린 주민으로는 안 보이는 뱃사람은 마부 중 한 사람에게 고개를 돌리고 부탁했다.

—혹시 씹는담배 따위 남는 거 없소?

부탁받은 마부는 마침 가진 게 없었으나, 주인이 못에 걸린 멋진 재킷에서 주사위 꼴의 씹는담배 하나를 꺼내자 바라던 물건이 손에서 손으로 건네졌다.

—고맙소, 뱃사람이 말했다.

그는 씹는담배를 입에 넣고 씹으며 다소 느리게 더듬더듬 말을 이어나갔다.

—우린 오늘 아침 열한시에 배를 댔다오. 브리지워터에서 벽돌 싣고 온 삼층 장선 로스빈호 말이우. 이리 건너오려고 탄 배라오. 오늘 오후에 봉급을 탔지. 거기 있는 게 내 고용만료증서요. 보이시지? 숙련선원. D. B. 머피.

그 진술을 확인시켜주려고 그는 안주머니에서 그다지 깨끗해 보이지 않는 접힌 서류를 꺼내 옆 사람에게 건넸다.

—세상 구경 무던히도 했겠소, 주인이 판매대에 몸을 기대며 말했다.

—이를 말씀이오, 뱃사람이 그 말을 생각해보더니 대답했다, 처음 배에 오른 이래 어지간히도 싸돌아다녔지요. 홍해도 가봤고. 중국이랑 북아메리카랑 남아메리카도 가봤지. 한번은 항해 도중 해적에게 쫓기

기도 했다오. 빙산도 많이 보았지, 작은 빙산들 말이외다. 스톡홀름이랑 흑해도 가봤고, 배를 구멍 내서 침몰시키는 데에는 이골이 난 돌턴 선장 밑에서 다르다넬스해협도 가봤지. 러시아도 보고. 고스포디 포밀류.* 러시아 사람들은 그렇게 기도한다오.

—진풍경들도 보았겠소, 말해 무엇하랴만, 한 마부가 끼어들었다.

—암만, 뱃사람이 아직 덜 씹힌 담배를 옮기면서 말했다. 진풍경들도 보았지, 온갖 흥망성쇠를. 꼭 내가 이 담배를 씹는 것처럼 악어가 닻혀를 물어뜯는 광경도 봤고.

그는 죽이 돼버린 담배를 입에서 꺼내 이빨 사이에 끼우고 사납게 꽉 물었다.

—끄응! 이렇게 말이야. 나는 또 페루에서는 식인종도 보았는데, 글쎄 이놈들은 시체고 말의 간이고 가리지 않고 먹어치우더라니까. 여기 좀 보슈. 여기 있으니. 내 친구가 보내준 거유.

그는 나름대로 일종의 창고 노릇을 하는 안주머니에서 그림엽서를 꺼내 테이블을 따라 죽 밀었다. 엽서에 인쇄된 글자는 이렇게 쓰여 있었다. 초사 데 인디오스. 베니, 볼리비아.**

모두들 주의를 기울여 공개된 광경을 바라보니, 허리에 걸치는 줄무늬 옷차림의 미개한 여성 한 무리가 몇 채의 원시적인 버드나무 오두막 바깥에서 우글거리는 아이들(스무 명은 족히 돼 보였다)에 둘러싸인 채 웅크리고 앉아 눈을 깜박이거나 젖을 빨리거나 상을 찌푸리거나 잠을 자고 있었다.

* '주여 우리를 불쌍히 여기소서'라는 뜻의 슬라브어.

** '인디언 오두막, 볼리비아 베니'라는 뜻의 스페인어.

—온종일 코코아를 씹어댄다오, 수다스러운 선원이 덧붙였다. 위가 마치 빵 강판 같거든. 아이를 더이상 낳을 수 없게 되면 젖을 잘라내지. 불알을 고스란히 드러낸 채 거기 앉아 죽은 말의 생간을 먹는 것도 봤어.

그의 그림엽서는 줄잡아 몇 분 동안은 어수룩한 남자들의 인기를 독차지했다.

—그것들을 뭘로 쫓아내는지 아남? 그는 두루 둘러보며 물었다.

아무도 선뜻 말을 못 꺼내자 그는 눈을 찡긋하고는 말했다.

—거울이야. 아주 혼비백산해버려. 거울에.

블룸 씨는 놀란 내색을 하지 않고 가만히 엽서를 뒤집어 군데군데 지워진 주소와 소인을 꼼꼼히 읽었다. 타르헤타 포스탈, 세뇨르 아 보우딘, 갈레리아 베체, 산티아고, 칠레. 유심히 살펴보았으나 메시지는 분명히 없었다.

블룸은 섬뜩하게 떠벌리는 이야기를 어차피 맹신하는 바도 아니었던데다(또는 윌리엄 텔 이야기라든지, 그리고 총 쏜 자의 탄환이 과녁이 된 자의 모자를 뚫고 지나갔다는 〈마리타나〉에 묘사된 라사리요-돈 세사르 데 바산의 일화가 있다고는 해도, 이왕 말 나온 김에 언급하자면 달걀을 쏘아 맞혔다는 무용담도 안 믿기기는 마찬가지), (그가 스스로 자처하는 바로 그 인물이며 어딘가에서 쥐도 새도 모르게 원위치로 돌아온 후 위장 신분으로 행세하지 않았다고 가정한다손 쳐도) 뱃사람의 이름과 그 서신의 허구적인 주소가 불일치한다는 점을 간파했고 바로 이 점이 블룸으로 하여금 우리 친구의 정직성을 여러모로 의심하게 만들었다지만, 그럼에도 불구하고 이로 인해 블룸에게 슬며시 떠오른 기억은 비록 그가 내로라할 광범위한 여행을 해본 적은 없을지라도 언젠가 수요일이나 토요일로 날을 잡아 먼바다를 거쳐 런던으로 가는 여행을 실현하겠다는 계획을 오랫동안 품어왔다는 것이었으니, 그는 운명의 장난으로 가장 긴 여행이라고 해봐야 기껏 홀리헤드까지 가본 것이 고작일 정도로 여태껏 줄곧 뭍에서만 살아왔을망정 실은 마음만큼은 타고난 모험가였다. 마틴 커닝엄은 이건을 통해 통행허가증을 구해주겠노라고 곧잘 말하곤 했지만, 이런저런 망할 놈의 장해 따위가 끊임없이 예기치 않게 발생하는 바람에 그 계획이 수포로 돌아간 것이 에누리 없는 결과였다. 그러나 결과적으로 설혹 필요한 경비를 현금으로 즉시 지불하며 재정적인 위험을 무릅쓴 셈이 될지언정, 그가 가보려고 마음먹은 멀링가행 왕복 차비가 5실링 6펜스인 걸 감안하면 고작 2기니 남짓 되는 비용 따위는 주머니 사정만 허락한다면 그리 비싼 가격이 아니었다. 런던 여행은, 특히 간이 나쁜 사람에게는, 기운을 북돋우는 상쾌한 공기 덕택에 건강에 이로운데다 모든 면에서 철저히 유쾌할 여행으로, 도중에 플리머스, 팰머스, 사우샘프턴 등 여러 도시를 구경하다가 마침내 위대한 대도시의 풍경이자 우리의 현대판 바빌론에 해당하는 장소의 장관을 관람하는 교육적인 여행에서 절정에 이를 텐데, 그곳에서는 분명히 런던탑, 웨스트민스터사원, 호화로운 파크 레인과 같이 그간의 인식을 새롭게 할 가장 위대한 발전상을 보게 되리라. 결코 나쁜 착상이 아니겠다 싶게 퍼뜩 든 또 한 가지 계획은 탐방하는 현지를 죽 둘러보면서 하계 음악 순회공연의 계약을 따기 위해 노력을 기울이는 것으로, 여기에 혼탕과 특급 광천수 치료소와 온천을 보유한 마게이트, 이스트본, 스카버러, 마게이트 인근, 아름다운 본머스, 영국

해협의 섬들, 그리고 이와 비슷한 명승지 등등의 가장 명성 높은 유원지들을 포함시키면 소득이 쏠쏠할 수도 있다. 물론 C P 머코이 여사 같은 부류가 증언하듯, 여행 가방 좀 빌려주시면 나중에 표를 우송해드릴게요, 하는 식의 어중이떠중이를 그러모은 공연단체나 지방의 직장 여성들을 상대하면 안 된다. 아무렴, 뭔가 최고급 단체, 아일랜드 올스타 특급출연진, 즉 엘스터 그라임스 오페라단이나 무디-매너스 오페라단과 당당히 어깨를 겨눌 수 있게 그 자신의 법적 배우자를 주연 가수로 내세운 트위디-플라워 그랜드 오페라단을 구성하는 완전히 단순명료한 기획으로 추진해야 하고, 필수적인 막후 조종에 의해 사업과 즐거움을 결합시키는 배짱을 웬만큼 가진 친구가 지역신문에 과장된 찬사를 늘어놓기만 한다면 성공은 아주 따놓은 당상이었다. 하지만 누가? 그게 문제였다.

또한, 실질적인 확신도 없이 그에게 떠오른 착상은, 흔해빠지게 만연한 비능률에다가 비생산적으로 낡은 방식과 멍청이들이 죄다 모여 시간 낭비하기 일쑤인 관료주의적 부서에서 또다시 심의중이라고 논란이 많은 피시가드-로슬레어 간 항로와 관련하여, 시대에 뒤지지 않도록 새로운 항로를 개설하는 방향으로 대대적인 사업영역을 개척해야 한다는 것이었다. 일반 대중과 보통 사람의 여행 수요를 충족시키기 위한 기개와 모험심을 발휘하여 가령 브라운 로빈슨 주식회사 같은 사업체를 창립할 훌륭한 기회가 분명히 있었던 것이다.

기성 사회의 수준이 정말로 높아져야 할 이때, 내 사랑하는 숙맥 씨가 나를 아내로 맞은 이래로 고작 하찮은 2파운드 정도밖에 안 되는 비용 때문에 보통 사람이 자기가 살고 있는 세상에 대한 견문을 더 넓히지 못하고 언제나 허구한 날 집에만 갇혀 지낸다는 것은 개탄할 문제요 또한 한눈에도 어처구니없는 일이며 찬사받는 우리 사회의 크나큰 책임이었다. 따지고 보면, 젠장, 사람들은 열한 달 이상을 그런 식으로 따분하게 지냈으니, 이왕이면 자연이라는 귀부인이 마치 새로운 생명이라도 얻은 양 절정의 눈부신 자태를 뽐내는 여름철을 골라 도시생활의 고달픔을 털어낸 후 화끈한 **환경**의 변화를 누릴 자격이 있는 것이다. 섬나라인 고국에서도 휴가 여행자들에게 탁월한 기회가 영국과 어깨를 겨룰 만큼 많은바, 우선 더블린 시내와 변두리뿐만 아니라 증기전차가 다니는 폴라푸카같이 경치 좋은 교외에 사는 기성 사회의 사람들에게 수많은 경승지와 더불어 기운을 북돋우는 활력소를 제공하여 원기를 회복시켜주는 상쾌한 숲지대가 있을 뿐 아니라, 광란의 군중에서 더 멀리 벗어나 아일랜드의 정원이라는 정당한 별칭으로 불리는 위클로는 비만 내리지 않는다면 나이든 자전거족에게 이상적인 이웃 지역이 되어주고, 도니골의 황무지는 비록 접근성이 좋지 않은 탓에 거기서 얻어낼 수 있는 현저한 이득에 비해 방문객의 유입이 아직 제 수준에 못 미치나 소문이 사실이라면 **경치**가 지극히 장엄하며, 그런가 하면 호스는 비록 고의나 사고로, 그리고 말이 난 김에 얘기하자면 보통은 순간적인 충동에 의해 절벽 아래로 추락사하는 그 나름의 통행세가 있다고는 하나, 넬슨스 필러로부터 45분밖에 걸리지 않는 거리이다보니 실큰 토머스, 그레이스 오맬리, 조지 4세 등 역사적 유서 등등에다 해발 700피트 높이에 철쭉꽃이 지천이어서 청년들의 환상 운운하는 봄철에는 특히 온갖 부류와 신분의 사람들이 즐겨 찾는 행락지다. 하기는 최신식 관광여행이 물론 소위 걸음마 단계에 머물러 있고 숙박 사정 또한 아직 개선의 여지가 많은 실정이었다. 순전한 호기심이라는 동기에서 볼 때 그에게 따져보기 흥미로워 보이는 문제는 교통이 길을 만드느냐 그 반대냐 아니면 양쪽 다이냐 하는 점이었다. 그는 그림, 즉 엽서의 뒷면을 도로 뒤집어 스티븐에게 죽 밀어주었다.

—예전에 내가 본 중국인은, 대담한 이야기꾼이 말했다, 접착제 같은 작은 환약들을 가지고 있었는데 그것들을 물속에 넣으니까 펴지더니 저마다 뭔가 다른 걸로 변하더라고. 하나는 배, 다른 하나는 집, 또 다른 하나는 꽃으로. 국에 집쥐를 넣은 요리를 해먹어, 그는 입맛 돋우려는 듯이 덧붙였다, 짱깨가 그래.

사람들 얼굴에서 의심스러워하는 표정을 감지했는지 세계여행자는 계속 모험담을 붙잡고 늘어졌다.

—트리에스테에서는 이탈리아 녀석이 살인하는 것도 봤다오. 등에다 칼을 꽂아서. 칼을 이렇게.

그 말을 하면서 그는 자신의 성격에 썩 잘 어울리게 위험해 보이는 접칼을 꺼내 후려칠 자세로 치켜들었다.

—사창가에서였는데 강도들 사이에 속임수를 썼다는 시비가 붙었다나. 녀석이 문 뒤에 숨어 있다가 뒤에서 덮친 거야. 이렇게. 저승사자 만날 준비나 해라, 이러더라고. 쑥! 칼이 손잡이 부분까지 등에 꽂혔어.

졸린 듯이 주위를 두리번거리는 그의 무거운 시선에 사람들은 설사 질문을 더 하고 싶더라도 그럴 엄두를 내지 못했다.

—이 칼 쇠붙이 질이 끝내주거든, 그는 소름 끼치는 단도를 꼼꼼히 살펴보면서 거듭 말했다.

아무리 담대한 사람이라도 오싹해질 만큼 참혹한 그 대단원을 마친 후 그는 칼날을 탁 접고 문제의 무기를 아까처럼 공포의 방, 달리 말해서 주머니에 도로 넣었다.

—날붙이 다루는 데는 도가 튼 놈들이지, 아무것도 모르는 게 분명한 누군가가 그들 모두를 대신해서 말했다. 공원에서 벌어진 무적저격단원 살해사건이 외국인들 짓이라고 사람들이 생각한 것도 외국인들이 칼을 사용하기 때문이야.

그러나 명백히 모르는 게 약이라는 취지로 한 이 발언에 B 씨와 스티븐은 엄격하게 우리끼리만 비밀을 간직한다는 식의 종교적 침묵 속에 각자 본인 특유의 방식으로, 그리고 둘 다 본능적으로, 의미심장한 눈길을 주고받았는데, 그 눈길은 털끝만큼도 빈틈이 없는 염소가죽꾼, 일명 주인이 끓이는 그릇에서 액체를 따르는 쪽으로 쏠려 있었다. 진정한 예술작품이자 본질적으로 완벽한 연구대상이랄 수 있는 그의 헤아릴 길 없는 얼굴은, 뭐라 딱 부러지게 설명할 수는 없지만, 그 자리에서 돌아가고 있는 분위기를 까맣게 모르는 눈치였다. 흥미롭지, 대단히!

다소 지루할 만큼 긴 침묵이 이어졌다. 한 사내는 문득문득 생각난 듯이 커피로 얼룩진 석간신문을, 다른 사내는 원주민들의 오두막이 그려진 엽서를, 또다른 사내는 뱃사람의 고용만료증서를 각각 읽고 있었다. 블룸 씨는, 개인적인 문제에 관한 한, 근심스러운 기분으로 그저 골똘히 생각에 잠겨 있을 뿐이었다. 그는 암시된 사건이 일어난 시기가 토지개혁문제가 발생하던 대충 20년 전쯤임을 바로 어제 일처럼 기억했는데, 그 문제는 그의 나이가 막 열다섯 살로 접어들던 80년대 초 정확히 말해서 81년 당시에 문명 세계를 비유적으로 말해서 태풍처럼 강타했었다.

—이보쇼, 왕초 양반, 뱃사람이 불쑥 말을 꺼냈다. 그 서류 좀 돌려주시구려.

요구가 받아들여지자 그는 증서를 손으로 스윽 긁듯이 그러모았다.

—지브롤터 바위산을 본 적 있습니까? 블룸 씨가 물었다.

뱃사람이 담배를 씹으며 얼굴을 찡그리는데, 맞는지 틀리는지 모르지만, 그렇다는 쪽으로 읽힐 수 있는 표정이었다.

—아, 거기도 가보셨군요, 유로파곶을 말이오, 가봤을 거라고 생각하고 이렇게 말한 블룸 씨는 유랑자가 잘하면 몇 가지를 기억해내서 얘기를 하겠거니 기대를 품었지만, 유랑자는 그러기는커녕 그저 입에서 씹던 것만 찍 톱밥 속에 뱉어내고는 시답잖다는 투로 고개를 천천히 저었다.

—그게 대략 몇년도 일입니까? B 씨는 캐물었다. 거기 보트들이 기억나세요?

우리의 자칭 뱃사람은 굶주린 듯 잠시 굼뜨게 우적우적 씹고 나서야 대답했다.

—난 바다에 있는 바위란 바위는 죄다 신물이 났소. 보트건 배건. 노상 소금에 절인 육포만 먹다보니.

그는 지쳐 보인다 싶더니 말을 멈추었다. 그에게 질문한 사람은 이런 능구렁이 영감한테서는 별다른 얘기를 들을 성싶지 않다는 걸 알아채고, 지구를 둘러싼 바다의 어마어마한 규모에 대하여 부질없는 공상에 빠지기 시작했는데, 다른 건 그만두고라도, 지도를 건성으로 보아도 알 수 있듯이, 바다는 지구 표면을 4분의 3이나 가득 덮고 있고 따라서 바다를 지배한다는 게 어떤 의미를 갖는지 깨닫고도 남음이 있었다.

그는 한 번도 아니고 적어도 여남은 번이나 돌리마운트의 노스 불 섬 근처에서 누가 보아도 정년퇴직한 후 갈 곳 없어진 늙은 선원을 보았는데, 딱히 향기로울 것도 없는 바다 근처 제방에 습관적으로 앉아 아주 넋을 잃은 채 바다와 서로 마주보는 것이, 누가 어디선가 노래한 것처럼 신선한 숲과 들판을 꿈꾸는 모양이었다. 그래서 그는 사연이 궁금했다. 어쩌면 그 노인은 스스로 바다의 비밀을 풀려는 노력으로 대척지를 비롯해 그와 비슷한 온갖 장소들 위아래를 어렵사리 넘나들면서 바다 위아래로, 아니 아래는 별로 아니겠지만, 항해하느라 운명을 시험했을 터였다. 그런데 거기에 비밀이 정말로 전혀 없을 확률이 20 대 0이었다. 그럼에도 불구하고, 이 문제를 세부사항까지 조사해보지 않더라도 여전히 웅변적으로 남아 있는 사실은 바다가 찬란한 자태로 거기에 자리잡고 자연의 이치에 따라 누가 됐든 바다 위를 항해하며 신의 섭리에 맞서야 한다는 것인데, 다만 그러다보면 사람들이 대개 지옥의 개념이라든지 동일하게 같은 방침으로 운영되는 복권과 보험 따위의 책임을 다른 사람에게 지울 궁리만 한다는 사실이 밝혀지게 되고, 따라서 다른 건 몰라도 바로 그런 이유만으로도 '구명보트 일요일'은 높이 찬사받을 제도로서 이에 대해 일반 대중은 사정에 따라 내륙이나 해변 중 어디에 살든지 그런 사실을 똑똑히 깨달아 감사한 마음을 더 나아가 항무관들과 해안경비대에게도 품어야 할 것인즉, 그 이유는 이들이 아일랜드가 모든 이들에게 기대 운운하는 대로 임무가 떨어지면 계절을 가리지 않고 폭풍우 속에서도 삭구를 갖추어 먼바다로 출범해야 하고, 때로는 배가 당장에라도 뒤집어질 듯한 겨울철의 악조건 속에서도 키시를 비롯한 아일랜드 등대들을 잊지 않고 혹독한 고생을 겪는 가운데, 한번은 등대 직원이 딸과 함께 그곳들을 순찰하다가 폭풍우가 몰아치는 정도는 아니어도 몹시 불안정한 날씨를 만난 적도 있었기 때문이다.

—로버*호를 타고 나와 함께 항해한 친구가 있었는데, 하고 그 자신도 유랑자인 늙은 뱃사람은 말을 이어나갔다, 이 친구가 뭍으로 돌아가 6파운드의 월급에 신사의 하인이라는 수월한 일자리를 얻었다오. 내가 지금 걸치고 있는 바지가 그 친구 건데, 그 친구는 방수포랑 저 잭나이프도 줬지. 난들 면도하고 몸단장하고 싶은 생각이 없을까. 떠돌아다니는 게 싫어. 지금 내 아들 대니라고 있는데 이놈이 바다로 달아나버리자 제 어미가 잡아다가 코크에 있는 포목상에 취직을 시켜놓은 덕분에 편히 돈 벌 수 있게 됐지.

—아드님 나이가 어떻게 돼요? 얘기 듣다가 이렇게 물어오는 사람이 있기에 마침 옆에서 보아하니 골치 아픈 사무실 근무를 털어버리고 떠나온 관청서기 헨리 캠벨을 멀게나마 닮았는데, 몸은 물론 씻지 않았고 옷차림은 남루하며 코언저리가 벌겋게 물든 낌새가 역력했다.

—글쎄, 뱃사람은 우물쭈물하며 느릿느릿 대답을 뱉었다, 내 아들 대니 말이우? 어림잡아 이제 열여덟쯤 되겠네.

이 말에 이어 스키브린 출신의 아버지는 원래 잿빛인지 몰라도 아무튼 깨끗하지 못한 셔츠를 두 손으로 확 풀어헤치고는 닻을 묘사한답시고 청색 먹물로 문신한 무늬가 보이는 가슴을 박박 긁어댔다.

—브리지워터에 있는 침대에 이가 있었어, 그는 말했다, 틀림없어.

---

* Rover. '유랑자'라는 뜻.

내일이나 모레쯤 목욕해야겠네. 이 까만 녀석들은 질색이야. 그 벌레들이 싫다고. 몸의 피를 다 빨아먹잖아, 그것들이.

모두들 자기 가슴을 쳐다보는 걸 눈치챈 그가 선심 쓰듯 셔츠를 더 활짝 풀어젖히자 선원의 희망과 안식에 대한 유서 깊은 상징의 꼭대기에 환히 드러난 것이 있었으니, 바로 16이라는 숫자와 다소 찡그리고 쳐다보는 젊은이의 옆얼굴이었다.

—문신이라오, 내보인 자가 설명했다. 돌턴 선장의 지휘하에 흑해 오데사에서 배를 정박시키고 누워 있으면서 했지. 이름이 안토니오라는 친구가 한 거요. 이게 바로 그 친구요, 그리스 사람이지.

—할 때 많이 아프던가요? 한 사람이 뱃사람에게 물었다.

그러나 그 걸물은 부지런히 주변 살을 한데 모으느라 여념이 없었다. 어떻게든 그 안으로. 꽉 쥐거나 해서.

—여기 좀 보슈, 그는 안토니오를 보여주며 말했다. 이건 동료를 저주하는 얼굴이야. 그리고 이번엔, 그는 분명 어떤 특별한 요령을 부려 손가락으로 피부를 잡아당기며 덧붙였다, 똑같은 친구인데 이야기를 들으며 웃는 얼굴로 변하지.

그런데 사실 안토니오라 불리는 젊은이의 골난 얼굴은 실제로 억지 웃음을 짓는 듯 보여서 그 신기한 효과에 모두들 아낌없는 감탄을 터뜨렸고, 이번에는 몸을 앞으로 쭉 내민 염소가죽꾼도 그중에 끼어 있었다.

—휴우, 휴, 뱃사람은 자신의 우람한 가슴을 내려다보며 한숨 쉬었다. 그 친구도 갔수. 나중에 상어한테 잡아먹혔걸랑. 휴우, 휴.

그가 피부를 풀자 옆얼굴은 다시 아까의 정상적인 표정으로 돌아갔다.

—솜씨 좋은 작품인걸, 항만노동자 하나가 말했다.

—그 숫자는 뭘 뜻하오? 유랑자 2호가 질문했다.

—산 채로 잡아먹혔소? 3호가 뱃사람에게 물었다.

—휴우, 휴, 후자의 인물은 다시 한숨을 쉬었는데, 이번에는 숫자에 대해 질문한 자의 방향으로만 잠시 어설프나마 미소 비슷한 걸 띠며 더 쾌활해진 모습이었다. 먹혀버렸다고. 그리스 친구였는데.

그러고 나서 그는 젊은이의 최후라고 주장한 내용을 고려하면 교수형에 처해도 쌀 익살을 부리며 덧붙였다.

—안토니오 놈만큼 못된 사람,

날 홀로 두고 떠나다니.

검정 밀짚모자 아래로 흐리멍덩하고 초췌하게 드러난 길거리 창녀의 얼굴이 휴게소 문 주변을 비스듬히 살피는 꼴이 돈벌이 좀더 해볼 요량으로 혼자 손님 찾아 나왔을 게 뻔한 눈치였다. 블룸 씨는 어느 쪽을 봐야 할지 잘 몰라 당혹스러웠지만 겉으로는 태연한 척 얼른 눈길을 돌리고, 맞든 틀리든 자칭 마부라는 사람이 옆으로 치워놓았던 애비 스트리트의 분홍색 기관지를 테이블에서 집어올리고 신문의 분홍색을 바라보면서 왜 하필 분홍색일까 궁금해했다. 그가 그렇게 한 것은 문 주변에서 그가 금방 알아본 그 얼굴이 그날 오후 오먼드 부두에서 흘낏 보았던 바로 그 얼굴, 그러니까 선생님과 함께 계셨던 갈색 의상을 입은 여성(B 부인)을 알아요 하며 그의 속옷 빨랫감을 달라고 청하던, 어딘가 좀 모자라 보이던 바로 그 뒷골목 창녀였기 때문이다. 또한 왜 빨랫감을 달라는 건지도 불분명하다면 불분명했다, 선생님 빨랫감이라니. 그래도 솔직히 인정하지 않을 수 없는 것은 그 자신도 홀리스 스트리트에 살 때 아내의 더러워진 속옷을 빨아주었었고, 여자들 또한 남자를 정말 사랑하면, 말하자면 날 사랑하면 내 더러운 셔츠도 사랑해줘 하는 식으로 뷸리 앤드 드레이퍼 잡화상의 불변색 잉크로 이름의 첫 문자가 찍힌 남자의 비슷한 옷(실은 여자 것)을 빨아주려 했고 또 실제로 빨아주기도 했다는 사실이다. 하지만 바로 그때 그는 바늘방석에 앉은 심경이라 여자가 거기 있느니보다 없는 편이 나았으므로, 주인이 여자에게 저리 가라고 함부로 손짓했을 때 참으로 마음이 놓였다. 그가 〈이브닝 텔레그래프〉의 옆면 주변으로 해서 문 옆 주변에 있는 여자 얼굴을 순간적으로 흘낏 보니, 여자는 정신이 그다지 멀쩡하지 않은가 싶게 배시시 웃음을 띤 채 머피 선장의 뱃사람다운 가슴을 둘러보고 있는 떼거리를 우스워 죽겠다는 듯한 표정으로 바라보다가, 훌쩍 자취를 감추었다.

—창녀gunboat요, 주인이 말했다.

—알다가도 모르겠어, 블룸 씨는 스티븐에게 털어놓았다, 의학적으로 말하는 건데, 성병으로 만신창이가 되어 록병원에 입원했다 나온 저런 비참한 여자가 어떻게 저리 뻔뻔하게 남자를 꾀려고 할 수 있는지, 그리고 자기 건강을 조금이라도 소중하게 여기는 정신 멀쩡한 남자라면 또 어떻게들 그러는지 말이야. 불행한 여자 같으니! 물론 저 여자의 처지를 저렇게 만든 궁극적인 책임은 어떤 남자에게 있겠지. 하지만 그 원인이 무엇이든 간에 ....

스티븐은 여자를 미처 보지 못했던 터라 어깨를 으쓱하며 이렇게 말할 뿐이었다.

—이 나라에는 그 여자가 여태 판 것보다 훨씬 많은 것을 팔면서 사업이 대번창하는 사람들이 있습니다. 몸은 팔지만 영혼 살 힘을 갖지 않은 이들을 두려워 말라. 그 여자는 밑지는 장사 하는 거예요. 비싸게 사서 싸게 파니까요.

손윗사람은, 결코 노처녀나 새침데기가 아니면서도, 필요악인 저런 부류의 여자들이(그 문제에 관한 노처녀 특유의 결벽증과는 사뭇 별도로) 그가 처음부터 굳세게 주창해온 면허도 받지 않고 관할 당국의 의학적 조사도 받지 않는다고 말하는 것은, 가장으로서 진실하게 말할 수 있거니와, 고개를 들 수 없을 만큼 수치스러운 짓이니 즉각 종지부를 찍어 마땅하다고 말했다. 누구든 그런 종류의 정책에 팔 걷고 나서서 이 문제를 철저하게 공론화하는 사람은 관련자 모두에게 영구적인 혜택을 베푸는 셈이라는 것이다.

—독실한 가톨릭신자로서 자네는, 그는 소견을 털어놓았다, 육신과 영혼 얘기를 하자면, 영혼을 믿는 쪽이구먼. 아니면 자네 혹시 지력 자체로서의 지성을 말하는 건가, 가령 이 테이블이나 저 컵과 같은 그 어떤 외부 물체와도 구분되는 개념으로서 말일세. 유능한 이들이 회백질의 뇌회라고 설명했기 때문에 나 자신도 그걸 믿어. 그거 없이는 우리에게 가령 엑스레이 같은 발명품이 없었을 거야. 자네 그런가?

이렇게 궁지에 몰리자 스티븐은 애써 집중해서 기억해내려는 초인적인 기억의 노력을 기울이고 나서야 이렇게 말할 수 있었다.

—최고 권위자들 말로는 뇌가 단일원소 물체라서 부패하지 않는답니다. 제가 알기로 그것은 조물주에 의해 소멸될 가능성만 없다면 불멸이겠지만, 조물주는 능히, 제가 들은 모든 이론에 의하면, 자연적 부패

와 우발적 부패와 같이 둘 다 법정 예절에 의해 배제되는 그의 다른 장난질 무리에 그것도 끼워넣을 수 있답니다.

블룸 씨는 이 이론에 포함된 신비로운 섭리가 지상에 머무르는 그의 깊이를 다소 벗어났지만 그 전체적인 취지에는 완전히 수긍했는데, 그럼에도 불구하고 단일이란 화두에 대해서는 이의를 제기할 수밖에 없다고 느껴 곧장 응답하였다.

—단순이라고?* 적절한 단어는 아닌 것 같은데. 물론 내가 양보해서 한 가지를 시인하자면, 가뭄에 콩 나듯이 단순한 영혼을 마주치기도 하겠지. 그러나 내가 간절히 도달하고 싶은 논점은 가령 뢴트겐처럼 엑스레이를 발명하거나 에디슨처럼 망원경을 발명하는 건 한 가지 문제고, 물론 내가 믿기로 망원경은 그 이전 시대에 갈릴레오가 이미 발명했었고 가령 전기와 같이 광범위한 자연현상의 법칙에도 똑같은 얘기가 적용되지만, 초자연적인 신의 존재를 믿는다고 말하는 것은 전적으로 다른 문제라는 거야.

—아 그거라면, 스티븐은 달래듯이 말했다, 정황증거 말고도 제일 유명한 성경 구절 몇 개를 통해 포괄적으로 입증된 바 있어요.

그러나 이 까다로운 논점에 대한 둘의 견해는 충돌할 수밖에 없었던 것이, 서로 현저하게 차이나는 나이와 더불어 학교 교육 및 기타 제반 사항에서도 둘은 극과 극처럼 달랐던 것이다.

—그래? 둘 중 경험이 더 많은 쪽이 불신의 미소를 띤 채 원래 입장을 고수하며 반박했다. 난 그런 줄 잘 모르겠는데. 그건 모든 사람의 의

* 화학 지식이 부족한 블룸은 스티븐이 사용한 어휘 '단일원소 물체(simple substance)'를 '단순한 물체'로 이해했다.

견이 다른 문제이니, 이 건에 대한 파벌적인 측면을 들고나오지 않아도 미안하지만 그 점에 대해 난 자네와 전적으로 생각이 다르다네. 솔직한 사실을 말하자면, 내가 믿기에 그런 나부랭이들은 십중팔구 죄다 성직자들이 심어놓은 순전한 날조이거나, 우리의 국민 시인에 대해 되풀이되는 중대한 문제, 즉 『햄릿』과 베이컨의 글 같은 작품을 정확히 누가 썼느냐 하는 문제와 비슷한데, 그 사정은 셰익스피어를 나보다 한없이 잘 아는 자네이니 내가 굳이 언급하지 않겠네. 그건 그렇고, 그 커피 못 마시겠나? 내가 저어줌세. 그리고 그 롤빵 과자도 한입 들어봐. 마치 저 선장의 벽돌이 둔갑한 것같이 딱딱하지만. 그래도 누가 제 손에 없는 걸 줄 수 있겠나. 한입 먹어봐.

—어렵겠어요, 그 순간에 정신기관이 더이상 지시 내릴 형편이 못 된 스티븐이 가까스로 입을 뗐다.

지청구 줘봤자 속담에 나오는 못된 남자나 될 뿐이므로 블룸 씨는 잘될지 모르겠지만 일단 바닥에 달라붙은 설탕을 젓거나 젓는 시늉이라도 해보는 게 좋겠다고 마음먹으며, 커피 팰리스와 거기서 벌이는 금주(그것도 수지맞는) 활동에 대해 신랄할 만큼 비판적인 생각에 빠졌다. 그들이 현재 들어가 있는 곳과 같은 휴게소들은 밤의 유랑자, 연주회, 저녁 연극, 그리고 자격 갖춘 이들이 하층계급에게 베푸는 유용한 강연(입장 무료)을 위해 절대 금주 방침으로 운영된다는 점에서, 그런 활동은 확실히 정당한 목표였고 또한 이론의 여지 없이 엄청나게 많은 좋은 일을 하기는 했다. 반면에 가슴 아픈 기억이 선명하게 떠올랐으니, 한때 그런 활동에 두드러지게 관여했던 그의 아내 매리언 트위디 여사가 피아노 연주의 대가로 받은 보수가 실로 초라하기 짝이 없었던 것이다. 이렇다 할 경쟁이 없으므로 좋은 일 하면서 수익도 올리려는 속셈이라고 믿고 싶은 생각이 강력하게 들었다. 모처의 싸구려 식당에서 내놓은 말린 콩 일부에서 황산동독黃酸銅毒 SO_4인가 뭔가가 검출되었다는 기사를 읽은 기억은 나는데, 언제인지 어디서인지는 생각나지 않았다. 어떻든 모든 먹거리에 대한 검사, 의학적 검사가 그 어느 때보다 필요해 보였고, 어쩌면 바로 이런 이유로 의학적 분석을 거친 티블 박사의 바이-코코아가 유행하는 것일 터였다.

—이제 한 모금 마셔봐, 그는 커피를 다 젓고 나서 어렵사리 말했다.

이렇게 어쨌든 맛이라도 보라는 권유에 마음이 움직인 스티븐은 무거운 머그잔을 손잡이를 잡고 받침에 묻은 갈색 커피 범벅에서 타다닥 소리를 내며 들어올려 그 꺼림칙한 음료를 한 모금 홀짝였다.

—그래도 실속 있는 음식이야, 나는 실속 있는 음식에 까다로운 사람이라네, 하고 그의 착한 수호신이 주장했는데, 그의 유일무이한 이유는 정신적이건 육체적이건 어떤 종류의 일이라도 올바로 하기 위해서는 추호도 게걸스레 먹는 것이 아니라 제대로 된 식사가 필수조건이라는 데 있었다. 좀더 실속 있는 음식을 먹어야 해. 다른 사람이 된 느낌이 들 거야.

—액체라면 먹겠는데,* 스티븐이 말했다. 근데 참, 저 칼 좀 치워주실래요. 칼끝을 차마 못 보겠어요. 로마 역사가 생각나서요.

블룸 씨는 부탁받은 일을 얼른 하며 비난받은 물건을 치우면서 관찰해보니, 그것은 뿔 손잡이가 뭉툭한 평범한 칼로 문외한의 눈에도 딱히

* 블룸이 '실속 있는 음식(solid food)'이라고 표현한 말에서 'solid'는 '고체'를 뜻하기도 한다.

로마나 고대와 연관지을 소지는 없어 보였고, 칼끝은 그중 눈에 덜 띄는 것을 알 수 있었다.

—우리 둘 다 아는 친구의 이야기는 그 사람다운 데가 있군, 블룸 씨는 믿을 수 있는 친구에게 다정한 목소리로 칼과 관련한 말을 했다. 저 얘기들이 진짜 같나? 저 사람은 밤새도록 내리 몇 시간 동안이라도 저런 얘기를 늘어놓으며 황당무계한 거짓말도 할 거야. 한번 쳐다봐.

그렇다고는 하나 그의 눈에 잠과 바닷바람이 잔뜩 묻어 있어도, 인생이란 숱하게 많은 끔찍한 성격의 우연의 일치와 사건들로 가득차 있고, 첫눈에는 그가 후련하게 털어놓는 그 모든 익살이 엄밀하게 정확한 절대적 진실일 개연성이 그다지 내재한 것 같지는 않았지만, 전적인 날조만은 아니리란 것도 상당히 가능성의 범주 안에 있는 일이었다.

블룸 씨는 그러는 동안 앞에 있는 작자가 눈에 띈 이후로 내내 그를 뜯어보면서 어떤 인물일까 하고 셜록홈스노릇을 해왔다. 머리가 벗어질 기미가 살짝 엿보이기는 해도 젊어 보이는데다 정력도 상당한 남자지만, 그의 사이비 같은 풍모에는 어딘가 감옥에 다녀온 티가 나는 터라, 이렇게 괴상해 보이는 인물을 뱃밥을 메워넣거나 발로 밟아 바퀴 돌리는 고생을 나누고 생긴 동료애와 결부짓는 데는 굳이 상상력을 한바탕 격렬하게 발휘할 필요도 없었다. 사람들이 흔히 남의 일에 대해서 그러듯이 뱃사람의 이야기가 바로 본인의 경우에 해당한다고 가정하면, 즉 그가 손수 상대를 죽이고 족히 사오 년씩이나 몸서리나는 감옥생활을 했다고 가정하면, 그는 위에 기술한 신파조의 방식으로 그의 죄를 보상해준 안토니오란 인물(우리의 국민 시인의 펜에서 태어난 동일한 이름의 극중 인물과는 무관)은 말할 것도 없고 심지어 자기 사람을 해치웠는지도 모를 일이었다. 반면에 그는 그저 허풍만 떠는 건지도 모르는데 이건 봐줄 만한 약점인 것이, 해외 소식을 목 빼고 기다리는 마부들처럼 어김없는 바보들, 즉 더블린 주민들을 만날 경우 먼바다를 항해한 노숙한 선원이라면 그 누구라도 대형범선 헤스페러스호 운운하며 허황된 이야기를 하고 싶어질 테니까 말이다. 그리고 따지고 보면 한 사내가 자신에 대해 한 거짓말은 다른 친구들이 그에 대해 꾸며댄 어마어마한 허풍에 비하면 아마 새 발의 피에 불과할 것이다.

—잘 들어둬, 그 모든 게 순전히 꾸민 이야기라는 말은 아니야, 블룸 씨는 말을 이어갔다, 유사한 장면들을 자주는 아니라도 가끔씩은 마주칠 수 있으니까. 거인은, 사뭇 동떨어진 얘기에 가깝지만, 어쩌다 한 번씩 보잖아, 난쟁이 여왕 마르셀라도 그렇고. 헨리 스트리트에 있는 밀랍인형 진열장에서 나는 세칭 아즈텍 사람 몇이 책상다리로 앉아 있는 걸 직접 본 적이 있는데, 돈을 준다 해도 그들이 다리를 똑바로 펴지 못하는 이유가 뭐냐면 여기 보이는 근육이, 하고 그는 상대의 몸에서 오른쪽 무릎 뒤의 근골인지 뭔지 하는 것의 짧은 윤곽선을 가리키며 말을 이어나갔다, 신으로 추앙받느라 하도 오랫동안 그런 식으로 다리를 조여붙인 채 앉아 있는 바람에 완전히 무력해졌기 때문이야. 이것 역시 단순한 영혼의 한 예지.

그러나 신바드의 분신 같은 뱃사람과 그의 무시무시한 모험담으로 돌아가 (그는 마이클 건이 엄청난 성공작 〈유령선〉에서 경영에 관여하던 시절에 게이어티극장의 무대를 휘어잡던 배우 루드비히, 일명 레드위지를 떠올리게 하는 면모가 좀 있었는데, 유령이든 그 반대든 무대 위의 배들이 기차들과 마찬가지로 종류를 가리지 않고 대체로 형편없었음에도 이 배우의 숭배자들은 저마다 오로지 그의 목소리를 듣겠다고 떼거리로 몰려들었다) 거기에 본질적으로 모순된 점이 없음을 블룸은 시인할 수밖에 없었다. 오히려 저 등 찌르는 솜씨는 썩 이탈리아 사람다웠거니와, 그럼에도 불구하고 그가 마음대로 인정한 것은 저기 쿰 근처의 이탈리아인 촌에서 감자튀김류 따위는 말할 것도 없고 생선튀김이나 아이스크림을 파는 장사꾼들이 건전하고 검소하고 근면한 사람들인데, 안타깝게도 이들이 밤에 무해하고 필요한 타인 소유의 고양잇과 동물들을 암수 가리지 않고 닥치는 대로 마구 잡아서 필수 양념인 마늘을 넣어 대단히 근사하고 육즙 많은 진수성찬을 만들어 이튿날 슬그머니 그리고, 그가 덧붙이기를, 싼값에 내놓는다는 것이었다.

—예컨대 스페인 사람들로 말하자면, 블룸 씨는 계속했다, 그렇게 악마처럼 열광적이고 열정적인 기질의 소유자로서 법을 손수 집행하기를 좋아해서 복부에 차고 다니는 단검으로 순식간에 상대방 명줄을 끊어버린다네. 그런 기질은 일반적으로 기후, 즉 혹서에서 비롯되는 거지. 내 아내도 말하자면 스페인 사람이야, 아니, 절반만 그래. 사실 아내는 (엄밀히 말해) 스페인, 즉 지브롤터에서 태어났기 때문에 원하기만 하면 스페인 국적을 실제로 취득할 수도 있었을 걸세. 스페인 풍모를 가진 여자지. 피부색이 검은, 아주 짙게 까만 정통 브루넷이지. 내가 개인적으로 확실히 믿는 건데, 기후가 성격을 결정한다네. 자네가 이탈리아어로 시를 썼느냐고 내가 물어본 것도 바로 그래서야.

—문간에 있는 사람들 기질이, 스티븐은 말을 잘랐다, 10실링 가지고 아주 열을 내던데요. 로베르토가 저 친구 걸 쓱싹했어.

—정말 그렇더군, 블룸 씨가 이하동문을 외쳤다.

—그렇다면, 스티븐은 빤히 쳐다보며 혼잣말인지 딴 데서 듣고 있는 어떤 모르는 사람에게 하는 말인지 모를 말을 장황하게 늘어놓았다, 우리에게는 단테의 열정이며 그가 사랑에 빠진 이등변삼각형 미스 포르티나리*며 레오나르도며 산 톰마소 마스티노**도 있지요.

—다 핏속에 흐르는 거지, 블룸 씨는 즉시 맞장구쳤다. 만물이 해***의 피에 씻긴다네. 우연의 일치로 난 마침 오늘 우리 만남 바로 전에, 그걸 만남이라고 부를 수 있다면 말야, 킬데어 스트리트 박물관에 가서 거기 있는 고대의 조각상들을 그저 쳐다보고 있었어. 엉덩이며 가슴이며 그 기막힌 균형미라니. 이 나라에서는 절대 그런 유의 여자들을 마주치지 못해. 여기저기 하나씩 예외가 있긴 하지만. 그래, 잘생기고 어찌 보면 예쁜 여자들도 있지만, 내가 얘기하는 건 여성의 몸매야. 게다가 뭐니 뭐니 해도 여자의 자연미를 한껏 드높여주는 의상 감각이 너무 없다고, 이 나라 여성 대부분은. 구겨진 스타킹이라, 글쎄 내 약점일 수도 있지만, 어쨌든 내게는 그게 정말로 꼴불견이야.

그러나 흥미가 두루 약간 식기 시작하고 있었는데 그때 다른 사람들은 안개 속에 표류한 배며 빙산과의 충돌 같은 온갖 종류의 해상 사고에 대한 대화로 옮겨갔다. 바다사나이야 물론 하고 싶은 말이 넘쳤다. 그는 몇 차례나 희망봉을 돌았고 중국해에서는 바람의 일종인 계절풍

---

* 베아트리체 포르티나리는 단테가 이상적인 여성으로 흠모하던 대상이었으나 남편이 있어서 이들의 관계는 '삼각관계'가 된다.

** 산 톰마소 마스티노는 단테가 『신곡』의 지적인 기반으로 삼은 토마스 아퀴나스를 말한다.

*** 여기서 '해'는 '햇빛이 잘 비치는 이탈리아', 그리고 이탈리아의 열혈 기질을 가리킨다.

도 견뎌냈는데, 심해의 모든 위험 속에서 그를 지켜준 것이 있다면, 혹은 같은 취지로 말해서 그를 구해준 것이 하나 있다면, 단연코 몸에 지닌 신성한 메달이었다고 한다.

그러다가 이런 이야기가 끝나자 그들은 돈트 암초에서의 표류, 그 불운한 노르웨이 바크선의 표류 얘기로 넘어갔는데, 당장에는 그 배 이름이 누구에게도 생각나지 않던 참에, 이윽고 헨리 캠벨을 꼭 닮은 마부가 부터스타운 해변의 팔메호라는 걸 기억해냈다. 더블린에서 그해를 장식한 화젯거리로(앨버트 윌리엄 퀼은 이를 주제로 〈아이리시 타임스〉에 빼어난 가치를 지닌 훌륭한 독창적인 시 한 편을 기고했다), 흰 파도가 배를 덮치며 부서졌고, 해변에서 떼거리에 떼거리를 이룬 구경꾼들이 공포심에 얼어붙어 동요한 이야기였다. 그때 누군가가 찌는 듯이 무더운 날씨에 반대 방향으로 항해중이던 모나호와 충돌한 끝에 승무원 전원을 잃은 스완시의 증기선 레이디 케언스호 사건에 대하여 뭔가 말을 했다. 구조는 없었다. 그 배, 그러니까 모나호의 선장은 완충용 칸막이벽이 무너질까 두려웠다고 말했다. 이제 와서 보면 선창에 물이 들지는 않았던 듯하다.

이 단계에서 사건이 일어났다. 돛을 활짝 펴듯이 시원히 볼일이 생긴 뱃사람이 자리를 박차고 일어난 것이다.

—이보게 동료, 자네 뱃머리로 좀 지나감세, 그는 막 슬슬 곤한 잠에 빠져들고 있던 옆 사람에게 말했다.

그는 서둘러 터벅터벅, 느릿느릿 땅딸막이 같은 걸음으로 문 쪽을 향한 항로를 밟아 휴게소 밖으로 나가는 계단 하나를 쿵 밟고 정좌正左로 노선을 틀었다. 그가 방향 잡는 행동을 하는 동안, 그가 일어날 때

타는 속을 남몰래 달래려고 아마도 배에 있었던 것으로 짐작되는 럼주 병 두 개를 양쪽 주머니에서 하나씩 삐죽 나오게 꿰찬 것을 눈여겨봐 둔 블룸 씨는 그가 병 하나를 꺼내 코르크를 뽑아서든 돌려 열어서든 마개를 따고 그 주둥이를 입술에 갖다대더니 꿀떡꿀떡 소리와 함께 시원하게 쭉 들이켜는 것을 그만 보고야 말았다. 못 말리는 블룸은 그 늙은 능구렁이가 실은 여성의 형태를 띤 반대인력에 이끌려 작전을 수행하려고 나갔나보다 하고 역시 예리한 의심을 하면서 기를 쓰고 살펴보았으나 아무리 둘러보아도 여성은 간 곳이 없었고, 겨우 찾아낸 뱃사람은 럼을 병째 마시는 위업을 이루고 난 뒤 어지간히 시원해졌는지 루프 철교의 교각과 대들보를 올려다보면서 귀신이 곡할 노릇이라고 입을 떡 벌리는데 그건 그가 마지막 찾아온 이래 루프 철교가 온통 급격한 변화를 겪고 크게 개선되었기 때문이다. 보이지 않아 한 명인지 여러 명인지 모르지만 누군가 그에게 정화위원회가 소피를 보게 할 목적으로 그곳 여기저기에 설치한 남자 변소 가는 길을 가리켜주었지만, 뱃사람은 짧은 시간 쥐죽은듯 침묵을 지키던 끝에 명백히 멀찌감치 떨어진 변소보다 가까운 바로 옆자리에서 소변을 보는데, 잠시 후 그의 배船 바닥에 고여 있던 더러운 물이 방뇨되어 땅바닥에 튀는 소리가 어찌나 요란했던지 아무래도 마차 주차장의 말을 깨운 것 같았다. 어쨌든 한 마리가 잠에서 깨어나 새로 발 디딜 데를 찾는답시고 발굽으로 오수를 퍼내다보니 마구 소리가 짤랑짤랑 났다. 이 바람에 초소 안 코크스가 타고 있는 화로 옆에서 자다가 설핏 깬 시정기관 석재 경비원은, 비록 지금은 몰락해서 기가 팍 꺾였지만, 엄연한 사실로 다름아니라 앞서 말한 바 있는 검리 바로 그 사람으로 현재 사실상 교구의 구호금을 받는

데다 십중팔구 전에 알던 인정 있는 사람의 지시로 패트 토빈한테 임시직을 얻은 터인데, 초소 안에서 이리저리 뒤척이며 뒹굴다가 다시 꿈의 신 모르페우스의 품에 안겨 팔다리를 모으게 되었거니와, 이런 신세는 더없이 체통 있는 집안에서 태어나 평생 번듯하고 편리한 가정 물품을 누리고 살면서, 물론 생각이 두 갈래로 갈라진 이 바보가 금방 물 쓰듯이 다 날려버리긴 했지만, 한때는 에누리 없는 100파운드의 연봉을 받았던 친구에게 불어닥친 것치고는 진실로 놀라우리만치 가장 혹독한 형태의 불운이었다. 그렇게 그는 세상이 떠들썩하게 일전 한 푼 안 남기고 탕진하며 흥청망청 지내다가 결국 벼랑 끝에 몰렸다. 얘기를 들어볼 것도 없이 술을 퍼마신 것으로, 만약—정말로 만에 하나지만—그 유별난 버릇을 용케 고치기만 했다면 아주 쉽게 사업에 성공할 수도 있었으리라고 볼 때, 이는 단지 한번 더 교훈을 떠올려주는 일인 것이다.

그러는 동안 모두들 아일랜드 해운업이 연안이고 해외고 할 것 없이 불황에 빠졌다고 큰 소리로 한탄했으니, 이는 모두 앞서 말한 문제의 중대국면이라 하겠다. 알렉산드라 개선거開船渠에서 폴그레이브 머피 회사의 증기선 한 척을 띄운 것이 그해의 유일한 출항이었다. 항구는 아주 멀쩡히 그 자리에 있으되 배 한 척 안 들어오는 형편이었다.

난파선에 난파 해적이 비일비재했지요, 분명 이런 사정에 정통한 주인이 말했다.

그는 밝혀내고 싶은 일이라며 물었다, 이름이 워딩턴인가 뭔가 하는 양반이 골웨이 항만 건설계획을 제출한 바로 그 시기에 하필이면 그놈의 배가 골웨이만에 하나밖에 없는 암초에 꽈당 부딪힌 이유가 도대체 뭐란 말이오, 예? 당시의 선장에게 물어보쇼, 그는 사람들에게 권했다, 영국 정부가 그 사람, 그러니까 레버 수송회사의 존 레버 선장에게 그날 장난친 대가로 얼마나 먹였는지 말이오.

—내 말이 맞소, 선장님? 그는 이제 막 은밀한 음주라든지 그 밖에 용쓰는 일을 마치고 돌아온 뱃사람에게 질의했다.

걸물은 그 노래인지 가사인지의 끝부분 실마리만 주워들어 기억하고는 무슨 뱃노래 같은 걸 노래랍시고 이도음정이나 삼도음정으로 우렁차게 흥얼거렸다. 그러고 나서 블룸 씨의 예리한 귀에 아마도 씹는담배인가 싶은 것을(씹는담배가 맞았다) 찍 뱉어내는 소리가 들리는 것을 보면, 그는 술 마시고 소변보는 일을 하는 동안 그것을 잠시 손에 쥐고 있다가 문제의 화주를 마시고 나서는 약간 신맛이 난다고 느꼈을 게 분명했다. 어떻든 그는 비우기 겸 마시기를 성공적으로 마치고 슬그머니 기어들어와, 야회에 음주 분위기를 돋우기 위해 선상 요리사의 진정한 자제답게 낭랑한 목소리로 떠들썩하게 노래 불렀다.

—비스킷은 놋쇠처럼 딱딱하고
소고기는 롯의 마누라 볼기처럼 짜다네.
오, 조니 레버!
조니 레버, 오!

이렇게 한바탕 쏟아내며 그 가공할 인종은 제대로 무대를 주름잡은 뒤 제자리로 돌아가 누가 내어준 의자에 앉았다기보다 육중하게 침몰하였다. 소위 염소가죽꾼은, 주인의 정체를 이것이라 가정한다면, 분명히 딴 꿍꿍이가 있는 듯, 잉글랜드보다 훨씬 우월하고 하느님의 지구상에서 어느 나라 못지않게 가장 부유한 나라라고 장광설을 펼치며 묘사한 아일랜드의 천연자원과 비슷한 종류의 자원들에 대하여 허울만 센 공격적인 어투로 불만을 털어놓기를, 잉글랜드가 이 불쌍한 국민에게 시종 터무니없는 세금을 부과하고 시장의 최고급 육류와 훨씬 더 많은 잉여 물자를 삼켜버림으로써, 대량의 석탄과 연간 수출액이 600만 파운드에 이르는 돼지고기와 1000만 파운드어치의 버터 및 계란을 비롯한 모든 아일랜드의 부를 고갈시킨다고 말했다. 그들의 대화는 이에 따라 전반적인 분야로 넓혀졌고 모두들 그게 사실이라고 동의했다. 아일랜드 토지에서는 재배 가능한 어느 품종이라도 재배할 수 있고, 그는 진술했다, 저 아래 네이번 시장에서는 에브라드 대령이 담배를 기르고 있어요. 아일랜드 베이컨 비슷한 걸 도대체 어디서 찾아볼 수 있겠소? 그러나 심판의 날이, 그는 모든 대화를 철저히 독점하면서 확신에 찬 목소리로 점점 세게 진술했다, 부정한 금력에도 불구하고 그간 저질러온 범죄의 업보로 인해 막강한 잉글랜드를 기다리고 있다오. 몰락이 닥칠 거요, 그것도 사상 최대의 몰락이. 독일과 일본에게 기회가 찾아올 겁니다, 그는 단언했다. 보어전쟁이 종말의 시작이었지요. 허울좋은 잉글랜드는 벌써 비틀거리고 있는 이때 그 멸망의 원인은 놈들의 아킬레스건인 아일랜드가 될 것이라며, 그는 그리스 영웅 아킬레스의 취약점을 그들에게 설명했는데, 그가 단화 위로 언급된 힘줄을 보여줌으로써 그들의 주의를 완전히 사로잡았기 때문에 청중은 즉시 어느 신체부위를 가리키는지를 알아차렸다. 모든 아일랜드 사람들에게 주는 그의 충고는 이랬다. 당신들이 태어난 땅을 지키며 아일랜드를 위해 일하고 아일랜드를 위해 살아라. 파넬이 말하지 않았던가, 아일랜드는 제 아들을 단 한 명도 내어줄 수 없다고.

두루 흐르는 침묵이 주인의 대단원의 결말을 장식했다. 철벽같은 항해자는 이 섬뜩한 소식을 듣고도 태연자약했다.

—행동도 조금은 해야지, 왕초, 앞서 펼쳐진 진부한 주장에 눈에 띄게 열받은 반응을 보인 다이아몬드 원석 같은 사내가 맞받아쳤다. 몰락 운운하는 얘기에 끼얹은 찬물 같은 이 한마디에 주인은 일단 수긍했지만 그럼에도 불구하고 자신의 주된 견해를 버리지 않았다.

—최고의 육군부대는 어느 나라요? 머리 희끗희끗한 늙은 베테랑이 발끈하며 따지고 들었다. 그리고 도약과 경주에서 최고 선수는? 또 우리가 알고 있는 최고의 육해군 장군은? 어디 한번 말해보쇼.

—굳이 고른다면 아일랜드지요, 얼굴의 흠만 빼고 캠벨을 닮은 마부가 쏘아붙였다.

—맞소, 늙은 뱃사람이 맞장구쳤다. 아일랜드의 가톨릭 농민이지. 농부야말로 우리 제국의 중추니까. 젬 멀린스*를 아시는지?

모든 이들처럼 그의 개인적인 의견을 허용하기는 하면서도, 주인은 제국이라면 우리 것이건 그의 것이건 그 어떤 것도 마음에 들지 않으며, 제국을 섬기는 아일랜드인치고 제구실하는 놈이 없다고 덧붙였다. 그러다가 그들은 분위기가 더 뜨겁게 달아오르자, 말할 것도 없이 둘 다, 청중에게 호소하면서 분노에 찬 말을 몇 마디 주고받기 시작했는데, 청중은 그들이 서로를 비난하고 주먹다짐을 하지 않는 한 논쟁을 흥미롭게 지켜볼 따름이었다.

여러 해에 걸쳐 접해온 내부 소식을 근거로 블룸 씨는 주인의 암시

* 아일랜드의 독립운동가이자 의사로, 아일랜드 농부의 힘을 나타내는 전설적인 표상.

를 터무니없는 헛소리라고 콧방귀 뀌고 싶은 기분이 좀 들었는데, 그도 그럴 것이, 열렬히 바랄 일이건 아니건 그런 결말이 아직 도래하지 않은 현시점에서, 해협 건너편에 있는 그들의 이웃나라가 그가 간주하는 것보다 훨씬 심한 바보가 아니고서야 자기네들 힘을 드러내기보다는 감춘다는 사실을 너무도 잘 알고 있었기 때문이다. 1억 년 지나 자매 섬나라의 석탄층이 바닥나리라는 생각은 어느 면에서 공상이나 매한가지였고, 시간이 지나감에 따라 국면이 그런 방향으로 흘러간다 해도 그 문제에 관해 그가 개인적으로 말할 수 있는 것은 오직 본 문제와 동등하게 관련된 아일랜드에 불의의 사건들이 무더기로 일어날 수 있기에 그때까지는 두 나라가 설혹 극과 극으로 벌어진 사이라 할지라도 상호우호적인 관계를 유지하기 위해 노력하는 편이 매우 바람직하다는 것뿐이었다. 또 한 가지 사소하지만 흥미로운 점이 있었으니, 그것은 속된 말로 표현해서 매춘부들과 굴뚝청소부 조수들 사이의 연애 사건이 아일랜드 군인들이 영국에 맞서 싸운 횟수가 영국 편에 서서 싸운 횟수만큼, 아니 실은 그보다 더 된다는 사실을 그에게 상기시켜주었다는 것이었다. 이럴진대 왜? 그리하여 두 사람, 즉 현재나 과거에 저 유명한 무적저격단원 피츠해리스라고 소문난 휴게소의 법적 주인과 엉터리가 분명한 상대편 사이에 벌어진 소동은, 게임의 내막을 까맣게 모르는 나머지 사람들과 달리 다른 건 몰라도 인간 영혼의 탐구자 자격이 충분한 구경꾼으로서 그게 말하자면 사전에 짜고 치는 고스톱이라고 가정하니, 신용사기와 전혀 다를 바 없다는 생각이 강력하게 들었다. 그리고 어쩌면 소문의 염소가죽꾼이 전혀 아닐지도 모를 주인인지 임차인인지로 말하자면, 둘도 없는 바보천치가 아니라면 그런 사람들은 모르는 척 눈감아주고 사생활상의 황금률로서 그런 자들, 그리고 그런 자들의 배신행위에 연루되기를 거부하는 것이 상책이라고 그(B.)는 느끼지 않을 수 없었고 또 그게 십중팔구 사실이랄 수 있었던 것은, 데니스나 피터 캐리 같은 배신자가 불쑥 등장하여 여왕의, 아니 이제는 왕의 법정에서 한패를 밀고하는 황당한 일이 항상 일어났기 때문으로, 그건 그가 한사코 뿌리치고 싶은 생각이었다. 꼭 이런 일이 아니더라도, 그는 원칙적으로 그러한 비행과 범죄의 행각이 싫었다. 그럼에도 불구하고, 그는 비록 이러한 범죄성향을 어떤 모양이나 형태로든 가슴속에 품은 적이 전혀 없었지만, 아내가 제3의 행운아 정부와 맺은 불륜관계로 부부 사이에 몇 마디 말다툼이 벌어진 후 남편이 흔히, 결혼 후에 저질러진 양자택일적인 간통의 결과로서, 아내를 칼로 찌름으로써 자신이 사랑하는 사람에게 치명적인 상해를 입힐 때, 여자를 차지하느냐 교수형 당하느냐 하는 식으로 남방에서 벌어지는 사랑의 복수극처럼 거리낌없이, 정치적 신념에서 비롯하는 용기로 (개인적으로 그는 결코 이런 일에 가담할 사람이 아니지만) 칼을, 날붙이를 실제로 휘둘렀던 사람에게 모종의 존경심을 확실히 그것도 도저히 부정할 도리가 없을 만큼(내적으로 현재와 같은 사람으로 남아 있기는 하면서도) 느꼈는데, 그러다가 마침내 피츠, 일명 염소 아무개는 폭행을 실제로 범한 자를 위해 마차만 몰았을 뿐이고 따라서, 이 정보에 신빙성이 있다면, 실제 매복 기습에 가담한 건 아니라는 어떤 지도급 법률가의 변호 덕에 무사히 위기를 벗어났던 게 아닌가 하는 생각이 방금 문득 들었다. 어떻든 그건 이제 와서 고릿적 이야기가 되었고, 사이비 염소 거시기 하는 우리 친구로 말하자면, 너무 오래 살아남은 그자를 탐탁해하는 사람은 없었다. 일찌감치 자연사하거나 높은 교수대에서 처형당했어야 마땅한 자였다. 여배우들처럼 항상 확실하게 마지막 고별공연을 했나보다 싶으면 씩 웃는 얼굴로 재등장한다. 돈을 물 쓰듯 하며 변덕을 부리고 당최 근검절약 같은 종류의 개념이 없이 물에 비친 제 그림자의 뼈다귀까지 차지하겠다고 덤비는 꼴이라니. 그래서 이와 비슷하게 그는 조니 레버 선생이 선창가를 순회하다가 돌아와요 에린으로 운운하는 〈올드 아일랜드〉 술집의 포근한 분위기에 빠져 상당량의 재화를 날렸을 거라는 썩 날카로운 의심이 들었다. 이어서 또다른 사내로 말하자면, 블룸은 불과 몇 시간 전에 그와 똑같은 횡설수설을 들었던 터인데, 간단하면서도 효과적으로 그 무례한 자의 말문을 어떻게 막아버렸는지를 스티븐에게 이렇게 들려주었다.

—그자는 무언가에 대해 불쾌해했어, 무척 감정이 상해도 대체로 평정심을 유지하는 인물이 선언했다, 내가 무심코 흘린 말을 듣고서. 나를 유대인이라 부르더라고, 그것도 기분 나쁠 만큼 격앙된 어조로. 그래서 나는 명백한 사실에서 조금도 벗어남이 없이 그자의 신, 그러니까 그리스도도 유대인이고 그리스도의 모든 가족도 나와 마찬가지라고 말해주었지, 실은 난 아니지만. 그놈에게 제대로 한 방 먹인 거야. 점잖은 대답이 분노를 잠재우는 법이거든. 모두들 봤지만, 녀석은 변명 한 마디도 못하더라고. 내 말이 맞지 않나?

그가 네 생각이 틀렸어 하는 긴 시선을 스티븐에게 보내면서 점잖게 이의제기한 일에 대해 소심한 자부심을 남몰래 느끼면서도 은근히 사정하는 듯한 암시 또한 내비친 것은, 스티븐이 어쩐지 전적으로 정확한 얘기는 아니라는 걸 알아챈 눈치를 보인 까닭이었다.

—그 종족에서 나왔노라, 두 개인지 네 개인지 그들의 눈이 대화하는 가운데 스티븐은 애매한 말투로 중얼거렸다, 그 이름이 그리스도이든 블룸이든 또는 결국 다른 어떤 것이든 상관없이, 육신에 따라.

—물론, B. 씨는 계속 분명히 밝혔다, 문제의 양면을 다 봐야지. 옳고 그름에 대한 그 어떤 철칙도 정해놓기 힘들고 만사에 분명히 개선의 여지가 있는 법이지만, 사람들 말로는, 형편없는 우리 나라를 포함해서 나라마다 그에 마땅한 정부를 갖고 있다지. 하지만 매사에 웬 만큼의 선의는 가져야겠지. 서로 잘났다고 자랑하는 것도 좋지만 상호 간의 평등은 어떡하고. 나는 어떤 모양이나 형태이건 폭력이나 편협성에 대해서는 분개하네. 그것으로는 그 어떤 것도 이루거나 막지 못해. 혁명이란 차근차근 계획에 따라 일어나야 해. 사람들이 바로 가까이에 살고 다른 고유어를 사용한다고 해서, 말하자면 옆집에 산다고 해서 미워하는 건 얼핏 보기에도 명백하게 어리석은 짓이지.

—다리에서 벌어진 피비린내나는 싸움이며 7분간의 전쟁은 잊을 수가 없죠, 스티븐이 동조했다, 왜 스키너 골목과 오먼드 시장 사이에서 터진 사건 있잖아요.

그렇지, 블룸 씨는 그 발언을 전적으로 지지하며 완전히 동의했다, 압도적으로 맞는 말이야. 그런데 온 세상에 그런 일들이 넘쳐나.

—제 말이 바로 그 말이에요, 그는 말했다. 증거가 모순되는 황당한 사건은 솔직히 조금이라도 어쩔 수가 ....

그의 소박한 견해로는, 호전성을 부르는 어떤 혹에서 생기건 모종의 내분비선에서 생기건, 악감정을 자극하는 그 모든 고약한 언쟁이 명예심과 충성심에 대한 격식과 관련될 거라고 잘못 알고들 있지만, 사람들이 언제 멈춰야 할지 결코 모르는 탐욕과 질투 등 모든 것의 배후에 도사리고 있는 것은 거의 대부분 돈 문제였다.

—사람들은 비난하지, 그는 들리게 말했다.

그는 다른 사람들이 아무래도 그러려니 싶어 얼굴을 돌리고 행여나 싶게 다른 사람들을 의식하여 더 가까이 가서 말했다.

—유대인들은, 그는 스티븐의 귀에 대고 방백으로 나지막이 알려주었다, 파멸의 원인이라고 비난받지. 장담하지만, 진실이라곤 티끌만큼도 없는 비난이야. 역사가 철두철미 입증하는 건데, 이런 말 들으면 자네 놀라려나, 스페인은 종교재판소가 유대인들을 쥐 잡듯이 내쫓으면서 기울었고, 잉글랜드는 다른 면에서는 책임질 일을 많이 저지른 비상하게 유능한 악당 크롬웰이 유대인을 받아주면서 번성했다네. 왜냐고? 유대인들에게는 올바른 정신이 배어 있거든. 그들은 실질적이야, 입증된 사실이지만. 자네는 이 문제에 관한 권위 있는 저작물들을 잘 아는 데다 실제로 정통파이기도 하니 난 어떤 일에도 굳이 깊이 파고들 생각은 없어. 그러나 종교를 차치하고 경제 분야에서만 보면 성직자들은 결과적으로 빈곤을 초래한다네. 다시 스페인 얘기를 하자면, 자네가 전쟁의 결과에서 보았듯이, 진취적인 미국과 비교돼. 튀르키예인들을 보세. 교리가 문제였지. 사람들이 죽어서 천당으로 직행한다고 믿지 않는다면 더 잘 살기 위해 노력할 거야, 적어도 내 생각은 그래. 그런 교리는 교구신부가 가짜 구실로 성금을 우려내기 위한 사기라고. 나는, 하고 그는 극적으로 힘을 주며 말을 이어나갔다, 처음에 자네에게 얘기해준 그 무례한 자와 마찬가지로 아일랜드 사람이고, 신조와 계급을 떠나 모든 사람이 안분하여, 그는 결론지었다, 안락할 만큼 상당한 액수의

수입을, 그렇다고 욕심스럽지도 않게, 가령 연간 300파운드 정도를 받기를 원하네. 그것이야말로 중대현안으로서 실현 가능한 얘기일 뿐 아니라 사람과 사람 사이의 보다 우호적인 상호관계를 촉발하게 될 걸세. 맞는 말인지 몰라도 적어도 내 생각은 그래. 난 그걸 애국이라 부르겠네. 조국이 있어야, 우리가 **모교**에서 고전을 배우던 시절 수박 겉 핥기식으로 주워들은 말로, **좋은 삶**이 있다. 그 말의 뜻인즉, 일을 하면 잘살 수 있는 경우에 그렇다는 거지.

맛도 없이 명색뿐인 커피 한 잔을 앞에 놓고 제반 문제를 간추린 이 얘기를 들으면서, 스티븐은 딱히 아무것도 주시하지 않았다. 물론, 그가 들을 수 있는 것은 색깔을 바꾸는 온갖 종류의 말들이었는데, 그건 마치 그 밑 어딘가에 집이라도 있는지 같은 모래지만 온갖 종류의 색깔로 바뀌며 달라 보이는 모래 속에 재빨리 굴을 파고 숨어버리는 링센드 주변의 게들과 같았다. 그러던 그가 고개를 들고 보게 된 두 눈은 목소리를 통해 들렸던 '일을 하면'이라는 말을 한 듯 안 한 듯 알쏭달쏭했다.

—저는 빼주세요, 겨우 입을 뗀 그는 일을 염두에 두고 말했다.

이 발언에 두 눈은 깜짝 놀랐는데, 왜냐하면 그가, 즉 그 순간엔 그 두 눈을 소유한 사람이 발언한 것처럼, 아니 차라리 말한 그의 목소리가 발언한 것처럼, 일이란 누구나 해야 하는 동시에 할 수밖에 없는 까닭이었다.

—내 말은 물론, 상대방은 서둘러 못을 박았다, 가능한 가장 넓은 의미에서의 일을 뜻하는 걸세. 그 일의 영광만을 추구하지 않는 문학 활동도 포함해서. 오늘날 가장 신속한 통신로인 신문에 기고하는 글쓰기

가 그래. 그것도 일이지. 중요한 일. 결국, 내가 자네에 대해 조금이나마 아는 바로 미루어볼 때, 자네 교육에 그 모든 돈을 쓰고 난 뒤에 자신에게 든 비용을 벌충하며 자신의 가치를 발휘할 자격이 자네에겐 있어. 자네는 어느 모로 보나 농부 못지않게 나름의 철학을 추구하며 자신의 펜으로 살아갈 권리가 있다고. 뭐? 두뇌와 근육, 자네의 이 두 가지는 다 아일랜드에 속해 있지. 두 가지가 똑같이 중요하다고.

—아저씨 생각은, 스티븐은 어설프게 웃으며 대꾸했다, 제가 아일랜드라는 줄인 말로 불리는 성 패트릭의 교외에 속해 있기 때문에 중요한 게 아니냐 하는 거죠.

—거기서 한 발짝 더 나아가고 싶네만, 블룸 씨가 넌지시 말했다.

—하지만 제 생각은, 스티븐이 말을 잘랐다, 아일랜드가 제게 속해 있기 때문에 중요할 수밖에 없지 않느냐 하는 건데요.

—속해 있는 것이라, 블룸 씨는 아마 뭘 좀 잘못 알아들었나보다 싶어 몸을 굽히며 질문했다. 잠깐. 안됐지만 내가 뒷부분을 잘 못 들었네. 자네가 .... 뭐라고 했더라?

스티븐은 확연히 짜증을 내며 커피잔인지 무슨 잔인지 모를 물건을 매우 예의 없이 옆으로 툭 치워놓고 덧붙였다.

—우리가 나라를 바꿀 수는 없잖아요. 화제를 바꾸자고요.

시의적절한 이 제안에 블룸 씨는 화제를 바꾸느라고 눈을 내리깔았지만 당혹스러웠는데, 무척 딴판으로 들리는 '...에 속해 있다'는 말을 어찌 해석해야 할지 정확히 알 수가 없었기 때문이다. 보통의 말투 쪽보다는 뭔가 나무라는 듯한 말투 쪽이 더 두드러졌다. 말할 것도 없이 스티븐은 아까 북새통을 겪을 때 치밀었던 노기로 온전한 정신상태가 맞나 싶게 유난히 신랄한 방식으로 약간 까칠한 말이 그때 튀어나온 것이었다. 아마도 블룸 씨가 극도로 중요시하는 가정생활만으로는 필요한 만큼 양에 안 찼든가, 아니면 번듯한 부류의 사람들을 대하는 데 익숙지 않았던 모양이다. 그렇다고는 하나, 옆에 있는 젊은이가 파리에서 갓 돌아왔음을 상기하면서 꽤 놀란 태도로 일말의 두려움을 안은 채 몰래 살펴보니 특히 눈이 아버지와 누이를 더 닮기는 했으나 의문을 밝히는 데에는 별 도움이 되지 못한 나머지, 그는 장래가 그토록 창창하던 교양 있는 젊은이들이 본인들 외에 다른 누구의 잘못도 없이 봉우리 때 싹이 꺾여 너무 일찍 시들어버린 사례들을 속으로 떠올렸다. 가령 한 명을 예로 들어 오캘러핸의 경우를 보면, 수입은 불충분했어도 점잖은 집안 출신인 이 얼치기 변덕쟁이는 취중에 나오는 다른 방탕한 행동 중에서도 특히 광기가 심하고 모든 주위 사람들에게 골칫거리가 되기 일쑤로 대중 앞에서 갈색 포장지로 만든 옷을 보란듯이 입고 다니며 뽐내는 버릇이 있었다(사실). 그런가 하면, 흥이 한창 오르다가 **대단원**에 이르면, 형법 개정조례 2조에 저촉되지 않도록 로어 캐슬야드 경찰서의 존 맬런이 곤봉을 흔든다든가 해서 앞 못 보는 말*에게 강력한 암시를 보내면 궁지에 빠진 그를 친구 몇이서 들쳐업고 줄행랑을 놓아야 했는데, 그렇게 소환된 자들 중 어떤 이름들이 제출되고도 노출되지 않는 연유는 머리가 조금이라도 돌아가는 사람이라면 누구나 알 만할 것이다. 요컨대 올바른 결론을 끌어내자면, 그가 코웃음 치며 귓등으로도 듣는 척하지 않는 숫자 6과 16, 안토니오 등등, 경마 기

* '앞 못 보는 말이 가장 대담하다'는 속담이 있다.

수와 탐미파들, 그리고 70년 무렵에 당시 왕세자였던 어린 시절의 국왕, 상위 10퍼센트 계층의 다른 귀족들, 그리고 그 밖에 국가원수의 발뒤꿈치만 그저 졸졸 따라다니던 여타의 지체 높으신 분들에 이르기까지 귀족 집안에서조차 대유행하던 문신 따위를 놓고,* 그는 여러 해 전에 자연의 의도와는 거리가 멀게 걸치레에 흐른 콘월 사건과 같이 도덕에 위배되는 악명 높은 자들과 왕관 쓴 자들의 잘못에 대해 곰곰 생각에 잠겼거니와, 이는 선량하신 그런디 부인이 사리에 맞게, 그게 무엇이었지 아마 사람들이 어림짐작한 바와는 다른 정체불명의 이유로 극렬히 질색한 풍조이지만, 대부분의 여자들은 대체로 옷이라든지 그 밖에 자질구레한 것들을 가지고 서로 토닥거리기를 일삼느라 이에 관심이 없었다. 특이한 내의를 좋아하는 여성들과 좋은 맞춤 양복을 입은 모든 남자들은 암시에 의해 그들 간의 성적인 차이를 더 벌리고 남녀 간의 음란행위에 진짜 자극을 더 많이 주기 위해 노력하면서, 여자는 남자의 단추를 끌러주고 남자는 여자의 끈을 풀어줄 때 핀을 조심해야 하지만, 이와 달리 가령 기온이 화씨 90도나 되는 식인종 섬의 야만인들은 그늘 속에서 지내면서 전혀 아랑곳하지 않는다. 그러나 원래 이야기로 돌아가서, 반면에 자신이 가진 손가죽의 도움만으로 사다리의 맨 밑바닥에서 꼭대기까지 올라간 다른 사람들도 있다. 순전히 타고난 재능의 힘, 그것으로. 두뇌로 말일세.

이를 비롯한 여러 이유로 그는 이 저절로 찾아온 기회를 잘 살려 뭔가를 얻어내는 것이 이익일 뿐 아니라 심지어 의무라고 느끼면서도, 사

---

* 16, 안토니오, 탐미파 및 문신 등의 모티프는 앞서 뱃사람의 가슴에 있는 것들과 상통한다. 또한 이 소설의 시간적 배경이 6월 16일이다.

실 스스로 궁지에 빠져들어 실은 이미 몇 실링이나 손해를 본 터에 왜 그렇게 느끼는지는 알다가도 모를 일이었다. 그렇지만 사색거리를 제공할 만큼 사람됨이 비상한 어떤 인물과 안면을 트면 줄잡아도 넉넉한 보답이 따를 터였다. 지적인 자극이란 그 자체로 이따금 정신을 위한 일급 보약이 된다고 느꼈다. 여기에다 우연의 일치에 의한 만남, 토론, 춤, 말다툼, 오늘 여기 있다가 내일 사라지는 유형의 선원, 야간 유랑자, 기라성 같은 전체 사건들이 더해져, 모든 것이 우리가 살고 있는 세계의 주옥같은 축소판을 구성하는 데 기여하는바, 이는 특히 10퍼센트의 극빈층, 즉 탄광 인부, 잠수부, 거리 청소부 등의 생활이 최근 매우 세밀한 연구대상이 되다보니 더욱 그러하다. 그는 이 빛나는 기회를 살리기 위해 이를 글로 옮긴다면, 즉 가령 칼럼당 1기니의 고료를 받고 상투성을 벗어난 참신한 글을 쓴다면(충분히 그럴 의향이 있듯이), 필립 보포이 씨와 똑같은 행운 비슷한 것을 잡을 수도 있지 않을까 생각해보았다. 이를테면, 『마부휴게소 경험담』.

마침 운이 좋으려니까, 생생한 거짓말을 하는 〈텔레그래프〉[206]의 특별 스포츠 분홍색 최종판이 팔꿈치 옆에 놓여 있어서, 나라가 스티븐에게 속해 있다는 얘기와, 그리고 브리지워터에서 왔다는 선박과 수취인이 A. 부댕으로 돼 있는 그림엽서와 나이가 종잡을 수 없는 선장 등의 앞선 수수께끼가 시원하게 풀리기는커녕 바야흐로 다시 골머리를 앓으려던 참에, 그는 이날 우리에게 일용할 신문을 주시며 만물을 포용하시는 조물주의 특별한 섭리로 눈에 띄게 된 머리글자들을 되는 대로 하나씩 훑어나갔다. 처음에 깜짝 놀랄 제목이 있었으나, 잘 보니 타자기인지 뭔지를 판매하는 H. 두 보예스란 이름의 사원에 관한 기사였다.* 도쿄의 대전투. 아일랜드 말로 연애 걸다가 위자료 200파운드. 고든 베넷컵 경주. 이민사기. 각하의 서신. 윌리엄 주교. 애스콧 경마, 골드컵. 승산 없는 말 스로어웨이의 우승은 마셜 대위의 다크호스 휴고 경이 현격한 차이로 푸른 리본 상을 차지한 92년도의 더비 경마대회를 연상시킨다. 뉴욕 참사. 사망자 천 명. 구제역. 고 패트릭 디그넘 씨의 장례식.

그리하여 주제를 바꾸기 위해 그는 영면에 들어간 디그넘에 관한 기사를 읽었지만, 잘 생각해보면 그건 즐거운 송별과는 거리가 멀었다. 아니면 어떻든 주소변경이라고나 할까.

—오늘 아침(물론 하인스가 송고한 기사다) 고 패트릭 디그넘 씨의 유해가 샌디마운트 뉴브리지 애비뉴 9번지에 위치한 자택에서 글래스네빈으로 이송되어 매장되었다. 작고한 신사는 도시생활을 하는 동안 가장 평판이 좋고 친절했던 인사로서 짧은 투병생활 끝에 맞이한 고인의 사망을 각계각층의 시민들은 큰 충격으로 받아들이고 깊이 애도하였다. 장례식은 고인의 지인 다수가 참석한 가운데 노스 스트랜드 로드 164번지의 H. J. 오닐 씨 부자 장의사가(하인스가 코니의 권고로 쓴 것이 분명하다) 거행하였다. 조문객에 포함된 인사들은 다음과 같다. 패ㅌㄱ. 디그넘(자제), 버나드 코리건(자형), 존 헨리 멘턴 변호사, 마틴 커닝엄, 존 파워, .)에이톤드프 1/8 아도르 도라도르 두라도라(그분이 키스의 광고 일로 멍스 노동조합장을 불렀을 때 생긴 오타가 분명하다) 토머스 커넌, 사이먼 데덜러스, 스티븐 데덜러스 문학사, 에ㄷㅇ. J. 램버트, 코넬리어스 T. 켈러허, 조지프

* 블룸은 순간적으로 'H. du Boyes'를 'H(ugh) Boylan'으로 잘못 보고 놀랐다.

맥 하인스, L. 붐, CP 머코이, —매킨토시 외 다수.

L. 붐(신문에 잘못 나온 대로)과 잘못 친 활자 열 때문에 적잖이 화가 치밀면서도 동시에 얼씬도 하지 않은 사람들이라 눈에 확 띈 C. P. 머코이와 스티븐 데덜러스 문학사(매킨토시는 말할 것도 없고) 때문에 포복절도하게 된 L. 붐은 여느 때의 터무니없는 오식투성이를 잊지 않고 문학사 친구에게 이를 지적했지만, 친구는 짜증 섞인 하품을 한번 더 참느라 여념이 없었다.

—히브리인들에게 보낸 그 첫번째 서신*이, 그는 아래턱이 움직이자마자 물었다, 실렸습니까? 주제는 그대의 입을 벌리고 그 속에 그대의 발을 넣으라는 건데요.**

—실렸네. 정말로, 라고 말하면서 블룸 씨는 (그는 스티븐이 처음엔 대주교를 가리키는 줄 알았으나 그와는 아무 상관도 있을 수 없는 발과 입 얘기를 덧붙이자 알아차렸다) 그가 마음을 놓는 것을 보고 크게 기뻐하면서도 마일스 크로퍼드가 결국 해낸 데에는 적이 놀랐다. 거기 봐.

상대가 2면을 읽는 동안 붐(당분간 오기된 새 이름으로 부르자면)은 옆에 있는 3면에 실린 애스콧 경마의 세번째 시합에 관한 기사를 문득 생각난 듯이 읽으며 남는 시간을 한가히 보냈다. 배당금 천 파운드에 추가로 정화正貨 3천 파운드. 암수 막론하고 전체 말에게. 1위, F.

---

* 히브리인들에게 보낸 사도바울의 유일한 편지를 언급한 것 같지만, 여기서는 디지 교장의 편지를 가리킨다.

** '발에 입을 넣다'라는 숙어('실언하다'란 뜻)를 약간 고친 것으로, 여기서는 디지 교장의 편지가 소의 발과 입에 생긴 병, 즉 구제역을 다룬 것임을 암시한다.

알렉산더 씨 소유의 스로어웨이, 라이터웨이와 스레일 사이에서 태어남, 5세, 9스톤 4파운드(기수 W. 레인). 2위, 하워드 드 월든 경의 진판델(기수 M. 캐넌). 3위, W. 바스 씨의 셉터. 배당률 진판델 4 대 5, 스로어웨이 1 대 20(대차大差). 좀더 무거운 셉터, 진판델에게 4 대 5, 스로어웨이에게 1 대 20(대차). 스로어웨이와 진판델은 한때 접전. 2½마일 코스에서 우승의 향방이 오리무중이던 끝에 완전한 다크호스가 선두에 나서더니 현격한 차로 앞서며 하워드 드 월든 경의 밤색 수말과 W. 바스 씨의 적갈색 암말 셉터를 물리침. 우승마 조련사는 브레임이므로, 레너핸의 경마 이야기는 모두 순전히 터무니없었다. 1마신馬身 차이로 보기 좋게 우승 판정을 받아냄. 천 파운드에 3천 파운드의 정화라. 또다른 경주마로 J. 드 브레먼드의 맥시멈 2세(밴텀 라이언스가 아직 안 들어왔냐며 애타게 캐물으면서도 금방 들어올 것으로 예상한 프랑스 말)가 있다. 일확천금하는 방법도 가지가지. 연애 걸어온 남자에게 위자료 받아내는 방법도. 그런데 저 덜떨어진 라이언스는 성급하게 옆길로 새다가 망조가 든 거다. 물론 도박이 그런 식으로 기막히게 대박 나는 수도 있긴 하지만, 그 시합의 결과로 밝혀지듯이 그 불쌍한 바보는 자신의 선택을 자축할 만한 이유가 별로 없었으니, 제 발로 걷어찬 희망이라고나 할까. 결국엔 때려 맞히기로 끝나고 말았지.

—결국 그런 꼴이 될 거라는 징후가 넘치고 넘쳤는데, 그 사람, 블룸이 말했다.

—누구요? 라고 말한 상대는 그런데 손을 다친 상태였다.

어느 날 아침 신문을 펼치면, 마부가 단언했다, 파넬의 귀환이란 기사를 읽게 될 거요. 그는 뭐든지 내기를 걸어도 좋다고 장담하며 기사를 읊어나갔다. 더블린 소총연대 보병 한 명이 어느 날 밤 저 휴게소에 와서 남아프리카에서 파넬을 보았다. 파넬을 죽인 건 자존심이었다. 그는 의회 위원회 15호실 사건*이 있고 나서 스스로 목숨을 끊든가 아니면 사람들한테 손가락질 받지 않을 정도로 자신의 예전 위상을 찾을 때까지 한동안 잠적했어야 했다. 그러면 제정신을 찾고 난 뒤에 돌아와 달라고 모두들 너나없이 그에게 무릎 꿇고 빌었을 것이다. 그는 죽은 게 아니었다. 그냥 어딘가로 종적을 감추었을 뿐. 바다 건너에서 운반해온 관에는 돌멩이만 잔뜩 들어 있었다. 그는 보어전쟁의 장군 드 웻으로 이름을 바꿨다. 성직자들한테 맞선 것이 실수였다. 기타 등등.

그럼에도 블룸(올바른 이름으로 불러서)이 사람들의 기억력에 적이 놀란 것은 열 명 중 아홉에게 그 일은 한 통도 아니고 타르 배럴 수천 통으로 파넬의 상을 불태웠지만 그후 20년 남짓 지나서는 까맣게 망각된 일이었기 때문이다. 물론 돌멩이 소문에 한 가닥의 진실도 들어 있지 않을 공산이 매우 크지만, 설혹 진실일지라도, 모든 걸 감안할 때 귀환은 매우 바람직하지 못하다는 것이 블룸의 생각이었다. 파넬의 죽음에는 사람들을 격분시킨 무언가가 분명히 있었다. 그의 다양한 정치적 타협이 막 완성 단계에 도달하려는 바로 그때 급성 폐렴으로 인해 너무나 무기력하게 스멀스멀 죽어갔거나, 그렇지 않으면 나중에 밝혀진 것처럼 비 맞은 뒤 젖은 신발 바꿔 신고 젖은 옷 갈아입기를 소홀히 하다 감기에 걸리고도 방에 틀어박혀 전문의의 진료도 받지 못한 탓에 보름도 채 지나지 않아 만인의 애통함 속에 죽음에 이른 것일 수도 있

* 잉글랜드 의사당의 15호실에서 당시 아일랜드 여당이 파넬의 의장직을 박탈하려는 시도를 했으나 실패했던 일을 가리킨다.

고, 혹은 사태가 이미 돌이킬 수 없는 지경에 이른 데에 그저 당혹감만을 느꼈을 가능성도 크다. 물론 이미 확연히 앨리스, 그대는 어디에와 같은 상태였던 그의 행방에 대한 실마리가 완전히 오리무중이 되기 전부터, 심지어 그가 폭스니 스튜어트니 하는 여러 가명을 쓰기 전부터도 이미 그의 행방을 아는 사람이 없었던 것으로 보아, 마부 친구한테서 튀어나온 발언이 가능성의 범주 안에 들어 있을 수도 있다. 그렇다면 명백히 실제로 그렇듯이 타고난 민중의 지도자로서, 그리고 구두 벗고 잰 키가 6피트 또는 어쨌든 5피트 10인치나 되는 당당한 풍채의 소유자로서 그는 이런 실정을 당연히 마음 아파했을 테지만, 반면에 전자의 인물 발바닥에도 못 미치는 주제에 결점을 보완할 만한 장점이라고는 눈을 씻고 보아도 잘 안 보이는 어중이떠중이들은 감 놔라 배 놔라 설치는 판이었다. 우상에게 흙발*이 있었다는 사실, 그리고 신뢰를 받던 72명이나 되는 추종자들이 서로 진흙탕 싸움을 하며 그를 물어뜯으려 달려든 사실은 분명히 교훈을 던져준다. 더도 덜도 아닌 살인자들의 행태다. 그대는 돌아올 수밖에 없었소. 떨쳐버릴 수 없는 그 의식이 그대를 잡아끌었다고나 할까. 주역을 맡고 있는 대역에게 본때를 보여주기 위해서 말이오. 한번은 〈인서프레서블〉사에서였던가 〈유나이티드 아일랜드〉사에서였던가 반대파가 활자판을 파괴할 때 블룸은 황감하기 짝이 없게도 파넬을 알현하는 행운의 특권을 누린 적이 있었거니와, 사실은 누가 땅에 떨어뜨린 파넬의 실크해트를 그가 주워 건네주

* 금이나 은으로 된 발이 아니라 흙으로 된 발은 '약점'에 대한 비유로(「다니엘서」 2:32~33 및 2:41~42), 이는 파넬의 정치 인생에 치명타를 입힌, 영국인 비서 키티 오셰이와의 간통을 가리킨다.

었더니, 앞에 언급한 불행이 일촉즉발의 상태로 다가왔을 때 외관상으로는 냉정을 유지하고 있었지만 속으로는 분명히 격분한 상태였을 텐데 그럼에도 고맙소라는 말을 하는 여유를 보였으니, 타고난 됨됨이라고 할 수밖에. 다시 귀환 얘기로 돌아가서. 그대가 곧장 돌아왔을 때 놈들이 테리어를 풀어놓지 않았다면 그대는 행운아요. 그다음엔 톰은 찬성 딕과 해리는 반대 하는 식으로 설왕설래하는 작태가 일상적으로 수도 없이 뒤따랐지. 그러고 나서 결정적으로, 그대는 권리소유자와 마주쳐 티치본 사건의 권리주장자처럼 신분증명서를 제시해야 했는데, 티치본 사건에서는 증거가 입증하듯이 로저 찰스 티치본을 태우고 침몰한 배의 이름은 그가 가장 잘 기억하는 한 벨라였고, 상속자 로저의 몸에는 먹으로 새긴 문신도 있다고 벨루 경이란 사람이 증언도 했는데, 로저의 신분을 자처한 자는 배에 탔던 어떤 친구한테서 아주 쉽게 세부 자료를 수집해놓고는 주어진 묘사와 부합한다는 것을 보이려고 일어나 실례지만, 제 이름은 아무개입니다 따위의 발언을 하며 자기소개를 하고 나선 것일지도 모른다. 보다 신중한 방책은, 그다지 감정을 드러내지 않고 실상 옆에서 벌어지는 토론의 초점인 명사를 닮은 청년에게 블룸이 말한 것처럼, 먼저 형세 판단을 하는 것이었으리라.

—그 쌍년, 그 영국 년이 파넬을 파멸시켰어, 싸구려 술집 주인이 논평했다. 그년이 파넬의 관에 첫번째 못을 박았다고.

—그래도 여자로서는 쓸 만했어, 자칭 관청서기 헨리 캠벨이 의견을 냈다, 풍만한 여자였거든. 뭇 남자들의 넓적다리를 풀어놓았지. 난 이발소에서 그 여자 사진도 봤는걸. 남편은 대위인가 장교인가 되고.

—맞아, 염소가죽꾼이 재미있다는 듯 덧붙였다, 장교인 건 맞는데

허깨비지.

익살스러운 인물이 이렇게 뜬금없이 한몫 거드는 소리에 그를 둘러싼 일행 사이에 한바탕 왁자한 웃음이 터졌다. 블룸으로 말하자면, 그는 털끝만큼의 웃음기도 없이 그저 문 쪽을 응시하면서 그런 사실들이, 설상가상으로, 달콤한 사랑의 말을 담고 그 두 남녀 사이에 오간 흔한 연애편지와 함께 공개된 당시 비상한 관심을 불러일으켰던 역사적 이야기에 대한 생각에 골똘히 빠져 있었다. 처음에는 엄격하게 플라토닉하던 관계였다가 거기에 본능이 끼어들었고, 둘 사이에 정이 붙으면서 점점 사태는 절정으로 치달아 온 도시의 화젯거리가 되더니, 마침내 그 치명적인 타격이 그의 몰락을 유도하려고 단단히 벼르던 사악한 성향의 상당수 사람들에게는 반가운 정보가 되었는데, 그러나 이 일은 시종 공유재산이긴 했어도 나중에 비화한 것처럼 선정적인 수준에까지 치달은 것은 아니었다. 남자가 공공연하게 여자의 애인이 돼버린 이후로 그들의 이름이 나란히 붙어다니다보니, 그 사실, 즉 그가 여자와 잠자리를 함께했다는 사실을, 증인들이 증인석에서 선서를 하고 그가 어느 어느 특정한 날에 이층 아파트에 들어갈 때와 똑같이 사다리를 이용해서 잠옷 바람으로 황급히 기어나오는 현장을 목격했다고 증언하는 형식으로 사실이 알려지는 순간 만원을 이룬 법정에 전율이 흐르며 모든 사람을 문자 그대로 경악시킨 그 사실을, 외설적인 기사에 맛들인 주간지들이 떼돈을 우려내는 수단으로 삼은 사실을, 일반 대중에게 굳이 널리 알릴 필요가 어디 있었단 말인가. 반면에 사건의 분명한 진상은 단지 남편이란 작자가 아내와 성姓만 공유할 뿐 둘 사이에 아무런 공통점도 없이 만족을 못 주는 와중에 마침 너무 강해서 오히려 탈인 진짜 남자가 무대에 등장해서는 요녀의 매력에 사로잡혀 가정에 대한 의무*를 망각하고 흔한 결말대로 사랑하는 상대의 웃음에 홀딱 빠진 경우에 지나지 않았다는 것이다. 말할 것도 없이 부부생활의 영원한 문제가 돌발한 것이다. 부부생활에 어쩌다 제3의 사내가 끼어든다면 부부간에 진정한 사랑이 존재할 수 있을까? 난제로다. 하지만 남편이 어리석음의 물결에 휩쓸려 아내를 애정어린 눈으로 바라본다면 그런 일은 그들에게 절대로 개의할 문제가 안 된다. 실제로 군대의 쭉정이인 상대방 남자(경용기병輕龍騎兵 부대, 정확히 말해서 제18경기병부대 소속으로 일상적으로 흔히 보는 **잘 가게, 나의 용감한 대위여**** 부류의 일개 군인에 불과한 남자)와 비교할 때 파넬은 위대한 인간 표본으로서 분명히 고차원적인 재능 덕에 참으로 더 위대해졌고(즉 상대방 남자 말고 추락한 지도자가) 여자인 키티가 물론 재빨리 알아본 것처럼 그 나름의 특이한 방식으로 틀림없이 불같은 성격이기도 해서 분명히 스스로 개척하여 명성을 얻을 가능성이 매우 높아 보였고 또 실제로 거의 그렇게 될 뻔했지만, 그리스도교의 신부와 목사들 전체와, 왕년에 그의 충실한 추종자였던 자들과, 그리고 그가 사랑해 마지않던 쫓겨난 소작인들은, 특히 이들 소작인들을 위해서 그는 그들의 가장 낙관적인 기대조차도 훨씬 뛰어넘는 방식으로 그들의 입장을 강력히 옹호해줌으로써 나라의 시골 지방에서 착실하게 보살펴주었건만, 사실상 그의 결혼생활

---

* '가정'의 원문인 'home'에는 '조국'이란 뜻도 있다. 즉 파넬은 부인에 대한 의리를 저버렸을 뿐 아니라, 잉글랜드 여자와 사통함으로써 조국에 대한 충절도 버렸다는 의미다.

** W. V. 월리스의 오페라 〈마리타나〉에서 주인공 돈 세사르가 악당 대위에게 결투를 청하며 부르는 노랫말. 오세이 대위도 파넬에게 결투를 신청했지만 성사되지는 않았다.

의 희망을 망쳐놓다시피 함으로써 우화에 나오는 당나귀의 발길질*과 똑같은 방식으로 은혜를 원수로 갚은 셈이었다. 이제 와 회고적인 종류의 정리를 하면서 되돌아보니 모든 게 일종의 꿈처럼 보이누나. 그리고 돌아온 것은 그대가 한 일 중 최악인 것이, 만사가 늘 시류에 따라 움직이는 법인지라 말할 나위 없이 그대는 제자리가 아닌 곳에 와 있는 느낌이었을 것이외다. 아니, 그가 깊이 생각해보매, 아이리시타운 해변도 여러 해 가보지 않은 지방이라 그런지 마침 그가 북부 지역에 거주하게 된 후로는 어쩐지 달라 보였던 것이다. 그러나 북쪽이든 남쪽이든, 그것은 계획을 단호하게 뒤엎어버리는 일이자 잘 알려진 것처럼 순전히 뜨거운 열정이 빚은 사건에 불과한 것으로서, 바로 그가 말하고 있던 바를 입증할 뿐이며, 전부이건 절반이건 스페인 혈통인 그의 아내 또한 무슨 일이든 어설프게 하는 법이 없이 남방의 열정적인 자유분방함으로 점잖은 체통 나부랭이는 깡그리 바람에 날려보내는 것이었다.

—내가 말하고 있던 바를 입증할 뿐이라고, 그는 벅찬 가슴을 안고 스티븐에게 말했다, 피와 태양에 대해서 말이야. 그리고 내 생각이 크게 틀리지 않다면 키티도 스페인 혈통일 걸세.

—스페인 왕의 딸이지요, 라고 대답하면서 스티븐은 스페인 여성들이여 잘 있어요 안녕히라든가 처음 도착한 땅 이름이 빈 술병Deadman이라든가 램헤드에서 실리까지는 이래저래 아주 멀어** 따위의 알아듣

* 이솝 우화 〈당나귀와 늑대〉에서 늑대에게 먹힐 위기에 처한 당나귀가 자기 발굽에 박힌 가시를 뽑아달라고 부탁하자 늑대가 잠시 맹수로서의 본분을 망각하고 가시를 뽑아주려는 순간 당나귀가 늑대를 걷어차는 이야기.

** 작자 미상의 민요 〈스페인 여자들〉 중 세 구절이 인용되었다.

지 못할 말을 횡설수설 덧붙였다.

—그런가? 블룸은 결코 경악한 건 아니지만 놀라서 내뱉었다, 그런 소문은 금시초문인데. 가능한 얘기야, 특히 거기서, 아내가 거기서 살았으니까. 그러니 스페인이지.

그는 마침 떠올린 대출기한을 넘긴 그 케이플 스트리트 도서관의 『의 달콤함』이란 책을 살살 피해가면서 주머니에서 수첩을 꺼내 거기 적힌 여러 가지 내용들을 급히 넘기다가 이윽고.

—그런데 자네 보기에, 그는 신중하게 빛바랜 사진 한 장을 골라 테이블에 올려놓고 말했다, 이 사람이 스페인 타입 같나?

스티븐은, 상대가 말을 걸어온 게 분명하므로, 사진을 내려다보니 개방적인 방식으로 육체적인 매력을 뽐내는 큰 체구의 여자가 보였는데, 한창때의 여성미가 물오른 여자는 행사 분위기에 맞게 그저 유방만 보이는 게 아니라 가슴이 훤하게 드러날 만큼 보란듯이 깊게 파인 야회복 차림에 도톰한 입술을 벌려 완벽한 치아 몇 개를 드러내며 짐짓 위엄 있는 모습으로 피아노 가까이에 서 있었고, 피아노 받침대에는 당시 크게 유행하던 나름대로 멋진 발라드 곡 〈옛날 마드리드에서〉의 악보가 놓여 있었다. 그 사람의(그 여성의) 검고 큰 눈은 스티븐을 바라보며 무언가 감탄할 만한 일이 있는지 미소를 막 지으려는 표정인데, 이 미학적인 작품 제작의 책임을 맡은 이는 더블린 최고의 사진예술가인 웨스트모얼랜드 스트리트의 라피엣이었다.

—블룸 여사, 그러니까 내 마누라 **프리마돈나** 매리언 트위디 마담일세, 블룸이 간단히 말했다. 몇 해 전에 찍은 거야. 96년인가 그 무렵에. 그때의 실물하고 똑같이 나왔어.

젊은이 옆에서 그도 현재 그의 법적 아내인 여성의 사진을 보면서, 그 여성이 브라이언 트위디 소령의 교양 있는 딸로서 이른 나이에 가수로서 현저하게 능숙한 솜씨를 선보였고 꽃다운 이팔청춘을 갓 넘기기가 무섭게 음악계에 데뷔했다는 말을 슬쩍 흘렸다. 얼굴로 말하자면 금방 말이라도 할 듯이 생생하게 살아 있는 표정이었지만, 몸매는 그보다 훨씬 뛰어나 수많은 사람들의 시선을 한몸에 받기 일쑤인 정도인데, 그 의상 탓에 최고의 진가가 살아나지 못했다고 한다. 그의 말로는, 곡선미 풍부한 어떤 부위를 강조할 것도 없이, 전신상을 위한 자세도 어렵지 않게 취할 수 있었을 것이란다. 여가에 예술가 기질을 제법 발휘하는 그는 일반적인 여성의 체형에 대해 발육의 견지에서 숙고하였는데, 바로 아까 오후만 해도 국립박물관에서 예술작품으로서 완벽하게 표현된 그리스 여신상들을 마침 보았기 때문이다. 대리석은 어깨, 등, 그 모든 대칭, 그리고 기타 등등을 실물처럼 살려낼 수 있다. 그래, 청교도주의, 그건 성 요셉의 지고한 도둑질이지, 그렇다면(딴딴해져라!) 딸딸이나 쳐. 반면에 사진은 한마디로 말해서 도저히 예술이 아니므로 그게 안 되지.

기분이 달아오르자 그는 뱃사람을 좋은 본보기로 삼아 무슨 핑계를 대고 사진이 제 모습을 제대로 보이도록 몇 분간 거기 남겨두고 자리를 떠서, 솔직히 아내의 무대 자태는 그 자체로 카메라가 도저히 제대로 살려낼 수 없는 큰 기쁨이란 걸 감안해서 상대가 그 아름다움을 혼자서 만끽하도록 해주고 싶은 생각이 굴뚝같았다. 그러나 그런 짓은 아무래도 전문가로서의 예의가 아닐 터였다. 폭풍이 지난 후에 비치는 햇빛이 그렇듯, 지금이 따뜻해서 기분좋은 그런 밤이긴 하지만 뭔가를 감안하면 그 계절치고는 놀랄 만큼 시원하기도 했다. 그리고 그는 그 때 그 자리에서 일종의 낮은 목소리와 같은 뱃사람의 선례를 따라 있을 수 있는 생리적 욕구를 한 가지 제안을 통해 해소할 일종의 필요성을 느꼈다. 그럼에도 불구하고 그는 꼼짝하지 않고 앉아서 풍부한 곡선들로 주름지고 살짝 더러워지긴 했으나 그렇다고 낡아서 못 쓸 정도는 아닌 사진을 쳐다보다가, 풍만하게 볼록 솟은 아내의 대칭형 부위를 평가하는 데 몰두하고 있는 상대가 느낄지도 모르는 당혹감을 더욱 키우지 않겠다는 의도로 사려 깊게 먼 산으로 눈을 돌렸다. 사실 살짝 더러워진 사진은 오히려 새것처럼 좋게, 아니 빳빳함이 사라져 실은 새것보다 더 좋게, 살짝 더러워진 시트의 경우처럼, 더 큰 매력을 가졌을 뿐이었다. 만일 내가 돌아갔을 때 아내가 사라지고 없으면? 그대가 얘기해준 램프를 난 찾았네*라는 시구가 마음속에 떠올랐으나 그게 그저 잠깐 스쳐지나가는 상상으로 그친 까닭은, 그때 그가 그날 아침 어질러진 침대 등등과 그 위에, 문법학자 린들리 머리에게는 사과할 얘기지만, 어지간히 마침맞게도 집안에서 쓰는 요강 옆에 굴러떨어짐에 틀림없는,** 끝이 뾰족한 그 남자를 만난 루비에 관한 책이 머리에 떠올랐기 때문이다.

그는 젊은이 옆에 있는 것을 확실히 즐겼거니와, 교육받았지, 고상하

---

* 아일랜드 가락에 실린 토머스 무어의 시 「브레프니의 공작 오로크의 노래」에 나오는 구절로 집에 돌아가는 남자가 바라보니 여자가 불 밝혀 놓겠다고 약속한 등불이 보이지 않자 배신감에 절망하는 내용.

** 원문은 'must have fell down'으로 문법에 어긋난다. 문법학자에게 전하는 사과란 이러한 비문법적 표현과 더불어 이어지는 '끝이 뾰족한 그 남자'라는 외설적인 표현까지 아우른다.

지, 더욱이 충동적이기까지 해서 단연 군계일학인 만큼, 그에게 그런 자질이 있다는 생각을 안 하려야 안 할 수가 없었다. 게다가 스티븐은 사진이 아름답다는 말도 해주었는데, 아내가 현재 눈에 띄게 몸집이 불기는 했지만 그건 누가 뭐래도 사실이었다. 하긴 그런 상상이 왜 안 들겠는가? 그런 종류의 일에는 전체 사안에 대해 정직하고 공정하기는 커녕 프로 골퍼나 최근에 인기가 부상한 연극배우와의 염문을 주장하며 똑같은 부부생활의 분란을 흔해빠진 수법으로 대서특필하는 선정적인 신문 지면으로 인해 평생의 치욕을 안겨주는 거짓 기사가 엄청나게 판을 쳤다. 그들이 어떻게 운명적으로 만나 둘 사이에 정이 붙은 끝에 대중의 눈앞에 이름이 나란히 걸리게 됐는지 그 과정이 빠질 구멍도 남기지 않을 만큼 상습적으로 감상적이고 남사스러운 표현들을 담은 편지와 함께 법정에서 진술되면서, 결국 그들이 일주일에 두세 번씩 해변의 어느 유명 호텔에서 보란듯이 동거하다가 정상적인 추이에 따라 조만간 떼려야 뗄 수 없는 관계로 빠져들게 된 사연이 밝혀졌다. 그 다음엔 조건부 이혼 판결이 나고 국선 법정대리인은 사태의 이유를 대려고 노력하다가 판결을 뒤집지 못하면 조건부 판결이 무조건 판결로 확정되는 것이다. 그러나 그 문제로 말하면, 두 상간자가 서로에게 몹시 깊이 빠져 있었던 탓에 태연하게 이를 무시할 수 있고 실제로도 대체로 무시했기 때문에, 결국 사건을 담당하게 된 변호사는 피해 당사자를 대변하여 절차를 밟아 탄원서를 제출하기에 이른 것이다. 그가, 그러니까 B가, 사건 당시 역사적인 아수라장에서 에린의 왕관을 쓰지 못한 제왕을 실제로 가까이서 보는 영예를 누렸을 때, 간통의 멍에를 짊어지고도 널리 알려진 바와 같이 최후까지 한 치의 물러섬도 없었던 추락한 (지도자의) 신임을 받던 추종자가 열인지 열둘인지 혹은 어쩌면 그보다 훨씬 더 많은 숫자로 떼를 지어 〈인서프레서블〉, 아니 〈유나이티드 아일랜드〉(그런데 결코 적절하지 못한 명칭)의 인쇄소에 침입해서는 망치나 그 비슷한 걸 들고 활자상자를 망가뜨렸거니와, 이 모든 일은 중상모략을 일삼는 오브라이언측 기자 패거리들이 유창한 펜 놀림으로 지난날 민중의 옹호자였던 분의 사적인 품행을 물어뜯는 추잡한 독설을 쏟아낸 데 기인하였다. 눈에 띄게 급격한 변화를 겪고서도 여전히 당당함을 유지한 인물로서, 평소처럼 아무렇게나 걸친 옷차림에도 굳은 의지를 담은 그분의 표정에 크게 힘입은 우유부단한 자들은 엄청나게 당혹스럽게도 그분을 대좌에 올려놓고 나서야 그들의 우상이 흙발을 지녔음을 발견하게 된 셈인데, 그러나 이를 처음 눈치챈 사람은 몰리였다. 온 나라가 시끌벅적하며 유난히 들떠 있는 시국인지라 블룸은 당연히 모여든 군중 속에서 누군가 그의 명치 부근을 불쾌하게 쿡 찔러대는 바람에 경미한 부상을 입었지만, 다행히 중상까지는 가지 않았다. 그(파넬)의 실크해트는 어쩌다가 떨어진 것인데, 엄격한 역사적 사실로서, 사고를 목격하고 파넬에게 돌려줄 셈으로(돌려주는 일을 그는 극히 날래게 했다) 그 혼잡한 틈바구니에서 그것을 집어준 사람이 블룸이었고, 그러자 파넬은 그때 모자가 벗겨진 채 헐떡거리느라 모자 생각은 꿈에도 하지 못하는 경황이었음에도 불구하고, 국가에 깊이 몸담을 소명을 타고 태어난 신사이며 소명에 뛰어든 것도 다른 무엇보다 그 소명의 영광을 위해서였던 만큼, 어린 시절 어머니 무릎에서 바른 예절이 무엇인지 배우면서 뿌리깊이 박힌 천성이 곧바로 튀어나와 모자를 주워준 이에게 몸을 돌리고 완벽한 침착성을 유지한 채 고맙소이다라는 말로 사의를 표했거니와, 그 어조는 그날 더 일찍이 사람들이 서로 아는 친구의 유해를 무덤에 묻는 가혹한 일을 마치고 나서 친구를 홀로 영광 속에 남겨둔 채 장례식이 끝난 뒤, 역사란 약간의 차이를 곁들이며 되풀이된다고, 블룸이 모자를 바로잡아준 변호사의 겉치레 인사와는 사뭇 딴판이었다.

한편 그를 마음속으로 더 격분시킨 것은 그 모든 것을 우스갯소리로 치부하는 마부 등의 주제넘은 농담으로, 그들은 일의 원인과 연유를 비롯한 모든 것을 이해하는 척하며 과도하게 웃어대지만 실은 본인들의 마음도 모르는 형편이었거니와, 이 일은 원래 당사자 둘만 얽힌 사건으로 끝날 수도 있었던 것을 두 연인이 서로의 팔짱을 꼭 끼고 사랑을 나누는 자세를 취하면서 그 불륜 행동으로 남의 이목을 끌던 중 결정적인 순간에 우연히 마주치게 된 흔해빠진 밀고자의 눈에 띄었고 이 밀고자가 보낸 어떤 익명의 편지로 말미암아 결국 법적인 남편까지 당사자로 가담하게 된 나머지 집안싸움으로까지 이어지게 된 것인데, 잘못을 범한 여성은 무릎을 꿇고 주인이자 가장의 용서를 빌며 권리를 침해당한 남편이 사태를 눈감아주고 지난 일을 지난 일로 흘려보내주기만 하면 불륜관계를 끊고 더이상 그 상간남을 들이지 않겠다고 눈물을 글썽이며 약속했지만, 그와 동시에 필시 그 자리에 다른 사람들도 여럿 있었을 터이므로 예쁜 입으로 겉과 속이 다른 소리를 했을 수도 있는 일이었다. 개인적으로 남편은 회의적인 성향의 소유자로, 그저 논증을 위해서 여자가 세계 최고의 아내이고 부부가 매우 사이좋게 지낸다고 가정을 하더라도 그 상간남 또는 여러 남자들이 대기자명부에 이름을 올리고 항상 한 여자 주위에 어슬렁거린다는 것을 믿었고 그 믿음을 전혀 거리낌 없이 겉에 드러내기까지 했으나, 이와 달리 아내는 자신의 의무를 소홀히 한 채 일부러 결혼생활에 싫증내는 쪽을 택하고 부적절한 속셈으로 남자들의 주의를 끌기 위해 점잖게 바람을 피우며 설렘의 단맛에 빠진 탓에 결국 자신의 애정을 다른 남자에게 집중시키기에 이르렀으니, 이는 아직 매력이 남은 마흔이 다 된 유부녀들과 연하의 남자들 사이에 벌어지는 많은 **간통**의 원인으로, 분명히 외간남자에게 홀딱 빠진 여성들의 몇몇 유명 사례가 속속들이 입증하는 바와 같다.

지금 옆에 있는 젊은이가 명백히 그렇듯이, 복 많게 훌륭한 두뇌를 타고난 젊은이가 평생의 짐이 될 까다로운 임질을 그에게 옮길 수도 있는 방탕한 여자들과 어울리느라 귀중한 시간을 낭비하는 것은 안타깝기 짝이 없는 일이다. 이 젊은이는 화려한 독신으로 지내다가 어느 날 천생연분이 등장하면 아내로 맞이하게 되겠지만, 그때까지 여성과의 교제는 **필수 선행조건**이고, 조금이라도 스티븐에게 미스 퍼거슨*(그렇게 아침 일찍 그를 아이리시타운으로 데려온 특별한 길잡이일 가능성이 매우 큰 여성)에 관한 일을 꼬치꼬치 캐묻고 싶은 생각은 털끝만큼도 없었지만 그가 더없이 중대한 의문을 품은 사항이 있었으니, 그것은 스티븐이 처녀 총각 사이의 연애라든지 그리고 일전 한 푼도 없는 빈털터리면서 샐쭉샐쭉 웃어주는 처녀들과 2주나 3주에 한 번씩 어울리면서 정통적인 예비단계로 찬사를 안겨주고 밖으로 산책 나가 좋아서 죽고 못 사는 연인들의 방식으로 꽃과 초콜릿 따위를 안겨주는 일에 많은 만족을 느낄 것인지에 관한 궁금증이었다. 스티븐이 그 어떤

* 15장 「키르케」 끝부분에서 스티븐이 읊은 시구에 언급된 이름.

계모보다 악질인 어떤 하숙집 여주인한테 걸려들어 집도 절도 다 잃어버릴 걸 생각하면 그 나이에 참으로 너무나 비참한 일이 아닌가. 스티븐이 느닷없이 불쑥 꺼낸 수상쩍은 이야기는 상대보다 몇 살 위이거나 아버지 또래인 연장자의 관심을 끌었지만, 그저 어머니가 차려준 순수한 자양분을 탄 달걀술이나 그게 안 되면 하다못해 삶은 달걀이 되더라도 뭔가 실속 있는 걸 먹어두어야 한다는 것은 확실한 사실이었다.

—자네 저녁식사를 몇시에 했나? 그는 얼굴에 주름은 없어도 바짝 마르고 지친 인물에게 질문했다.

—어제 언제쯤에요, 스티븐이 말했다.

—어제라고! 소리치고 나서야 블룸은 이미 내일이었던 금요일이 됐다는 생각이 났다. 아, 그러니까 자정이 넘었다 이거지!

—그럼 그저께네요, 스티븐은 자신이 한 말을 고쳐 말했다.

이 한 조각 정보에 블룸은 문자 그대로 화들짝 놀라 생각에 잠겼다. 비록 그들이 매사에 의견이 일치하는 것은 아니지만, 마치 둘의 마음이, 말하자면, 한 가지 생각의 기차를 타고 여행하는 것처럼 어쩐지 어딘가 유사성이 있었다. 블룸 역시 스티븐의 나이이던 약 20년 전쯤 영예로운 의원직의 준準지망자로서 정치에 살짝 발 담그던 산탄 포스터* 시절에 그와 똑같은 과격 사상에 은근한 경의를 품었던 기억을 회고적으로(그 자체로 짜릿한 만족의 원천) 떠올렸다. 예컨대 막 대두되기 시작한 퇴거 소작농 문제가 사람들 마음속에서 크게 불거진 당시, 푼돈이라도 기여하거나 일부 타당하지 않은 구석이 없지 않았던 그 운

* W. E. 포스터. 시위하는 군중에게 발포할 때 인도적인 이유로 실탄이 아닌 산탄을 써야 한다고 주장한 당시의 경찰청장.

동의 언명들을 절대적으로 신뢰하지 않았음은 말할 것도 없는데, 그는 아무튼 최초에 원칙적으로 농부의 토지 소유에 대해 그것이 현대적인 견해(그러나 그가 실수를 깨닫고 나중에 부분적으로 벗어나게 된 편견)의 추세를 반영한다는 점에 철저히 공감했을 뿐 아니라 심지어 마이클 대빗이 한때 농지반환주의자로서 설파했던 괄목할 만한 견해에서 대빗보다 한술 더 떴다는 비난까지 받은 적이 있었고, 또 그것이 우리 친구가 바니 키어넌 술집에 저쪽 패거리가 모인 자리에서 그토록 노골적으로 그를 야유한 데 대해 분개한 한 가지 이유이기도 한바, 이런 까닭에 그는 남에게 심한 오해를 받는 일이 종종 있고, 되풀이 말하거니와, 호전성과는 가장 거리가 먼 축에 속하지만 평소 습관과 달리 시민의 배를(은유적으로) 한 방 갈겨준 것이지만, 다만 정치 자체에 관한 한 그는 한결같이 선동으로 말미암은 재난과 상호적인 적대감 과시와 그리고 요컨대 주로 적자멸망으로서, 훌륭한 젊은이들에 대한 필연적 결론으로서, 그 운동에 수반된 불행과 고난을 너무나 뼈저리게 의식했다.

아무튼 찬반양론을 비교 검토하다보니 실상 한시가 가까워지고 있었으므로, 그날 밤은 이제 그만 잠자리에 들기에 마침맞은 시간이 되었다. 문제는 혹시라도 우발 사건이 일어나(이따금 특유의 성질을 부리는 어느 여자가 있다) 식사를 깡그리 망쳐버릴 수도 있기 때문에 그를 집으로 데려가는 것이 다소 모험일지 모른다는 것인데, 그가 다리를 저는 개(종은 모름) 한 마리를 잘못 생각해서 온타리오 테라스의 집으로 데려온 날 밤에도(두 경우가 동일하거나 반대이거나 둘 중 하나라는 건 아니고 그도 손을 다치기는 했다), 말하자면 그가 그 자리에 있었기 때문에 똑똑히 기억하거니와, 그런 일이 벌어졌더랬다. 반면에 샌디마운트나 샌디코브행을 제안하기에는 완전히 단연코 너무 늦은 시간이었으므로, 두 방안 중에 어느 쪽을 택해야 할지 그는 다소 망설였다. 모든 것을 고려할 때, 이 기회를 한껏 이용하는 게 타당하다는 사실을 제반 사정은 가리키고 있었다. 스티븐을 처음 보았을 때는 약간 서먹서먹하거나 별로 속마음을 내보이는 편이 아니라는 인상이었는데, 점차 그런 점이 그럭저럭 마음에 들었다. 우선 한 가지 이유로, 얘기를 꺼냈을 때 스티븐이 그 생각에 소위 선뜻 응할지 모를 일인데다, 또한 주된 걱정은, 스티븐에게 필요한 돈 몇 푼을 쥐여주거나 어울려 보이는 옷가지를 주려고 할 때 이를 순순히 받아준다면 매우 커다란 개인적인 기쁨이 될 것 같아 그런 제안을 했을 때 이를 받아들인다 해도, 블룸은 어떻게 은근슬쩍 그런 쪽으로 몰고 가거나 정확하게 말을 꺼내야 할지 모르겠다는 것이었다. 어쨌든 피골이 상접한 개의 선례를 일단 피하여, 엡스 코코아를 마신 뒤 모포 한두 장 덮고 돌돌 만 외투를 베개 삼아 그날 밤의 임시 잠자리로 쓰는 식으로 편히 돌봐주면 스티븐이 삼발이에 놓인 토스트처럼 따뜻한 밤을 보낼 수 있을 거라고 결론짓는 것으로 생각을 마무리하고 보니, 항상 어떤 종류의 소란도 일으키지 않는다는 전제하에 그런 조치가 엄청나게 해로울 리는 만무하다고 블룸은 생각했다. 뭔가 제안을 하기는 해야 했는데 그 이유는, 그 떠들썩한 늙은이, 즉 아교 바른 듯 그 장소에 찰싹 달라붙어 있는 문제의 별거남이 정들고 그리운 퀸스타운의 자기 집으로 딱히 서둘러 돌아가려는 눈치를 보이기는커녕, 이 수상한 인물은 셰리프 스트리트 로어에서 좀 들어간 위치에서 웬 기둥서방이 은퇴한 미녀들을 거느린 채 나이 불문하고 손님을 받는 매음굴을 향후 며칠간의 거처로 삼아 누구의 뼛속이라도 얼어붙게 만들 속셈으로 거의 비유에 가깝게 늘어놓는 6연발 권총 일화들만 늘어놓음으로써 그들(인어들)의 감정을 상하게 만들기, 아니면 짬짬이 벌컥벌컥 밀조 위스키를 들이켜며 대수학 선생이 도처에서 말하듯 X=나의 바른 주소 성명이라는 식으로 본인의 실제 정체에 관한 예의 헛소리를 반주삼아 마구잡이로 제 흥 내기에만 바빠 여인들의 대형 미색을 거들떠보지도 않기, 이 두 가지를 번갈아 하게 될 것이기 때문이었다. 동시에 그는 그 물불 안 가리는 싸움꾼에게 그놈의 신도 유대인이라고 점잖게 재치 있는 응수를 해준 기억을 떠올리며 속으로 낄낄 웃었다. 사람들은 늑대에게 물리는 건 참을 수 있어도 양에게 물리면 제대로 분통이 터지는 법이다. 예민한 아킬레스의 최대 취약점이기도 하다. 너의 신도 유대인이라는 것. 대체로 사람들은 그가 캐리크온섀넌이나 슬라이고 카운티 어디 출신이라고 상상하는 모양이니까.

—이러면 어때, 우리의 주인공은 숙고 끝에 이윽고 아내 사진을 조심스럽게 주머니에 넣으며 제안했다, 여기가 무척 갑갑하니 자네 나하고 우리집에 가서 얘기나 나누세. 내 숙소가 엎어지면 코 닿을 데 있거든. 그런 걸 어찌 마셔. 코코아 좋아하나? 기다려. 이것만 계산할게.

최선의 계획은 분명 자리를 뜨는 것이고 그다음은 순풍에 돛 단 격인지라, 그는 조심스레 사진을 주머니에 넣으면서 오두막 주인에게 손짓했는데 주인 눈치는 영.

—그럼, 그게 제일 낫겠어, 그는 스티븐에게 다짐을 주었지만, 스티븐은 이 문제에 관해서는 브레이즌 헤드 호텔이건 블룸의 집이건 그

밖에 어디건 간에 모두 그냥저냥.

온갖 종류의 유토피아적 계획이 그(B)의 바쁜 머릿속에서 번뜩였으니, 그 계획이란 교육(진짜 항목), 문학, 언론, 현상 당선 단편소설, 최신 광고, 광천수 치료소와 해변 극장이 즐비한 잉글랜드 해안 휴양지에서 공연 여행하기, 돈 탕진하기, 완벽하게 자연스러운 이탈리아 억양으로 이중창 부르기 및 그 밖에 무수한 것들에 관한 것으로서, 물론 지붕에 올라가 온 세상과 아내에게 이 일을 떠벌릴 필요는 없지만, 운은 좀 따라주어야 하리라. 물꼬만 트면 된다. 스티븐이 아버지의 목소리를 타고 났다는 것이 짐작을 넘어선 그의 생각이었고 또 그 생각에 충분히 희망을 걸 만했으므로, 대화를 본론에서 벗어난 엉뚱한 방향으로 질질 끌고 가는 것이 좋겠고 말이 난 김에 해로울 것도 없을 터인즉 그냥.

마부는 손에 넣게 된 신문에서 전임 총독 캐도건 백작이 런던 어디에선가 마부협회 만찬회를 주관했다는 기사를 읽어주었다. 이 짜릿한 발표에 대한 반응은 한두 번의 하품을 곁들인 침묵이었다. 그러다가 아직도 기력이 웬만큼 남아 있어 보이는 구석의 늙은이는 앤서니 맥도널 경이 유스턴역에서 출발하여 수석비서 관저로 향했다든가 혹은 그와 비슷한 취지의 기사를 큰 소리로 읽었다. 이 흥미진진한 소식에 왜 하는 대답이 메아리쳤다.

—영감님, 그 신문 좀 잠깐 봅시다, 나이든 선원이 성급한 본성을 살짝 드러내며 끼어들었다.

—그러시구려, 부탁받은 노인네가 대답했다.

뱃사람은 지니고 있던 케이스에서 푸르스름한 고글을 어렵사리 꺼내 코와 양쪽 귀에 매우 천천히 걸쳤다.

—눈이 안 좋으세요? 관청서기 같은 동정심 많은 인물이 물었다.

—아, 겉으로는 나름의 소박한 방식으로 문학적 소양이 조금 있어 보이고 삼각범선 같은 턱수염을 기른 뱃사람이 청록색 현창이라고 묘사해도 좋을 만한 안경 밖으로 내다보며 대답했다, 난 읽을 때 고글을 쓴다오. 홍해 모래 탓으로. 굳이 말하자면, 한때는 어둠 속에서도 책을 읽을 수 있었고. 『아라비안나이트 설화집』과 『장미처럼 붉은 여자』가 내 애독서였지요.

이어서 그가 뭔지 확실치는 않아도 익사체 발견이나 노팅엄 팀 공격 때 두번째 타석에 서서 백수십 점을 올린 크리켓 타격왕 아이어멍거*의 활약을 들여다보는 동안, (아이어는 완전히 무시한 채) 주인은 외관상 신상품 같기도 하고 중고품 같기도 한, 명백히 발에 꼭 끼는 신발을 느슨하게 하느라 여념이 없는 가운데 누군지 그걸 판 작자한테 투덜투덜 욕을 퍼붓고 있는데, 다른 사람들은 모두 얼굴 표정으로 분간할 수 있을 만큼, 말하자면 그저 뚱하게 쳐다보거나 싱거운 소리를 한마디씩 던지거나 할 만큼, 확연히 깨어 있었다.

일언이폐지하고, 상황을 파악하고 난 블룸은 너무 오래 머무르는 폐를 범하지 않도록 제일 먼저 자리를 털고 일어나 모름지기 그날은 자기가 계산하겠다고 한 약속을 지키기 위해 남들이 보지 않는 틈을 타 주인에게 요금을 치르겠다는 취지의 신호를 현명하게 주의를 기울여 눈에 잘 띄지 않게 작별인사 삼아 보냈는데, 총 가격이 거금 4펜스(문자 그대로 최후의 모히칸족인 1페니짜리 동전 네 개를 점잖게 내려놓

* '아이어멍거'의 '아이어(Ire)'는 아일랜드의 약칭이다.

은 금액)인 연유는 누구나 척 훑어서 읽을 수 있도록 맞은편에 확실한 숫자로 인쇄해서 붙여놓은 가격표에서 아까 본 대로 커피가 2펜스에 빵과 과자 역시 동일한 가격이기 때문인데, 웨더럽이 입버릇처럼 말하듯이 솔직히 때때로 제 가격의 두 배 금액이 나오기도 했다.

—가지, 그는 회합을 마치자고 권했다.

책략이 잘 통해서 앞길이 탄탄대로임을 확인하고 그들은 함께 휴게소인지 오두막인지를 나와, 지진이나 난다면 모를까 무사태평한 상태에서 꼼짝도 할 생각이 없는 방수복 차림의 인물과 그 일행으로 구성된 엘리트 집단을 떠났다. 스티븐은 여전히 몸이 찌뿌듯하고 노곤하다고 털어놓으며, 잠깐, 문간에서 멈췄다.

—한 가지 이해 안 되는 게 있는데요, 그는 충동적으로 독창적인 말을 했다. 카페에서 밤에는 왜 테이블을, 아니 의자를 테이블 위에 엎어 놓는지.

이 즉흥적인 발언에 생각이 화수분 같은 블룸은 잠시도 망설이지 않고 곧바로 답변했다.

—아침에 바닥을 청소하기 위해서지.

이렇게 말하며 그는 날쌔게 헤아리며, 그와 동시에 솔직히 미안함을 느끼며, 폴짝 뛰어 친구의 오른쪽으로 돌아갔는데, 말이 났으니 말이지 이건 그의 버릇으로, 그의 오른쪽이, 고전적인 관용어로 말해서, 아킬레스건인 까닭이었다. 밤공기를 마시니 여간 상쾌하지 않았으나 스티븐은 다리에 힘이 좀 풀려 있었다.

—이게(공기가) 몸에 좋아, 블룸은 걷기도 마찬가지라는 취지로 이내 이렇게 말했다. 아주 딴사람이 된 느낌을 주는 데에는 걷기만한 게

없어. 자. 멀지 않아. 내게 기대봐.

이에 따라 그는 왼팔을 스티븐의 오른팔에 끼고 그에 따라 그를 이끌었다.

—네, 스티븐이 이렇게 어정쩡하게 말한 것은 말랑말랑하고 흐늘흐늘한 이상한 종류의 딴 사람 살이 접근해 오는 느낌이 들어서였다.

어쨌든 그들은 돌무더기와 화로 따위가 있는 초소를 지나게 되었고, 그곳에서 시 관청의 비정규직원인 왕년의 검리는 어느 모로 보아도 아직껏 속담이 표현하듯이 잠의 신 머피의 품에 푹 안긴 채 시원한 벌판과 새 목장을 꿈꾸고 있는 모양이었다. 그리고 말이 난 김에 돌이 든 관에 관한 얘기를 하자면, 그 유추가 썩 괜찮았다고 할 수 있는 것이, 내분의 시기에 파넬을 배신한 80명 남짓한 선거구민 중 72명과 그의 덕분에 소작지를 차지하게 된 바로 그 퇴출 소작농들이 돌로 쳐서 죽인 거나 다름없는 짓을 벌인 까닭이다.

이리하여 그들은 서로 팔짱을 낀 채 베레스퍼드 플레이스를 가로질러 걸음을 재촉하며 블룸이 아마추어로서 가장 큰 애정을 품고 있는 예술 형태인 음악 이야기로 화제를 바꿨다. 바그너 음악은 터놓고 말해서 나름대로 장중한 맛이 있긴 하지만 블룸에게는 다소 지나치게 무겁기도 하고 맨 처음엔 따라가기에 어렵기도 한 반면, 메르카단테의 〈위그노교도〉와 마이어베어의 〈십자가에서의 마지막 일곱 말씀〉과* 모차르트의 〈미사곡 12번〉은 그가 더없이 즐기는 곡이고, 마지막 곡 중 〈영광의 찬가〉는 그의 마음에 그 자체로 최상급 고전음악으로 와닿는 곡

---

* 〈위그노교도〉가 마이어베어 곡이고 〈십자가에서의 마지막 일곱 말씀〉이 메르카단테 곡인데 블룸은 거꾸로 혼동하고 있다.

으로 그 앞에서 다른 곡들은 죄다 꼬리를 내려야 할 판이었다. 그는 맞은편 가게가 이 방면으로 내놓은 무디와 생키의 찬송가집이나 〈저를 살려주시면 그대의 신교도로 살아갈 테요〉 따위의 그 어떤 음악보다 가톨릭교회의 종교음악을 무한히 선호했다. 또한 그가 누구 못지않게 찬탄하는 곡인 로시니의 〈성모가 서 있었네〉는 단연 불멸의 운율이 넘치는 작품으로, 그의 아내 마담 매리언 트위디가 어퍼 가디너 스트리트에 있는 예수회신부 교회에서 대가들, 즉 비르투오시와 함께 불러 그 노래를 들으려고 사람들이 교회건물의 문까지 쇄도할 만큼 대인기를 끌며 그야말로 진정한 화제를 불러일으킴으로써, 본인이 부른 다른 곡들을 더욱 영광스럽게 했음은 물론 다른 가수들로 하여금 완전히 빛을 잃게 만들었다고 말해도 무방하리라. 마담 트위디를 따라올 가수가 아무도 없다는 것이 만장일치의 의견이었으니, 성스러운 성격의 음악을 위한 예배 장소에서 이구동성으로 앙코르를 외쳤다는 말만으로 충분하리라. 그는 대체로 〈돈 조반니〉류의 가벼운 오페라와 그 계통의 주옥같은 작품인 〈마르타〉를 선호하는 편이지만, 피상적인 지식밖에 없을망정 멘델스존과 같이 담백한 고전주의 작곡가도 취향에 맞았다. 그 얘기가 나온 김에, 오래된 인기곡들에 대해 줄줄이 꿰고 있다는 건 당연하다 치고, 〈마르타〉 가운데 단연 라이어널의 아리아 〈마파리〉를 꼽았는데, 참으로 희한하게도 어제 스티븐의 존경스러운 부친이 사실 다른 이들 모두로 하여금 빛을 잃게 만들 만큼 완벽하게 불러 뭇사람들의 시선을 한몸에 모은 이 곡을 들었으니, 아니 좀더 정확히 말해서 엿들었으니, 이는 그가 사무치게 감사해 마지않는 특권이라 할 만했다. 세련되게 질문처럼 던져진 이 말에 대한 대답으로, 스티븐은 그 노래는 하지 않는다면서 셰익스피어의 노래들, 적어도 당대의 것이거나 당대에 쓰였거나 당대에 관한 노래들을 찬양하기에 나섰는데, 그 찬양의 대상은 식물학자 제러드의 집 근처 페터 레인에 살고 도울란두스, 난 연주하며 세월을 다 보냈네라는 헌정사를 받은 류트 연주자 다울랜드, B가 잘 기억나지는 않지만 이름은 분명 귀에 익은 아널드 돌메치 씨로부터 65기니의 가격에 구입할까 고려중이라는 악기, 주제와 응답 형식의 기발한 형식을 구사한 파너비 부자, 스티븐 말로는 왕실부속예배당이건 그 밖에 어디건 버지널만 눈에 띄었다 하면 연주했다는 버드(윌리엄), 가벼운 토이 곡과 진지한 에어 곡을 지은 톰킨스 가문의 1인, 그리고 존 불* 등이었다.

그들이 여전히 말을 하며 다가가고 있던 도로 위에서 흔들거리는 쇠사슬 난간 너머로 말 한 마리가 포장한 지면 위를 천천히 걸으면서 청소기를 끌어 길게 뻗친 진창을 쓸고 있었고, 그래서 그 잡음에 블룸은 65기니와 존 불에 대한 언급을 똑바로 들었는지 완전한 확신이 들지 않았다. 그는 동명이인의 저명한 정치가 존 불을 말하는 거냐고 물으면서, 이름이 똑같은 인물이 둘이라니 기막힌 우연의 일치라는 생각이 퍼뜩 들었다.

쇠사슬 옆에서 말은 천천히 길을 벗어나 방향을 틀었고, 평소처럼 주변을 날카롭게 살피던 블룸은 이를 보고 상대의 소매를 슬며시 잡아끌면서 우스갯소리를 했다.

—오늘밤 우리 목숨이 위험에 처한걸. 증기롤러를 조심하게.

---

* 잉글랜드의 오르간 및 버지널 연주자이자 작곡가 겸 옥스퍼드대 교수.

그들은 그러고 나서 곧 걸음을 멈췄다. 블룸은 65기니짜리로는 도저히 안 돼 보이는 말의 머리를 바라보다가 바로 옆으로 다가가니 어둠 속에서도 뚜렷이 모습을 드러내며 뼈와 심지어 살까지도 다르게 조합된 새로운 놈으로 보였는데, 그도 그럴 것이 그놈이 확연한 네발짐승이긴 하지만, 제 주인이 높은 자리에 앉아 딴생각에 바쁜 동안, 허리는 한쪽이 낮아 씰룩씰룩, 까만 엉덩이는 뭉실뭉실, 매달린 꼬리는 달랑달랑, 처진 머리는 건들건들하는 가운데 뒷발을 맨 먼저 내밀며 터벅터벅 걷는 인상적인 모습이었기 때문이다. 그러나 이렇게 훌륭한 짐승을 불쌍하게 앞에 두고 각설탕 하나 못 주는 것이 아쉬웠으나, 슬기롭게 따지고 보면, 돌발할지 모르는 모든 비상사태에 대비할 수는 없는 노릇 아닌가. 녀석은 세상에 다른 걱정거리라고는 없이 덩치 크고 힘차고 멍청하고 둔해빠진 그런 말이었다. 하지만 개조차도, 그는 생각했다, 바니 키어넌 술집에서 본 그놈만 봐도 알 일이지만, 저만한 덩치라면 마주치기 끔찍할 것이다. 그러나 사막의 배라 불리는 낙타가 포도를 위스키로 만드는 혹을 등에 가졌듯이, 저런 식으로 생겨먹은 게 딱히 동물의 잘못은 아닐 터였다. 벌을 빼고 모든 동물 중 열의 아홉은 인간의 재주에 못 미쳐 우리에 가둬 키우거나 훈련시킬 수 있을 것이다. 고래는 작살을 머리핀처럼 꽂고 다니고, 악어는 등허리를 간질이면 알아서 얌전해지며, 수탉은 분필로 원을 그리면 꼼짝 못하고, 호랑이는 매의 눈으로 쏘아주는 게 약이다. 거리의 배는 움직이고 있었고 스티븐은 매우 흥미진진한 옛이야기를 이어나가는 동안, 이렇게 들짐승에 관한 때맞춘 생각이 스티븐의 말을 듣다가 산만해진 그의 마음을 사로잡았다.

—내가 무슨 이야기를 하고 있었더라? 아, 그렇지! 우리 마누라는,

그는 이야기 가운데토막으로 뛰어들어 넌지시 떠보았다, 음악이라면 어떤 종류건 가리지 않고 홀딱 빠지는 사람이니 자네와 사귀게 되면 더없이 기뻐할 거야.

그가 다정하게 스티븐의 옆얼굴을 옆으로 바라보니 모친을 빼닮았는데, 여자들이 무턱대고 침을 질질 흘릴 정도의 흔해빠진 꽃미남 악당 유형을 그다지 빼쏜 것도 아니었고, 아마 그렇게 생겨먹지도 않았으려니 싶었다.

그러나 스티븐이 그가 짐작 이상으로 생각하듯이 부친의 재능을 물려받았다고 가정해보니, 핑걸 백작부인의 아일랜드 산업협회며 그 회합에서 지난주 월요일에 열린 연주회며 거기 참석한 일반 귀족사회와 같은 새로운 전망이 마음속에 쫙 펼쳐졌다.

스티븐은 이제 매춘부들을 배출한 암스테르담의 네덜란드인 작곡자 얀 피터르 스베일링크의 곡 〈청춘이 여기서 끝나네〉에 대한 정교한 변주곡들을 설명하고 있었다. 그가 훨씬 더 좋아한 것은 요한네스 옙이 작곡한 오래된 독일 노래로 그 소재가 맑은 바다와 남자들을 홀려 죽이는 세이렌들의 목소리라는 말에 블룸은 살짝 흠칫 놀랐다.

세이렌의 간교함을 바탕으로
시인이 시를 짓는다네.

스티븐은 이 도입부의 소절들을 노래하고 즉석에서 번역하였다. 블룸이 고개를 끄덕이며 완전히 알아들으니 부디 계속하라고 청하자 스티븐은 그 말에 따랐다.

스티븐이 첫 음정을 발성하는 순간 블룸이 가장 희귀한 재능임을 알아볼 정도로 비범하게 아름다운 그런 테너 목소리는, 배러클러프같이 인정받는 발성법의 권위자한테 제대로 지도받고 거기에다 악보까지 읽을 수 있게 되면, 바리톤이야 지천으로 널린 마당이니 제 가치를 인정받아 가까운 미래에 대기업을 운영하는 재계의 거물들과 작위 받은 귀족들이 거주하는 최고 구역에 있는 상류사회 저택의 자유출입 자격을 그 목소리의 소유자인 행운아에게 안겨다줄 것이며, 그렇게 되면 그는 대학교 학사학위(나름대로 지대한 광고효과)와 좋은 인상을 더욱 돋보이게 할 신사다운 태도에다 그런 목적에도 활용 가능한 두뇌 따위의 필수요건을 두루 갖추었으니 두드러진 성공은 따놓은 당상일 터인데, 다만 그는 아직 사교계 복장의 우아함에서는 아직 초보 단계의 청년인지라 그런 사소한 일이 본인에게 불리하게 작용할 수 있음을 이해하지 못할 터이므로 의복을 올바로 보살펴줌으로써 그들의 비위를 보다 잘 맞춰주며 호감을 살 수 있도록 도와주어야 할 것이다. 이는 사실 몇 달만 걸리면 되는 문제인지라, 그는 스티븐이 이왕이면 크리스마스철의 축제 분위기 속에서 그들의 음악적 미술적 간담회에 참여하여 여성들로 하여금 가벼운 평지풍파를 일으키게 하고 큰 화젯거리로서 숙녀들의 귀한 대접을 받는 모습을 쉬이 내다볼 수 있었거니와, 그런 사례가 기록에 남아 있다는 것을 그도 마침 알고 있었고, 실상 그 자신도 옛날에는 마음만 먹었다면 내막을 드러내지 않고 그렇게 할 수 있었을 것이다. 거기에 더해 물론 결코 우습게 볼 수 없는 금전상의 수입이 강습료와 더불어 뒤따를 것이다. 그렇다고, 슬쩍 덧붙이자면, 더러운 돈벌이를 위해 상당히 오랜 기간 동안 가수무대를 반드시 직업으로 삼을 필요는 없다. 그러나 그것은 가타부타를 떠나 필요한 방향으로 한 발짝 내딛는 발걸음으로서 금전적으로나 정신적으로나 그의 체통에 한 치도 욕되는 일이 없을 것이고, 한 푼이라도 아쉬운 몹시 곤궁한 순간에 건네받는 수표 한 장은 비상하게 편리한 혜택으로 탈바꿈할 것이다. 게다가 최근의 취향이 어느 정도 타락했다고는 하나, 그와 같이 상투적인 틀과 다른 독창적인 음악은, 이반 세인트 오스텔이라든지 힐튼 세인트 저스트와 같은 **온갖 부류**가 어리숙한 대중에게 속여 팔다시피 한 싸구려 테너 솔로의 흔해빠지고 진부한 유행이 지나간 뒤에 더블린 음악계에 뚜렷한 새바람을 일으킬 터인즉, 급속히 대인기의 흐름을 타리라. 그렇다, 모든 카드를 손에 쥐고 있으니 한 치 의심의 여지도 없이 가능한 일이어서, 유명세를 타고 시민의 호평을 받는 높은 지위를 획득할 절호의 기회를 잡고, 그럴 경우 스티븐은 어깨에 힘주는 인물로 부상해 후원자만 얻으면 킹스 스트리트에 위치한 게이어티극장의 고객들을 대상으로 대대적인 공연회를 예약제로 개최할 수 있을 터인데, 그 전제로, 큰 **전제**이긴 하지만, 종종 선의의 사람들이 축하를 과하게 하느라고 거장의 앞을 가로막는 바람에 생길 불가피한 지연을 미연에 방지할 만큼 상당한 추진력을 가진 누군가가 때맞춰 나타나 말하자면 그를 높이 받들어 모실 준비가 되어 있어야 할 것이다. 그리고 이런 사정이 스티븐의 가치를 떨어뜨릴 필요가 조금도 없는 것이, 그는 스스로 행동을 알아서 하는 사람으로서 자신 혼자만의 일이기 때문에 자신의 성악 경력과 상충하는 일이 없이 또는 자신의 품격을 떨어뜨리는 어떤 일도 일절 끌어들이는 일이 없이 여가에 마음만 내키면 문학 활동을 할 시간을 얼마든지 가질 수 있을 것이기 때문이다. 사실 그는 마음대로 발휘할 재능이 있거니와, 또 어떤 종류의 쥐 냄새도 맡을 수 있는 빼어나게 예민한 고양이 코를 소유한 저 친구가 애초에 스티븐에게 달라붙은 것도 바로 그 까닭이 아닌가 말이다.

말은 바로 그때, 그리고 나중에 좋은 기회를 틈타 그는(블룸은 그랬다), 절대로 스티븐의 사생활에 끼어들 생각은 아니라는 전제하에, 까마귀 노는 곳에 백로야란 원칙하에 모 신참 의사와의 관계를 끊으라고 충고하고, 그 친구가 스티븐을 얕보는 것도 모자라 스티븐이 없는 자리에서 웬 우스운 핑계를 대면서 슬그머니 헐뜯는 소리 같은 것을 하는 것을 본 적이 있는데, 그런 짓은 자신의 겸손한 견해로 볼 때 고약한 성격을 방증하는 것이니, 장난으로 듣지 말라고 덧붙였다.

말은, 말하자면, 더이상 참을 수 없는 한계에 이르자 걸음을 멈추고 깃털 같은 꼬리를 당당하게 높이 쳐올리더니, 솔로 곧 쓸어서 깨끗이 치울 요량이겠지만, 땅바닥에 김이 모락모락 나는 동글동글한 똥 세 덩어리를 떨구어 제 일거리를 늘렸다. 천천히 세 차례, 한 덩어리 한 덩어리, 풍만한 엉덩이에서 녀석은 진창 속에 싸질렀다. 그리고 마부는 그놈(혹은 그년)이 볼일을 마칠 때까지 낫 달린 전차 같은 마차에서 끈기 있게 기다리는 인간성을 보였다.

블룸은 스티븐과 나란히 그 돌발사건을 이용해 우뚝 선 기둥으로 나뉜 쇠사슬 난간의 틈새로 빠져나가 꼰 타래 같은 진창 위로 걸음을 떼며 가디너 스트리트 로어 쪽으로 길을 건너갔고, 그러자 스티븐은 크지는 않지만 더욱 대담한 목소리로 민요의 끝 소절을 불렀다.

이렇게 모든 배가 다리로 연결되었다네.*

마부가 좋은지 싫은지 무관심한지 아무 말 없이 등받이 낮은 마차에 앉아 그저 두 형체를 물끄러미 바라보니, 한 사람은 통통하고 한 사람은 말랐는데 둘 다 검정 옷차림으로 철교 쪽으로 걸어가는 모습이 흡사 마어 신부의 주재로 결혼하기 위해서인 듯했다. 두 사람이 걷다가 가끔씩 멈췄다가 다시 걸으며, 남자 이성理性의 적인 세이렌에 관한 화제에 그와 같은 부문의 수많은 다른 화제를 섞기도 하고, 찬탈자에 관한 화제에 같은 종류의 역사적 사례를 섞기도 하면서 밀담(물론 마부한테는 전혀 들리지 않는)을 이어나가는 동안, 청소차 아니 차라리 침대차라고 부르는 게 나을 마차 안에 앉아 있는 사내는 그들이 너무 멀리 떨어져 있어서 도저히 들을 수 없었음에도 로어 가디너 스트리트의 끝자락 가까이에 있는 자신의 좌석에 앉아 그저 그들의 등받이 낮은 마차 뒤를 바라볼 뿐이었다.

---

* 옙의 노래에서 독일어 '난파되다(bringt)' 대신에 '다리를 놓은(brücken)'이란 단어를 쓴 것으로, 스티븐은 단어 형태로 인해 'brücken'을 영어의 'broken'과 같은 뜻을 지닌 단어로 착각한 듯하다.

17장

이타카

＊ 블룸과 스티븐은 돌아오면서 어떤 평행노선을 따랐는가?

뭉친 그들은 둘 다 정상적인 보행속도로 베레스퍼드 플레이스에서 출발하여 로어 및 미들 가디너 스트리트와 마운트조이 스퀘어 서쪽을 따라간 다음, 걸음을 늦춰 무심코 가디너스 플레이스에서 각자 왼쪽으로 움직이는 바람에 템플 스트리트의 먼 쪽 모퉁이까지 갔다가, 틈틈이 멈추면서 늦춘 보속으로 템플 스트리트 북쪽에서 오른쪽으로 움직여 하드윅 플레이스까지 갔다. 그들은 둘 다 느슨해진 보행속도로 따로 다가가서는 조지교회 앞의 원형광장을, 어떤 원이건 현弦이 그에 대응하는 호弧보다 짧으므로, 가로질러갔다.

2인조가 여정중에 의견 나눈 내용은 무엇인가?

음악, 문학, 아일랜드, 더블린, 파리, 우정, 여자, 매춘, 음식, 가스등 또는 아크등과 백열등의 불빛이 인접한 항일성 나무의 성장에 미치는 영향, 시정기관이 전시해놓은 비상용 쓰레기통, 로마가톨릭교회, 성직자의 독신생활, 아일랜드 국민, 예수회 수사의 교육, 생업, 의학 공부, 지난날, 안식일 전날의 해로운 영향,* 스티븐의 졸도.

블룸은 경험에 대하여 그들 각자가 보이는 같은 반응과 다른 반응 사이의 유사성이라는 공통 요소를 발견했는가?

둘 다 예술적 인상에 민감하되, 조각이나 회화보다 음악을 더 선호했다. 둘 다 섬나라보다 대륙의 생활양식을, 대서양의 저쪽보다 이쪽 거주지를 선호했다. 둘 다 이른 가정교육과 유전적으로 이어받은 이단적 저항의 끈기에 단련되어, 종교, 국가, 사회 및 윤리 분야의 많은 정통 이론에 대한 불신을 표명했다. 둘 다 이성異性의 자력이 민감하게 만드는 쪽과 둔감하게 만드는 쪽으로 영향을 번갈아 끼친다는 것을 시인했다.

그들의 견해가 몇 가지 점에서는 갈라지기도 했는가?

스티븐은 식생활과 시민생활을 스스로 알아서 하는 것이 중요하다는 블룸의 견해에 대놓고 반대한 반면, 블룸은 문학에서 인간 정신이 영원히 긍정된다는 스티븐의 견해에 잠자코 의견을 달리했다. 블룸은 리어리왕의 통치시대 432년에 첼레스티노 1세 교황이 파견한 오디수

* 유대인들에게 안식일 전날인 금요일은 아담과 이브가 타락한 날이므로 불길한 날이다.

스의 아들 포티투스의 아들 칼포르누스의 아들 패트릭에 의해 아일랜드 국가가 드루이드교에서 그리스도교로 개종한 실제 연대를 슬레티에서 음식물을 잘못 삼켜 목이 막힌 탓으로 로스나레에서 매장된 코르맥 매카트(서기 266년 사망)의 통치 기간인 260년경이라고 틀리게 짚은 것과 관련된 시대착오를 스티븐이 정정해주자 이에 넌지시 동의하였다. 무기력한 위 속에서 다양한 정도로 섞인 음식과 도수 다양한 술이 어떤 화학적 혼합을 이룬 터에 정신적인 힘을 쏟고 나른한 분위기에서 급속도의 원운동까지 한 탓에 졸도한 것이라고 블룸이 말하자, 스티븐은 처음엔 여자 손만큼 작았던 아침의 구름(샌디코브와 더블린이라는 다른 관점에서 둘 다 따로 인지함)이 다시 나타난 탓으로 돌렸다.

그들의 견해가 동일하게 부정적인 한 가지 사항이 있었는가?

가스등이나 전기등이 인접한 항일성 나무의 성장에 미치는 영향.

블룸은 과거에 야간 산책을 하면서 비슷한 주제들을 토론한 적이 있었는가?

1884년 밤에 오언 골드버그 및 세실 턴불과 함께 롱우드 애비뉴와 레너드 식품철물점 모퉁이 사이와, 레너드 식품철물점 모퉁이와 싱 스트리트 사이와, 싱 스트리트와 블룸필드 애비뉴 사이에서. 1885년 저녁마다 퍼시 앱존과 함께 어퍼크로스군의 크럼린구에 있는 지브롤터 빌라와 블룸필드 하우스 사이에서 벽에 기댄 채. 1886년에 수시로 어쩌다 알게 된 사람 및 유망한 구매자와 함께 문간 층계, 앞쪽 응접실,

교외선의 삼등 기차간에서. 1888년에 자주 브라이언 트위디 소령 및 그의 딸 미스 매리언 트위디와 함께 또는 따로 라운드타운에 있는 매슈 딜런의 집 라운지에서. 1892년에 한 번 그리고 1893년에 한 번씩 줄리어스 (유다) 마스티안스키와 함께 두 번 다 롬바드 스트리트 서쪽에 있는 그(블룸)의 집 현관에서.

블룸은 그들의 목적지에 이르기 전에 1884, 1885, 1886, 1888, 1892, 1893, 1904라는 연대의 불규칙적인 연속성에 대해 어떤 숙고를 하였는가?

그는 개인적 발달과 경험 분야의 확장이 점진적으로 이루어지다보면 개인 간 상호관계라는 교제 영역의 제한이 퇴보적으로 뒤따르게 된다는 점을 숙고하였다.

예컨대 어떤 식으로?

비존재에서 존재로 옮기면서 그는 많은 사람에게 온 한 사람으로서 받아들여졌고, 존재와 함께 존재하면서 그는 아무하고나 함께하는 아무나가 되어 아무하고나 어울렸으며, 존재에서 무존재로 사라지면서 모든 사람에게 인식되지 않게 될 것이다.

목적지에 이르러 블룸은 어떤 행동을 하였는가?

에클스 스트리트 7호, 즉 같은 차이로 이어지는 홀수 중 네번째 숫자의 집 계단에서 그는 현관문 열쇠를 꺼내기 위해 바지 뒷주머니 속에 기계적으로 손을 집어넣었다.

열쇠는 거기 있었나?

바로 전날 입었던 바지의 대응하는 주머니에 있었다.

그가 이중으로 짜증난 까닭은?

깜박한 까닭에, 그리고 깜박하지 말라고 스스로에게 두 번이나 상기시켰던 기억이 떠올라서.

그렇다면, (각각) 미리 생각해두었기 때문에 그리고 부주의한 탓에, 열쇠가 없게 된 둘의 앞에 놓인 양자택일의 문제는 무엇인가?

들어가느냐 마느냐. 문을 두드리느냐 마느냐.

블룸의 결정은?

한 가지 책략. 그는 난쟁이 담에 두 발을 얹고서, 지하실 입구 난간 위로 기어올라가 모자를 머리에 꽉 눌러쓴 다음 난간과 계단이 만나는 낮은 쪽의 두 끝을 부여잡고, 몸을 서서히 5피트 9.5인치나 낮추어 지하실 입구 보도에서 2피트 10인치 이내의 거리가 되도록 한 다음, 떨어지는 충격에 대비하여 몸을 난간에서 떼어내 웅크림으로써 자유로이 움직일 수 있는 공간을 마련했다.

그는 떨어졌는가?

지난번 그리스도 승천축일, 즉 윤년인 서기 1904년(유대력 5664년이자 이슬람력 1322년), 황금수 5, 세수월령 13, 태양순환기 9, 주일문자 CB, 로마 사정査定 2, 율리우스력 6617년, MCMIV*의 5월 12일에,

북부 프레더릭 스트리트 19번지 소재의 약제사 프랜시스 프로드먼의 약국에서 정기 체중측정용 도량계기로 확인했듯이 11스톤 4파운드에 해당하는 것으로 이미 알려진 그의 몸무게에 의해.

충격으로 인한 부상 없이 일어섰는가?

새로 안정적인 균형을 되찾은 그는 충격으로 머리가 띵 울렸지만 부상 없이 일어나, 지하실 출입문 걸쇠의 자유로이 움직이는 경첩에 힘을 주어 지렛대에 일급의 지레 작용을 가함으로써 걸쇠를 들어올린 뒤, 아래에 인접한 설거짓간을 통해 늦게나마 부엌으로 들어가서, 황린성냥을 그어 불을 붙인 다음, 구멍의 꼭지를 돌려 인화성 석탄 가스를 내보내자 센 불꽃이 일어났지만, 이를 조절해서 잠잠한 백열로 줄이고 마침내 휴대용 양초에 불을 붙였다.

그러는 동안 스티븐은 무슨 모습들을 띄엄띄엄 이어서 인지했는가?

그가 지하실 입구 난간에 기대어 부엌의 투명한 유리창을 통해 인지한 것은 14촉광짜리 가스 불꽃을 조절하는 남자, 1촉광짜리 양초에 불을 붙이는 남자, 구두 두 짝을 차례로 하나씩 벗는 남자, 초를 들고 부엌을 나오는 남자였다.

그 남자는 다른 곳에 다시 나타났는가?

사 분이 지난 후 그 남자가 든 초의 희미한 불빛을 현관문 위에 있는

---

* 1904를 로마숫자로 표기한 것.

반투명한 반원형의 부채꼴 채광유리창을 통해 식별할 수 있었다. 현관문은 돌쩌귀를 축으로 삼아 서서히 돌았다. 현관의 트인 공간에 다시 나타난 남자는 모자 없이 초를 들고 있었다.

스티븐은 그의 신호에 따랐는가?

그렇다, 그는 살며시 들어가 문을 닫고 사슬 줄 거는 걸 돕고는 남자의 등과 기울인 초와 변폭 두른 발 뒤로 슬슬 현관을 따라가서, 불빛이 새어나오는 왼쪽 출입구의 틈새를 지나고 다섯 계단이 넘는 회전층계를 조심스레 돌아 내려가 블룸의 집 부엌으로 들어갔다.

블룸은 무엇을 하였는가?

그는 숨을 훅 불어 촛불을 끈 뒤, 숟가락 모양의 전나무 의자 두 개를 난로 가까이로 끌어당겨서 스티븐 것은 등받이를 지하실 입구 창 쪽으로 두고 또하나는 필요시 자신이 쓰기로 하고, 한쪽 무릎을 꿇은 채, 끝에 송진을 발라 열십자로 엇갈리게 쌓은 장작더미와 여러 색깔의 종이와 돌리어 스트리트 14번지의 플라워 앤드 맥도널드 회사 마당에서 톤당 21실링 가격으로 구입한 불규칙한 다면체의 최상품 에이브럼 석탄을 난로 받침쇠에 모아놓고서, 불붙인 황린성냥개비 하나로 종이의 뾰족한 세 끄트머리에 불을 지핌으로써, 연료의 탄소 및 수소 원자가 공기 중 산소와의 자유 결합에 들어가 내포된 잠재 에너지를 발산하도록 만들었다.

스티븐이 이와 비슷한 모습으로 떠올린 환영들은 누구의 것인가?

다른 때 다른 곳에서 한쪽 또는 양쪽 무릎을 꿇고 그에게 불을 지펴 주었던 다른 사람들, 즉 킬데어 카운티의 샐린스구에 위치한 클롱고스 우드 마을의 예수회 학교 양호실에서 본 마이클 수사, 더블린에서의 첫 거주지인 피츠기번 스트리트 13번지의 가구 없는 셋집에서 본 아버지 사이먼 데덜러스, 어셔스 아일랜드 15번지에서 임종을 맞이한 미스 줄리아 모컨 이모네 집에서 본 그의 대모 미스 케이트 모컨, 클랜브래실 스트리트 62번지의 셋집 부엌에서 본 리치(리처드) 골딩의 부인이자 그의 외숙모인 사라, 1898년 성 프란치스코 사비에르 축일 아침 노스 리치먼드 스트리트 12번지의 부엌에서 본 사이먼 데덜러스의 부인이자 그의 모친인 메리, 북부 스티븐스 그린 북쪽 16번지 유니버시티 칼리지의 물리학 강의실에서 본 학장 버트 신부, 캐브라에 있는 아버지 집에서 본 그의 누이 딜리(딜리아).

스티븐이 불을 보던 시선을 맞은편 벽 쪽으로 1야드만큼 높이자 무엇이 보였는가?

일렬로 늘어선 다섯 개의 나선형 스프링 초인종 아래로, 연통 옆 벽감을 가로질러 놓인 쇠쇠 두 개 사이로 곡선을 이룬 노끈 하나가 뻗쳐 있고, 거기에 크기가 작은 네모꼴 손수건 네 개가 접힌 채로 인접한 직사각형을 그리며 서로 떨어진 채 나란히 걸려 있고, 그 옆에 라일 실로 된 가터가 달린 여성용 회색 스타킹 한 켤레가 꼭대기와 발 부분이 평소 위치대로 두 개는 바깥쪽 양 끄트머리에 있고 남은 하나는 겹치는 부분에 있는 세 개의 꼿꼿한 나무못에 집힌 채 걸려 있었다.

블룸은 레인지 위에서 무엇을 보았는가?

오른쪽 (작은) 시렁 위에 있는 파란 법랑 스튜 냄비를, 왼쪽 (큰) 시렁 위에 있는 까만 쇠주전자를.

블룸은 레인지에서 무엇을 하였는가?

그는 스튜 냄비를 왼쪽 시렁으로 옮긴 후 일어나서 쇠주전자를 싱크대로 가져가 흐르는 물을 받아내기 위해 물이 흘러나오도록 수도꼭지를 틀었다.

물이 흘러나왔는가?

그렇다. 직선 야드당 5파운드의 최초 설치비용으로 건설된 단선 및 복선 수송관으로 이루어진 여과 본관의 지하수로를 통해 새어나오는 24억 갤런의 입방 용량을 지닌 위클로 카운티의 라운드우드 저수지로부터, 다글강, 래스다운 구빈원, 다운스 협곡 및 캘로힐 언덕을 거쳐, 22법정 마일 떨어진 스틸로건에 있는 26에이커 면적의 저수지로 간 다음, 그곳에서 정수탱크 시스템을 거친 다음, 250피트 길이의 경사로에 의해 어퍼 리슨 스트리트의 유스터스 브리지에 위치한 시 경계선으로 흘러오지만, 길게 이어진 여름철 가뭄과 1250만 갤런에 달하는 1일 공급량으로 인하여 수위는 범람제방의 토대 아래로 떨어져 있었고, 바로 그런 이유로 인하여 자치도시 검사관 겸 수도공사 수석기사인 스펜서 하티 씨는, 급수위원회의 지시에 따라, 음수 목적에 어긋난 시 수돗물 사용을 이미 금해놓은 터였는데(1893년처럼 그랜드 운하 및 로열 운하의 음료에 부적합한 물에 의존하게 될 가능성을 염두에 둔 조치), 이 조치는 특히 남부 더블린의 빈민구호 후견인들이, 6인치 계량기를 통해 빈민에게 공급되는 1일 정량이 15갤런임에도 불구하고 시 관청의 법률고문변호사인 이그네이셔스 라이스 씨의 입회하에 판독한 하룻밤 소비량이 무려 2만 갤런에 달함으로써, 다른 시민계층, 즉 지불 능력이 있고 건실한 자립형 납세자들에게 피해를 입힌다고 확신한 데 바탕을 둔 것이었다.

물을 좋아하는 자, 물을 받는 자, 물을 나르는 자로서 블룸은 레인지로 돌아오면서 물의 어떤 점에 감탄했는가?

물의 보편성: 물의 민주적 평등성과 자신의 평평한 표면을 추구하려는 성질의 항구성: 메르카토르 투영도의 대양에 나타난 물의 광대함: 태평양 순담 해구에 있는 8천 패덤을 웃돌 만큼 측량 불가한 물의 깊이: 해안의 모든 지점을 차례로 찾아오는 물의 파도와 표면 미립자의 쉼 없는 활동성: 물의 구성단위들이 지닌 독립성: 바다 상태의 가변성: 바람이 없을 때 물의 유체정력학적 잔잔함: 소조 및 대조 시에 물의 유체동력학적 팽창: 부서진 후 물의 가라앉기: 남극 및 북극 부근의 만년설에 갇혀 있을 때 물의 불모성: 물의 기후 및 상업적인 중대성: 지구의 면적 중 마른 육지 대비 3 대 1에 이르는 물의 우세: 적도 지대에 가까운 남회귀선 아래 모든 지역에 걸쳐 이론의 여지 없이 압도적인 물의 평방 리그 면적: 태고의 심해분지에서 장구한 세월 동안 이어져온 물의 안정성: 물의 적황색 해저: 수백만 톤에 달하는 최고급 귀금속을 비롯한 모든 가용성 물질을 용해 상태에서 분해하고 보존하는 물의 능력: 반도와 섬에 대한 물의 완만한 침식, 비슷한 위치의 섬과 반도와

낮아지는 곳에 대한 물의 꾸준한 형성: 물의 침적물: 물의 무게와 부피와 밀도, 석호와 산정호수에 있는 물의 평정: 열대와 온대와 한대 지역에 있는 물의 색채 바림: 대륙의 호수를 포함한 시내와 지류가 합류하여 대양으로 흘러가는 강과 그리고 해류와 만류와 적도 남북의 수로 등과 같이 여러 갈래로 나뉘는 물의 수송 지류: 해진과 바다용오름과 지하수가 솟아나 절로 생긴 우물과 솟아오르는 물과 급류와 소용돌이 샘물과 홍수와 급격히 불어난 강물과 큰 파도와 분수령과 분수계와 간헐온천과 폭포와 소용돌이 강물과 큰 소용돌이와 범람과 대홍수와 호우에서 물의 맹렬함: 거대하게 지구를 비수평적으로 휘도는 물의 곡선: 수맥을 찾는 막대기나 습도 측정용 도구에 의해 드러나고 애시타운 정문 벽에 난 구멍 옆의 샘과 수증기 포화와 이슬 맺힘에 예시된 샘과 잠복성 습기에 감춰진 물의 비밀: 수소 성분 둘과 산소 성분 하나로 구성된 물의 단순함: 물의 치료 효능: 사해에서 물이 발휘하는 부력: 개울과 협곡과 부적당한 댐과 배의 새는 구멍에서 나타나는 물의 줄기찬 침투성: 깨끗이 씻기와 갈증 풀기와 불끄기와 식물 기르기 따위에 쓰이는 물의 속성: 모범 및 전형으로서 물의 절대적인 확실성: 증기와 안개와 구름과 비와 진눈깨비와 눈과 우박으로의 물의 변모: 단단한 소화전에 압축된 물의 힘: 호수와 만과 큰 만과 만곡부와 해협과 석호와 환초와 다도해와 작은 해협과 협만과 섬 사이의 해협과 조수간만이 있는 어귀와 하구로 나타나는 물 형태의 다양성: 빙하와 빙산과 부빙에 나타나는 물의 고체성: 물레방아와 터빈과 발전기와 발전소와 표백공장과 가죽공장과 타면공장을 움직이는 물의 순응성: 운하와 항해 가능한 강과 부선거浮船渠 및 건乾선거 등에서 물의 쓰임새: 동력화한 조수나 높은 수면에서 낮은 수면으로 떨어지는 물길에서 추론할 수 있는 물의 잠재력: 문자 그대로는 아닐지라도 숫자상으로는 지상에 서식하는 동식물군과 마찬가지인 해저에 서식하는 물의 동물군과 식물군(소리를 듣지 못하고 빛을 무서워함): 인체의 90퍼센트를 차지하는 물의 편재성: 호수의 늪과 유독성 늪지대와 시든 꽃물과 달이 이울 때 고인 물웅덩이에서 물이 풍기는 악취의 해로움.

이제 막 타기 시작한 석탄 위에 반쯤 찬 주전자를 올려놓고, 그는 왜 아직 물이 떨어지는 수도꼭지로 돌아왔는가?

결코 변하지 않으면서 항상 변하는 시원한 찬물에다 조금 썼지만 아직 종이가 붙어 있는 배링턴 회사 제품인 레몬향 비누조각(열세 시간 전에 산 4펜스짜리지만 값은 아직 미지불 상태)으로 더러워진 손을 씻고, 두루마리 나무 봉에 걸린 테두리가 빨갛고 기다란 삼베 천에 얼굴과 손을 닦기 위해서.

블룸의 권유를 거절하면서 스티븐은 무슨 이유를 댔는가?

자신이 물을 겁내서, 찬물에 몸의 일부를 담그거나 아예 물에 잠겨 온몸을 적시기를 싫어하고, (마지막 목욕을 지난해 10월에 했음), 유리와 수정처럼 물같이 생긴 물질도 좋아하지 않으며, 생각과 말에 배어 있는 물기도 불신한다는 것이었다.

블룸이 스티븐에게 위생과 예방에 관한 충고도 해주고, 거기에다 바다나 강에서 멱감을 경우에는, 인체조직 중에서 냉기에 가장 민감한 부분이 목덜미와 배와 손바닥이나 발바닥이기 때문에 얼굴, 목, 가슴 및 상복부에 재빨리 물을 끼얹어 미리 머리를 적셔주고 근육을 수축시켜 주라는 제안까지 덧붙이려다 만 것은 무엇 때문인가?

물기와 천재의 엇나간 독창성 사이의 양립불가.

그 밖에도 이와 비슷하게 어떤 훈계조의 충고를 그는 삼갔는가?

식이요법. 베이컨과 버터 발라 소금에 절인 대구에 각각 함유된 단백질과 칼로리 에너지의 백분율, 그리고 마지막에 언급된 식품에는 전자가 없고 처음에 언급된 식품에는 후자가 풍부하다는 점에 관하여.

주인이 보기에 손님의 두드러진 특징은 무엇인가?

포기했다가도 회복해내는, 대등하면서도 상반되는 능력인 자신감.

불의 작용으로 액체를 담은 용기에 어떤 부수적인 현상이 일어났는가?

비등 현상. 부엌과 연통 사이로 꾸준히 통하는 상승기류에 의해 지펴진 불이, 먼저 불붙기 쉬운 연료 다발로부터 다면체의 역청탄 무더기로 옮겨졌는데, 그 역청탄은 잎 모양으로 화석이 된 원시림의 낙엽을 응축된 광물 형태로 포함하고, 그 낙엽은 다시 어디에나 존재하며 빛을 내고 열을 통과시키는 에테르를 통해 전달되는 열(발광성)의 근원인 태양으로부터 그 식물성 생존력을 얻어냈던 터다. 이와 같은 발화에 의해 발달된 운동의 한 양태인 열은 (대류작용으로 전달되어) 발열의 원천으로부터 용기에 담긴 액체로 꾸준하고 점증적으로 전달되며, 그 과정에서, 껄끄럽고 윤기 없고 새까만 철금속 표면을 통해 발산되면서, 일부는 반사되고 일부는 흡수되며 일부는 전달되다가, 물의 온도를 정상적인 점에서 끓는점까지 점점 올리게 되는데, 이는 1파운드의 물을 화씨 50도에서 212도로 올리는 데 필요한 72열량단위를 소비한 결과라고 표현할 수 있는 온도상승이다.

이 온도상승이 완료되었음을 알려준 것은 무엇인가?

주전자 뚜껑 아래로부터 양쪽에서 동시에 두 갈래 낫 모양으로 뿜어져나온 수증기.

그렇게 끓인 물을 블룸은 어떤 사적인 목적으로 사용할 수도 있었겠는가?

면도하는 데.

면도를 밤에 하면 어떤 이점이 따르는가?

더 부드러워지는 턱수염: 면도를 마친 뒤 일부러 비누 거품이 달라붙은 채로 놓아두면 다음번에 더 부드러워지는 솔: 아는 여성을 평소와 다른 시간에 한적한 장소에서 뜻밖에 마주쳐 인사로 뺨을 부빌 경우에도 더 부드러운 피부: 하루 일과를 조용히 돌이켜보기: 아침의 소음과 불길한 예감 및 불안감과 쨍그랑거리는 우유 깡통과 우편배달부의 이중 노크 같은 자리에 비누 거품을 묻히고 또 묻히며 읽고 또 읽는 신문과 충격과 통증 따위의 이유도 모자라서 아무 생각도 없으면서 뭔가를 생각하느라고[207] 더 빠른 속도로 면도를 하다가 면도날 자국을 내면 어쩔 수 없이 해야 하는 뒤처리로 벤 자리에 반창고를 정확하게 잘라 습윤제를 묻혀 꼭 달라붙게 붙이는 성가심이 따르는 아침 면도에 비해, 더 산뜻한 잠을 자고 깼을 때의 더 청결한 느낌.

왜 불빛의 부재가 소음의 존재보다 덜 신경쓰였는가?

그의 단단하면서 통통하고 남성적이면서 여성적이고 수동적이면서 능동적인 손이 갖는 촉감의 확실성 때문에.

그것(그의 손)은 어떤 특성을 지녔으며, 그러나 그 특성은 어떤 영향으로 방해를 받았는가?

외과수술하기 좋은 특성이지만, 그는 목적이 수단을 정당화하는 경우에도 사람 피 흘리기를 꺼려서, 자연적인 순서에 따라 일광요법, 심리생리요법, 정골요법적 수술을 선호하였다.

블룸이 부엌 찬장을 열자 아래와 가운데와 위의 선반에 각각 무엇이 드러났는가?

아래 선반에는 수직으로 세워놓은 아침식사용 접시 다섯 개, 수평으로 뉘어놓은 아침식사용 받침접시 여섯 개에 거꾸로 세워놓은 아침식사용 컵들과 똑바로 세워놓은 콧수염보호컵과 크라운 더비 받침접시, 하얀 바탕에 금테 두른 달걀컵 네 개, 대부분 구리인 동전들을 내보인 채 열려 있는 섀미 지갑, (제비꽃색) 방향사탕이 담긴 작은 유리병. 가운데 선반에는 후추가 담긴 이 빠진 달걀컵, 식탁 소금용 원통형 그릇, 둥글게 덩어리진 채 기름종이에 담긴 까만 올리브 네 개, 플럼트리사社

고기조림용 빈 통, 섬유를 깐 바닥 위에 저지 배 한 개가 담긴 타원형의 잔가지세공 바구니, 병 주위에 감은 분홍산호색의 얇은 포장지가 반쯤 벗겨진 윌리엄 길비사社의 반쯤 빈 환자용 백포도주 병, 물에 우려 마시는 엡스 코코아 묶음, 파운드당 2실링짜리 앤 린치사社의 고급차 5온스가 든 구겨진 은박봉지, 통째로 남은 스페인산의 큰 양파 하나와 둘로 쪼개져 껍질이 부풀고 냄새도 강해진 아일랜드산 작은 양파 하나를 합한 양파 두 개, 아이리시 모범낙농 크림 단지, 가열해서 물과 산성 유장과 반 응고된 우유로 바뀌어 맛이 시어진 채 원래 배달된 전체 분량 1파인트에서 블룸 씨와 플레밍 여사가 아침식사 때 소비한 양을 빼고 남은 0.225파인트의 우유가 담긴 갈색 도자기 주전자, 정향 두 개, 반 페니짜리 동전, 그리고 신선한 갈빗살 조각이 담긴 작은 접시. 위 선반에는 크기도 산지도 다양한 (빈) 잼 단지 한 벌.

조리대의 앞치마 위에 놓인 채 그의 주의를 끈 것은 무엇인가?

8 87, 88 6의 번호가 매겨진 진홍색 마권 두 장을 찢은 다각형 조각 네 개.

어떤 기억이 잠깐 그의 이맛살을 찌푸리게 했는가?

골드컵 평지 핸디캡 경주의 결과, 버트 브리지의 마부휴게소에서 그가 읽은 분홍색 최종판 〈이브닝 텔레그래프〉에 난 공식적이고 결정적인 결과를 미리 알려줌으로써 허구보다 이상한 진실이 된 우연의 일치에 대한 기억.

발생한 것이건 추정된 것이건, 결과에 대한 사전 통지를 그는 어디에서 받았는가?

리틀 브리튼 스트리트 8, 9, 10번지의 버나드 키어넌 면허술집에서, 듀크 스트리트 14번지의 데이비드 번스 면허술집에서, 웬 거뭇한 사내가 시온에 있는 교회의 부흥자 엘리야를 홍보하는 전단throwaway(이내 버림thrown away) 한 장을 그의 손에 쥐여주고 난 뒤 그레이엄 레먼스 제과점 밖 오코넬 스트리트 로어에서, 막 버리려던(이내 버림) 〈프리먼스 저널〉과 〈내셔널 프레스〉의 당일 신문지를 프레더릭 M. (밴텀) 라이언스가 급하게 그리고 자꾸만 달라고 보채더니 훑어보고서 도로 돌려준 뒤에(이내 버림) 그가 얼굴에는 반짝이는 영감의 빛을 띠고 품에는 예언이 새겨진 경마의 비밀을 안은 채 렌스터 스트리트 11번지에 있는 터키식 열탕 영업소인 동양풍 건물 쪽으로 나아갔을 때 F. W. 스웨니 조제약국(유한회사) 건물 밖 링컨 플레이스에서.

어떤 고찰이 그의 마음을 달래주며 당혹감을 가라앉혔는가?

청각적인 천둥소리가 들리는 때가 방전 현상인 번개가 친 후이듯이 어떤 사건의 의미이든 사건 발생 후에 생기는 것이기 때문에 그에 대한 해석이 어렵다는 것, 그리고 원래 성공적인 해석에서 생기는 가능한 손실의 총액을 해석하지 못함으로 말미암아 발생하는 실제 손실에 대한 반대 평가가 어렵다는 것.

그의 기분은?

그는 모험을 걸지 않았던 터여서, 기대도 하지 않았으며, 실망을 맛보지 않았던 터여서, 마음이 놓였다.

무엇에 마음이 놓였는가?

실질적인 손실을 입지 않아서. 남들에게 실질적인 이득을 안겨주어서. 비非유대인들의 빚이라서.

비유대인을 위해 그는 어떤 간식을 준비하였는가?

그는 우려 마시는 엡스 코코아를 두 스푼에 평평하게 떠서 찻잔 두 개에 각각 부어 전부 네 스푼이 되도록 하고, 상표에 인쇄된 사용법에 따라, 우러날 시간을 충분히 둔 다음 처방된 성분을 각 찻잔에 잘 덜어서 처방된 방식과 양으로 잘 섞이도록 했다.

주인은 손님에게 넘치도록 융숭한 특별 환대의 표시를 어떻게 보였는가?

그는 외동딸 밀리선트(밀리)가 선물해준 모조 크라운 더비사의 콧수염보호 잔에 대한 연회주관자의 권리를 포기하고, 손님의 것과 동일한 잔으로 대체해서, 여느 때 같으면 자신의 아내 매리언(몰리)의 아침식사를 위해 따로 챙겨두는 끈끈한 크림을 손님에게는 엄청나게, 자신에게는 줄인 양으로 대접했다.

손님은 이 환대의 표시를 의식하고 감사했는가?

주인은 익살스럽게 손님의 주의를 그 표시에 끌었고, 손님은 그 표시를 진지하게 받아들였으며, 이렇게 그들은 엡스사의 대량생산품인 맛있는 코코아를 익살스레진지한 침묵 속에 마셨다.

주인이 시도해볼까 하다가 삼가기로 한 환대의 표시로서, 일단 시작된 그 행동을 완성할 수 있는 장래 기회에 딴 사람과 자신을 위해 쓰려고 남겨둔 것이 있는가?

손님이 입은 재킷의 오른쪽 옆구리에 $1\frac{1}{2}$인치 길이로 찢어진 데를 수선하는 일. 그럴 만한 여건이 된다고 확인된다면 그리고 확인될 때, 여성용 손수건 넉 장 중에 한 장을 손님에게 선물하는 일.

누가 더 빨리 마셨는가?

블룸이, 10초 더 일찍 마시기 시작한 이점을 가진데다, 손잡이를 따라 열의 흐름이 꾸준히 전도된 스푼의 움푹 들어간 표면에서 상대가 한 번 마실 때 세 번을, 상대가 두 번 마실 때 여섯 번을, 상대가 세 번 마실 때 아홉 번을 마심으로써.

그의 반복적으로 이루어지는 행동과 함께 진행된 두뇌활동은 무엇인가?

잘못된 관찰에 입각하여 그의 말없는 친구가 정신적인 구상에 몰두해 있다고 단정하고, 그는 자신도 상상적 또는 현실적 삶의 난제를 해결하기 위해 윌리엄 셰익스피어의 작품들을 한 번 이상 찾아본 적이 있었기 때문에, 오락적인 문학보다 교훈적인 문학으로부터 끌어내는 기쁨에 대하여 생각에 잠겼다.

그때 그는 해결책을 찾아냈었는가?

용어사전의 도움을 받아, 어떤 고전적인 문구들을 세심하게 되풀이 읽었음에도 불구하고, 본문에서 불완전한 확신을 끌어낸 결과, 모든 점에서 적절한 답을 얻지 못했었다.

그의 나이 열한 살 때인 1877년, 주간신문 〈샘록〉이 각각 10실링, 5실링, 2실링 6펜스의 세 가지 상금을 내걸고 작품을 공모했을 때, 잠재적 시인으로서 그가 쓴 첫번째 자작시의 결말 구절은 무엇인가?

인쇄된 내 시들을
슬쩍 보고픈 야망으로 난 바라네,
그대가 이 시들에게 자리를 마련해주기를.
그런 선심을 써줄 거라면
청컨대 맨 끝에 넣어주게,
그대의 진실한 벗 L. 블룸이란 이름을.

그는 잠시 머물 손과 자신의 사이를 떼어놓는 네 가지 힘을 발견했는가?

이름, 나이, 인종, 신앙.

그는 젊은 시절에 자신의 이름으로 어떤 철자 바꾸기 놀이를 하였는가?

리어폴드 블룸Leopold Bloom

엘포드보물Ellpodbomool

몰도펠룹Molldopeloob

볼로페둠Bollopedoom

올드 올레보, 엠. 피.Old Ollebo, M. P.

그(동적인[208] 시인)는 1888년 2월 14일 미스 매리언(몰리) 트위디에게 자신의 약칭 이름으로 어떤 어크로스틱을 만들어 보냈는가?

시인들은 곧잘 각운으로 노래 불러
달콤한 음악을 거룩하게 찬양했네.
아홉에 아홉을 곱한 수로 찬송할지어다.
노래나 포도주보다 훨씬 귀하리니.
그대는 나의 것. 세상은 나의 것.*

그가 과거에 개최되었거나 금년에 개최 예정인 행사에서, 사우스 킹 스트리트 46, 47, 48, 49번지에 위치한 게이어티극장의 임차인 마이클 건의 의뢰를 받아, 연례적인 성탄공연 대작 동화극 〈뱃사람 신

* '어크로스틱(acrostic)'은 각 행의 첫 문자를 이으면 하나의 말이 되는 시를 말한다. 이 시의 원문 각 행에서 첫 문자들(볼드체)을 이으면 블룸의 약칭이자 몰리가 즐겨 부르는 애칭이기도 한 '폴디(Poldy)'가 된다.

Poets oft have sung in rhyme
Of music sweet their praise divine.
Let them hymn it nine times nine.
Dearer far than song or wine.
You are mine. The world is mine.

바드〉(1892년 12월 26일 제작 R 셸턴, 각색 그린리프 위티어, 무대장치 조지 A. 잭슨 및 스실 힉스, 의상 마이클 건 여사의 친親감독하에 월런 여사 모녀, 발레 제시 누아, 어릿광대 토머스 오토)의 두번째 공연(1893년 1월 30일)에서 6장인 〈다이아몬드 골짜기〉에 삽입되어, 주연여배우 넬리 부브리스트가 부를 예정이었던 〈브라이언 보루 왕이 지금 돌아와 정든 더블린을 볼 수 있다면〉이란 제목의 시사적인 노래(작곡 R. G. 존스턴)를 완성하지 못하도록 방해한 것은 무엇인가?

첫째, 왕실의 관심사와 지방의 관심사 사이, 즉 빅토리아여왕(1820년 탄생, 1837년 즉위) 통치 60주년 기념 축제 예정과 신설된 시립 수산물시장의 개장 연기 사이의 망설임: 둘째, 요크 공작 부처 전하(실제)와 브라이언 보루 국왕 폐하(상상)가 각각 방문하는 문제에 대한 과격파들의 반발에 관한 우려: 셋째, 최근 신축된 버러 부두의 그랜드 리릭 홀 및 호킨스 스트리트의 왕립극장과 관련한 동업자 간 예의와 동업자 간 경쟁 사이의 갈등: 넷째, 넬리 부브리스트가 착용하고 있던 비지성적, 비정치적, 비시사적 내의라는 흰색 의류품목을 그분(넬리 부브리스트)이 노출시킴으로 말미암아 야기된 냉정 및 욕정을 넬리 부브리스트가 반지성적, 반정치적, 반시사적으로 표현한 데 대한 동정심에서 야기된 주의산만: 다섯째, 적절한 음악과 『우리 모두의 우스개 이야기책』(천 쪽에 달하며 쪽마다 웃음거리가 하나씩 들어 있음)에서 발췌한 익살스러운 비유를 선택하는 어려움: 여섯째, 신임 시장 대니얼 탤런, 신임 대大주지사 토머스 파일 및 신임 법무차관 던바 플런킷 바턴 등의 이름과 연관된 동음이의적이고 불협화음적인 압운.*

그들의 나이 사이에 어떤 관계가 존재했는가?

16년 전, 즉 블룸이 현재 스티븐의 나이이던 1888년에 스티븐은 6세였다. 16년 후, 즉 스티븐이 블룸의 현재 나이가 될 1920년에 블룸은 54세가 될 것이다. 블룸이 70세, 스티븐이 54세가 될 1936년에 원래 16 대 0의 비율이었던 그들의 나이 비율은 $17\frac{1}{2}$ 대 $13\frac{1}{2}$이 될 것이고, 임의의 미래 나이가 더해짐에 따라 비율은 늘어나고 차이는 줄어들게 될 터인데, 왜냐면 1883년에 존재했던 비율이, 이런 일이 가능하다 치고, 변함없이 이어졌다면 결국 스티븐이 22세인 1904년에 블룸은 374세가 될 것이고, 스티븐이 현재 블룸의 나이인 38세가 되는 1920년에 블룸은 646세가 될 터인 반면, 스티븐이 노아의 홍수 이래 최고령인 70세에 도달했을 1952년에 출생연도 714년부터 1190년을 살아온 블룸은 노아의 홍수 이전 최고령인 므두셀라의 나이 969세를 221년이나 초과했을 것이고, 그런가 하면 만일 스티븐이 계속 살아남아 A.D. 3072년에 그 나이에 도달했을 거라면 블룸은 83,300년 동안 살 수밖에 없었을 것이므로 B.C. 81396년에 태어난 셈이 될 수밖에 없었을 것이다.**

어떤 사건이 이 계산을 쓸모없는 것으로 만들 수 있겠는가?

두 사람 다 또는 어느 한 사람이 생존을 멈추는 일, 새로운 기원 또는

---

* 열거된 세 사람의 성(姓) 'Tallon' 'Pile' 'Barton'에는 각각 '맹금의 발톱' '치질' '농가 마당'이란 뜻이 있어 동음이의어이며, 'T' 'P' 't' 등의 거센소리를 포함하고 있다.

** 노아의 홍수 이전의 나이 계산 두 가지는 오류인데, 블룸의 착오인지 조이스의 의도된 오산인지는 불분명하다. 다만 이 작품에서 조이스는 "오류는 발견의 관문"이라는 유명한 말을 남겼으며, 이 부분 외에도 부정확한 사실이 곳곳에 널려 있다.

역법이 시작되는 일, 필연적이지만 예측불가하게 세계가 멸망하고 그에 따라 인류가 전멸하는 일.

몇 차례의 이전 만남이 그들이 전부터 알고 있었음을 증명하는가?

두 차례. 첫번째는 1887년 라운드타운의 키미지 로드에 위치한 매슈 딜런의 집 메디나 빌라의 라일락 정원에서 스티븐의 어머니와 함께 있을 때로, 당시 다섯 살이던 스티븐은 인사로 악수를 하기 위해 손 내미는 것을 꺼렸다. 두번째는 1892년 1월의 비오는 일요일에 브레슬린호텔 커피숍에서 스티븐의 아버지와 작은할아버지가 함께 있을 때로, 스티븐은 이전보다 다섯 살을 더 먹은 나이였다.

그때 아들이 저녁식사에 초대하고 나중에 아버지가 거듭 초대한 제의를 블룸은 받아들였는가?

매우 고맙게, 고마워하는 사의를 곁들여, 진심으로 감사하는 고마움을 느끼며, 진심으로 고맙고 감사하지만 안타깝게도, 그는 고사했다.

이러한 추억을 주제로 한 대화를 하면서 그들 사이에 제3의 연결고리가 있음이 드러났는가?

독립적인 재산을 지닌 미망인 리오던 여사(단테)가 1888년 9월 1일부터 1891년 12월 29일까지 스티븐의 부모 집에서 거주했었고, 또한 1892년, 1893년, 1894년 동안에 프러시아 스트리트 54번지 엘리자베스 오다우드 소유의 시티 암스 호텔에도 거주했었는데, 그곳에서 1893년에서 1894년에 걸친 한동안 리오던 여사는 당시 같은 호텔에서 살면서 스미스필드 5번지의 조지프 커프에게 고용된 직원으로서 북부순환도로상에서 인접한 더블린 우시장의 판매총감독을 맡은 블룸에게 꾸준히 세상 소식을 알려주었었다.

그가 여사에게 베풀었던 특별한 육체적 자선 행위가 있는가?

그는 넉넉지 않은 대로 독립적인 재산을 가진 쇠약한 과부인 여사를 더운 여름날 저녁에 이따금 회복기 환자용 의자에 태워 바퀴를 천천히 굴리면서 개빈 로 씨의 사업장 건너편에 있는 북부순환도로 모퉁이까지 밀어주었고, 그러면 여사는 거기서 한동안 자리를 지키며 렌즈 한 개짜리 쌍안경으로 시내에서 피닉스공원으로 갔다가 반대로 돌아오는 전차, 타이어에 압축공기를 탱탱하게 채운 자전거, 전세마차, 이두마차, 자가용 및 임대용 사륜마차, 조랑말이 끄는 이륜경마차, 대형마차에 탄 얼굴도 알아볼 수 없는 시민들을 훑어보곤 하였다.

그는 그때 왜 밤샘 근무를 비교적 차분하게 견뎌낼 수 있었는가?

한창 젊을 때 종종 그는 집안에 앉아 알록달록한 돌출 원형유리창을 통해 바깥 한길에서 끊임없이 변화하는 풍경을, 즉 행인, 네발동물, 세발자전거, 자동차가 둥글고 둥글며 가파른 지구 테두리를 돌고 돌고 돌면서 천천히, 빨리, 단조롭게 지나가는 풍경을 관찰했었기 때문이다.

죽은 지 팔 년 되는 여사에 대해 둘이 서로 다르게 간직하고 있는 또렷한 기억은 무엇인가?

연상인 사람에게는, 여사의 베지크 카드와 산가지, 스카이테리어, 짐작되는 재산, 응답이 굼뜨게 나오는 현상과 초기 점막질환성 난청. 연하인 사람에게는, 여사의 무無원죄 잉태 상像 앞에 놓여 있던 평지기름 램프, 찰스 스튜어트 파넬과 마이클 대빗의 표상인 녹색 솔과 밤색 솔, 화장지.

손아래 친구에게 밝혀진 이 회고담으로 인해 더욱 바람직해진 회춘을 달성하기 위해 그에게 아직 남아 있는 수단은 없었는가?

그가 유진 샌도의 『체력과 그 습득방법』에 처방된 것을 보고 전에는 틈틈이 실행하다가 나중에 그만둔 실내운동이 있는데, 앉아서 일하는 실업계 직장인을 위해 특별히 고안된 이 운동은 다양한 근육군을 활성화하고 쾌적한 수축, 보다 쾌적한 이완, 가장 쾌적한 청소년기의 활기 회복을 차례로 일으킬 수 있도록 거울 앞에서 정신을 집중하여 해야 한다.

과거 젊은 시절에는 그에게도 특별한 활기라고 할 만한 것이 있었는가?

비록 역도는 힘에 부쳤고 완전한 회전운동은 겁이 났지만, 고등학생 시절에 그는 비상하게 발달한 복부 근육 덕택에 평행봉에서 반半지레 운동을 안정되게 오래하는 실력이 남달랐었다.

그들 사이의 인종 차이를 대놓고 언급한 사람이 둘 중에 있었는가?

없었다.

가장 단순한 상호적인 형태로 줄여 말해서, 블룸에 대한 스티븐의 생각에 대한 그리고 스티븐에 대한 블룸의 생각에 대한 스티븐의 생각에 대한, 블룸의 생각은 무엇인가?

그는 그가 유대인이라고 그가 생각한다고 생각한 반면, 그는 그가 그렇지 않다는 것을 그가 안다는 것을 그가 안다는 것을 알았다.

침묵의 담이 헐리고 나서 알고 보니, 각자의 혈통은 어떠했는가?

블룸은 솜버테이, 비엔나, 부다페스트, 밀라노, 런던 그리고 더블린을 전전한 루돌프 비라그(나중에 루돌프 블룸)와 줄리어스 히긴스(원래의 성姓은 캐롤리) 및 패니 히긴스(원래의 성은 헤거티)의 둘째 딸 엘런 히긴스 사이에서 실체변화로 태어난 독자 상속인이다. 스티븐은, 코크와 더블린에서 거주한 사이먼 데덜러스와 리처드 및 크리스티나 골딩(원래의 성은 그리어)의 딸 메리의 생존한 이체동질적 장자 상속인이다.

블룸과 스티븐은 세례를 받았는가, 그리고 어디서, 성직자냐 평신도냐를 떠나 누구한테서 받았는가?

블룸은 (세 차례) 쿰의 성 니컬러스 위다웃 신교 교회에서 문학사 목사인 길머 존스턴 씨한테서 혼자, 소즈 마을의 펌프 아래서 제임스 오코너, 필립 길리건 및 제임스 피츠패트릭한테서 함께, 그리고 라스가로드의 스리 패트론 교회에서 찰스 말론 가톨릭교회 신부한테서. 스티븐은 (한 차례) 라스가 로드의 스리 패트론 교회에서 찰스 말론 가톨릭교회 신부한테서.

그들이 보기에 그들의 학력은 비슷하였는가?

블룸을 스티븐으로 대체할 경우, 스툼Stoom은 초등학교 예비과정과 고등학교를 차례로 거쳤을 것이다. 스티븐을 블룸으로 대체할 경우, 블리븐Blephen은 사립초등학교, 중학교의 초급, 중급, 상급 학년과 왕립대학교 인문학부에 입학, 1학년, 2학년, 학사 과정을 차례로 거쳤을 것이다.

블룸은 왜 인생대학에 뻔질나게 드나들었다는 진술을 자제했는가?

이 발언을 그가 스티븐에게 또는 스티븐이 그에게 이미 한 적이 있었는지 여부가 헷갈린다는 불확실성 때문에.

그들은 어떤 두 가지 기질을 각각 대표했는가?

과학적 기질. 예술적 기질.

블룸은 자신의 성향이 순수과학보다는 응용과학 쪽임을 증명하기 위해 어떤 증거를 제시했는가?

지금은 흔하지만 한때는 혁명적이던 발명품들, 가령 항공낙하산, 반사망원경, 나선형 코르크 마개뽑이, 안전핀, 광천수 흡입관, 권양기와 배수구가 달린 운하갑문, 빨펌프 따위의 중요성을 인식한 데 자극받아, 늘어지게 포식한 뒤 소화 잘되라고 쫙 펴져 누운 상태에서 심사숙고해 본 몇 가지 가능한 발명품들.

이 발명품들은 주로 유치원 계획을 개선할 의도로 구상된 것이었는가?

그렇다, 한물간 딱총, 고무풍선, 주사위, 새총 따위를 대체하는 것이다. 양자리에서 물고기자리에 이르는 열두 개의 황도대 별자리를 보여주는 천체만화경, 기계적인 축소판 태양계 모형, 산수용의 마름모꼴 젤라틴과자, 동물 비스킷에 대응하는 기하학적 비스킷, 세계지도가 그려진 공, 전통의상 인형 등이 그러한 발명품에 포함된다.

곰곰이 생각에 잠긴 그를 자극한 것은 또 무엇인가?

에프레임 막스와 찰스 A. 제임스가 거둔 재정적 성공으로, 전자는 조지 스트리트 남부 42번지에서 열린 입장료 1페니짜리 바자에서, 그리고 후자는 헨리 스트리트 30번지에서 열린 6½펜스 상점과 입장료 성인 2펜스 아동 1페니의 세계 수예품 자선시장과 밀랍인형 전시장에서 각각 거둔 성과임. 수직적으로는 (예측하여) 최대한 잘 보이게, 수평적으로는 (해독하여) 최대한 잘 읽을 수 있게 만들어, 무의식적으로 주의를 기울이게 하고 관심을 갖게 하며 납득시켜서 결정하게 만드는 효율적인 매력을 지닌 세 글자 한 개념의 상징에 압축될 경우, 아직껏 미개척 분야로 남아 있는 현대적 광고기법의 무한한 가능성.

그 실례는?

K. 11. 키노 옷가게의 11실링짜리 바지.

열쇠의 집. 알렉산더 J. 키스.*

---

* 'K. 11.'과 'House of Key(e)s'는 각각 세 글자, 세 단어로 구성되며 각기 옷가게와 식품점이란 개념을 갖는다.

그 실례로 곤란한 것은?

이 긴 초를 보세요. 이 초가 다 타는 데 걸리는 시간을 예측하시는 분에게는 저희 가게의 1촉광 보증 특선상품인 천연가죽구두 한 켤레를 거저 드립니다.

주소. 톨벗 스트리트 18번지 바클리 앤드 쿡.

바실리킬(분말살충제).

베리베스트(구두약).

여러분이원하시는그것(코르크스크루, 손톱 줄, 파이프 청소도구 등이 달린 다용도 양날 주머니칼).

그 실례로 절대 안 되는 것은?

플럼트리사 고기 통조림 없으면 무슨 집?

덜 갖춘 집.

이게 있어야 복 받은 집.

더블린 머천트 부두 23번지의 조지 플럼트리가 4온스 병에 넣어 제조하였고, 하드윅 스트리트 19번지 로턴다구의 시의원 조지프 P. 내너티 하원의원이 부고 및 기일 광고란 아래 실었음. 상표명은 플럼트리. 고기 통조림의 자두나무가 등록상표임. 주의할 유사상품은 피트못, 트럼플리, 마웃팻, 플램트루.

독창성이 나름의 보상을 안겨주기는 하지만 그렇다고 반드시 성공을 담보하지는 않는다는 것을 스티븐이 추론할 수 있도록 유도하기 위해서 그는 어느 예를 제시했는가?[209]

짐 나르는 짐승이 끌고 안에는 맵시 있게 빼입은 소녀 두 명이 앉아서 끼적거리기에 열중하고 있는 전깃불 장식의 광고 마차에 관하여 그가 손수 착안했지만 거부당한 기획.

그러자 그것과 연상되어 어떤 장면을 스티븐은 떠올렸는가?

산길에 위치한 외딴 호텔. 가을. 어스름. 불 피운 난로. 어두운 구석에 앉아 있는 젊은 남자. 젊은 여자가 들어온다. 안절부절못한다. 혼자다. 여자가 앉는다. 여자가 창가로 간다. 여자가 일어선다. 여자가 앉는다. 어스름. 여자가 생각한다. 외딴 호텔 메모지에 여자가 글을 쓴다. 여자가 생각한다. 여자가 글을 쓴다. 여자가 한숨짓는다. 마차 바퀴와 말발굽. 여자가 부리나케 나간다. 청년이 앉아 있던 어두운 구석에서 나온다. 청년이 한 장뿐인 종이를 집는다. 청년이 그것을 난롯불 쪽으로 갖다댄다. 어스름. 청년이 읽는다. 홀로.

무엇을?

비스듬하기도 하고, 똑바르기도 하고, 왼쪽으로 기울기도 한 글자들: 퀸스호텔, 퀸스호텔, 퀸스호텔. 퀸스호 ...

그러자 그것과 연상되어 어떤 장면을 블룸은 다시 떠올렸는가?

클레어 카운티 에니스시의 퀸스호텔에서 루돌프 블룸(루돌프 비라그)이 (에니스의 처치 스트리트 17번지에 위치한 프랜시스 데니히 약국에서 1886년 6월 27일 오전 열시 이십분에 산) 클로로폼 연고 1 대 바꽃 연고 2의 비율로 제조한 신경통 연고 형태의 바꽃(진정제) 약을 과다하게 복용한 결과로 1886년 6월 27일 저녁 밝혀지지 않은 시각에 사망하였는데, 비록 그 사망의 원인은 아니었지만 그는 그에 앞서 1886년 6월 27일 오후 세시 십오분에 에니스의 중심가 4번지에 위치한 제임스 컬런의 의류잡화점에서 (앞에 말한 장소에서 앞에 말한 시간에 앞에 말한 독약을 구입한 후에) 특별히 맵시가 좋은 새 밀짚모자를 구입한 바 있었다.

그는 이 동음이의어*를 떠올리게 된 원인을 정보, 우연의 일치, 직감 중 어느 것이라고 생각하였는가?

우연의 일치.

그는 그 장면을 손님이 볼 수 있도록 말로 묘사하였는가?

그는 차라리 자신이 손님의 얼굴을 보고 손님의 말을 들음으로써, 손님의 잠재적인 이야기가 실현되고 자신의 동적인 성질이 누그러지기를 바랐다.

이야기한 사람이 피스가 언덕에서 본 팔레스타인 풍경이나 자두의 우화라는 제목으로 그에게 묘사해준 두번째 장면에서 그가 본 것은 단지 또다른 우연의 일치** 하나뿐이었는가?

---

* '퀸스호텔'이란 이름은 같지만, 스티븐이 떠올린 호텔은 신비롭고 낭만적인 하일랜드 호텔이고, 블룸이 떠올린 호텔은 그의 아버지가 자살한 에니스시에 있는 호텔로 서로 다른 장소다.

** 이 소설 여러 곳에서 언급되는 고기 통조림 단지의 제조사 이름인 'Plumtree(자두나무)'와의 일치를 가리킨다.

그 장면은 앞선 장면 및 이야기되지는 않았지만 암시에 의해 존재한 다른 장면들과 함께, 그리고 여기에 덧붙여 학생 시절에 지은 다양한 주제의 에세이나 도덕적 경구(예를 들어 내가 좋아하는 영웅 또는 미루는 것은 곧 시간 도둑질)와 함께, 그 자체로 그리고 개인적 경향과 결합해서도 어떤 재정적, 사회적, 개인적 및 성性적 성공의 가능성들을 내포한 것으로 그에게 비쳤는데, 이를 위한 방법으로는 초등학생 및 중학생용의 모범적인 교육주제(장점 100퍼센트)로서 특별히 수집되고 선택되기, 또는 필립 보포이나 딕 박사나 헤블런의 『암담한 이면현실 연구』의 선례를 따라 인쇄된 형태를 갖추어 판매 실적과 지불 능력이 보장되는 출판에 기여하기, 또는 앞으로 나흘 남은 하지, 즉 일출이 오전 3시 33분이고 일몰이 오후 8시 29분인 6월 21일 화요일(성 알로이시우스 곤사가 축일) 이후로 서서히 점점 길어지는 밤중에 성공적인 이야기를 묵묵히 감상하고 성공적인 성취를 굳게 믿는 호의적인 청중에 대한 지적 자극으로서 구술되기 등이 있었다.

다른 어떤 문제보다 더하지는 않더라도 못하지도 않게 그의 마음을 종종 사로잡은 가정 문제는 어느 것인가?

우리의 아내들을 어떻게 할 것인가.

그가 이미 가설적으로 세워놓았던 이색적인 해결책은 무엇이었는가?

실내놀이(도미노, 장기, 원반 튕겨 넣기, 지푸라기 빼내기, 죽방울, 나폴레옹 카드, 5판 3승 카드, 득점 패의 짝을 맞추는 카드, 25득점 카드,

상대방 패 다 따먹기 카드, 대각선으로 건너뛰어 잡아먹는 보드게임, 체스 또는 서양 주사위), 경찰이 보조하는 의류협회를 위한 자수나 짜깁기나 뜨개질, 만돌린 및 기타와 피아노 및 플루트와 기타 및 피아노 등의 이중주 음악, 법률서류 대필 또는 편지봉투에 주소 쓰기, 2주마다 버라이어티 쇼 관람하기, 시원한 우유가게나 따뜻한 담뱃가게 끽연실에서 기분좋게 명령하고 기분좋게 순종 받는 여주인으로서 하는 상업활동, 국가 검열과 의료통제를 받는 남성 매춘업소에서 받는 성적인 자극의 은밀한 만족, 인근에서 알아주는 양갓집 여성 지인들과 규칙적으로 뜸하게 예방된 시간 간격을 두고 규칙적으로 자주 예방 차원의 감독을 받으며 사교적인 방문을 주고받기, 즐거운 교양 교육을 제공하도록 특별히 설계된 야간 강좌.

그의 아내가 보이는 정신 발달 결핍의 사례 중 어떤 것들이 그로 하여금 위에서 마지막으로 언급된(아홉번째) 해결책 쪽으로 마음이 기울게 하였는가?

한가한 순간마다 그의 아내는 그리스어와 아일랜드어와 히브리어의 글자라면서 기호와 상형문자로 종이 한 장을 채운 적이 여러 차례 있었다. 그미는 퀘벡이라는 캐나다 도시 이름의 첫 대문자를 올바로 쓰는 방법에 대해 시도 때도 없이 줄기차게 물어오곤 했었다. 그미는 국내적으로 정치적 분규를 또는 국외적으로 세력의 균형을 잘 이해하지 못했다. 청구서 요금을 계산할 때 자주 손가락의 도움에 의존하였다. 간단한 편지 작성을 완료한 뒤에는 필기도구를 황산철, 녹반, 오배자의 부식작용을 받는 납화의 그림물감 속에 팽개쳤다. 그미는 외래어에서 파생한 여러 음절짜리 희한한 어휘들을 소리 나는 대로, 또는 빗나간 유추로, 또는 이 두 가지 방법을 다 써서 해석하였는데, 윤회(metempsychosis)를 '뾰족한 관을 가진 남자를 만났다(met him pike hoses)'로, '일명(alias)'을 '성서에 나오는 거짓말쟁이 남자(Ananias)'로 잘못 풀이하였다.

그의 아내가 가진 지능이라는 틀린 저울에 있어서, 이 결핍을 비롯해 사람, 장소, 사물에 관한 비슷한 판단상의 결핍들을 보충해준 것은 무엇인가?

건축에 의해 입증된 바와 같이, 모든 저울의 모든 수직 팔이 겉보기와 달리 완전한 평행을 이루지 않음.* 실험에 의해 입증된 바와 같이, 그의 아내가 한 사람에 대한 판단을 능숙하게 한 상쇄 행위.

그는 이 상대적인 무식 상태를 어떻게 고치려고 했었는가?

다양하게. 일정한 책을 일정한 쪽에서 펼쳐진 채로 눈에 잘 띄는 곳에 놓아두기, 아내가 무언가를 설명하듯이 언급하면 겉으로 드러나지 않은 지식이 있다고 생각해주기, 누군가 그 자리에 없는 딴 사람이 무지의 소치로 실수를 범할 때 아내 앞에서 대놓고 비웃어주기.

그가 시도해본 직접 교육은 어떤 성공을 거두었는가?

아내는 전부가 아니라 전체의 일부를 알아들었고, 흥미롭게 주의를

* 지구의 중력 때문에 저울의 두 팔은 아래로 내려갈수록 극히 미세하나마 간격이 좁혀진다.

기울였으며, 놀라움 속에 이해했고, 조심스레 따라 말했으며, 훨씬 어렵게 기억했고, 쉽사리 잊었으며, 불안감 속에 다시 기억했고, 틀리게 다시 따라 말했다.

어떤 방식이 더 효과적인 것으로 밝혀졌는가?

본인에게 득이 될 거라는 암시를 넌지시 비치기.

예를 들면?

아내는 비 올 때 우산 쓰기를 싫어했지만, 그는 우산 쓴 여자를 좋아했고, 아내는 비 올 때 새 모자 쓰기를 싫어했지만, 그는 새 모자 쓴 여자를 좋아했으며, 그가 비 올 때 새 모자를 사주자, 아내는 새 모자를 쓰고 우산을 들고 다녔다.

손님이 들려준 우화에 내포된 유사성을 수긍하고 나서 그는 바빌론 유수幽囚 후의 유명인물 중 누구를 예로 들었는가?

순수한 진리를 탐구한 세 사람, 즉 이집트의 모세, 『모레 네부킴』(어려워하는 사람들을 위한 안내서)의 저자 모세스 마이모니데스, 그리고 모제스 멘델스존으로, 이들은 워낙 명망이 높아서 모세(이집트의)로부터 모제스(멘델스존)에 이르기까지 모세스(마이모니데스)만한 인물은 나타나지 않았다.

스티븐이 양해를 구하며 언급한 아리스토텔레스란 이름의 네번째 순수 진리 탐구자에 관하여 블룸은 틀린 얘기일지도 모른다면서 어떤 진술을 하였는가?

언급된 탐구자가 이름은 불확실하지만 유대 율법박사인 철인의 제자였다는 것.

정전에 나온 저명한 법의 아들들과 선택되거나 거부된 종족의 자손들로 그 밖에 또 누가 있었는가?

펠릭스 바르톨디 멘델스존(작곡가), 바뤼흐 스피노자(철학자), 멘도사(권투선수), 페르디난트 라살레(개혁가, 결투가).

손님이 주인에게 그리고 주인이 손님에게 목소리를 조절하고 원문을 번역하면서 읊조린 고대 히브리어와 고대 아일랜드어로 된 시행들은 무엇인가?

스티븐의 읊조림: **수일, 수일, 수일 아룬, 수일 고 시오카이르 아구스 수일 고 쿠인**(걸어라, 걸어라, 네 길을 걸어라, 안전하게 걸어라, 조심해서 걸어라).

블룸의 읊조림: **키펠로크, 하리몬 리카테츠 음바아드 르자마테츠**(그대의 머리칼에 감싸인 그대의 관자놀이는 한 조각 석류 같아라).

구술의 비교를 실체화하는 과정에서 양 언어의 발음기호에 대한 상형문자적인 비교를 어떻게 하였는가?

병치에 의해. 문체가 저속한 『죄의 달콤함』이란 제목이 달린 책(블룸이 꺼내 와 앞표지가 식탁 표면에 닿도록 조절해서 놓음)의 뒤에서 두번째 빈 쪽에다 스티븐은 연필(스티븐이 내놓음)로 g(지), e(이),

d(디), m(엠)에 해당하는 아일랜드어 문자들을 간결체와 변형체로 쓰고, 이에 대해 블룸은 이 문자들에 해당하는 히브리어 문자인 ג(기멜), א(알레프), ד(달레트) 및 (ל(멤)이 없어서) 대체한 ק(코프)를 쓴 뒤 그 문자들의 서수 및 기수로 된 산술가算術價가 3, 1, 4 및 100이라고 설명했다.

소멸했다가 부활한 이들 언어* 각각에 대해 두 사람이 가진 지식은 이론적인가 실질적인가?

형태론 및 구문론상의 몇 가지 문법 규칙에 한정된데다 어휘는 사실상 빼놓았으므로, 이론적이다.

이 언어들 사이에, 그리고 이 언어들을 말하는 민족들 사이에 어떤 접점들이 존재했는가?

두 언어에 공히 목구멍소리, 발음구별 거센소리, 삽입되거나 끝에 덧붙여지는 문자**가 존재함. 두 언어 공히 이스라엘의 선조인 노아의 후예이자 아일랜드의 선조들인 히버와 헤레몬의 조상인 피니어스 파사이에 의해 설립된 신학교에서 노아의 홍수 후 242년 만에 시나르 평원에서 가르쳤던 고대어임. 두 민족 공히 율법서, 탈무드(계율과 주석), 구약성서 평주, 모세 오경, 던 카우 서, 발리못 서, 호스의 화환, 켈

* 성경 히브리어는 실생활에서 자취를 감춘 채 학문적 연구대상으로만 남아 있고, 기독교 시대의 유대인들이 그리스어, 아람어, 라틴어 등의 영향을 받아 개조한 현대 히브리어가 일용되고 있다.

** 예를 들어 'stone' 'make' 등의 단어에서 마지막 'e'는 발음되지 않으면서 앞의 모음을 장모음화하기 위해 사용된다.

스 서* 등 율법학자들과 신의 시종들의 저작을 구성하는 인류학적, 계보학적, 성인학적, 성서해석학적, 설교학적, 지명학적, 역사학적 및 종교적 문헌들을 보유함: 두 민족 공히 이산, 박해, 생존 및 부활의 과정을 거침: 유대인 거주지역(성 메리 수도원)과 미사하는 집(아담과 이브 술집)에서 두 민족의 유대교 및 그리스도교 의식이 각각 고립되었음: 형법과 유대인 복장 규정에서 두 민족의 전통의상이 금지됨: 시온에 있는 다윗왕의 가나안 땅 수복과 아일랜드의 정치적 자립 또는 이양의 가능성.

인종적으로 더이상 줄이거나 바꿀 수 없는 복합적인 성취를 부분적으로 예상하면서 블룸이 찬송한 성가는 무엇인가?

마음속 깊이
유대인의 영혼이 거칠고 강하게 남아 있는 한.

그 찬송은 이 첫번째 2행연구의 결말에서 왜 멈추었는가?
모자란 기억으로 인하여.

찬송한 사람은 이 모자람을 어떻게 보충했는가?
전체 본문을 에둘러 설명함으로써.

---

* '던 카우 서'는 가장 오래된 아일랜드 잡문학, 발리못 서는 아일랜드 고(古)문학 선집이고, '호스의 화환'은 9~10세기경에 라틴어로 쓰인 채식(彩飾) 원고이며, '켈스 서'는 라틴어로 쓰인 4개의 복음서가 실린, 아일랜드에서 가장 유명한 채식 원고다.

그들 서로의 생각이 만난 공통된 연구는 무엇인가?

이집트의 금석문학적 상형문자로부터 그리스 로마의 알파벳에 이르기까지 추적할 수 있는 점진적 단순화와, 그리고 설형문자로 쓰인 비문碑文(셈어)과 잎줄기 형태의 짧은 사선이 다섯 개씩 그어진 오검문자(켈트어)에서 예견케 하는 현대의 속기와 전신부호 방식.

손님은 주인의 요구에 따랐는가?

아일랜드 글자와 로마 글자로 서명함으로써, 이중으로.

스티븐이 받은 청각적인 감흥은 무엇인가?

그는 연륜 있는 남성의 굵직하고 생소한 가락에서 켜켜이 쌓인 과거의 소리를 들었다.

블룸이 받은 시각적 감흥은 무엇인가?

그는 젊은 남성의 생기 있고 친숙한 모습에서 예정된 미래를 보았다.

숨겨진 정체성에 대하여 스티븐과 블룸이 거의 동시에 의지력을 발휘하여 갖게 된 느낌 비슷한 것은 각각 무엇인가?

시각적으로, 스티븐의 느낌: 다마스쿠스인 요한네스, 로마인 렌툴루스, 수도사 에피파니우스 등이 흰 피부에 짙은 적포도줏빛 머리칼을 가졌고 장황하다고 묘사한 위격位格의 전통적인 형상.

청각적으로, 블룸의 느낌: 파국의 황홀경을 나타내는 전통적인 말투.

과거의 블룸에게 가능했던 미래의 직업과 그 본보기는 무엇인가?

로마가톨릭, 영국 국교 또는 비국교도의 교회 직업에 본보기는 예수회의 존 콘미 수석 신부, 트리니티 칼리지의 신학박사 학장 T. 새먼 신부, 알렉산더 J. 도위 박사. 잉글랜드 또는 아일랜드의 법조계 직업에 본보기는 시모어 부시, 루퍼스 아이작 왕실고문변호사. 현대 또는 셰익스피어 연극계 직업에 본보기는 유명 희극배우 찰스 윈덤, 셰익스피어극의 대표적 인물 오즈먼드 털(1901년 타계).

주인은 손님에게 유사한 주제에 관한 새로운 민요를 목소리 가다듬어 불러보라고 격려하였는가?

그들의 대화를 듣는 사람이 없는 그들의 장소가 아늑했으므로 안심하라면서, 그리고 물과 설탕과 크림과 코코아를 기계적으로 섞어 달인 음료가 굳다시피 한 찌꺼기만 남기고 다 떨어졌으므로 안심하고.

이렇게 해서 부른 민요의 1부(장조)를 낭송하라.

꼬마 해리 휴스와 학교 친구들 모두
밖에 나와 공놀이를 했다네.
꼬마 해리 휴스는 처음에 갖고 놀던 공을
유대인 정원 담 너머로 넘겨버렸다네.
꼬마 해리 휴스가 다음에 갖고 논 공은
유대인 유리창을 모두 박살냈다네.[210]

루돌프의 아들은 이 1부를 어떻게 받아들였는가?

명료한 감정으로. 유대인인 그는 웃음기 띠고 흥겹게 들으며 깨지지 않은 부엌 유리창을 바라보았다.

민요의 2부(단조)를 낭송하라.

그때 유대인의 딸이 나왔다네,
온통 녹색 옷차림으로.
"돌아와, 돌아와, 귀여운 꼬마야,
공놀이 한번 더 해봐."

"못 돌아가, 안 돌아가,
친구들 모두랑 함께 아니면.
선생님이 들으시면
공놀이한 벌을 줄 거야."

소녀는 백합처럼 흰 꼬마의 손을 잡고
복도를 따라 죽 끌고 가서
마침내 방으로 데려갔지만
꼬마의 외침소리는 아무도 못 들었다네.

소녀는 주머니에서 칼을 꺼내
꼬마의 작은 머리를 잘라버렸다네.
이제 꼬마는 공놀이를 못하게 되었다네,
저세상 사람들 틈에 누워 있으니.[211]

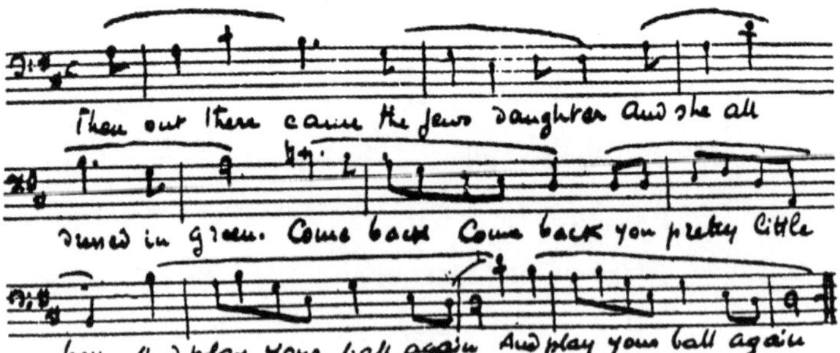

밀리선트의 아버지는 이 2부를 어떻게 받아들였는가?

착잡한 감정으로. 웃음기 없이 그는 온통 녹색 옷차림인 유대인 딸의 모습과 목소리를 놀라움 속에 보고 들었다.

스티븐의 해석을 간추려보라.

모든 이 중 한 사람, 모든 이 중에 가장 보잘것없는 한 사람이 예정된 희생자입니다. 처음엔 무심코, 두번째는 고의로 그는 자신의 운명에 도전합니다. 운명은 그가 버림받았을 때 찾아와 내켜하지 않는 그를 부추겨, 희망과 젊음의 환영으로서, 그를 꼼짝 못하게 사로잡습니다. 운명은 그를 낯선 거처로, 비밀스러운 이교도의 방으로 이끌고 가, 거기서 가차없이 희생시키지만, 그는 맞서지 않습니다.

왜 주인(예정된 희생자)은 슬펐는가?

그는 어떤 행위에 대한 이야기가 그의 소행에 대한 것이 아니기를, 그 이야기를 자신이 하지 않기를 바랐다.

주인은 (내키지 않는데도, 대들지 않고) 왜 가만히 있었는가?

에너지 보존법칙에 따라서.

주인(비밀스러운 이교도)은 왜 말이 없었는가?

그는 의식儀式적 살인에 유리하거나 불리한 쪽으로 있을 수 있는 증거들을 따져보았다. 성직자 계급조직의 지시, 민중의 미신, 진실이 끊임없이 갈라지며 퍼지는 소문, 부에 대한 질투, 보복의 영향, 격세유전적인 범죄의 간헐적인 재출현, 광신적 행위와 최면술적인 암시와 몽유병 등에 대한 정상참작.

이들 육체적 또는 정신적 질환 중에 주인이 조금이라도 증세를 보이는 것이 (혹시 있다면) 무엇인가?

최면술적인 암시. 그는 잠이 깨고서 자던 방을 알아보지 못한 적이 한 번 있었고, 잠이 깨고서 하염없이 움직이지도 소리 내지도 못한 적이 여러 번 있었음. 몽유병. 그의 몸이 자다가 벌떡 일어나더니 웅크리고 열기도 없는 난로 쪽으로 기어가서는 목적지에 이르자 열기도 없는 거기서 잠옷 차림으로 쭈그린 채 누워서 잔 적이 한 번 있음.

그의 가족 중 누구에게서라도 이 후자와 같거나 비슷한 현상이 벌어진 적이 있었는가?

두 차례로, 홀리스 스트리트와 온타리오 테라스에서 한 번씩, 그의 딸 밀리선트(밀리)가 6세와 8세 때 자다 말고 공포에 질린 비명을 지르고 나서 잠옷 바람의 두 사람이 물어보는 말에 소리 없이 멍한 표정으로 대답한 적이 있음.

그는 밀리의 유아 시절에 대하여 또 어떤 기억을 가지고 있는가?

1889년 6월 15일. 까다로운 갓난쟁이 여자아이가 울어대느라 몸이 시뻘게졌다가 가라앉았음. 패드니 양말이란 별명이 붙은 여자아이가 저금통을 머리칼이 헝클어지도록 흔들어댔고, 아빠의 풀린 단추 세 개를 1페니짜리 동전처럼 안나, 두를, 텟 하고 셌으며, 해군복 차림의 사내아이 인형을 내팽개쳤으며, 머리털이 까만 부모한테서 태어나 금발이 된 여자아이는 멀게는 오스트리아 육군 대위 하이나우의 강간으로 그리고 가깝게는 영국 해군 중위 멀비에 대한 환상을 통해 각각 금발의 혈통을 가지고 있음.

어떤 풍토적 특성이 있었는가?

반대로 코와 이마의 생김새는 직계 혈통에서 비롯된 것으로, 이 혈통은 먼 간격을 두고 더 먼 간격을 두고 가장 먼 간격을 두고 중단될망정 계속되기는 할 것이다.

그는 밀리의 소녀 시절에 대해 어떤 기억을 가지고 있었는가?

밀리는 굴렁쇠와 줄넘기를 벽감에다 팽개쳐버림. 밀리는 듀크스 잔디공원에서 한 잉글랜드 관광객이 사진을 찍어 가져가도록 허락해달라는 부탁을 거절함(반대한 이유는 밝히지 않고). 남부순환도로에서 엘사 포터와 함께 길을 갈 때 웬 음흉해 보이는 사람이 뒤를 밟아오자, 스테이머 스트리트를 반쯤 가다가 별안간 방향을 뒤로 바꿈(바꾼 이유는 밝히지 않고). 열다섯 살 되는 생일 전날 밤에 웨스트미스 카운티의 멀링가에서 써 보낸 편지에 그 지역의 학생을 짤막하게 언급함(학부와 학년은 밝히지 않고).

그는 그때 처음 떨어져 지내면서 다음에 또 떨어져 지낼 일이 생각나 마음 아팠는가?

상상했던 것보다는 덜, 희망했던 것보다는 더.

그는 또다른 어떤 떠남을, 비슷하면서도 다르게, 동시에 알아챘는가?

고양이의 일시적인 떠남.

비슷하면서도 다른 이유는?

비슷한 이유는, 새로운 남자(멀링가 학생) 또는 약초(쥐오줌풀)를 찾는다는 은밀한 목적으로 움직였으니까. 다른 이유는, 거주자들 또는 거처로 돌아올 가능성이 다르니까.

그 밖에 어떤 면에서 그들의 차이가 비슷하였는가?

수동적인 면에서, 경제적인 면에서, 관습적 본능의 면에서, 엉뚱함이라는 면에서.

예컨대?

밀리는 몸을 기댈 수 있는 데까지 기댄 채 블룸에게 리본으로 묶어 달라고 금발을 받쳐들었다(목을 둥글게 구부리는 고양이와 비교). 더욱이, 밀리가 스티븐스 그린에서 거꾸로 비친 나무 그림자들에 둘러싸인 비어 있는 호수 표면에 야단맞지 않고 뱉은 침이 동심원의 물결을 그리면서 한없이 줄기차게 번져나감으로써 엎어져 졸고 있는 물고기의 위치를 가리켰다(쥐를 노려보는 고양이와 비교). 게다가, 밀리는 어느 유명한 육군의 교전일, 전투부대, 쟁점 및 결과를 기억하기 위하여 땋은 머리칼을 잡아당겼다(귀를 씻는 고양이와 비교). 나아가, 맹추 밀리는 이름이 조지프인 말이 있는데 그놈(그것)에게 큰 컵에 레모네이드를 따라주었더니 받아먹은 것처럼 보인 그것(그놈)과 나중에 기억나지도 않은 대화를 말없이 나누었던 일을 꿈꾸었다(난롯가에서 꿈꾸는 고양이와 비교). 그리하여, 수동성에서, 경제성에서, 관습적 본능에서, 엉뚱함에서 둘의 차이는 비슷했다.

그는 결혼 축하 선물(1. 부엉이, 2. 시계)을 밀리에게 재미와 가르침을 주기 위해 어떤 방식으로 활용하였는가?

실물 교육으로서 다음 사항들을 설명하기 위해. 1) 난생동물의 여러 성질과 습성, 공중비행의 가능성, 어떤 비정상적인 시각의 사례들, 향료를 사용한 사체보존의 세속적 과정. 2) 추, 바퀴전동장치 및 조속기를 예로 들 수 있는 진자의 원리, 움직이지 않는 문자판 위에서 시계 방향으로 돌아가는 바늘들의 다양한 위치를 인간적 또는 사회적 규정을 나타내는 말로 바꾼 표현, 각 시간별로 긴 바늘과 짧은 바늘이 같은 각도로 기울어지는 순간이 매시간 반복되는 정확성, 즉 매시간 시간당 등차수열로 $5^{5/11}$분씩 늦어지는 현상.

어떤 식으로 밀리는 보답했는가?

밀리는 아버지의 27번째 생일에 크라운 더비 도자기 모조품인 아침식사용 콧수염보호컵을 선물해준 일을 기억하였다. 밀리는 각 계절의 첫날* 무렵에 아버지가 딸의 것이 아닌 물건을 산다면 혹은 살 때 그의

* 영국과 아일랜드에서 전통적으로 4계절이 시작하는 것으로 간주되는 날로 보통 분기 지불일로 사용되기도 한다. 각각 3월 25일(성모마리아의 날), 6월 24일(세례요한의 축일), 9월 29일(대천사 미카엘의 축일), 12월 25일(성탄절)이다.

요망 사항들을 예상하고 그의 필수품들에 주의를 기울이는 준비성을 보였다. 밀리는 아버지가 자연현상을 설명해주면 아버지가 가진 과학적 지식의 일부를 반이든 4분의 1이든 1000분의 1이든 차츰차츰 얻는 것이 아니라 당장 소유하고 싶은 욕망을 표현함으로써 존경심을 보여주었다.

자면서 걷는 밀리의 아버지로서 낮에 걷는 블룸은 밤에 걷는 스티븐에게 무슨 제안을 하였는가?

(엄밀한 의미의) 목요일과 (통상적 의미의) 금요일 사이에 낀 시간에 부엌 바로 위에 있고 주인 부부의 침실 바로 옆에 임시로 칸막이를 쳐서 마련한 작은 방에서 휴식하면서 보내라고.

이러한 임시조치를 연장했다면 어떤 여러 가지 이점들이 따랐을 것인가, 혹은 따랐을지 모르는가?

손님에게는, 주거의 안전과 연구의 호젓함. 주인에게는, 지성의 회춘과 대리만족. 안주인에게는, 망상의 퇴치와 올바른 이탈리아어 발음법 습득.

손님과 안주인 사이의 이런 여러 가지 일시적인 우발 사건들은 학생과 유대인의 딸 사이의 조화로운 결합이 될지도 모르는 영구적인 우발 사건을 반드시 방지하지 않을 수도 있으며, 또는 거꾸로 그 일시적인 우발 사건들이 조화로운 결합이라는 영구적인 우발 사건에 의해 반드시 방지되지 않을 수도 있는 이유는 무엇인가?

딸에게 가는 길은 어머니를 통하고, 어머니에게 가는 길은 딸을 통하니까.

주인이 여러 음절로 던진 엉뚱한 질문이 무엇이기에 손님은 한 음절로 된 부정적인 대답을 하였는가?

1903년 10월 14일 시드니 퍼레이드 철도역에서 사고사를 당한 고故 에밀리 시니코 여사를 스티븐이 아는지.

주인이 그 질문에 이어 입에서 나올 뻔했지만 마땅히 자제해서 그만둔 진술은 무엇인가?

루돌프 블룸(원래 성은 비라그)의 기일 전날이라서, 1903년 6월 26일에 메리 데덜러스(원래 성은 골딩) 여사를 매장하는 행사에 참석하지 못한 사정을 설명하는 진술.

손님은 휴식처의 제안을 받아들였는가?

즉시, 웬일인지, 공손하게, 고마워하며 사양하였다.

주인과 손님은 어떻게 돈을 주고받았는가?

후자가 전자에게 맡겨두었던 영화로 총액 1파운드 7실링에 달하는 돈을 전자가 후자에게 무이자로 돌려주었다.

어떤 역제안을 번갈아 제기해서 수락하고 수정하고 거절하자 다른 말로 다시 진술해서 다시 수락하고 비준하고 재확인했는가?

사전협의가 이루어진 이탈리아어 강습과정을 시작하는 일로, 장소는 피교육자의 주택. 성악 강습과정을 시작하는 일로, 장소는 교육자의 주택. 일련의 정적인, 준準정적인, 소요학파적인 지적 대화를 시작하는 일로, 장소는 양 대화자의 집(양 화자가 같은 장소에서 거주한다면), 로어 애비 스트리트 6번지 더 십 호텔 겸 술집(주인은 W.와 E. 코너리), 킬데어 스트리트 10번지 아일랜드 국립도서관, 홀리스 스트리트 29, 30, 31번지 국립산부인과병원, 공원, 예배 장소 부근, 2개 이상의 공공도로 교차지점, 두 사람의 주택을 잇는 직선의 이등분 지점(양 대화자가 다른 장소에서 거주한다면).

서로 자신을 배제한 이 제안들의 실현을 블룸에게 어렵게 만든 것은 무엇인가?

과거의 회복 불가능성. 그 예로 한번은 더블린 러틀랜드 스퀘어의 로턴다 산부인과병원에서 열린 앨버트 헹글러의 서커스 공연에서, 부성을 찾고 있던 얼룩덜룩한 옷차림의 직관력 풍부한 한 광대가 링에서 나와 블룸이 혼자 앉아 있는 관객석으로 비집고 들어와서는, 그(블룸)가 그(광대)의 아버지라고 공공연히 선언함으로써 관중의 흥을 돋운 적이 있었다. 미래의 예측 불가능성. 그 예로 한번은 그(블룸)가 1898년 여름에 플로린 은화(2실링짜리) 한 닢의 깔쭉깔쭉한 가장자리에다 눈금 세 개를 새겨서 그랜드 커낼의 찰몬트 몰 1번지에 위치한 가족 식료품점의 J.와 T. 데이비에게 치러야 할 계산을 위해 그 은화를 낸 뒤, 그것이 시 재정의 흐름을 타고 순환된 끝에 우회적으로나 직접적으로 돌아올 가능성을 타진하였다.

그 광대는 블룸의 아들이었는가?

아니다.

블룸의 은화는 돌아왔는가?

결코.

좌절이 되풀이된다면 왜 블룸은 그만큼 더 우울해질까?

인간 생존의 결정적인 전환점에서 그는 불평등과 탐욕과 국가 간 적개심의 산물인 많은 사회 조건들을 개선하기를 바랐기 때문에.

그렇다면 그는 이런 조건들을 제거함으로써 인간 생활이 무한히 완벽해질 수 있다고 믿었다는 말인가?

인류 전체를 구성하는 필수 요소로서, 인간 법칙과 구별되는 개념으로서의 자연법칙에 의해 어쩔 수 없이 떠안게 된 속屬의 조건들이 다음과 같이 남아 있었다. 영양 유지를 확보하기 위해 파괴할 필요성, 개별적인 생존이 갖는 궁극적 기능들의 고통스러운 성격과 출생 및 사망에 따른 고통, 사춘기부터 폐경기까지 이어지는 유인원 및 (특히) 인간 암컷들에게 찾아오는 지루한 월경, 바다와 탄광과 공장에서 불가피하게 발생하는 사고, 몇 가지 매우 고통스러운 질병 및 그에 따른 외과수술과 타고난 정신이상 및 선천적 범죄 성향과 많은 사상자를 내는 전염병, 공포를 인간 심성의 기본으로 만드는 재앙적인 대홍수, 인구가 밀집된 지역에서 발생하는 지진의 융기, 생명체가 유아기에서 성년기를 거쳐 쇠퇴기에 이르는 동안 격변을 겪으며 성장한다는 사실.

그는 왜 추론을 그만두었는가?

받아들이기 덜 좋아서 제거해야 할 현상을 받아들이기 더 좋은 다른 현상으로 대체하는 것은 보다 우수한 지성의 의무이므로.

스티븐은 그의 낙담에 동참하였는가?

스티븐은 이미 알려진 세계로부터 아직 알려지지 않은 세계를 향해 삼단논법으로 나아가는 의식적 합리적 동물로서, 그리고 불가피하게 허공이라는 불확실성 위에 세워진 극미 세계와 극대 세계 사이에 존재하는 의식적 합리적 실험대상자로서, 자신의 의의를 긍정하였다.

블룸은 이 긍정을 이해했는가?

말로써가 아니고. 실질적으로.

블룸의 오해를 달래준 것은 무엇인가?

열쇠 없는 유능한 시민으로서 그가 허공의 불확실성을 통하여 아직 알려지지 않은 세계로부터 이미 알려진 세계로 힘차게 나아갔었다는 것.

어떤 앞뒤 순서에 따라, 그리고 어떤 부수적 의식과 함께, 예속의 집에서 나와 거주의 황야로 향하는 탈출이 이루어졌는가?

블룸은

불 켜진 초가 꽂힌 촛대를

듣고

스티븐은

집사 모자가 걸린 물푸레 지팡이를

듣고

어떤 기념 시편을 어떻게 따로 영창하면서?

제113편을, 모두스 페레그리누스: 인 엑시투 이스라엘 데 에기프토: 도무스 자보크 데 포풀로 바르바로.*

나가는 문에서 각자 무엇을 했는가?

블룸은 촛대를 바닥에 내려놓았다. 스티븐은 모자를 머리에 썼다.

어떤 동물에게 나가는 문이 들어오는 문이 되는가?

고양이에게.

주인이 앞서고 손이 뒤따르며 집 뒤에서 정원 가두리로 가는 통로로 어둠으로부터, 이중으로 어둡게, 조용히 나타났을 때, 그들이 맞닥뜨린 것은 무슨 정경인가?

촉촉하고 밤푸른 열매가 달린 별들의 하늘나무.**

---

* '이스라엘이 이집트에서, 야곱의 가족이 야만족에게서 탈출할 때에 맞는 출국의 양태로'라는 뜻의 라틴어.

** 단테 『신곡』 지옥편의 마지막 대목에서 단테가 안내자 베르길리우스와 함께 밝은 세

블룸은 친구에게 여러 별자리를 설명하면서 어떤 명상을 하였는가?

다음과 같은 내용의 명상. 점점 더 방대하게 벌어지는 현상에 대하여. 삭망월 초기에 근지점에 접근해도 보이지 않는 달에 대하여. 지구의 표면으로부터 중심 쪽으로 5000피트 깊이에 수직으로 가라앉은 원통형 축의 낮은 쪽 끝에서 관찰하면 대낮에 식별할 수 있게 격자무늬로 반짝이며 끝없이 펼쳐진 은하에 대하여. 거리는 10광년(57,000,000,000,000마일)이나 떨어져 있고 크기는 우리 별의 900배 규모인 (큰개자리의 으뜸별) 시리우스에 대하여. 대각성에 대하여. 춘분점 세차歲差에 대하여. 띠, 태양 크기의 여섯 배인 테타, 그리고 우리의 태양계 100개가 들어갈 수 있는 성운을 가진 오리온에 대하여. 죽어가는 별과 1901년의 신성과 같이 새로 태어나는 별에 대하여. 헤라클레스 별자리를 향하여 돌진중인 우리 태양계에 대하여. 서로 비교하면 인간에게 할당된 70년이란 수명이 찰나의 막간에 불과할 만큼 측정할 수 없이 먼 겁劫에서 무한히 먼 미래로 끊임없이 움직이는 만큼 사실상 떠돌이별에 해당하는 소위 붙박이별의 시차視差 또는 시차적 표류에 대하여.

점점 덜 방대하게 오므라드는 현상에 대한 대비적인 명상도 있었는가?

지구의 성층成層에 기록된 지질학적 시대의 장구함에 대하여. 지구의 동굴 속과 움직일 수 있는 돌 밑과 벌통 및 흙 둔덕 속에 숨어서 미생

상으로 다시 나와 하늘에 걸린 아름다운 별을 보는 장면의 패러디.

물과 세균과 박테리아와 간상균과 정자 따위가 무수하게 많은 미세 곤충 조직체의 생존을 영위하는 것에 대하여. 단 하나의 핀 대가리에 수백만 곱하기 수십억 곱하기 수조에 이를 만큼 셀 수도 없이 많은 미세 분자들이 분자 친화라는 응집력에 의해 들어 있는 것에 대하여. 인간의 혈청이라는 우주 속에 별자리를 이루며 스스로 빈 공간의 우주를 이룬 적혈구와 백혈구 속에 별자리를 이룬 다른 물체들 또한 저마다 연속적으로 나눌 수 있는 구성분자의 우주인데, 다시 그 분자를 구성하는 부분을 구성하는 다시 나눌 수 있는 구성분자의 부분으로 나눌 수 있는 구성체는 실제 나눔이 일어나지 않아도 계속 작아지다가 마침내 그 과정이 한참 진행되다보면 어디에서도 아무것에도 결코 다다를 수 없게 될 나뉨체이자 나눔체라는 것에 대하여.

그는 왜 이 계산을 정교하게 하여 보다 정확한 결과물을 내지 않았는가?

몇 해 전인 1886년에 그는 원의 면적을 재는 문제에 골몰하다가 한 숫자의 존재를 알게 되었기 때문인데, 그 숫자는 9의 9제곱의 9제곱이나 될 만큼 워낙 엄청난 크기에 자릿수가 많은 것으로 적절한 정도의 정확성을 기해 계산한 결과를 얻고 나서 보니, 일의 자릿수, 십의 자릿수, 백의 자릿수, 천의 자릿수, 만의 자릿수, 십만의 자릿수, 백만의 자릿수, 천만의 자릿수, 억의 자릿수, 십억의 자릿수의 정수를 셈을 맞춰 인쇄한 결과 촘촘히 인쇄된 천 쪽짜리 책이 33권에 이르러 무수한 첩(24매)과 연(480매)의 인도 종이가 소요될 판이었고, 모든 급수의 모든 숫자로 된 성운의 핵은 어떤 제곱에 대해서도 어떤 제곱이라도 할 만큼 정교함이 극도로 동적인 수준으로까지 높여질 수 있는 잠재성을 간결하게 포함하고 있었다.

그는 그 행성들과 그 위성들에서 종에 들어가는 한 종족이 살 수 있느냐 하는, 그리고 방금 말한 그 종족이 한 구세주에 의해 사회적, 도덕적으로 구원받을 수 있느냐 하는 문제들이 풀기에 더 쉬웠는가?

어려움의 급이 달랐다. 인체 조직이 정상적으로는 19톤이나 되는 대기 압력을 지탱할 수 있으면서도, 지구의 대기권에서 상당한 고도로 올라가면 대류권과 성층권 사이의 경계선에 접근해감에 따라 강도의 등차급수를 보이면서 코피와 호흡장애와 현기증을 겪었음을 의식하고, 이 문제를 내서 풀고자 할 때 그는 보다 적응력 높고 해부학적으로 달리 구성된 종족의 존재들이라면 화성, 수성, 금성, 목성, 토성, 해왕성 또는 천왕성의 충분하고 동등한 조건하에서 달리 생존할 수도 있겠지만, 다만 한정된 차이를 지닌 다양한 형태로 창조된 결과 전체에 대해서나 서로에 대해서나 비슷해진 원지점의 인간 존재라면 아마도 여기에서처럼 거기에서도 바꿀 수도 양도할 수도 없이 헛됨, 헛되고 헛됨에, 모든 헛됨에 얽매이게 되리라는 것을 불가능이 입증될 수 없을 만한 작업가설로서 추측한 적이 있었다.

그리고 구원 가능성의 문제는?

소전제는 대전제에 의해 입증되었다.

별자리의 다양한 특징들 중에서 어느 것들이 차례로 고려되었는가?

다양한 정도의 활력을 뜻하는 다양한 색깔들(백색, 황색, 진홍색, 주색, 주홍색): 별자리들의 밝기: 7등성을 포함하여 7등성까지 드러난 별자리들의 광도: 별자리들의 위치: 마부자리의 별:* 은하: 작은곰자리: 토성의 환상環狀 띠: 응축되어 태양들이 된 성운: 이중 태양의 상호의존적인 회전: 갈릴레오, 시몬 마리우스, 피아치, 르베리에, 허셜, 갈레의 독자적인 동시 발견: 보데와 케플러가 거리의 세제곱과 회전수의 제곱에 대해서 시도한 체계화: 털 모양 혜성들의 거의 무한한 압축성과 그 혜성들이 근일점에서 원일점으로 나왔다가 다시 들어가는 타원형 궤도: 운석들의 근원 별: 젊은 쪽 천체관찰자가 태어난 무렵에 화성의 적도에서 일어난 홍수: 성 로렌스(순교자, 8월 10일생) 축일 무렵에 매년 재발하는 유성우: 매월 재발하며 초승달이 기울어가는 달을 품에 안는 현상: 천체가 인체에 미치는 가정假定적인 영향: 윌리엄 셰익스피어의 탄생 무렵에 나타나 드러누운 채 결코 지지 않는 카시오페이아 별자리의 델타 별 위를 주야로 환히 비추며 지배하는 극도로 밝은 (1등급) 별(이전의 비발광 태양 두 개가 백열광 속에 충돌하고 융합함으로써 생성된 새로운 발광 태양)과, 리어폴드 블룸이 태어날 무렵에 북쪽왕관자리에서 나타났다가 사라진 것으로서 근원은 비슷하지만 밝기는 덜한 (2등급) 별과, (실제로 혹은 추측하기에) 스티븐 데덜러스가 태어날 무렵에 안드로메다 별자리에서 나타났다가 사라지고 루돌프 블룸 2세가 태어나고 죽은 지 몇 해 후에 마부자리에서 나타났다가 사라졌으며 다른 사람들의 탄생 혹은 사망을 몇 해 전후해서 다른 별자리들

* '마부자리'는 북두칠성.

에서 나타났다가 사라진 것들로 (추측건대) 근원이 비슷한 다른 별들: 해와 달이 잠입되었다가 재현하는 식蝕, 바람의 누그러짐, 그림자의 이동, 날것들의 침묵, 밤이나 어스름에 활동하는 동물들의 출현, 지옥 불빛의 지속, 지구상 물의 희미함, 인간의 창백해지는 안색 등등의 부수 현상들.

그 문제를 고려한 뒤 오류의 가능성을 참작한 그(블룸)의 논리적인 결론은?

그것이 하늘나무도, 하늘동굴도, 하늘짐승도, 하늘사람도 아니었다는 것. 이미 아는 세계에서 아직 모르는 세계로 이동하는 방법이 알려지지 않은 이상, 그것은 유토피아였다는 것, 광도가 같건 다르건 동등하게 하나 또는 그 이상의 천체를 상상 속에 병치함으로써 동등하게 유한으로 변한 무한, 공간 속에서 움직이지 않게 되고 대기 속에서 다시 움직이게 된 가공架空 형태들의 운동성, 있음직한 관람자들이 실제로 현존을 시작해버리기 전에 이미 현존을 마쳐버렸을 수 있는 어느 과거.

그는 그 정경의 미학적 가치를 더 확신했는가?

정신착란에 가까울 만큼 광적인 연모에 빠진 시인들이 열렬하게 동정적인 별자리들에게 호소하거나, 실연으로 인한 실의에 빠진 시인들이 지구의 위성에서 풍기는 냉담함에 호소한 예들이 반복된 결과로 보아 의심의 여지 없이.

그렇다면 그는 점성학이 지구상의 재앙에 끼치는 영향에 관한 이론을 믿음의 한 조항으로 받아들였는가?

그 이론은 그에게 반박만큼이나 입증도 가능해 보였고, 월리학月理學 지도에 사용된 학명들, 즉 꿈의 호수, 비의 바다, 이슬의 심연, 풍요의 대양과 같은 명칭들이 그릇된 분석만큼이나 검증 가능한 직관에서도 유래했을 것으로 보였다.

달과 여자 사이에는 어떤 특별한 유사성이 존재하는 것으로 보였는가?

지상에서 대를 이으며 살아온 세대들보다 먼저 살기 시작해서 더 오래 살아남은 유구함: 밤을 지배하기: 위성적인 의존성: 다른 빛을 반사해서 빛을 내기: 정해진 시간에 따라 뜨고 지며 차고 이우는 모든 단계에서 한결같음을 유지하기: 어쩔 수 없는 겉모습의 불변성: 애매한 질문에 대한 모호한 응답: 흘러나가고 흘러들어오는 물에 대한 지배력: 매혹시키거나 마음의 상처를 주거나 아름다움을 띠게 하거나 실성하게 만들거나 비행非行을 자극하고 거드는 능력: 잔잔해서 헤아릴 길 없는 얼굴: 떨어져서 지배하고 모질게 곁을 지키는 무서움: 태풍과 고요의 조짐: 자신의 빛과 움직임과 현존으로 주는 자극: 분화구와 메마른 바다와 침묵으로 주는 경고: 보일 때의 찬란함: 안 보일 때의 매혹.

반짝하고 나타나 블룸의 시선을 끌고 그로써 스티븐의 시선을 끈 신호는 무엇인가?

그(블룸)의 집 이층(뒤쪽)에서 창 블라인드와 커튼 봉과 회전 셔터의 제조사인 앤저 스트리트 16번지의 프랭크 오하라 회사가 공급한 감아올리는 블라인드 장막에 비스듬히 비친 그림자를 동반한 파라핀유 등의 불빛.

보이는 찬란한 표시, 즉 등불에 의해 모습이 나타났으나 보이지는 않는 매력적인 사람, 즉 그의 아내 매리언(몰리) 블룸의 신비를 그는 어떻게 설명했는가?

간접적인 말로 가리키거나 직접적인 말로 단언해서, 억누른 애정과 찬탄을 담아, 묘사하고, 말 더듬으며, 넌지시 비춰서.

그러고는 둘 다 말이 없었는가?

없었다, 그들의그아닌그의 동료얼굴이 서로에게 보인 살빛이라는 두 거울에 비친 상대방을 서로 바라보느라.

그들은 한없이 가만히 있었는가?

스티븐이 제안하고, 블룸이 부추겨서, 옆구리를 나란히 하고, 배뇨기관을 손으로 감싸 서로 보이지 않게 하며, 블룸이 먼저 스티븐이 다음에 시선을 위로 올려 환하면서도 어슴푸레하게 비친 그림자를 보면서, 둘 다, 스티븐이 먼저 블룸이 나중에, 반 그늘진 곳에서 오줌을 누었다.

비슷하게?

처음엔 차례로, 그다음엔 동시에 그들이 싼 오줌의 탄도彈道는 달랐다. 고등학교 최고학년 때(1880년)에는 210명이나 되는 전교 학생들과 동시에 겨루어 가장 높은 지점까지 도달할 수 있었던 블룸의 더 길고 덜 세찬 오줌은 두 갈래로 갈라져 끝에서 두번째 알파벳 문자의 불완전한 형태를 띠었다. 전날 마지막 몇 시간 동안 배뇨를 촉진하는 음주로 인해 방광의 압력이 줄기차게 증가해온 스티븐의 오줌은 더 높고 쉬이 소리가 더 컸다.

보이지는 않아도 들리는 곳에 나란히 위치한 상대방의 기관에 관하여 각자에게 어떤 다른 문제들이 대두되었는가?

블룸에게: 흥분, 발기, 딴딴함, 탄력, 크기, 위생, 다모多毛 따위의 문제들.

스티븐에게: (미사를 듣고 불필요한 힘든 노동을 자제할 의무가 있는 휴일인 정월 초하루에) 할례 받은 예수의 성직자적 완전성의 문제, 그리고 캘커타에 보존된 그 신성한 포피包皮, 즉 신성 로마가톨릭 사도교회의 육체적인 혼례 반지가 단순한 성모숭배의 대상인지 아니면 모발과 발톱 같은 성스러운 자연 성장물의 절단에 부여되는 제4등급의 최고 천주 예배의 대상인지에 관한 문제.

둘이 동시에 관찰한 하늘의 표시는 무엇인가?

거문고자리의 직녀성에서부터 천정 위를 지나 베레니케 모발 자리의 별무리 너머로 해서 사자자리의 12궁 쪽을 향하여 창공을 가로질러 굉장한 시視 속도로 질주한 별.

구심적으로 남는 자는 원심적으로 떠나는 자에게 어떻게 출구를 제공했는가?

녹슨 남성적 열쇠의 대를 흔들리는 여성적 자물쇠의 구멍 속에 끼워 넣고, 열쇠의 활 모양으로 구부러진 부분을 지레 삼아 열쇠의 홈을 오른쪽에서 왼쪽으로 돌려서 자물쇠의 꺾쇠로부터 자물쇠청을 끄집어낸 다음, 경첩 떨어진 낡은 문을 단속적으로 안으로 잡아당겨 자유로이 드나들 수 있는 틈을 드러내줌으로써.

그들은 헤어질 때 어떻게 서로에게 작별인사를 하였는가?

같은 문간에, 그리고 문 바닥의 서로 다른 쪽에 수직으로 서서, 그리고 작별을 고하는 팔의 선들이 아무 지점에서나 만나 두 직각의 합보다 작은 어떤 각도라도 형성하면서.

그 팔들의 접선이 만나고 (각각) 원심적으로 편 손과 구심적으로 쥔 손이 떨어질 때 어떤 소리가 들렸는가?

세인트 조지 교회의 종이 울려 밤시간을 알리는 소리.

둘이서 따로 들은 그 소리의 메아리는 무엇인가?

스티븐에게는:

> 백합처럼 환히 빛나는. 그대 주위에 모이소서.
> 영광스러운 처녀 합창단. 합창단 퇴장.

블룸에게는:

헤이호, 헤이호

헤이호, 헤이호.

그날 그 종이 칠 때 블룸과 함께 남쪽의 샌디마운트에서 북쪽의 글래스네빈으로 이동했던 일행 중 몇 사람은 어디에 있었는가?

마틴 커닝엄(잠자리에), 잭 파워(잠자리에), 사이먼 데덜러스(잠자리에), 네드 램버트(잠자리에), 톰 커넌(잠자리에), 조 하인스(잠자리에), 존 헨리 멘턴(잠자리에), 버나드 코리건(잠자리에), 팻시 디그넘(잠자리에), 패디 디그넘(무덤에).

홀로, 블룸이 들은 소리는 무엇인가?

하늘에서 생겨난 지구에서 물러가는 발이 내는 이중의 울림소리, 울림소리가 나는 골목에서 한 유대인의 하프가 내는 이중의 떨림소리.

홀로, 블룸이 느낀 것은 무엇인가?

영하 수천 도에 이르는, 또는 화씨, 섭씨 또는 열씨의 절대 0도에 해당하는, 별과 별 사이 공간의 추위: 다가오는 새벽의 첫 조짐들.

종소리와 손의 촉감과 발소리와 홀로 느끼는 한기가 그에게 상기시켜준 것은 무엇인가?

상이한 장소에서 다양한 방식으로 이제는 고인이 돼버린 친구들, 즉 퍼시 앱존(모더강에서 전사), 필립 길리건(저비스 스트리트 병원에서 결핵으로), 매슈 F. 케인(더블린만에서 익사 사고로), 필립 모이젤(헤이티스버리 스트리트에서 농혈증으로), 마이클 하트(성모자혜병원에서 결핵으로), 패트릭 디그넘(샌디마운트에서 뇌졸중으로).

어떤 현상에 대한 어떤 기대로 그는 남고 싶은 생각이 났는가?

마지막으로 지는 세 별, 밝아오는 여명, 새로 뜨는 둥근 해.

그 현상들을 이전에도 본 적이 있는가?

한 차례, 1887년 키미지 로드에 있는 루크 도일의 집에서 장시간 셔레이드 놀이를 한 후, 담에 걸터앉아 시선을 미스락, 즉 동쪽 방향으로 돌린 채* 날마다 일어나는 그 현상이 나타나기를 끈기 있게 기다린 적이 있었다.

그 첫번째 기현상이 기억났겠지?

더 활발한 공기, 멀리서 들리는 이른아침의 수탉 소리, 여러 지점에서 울리는 교회의 괘종소리, 새들의 지저귐, 아침 일찍 길 떠난 나그네의 외로운 걸음소리, 아직 보이지 않는 발광체가 보이게 발하는 빛, 지평선 낮은 곳에서 눈에 띄게 소생하는 태양의 첫번째 황금빛 언저리.

그는 남았나?

그는 깊은숨을 들이쉬며 발길을 돌리고 정원을 다시 가로질러 통로로 다시 들어가 문을 다시 닫았다. 그는 짧은 한숨을 내쉬며 초를 다시

---

* 유대인들은 예루살렘보다 서쪽에서 기도할 때 얼굴을 동쪽으로 돌리는 관례가 있다.

집어들고 계단을 다시 올라가 앞방 문과 현관에 다시 다가가 다시 들어갔다.

무슨 일로 들어가는 그의 발걸음이 난데없는 제지를 당했는가?

그의 두개골 우묵한 부분에 튀어나온 오른쪽 관자놀이가 단단한 목재 모서리에 부딪히더니, 찰나적으로 감지된 순간이 지나자, 선행감각들이 전달되어 기록된 결과로 통증이 느껴지는 위치를 알게 되었다.

가구 품목들의 배치에서 일어난 변경 사항들을 묘사하라.

짙은 적자색 비로드 천을 씌운 소파가 문 맞은편으로부터 꼭 접힌 영국 국기 옆에 있는 벽난로 쪽으로 옮겨져 있었다(그가 수시로 실행해보려고 의도했던 변경 사항). 청백색 체크무늬 마졸리카 도자기로 윗면을 씌운 테이블이 문 맞은편 짙은 적자색 비로드 소파가 비운 자리에 놓여 있었다. 호두나무 목재의 찬장(들어오는 그의 발걸음을 순간적으로 제지했던 모서리의 본체)이 문 옆자리로부터 더 편하기는 하지만 더 위험한 문 앞자리로 옮겨져 있었다. 의자 두 개가 벽난로 좌우로부터 원래 청백색 체크무늬 마졸리카로 표면을 장식한 테이블이 차지하고 있던 자리로 옮겨져 있었다.

그 의자들을 묘사하라.

하나는 속을 넣은 땅딸막한 안락의자로, 튼튼한 팔걸이가 쭉 뻗어 있고, 등받이는 뒤쪽으로 기울어져 있는데, 반동으로 튀어오른 후에는 사각형 융단의 들쭉날쭉한 술을 뒤집어 올려놓더니, 이제는 덮개를 씌운 앉는 자리가 가운데로 갈수록 퍼지며 색이 점점 덜 퇴색되는 현상을 보였다. 다른 하나는 반들반들하고 흰 등나무로 만든 마당발의자로, 앞 의자의 정반대 쪽에 있는데, 꼭대기에서 앉는 자리까지 그리고 앉는 자리에서 밑바닥까지 이르는 골격은 암갈색 니스칠이 되어 있고, 앉는 자리는 흰색 골품으로 엮여 있으며 밝은 원을 그리고 있었다.

이 두 의자에는 어떤 의미가 부여돼 있는가?

유사성, 자세, 상징, 정황증거, 증거의 초超영속성의 의미.

원래 찬장이 차지했던 자리를 차지한 것은 무엇인가?

건반이 드러난 버티컬피아노(캐드비*)로서, 닫힌 널에는 길고 노란 여성용 장갑 한 벌과 함께 쓰고 난 성냥 네 개와 피우다 만 담배 한 개비와 변색된 담배꽁초 두 개가 든 에메랄드색 재떨이가 얹혀 있고, 악보 받침대에는 음성 및 피아노의 음조가 G 제자리인 〈달콤한 옛사랑 노래〉(작사 G. 클리프턴 빙엄, 작곡 J. L. 몰로이, 노래 마담 앤투아넷 스털링)의 악보가 **연주자 임의로**, **센 음으로**, 페달, **힘차게**, 계속 페달, **차츰 느리게**, 종결 따위의 마지막 지시가 적힌 마지막 쪽으로 펼쳐진 채 받쳐져 있었다.

이 물건들을 차례로 응시하면서 블룸은 어떤 감각을 느꼈는가?

촛대를 들어올리면서 긴장을, 오른쪽 관자놀이의 멍들고 부은 데를

---

* 영국 피아노 제조사.

만지면서 통증을, 커다랗고 흐릿하며 비활동적인 의자와 날씬하고 밝으며 활동적인 의자에 시선의 초점을 맞추면서 주의를, 뒤집혀 올라간 융단의 술을 구부려 내리면서 간절함을, 맬러카이 멀리건이 설파한 녹색의 농담법을 포함한 채색법을 떠올리면서 흥미를, 그 말들과 앞선 행동을 반복하면서 그리고 결과적으로도 부수적으로도 은근히 기분좋게 퍼져나간 점진적 퇴색 현상을 내부 감각의 다양한 경로를 통해 감지하면서 즐거움을.

그의 다음 행동은?

그는 마졸리카 도자기로 윗면을 씌운 테이블에 놓인 열린 상자에서 1인치 높이의 자그마한 검정색 원추형 물건을 꺼내 동그란 바닥을 받침 삼아 작은 양철 접시 위에 올려놓고, 촛대를 벽난로 선반의 오른쪽 모서리에 올려놓고 나서, '아겐다스 네타임'이란 제목이 붙은(삽화 있음) 사업계획서의 접힌 첫 장을 조끼에서 꺼내고 그것을 펴서 건성으로 훑어보고는 가느다란 원통형으로 돌돌 말아 촛불에 불을 지펴 불이 붙자 원추형 물건의 꼭대기에 갖다대어 이윽고 후자가 발갛게 달아오르도록 한 다음 그 원통형 종잇장을 촛대 그릇에 놓되 타지 않은 부분을 잘 처리함으로써 쉽사리 완전연소가 될 수 있게 하였다.

이 작업에 이어 무슨 일이 벌어졌는가?

그 조그만 화산의 원추대 꼴 분화구 정상이 동방의 향긋한 향료 냄새를 풍기는 수직의 사행성蛇行性 연기를 내뿜었다.

벽난로 선반에는 촛대 말고 또 어떤 비슷한 물건들이 세워져 있었는가?

매슈 딜런의 결혼 선물로 1896년 3월 21일 오전 네시 사십육분의 시각에 멈춘 줄무늬 코네마라 대리석재 시계: 루크와 캐럴라인 도일 부부의 결혼 선물로, 투명한 종갓이 씌워진 얼음나무 꼴의 꼬마 나무: 존 후퍼 참사회원의 결혼 선물로 방부 처리된 부엉이.

이 세 가지 물건과 블룸 사이에 어떤 시선 교환이 일어났는가?

금테 두른 체경의 거울 속에서는, 꼬마 나무의 장식 없는 등이 방부 처리된 부엉이의 곧추선 등을 응시하였다. 거울 앞에서는, 존 후퍼 참사회원의 결혼 선물이 또렷하고 우울하고 지혜롭고 밝고 움직이지 않고 측은한 시선으로 블룸을 응시하는 한편, 블룸은 흐리고 차분하고 심원하고 움직이지 않고 측은히 여겨진 시선으로 루크와 캐럴라인 도일의 결혼 선물을 응시하였다.

이어서 거울 속에서 어떤 복합적인 비대칭 이미지가 그의 주의를 끌었는가?

고독하고(대자對自적이고) 변덕스러운(대타對他적인) 사람의 이미지.

왜 (대자적으로) 고독한가?

그는 형제자매가 없었다.
그래도 그 사내의 아버지는 그 사내 할아버지의 아들이었다.

왜 (대타적으로) 변덕스러운가?

유년기에서 성년기까지 그는 낳아준 어머니를 닮았었다. 성년기에서 노년기까지 그는 낳아준 아버지를 점점 닮아갈 터였다.

거울이 그에게 마지막으로 전해준 시각적 인상은 무엇인가?

맞은편에 있는 두 개의 책꽂이 위에서 제대로 정돈되지 않고 알파벳 순서대로 놓이지 않았으며 번쩍번쩍하는 제목들을 단 채로 거꾸로 놓인 책 몇 권의 시각적 반영.

이 책들의 목록을 만들라.

『톰스 더블린 우체국 주소록』, 1886년

데니스 플로렌스 매카시 『시집』 (5쪽에 너도밤나무 잎 모양의 구리 서표).

셰익스피어 『작품집』 (진홍색 염소가죽, 도금 압접무늬 장정).

『효과적인 속산표速算表』 (갈색 천).

『찰스 2세 궁중비사』 (적색 천, 압접무늬 장정).

『아동지도서』 (청색 천).

『킬라니 경승지』 (대지帶紙).

윌리엄 오브라이언 하원의원 저 『우리의 소년 시절』 (녹색 천, 217쪽에 열게 빛바랜 겉싸개의 서표).

『스피노자 사상 선집』 (밤색 가죽).

로버트 볼 경 저 『천체 이야기』 (청색 천).

엘리스 『마다가스카르 여행기 세 편』 (갈색 천, 제목은 지워짐).

A. 코넌 도일 저 『스타크-먼로 서간집』. 케이플 스트리트 106호의 더블린 시립도서관 장서로 대출일 1904년 5월 21일(성신강림절 전일), 반납일 1904년 6월 4일. 13일 연체중(흑색 천 장정, 백색 문자 번호표가 붙어 있음).

'여행가' 저 『중국 기행』(갈색 종이로 표지를 갈아 붙임, 적색 잉크 표제).

『탈무드 철학』(철한 팸플릿).

록하트 『나폴레옹의 생애』(표지 없음, 방주旁註, 주인공의 승리는 낮춰 잡고 패배는 높여 잡음).

구스타프 프라이타크 저 『대변과 차변』(흑색 마분지, 고딕체, 24쪽에 담배 쿠폰 서표).

호저 『러시아-튀르키예 전쟁사』(갈색 천, 두 권, 왼쪽 표지 뒷면에 고무로 붙인 지브롤터 거버너스 퍼레이드 개리슨 도서관의 표찰).

윌리엄 올링엄 저 『아일랜드의 로런스 블룸필드』(재판再版, 녹색 천, 세 이파리 장식 도금, 오른쪽 표지 뒷면에 전 소유주의 이름 지워짐).

『천문학 안내서』(갈색 가죽표지 떨어져나감, 다섯 편의 전면 삽화, 앤티크 체의 본문은 장長 프리머 활자, 저자 각주는 농파레유 활자, 여백의 주석은 브레비에 활자, 소제목은 소 피이카 활자).[212]

『그리스도의 숨겨진 생애』(흑색 마분지).

『태양의 궤도를 따라』(황색 천, 표제지 사라짐, 반복되는 표제의 소멸).

유진 샌도 저 『체력과 그 습득방법』(적색 천)

『간단명료한 기하학 원리』. F. 이냐 파르디에의 불어 원저에 대한 런던대학 존 해리스 박사의 1711년판 영역본. 출판사는 비숍스 헤드, 발행인은 R. 냅로크. 각별한 친우인 서더크 자치구의 찰스 콕스 의원 귀하에게 헌정하는 서한 수록. 백지에 잉크로 쓴 1822년 5월 10일자 필기체 진술에 의하면, 본 서적은 마이클 갤러거의 소유물인바, 만일 분실되거나 유실될 경우 이를 발견한 사람은 세계 최고의 명승지인 위클로 카운티의 에니스코디에 위치한 듀퍼리 게이트 거주인 목수 마이클 갤러거에게 반환할 것을 요망한다고 밝힘.

거꾸로 놓인 책들을 다시 바로 놓는 과정에서 그의 마음을 사로잡은 생각은 무엇인가?

모든 것에 자리가 있고 모든 것이 제자리에 있어야 하는 질서의 필요성, 문학에 대한 여성들의 감상력 부족, 큰 컵에 꽉 박혀 있는 사과와 요강에 기우뚱 놓여 있는 우산의 부조화, 어느 비밀문서라도 책장들의 뒤나 아래나 갈피에 숨기는 일의 불안전성.

부피가 가장 큰 책은 어느 것인가?

호저의 『러시아-튀르키예 전쟁사』.

문제의 저작 제2권에 포함된 다른 데이터 중 특기할 만한 사항은 무엇인가?

결정력 있는 장교 브라이언 쿠퍼 트위디 소령(기억됨)이 종종 기억하던 한 결정적 전투의 이름(망각됨).

그가 문제의 저작을 참고하지 않은 첫번째와 두번째 이유는 각각 무엇인가?

첫째, 기억술을 연마하기 위해서. 둘째, 잠시 기억상실증에 걸렸다가 중앙 테이블에 앉아 문제의 저작을 막 참고하려는 찰나 플레브나라는 군사전투의 이름이 떠올라서.

앉은 자세의 그에게 위안을 안겨준 것은 무엇인가?

테이블 가운데에 서 있는 한 동상, 즉 배철러스 워크 9호의 P. A. 렌 상점에서 경매로 구입한 나르키소스상像의 솔직함, 적나라함, 자세, 조용함, 젊음, 우아함, 성性, 충고.

앉은 자세의 그에게 짜증을 안겨준 것은 무엇인가?

성인 남성의 복장에서 쓸모없이 달려 있을 뿐 팽창에 의한 부피 변경에 탄력적으로 맞춰주지 않는 두 개의 의상 품목인 목깃(17 사이즈)과 조끼(단추 다섯 개)의 거추장스러운 압박.

그 짜증을 어떻게 달랬는가?

검은색 넥타이가 끼워져 있고 조립식 단추가 달린 목깃을 목에서 떼어내 테이블 왼쪽 자리에 두었다. 골반 밑부분으로부터 마디들의 중앙선을 따라 아랫배와 배꼽구멍 둘레를 거쳐 여섯번째 갈비뼈가 교차하는 지점까지 세모꼴로 수렴되며 뻗어나가다가, 거기에서 양쪽으로 직각을 이루며 다시 생겨나, 동일한 거리를 두고 좌우로 떨어져 있는 볼록한 유방의 두 정점 주위에서 전술한 원을 형성하며 끝나는, 제멋대로 꼬불꼬불 말려든 검은 체모의 중앙선을 따라 조끼, 바지, 셔츠 및 내의의 단추를 역방향으로 하나하나 풀었다. 하나만 빼고 완벽한 쌍으로 배열된, 여섯에서 하나 모자란 꽉 잠긴 바지 단추들을 하나씩 차례대로 풀었다.

무심코 이어진 행동들은 무엇인가?

그는 2주일 하고도 3일 전에(1904년 5월 23일) 벌에 쏘여 횡격막 밑에 있는 왼쪽 아래 늑골 부위에 생긴 부스럼 자국 주변 살을 두 손가락으로 꽉 눌렀다. 그는 가려움증을 느끼지 못했으면서도, 전체적으로 씻고 부분적으로 노출된 피부의 여러 지점과 표면을 오른손으로 부정확하게 긁었다. 그는 왼손을 조끼의 왼쪽 아래 주머니 속으로 넣어, (짐작건대) 시드니 퍼레이드의 에밀리 시니코 부인 장례식 때(1903년 10월 17일) 거기 넣어진 은화(1실링) 한 닢을 꺼냈다가 도로 넣었다.

1904년 6월 16일의 대차대조표를 작성하라.

차변		대변	
	파운드 - 실링 - 펜스		파운드 - 실링 - 펜스
돼지 콩팥 1	0 - 0 - 3	수중의 현금	0 - 4 - 9
〈프리먼스 저널〉 1	0 - 0 - 1	〈프리먼스 저널〉 수수료	1 - 7 - 6
목욕 및 봉사료 1	0 - 1 - 6	차입금(스티븐 데덜러스)	1 - 7 - 0
전차요금	0 - 0 - 1		
패트릭 디그넘 부의금 1	0 - 5 - 0		
밴버리 케이크 2	0 - 0 - 1		
점심식사 1	0 - 0 - 7		
책 대출 연장료 1	0 - 1 - 0		

편지지 및 봉투 묶음 1벌	0 - 0 - 2	
저녁식사 및 봉사료 1	0 - 2 - 0	
우편환 및 우표 1	0 - 2 - 8	
전차요금	0 - 0 - 1	
돼지족발 1	0 - 0 - 4	
양족발 1	0 - 0 - 3	
프라이 제과점 플레인 초콜릿 1	0 - 1 - 0	
정사각형 소다빵 1	0 - 0 - 4	
커피 및 과자빵 1	0 - 0 - 4	
상환한 차입금(스티븐 데덜러스)	1 - 7 - 0	
잔액	0 - 16 - 6	
	2 - 19 - 3	2 - 19 - 3

벗는 작업이 계속되었는가?

두 발바닥의 고질적인 양성통증을 의식하여 그는 한 발을 쭉 뻗고, 여러 다른 방향으로 보행을 반복하는 과정에서 발의 압력으로 생긴 주름, 마디, 돌기 들을 바라보고 나서, 몸을 굽혀 신발끈의 매듭을 풀고 구멍에서 빼내 헐겁게 해서, 구두 두 짝을 하나씩 두번째로 벗고는, 앞부분 사이로 엄지발가락의 발톱이 다시 삐져나와 있었던 일부 축축한 오른쪽 양말을 떼어내 오른발을 들고 자주색의 탄력성 양말대님을 끌러 오른쪽 양말을 벗고 난 뒤, 맨살로 드러난 오른발을 의자 앉는 부분 가장자리에 올려놓고, 삐져나온 엄지발톱 부분을 꼬집어 살살 뜯어내서는, 뜯어낸 부분을 콧구멍에 갖다대고 발톱 밑살의 냄새를 들이마신 다음, 흐뭇한 마음으로 그 뜯어낸 발톱 조각을 던져버렸다.

마음이 흐뭇한 건 왜?

들이마신 냄새가 엘리스 여사의 소년학교 학생이던 블룸 어린이가 매일 밤 끈기 있게 잠시 무릎을 꿇고 밤 기도를 드리며 야심찬 명상을 하는 중에 꼬집어 뜯어낸 다른 발톱 조각에서 들이마시던 냄새와 일치했기 때문에.

동시에 그리고 연속적으로 품은 모든 야심들이 어떤 궁극적인 야심으로 수렴되었는가?

문지기 집과 마찻길이 딸린 웅장한 저택을 둘러싸고 있는 목초지 토탄 채굴장으로서 법정 토지 면적 단위인 에이커, 루드 및 퍼치[213] 따위로 따져 상당수에 이르는 광활한 토지(평가액 42파운드)를 장자상속권이나 남자균등상속 토지보유제도나 막내 재산상속제 따위에 따라 상속받거나 영구적으로 소유할 꿈은 엄두도 나지 않고, 반면에 **도시 속 시골** 또는 **건강 가옥**이라 불리는 이층 연립주택이나 반半 독채 주택 따위는 탐탁지 않아서, 꼭대기엔 풍향계와 땅으로 연결된 피뢰침이 설치돼 있고 현관은 기생식물(아이비나 아메리카 담쟁이)로 덮여 있으며 산뜻하고 고급스러운 황록색 마무리 칠을 한 현관문엔 맵시 있는 놋쇠 문고리가 달리고 처마와 박공에는 도금 장식무늬를 했으며 건물 전면은 회반죽 칠을 하고 지붕에는 이엉을 얹은 방갈로형 이층짜리 남향 주택을 사적인 협상에 의해 무조건 토지 상속권으로 구입할 생각인데, 이 집은 가능하면 완만한 언덕 위에 우뚝 솟아 있어서 돌기둥 난간을 두른 발코니에 서면 사람이 살지도 않고 살 수도 없는 인근의 평원이 시원스레 내려다보이고, 5~6에이커의 자체 집터는 가장 가까운 공용대로에서 밤에 집의 불빛이 장식적으로 가지를 자른 서어나무 산울타리의 사이나 너머로 보일 만큼 가까우며, 대도시 변두리로부터 채 1마일 거리도 되지 않아 전차나 기차 편으로 걸리는 시간이 기껏해야 15분 미만인 지점(즉 남쪽에는 던드럼이 북쪽에는 서턴이 있는데, 두 지역 공히 폐결핵 환자에게 공기 좋기로는 지구의 양극에 맞먹는다는 실험 결과가 나와 있다)에 위치하게 되거니와, 이 부동산들은 임대 기간 999년의 토지 상속권 양도에 의해 소유하게 될 터인데, 그중 가옥은 밖으로 내민 창(랜싯 창 두 개)을 내고 온도계를 부착한 객실 하나, 거실 하나, 침실 넷, 하인방 둘, 꼭 맞는 레인지와 설거짓간이 딸려 있고 바닥엔 타일이 깔린 부엌, 그리고 휴게실로 구성되고, 특히 이 휴게실에는 린네르 벽 찬장, 브리태니커 백과사전과 신세기 사전이 꽂힌 검게 그을린 참나무 재목의 칸 나뉜 책장, 가로로 진열된 중세 동방의 구식 무기들, 식사시간을 알리는 종, 설화석고 등, 걸어놓은 큰 술잔, 주소록 바로 옆에 놓인 에보나이트 자동전화수화기, 크림색 바탕에 격자 가장자리장식이 달린 수제 액스민스터 융단, 기둥과 집게다리가 달린 카드놀이 테이블, 거대한 놋쇠장식이 달리고 선반에 도금 정밀시계가 놓인 벽난로, 성당 차임장치가 달린 품질보증 시계, 자기自記 습도표가 그려진 기압계, 루비색 플러시 천을 덧대고 양질의 스프링이 장치돼 있으며 가운데가 꺼진 안락한 휴게용 긴 의자와 구석의 비품들, 세 폭짜리 일본 병풍과 타구(곤봉 모양에 짙은 포도주색 가죽으로 돼 있는데 아마인유와 식초를 사용해서 조금만 닦아줘도 새로 광택을 낼 수 있다), 피라미드 꼴로 빛을 나누어 발하는 중앙의 유리 조각 장식 샹들리에, 손으로 만져도 가만히 있는 앵무새(순화된 언어)가 앉아 있는 굽은 나무 횃대, 양홍색 꽃무늬와 왕관 모양 꼭대기 가로줄로 장식된 1다스에 10실링짜리 돋을새김 벽지, 그리고 직각으로 세 층이 연이어 있고 반들반들하고 결이 뚜렷한 오크 목재로 되어 있으며 디딤판과 수직면, 난간받침 기둥, 난간동자와 난간, 장뇌유로 왁스칠한 확대된 징두리판벽이 달린 계단 따위가 설치될 것이고, 욕실에는 냉온수가 공급되고 눕는 의자와 샤워가 갖춰지고, 중간층 화장실에는 불투명한 타원형 통유리, 접을 수 있는 의자, 가스등, 놋쇠 동점막대와 걸쇠, 팔걸이, 발판, 그리고 문 안쪽 면에 예술적인 유화식 석판화가 설치되며, 아무렴 그렇지, 요리사, 잡역부 및 허드렛일 하녀(이 년마다 자동으로 2파운드씩 상향되는 급여 외에 종합성실보험, 연말 보너스(1파운드) 및 30년 근속자에게 주는 퇴직금 (65세 정년제에 입각) 추가)들을 위해 건강 및 위생용 비품들이 따로 갖춰진 하인용 방, 식료품저장실, 주류저장실, 식량저장실, 냉장고, 딴채, 정찬에 초대받았다면(야회복) 귀빈을 위한 포도주(거품 나는 포도주와 거품 나지 않는 포도주) 저장 상자를 쟁여둔 석탄 및 땔감 저장실 따위가 딸리고, 이 모든 곳에 일산화탄소 가스가 제공될 것이다.

뜰에 추가적으로 포함될 매력적인 사항들은 무엇인가?

추가 사항으로는, 테니스와 파이브스를 치는 코트, 관목숲, 최상의 식물학적 방식으로 장비를 갖추고 열대 야자수를 가꾸는 유리 정자, 분수기를 갖춘 암석정원, 인도적 원칙에 의거해 배치한 벌통, 이심異心 타원형의 주홍색 및 노란색 튤립, 푸른 실라, 크로커스, 수선화, 아메리카패랭이꽃, 달콤한 완두콩, 은방울꽃(색빌 스트리트 어퍼 23번지 소재의 제임스 W. 매키 경(유한회사)의 종자구근 도소매상점이자 종묘장 겸 화학비료 매점에서 구근 구입 가능)을 심은 직사각형 잔디밭 안의 타원형 화단들, 꼭대기에 유리를 박은 담 울타리로 불법 침입에 대비한 과수원과 거기 딸린 채소밭 및 포도밭, 다양한 품목의 연장을 들여놓고 맹꽁이자물쇠를 채운 통나무 광.

연장이란?

뱀장어 가리, 가재 통발, 낚싯대, 자귀손도끼, 대저울, 숫돌, 흙덩이 분쇄기, 새끼 꼬기, 마차 자루, 접는 사다리, 날이 열 개인 갈퀴, 세탁 나막신, 건초기, 도리깨, 전지용 낫, 페인트 통, 솔, 괭이 등등.

뒤이어 도입할 수도 있는 개선 사항은 무엇인가?

토끼장 겸 닭장, 비둘기장, 식물 온실, 해먹 두 개(남성용과 여성용), 노란등나무나 라일락나무들로 그늘 지우고 감싸준 해시계, 이국적인 화음이 잘 어울리게 왼쪽 옆문 기둥에 부착한 일본식 따르릉 초인종, 널찍한 빗물통, 측면 배출구와 풀자루가 달린 잔디 깎는 기계, 수압 호스가 딸린 잔디밭 물뿌리개.

어떤 교통편이 바람직했는가?

도시로 갈 때는 각각의 중간역이나 종착역에서 수시로 연락해주는 기차 또는 전차. 시골로 갈 때는 삼륜자동차, 또는 옆에 바구니를 단 체인 없는 자유 휠 자전거나 화물 운송기관, 또는 당나귀가 끄는 고리버들세공 이륜마차나 일 잘하고 발굽 튼튼한 말(밤색과 흰색이 섞인 신장 14핸드*의 거세한 말)이 끄는 날렵한 사륜마차.

* Hand. 손바닥 폭 정도의 길이로 말의 키 따위를 재는 단위이며 1핸드는 약 4인치다.

나중에 세울 수 있거나 이미 세워진 이 저택의 이름은 무엇일까?

블룸 코티지. 성 리어폴드 관館. 플라워빌.

에클스 스트리트 7호의 블룸이 플라워빌의 블룸을 예견할 수 있었는가?

헐거운 순모 의복을 입고 8실링 6펜스짜리 해리스 트위드 모자를 걸치고 고무 이음판 달린 편리한 원예장화를 신고 물뿌리개를 갖춘 채, 어린 전나무를 일렬로 심고, 물주고, 가지치고, 말뚝 박고, 풀씨 뿌리고, 해질녘 새로 깎은 풀 냄새 속에 별로 피곤한 기색도 없이 잡초 실은 수레를 밀고, 토질을 개량하고, 지혜를 늘리며, 장수를 달성하는 모습으로.

동시에 수행할 수 있는 지적인 일거리로는 어떤 것들이 있었는가?

스냅사진, 종교의 비교연구, 다양한 애정 및 미신의 관행에 관련된 민요, 하늘의 별무리 관찰.

비교적 가벼운 오락으로는?

바깥에서는, 정원과 밭에서 일하기, 머캐덤 공법으로 포장된 평평한 자갈도로에서 자전거 타기, 적당히 높은 산 오르기, 호젓한 민물에서 헤엄치고 보와 급류가 없는 호젓한 강의 유역에서 안전한 나룻배를 젓거나 배를 움직이는 데 쓰는 작은 닻이 달린 가벼운 마차를 타고 뱃놀이하기(하면기夏眠期), 황막한 풍경과 이와는 대조적으로 사람 좋은 코티지 주인이 이탄을 때서 연기 내며 불 피우는 정경을 살피며 저녁 산

책을 하거나 주변의 땅에서 말달리기(동면기). 집안에서는, 따듯하고 안전한 상태에서 역사와 범죄 분야의 미해결 문제들에 관해 토론하기, 이국적이고 색정적인 무삭제판 걸작들에 대하여 강의하기, 망치와 송곳과 못과 나사와 주석압정과 나사송곳과 족집게와 둔각대패와 나사돌리개가 든 연장통을 갖추고 집의 목공일 하기.

그는 농작물과 가축을 기르는 신사 농부가 될 수도 있었을까?

안 될 것도 없다, 젖 마른 소 한두 마리와 고지 건초 낟가리 하나와 그리고 필수적인 농기구 즉 두 끝이 맞붙은 교유기와 순무즙 채취기만 갖춘다면.

지방 유지가문들과 지주계층에 둘러싸인 그의 시민적 직무와 사회적 신분은 무엇이 되겠는가?

낮은 계급부터 순서대로 정리하면, 정원사, 토지 관리인, 경작자, 사육자, 그리고 그의 경력의 정점에서는, 가문 및 문장과 그에 걸맞은 고전적 제명을 갖추고(유비무환), 법원 족보에 정식 등재되며(던드럼 블룸빌의 하원의원, 추밀고문관, 성 패트릭 훈작사, 명예 법학박사 리어폴드 P. 블룸), 궁정 및 상류사회 소식란에 언급된다(리어폴드 블룸 부처 잉글랜드 방문차 킹스타운 출발).

이런 신분에 맞게 스스로 설정한 행동지침은 무엇인가?

어설픈 관대함과 지나친 엄격함 사이에 놓인 지침. 사회 불평등이 커졌다 작아졌다 함에 따라 끊임없이 재배치되는 계층들이 아무렇게

나 섞인 이질적 사회에서, 비편파적이고 동질적이며 논란의 여지 없는 정의를 시행하되, 사정을 봐줄 때에는 가능한 최대 폭으로 봐주지만 재산을 국고로 몰수할 때에는 동산 부동산 할 것 없이 최후의 한 푼까지 쥐어짜내 국고로 환수하기. 헌법상 최고의 국가권력에 충성하되, 강직에 대한 타고난 열정에 힘입어 그가 설정한 목표는 공공질서를 엄정하게 유지하기, 많은 악폐를 억제하되 시간적인 융통성은 발휘하기(모든 정도의 개혁이나 삭감은 융통성 있게 최종 해결에 포함시킬 수 있는 예비 해결이므로), 모든 사기범과 조례 및 규칙 위반자, 사용한 지 오래되어 무효화된 벤빌 재산보유권리를 (불쏘시개에 대한 불법침해와 경절도죄에 의해) 부활시키려는 모든 자, 국제적인 박해를 큰 소리로 선동하는 모든 자, 국제적인 적대감을 영구화시키려는 모든 자, 가정의 잔치를 함부로 훼방하는 모든 자, 가정의 결혼생활을 악착같이 깨뜨리려는 모든 자에 대하여 법률(보통법, 성문법, 상법) 조문을 자구字句대로 시행하기 등이 될 것이다.

가장 어린 시절부터 그가 강직함을 좋아했었다는 것을 입증하라.

1880년 고등학교 시절 퍼시 앱존 학생에게 그는 아일랜드 (신교) 교회(그의 아버지 루돌프 비라그(나중의 루돌프 블룸)이 유대인 사회에 기독교를 장려하는 협회에 의해 1865년 이스라엘의 신앙 및 종교단체로부터 개종한 교회)의 교리에 대한 불신을 털어놓은 데 이어, 1888년 혼기가 되자 결혼을 목적으로 로마가톨릭을 선택하느라 신교를 포기한 적이 있었다. 청소년기의 우정을 쌓던 1882년 대니얼 매그레인과 프랜시스 웨이드에게 그는 야간 산책 도중 식민지(예를 들어 캐나다)를 확장해야 한다는 정치 이론과 『인간의 계보』나 『종의 기원』에 설파된 찰스 다윈의 진화론을 옹호한 적이 있었다. 1885년 그는 제임스 핀턴 레일러, 존 피셔 머리, 존 미첼, J. F. X. 오브라이언 등이 옹호한 집단 및 국가의 경제 강령과, 찰스 스튜어트 파넬(코크시市 선거구 의원)의 헌법 운동과, 윌리엄 이워트 글래드스톤(북부 영국 미들로디언 선거구 의원)의 평화, 긴축 및 개혁의 강령에 대한 공공연한 지지를 표명하였고, 자신의 정치적 소신에 대한 뒷받침으로서, 노섬벌랜드 로드에 있는 나뭇가지 속의 안전한 자리로 기어올라가 120개 직업단체로 조직되어 리펀 후작과 (정직한) 존 몰리를 호위하는 총인원 2만 명의 횃불시위 행렬이 2천 개의 횃불을 들고 수도로 진입하는 모습을 지켜본 적이 있었다.

그는 이 시골 주택에 대하여 얼마를 어떻게 낼 계획이었는가?

근면하게 적응하여 귀화한 외국인 우호 국가보조 주택건설조합(1874년 설립) 취지서에 의해, 우량증권에 근거한 보증수입의 ⅙에 해당하고 원금 1200파운드(20년간의 부동산취득에 대한 감정가)에 대해 5퍼센트의 단리에 해당하는 연간 최대 60파운드를 낼 계획으로, 원금 1200파운드 중 ⅓은 취득 즉시 지불해야 하고, 연부年賦 임대료 형태의 잔액, 즉 800파운드와 여기에 위 원금에 대한 2½퍼센트에 해당하는 이자를 합한 액수는 20년 기간 내에 구매시 선대출금의 연부상환에 의해 소멸될 때까지 동일한 연부로 4분기마다 추가 지불이 가능한데, 이는 자유토지보유자에게 지불할 임대료를 포함해 연간 임대료 64파운드에 해당하는바, 부동산 권리증서는 단수 혹은 복수의 임차인 소유로 남되, 지정된 액수를 장기간 미납할 경우 강제 매각, 저당권 행사 및 상호 보상을 전제하는 유보조항을 두되, 완납할 경우 가옥은 계약에 명시된 기간이 만료되는 즉시 임차 주거인의 절대 소유물이 된다.

빠르지만 불안전한 부의 수단 중 즉석 구매를 용이하게 해주는 수단은 어떤 것들인가?

애스콧에서 오후 세시 팔분(그리니치 시간)에 승산이 50 대 1밖에 되지 않는 비非우승후보마가 주행거리 1마일 이상의 전국 핸디캡 경마대회(평지 경주 또는 장애물 경주)에서 우승한 결과를 모스 전신부호로 송신하면 더블린에서 오후 두시 오십구분(던싱크 시간)에 도박 목적으로 수신하여 사용하도록 하는 사설 무선전신. 특이한 매점에서 구입하거나 또는 비상한 수단으로: 하늘에서 떨어져서(나는 독수리가 떨어뜨려), 화재로 인해서(불난 집의 타고 남은 잔해 속에서), 바다에서(표류 화물, 투하, 부표 붙인 투하, 유기물 사이에서), 또는 땅에서(식용 가금의 모래주머니에서) 획득한 금전적 가치가 큰 물건: 보석, 접착성이 있거나 날인된 고가의 우표(연자줏빛에 점선 구멍 없는 1866년 함부르크의 7실링짜리: 장미 무늬의 파란 종이에 점선 구멍 뚫린 1855년 대영제국의 4펜스짜리: 황갈색에 점선 구멍 뚫리고 가격 정정 도장이 비스듬하게 찍힌 1878년 룩셈부르크의 관제 1프랑짜리): 희귀 유품인 골동품 왕가 반지의 뜻하지 않은 발견. 스페인 죄수가 기부하여 백 년 전 총액 £5,000,000stg(오백만 파운드 스털링)에 대한 5퍼센트 복리로 지불 능력이 있는 금융회사에 맡겨진 먼 곳의 귀중품 또는 정금 또는 금은괴 재화. 어떤 일정한 상품의 위탁화물 32개 수량을 배송해주는 대가로, 각각의 배송에 대해 처음 4분의 1페니의 가격으로 시작하여 두 배로 계속 증가하는 기하급수적 가격($\frac{1}{4}$페니, $\frac{1}{2}$페니, 1페니, 2펜스, 4펜스, 8펜스, 1실링 4펜스, 2실링 8펜스 식으로 32개까지 증액)을 배달시지불로 챙기는 매몰찬 계약 상대와의 계약. 확률 법칙 연구에 입각한 준비에 의거하여 몬테카를로의 은행을 파산시키려는 도박 음모. 유구한 세월에 걸쳐 풀리지 않아 정부 상금이 영화 백만 파운드에 이르는 원구적법圓求積法 문제의 해결.

산업적 경로로 막대한 부를 획득할 수 있었는가?

베를린 서부 15구 블라입트로이슈트라세에 본부를 둔 아겐다스 네타임의 안내서에 제안된 대로, 오렌지 농장 및 멜론밭의 경작과 삼림녹화에 의하여 수 두남*에 이르는 황막한 모래흙을 개간하기. 폐지廢紙, 하수도 설치류의 가죽, 화학성분을 함유한 인간의 분뇨를 활용하되, 첫번째 항목의 방대한 생산과 두번째 항목의 방대한 수량과 세번째 항목의 막대한 분량을 고려하여, 평균의 기력과 식욕을 지닌 모든 정상적인 인간의 연간 생산량이, 물이라는 부산물을 빼고도, 총 중량 80파운드(동식물 음식물의 혼합물)에 이르는데 이는 1901년의 국세조사 신고에 나와 있는 아일랜드 총인구 4,386,035명에 의하여 증가된다는 점을 고려하기.

더 폭넓은 규모의 계획들도 있었는가?

50만 수마력의 전기를 경제적으로 생산할 목적으로 조수가 가장 높

* dunam. 이스라엘의 토지측량단위로 1000제곱미터에 해당.

은 더블린 사주에, 또는 풀라푸카나 파워스코트나 주류 저수지의 수원지에 세운 수력발전소에 의해 얻을 수자원(수력)을 이용하기 위해 항만운영위원들의 인가를 받을 수 있도록 수립하고 제출하게 될 계획. 돌리마운트의 반도형 삼각주 노스 불을 에워싸는 울타리를 쳐서, 골프 코스와 사냥터로 쓰이는 갑岬의 공터에 카지노, 매점, 사격장, 호텔, 하숙집, 독서실, 혼탕 시설이 갖춰진 아스팔트 포장 산책로를 세울 계획. 이른아침 우유 배달을 위해 개와 염소가 끄는 유개화차를 사용할 계획. 아일랜드 브리지와 링센드 간의 강 항로를 정기적으로 왕래하는 석유추진 정기선, 대형관광버스, 지방 협궤철도, 연안운항용 유람증기선(가이드(3개 국어 능통) 포함 두당 하루에 10실링) 등을 이용하여 더블린 시내와 외곽에 아일랜드 관광교통을 개발할 계획. 강바닥 잡초를 제거한 후 아일랜드 수로를 통한 승객 및 화물의 교통을 복원시킬 계획. 그레이트 센트럴 철도, 잉글랜드의 미들랜드 철도, 더블린시의 증기우편철도회사, 랭커셔 및 요크셔 철도회사, 더블린 및 글래스고의 증기우편철도회사, 글래스고, 더블린 및 런던데리의 증기우편철도회사(지주地主철로), 영국 및 아일랜드의 증기우편철도회사, 더블린 및 모캠벨의 증기철도회사, 런던 및 북서부의 철도회사, 더블린 항만부두국 상륙 차고와 지중해, 스페인, 포르투갈, 프랑스, 벨기에 및 네덜란드발 증기선과 리버풀 보험업협회를 위하여 운송업을 하는 증기선주 팰그레이브 머피 회사 운송 차고 등의 종착역이나 더블린 지점 인근에 위치하여, 리피 연락역의 캐틀공원과 노스 월 43번지에서 45번지까지의 미들랜드 그레이트 웨스턴 철도의 종점 사이에 설치될 연결선 철로와 평행하게, 취득한 동물 수송 차량비와 더블린 합동 시내철도 유한회사가 운영하는 추가거리 비용은 목축업자가 부담하는 방식에 의해, 시내전차노선으로 우시장(노스 서큘러 로드 및 프러시아 스트리트)을 부두(셰리프 스트리트 로어 및 이스트 월)와 연결시킬 계획.

어떤 전제를 가정할 때 이 같은 여러 가지 계획이 그 자연스럽고 필연적인 귀결로 성사될 것인가?

벌고자 하는 액수와 대등한 담보물이 있다는 전제, 즉 기부자의 생시중 기증증서 또는 양도증서에 의해서 또는 기증자의 순탄한 사망 후 유증에 의해서, 성공한 생시중에 축적한 여섯 자릿수의 재산을 소유하고 자본을 기회와 연결시키는 명망 있는 자본가(블럼 파샤, 로스차일드, 구겐하임, 허시, 몬테피오레, 모건, 록펠러)의 후원이 있다는 전제가 주어지면, 바라는 바가 이루어진다.

그로 하여금 이러한 부와 독립할 수 있도록 만들어줄 우발 사건은 무엇인가?

금광석이 무궁무진한 얇은 광맥층의 독자적인 발견.

실현하기 그토록 어려운 계획들에 대해 그가 명상에 잠긴 이유는 무엇인가?

밤에 잠자리에 들기 전에 습관삼아 이와 비슷한 명상을 하거나 자신에 관한 이야기를 혼자 술술 풀어놓거나 조용히 옛날을 회상하다보면 피로가 풀리고 그 결과 숙면과 원기회복을 이룰 수 있다는 것이 그의 원칙 중 하나인지라.

그의 논거는?

물리학자로서 그가 터득한바, 인간은 70년이라는 전 생애 중 적어도 2/7, 즉 20년을 잠으로 보낸다. 철학자로서 그가 아는바, 어떤 사람이든 부여된 생애를 마감할 때까지 달성한 소망은 극히 적은 일부분에 불과하다. 생리학자로서 그가 믿는바, 주로 수면중에 작용하는 해로운 기운은 인위적으로 다스려주어야 한다.

그가 두려워한 것은 무엇인가?

꾸불꾸불 접혀 있는 뇌 속에 위치한 절대무비의 지성인 이성의 빛이 빗나감으로 말미암아 잠자다 말고 저지르게 되는 살인이나 자살.

습관적으로 그가 맨 마지막에 한 명상은 무엇인가?

지나가는 사람들로 하여금 놀라서 발걸음을 멈추게 할 만한 어떤 한 가지 유일하고 독특한 광고, 즉 흘낏 보는 시간을 넘지 않고 현대생활의 속도에 맞도록 군더더기 사설은 모조리 빼서 가장 간명하고 효과적인 말만 살린 최신식 포스터에 대한 명상.

자물쇠를 풀어 연 첫번째 서랍에는 무엇이 들어 있었는가?

밀리(밀리선트) 블룸의 소유물로서, 몇몇 페이지에 머리카락 다섯 올이 빳빳이 서 있는 커다란 공 모양의 머리, 옆얼굴에 달린 두 눈, 커다란 단추 세 개가 달린 정면 모습의 몸통, 삼각형의 발 하나 따위의 기하학적인 그림들이 그려져 있고 거기에 아빠라는 글자가 표시된 비어 포스터 습자첩: 잉글랜드의 알렉산드라여왕과 배우 겸 전문모델인 모드 브란스콤의 빛바랜 사진 두 장: 덩굴식물 그림과 안녕히라는 제명, 1892년 성탄 날짜, M. 코머퍼드 부부로부터라는 발신자 이름, 짤막한 문구: 이 크리스마스카드가 기쁨과 평화와 벅찬 환희를 안겨드리기를 따위가 담긴 크리스마스카드: 데임 스트리트 89, 90, 91번지 소재의 문구인쇄업체 힐리사의 매점에서 구한 것으로, 일부가 녹아 흘러내린 빨간 봉랍의 남은 조각: 동일 회사의 동일 매점에서 구한 것으로, 'J'자가 새겨진 촉 넓은 도금 펜 한 그로스* 중 남은 펜들이 담긴 상자: 빙글빙글 돌면서 안에 담긴 모래를 데굴데굴 굴리는 낡은 모래시계: 1886년 윌리엄 유어트 글래드스톤의 자치법안(끝내 통과된 적 없음)이 통과될 경우의 결과에 관하여 1886년 리어폴드 블룸이 써서 봉한 예언서(끝내 개봉된 적 없음): 6펜스의 가격에 100개의 경품이 딸린 성 케빈 자선박람회의 2004번 바자 입장권: 첫 문자 P를 대문자로 쓴 아빠에 쉼표, 첫 문자 H를 대문자로 쓴 안녕에 물음표, 난 아주 잘 있어에 마침표, 행 바꿔 장식체 서명은 첫 문자 M을 대문자로 쓰고 마침표를 달지 않은 채 밀리라 쓰고, 첫 문자 m을 소문자로 쓴 월요일로 날짜가 적힌 어린이의 편지 한 통**: 작고한 엘런 블룸(본디 성은 히긴스)의 소유물인 돋을새김 세공 브로치: 작고한 루돌프 블룸(본디 성은 비라그)의 소유물인 돋을새김 세공 목도리 핀: 수신인은 웨스틀랜드 로 우체국 전교轉交 헨리 플라워로 되어 있고 발신인은 돌핀스 반 우체국 전교 마사 클리퍼드로 되어 있는 타자 편지 세 통: 편지 세 통의 발신인 이름과 주소는 글자 표기 방식을 달리하여, 원래 알파벳의 반대 순서로 읽되

* 12타(打), 즉 144자루.

** 'Papli, How are you? I am very well./ Milly monday.'

좌우교대서식左右交代書式을 따르고, 점을 찍은 4행 암호문(모음 생략)을 사용한 N. IGS./WI. UU. OX/W. OKS. MH/Y. IM*으로 되어 있음. 여학교의 체벌이라는 주제를 다룬 내용으로, 잉글랜드의 주간신문 〈모던 소사이어티〉에서 찢어낸 신문지 쪼가리. 1899년 부활절 달걀을 꽃줄로 장식한 분홍색 리본. 런던 웨스트 센트럴의 차링크로스 우체국 사서함 32번을 통해 우편 구매한 것으로, 일부 풀어진 채 예비 주머니가 달린 콘돔 두 개: 크림색 줄무늬가 쳐진 편지봉투와 비침무늬에 희미한 줄이 쳐진 편지지 한 다스에서 현재 세 장이 빠진 묶음: 구색 갖춘 오스트리아-헝가리 주화 몇 닢: 칙허 특권 헝가리 복권의 쿠폰 두 장. 성능 낮은 확대경: a) 나체의 스페인 젊은 여성(상위를 차지한 뒷모습)과 나체 투우사(하위에 놓인 앞모습) 간에 벌어지는 구강성교, b) 남성 수도사(옷을 다 걸치고 눈빛이 야비함)가 여성 수녀(옷을 일부만 걸치고 눈빛이 노골적임)를 범하는 항문성교를 보여주는 내용으로, 런던 웨스트 센트럴의 차링크로스 우체국 사서함 32번을 통해서 우편 구매한 외설 사진 카드 두 장: 낡은 가죽구두를 수선하는 비결을 다룬 신문

* 마사의 암호는 '마사 클리퍼드 돌핀스 반'이다. 알파벳의 반대 순서로 읽는 방식을 적용하면 첫번째 문자 A는 가장 끝 문자인 Z, 두번째 문자 B는 끝에서 두번째 문자인 Y, C는 X에 대응한다. 좌우교대서식을 적용하면 첫 행은 왼쪽에서 오른쪽 방향으로, 다음 행은 오른쪽에서 왼쪽 방향으로 읽는 순서가 바뀐다. 점 자리는 생략된 모음을 뜻한다. 즉 'N. IGS.'는 첫 행이니 왼쪽에서 오른쪽으로 읽고 (열네번째 문자) N→M, (아홉번째 문자) I→R, (일곱번째 문자) G→T, (열아홉번째 문자) S→H, 즉 M(a)RTH(a)(마사)가 된다. 다음 행은 오른쪽에서 왼쪽으로 읽으니 XO. UU. IW→CL(i)FF(o)RD(클리퍼드), 다음 행은 다시 왼쪽에서 오른쪽으로 읽어 W. OKS. MH→D(o)LPH(i)NS(돌핀스), 마지막 행은 MI.Y→NR(a)B이 되는데, 마사가 네번째 행은 오른쪽에서 왼쪽으로 시작해야 한다는 점을 잊고 실수한 듯하다.

쪼가리: 빅토리아여왕 시대의 1페니짜리 연보라색 새 우표: 샌도 와이블리 도르래 운동기구(남성용 15실링 이상, 운동선수용 20실링 이상)를 2개월간 계속 사용하기 전과 사용한 후에 잰 리어폴드 블룸의 신체 치수로, 가슴 28인치 및 29½인치, 알통 9인치 및 10인치, 팔꿈치 8½인치 및 9인치, 허벅지 10인치 및 12인치, 종아리 11인치 및 12인치 등의 집계 내용: (잘못된 호칭으로) '여사님께'로 시작하는 짧은 편지를 곁들여 (잘못된 명의로) 'L. 블룸 여사'에게 발송되고, 런던 이스트 센트럴의 사우스 플레이스에 위치한 코번트리 하우스 소재의 '기적의 명약' 회사에서 직송된, 세계 최고의 위대한 직장질환 치료제인 '기적의 명약'에 대한 안내서.

그 안내서가 이 요술 같은 치료제의 이점을 내세우면서 사용한 본문의 표현을 인용해보라.

방귀 뀌는 데 문제가 있을 경우, 수면중 치유와 진정 효과가 있을 뿐 아니라, 즉각적이고 통쾌한 가스 배출을 확실히 해주고 항문의 청결과 배변의 홀가분함을 유지시켜주면서 배변을 가장 가공할 방법으로 도와줌으로써, 고객님을 새사람으로 만들고 인생을 살맛나게 만드는 데 선금 7실링 6펜스만 지불하시면 됩니다. 여성분들에게는 후텁지근한 여름날 신선한 샘물을 시원하게 들이켜는 것과 같은 상쾌한 결과로 인해 '기적의 명약'이 각별히 효과가 좋고 깜짝 놀랄 쾌감이 있습니다. 효과가 평생 가는 치료제이니, 남성 여성 친구분들에게 권해보십시오. 기다랗고 둥근 끝을 삽입하십시오. 기적의 명약.

추천사들도 있었는가?

다수 있었다. 성직자, 영국 해군 장교, 유명 작가, 도시민, 병원 간호사, 숙녀, 다섯 자녀의 어머니, 넋 잃은 거지의 추천사.

넋 잃은 거지의 추천사는 결론을 어떻게 맺었는가?

남아프리카 전투 때 정부가 우리 군인들에게 그 기적의 명약을 제공하지 않은 것이 얼마나 안타까운 노릇인가! 엄청난 구제가 되었을 텐데!

이 수집품들에 블룸이 첨가한 품목은 무엇인가?

헨리 플라워(H. F.는 L. B.로 고쳐보라)가 마사 클리퍼드(M. C.를 보라)로부터 받은 네번째 타자 편지.

이 행동에 어떤 즐거운 생각이 수반되었는가?

문제의 편지 말고도, 그의 매력적인 얼굴과 몸매와 말씨가 전날 하루 동안 한 아내(조지핀 브린 부인, 처녀적 이름은 조시 파월), 간호사 미스 캘런(세례명은 모름), 그리고 처녀 거트루드(거티, 성은 모름)에 의해 호의적으로 받아들여졌다는 생각.

어떤 가능성이 절로 떠올랐는가?

가깝지 않은 장래에 육체미 좋고 돈깨나 밝히며 박학다식하고 양갓집 태생인 우아한 고급 창녀와 함께 사실에서 고가의 식사를 한 뒤에 정력 넘치는 매력을 발휘할 가능성.

두번째 서랍에는 무엇이 들었는가?

서류들: 리어폴드 폴라 블룸의 출생증명서: 스코틀랜드 미망인 보험협회가 발행하고 25년 후부터 효력이 발생하는 500파운드짜리 상품으로, 60세 또는 사망시, 65세 또는 사망시, 사망시에 각각 430파운드, 462파운드 10실링, 500파운드의 보험 이자를 붙이거나, 133파운드 10실링의 현금 지급과 함께 299파운드 10실링의 보험 이자를 완납하는 방안 중 택일할 수 있는 양로보험증서: 1903년 12월 31일 만기에 잔액 수령자가 예금자로 되어 있고, 6개월간의 계정보고가 기록된 얼스터은행 콜리지 그린 지점 발행 보통예금 은행 통장: 순 동산 18파운드 14실링 6펜스(영화): 이율 4퍼센트의 (기명식) 캐나다 정부 공채(인지세 무료)로 된 900파운드짜리 소유증서: 가톨릭 묘지(글래스네빈)위원회의 묘지 구입 관련 꼬리표: 단독날인증서에 의한 이름 변경에 관한 지역신문 쪼가리.

이 고시문의 본문 표현을 인용해보라.

이전에 헝가리왕국의 솜버테이 주민이었고 현재는 더블린 클랜브래실 스트리트 52호 거주자인 나, 루돌프 비라그는 이로써 루돌프 블룸이라는 이름을 취득하였고 모든 경우에 항상 이 이름으로 행세할 의도임을 알리는 바입니다.

두번째 서랍에 든 것으로서 루돌프 블룸(본명 비라그)과 관련된 다른 물건들은 무엇인가?

루돌프 비라그와 그의 부친 레오폴드 비라그의 (각각) 그들의 사촌 및 육촌인 헝가리 세스페헤르바르의 스테판 비라그의 사진관에서 1852년에 찍은 희미한 은판 사진. 안에 끼워져 있는 뺄테안경으로 페사크(유월절)의 감사예배기도 구절을 표시한 낡은 전례서: 소유주가 루돌프 블룸으로 되어 있는 에니스 퀸스호텔의 사진카드: 사랑하는 내 아들 리어폴드에게라는 글귀가 적힌 편지봉투.

전부 다섯 단어인 그 글귀를 읽고 어떤 조각난 구절들이 떠올랐는가?

....를 받은 지 내일로 일주일이 된다 .... 리어폴드야 ....해봐야 쓸데없어 ... 사랑하는 네 어미와 함께 ... 이젠 견딜 수가 없구나 ... 어미에게 ... 난 다 틀렸어 ... 리어폴드야, 아토스에게 잘해주렴 .... 사랑하는 내 아들 ... 항상 ... 나를 ... 가슴 ... 하느님 ... 너의 ...

이 물건들은 진행성 우울증을 앓던 인간 환자에 대한 어떤 추억들을 블룸의 마음속에 불러일으켰는가?

머리칼이 덥수룩한 머리를 덮은 채 침대에 누워 한숨을 쉬는 늙은 홀아비: 쇠약한 개 아토스: 재발성 신경통 완화제로 양을 늘려 수십 알씩이나 복용하게 된 바꽃 진통제, 음독자살로 사망한 칠십대 노인의 얼굴.

블룸은 왜 죄책감을 경험했는가?

미숙한 나머지 참지 못하고 어떤 믿음과 풍습을 등한시했었기 때문에.

가령?

식사 한 끼니에 살코기와 우유를 함께 식용하는 것을 금하는 습속: 들쭉날쭉하게 추상적이고 열렬하게 구체적이며 상업적이고 공동으로 철저하게 종교 활동을 하는 옛 동포들의 안식일 좌담회, 사내아이의 할례: 유대 경전의 초자연적인 성격:* 성스러운 야훼의 이름을 자음 네 개로만 표기할 뿐 감히 입에 담지 않는 풍습:** 안식일의 제재.

이들 믿음과 풍습은 현재는 그에게 어떻게 보이는가?

당시에 보였던 정도보다 더 합리적일 것도 없고, 지금 보이는 다른 믿음과 풍습보다 덜 합리적일 것도 없게.

그가 루돌프 블룸(타계)에 대하여 간직하고 있던 첫 추억은 무엇인가?

루돌프 블룸(타계)은 아들 리어폴드 블룸(6세)에게 더블린, 런던, 피렌체, 밀라노, 비엔나, 부다페스트, 솜버테이와 같은 도시들의 안과 사이에서 이주하고 정착한 일에 대한 회고담을 뿌듯해하는 진술(그의 할아버지는 오스트리아 여제이자 헝가리 여왕인 마리아 테레지아를 본 적이 있다고)과 상업적인 충고(푼돈을 아끼면 목돈은 절로 아껴진다고)를 곁들여 늘어놓았다. 리어폴드 블룸(6세)은 이 이야기들을 따라가는 가운데 쉴새없이 유럽의 (정치) 지도를 참고하는가 하면 거론된

---

* 모세의 5서가 하느님이 직접 석판에 쓴 것이라는 믿음.

** 여호와에 해당하는 히브리어 'Yahweh'에 포함되는 네 개의 자음 y, h, w, h로만 표기(영어 Jehovah의 경우 j, h, v, h의 네 자음)하는 것.

여러 중심지에 제휴 사업체 건물을 세우자고 제안하기도 하였다.

시간은 이러한 이주에 대한 화자와 청자의 기억을 어떻게 같고도 다르게 지워놓았던가?

화자의 경우는 햇수가 늘어남에 따라 그리고 마취제 사용의 결과로, 청자의 경우는 햇수가 늘어남에 따라 그리고 대리 경험에 미치는 주의력 분산의 결과로.

기억상실증의 부수적 산물인 화자의 괴팍한 행동에는 어떤 것들이 있는가?

때때로 모자를 먼저 벗지 않고 먹었다. 때때로 접시를 기울인 채 구스베리 풀* 주스를 게걸스레 먹었다. 때때로 찢은 봉투나 그 밖에 손에 닿는 종잇조각을 사용하여 입술에 묻은 음식 찌꺼기를 훔쳐냈다.

더 자주 나타난 두 가지 노화 현상은 무엇인가?

주화를 눈에 가까이 대고 손가락으로 세기, 포식하고 나서 트림하기.

이러한 추억에 조금이나마 위로를 안겨준 물건은 무엇인가?

양로보험증권, 보통예금 은행 통장, 지불배당금 소유증서.

이런 원조가 아니었다면 블룸에게 닥쳤을 불운을 교차로 곱함으로

---

* gooseberry fool. 구스베리를 죽처럼 끓여 크림과 설탕을 넣은 요리.

써, 그리고 모든 플러스 값을 제거함으로써, 블룸을 소수, 음수, 무리수, 허수의 양으로 줄여보라.

점점 낮아지는 농노계급 순서로 열거함: 빈곤: 모조보석 파는 거리 행상인, 회수 가능성이 없거나 불확실한 채무를 갚으라고 끈덕지게 달라붙는 빚쟁이, 구빈세금 및 대리과징금 징세자. 거지 행각: 소유 재산이라고는 1파운드당 $\frac{1}{4}$펜스밖에 지불할 수 없을 만큼 보잘것없는 사기 파산자, 샌드위치맨, 전단 살포인, 야간 방랑자, 알랑거리는 밀고자, 절름발이 선원, 눈먼 총각, 정년퇴직한 집사의 하인, 잔치판 망치는 자, 접시 핥는 자, 흥 깨는 자, 아첨꾼, 쓰다버린 구멍 난 우산을 쓰고 공원 벤치에 앉아 뭇사람의 웃음거리 노릇을 하는 괴짜. 맨 밑바닥 궁핍: 킬메이넘 양로원(왕립병원)의 입원환자, 통풍이나 시력감퇴로 영구장애에 달하고 몰락했지만 체통을 지키는 사람들을 위한 심슨병원의 입원환자 등의 극빈. 늙고 무기력하고 공민권을 박탈당한 채 세금보조를 받으며 죽어가는 실성한 거지.

거기에 따르는 모멸은?

전에는 상냥했던 여성들의 쌀쌀맞은 무관심, 우악스러운 남성들의 멸시, 빵조각 얻어먹기, 어쩌다 알게 된 사람 만나도 짐짓 모른 체하기, 출생도 모르고 소속도 없는 떠돌이 개가 짖어대기, 쓸데가 없다시피 하거나 없거나 없느니보다도 못할 만큼 썩은 채소 미사일을 애새끼들이 발사하기.

이러한 상황을 예방할 수 있는 방법은?

사망에 의해(상태의 변화): 떠남에 의해(장소의 변화).

어느 쪽이 나을까?

최소저항의 방침에 의해, 후자.

떠남을 그나마 조금이라도 바람직한 것으로 만든 고려사항은 무엇인가?

계속 동거하다보면 개인적인 결함을 서로 봐주기가 어려워진다는 것. 독자적으로 물건 사대는 습관이 점점 더 붙게 된다는 것. 비영구적인 가출로써 영구적인 구속에 대응할 필요가 생긴다는 것.

떠남을 그나마 합리적인 것으로 만든 고려사항은 무엇인가?

당사자들이 결합하여 이미 수를 늘리고 불려놓은 마당에, 그리하여 자식을 낳아 다 크도록 길러놓은 마당에, 갈라서지 않는 바람에 재결합할 수밖에 없다고 또 수를 늘리고 불린다면 이는 어처구니없는 노릇이고, 원래 결합했던 당사자들을 재결합에 의해 짝짓는 것도 불가능한 노릇이다.

떠남을 바람직한 것으로 만든 고려사항은 무엇인가?

축척 숫자와 선영線影을 사용함으로써 여러 색깔로 디자인된 일반지리 지도나 특별육지측량 지도에 나타낸, 아일랜드와 해외에 있는 어떤 지역들의 매력적인 성격.

아일랜드에는?

모어 절벽, 바람 센 코네마라 황야, 도시가 침수되어 석화된 네이호湖, 자이언츠 코스웨이, 포트 캠든과 포트 칼라일, 티퍼레리의 골든 베일, 아란군도, 로열 미스의 목장들, 킬데어의 브리지드 느릅나무, 벨파스트의 퀸스 아일랜드 조선소, 새먼 립, 킬라니의 호수들.

해외에는?

실론(런던 이스트 센트럴의 민싱 레인 2번지와 더블린의 데임 스트리트 5번지에 위치한 펄브룩, 로버트슨 회사의 대리인 토머스 커넌에게 차를 공급하는 향료정원 보유), 성도 예루살렘(오마르의 모스크와 꿈의 목적지 다마스커스의 문), 지브롤터해협(매리언 트위디의 특이한 출생지), 파르테논 신전(그리스 여신들의 나신상이 있는 곳), 월스트리트의 화폐 시장(세계 금융의 통제소), 스페인의 라 리네아에 있는 플라자 데 토로스(카메론연대 소속의 오하라가 황소를 살해한 곳), 나이아가라(무사히 건넌 사람이 없는 곳), 에스키모의 땅(비누를 먹는 곳), 금단의 티베트 지역(살아 돌아온 여행자가 없는 곳), 나폴리만(죽어도 보고 싶은 곳), 사해.

어떤 안내를 받고 어떤 표지를 따라?

밤에 북쪽 바다에서는, 오메가에서 밖으로 형성되어 나뉜 큰곰자리에서 베타로부터 알파로 이어진 직선과 그렇게 형성된 알파 오메가 선과 큰곰자리의 알파 델타 선에 의해 형성된 직각삼각형의 사변이 교차되는 점에 위치한 북극성의 도움으로. 남쪽 뭍에서는, 통통하고 자그마한 몸으로 순회하는 여성이 불완전하게 가린 치마의 뒤쪽 틈새로 불완전한 태음월의 변형단계 속에 드러나는 형체이자 낮에는 구름 기둥인 반달에 의해.

떠난 자의 엄폐 상태를 드러낼 공개 광고는 어떤 것인가?

사례금 5파운드, 에클스 스트리트 7호의 거처에서 실종되거나 유괴되거나 길을 잃고 사라진 40세가량의 신사로 리어폴드(폴디) 블룸이란 이름에, 5피트 $9\frac{1}{2}$인치의 신장, 당당한 체구, 황갈색 얼굴빛에 턱수염을 이후 길렀을 수도 있으며, 마지막 모습은 검은 옷차림이었음. 정보 제공에 의해 발견될 경우 위의 금액을 지불할 것임.

실재 및 비실재로서 그의 보편적인 명칭 두 가지는 무엇인가?

아무나 사칭하는 자 또는 누구도 모르는 자. 모든 이 또는 아무도 아닌 이.

그에게 바쳐진 공물은?

모든 이의 친구들인 낯선 이들의 명예와 선물. 아무도 아닌 이의 미녀 신부인 불사의 님프.

떠난 자는 어느 때에도 어디에서도 어떻게도 다시 나타나지 않을 것인가?

언제까지고 그는 방랑하리라, 스스로 떠밀려, 그의 혜성 같은 궤도의 극단으로까지, 붙박이별들과 빛이 달라지는 태양들과 망원경으로만 볼 수 있는 행성들, 그리고 천체의 떠돌이별들과 길 벗어난 별들의 너머로, 공간의 극단 경계지점까지, 민족들 사이에서 사건들을 겪으며 이 땅 저 땅을 지나서. 어디선가 눈에 안 띄게 소환의 부름 소리를 듣고 어쩐지 마지못해, 태양에 떠밀려, 그 부름에 따르리라. 그곳으로부터, 북쪽 왕관자리의 별무리에서 사라졌다가 카시오페이아의 별무리에 있는 델타 별 위로 새로 태어나 어떻게든 다시 나타나 측정할 수 없는 영겁의 방랑 세월 후에 귀환할 터인즉, 그때는 로스차일드나 은의 왕을 능가하는 재력(추정해서)을 갖춘 소원해진 복수자, 악인들에게 정의를 시행하는 자, 검은 십자군 기사, 잠에서 깨어난 자가 되어 있을 것이다.

이러한 귀환을 비합리적인 것으로 만드는 것은 무엇일까?

뒤집을 수 있는 공간을 통한 시간상의 탈출 및 귀환과 돌이킬 수 없는 시간을 통한 공간상의 탈출 및 귀환 사이의 미흡한 등식.

무기력을 초래함으로써 떠남을 바람직하지 못한 것으로 만드는 힘의 작용은 무엇인가?

늦은 시각이라 꾸물거리는 것, 어두운 밤이라 안 보이는 것, 잘 모르는 한길이라 위험한 것, 휴식이 필요해서 가만히 있는 것, 바로 옆 침대에 누가 있어서 조사를 못하는 것, (인간의) 온기에 (리넨의) 냉기가 섞일 것을 예상하니 욕망이 억제되면서도 바람직해지는 것, 나르시스 조각상, 메아리 없는 소리, 욕망을 욕망하는 것.

사람 없는 침대와 구별하여 사람 있는 침대가 갖는 이점은 무엇인가?

밤의 고독을 없애줌, 비인간적으로(온수 주전자) 열기를 가하는 것보다 인간적으로(성인 여성) 온기를 제공하는 방법의 우월한 특성, 아침의 접촉이 주는 자극, 용수철이 든 요(줄무늬 있음)와 모직 요(담갈색의 네모진 부분) 사이에 정확하게 접힌 채 기다랗게 놓인 바지의 경우 집안에서 주름 펴는 것의 경제성.

쌓인 피로에 대한 원인 중, 이미 연속적으로 일어났지만 아직 일어나기 전에도 예감했던 어떤 원인을 블룸은 일어나기 전에 조용히 요약해보았는가?

아침식사 준비(태운 제물), 내장의 포화상태와 미리 궁리한 배변(지성소), 목욕(요한의 의식), 장례식(사무엘의 의식), 알렉산더 키스의 광고(빛과 진실), 빈약한 점심(멜기세덱의 의식), 박물관 및 국립도서관의 방문(성소), 베드퍼드 로와 머천츠 아치와 웰링턴 부두(율법 감사), 오먼드호텔의 음악(아가雅歌), 버나드 키어넌 술집에서 일어난 흉악무도한 자와의 논쟁(대학살), 마차를 타고 상가喪家를 방문한 후의 작별(황야), 여성의 노출증에 의해 생겨난 욕정(수음 의식), 미나 퓨어포이 부인의 지연된 분만(사은제謝恩祭), 타이런 스트리트 로어 82번지 벨라 코언 부인의 매음굴 탐방에 이어 비버 스트리트에서 벌어진 말다툼과 난투 사고(아마겟돈), 야간보행으로 버트 브리지의 마부휴게소 다녀오기(속죄).

블룸이 본의 아니게 결론 맺지 못할까봐 결론을 맺으러 가기 위해 막 일어나려는 참에 자진해서 떠올린 수수께끼는 무엇인가?

나뭇결이 팽팽한 목재 테이블의 무감각한 재료가 예기치 않게 낸 짧고 날카롭고 커다랗게 들린 외마디 탁 소리의 원인.

블룸이 일어나 앞으로 가서 형형색색의 잡다한 의복을 그러모으며 자발적으로 떠올렸지만 풀어내지 못해 스스로 말려든 꼴이 된 수수께끼는 무엇인가?

매킨토시는 누구일까?

블룸이 30년 동안 산만하고 끈질기게 숙고해오다가, 인공의 불빛을 꺼서 자연의 어둠을 일으킨 지금, 문득 조용히 풀어낸 자명한 수수께끼는 무엇인가?

촛불이 나갔을 때 모세는 어디 있었을까?

블룸이 최근에 벗은 남성의 옷가지 모음을 잔뜩 안고 걸으며, 완벽한 날에 완벽하지 못했던 사항으로서 조용히, 차례로, 열거한 것들은 무엇인가?

잠정적으로 광고 재계약을 따내지 못한 일, 토머스 커넌(더블린 데임 스트리트 5호 및 런던 이스트 센트럴의 민싱 레인 2번지에 있는 펄브룩 로버트슨사의 직원)에게서 일정량의 차를 구하지 못한 일, 그리스 여신상들의 경우 몸 뒤쪽에 항문이 있는지 없는지를 확인하지 못한 일, 사우스 킹 스트리트 46, 47, 48, 49번지 소재 게이어티극장에서 밴먼 파머 여사가 연기하는 작품 〈리아〉의 입장권(무료 또는 유료)을 구하지 못한 일.

블룸이 걸음을 멈추고 조용히 떠올린 인상은 그 자리에 없는 어떤 얼굴의 것인가?

아내의 아버지, 즉 지브롤터의 영국 보병대 소속으로 돌핀스 반에 위치한 리호버스 구역의 거주자였던 고 브라이언 쿠퍼 트위디 소령의 얼굴.

동일한 얼굴에 대하여 어떤 인상이 가설적으로 자꾸 떠오를 수 있었는가?

물러가면서, 연장하면, 무한대에서 만날 평행선을 따라 일정불변하게 가속하며 에이미언스 스트리트의 그레이트 노던 철도 종착역에서 멀어져가는 모습. 무한대에서 다시 연장하면, 에이미언스 스트리트의 그레이트 노던 철도 종착역에서 일정불변하게 감속하며 돌아오는 모습.

여성의 몸에 걸치는 의류로는 어떤 잡다한 품목들이 그의 눈에 띄었는가?

명주와 무명의 교직으로 된 무취의 여성용 새 검정 바지 한 벌, 자주색 새 가터 하나, 넉넉히 재단하고 방향 수지와 재스민과 무라티 튀르키예 담배 냄새가 나며 기다랗게 반짝이는 철제 안전핀을 달고 곡선으로 접힌 인도 무명옷감의 특대 여성 속바지 한 벌, 얇은 레이스 테두리가 달린 아마포 캐미솔, 청색 비단 물결무늬의 잔주름 속치마 한 벌 따위의 품목으로서, 이 모든 의류품들은 4중 널빤지에 모서리를 덧댔으며 앞면에 B. C. T.(브라이언 쿠퍼 트위디)라는 흰색 문자로 머리글자가 적힌 여러 색깔의 꼬리표가 붙은 사각형 트렁크 위에 아무렇게나 놓여 있다.

몸에 걸치지 않는 물건으로는 어떤 것들이 눈에 띄었는가?

다리 하나가 부러지고, 네모지게 잘라낸 크레톤 천으로 온통 뒤덮였으며, 사과 무늬가 있고, 여성용 검정색 밀짚모자가 놓인 서랍장. 무어 스트리트 21, 22, 23번지 소재의 바구니, 잡화류, 자기 및 철기 제조업체인 헨리 프라이스에서 구입한 것들로, (세면대에 함께 놓인) 대야와 비누 접시와 솔 받침접시, 그리고 (바닥에 따로 놓인) 주전자와 밤에 쓰는 물건으로 구성되어 세면대와 방바닥에 어지러이 널려 있는 교차형 끈 무늬의 세공품 일습.

블룸의 행동은?

그는 의류품목들을 의자 위에 놓더니, 남은 의류품목들을 벗고, 침대 머리의 베개 밑에서 접혀 있는 긴 흰색 잠옷을 꺼내, 머리와 팔을 잠옷의 제 구멍에 집어넣고는, 베개 하나를 침대 머리에서 다리로 옮기고, 침대보 매무새를 적당히 다듬은 다음, 침대로 들어갔다.

어떻게?

집(제 집이든 제 집이 아니든)을 들어갈 때와 똑같이, 조심조심. 매트리스의 뱀 모양 나선 용수철이 낡은데다, 놋쇠고리와 매달린 살무사 모양 금속편이 눌림과 당김을 받아 헐거워지고 떨리게 되었으므로, 조마조마. 욕정의 잠자리나 독사가 도사린 자리를 들어갈 때처럼, 살금살금. 방해가 덜 되도록, 사뿐사뿐. 임신과 출산, 결혼의 절정과 결혼의 파괴, 잠과 죽음이 이루어지는 침대이니만큼, 고이고이.

팔다리를 점점 뻗자 무엇에 닿았는가?

깨끗이 새로 깐 침대보, 더해진 향기, 여성이자 아내의 것인 인간 형체의 존재, 남성이자 그의 것이 아닌 인간 형체의 눌린 자국, 결국 그가 치우게 된 빵조각 몇 개와 다시 요리한 통조림 고깃조각 몇 점.

그가 미소를 지었다면 왜 미소를 지었을까?

들어오는 사람마다 자신이 처음 들어오는 사람이라고 상상하지만 실은 뒤이은 열의 첫번째 항일지라도 항상 앞선 열의 마지막 항이라는 것과, 저마다 처음이고 마지막이며 유일하고 홀로인 존재라고 상상하지만 실은 무한대에서 생겨나 무한대로 반복되는 열에서 처음도 마지막도 유일하지도 홀로이지도 않다는 생각에서.

앞선 열이라면?

그의 열에서 멀비를 첫 항이라고 가정하고, 펜로즈, 바텔 다시, 굿윈 교수, 율리우스 마스티안스키, 존 헨리 멘턴, 버나드 코리건 신부, 왕립 더블린 협회 말 쇼에 참석한 농부, 매곳 오레일리, 매슈 딜런, 밸런타인 블레이크 딜런(더블린 시장), 크리스토퍼 캘리낸, 레너핸, 이탈리아인 오르간 연주자, 게이어티극장의 정체 모를 신사, 벤저민 돌러드, 사이면 데덜러스, 앤드루 (오줌싸개) 버크, 조지프 커프, 위즈덤 힐리, 시의원 존 후퍼, 프랜시스 브레이디 박사, 마운트 아거스의 세바스천 신부, 중앙우체국의 구두닦이, 휴 E. (블레이지스) 보일런 그리고 한도 끝도 없이 기타 등등.

이 열의 마지막 인물이자 침대의 최근 점유자에 관한 그의 생각은 무엇이었는가?

그자의 정력(막돼먹은 놈), 허우대(포스터 붙이는 놈), 상업 수완(등쳐먹는 놈), 민감성(허풍떠는 놈)에 대한 생각.

관찰자가 보기에 정력, 허우대, 상업 수완에다 민감성을 덧붙여야 하는 이유는?

양성兩性적인 이해와 감지의 증상을 번갈아 보이며, 처음엔 흠칫 놀랐다가, 다음엔 수긍을 하고, 이어서 욕구를 일으켰다가 마지막엔 피로를 느끼며, 불붙듯이 발산된 동일한 정욕을 동일한 열의 앞선 인물들에게서 관찰한 빈도수가 뒤로 갈수록 늘어났기 때문에.

그의 뒤이은 생각들에는 어떤 반대 감정들이 수반되었는가?

부러움, 질투, 체념, 평정.

부러움은?

수동적이되 둔감하지는 않은 여성의 육체적 정신적 기관에 내재한 꾸준하되 격렬하지는 않은 욕정을 완전히 만족시켜주기 위해 필요한 정력적인 인간 교접과 정력적인 피스톤 및 실린더 운동을 상위체위에서 하는 데 특히 적합한 남성의 육체적 정신적 기관에 대하여.

질투는?

자유로운 상태에서 충만하고 폭발적인 성질의 소유자가 끌어당기는 역할과 그에 반응하는 역할을 번갈아 수행하였기 때문에. 끌어당기는 자(들)와 반응하는 자(들) 간에 작용하는 힘은 매 순간 바뀌는바, 증가와 감소로 반비례하면서, 쉴새없이 원형 확장과 방사형 재진입을 했기 때문에. 끌어당김에 변화를 주는 통제된 계획이, 바라기만 하면, 쾌락의 변화를 발생시켰기 때문에.

체념은?

a) 1903년 9월 에덴 부두 5번지 소재의 양재 및 장신구 상인 조지 머사이어스가 자리잡을 때 시작된 면식과, b) 물품으로 베풀고 받고 몸소 답례로 베풀고 누린 대접과, c) 야심 및 아량, 동료로서의 이타심 및 욕정이라는 이기심 등의 충동에 넘어가기 쉬운 상대적인 젊음, d) 다른 민족 간의 끌림, 같은 민족 간의 억제, 우월한 민족의 특권, e) 임박한 지방순회 음악공연, 함께 부담하는 경상비, 함께 나누는 순익금 등의 덕택에.

평정은?

자연인들이 다르고도 비슷한 각자의 자연화된 자연[214]에 따라 자연화된 자연 속에서 수행하여 표현하거나 이해시키는 그 어떤 자연적 행위만큼 자연스러우므로. 검은 태양과의 충돌로 인한 지구의 지각변동적인 파괴만큼 큰 재앙은 아니므로. 도둑질, 노상강도, 아동과 동물에 대한 잔학행위, 사기에 의한 금전취득, 문서위조, 착복, 공금횡령, 공무상의 배임, 꾀병, 신체상해, 미성년자의 타락, 명예훼손, 공갈, 법정모독, 방화, 반역, 중죄, 공해상의 폭동, 불법침해, 절도, 탈옥, 남색행위, 전시탈영, 위증, 밀렵, 고리대금업, 간첩활동, 위장, 형사폭행, 살인교사, 모살謀殺 따위보다는 덜 괘씸한 짓이므로. 바뀐 생존환경에 적응한 결과 유기적인 신체조직과 그 부대상황인 음식, 음료, 후천적 습관, 방종한 기질, 중병 사이의 상호균형을 이루는 과정과 유사한 다른 모든 과정들보다 비정상인 것은 아니므로. 불가피하고 돌이킬 수 없는 것 이상이므로.

질투보다 체념이요, 부러움보다 평정인 까닭은?

격한 행위(결혼)에서 격한 행위(간통)에 이르기까지 발생한 일이라고는 격한 행위(교접)뿐이지만, 결혼을 통해 범해진 사람을 결혼을 통해 범한 사람은 간통을 통해 범해진 사람을 간통을 통해 범한 사람에게 격한 행위를 당한 적이 없었으므로.

혹시 보복을 한다면 어떻게?

암살은, 잘못 두 개로 하나를 바로잡지 못하므로, 절대불가. 격투로 겨루기는, 불가. 이혼은, 나중에나. 기계장치(자동침대)나 개인적 증언(숨은 시각적 증인)에 의한 폭로는, 아직. 남아 있는 상해(자처한 것)의 증거를 제시하며 법적 영향력이나 강간의 재연에 의한 손해배상청구 소송은, 안 될 것도 없음. 도덕적 영향력에 의한 입막음돈은, 가능. 혹시 적극적 보복을 한다면, 묵과, 경쟁상대(물질적으로는 번창한 경쟁 광고 대행업자, 도덕적으로는 성공적인 경쟁 간통인)를 모시기, 멸시, 따돌리기, 창피주기, 격리된 사람을 저쪽으로부터 보호하고, 격리하는 사람을 둘 다로부터 보호하는 격리.

불확실성의 공허함에 대한 의식적 반항자인 그는 자신의 감정을 스스로에게 합리화하기 위해 무슨 생각을 하였는가?

처녀막*은 원래부터 취약하다는 것: 사물 자체의 애매모호함은 본디 전제조건이라는 것: 이루려고 계획한 일이 저절로 늦춰질 때 생기는 긴장과 이루어진 일이 저절로 앞당겨질 때 생기는 이완 사이에는 부조화와 불균형이 존재한다는 것: 여성이 연약하다고 짐작하는 것은 오류라는 것: 남성은 강건하다는 것: 윤리적 법칙은 변한다는 것: 능동태에서의 과거 명제(남성 주어, 단음절의 의성어 타동사, 여성 직접목적어로 구성된 구문)가 수동태에서의 상관과거 명제(여성 주어, 조동사 및 유사단음절의 의성어 과거분사, 보어 남성동작주로 구성된 구문)로 의미상의 변화 없이 어순이 도치되며 자연적으로 문법적인 변화를 일으킨다는 것:** 씨를 뿌리는 자는 생식에 의해 지속적으로 생산한다는 것: 증류에 의해 정자가 계속적으로 생산된다는 것: 승리나 항의나 변명이 부질없다는 것: 덕망을 찬양받아봤자 허무하다는 것: 무지한 사물은 무

---

* 여기서 '처녀막'에 해당하는 영어 단어 hymen은 '결혼'이란 뜻도 지닌다.

** 능동태 문장인 'He fucked her'가 수동태 문장인 'She was fucked by him'으로 바뀌는 현상을 가리킨다.

감각하다는 것: 별들은 무관심하다는 것.

더없이 간단한 형태로 축소된 이 상반된 감정과 생각들이 합쳐지면서 마지막으로 어떤 만족감이 들었는가?

젖과 꿀 그리고 배설되는 피와 정액의 온기 냄새를 풍기고, 풍부한 곡선미를 지닌 속세의 가족들을 상기시키며, 인상의 기분이나 표현의 상반됨에 대해 둔감하고, 소리도 움직임도 없이 성숙한 동물성을 표현하는 여성의 앞쪽 뒤쪽 지방질 반구半球들이 동쪽과 서쪽의 지구 반구에, 탐험되고 안 되고를 떠나서 거주 가능한 모든 육지와 섬(한밤에 태양이 뜨는 땅, 축복받은 섬들, 그리스의 섬들, 약속의 땅)에 두루 존재한다는 따위의 만족감.

만족 전에 눈에 띈 징후는?

발기에 가까워지기, 간절히 주의 기울이기, 점차 곧추서기, 잠시 모습이 드러나기, 말없이 바라보기.

그러고는?

그는 포동포동하고 무르익고 노랗고 익은 냄새 나는 멜론 같은 아내의 엉덩이에, 포동포동하고 멜론 같은 각각의 반구 위와, 그리고 반구들 사이의 무르익고 노란 고랑 속에다, 막연하게 질질 끌며 자극적이고 멜론처럼 무르익은 냄새 나는 입맞춤으로 키스하였다.

만족 후에 눈에 띈 징후는?

말없이 바라보기, 잠시 모습이 감춰지기, 점차 수그러들기, 간절히 딴전 피우기, 가까이서 발기하기.

이 말없는 행동 뒤에 이어진 것은?

졸리는데 불러옴, 졸음이 좀 깨어 알아들음, 처음엔 흥분됨, 교리문답식으로 질문을 던져옴.

화자는 이 질문에 답하면서 어떤 수정을 가했는가?

소극적인 쪽. 그는 마사 클리퍼드와 헨리 플라워 사이에 오간 은밀한 서신, 리틀 브리튼 스트리트 8, 9, 10번지의 주류 판매면허점인 버나드 키어넌 유한회사의 앞과 안과 인근에서 벌어진 공공연한 언쟁, 성은 안 알려진 거트루드(거티)의 노출증에 의해 촉발된 외설적인 자극과 그에 대한 반응 등에 대한 언급은 생략하였다. 적극적인 쪽. 그는 사우스 킹 스트리트 46, 47, 48, 49번지의 게이어티극장에서 공연된 〈리아〉에서 밴먼 파머 여사가 한 연기, 로어 애비 스트리트 35, 36, 37번지의 윈스(머피스)호텔의 만찬에 초대받은 일, 상류 사교계 신사인 익명 저자가 지은 『죄의 달콤함』이란 제목의 죄악과 외설의 색채가 농후한 책 한 권, 저녁식사 후에 운동 시범을 보이다가 동작을 잘못 계산하여 잠시 충돌이 일어난 결과로 인한 희생자(나중에 완전히 회복함)는 사이먼 데덜러스의 살아 있는 장남으로서 뚜렷한 직업이 없는 교사이자 작가인 스티븐 데덜러스라는 것, 증인 즉 위에 말한 교사이자 작가가 보는 자리에서 그(화자)가 신속한 결정과 유연한 운동으로 수행해낸 항공 묘기 등에 대한 언급을 포함시켰다.

이야기가 수정에 의해 달라진 점은 달리 없었는가?

전혀.

그의 이야기에서 두드러진 핵심으로 부각된 사건이나 사람은?

교사이자 작가인 스티븐 데덜러스.

틈틈이 끊기면서 점점 간결해져간 이 이야기가 진행되는 동안 청자와 화자가 자신들과 관련하여 인식한 활동의 제한사항과 부부생활의 억제사항은 무엇인가?

청자는, 결혼이 자신의 열여덟번째 생일(1870년 9월 8일) 기념일* 로부터 한 달 후인 10월 8일에 거행되었고, 같은 해 9월 10일에 절정에 이를 것으로 예상됐었지만 1889년 6월 15일에 태어날 여자아이를 만든 결혼 당일에 절정에 이르렀고,[215] 자연적인 여성의 생식기관 속에 정액을 사정하는 완벽한 육체적 교접이, 그런 행위의 결과로 태어난 아이(외아들)가 1893년 12월 29일에 태어나 11일 만인 1894년 1월 9일에 죽기 5주 전 즉 1893년 11월 27일에 마지막으로 벌어지고 나서 그로부터 10년 하고도 5개월 18일이라는 기간이 남아 있었는데도 자연적인 여성의 생식기관 속에 정액이 사정되지 못한 탓에, 불완전했다는 점에서, 생산성의 제한을 인식하였다. 화자는, 자신과 청자 사이의 완벽한 정신적 교접이 화자와 청자의 여자아이가 사춘기의 절정에 이르러 1903년 9월 15일에 월경 출혈을 보인 이래로 발생하지 않게 된 이

* 동정녀 마리아의 탄생 축일과 같음.

래, 절정에 이른 여성들(청자와 아이) 사이의 몰이해 가운데서도 미리 갖추어진 자연적 이해의 결과로 행동의 완벽한 육체적 자유가 억제되었다는 점에서, 정신적 육체적 활동의 제한을 인식하였다.

인식을 어떻게?

계획으로 그치건 실행으로 옮기건, 일시적으로 자리를 비울 경우에 남성이 찾아가는 목적지, 그 짓 하는 장소와 시간, 걸리는 시간, 함께 하는 상대 따위에 관하여 다양하게 반복된 여성의 질문에 의해서.

화자와 청자의 보이지 않는 생각 너머로 보이게 움직인 것은 무엇인가?

위로 비친 등과 등갓의 영상으로, 다양한 층의 빛과 그림자로 인하여 불규칙하게 이어진 동심원들.

청자와 화자는 어떤 방향으로 누웠는가?

북위 53도 서경 6도에서 적도에 45도 각도를 이루며, 청자는 남동동 방향으로, 화자는 북서서 방향으로.

어떻게 쉬거나 움직이는 상태로?

자신과 서로에 대해서는 상대적으로 쉬는 상태. 결코 변하지 않는 우주의 항시 변하는 궤도로 지구가 제대로 영구적으로 움직임에 따라, 둘 다 서쪽으로, 각자 앞으로, 뒤로 옮겨진다는 점에서는 움직이는 상태.

어떤 자세로?

청자는, 왼쪽으로 반쯤 모로 누워, 왼손을 머리 밑에 괴고, 오른쪽 다리를 쭉 뻗어서 구부린 왼쪽 다리에 올려놓은 채, 씨를 받아 배부른 몸으로 충만하게 누워 있는 가이아-텔루스*의 태도로. 화자는, 왼쪽으로 모로 누워, 오른발 왼발을 구부리고, 오른손의 엄지손가락과 집게손가락을 콧마루에 올려놓은 채, 퍼시 앱존이 찍은 스냅사진에 묘사된 지친 애어른이자 자궁 속 어른애의 태도로.

자궁? 지쳐?

그는 쉬니까. 그는 여행했으니까.

여행을 누구와?

배타는 신바드와 옷 짓는 틴바드와 죄수 지키는 진바드와 고래 잡는 윈바드와 못질하는 닌바드와 일 그르치는 핀바드와 뱃물 퍼내는 빈바드와 물통 채우는 핀바드와 우편물 보내는 민바드와 환호하는 힌바드와 욕지기하는 린바드와 양배추 재배하는 딘바드와 움츠리는 빈바드와 뭔가 하는 린바드와 거시기 하는 진바드와.[216]

언제?

어두운 침대로 가니 낮을 밝히는 다킨바드의 모든 로크새 오크새**

---

* 가이아(Gea)와 텔루스(Tellus)는 각각 대지의 여신을 뜻하는 그리스어와 라틴어.

** 로크새는 신바드가 표류한 섬을 탈출할 때 올라탄 거대한 아라비아 새, 오크새는 아북극지방에 사는 날지 못하는 거대한 새로 둥지를 틀 때마다 '네모나고 동그란' 알을 하

의 잠자리에 들던 밤에 배타는 신바드 로크새 오크새의 네모나고 동그란 알이 하나 있었지.

어디에?

●[***]

나씩 낳는다.

*** 이 커다란 마침표에 대해서는 인쇄과정에서 우연히 생긴 무의미한 잉크방울이라는 설도 있고, 작가가 의도한 것으로서 이 장 마지막 부분의 맥락에 비추어 새알, 정액, 지구, 우주, 무(無), 엉덩이, 멜론, 자궁 등을 의미한다는 다양한 해석도 있다.

18장

페넬로페

* 그래 왜냐하면 이 사람이 곧잘 앓는 소리를 내며 꾀병을 부리던 시티 암스 호텔 시절 이후로 달걀 두어 개 얹어서 아침식사를 침대로 갖다달라는 요구 같은 걸 전에는 한 번도 한 적이 없었거든 그때 자기 말발이 먹힐 거라고 여긴 그 쭈그렁 할망구 리오던 부인한테 환심을 사느라고 예예 하며 굽실거렸는데 이 할망구가 결국 우리한테 한푼도 안 남겨주더라고 자기 몸이랑 영혼을 위해서 몽땅 미사에 쏟아붓느라고 말이야 그런 자린고비는 난생처음이야 나한테 온갖 병치레 얘기는 다 하면서 실제로는 메틸알코올 탄 술 사느라 겨우 4펜스 쓰면서도 벌벌 떨었지 정치며 지진이며 세상의 종말에 대해서는 또 어찌나 수다를 떨어대는지 우선 재미부터 좀 봐야 할 거 아냐 세상 여자들이 다 그 모양이면 세상 꼴이 어찌되겠어 수영복이랑 목을 깊게 판 옷이라면 질색

을 했는데 하기야 그 할망구가 그런 옷 입는 꼴을 누가 보고 싶어하겠어 유난히 독실한 티 내는 것도 자기를 두 번 다시 보려는 남자가 없어서였을 거야 설마하니 내가 그 짝 나는 건 아니겠지 우리 얼굴을 가려달라고 하지 않은 게 신통하다니까 하지만 교양은 좀 있는 여자인 건 확실해 여기서도 리오던 씨 저기서도 리오던 씨 온통 남편 타령이었지만 그 남편이란 양반도 그런 여자한테서 떠나게 된 걸 기뻐했을걸 게다가 할망구의 개가 내 털옷을 냄새 맡아대질 않나 늘 내 속치마 밑으로 기어들어오질 않나 하필이면 그때 말이야 그래도 난 이 사람이 그런 늙은 여자들에게 점잖게 대해주는 점이 좋아 웨이터들이랑 거지들한테도 그렇고 이 사람 자존심이 괜히 높겠어 하지만 늘 좋은 건 아냐 정말 심각한 건강문제라도 생겨봐 그럴 때 남자들은 모든 게 깨끗한 병원에 들어가는 게 훨씬 낫지만 이 사람 입원시키려면 한 달간은 볶아대야 할걸 그래 그렇게 되면 우리는 병원 간호사 따위를 두는 문제를 따지게 되겠지 이 사람을 쫓아낼 때까지 거기 눌러앉히는 거야 아니면 이 사람이 가지고 있는 그 음란한 사진 같은 수녀를 둘 수도 있지 그런 년이 수녀면 나도 수녀게 그래 왜냐하면 남자들은 아팠다 하면 마음이 아주 약해져서 죽는소릴 해대거든 병을 고치겠다며 여자를 두고 싶어해 이 사람이 코피라도 날 때 누가 보면 마치 무슨 대단한 사달이라도 난 줄 알 거야 슈거로프산에서 열린 성가대 파티에서 발 좀 삐었다고 다 죽어가는 표정을 짓던 저기 남부순환도로에서 들어가는 동네에 사는 그 남자도 그랬어 내가 그 드레스를 입은 날이었지 미스 스태크가 이 사람에게 꽃이랍시고 가져왔는데 바구니 바닥에서나 찾아낼 만하게 꽃 중에서도 제일 형편없이 시든 꽃이지 뭐야 노처녀 목소리를 내면서 남자 침실에 들어가려는데 무슨 짓을 못하겠어 그대 얼굴 다시는 못 보네 식으로 이 사람이 자기 때문에 죽는다는 상상을 하려고 애를 쓰면서 말이지 그래도 이 사람은 입원해 있다보니 수염이 좀 자라 더 남자다워 보이더군 아빠가 꼭 그랬지 게다가 난 붕대 감아주고 약 먹이는 일이 싫어 이 사람이 티눈 잘라내다가 면도날에 발가락을 베었을 때는 패혈증에라도 걸리는 줄 알았네 하지만 행여 내가 아프기라도 하면 신경이나 쓸까봐 고작 하기야 여자는 그 모든 폐를 끼칠까봐 남자들처럼 아픈 티를 안 내지 그래 어디선가 싸지른 거야 이 사람 식욕으로 미루어 확실해 어쨌든 사랑은 아니야 사랑이라면 그 여자 생각에 입맛을 잃었을 테니까 그러니 두 가지 경우 중 하난데 밤 여자들 중 하나일까 저 아래 동네에서 그랬다면 이 인간은 정말로 그런데 그 호텔 이야기라니 그걸 꾸며대면서 그걸 숨기느라 거짓말을 보따리로 늘어놓더라고 하인스가 나를 자꾸 붙드는 바람에 누굴 만났더라아 그래 누구냐면 당신 기억나 멘턴이라고 그리고 또 누구더라 누구지 어디 보자 그 커다란 동안 그 녀석을 봤는데 결혼한 지 얼마나 됐다고 폴스 미리오라마* 쇼하는 데서 젊은 처녀랑 노닥거리더라고 아주 찔리는 표정으로 살금살금 기어나오는데 난 녀석을 못 본 척했어 무슨 상관이야 그런데도 녀석은 언젠가 뻔뻔스럽게도 나한테 들러대더라고 지가 뭐라도 되는 줄 아는 모양인데 지한테는 잘된 일이지 뭐 내가 여태껏 만나본 그 모든 얼빠진 놈들처럼 썩은 동태눈깔을 한 주제에 명색이 변호사라고 침대에서 한참을 시끄럽게 왈가왈부하기가 싫었기

* 작은 그림들을 다양하게 결합하여 만들어내는 큰 그림.

망정이지 혹시 그 경우가 아니라면 내 그냥 어디서 사귀었거나 남몰래 친해진 웬 풋내기 잡년이겠지 그것들이 이 사람을 나만큼만 안다면 그래 왜냐하면 그저께 내가 무슨 영감이라도 떠올랐는지 신문에 난 디그넘 사망 기사를 보여주려고 거실로 들어갔더니 무슨 편지 같은 걸 끼적거리고 있더니만 사업 구상을 하는 척하며 압지로 그걸 덮더라고 그러니 십중팔구 그거야 이 사람을 만만하게 본 어떤 계집한테 보내려는 거지 왜냐하면 남자들이란 게 죄다 이 사람 나이가 되면 특히 이 사람처럼 사십이 다 되면 대충 그 짝이야 감언이설로 구슬려 이 사람한테서 돈푼이라도 우려내려고 나이든 바보만한 바보가 없다잖아 그러고 보니 여느 때 버릇으로 내 엉덩이에 키스한 것도 그걸 감추려는 속셈이었나 그런다고 누구랑 붙어먹는지 아니면 그런 식으로 전에 알았던 년인지 누가 눈이나 깜짝한대 그래도 알아냈으면 좋겠다 두 연놈을 노상 바로 눈앞에서 지켜보지 않는 한에야 그년만 해도 그래 온타리오 테라스에 살 때 부렸던 그 메리란 년은 이 사람 흥분시키려고 패드를 넣어 가짜 엉덩이까지 만들었지 이 사람한테서 얼굴에 떡칠을 해댄 년들 냄새를 맡는 것도 불쾌해 한두 번은 내 곁으로 다가오게 했더니만 이 사람 코트에 그년 것이 아닌 긴 머리카락이 눈에 띄는 바람에 의심이 덜컹 들더라 내가 부엌에 들어가면 물 마시는 척이나 하고 남자들은 여자 한 명으로는 부족한가봐 성탄절에 우리 식탁에서 식사해도 된다고 권하며 그때 하인들을 버려놓은 것도 물론 죄다 이 사람 잘못이었지 제발 부탁인데 아 사양할게 우리집에선 안 돼 숙모 만나러 간다면서 내 감자랑 한 다스에 2실링 6펜스나 하는 굴을 훔치던 계집애 어이없지만 흔해빠진 도둑질이야 그렇고말고 하지만 난 이 사람이 그 계집애랑 무슨 짓인가를 벌이고 있다는 걸 확신했지 그런 걸 알아내는 게 재미있어 이 사람은 자긴 증거도 없잖아 그랬지만 그 계집애 하는 짓이 바로 증거야 아 그래 그 계집애 숙모가 굴을 아주 좋아했거든 하지만 난 내가 그 계집을 어찌 생각하는지 말해줬어 그 계집과 단둘이 있으려고 나더러 외출해보라고 권하더라 그렇다고 쪽팔리게 그것들을 몰래 감시할 생각은 없었어 그 계집이 외출한 그 금요일에 그년 방에서 발견한 가터는 또 어떻고 나로서는 그걸로 충분했지 해도 해도 너무한 거 아냐 몇 주일 말미를 주고 해고통보를 했더니 그 계집은 열받은 나머지 얼굴이 다 부어오르더라니까 그렇게 처리했지 아예 그런 여자들 없이 지내는 게 나아 방 청소도 내가 직접 하는 게 더 빠르고 다만 망할 놈의 요리하며 오물 내다버리는 것 때문에 그렇지 오물이야 이 사람한테 넘겼지만 어쨌든 그 계집하고 나 둘 중에 하나는 집을 나가야 해 그 계집 같은 더럽고 뻔뻔한 거짓말쟁이 년이랑 붙어난다는 생각이 들면 이 사람한테 손도 대지 못하겠더라니까 뻔뻔하게 대놓고 그걸 잡아떼질 않나 변소에서 그 부위가 어쩌고 하는 노래까지 불러대질 않나 왜냐하면 그 계집은 자기가 너무나 잘 먹혀든다는 걸 알았으니까 그래 왜냐하면 이 사람은 그렇게 오래도록 그 짓 하지 않고 살 수는 도저히 없었을 테니 어디선가 그 짓을 해야 했겠지 그런데 이 사람이 마지막으로 내 엉덩이 위에 싸지른 게 언제였나 보일런이 톨카 강가를 따라 걸으며 내 손을 꼭 쥐던 밤이었지 내 손에 다른 손이 슬그머니 들어오는 거 있지 난 그냥 내 쪽에서도 화답으로 쥐어준답시고 젊은 5월의 달이 비치네 내 사랑 운운하는 노래를 부르며 그 남자 손등을 내 엄지손가락으로 이렇게 눌러주기만 했어 왜냐하면 이 사람이 그 남자와 내 관계를 눈치챈 것 같아서 말이야 그렇게 어수룩한 사람이 아니거든 이 사람이 난 외식도 하고 게이어티극장에도 갈 거야 하더라만 난 절대로 이 사람한테 완전히 꼬투리 잡히진 않을 거야 그 남자는 확실히 나름대로 기분전환용 대용품이긴 해 허구한 날 똑같은 낡은 모자만 쓰지 않으려면 잘생긴 총각한테 돈 주고 그 짓을 시킨다면 또 몰라도 나 혼자서 그 짓 할 수는 없는 노릇이잖아 젊은 총각이라면 날 좋아할 거야 넋을 좀 빼줄 거야 단둘이 있게 되면 내 가터 새 걸 보여줄래 그럼 얼굴이 빨개지겠지 쳐다보면서 유혹하는 거야 볼에 솜털 보송보송한 총각들이 수시로 물건을 꺼내놓고 그 짓을 하면서 어떤 느낌을 갖는지 난 알아 질의응답 시간을 갖는 거야 이거 저거 또다른 것도 하시겠어요 석탄배달부하고요 맞아 주교하고요 그래 할 거야 왜냐하면 유대인 사원 정원에서 내가 양털 뜨개질을 하고 있을 때 내 옆에 웬 사제장인지 주교인지가 앉아 있었던 얘기도 이 사람한테 해주었으니까 더블린이 초행이라면서 기념물들에 대해서 거기가 어떤 장소인지 등등을 물어보는가 하면 동상 이야기를 늘어놓으면서 나를 기진맥진하게 만들었지 잘 받아주면 더 심해지고 지금 마음속에 품고 있는 사람이 누구예요 자 말해봐요 누구 생각을 하고 있는지 누구예요 그 사람 이름을 말해요 누군지 말해요 누구인지 독일 황제인가보죠 그래요 내가 그 사람이라고 상상해요 그 사람을 생각해요 그 사람을 느낄 수 있나요 하면서 나를 무슨 창녀 취급하려고 드는 거야 이 사람 사전엔 없는 행동이야 인생을 그 나이가 되도록 살았으면 이 사람도 이젠 그 짓을 단념해야 해 어떤 여자한테라도 못할 짓인걸 이 사람이 쌀 때까지 즐기는 척하는 게 어디 할 짓인 줄 알아 그러다가 어떻게든 내가 손수

마무리하고 나면 입술이 다 파래질 지경이라니까 어쨌든 이젠 영영 끝난 일이야 이 일을 두고 온 세상 사람들이 이러쿵저러쿵 말들이 많지만 그후로 이게 겨우 처음이야 별일도 아닌 것을 그냥 해 그런 생각은 접어두고 왜 먼저 남자한테 가서 결혼을 하지 않고는 남자한테 키스를 할 수 없는 걸까 그런 기분이 들 때는 가끔 격렬하게 키스하고 싶어 온 몸이 황홀해지지 몸소 할 수는 없잖아 언젠가 누구든 근사해 보이는 남자가 나를 휘어잡아 품에 안고 키스해주었으면 좋겠어 길고 뜨거운 키스만한 게 없어 그러면 영혼까지 사무쳐 거의 까무러칠 판이니까 코리건 신부한테 고해하러 가던 시절에 고해가 정말 싫었어 신부님 그 남자가 나를 만졌어요 그렇기로서니 무슨 대수라고 어디야 그래서 나는 바보같이 운하 둑에서라고 대답했지 아니 얘야 그게 아니고 네 몸 어디냔 말이야 뒷다리요 다리에서 한참 위였나보지 네 아주 위였어요 네가 앉는 곳 말이냐 그래요 아이고 하느님 그냥 한 번에 엉덩이라고 속시원하게 말해버리고 끝낼 수는 없었을까 그게 도대체 고해와 무슨 상관이람 그러고 나서 그 뭣이냐 그걸 했니 아뇨 생각 안 나요 신부님 그리고 난 항상 진짜 아버지*가 생각나 이미 하느님한테 다 고해한 마당에 그 신부는 왜 알고 싶어하느냐고 그 신부는 손이 참 통통했어 손바닥은 항상 축축했고 난 그런 손 만지는 것도 괜찮아 그 신부도 그럴걸 그 신부의 말 목줄** 두른 굵은 목을 보면 알아 고해실에 앉은 나를 알아보았을까 난 그 신부 얼굴을 볼 수 있었어 물론 그 신부는 내 얼굴

---

* '신부'와 '아버지' 둘 다 영어로는 father다. '진짜 아버지(real father)'는 물론 몰리의 친부를 가리키지만, 하느님을 암시할 수도 있다.

** 신부의 뒤집은 목깃을 뜻하는 속어.

을 볼 수 없었지 실제로 그랬는지 그런 척만 했는지 몰라도 이쪽으로 고개를 돌린 적은 없었으니까 그래도 그분 아버지가 죽었을 때 눈은 붉게 충혈되어 있더라고 여자에게 신부는 있으나마나 한 존재야 신부들은 차치하고 남자가 우는 것도 끔찍한 일일 거야 제의 입은 신부한테 한번 안겨봤으면 교황처럼 몸에서 향내가 나겠지 게다가 신부하고는 위험도 없잖아 여자가 기혼이면 신부는 몸을 매우 사려 그렇다면 속죄에 대한 대가로 교황 성하께 뭘 줄 텐데 그 남자가 나한테 만족했으려나 그 남자가 한 가지 맘에 안 드는 건 홀에서 내 엉덩이를 찰싹 때리고는 너무 능청스럽게 가버리는 거야 비록 내가 웃어주긴 했지만 내가 무슨 말이야 노새야 자기 아버지의 짐승들을 생각하고 있었을 거야 지금 내 생각을 하느라고 깨어 있을까 아니면 꿈을 꾸고 있을까 그 꿈에 내가 나올까 그 남자한테 누가 그 꽃을 주었을까 말로는 샀다고 하던데 무슨 술 냄새를 풍기는 게 위스키도 아니고 흑맥주도 아니었어 아니면 달콤한 맛이 도는 페이스트인지도 몰라 광고지를 붙이는 데 쓰는 어떤 술이 있다잖아 오페라 모자를 쓰고 여배우 뒤꽁무니 따라다니는 멋쟁이들이 마시는 그 향기 짙어 보이는 황록색 고급 음료를 맛보고 싶어 한번은 다람쥐를 데리고 아빠와 우표 얘기를 나누던 미국 남자의 잔 속에 손가락을 찍어 맛본 적이 있지 그 남자는 지난번 우리가 적포도주랑 통조림 고기를 먹고 난 뒤 지난번 이후로 잠들지 않으려고 갖은 욕을 다 보았어 짭짤한 맛이 그만이었지 그래 왜냐하면 나 자신도 기분좋고 노곤해져서 침대에 몸을 던지자마자 누가 잡아가도 모르게 잠이 들었으니까 그러다가 그놈의 천둥소리에 잠이 깼는데 하느님 저희에게 자비를 베푸소서 우리를 벌하려고 하늘이 무너지는 줄 알고 난 성호를 그으며 아베마리아 기도를 했지 뭐야 영락없이 지브롤터에서 보았던 그 무서운 천둥 같았는데 마치 세상에 종말이 오는 것 같더라고 그런데 사람들이 와서 하느님 같은 건 없다고 말해주지 아무 이유도 없이 저렇게 우레가 난리법석을 피우는데 별도리 있겠어 참회기도나 올릴 수밖에 그날 저녁 화이트프라이어스 스트리트 예배당에서 오월제를 생각해서 내가 촛불을 켰는데 거봐 그랬더니 행운이 왔잖아 이 사람이 들으면 코웃음 칠 거야 교회 미사나 회합에는 얼씬도 안 하는 사람이니까 이 사람 하는 말이 영혼이라니 몸속에 영혼 같은 건 없고 단지 회색 물질이 있을 뿐이라고 하긴 영혼을 가진다는 게 어떤 건지를 모르는 사람이니까 그래 내가 등불을 밝혔을 때 말이야 왜냐하면 그 남자는 달고 있는 그 어마어마하게 커다란 붉은 짐승 같은 물건으로 세 번인가 네 번인가 쌌을걸 난 핏줄인지 아니면 사람들이 뭐라고 부르는 것이건 간에 그게 터지는 줄 알았어 코는 별로 크지 않은데도 내가 옷 입으랴 향수 뿌리랴 빗질하랴 몇 시간을 뜸들인 후에 블라인드를 내리고 옷을 몽땅 벗고 나니까 그 물건이 인두나 무슨 굵은 쇠지레처럼 내내 서 있지를 않겠어 그 남자는 굴을 먹었을 거야 그것도 수십 개는 족히 될걸 노래할 때 보면 목소리도 우렁차 충만감을 줄 만큼 그렇게 큰 물건을 누가 가졌다고 느껴본 적이 평생에 한 번도 없어 그 남자 나중에 양 한 마리를 통째로 먹어치웠을걸 그렇게 우리 몸 한가운데에 커다란 구멍을 내거나 종마가 우리 몸속으로 그걸 박도록 우리를 만든 건 도대체 무슨 생각에서였을까 왜냐하면 남자들이 우리한테 원하는 건 그것뿐이거든 그 남자 눈에 발칙한 표정이 어찌나 단호하게 서렸는지 난 눈을 감다시피 해야 했어 그래도 그 남자한테 그걸 빼서 내 몸에 싸라고 시켰더니 물건 크기에 비해서 정액이 그렇게 엄청나게 많은 양은 아니더라고 정액이 제대로 닦이지 않을지도 모르니 오히려 더 잘된 일이야 마지막 차례엔 내 몸속에서 끝내게 해주었지 그 남자는 온통 쾌감을 즐길 생각밖에 없는데 남자들은 여자들한테 그럴싸한 구실을 꾸며대지 하지만 누가 남자들에게도 이런 사정을 조금만 귀띔해주면 내가 밀리를 낳느라 얼마나 힘들었는지 남자들도 알 텐데 그애가 이가 났다는 말도 믿으려는 사람이 없었지 그런데 미나 퓨어포이의 남편 있지 그쪽이 하는 얘기 좀 안 듣게 해줘요 일 년에 한 번씩 꼬박꼬박 하나든 쌍둥이든 아이를 만들어 미나를 배부르게 만드니 원 미나한테서는 항상 아이들 냄새가 난다니까 사람들이 양털머린지 뭔지라고 부르는 그 아이 좀 봐 머리칼이 검둥이처럼 엉클어져 있잖아 어머나 그 아이는 꼭 검둥이 같아 지난번 그 집에 갔을 때 아이 한 떼거리가 서로 엎치락뒤치락하질 않나 귀가 멍멍해서 안 들릴 만큼 소리를 질러대질 않나 건강한 모양이지 남자들은 우리 배를 코끼리처럼 부르게 만들어야만 직성이 풀리나봐 나도 아이 하나를 더 가져보면 어떨까 하지만 그 남자한테서는 말고 그래도 그 남자가 결혼했다면 아주 떡두꺼비 같은 놈을 뽑았을 거야 근데 모를 일이지 폴디가 정액은 더 많잖아 그래 그럼 기분이 날아갈 거야 내 생각에 아마도 이 사람이 오늘 발동 걸린 건 조시 파월을 만났거나 장례식 때문이거나 나랑 보일런 문제를 생각한 때문일 거야 그래 그렇게 생각하는 게 그나마 도움이 된다면야 멋대로 생각하라지 뭐 저희들끼리 살살 놀아난 사이였다는 걸 누가 모를까봐 조지나 심슨네 집들이하던 날 밤에 거기 갔더니 이 사람이 조시랑 춤도 추다가 쉬면서 얘기도 나누고 있었잖아 그러더니 나를 납득시키려고 이야기를 한없이 늘어놓는 거야 조시가 파트너 없이 꿔다놓은 보릿자루 신세인 게 보기 좋지 않았어 그게 이유야 우린 정치 얘기를 하느라고 선 채로 옥신각신했어 이 사람이 시작했지 내가 시작했나 뭐 이 사람은 우리 주님이 목수라느니 어쩌느니 하면서 끝내 날 울리고 말더라고 하긴 여자라는 게 원래 매사에 민감하잖아 결국 져주긴 했는데 나중에 나 자신한테 부아가 치밀더라고 그나마 이 사람이 나한테 빠져 있다는 걸 알고 있었기 망정이지 주님이 최초의 사회주의자라는데 어찌나 화가 치밀던지 그래도 난 이 사람 성질을 돋울 수는 없었어 박학다식했거든 몸이랑 속에 대해서는 특히 그랬어 난 그 가정의학책을 들여다보고 우리 몸안에 뭐가 들었는지 직접 공부하고 싶을 때가 종종 있었다니까 방안에 사람이 꽉 차 있어도 항상 이야기하는 이 사람 목소리가 들렸고 그래서 지켜볼 수가 있었어 그후 이 사람 일로 그 여자에게 쌀쌀맞게 굴기로 맘먹은 척했지 왜냐하면 이 사람은 질투하는 여자 쪽으로 마음이 좀 기울었으니까 이 사람이 누구한테 가냐고 물을 때마다 난 플로이한테 간다고 말했어 그리고 이 사람이 바이런 경의 시집이랑 장갑 세 켤레를 선물해주기에 그래서 넘어가줬지 뭐 난 아무때건 이 사람 화해하도록 만드는 건 일도 아니야 그런 요령엔 내가 빠삭하잖아 심지어 이 사람이 조시와 다시 친해져서 만나러 어디로 외출한다고 해도 난 알아챌 거야 이 사람이 양파를 안 먹으려 하면 다 수가 있지 내 블라우스 칼라를 내려달라고 부탁한다든지 외출하면서 베일 쓰고 장갑 낀 손으로 몸을 만져주는 거야 그런 다음 키스 한 번이면 아무리 멀쩡한 남자들이라도 뿅가게 돼 있어 그럼 그 다음은 볼 것도 없어 조시한테 가라지 그 여자야 물론 너무나 기뻐서 빼는 척도 못할 거야 이 사람한테 푹 빠진 여자니까 그쯤이야 신경쓸 거나 뭐 있나 그냥 들입다 그 여자한테 쳐들어가서 그 사람을 사랑하나요 하고 물어보고는 눈을 빤히 노려보면 끝이야 나를 갖고 놀 여자가 못 돼 하지만 이 사람은 자신이 사랑에 빠졌다고 상상한 나머지 나한테 그랬듯이 간드러진 태도로 고백을 할지도 몰라 하지만 이 사람한테서 그 고백을 끌어내느라 무던히 애를 먹긴 했지 그래도 오히려 그래서 이 사람이 좋아 그건 이 사람이 자제력이 있고 아무나 매달리기만 하면 금방 넘어갈 사람이 아니란 증거니까 부엌에서 감자 케이크 반죽을 밀대로 밀던 그날 밤도 이 사람이 나에게 막 물어보려는 참이었어 말씀드리고 싶은 게 있는데요 하면서 말이야 단지 내가 손이며 팔이 온통 찐득찐득한 밀가루로 덮여 있어서 짜증난 척하며 피했기 망정이지 어쨌든 그저께 밤엔 그렇게 꿈 얘기를 하다가 너무 많은 말을 내뱉었어 이 사람한테 안 좋을 만큼 많이 알게 하고 싶진 않았는데 말이야 이 사람이 근사해 보일 때마다 조시 그 여자는 언제나 나를 안곤 했어 물론 이 사람 생각을 하면서 나를 넋 놓고 바라보면서 말이야 내가 손이 닿는 데까지 위아래로 몸을 씻었다고 말하면 필요한 부위를 씻었느냐고 묻는 거야 여자들은 항상 그쪽으로 몰고 가 온갖 입에 발린 소리를 늘어놓으면서 말이지 이 사람이 근사해 보일 때 여자들은 알아 자기들이 뭔가를 내비칠 때 이 사람이 무심한 척하면서 능청스러운 눈을 살짝 깜박이는 걸로 말이야 이 사람은 그런 부류야 이 사람을 버려놓는 게 뭔지 난 조금도 궁금하지 않아 왜냐하면 이 사람이 바이런 경처럼 보이려고 애를 쓰던 그때 무척 멋있었거든 난 맘에 든다고 말했어 이 사람이 남자치고 너무 아름다웠지만 전엔 제법 그랬어 나중에 우린 약혼했는데 그 여자는 별로 좋아하지 않았지 낄낄대며 웃음보가 터진 그날 난 웃음을 멈출 수가 없었어 내 머리핀이 모두 하나하나 떨어져 나오는 바람에 머리 꼴은 수수범벅이 될 정도로 말이야 항상 기분이 엄청 좋으시네요 라고 그 여자가 그랬지 그래 왜냐하면 그 여자는 그것 때문에 약이 올랐으니까 왜냐하면 그 여자는 그게 무슨 뜻인지를 알고 있었으니까 왜냐하면 내가 우리 사이에 무슨 일이 있었는지 많은 얘기를 들려주곤 했으니까 전부는 아니고 그냥 그 여자 군침이 돌 만큼만 말이지 하지만 그건 내 잘못이 아니야 우리가 결혼한 뒤로는 우리집 문지방을 별로 드나들지 않았어 그 실성한 남편이랑 살고 난 후 지금 어떻게 됐는지 궁금해 지난번 보았을 때 얼굴이 야위고 초췌해 보이던데 남편하고 한바탕 난리를 치르고 난 뒤니 그럴 만도 하지 왜냐하면 그 여자가 슬슬 남편들에 관한 대화로 들어가서는 자기 남편 헐뜯는 소리를 하느라고 남편 얘기를 하는 순간 난 금방 알아챘지 뭐라고 그랬더라 아 그래 가끔 남편이 변덕이 나면 진흙 묻은 구두를 신은 채 침대에 들곤 한다는 얘기였어 그런 사람하고 같이 침대로 기어들어가야 한다는 상상만 해도 끔찍해 그러다간 내 목숨이 언제 달아날지 몰라 별 남자야 참 사람들이 죄다 그런 식으로만 미치는 게 아니야 어쨌든 폴디는 무슨 짓을 하는지는 몰라도 날이 궂으나 맑으나 집에 들어올 때 항상 매트에 발을 닦잖아 또 구두도 항상 직접 까맣게 칠하고 그리고 그때처럼 거리에서 다가올 때는 항상 모자를 벗고 인사하지 그런데 조시 남편은 지금 실내화 신은 채로 U p up이라고 쓰인 엽서에 대한 손해보상비로 만 파운드를 받아내겠다며 헤맨다는 거 아냐 오 내 사랑 메이여 그런 일이 생기면 아무래도 지긋지긋한 끝에 쓰러지게 되지 않을까 사실 이젠 너무 실성을 해서 구두도 못 벗는 거지 그런 사람을 어떻게 받아들여야 할까 나 같으면 물론 또 한 명의 그런 남자랑 결혼하느니 스무 번이라도 반복해서 죽어버리겠어 내가 이렇게까지 잘 봐주는데 이 사람이 어디 가서 나 같은 여자를 또 찾겠어 나를 알아주고 와서 나하고 자주고 그래 이 사람도 마음 깊은 곳에서는 그걸 알고 있겠지 자기 남편을 독살한 그 메이브리크 부인만 봐도 그래 왜 그랬을까 어떤 다른 남정네랑 정분이 난 걸까 그래 그 여자가 그랬다는 게 밝혀졌어 그렇잖아 어리석게도 그런 짓을 저질러버리다니 내놓은 악마가 아니겠어 하기야 끔찍하리만치 괘씸한 남자들도 있지 사람을 돌게 만들어 항상 세상에서 가장 못된 말만 달고 사는 남자들 말이야 그럴 바엔 왜 우리 여자들에게 청혼을 했을까 일이 그 지경이 되도록 우리가 그렇게 형편없다면 말이야 그래 왜냐하면 우리 여자들 없인 못 살겠거든 파리 잡는 끈끈이 종이에서 채취한 백비white arsenic를 남편 차에 탔다지 그렇잖아 그걸 왜 그런 이름으로 부를까 이 사람에게 물어보면 그리스어에서 파생한 말이라고 말할 거야 들어봤자 여전히 모를 소리지 교수형을 무릅쓸 만큼 딴 남자랑 미치도록 사랑에 빠졌나보지 아 그 여자는 개의치 않았어 그게 자기 천성이라면 별수 있나 게다가 남자들이란 게 굳이 여자를 목매달 만큼 짐승인 건 아니지 설마 그럴까

남자들은 모두 너무 달라 보일런한테는 내 발 모양이 얘깃거리야 그 남자는 아직 소개되기도 전에 금방 그걸 알아채더라고 DBC*에서 폴디

---

* Dublin Bakery Company(더블린 제과점).

와 웃으며 말소리를 알아듣느라 애쓸 때 내가 한 발을 흔들거리고 있었거든 우린 둘 다 차 두 잔이랑 버터 바른 담백한 빵을 시켜놓은 참이었어 내가 일어서서 점원 소녀한테 그곳이 어디냐고 물어보면서 보니까 그 남자가 노처녀 누이 둘하고 쳐다보고 있지 뭐야 오줌 방울이 떨어지려는 판에 그게 다 무슨 상관이야 근데 이 사람이 권해서 산 그 꼭 끼는 검정색 바지를 벗어내리는 데 반시간이나 걸리는 거 있지 그 바람에 온몸을 적시다시피 했다니까 한 주 걸러 나오는 어떤 최신 유행복은 항상 그 모양이야 일보는 데 어찌나 오래 걸렸는지 스웨이드 가죽장갑을 뒤에 있는 대에 두고 나와 나중에 끝내 찾지도 못했어 어떤 날강도 같은 여자 짓인지 이 사람은 내가 〈아이리시 타임스〉에 광고를 내라고 했어 데임 스트리트 DBC 여자화장실에서 분실했습니다 발견하신 분은 매리언 블룸 부인에게 돌려주시기 바랍니다 근데 보니까 그 남자가 회전문으로 나가면서 시선을 내 발에 꽂고 있었는데 내가 돌아봤을 때도 눈을 안 떼고 있더라 그래서 이틀 후에 혹시나 하고 거기 가봤더니 이번엔 안 보이데 그 남자는 그걸로 어떻게 흥분이 될까 왜냐하면 우리가 다른 방에 있었을 때 내가 다리를 꼬고 있었거든 처음엔 걷기에 너무 꼭 끼는 구두에 시선을 두더니만 내가 태어난 달의 보석인 멋진 감람석이 박힌 반지만 끼면 내 손이 그렇게 멋져 이 사람한테 바가지 씌워 그거랑 금팔찌 하나 구해볼까 난 내 발이 그렇게까지 맘에 들진 않아 그래도 한번은 내 한 발로 이 사람을 녹초로 만든 적도 있다고 굿윈의 실패한 연주회가 끝난 다음날 밤이었는데 아주 춥고 바람이 매서웠지 글쎄 롬바드 스트리트 웨스트에 살 때인데 집에서 럼주도 데워 마셨겠다 불도 조금은 남아 있겠다 이 사람이 벽난로 앞 양탄자에 누워 내 스타킹을 벗겨주겠다는 바람에 그렇게 된 거야 또 한번은 내 진흙투성이 구두 얘긴데 말똥이 눈에 띄는 곳마다 걸어보라는 거야 하지만 물론 이 사람이 정상이 아닌 건 내가 겪어본 다른 세상 남자들과 마찬가지야 이 사람이 뭐라더라 난 캐티 래너에게 10점 만점에 9점을 주고도 이길 수 있어 그러기에 내가 그게 무슨 뜻이야 하고 물었는데 이 사람이 뭐라고 말했는지 생각이 안 나네 왜냐하면 마감판 신문*이 막 지나간 뒤였거든 그리고 루컨 낙농회사 다니는 아주 점잖은 그 곱슬머리 남자 있잖아 내가 버터맛을 보고 있는데 전에 어디선가 얼굴을 본 것 같은 이 남자가 눈에 띄는 거야 그래서 난 시간을 끌었지 이 사람이 툭하면 놀려먹던 바텔 다시도 그래 내가 구노의 〈아베마리아〉를 부르고 난 뒤 합창대 계단에서 나에게 키스하기 시작했을 때 말이야 우리 이렇게 꾸물거릴 때가 아녜요 오 내 사랑 어서 내 이마에 키스해주고 떠나요 내 갈색 음부에 키스해달란 말이겠지** 목소리는 깽깽거려도 이 남자 역시 아주 화끈했어 그 말을 믿어도 되는지 모르지만 내 낮은 목소리를 항상 치켜세워준 남자야 이 남자가 노래할 때 입을 움직이는 모양이 난 좋아 그러고는 거기 그런 장소에서 해보는 키스가 살 떨리지 않느냐고 말하는데 그게 뭐 그리 대수람 언젠가 나중에 이 사람에게 그 얘기를 해주면 깜짝 놀라겠지 암 이 사람을 아예 그리로 데려가서 우리가 그 짓 한 바로 그

* 이른아침에 나오는 〈이브닝 텔레그래프〉의 판으로, 늦은 기사를 집어넣기 위해 가운데 페이지에 '마감 후 기사'라 불리는 난을 두기 때문에 이렇게 불렸다.

** 〈이별〉이란 노래의 가사로 원문의 'what are we waiting for O my heart kiss me straight on the brow and part'에서 'brow and part'는 빨리 발음하면 몰리가 장난스럽게 해석한 것처럼 'brown part'로 들릴 수 있다.

장소를 보여주기도 할 거야 좋든 싫든 바로 여기서 그랬어 하고 이 사람은 자기 모르게 일어나는 일이 없는 줄 알지 우리가 약혼할 때까지도 내 어머니에 대해 하나도 몰랐으면서 그렇지 않았다면 그렇게 쉽게 나를 택하지 않았을 거야 어차피 자기는 열 배나 더 심한 사람이었잖아 내 팬티를 조금만 잘라달라고 보채지를 않나 케닐워스광장을 따라 걷던 날 저녁때 말이야 내 장갑의 열린 틈으로 키스를 하는 바람에 장갑을 벗어야 했어 하긴 내 침대가 어떻게 생겼는지 물어봐도 되겠냐는 질문도 할 정도니 말 다했지 그래서 내 생각을 하라고 짐짓 잊어버린 척 그걸 그냥 갖고 있게 놔뒀더니 주머니에 슬쩍 쑤셔넣더라 물론 이 사람은 팬티 얘기만 나오면 환장을 하지 뻔해 치마가 배꼽까지 부풀어 올라가도록 자전거를 타는 낯두꺼운 것들을 항상 침 흘리며 빤히 쳐다보는 꼴을 보이잖아 심지어 밀리하고 내가 자기랑 야외 축제에 갔을 때조차 그랬지 크림색 무명천 옷을 입은 채 해를 똑바로 마주보고 서서는 제가 걸친 것들을 낱낱이 이 사람한테 비쳐 보여주던 그 계집은 또 어떻고 이 사람이 빗속에 뒤에서 나를 보며 따라올 때가 있었지 하지만 이 사람이 날 보기 전에 내가 먼저 이 사람을 보았거든 이 사람은 새 비옷을 걸치고 얼굴색을 돋보이게 하려고 집시 색깔 목도리와 갈색 모자를 걸친 채 해럴즈 교차로 모퉁이에 여느 때처럼 능구렁이 모습으로 서 있었는데 볼일도 없는 그곳에서 뭐하고 있었을까 남자들은 치마 걸친 것들이면 아무한테나 가서 원하는 걸 얻어낼 수 있잖아 그런데 우린 아무런 질문도 하지 말라지 그러면서 자기들은 어디 갔었어 어디 가는 거야 하면서 알아내려고 들어 난 이 사람이 시선을 내 목에 꽂고 살금살금 뒤따라오는 걸 느낄 수 있었지 이 사람은 집 근처에는 얼씬도 않던 참이었어 이 사람은 자기 사정이 너무나 아슬아슬해져간다고 느꼈어 난 몸을 살짝 돌리고 걸음을 멈춰줬지 그랬더니만 허락해달라고 자꾸 보채지 뭐야 마지못해 난 이 사람을 쳐다보면서 장갑을 천천히 벗어줬지 이 사람 말이 속이 비쳐 보이는 내 소매가 비도 오는데 너무 춥다는 거야 내 몸 가까이에 손 좀 대보려는 속셈인데 무슨 구실을 못 대겠어 망할 놈의 그 시간 내내 팬티 팬티 하며 타령을 해대는 바람에 내 인형 것을 벗겨주겠다고 약속하고 말았다니까 조끼 주머니에 넣고 돌아다니라고 말이야 어머 지극히 거룩하신 마리아님 비에 홀딱 젖은 꼴이 그런 바보가 없었어 이 사람의 가지런한 치아가 어찌나 멋진지 보고 싶어 미치겠더라 내가 입은 햇살 주름의 오렌지색 속치마를 올려달라고 애원하는 거야 아무도 없다 이 거지 말 안 들어주면 빗속에서 무릎을 꿇겠다나 자기도 끈기로 밀어붙일 거라면서 새 비옷을 다 망쳐버리겠다고 나올지 알게 뭐야 단둘이 그러고 있다가 지나가는 사람이라도 있으면 우릴 무슨 별종으로 알 거 아냐 사람들은 하여튼 그런 일엔 환장을 하잖아 그래서 속치마를 살짝 올려주고는 나중에 가드너한테 써먹은 수법을 써서 반지 낀 손으로 이 사람 바지 바깥쪽을 손으로 만져줬어 너무 트인 장소에서 더 심하게 덤벼들면 무슨 낭패야 할례를 했는지 궁금해 죽겠더라 이 사람은 흐늘흐늘 늘어진 채로 온몸을 부들부들 떨었지 남자들은 모든 걸 너무 서둘러 단물을 한꺼번에 다 빨아먹으려고 그런데 그러는 동안 내내 아버지는 저녁식사를 기다리고 계셨지 뭐야 이 사람은 정육점에 지갑을 두고 와서 찾으러 돌아가야 했어요 라고 둘러대라는 거 있지 어쩜 그런 사기꾼이 다 있대 그런가 하면 나에게 편지를 보냈는데 그 안에 별의별 말이 다 들어 있는 거야 겉으로만 점잔 빼면서 여자한테 어쩜 그렇게 뻔뻔할 수 있을까 나중에 만났을 때 기분 상하셨어요 하고 물어오는데 어찌나 민망하던지 난 눈을 내리깔고 있었지만 그렇다고 내가 기분 상하지 않았다는 눈치 하나 못 챌 사람은 물론 아니야 나름대로 머리가 돌아가는 사람이거든 아무려면 저 맹추 헤니 도일 같을까 셔레이드 게임 할 때 항상 뭔가를 부수거나 찢거나 하던 쑥맥 말이야 난 재수없는 사람이 싫어 그리고 설사 그게 무슨 의미인지를 안다고 해도 체면이 있지 안다는 대답을 차마 어떻게 해 무슨 뜻인지 모르겠어요 라고 했지 당연한 거 아냐 당연하고도 남지 아참 지브롤터에서도 그 담 위에 여자의 거시기 그림과 함께 그게 걸려 있었지 거기 쓰여 있던 그 단어를 난 어디서도 찾을 수 없던데 아이들이 너무 어린 나이에 볼까봐 그랬을까 그러고는 매일 아침 편지를 한 통씩 때로는 하루에 두 통씩 써댔지 난 그때 이 사람이 구애하는 방식이 좋았어 여자를 사로잡는 방법을 알았거든 내 생일이 8일이라고 커다란 양귀비를 여덟 송이 보내온 것만 봐도 알 만하잖아 그래서 돌핀스 반에서 이 사람이 내 가슴에 키스하던 날 밤에 난 편지를 보냈지 하늘을 날아오를 것 같은 그 기분을 말로는 도저히 표현 못하겠네 하지만 이 사람 포옹 실력만큼은 가드너만 못했어 그 남지가 약속대로 월요일 같은 시각 네시에 오면 좋겠다 시도 때도 없이 찾아오는 사람은 싫더라 문 두드리는 소리에 대답하면서 채소가 온 줄 알고 옷도 안 입고 나갔는데 누가 와 있어봐 아니면 더럽고 지저분한 부엌문이 바람에 휭 열린다든지 얼굴에 서리가 내린 굿윈 노인네가 롬바드 스트리트 연주회 일로 찾아온 날만 해도 그래 난 평소처럼 스튜를 끓이느라고 흘리고 튀긴 걸로 범벅이 된 채 막 저녁을 끝낸 참이었잖아 제 꼴이 엉망이니 쳐다보지 마세요 교수님 하고 말할 수밖에 그렇긴 해도 그 분은 나름대로 진짜 노신사여서 그럴 수 없이 정중하더라고 집에 없다고 말해줄 사람이 없으면 블라인드 틈으로 내다봐야 해 오늘 심부름 온 소년만 해도 처음엔 약속시간에 늦는다는 사과 표시로 그 남자가 적포도주랑 복숭아를 먼저 보내는 거려니 했지 그래서 누구를 우습게 보려고 이러나 하고 신경질을 내면서 막 하품을 하려는데 타당탕 문 두들기는 소리가 나서 들어보니 귀에 익은 그 남자 소리인 거야 조금 늦긴 했을 거야 왜냐하면 데덜러스 집안 계집애 둘이 학교 끝나고 돌아오는 걸 보았을 때가 세시 십오분이었으니까 난 시간을 통 모르겠어 심지어 이 사람이 준 시계조차 제대로 가는 적이 없는 것 같아 언제 손보아야지 내가 잉글랜드와 가정과 미인을 위해 어쩌고 하는 노래 부른 그 절뚝발이 수병에게 1페니짜리 던져주었을 때나 내 사랑하는 매력적인 소녀가 있다네 어쩌고 하는 노래를 휘파람으로 불고 있었을 때도 그래 심지어 깨끗한 슈미즈를 걸친다든지 뭘 찍어 바른다든지 하는 따위도 아직 전혀 안 된 상태였어 다음주 이날 벨파스트에 갈 텐데 이 사람도 마찬가지로 아버님 기일 27일에 맞춰 에니스로 가야 해 이 사람이 함께 간다면 별로 기분좋은 일이 아닐 거야 호텔에서 그 남자 방이 우리 방과 서로 옆에 붙어 있다고 생각해봐 새 침대에서 무슨 새롱거림이 벌어져도 옆방에 그 남자 있으니 그만 멈추고 귀찮게 굴지 말란 말도 할 수 없을 거 아냐 아니면 웬 개신교 목사가 헛기침을 하며 벽을 두드릴지도 모르지 그리되면 그 남자는 우리가 무슨 짓을 하지 않았다는 말을 절대로 믿지 않을 거야 일을 저지른 후에 남편은 몰라도 애인은 속여넘길 수 없어 우리가 아무 일도 없었다 고 내가 말해도 물론 그 남자는 내 말을 믿지 않았지 아냐 이 사람은 예정대로 가는 게 낫겠다 게다가 이 사람한테는 항상 무슨 사고가 터지잖아 메리버러에서 열린 맬로 연주회에 갈 때만 해도 그래 우리 둘이 먹을 끓인 수프를 시켰는데 그때 기차 출발 종소리가 울려오자 이 사람이 플랫폼을 따라 걸어가면서 여러 숟가락을 마저 떠먹느라고 수프를 사방으로 튀기는 거야 배짱도 좋아 웨이터가 그 뒤를 쫓아가며 고래고래 소리를 질러대니 우리 꼴이 뭐가 됐겠냐고 기차는 출발 못 해서 난리법석인데 그런데도 이 사람은 다 먹을 때까지 돈을 안 내겠다는 거야 삼등 객차에 탄 두 신사는 이 사람 말이 지당하다고 했는데 하긴 그것도 맞는 말이긴 하지 무슨 생각이 한번 머릿속에 꽂히면 고집불통일 때가 있다니까 그래도 이 사람이 객차 문을 칼로 연 건 신통했어 그러지 않았으면 기차가 우리를 코크까지 계속 태우고 갔을걸 문이 잠긴 건 이 사람한테 앙갚음을 하려고 그런 걸 거야 아 나는 쿠션이 멋지고 부드러운 기차나 마차를 타고 유람 다니는 게 좋아 그 남자가 날 위해 일등칸을 잡아주려나 역무원에게 팁을 듬뿍 주고 기차 안에서 그 짓을 하고 싶어할지도 몰라 아 흔해빠진 천치 같은 남자들이 입을 떡 벌린 채 멍청한 눈을 뜰 수 있는 데까지 멍청하게 뜨고 어리벙벙해져 우리를 바라보겠지 호스로 가던 그날 객차에 우리만 남겨놓고 자리를 비워준 그 평범한 노동자는 예사 사람이 아니었어 그 사람에 대해 뭐 좀 알아내고 싶을 지경이야 아마 터널이 한두 개 있겠지 그다음엔 창밖을 내다봐야 해 그땐 바깥 풍경이 훨씬 더 좋으니까 그러고서 돌아오는 거야 만일 아예 안 돌아온다면 사람들이 뭐라고 할까 그 남자하고 눈 맞아 도망쳤대 어쩌고 그러면 무대에 서게 되는 거야 내가 마지막으로 노래 불렀던 연주회 있잖아 그게 일 년도 더 된 일이야 언제였더라 클래런던 스트리트에 있는 세인트 테레사 홀에선 이제 캐슬린 키어니니 뭐니 하는 풋내기 계집애들을 노래시키고 있어 아빠가 군인인데다 내가 속없는 거지 노래를 부르고 로버츠 경* 기념 장식 핀을 달았다는 구실이었어 난 누가 뭐래도 아일랜드 사람인데 말이야 게다가 폴디도 충분한 아일랜드 핏줄이 아니라 이거지 이번에 그걸 주선한 게 이 사람일까 그러고도 남을 위인이야 〈친절한 빛이여 이끌어주소서〉를 음악으로 옮기겠다고 떠들고 다니면서 내가 〈성모 애도가〉를 부를 수 있도록 해주었을 때처럼 말이야 내가 이 사람을 그렇게 부추겼지 그러다가 결국 예수회 사람들이 이 사람의 프리메이슨 신분을 알아내고 말았지만 이 사람은 웬 흘러간 오페라 곡에서 베껴온 〈그대 나를 이끌어주소서〉를 피아노로 쾅쾅 쳐댔어 그래 이 사람이 최근엔 시너 페인인지 자기들끼리는 뭐라고 부르는지 모를 패거리들과 어울려다니긴 했어 평소처럼 같잖은 허튼소리나 나불대면서 말이지 나한테 보여준 그 목 짧고 키 작은 남자가 무척 똑똑하대나 떠오르는 거물 그리피스라며 정말일까 난 글쎄 그렇게 보이진 않는데 하고 말았지만 그래도 이 사람이 알고 지내던 그 사내였을 거야 불매동맹운동이 있다는 걸 알고 있었던 걸 보면 남자들이 전후의 정치 얘기 꺼내는 건 질색이야 그놈의 프리토리아니 레이디스미스니 블룸폰테인이니 하는

* Sir F. S. Roberts. 아프가니스탄의 칸다하르전쟁, 남아프리카의 보어전쟁 등에서 용맹을 떨쳐 백작 작위를 받고 영국 육군 총사령관에까지 올라간 인물로 앵글로아이리시를 자처했다.

곳들* 말이야 거기서 동부 랭커셔 제2연대 제8대대의 스탠리 G 가드너 중위가 장티푸스로 그만 가고 말았지 카키색 군복 차림이 멋진 남자였는데 키도 나보다 알맞게 컸지 용감하기도 했을 거야 운하 수문에서 작별 키스를 하던 날 저녁에 나한테 사랑스럽다고 말해줬잖아 나의 아일랜드 미녀라나 파병 가는 일로 싱숭생숭해서 얼굴이 파랗게 질려 있었어 딴 데 같았으면 길 가던 사람들이 다 보았을 거야 그 사내는 제대로 서지도 못할 판이었고 나도 전에 없던 느낌으로 달아올랐어 저 사람들은 애초에 화해를 했으면 좋았잖아 아니면 폴 삼촌이고 나머지 크루거 패거리들이고 할 것 없이 화끈하게 가서 싸워 결판을 내버릴 것이지 괜히 여러 해를 끌면서 거기 있는 잘생긴 남자들이라면 다 열병 걸려 죽게 만들고 지랄이야 그 사내가 당당하게 총 맞아 죽기라도 했다면 그렇게 마음 아프진 않았을 텐데 난 연대 열병 장면을 구경하는 게 참 좋아 라 로크에서 스페인 기병부대를 처음 보았을 때 장관이었지 나중에 알헤시라스에서 만 건너로 보았을 때는 바위의 모든 불빛들이 반딧불 같았고 또는 피프틴 에이커에서 실시된 모의전에선 킬트 복장을 한 블랙 워치 연대가 영국 왕세자의 제10연대 경기병들이나 창기병들을 지나가며 발맞춰 행진을 했지 오 너무 멋진 창기병들 또는 투겔라 전투에서 승리한 더블린 군인들도 그렇고 그 남자 아버지는 기병대에 말을 팔아 돈을 벌었지 참 그 남자는 내가 자기한테 준 걸 생각하면 벨파스트에 올라가서 멋진 선물 하나 해줄 수 있잖아 거기 리넨 천이 그만이라는데 아니면 그 멋진 기모노 옷들도 좋고 전에 쓰던 그런

* 레이디스미스는 보어전쟁 당시의 격전지이고, 프리토리아와 블룸폰테인은 남아프리카의 주요 도시다.

좀약을 하나 사서 그 옷들하고 같이 서랍에 넣어둬야지 그 남자랑 여기저기 다니면서 쇼핑하면 신나겠네 새 도시에서 그런 물건들도 사고 말이야 이 반지는 두고 가는 게 좋겠다 거기 가면 손가락 마디에서 그걸 빼내느라고 자꾸만 돌리고 싶어질 거야 안 그랬다간 신문에서 이 일을 부풀려 온 도시가 다 알도록 떠들어댈지 몰라 아니면 경찰에 찌를 수도 있고 하지만 우리가 결혼한 사인 줄로 알겠지 에라 그런 사람들 모두 가서 숨막혀 뒈지라지 내가 알 게 뭐야 그 남자가 돈은 많은데 결혼할 생각이 없어 그러니 누군가가 그 남자한테서 그 돈을 우려먹는 게 좋아 나를 좋아하는지 알 수 있으면 얼마나 좋을까 분 바르면서 손거울을 꼼꼼히 들여다보니 내 얼굴이 좀 창백해 보이더라 거울에선 얼굴이 제대로 안 살아 게다가 그 짓 하는 내내 그 우람한 엉덩이뼈로 그렇게 나를 눌러대더라고 무겁지나 않으면 또 몰라 이 더위에 가슴에 털까지 나서는 남자들을 위해 항상 드러누워야 하는 팔자라니 그 남자는 그걸 내 속으로 밀어넣을 때 뒤에서 하면 좋겠어 마스티안스키 부인 말마따나 자기 남편은 개처럼 그걸 하면서 혀를 최대한 빼라고 시키고는 본인은 아주 조용하고 점잖게 시턴 악기나 뚱땅거린다는데 그런 식으로 말이야 그 남자가 입은 청색 양복에 멋들어진 타이에 하늘색 명주로 수놓은 양말까지 구색을 두루 갖추려면 돈깨나 들 텐데 어디 그런 남자들 따라갈 엄두나 나겠어 그 남자가 잘살긴 잘사나봐 옷맵시하며 묵직한 시계만 봐도 하지만 마감판 신문을 들고 돌아와서는 20파운드 잃었다고 마권을 찢어버리질 않나 욕설을 마구 퍼부어대질 않나 몇 분 동안 말도 못하게 길길이 날뛰더라 우승후보도 아니면서 우승한 말에게 졌다는 거야 절반은 내 몫으로 걸었는데 레너핸이 준

정보 때문이라며 제일 밑바닥 지옥구덩이에 떨어지라고 저주를 퍼부었지 그 기생충 같은 놈은 글렌크리 만찬을 마치고 페더베드산을 넘느라고 한참 동안 심히 덜컹거리며 돌아올 때 나한테 치근덕거렸지 안 그래도 그전에 발 딜런이라고 덩치 큰 그 야만인 시장이 나한테 음탕한 눈길을 보낸 것도 징그럽던 참인데 난 디저트 시간에 이빨로 견과를 까면서 시장이 그러는 걸 처음 눈치챘던 거야 내 손가락에 묻은 닭고기 조각이란 조각은 다 빨아먹을 수 있었다면 얼마나 좋았을까 싶더라 닭고기가 어찌나 맛있고 노릇노릇한데다 연하기까지 하던지 그렇다고 내 접시에 놓인 걸 하나도 빼놓지 않고 다 먹을 수는 없는 노릇이잖아 그 포크며 생선 써는 칼도 품질보증 은제품이던데 그런 것 좀 가져봤으면 그때 그것들을 만지작거리다가 두어 개쯤 가볍게 내 머프에 슬쩍해가지고 올 수도 있었지 식당에서 목구멍에 얼마 안 되는 음식 좀 처넣고는 계산 안 하려고 남들한테서 빠져나와 어정거리는 형편이니까 우리 주제로는 변변찮은 차 한 잔을 마시는 것도 매우 분에 넘치는 혜택으로 알고 감사해야 해 세상이 위아래로 나누어진 꼴이라니 어쨌든 세상이 계속 이렇게 돌아갈 거라면 다른 건 몰라도 괜찮은 슈미즈 두 벌만이라도 갖고 싶어 그런데 그 남자는 어떤 종류의 팬티를 좋아하는지 모르겠네 아예 안 입는 걸 좋아할 거야 자기가 그러라고 했잖아 그리고 지브롤터 처녀들도 절반은 그걸 절대로 걸치지 않아 하느님이 창조하신 대로 알몸인 거지 마놀라*를 부른 그 안달루시아 여가수 있잖아 뭔가를 걸치지 않았다는 걸 별로 숨기지도 않더라 그래 그리고

* 시끄럽고 흥청거리는 거리 노래.

그 실크 스타킹 두번째 켤레는 착용한 지 하루 만에 올이 풀리는데 오늘 오전에 루어스 가게에 도로 가져가 난리를 피운 뒤에 그 점원한테 교환해달라고 할 수도 있었어 하다못해 기분 잡친 채로 걸어가다가 그 남자랑 마주쳐서 모든 걸 망치는 위험을 무릅쓰지 않기 위해서라도 말이야 그리고 엉덩이에 탄력성 세모 헝겊을 댄 아동용 크기의 코르셋이 〈젠틀우먼〉지에 할인가로 광고 나면 좋겠어 내가 이미 가지고 있는 건 이 사람이 꼬불쳐두었지만 그래 봐야 헛일이지 광고문구가 뭐더라 이 상품은 멋진 곡선미를 만들어줍니다 단돈 11실링 6펜스면 아랫배가 보기 흉하게 좌우로 넓적해 보이는 걸 막아줍니다 살 빼기엔 내 배가 너무 나왔거든 저녁 먹을 때 흑맥주를 마시지 말아야 할 텐데 그 맛에 중독되어 가나봐 오로크 식료품점에서 지난번 보내온 건 팬케이크처럼 김빠져 있더라 이름이 래리라던가 그 아저씨는 돈을 쉽게 벌어 성탄절에 보낸 그 볼품없는 상품 뭉치 있잖아 코티지 케이크랑 형편없는 포도주 한 병이 들었었지 그 포도주를 클라레라고 속여 팔아먹으려고 했지만 그걸 누구더러 마시라는 거야 목말라 죽을지 모르니 하느님 그 사람 침을 남겨주세요* 하는 식이지 아니면 호흡운동이라도 두어 가지 해야겠어 그 지방제거제가 효험이 있으려나 잘못하면 과다복용할라 요즘은 마른 것들이 그다지 유행을 타지도 않는데 말이야 밴드스타킹 정도야 나도 있지 오늘 신은 보랏빛 물건 말이야 이 사람이 초하루에 받은 수표로 사준 거라곤 고작 그것뿐이야 어머 아니지 어제 다 쓴 얼굴 로션이 있잖아 그것 덕택에 내 얼굴이 쌈박해진걸 같은 상점에서

* 아일랜드 서부지역에서 인색한 사람을 경멸조로 일컫는 표현.

포장한 것을 사와 제발 좀 잊어버리지 말고 하며 그렇게 거듭거듭 일렀건만 결국 시킨 대로 했는지 알 게 뭐야 어쨌든 난 병만 봐도 척인데 제대로 된 로션이 아니면 그냥 오포포낙스*하고 제비꽃을 좀 섞어 쇠고깃국이나 닭고기수프같이 보이는 내 오줌에다 씻으면 그만이지 뭐 얼굴 피부가 좀 거칠거나 나이든 티가 나기 시작한다고 생각했어 내 손가락 데인 자리에 살이 벗겨져 그 아래로 드러난 피부가 훨씬 고와 피부가 죄다 그렇지 않은 게 안타까워 그리고 모두 합해서 6실링쯤 하는 손바닥만한 손수건 넉 장 있지 물론 멋부리지 않고는 이 세상을 살아갈 수가 없는데 버는 족족 식비와 집세로 다 날리니 돈만 생겼다 하면 물 쓰듯이 쓸 거야 아주 폼나게 말이야 난 항상 차를 한 움큼 주전자에 넣어보고 싶은데 양을 재고 잘게 덜어 쓰고 낡은 단화 한 켤레를 사면 그 새 구두들이 맘에 들어 그럼 그것들은 얼마였는데 도대체 옷이 있어야 말이지 갈색 의상이랑 재킷 딸린 치마랑 세탁소에 맡겨놓은 거랑 달랑 세 벌뿐이니 어떤 여자가 그걸로 만족하겠어 낡은 모자 재단해서 다른 모자 기우기나 하고 남자들은 쳐다볼 생각도 안 할 거고 여자들은 본 척도 않을 거야 남자가 없어서 그런 줄 알 테니까 게다가 내 나이 서른다섯 되도록 사 년이 넘게 나날이 모든 물가가 비싸지니 안 돼 내 꼴이 도대체 뭐냐고 난 9월이면 서른셋이 되는데 내가 어떻게 변할지 오 참 저 갤브레이스 부인을 좀 봐 나보다 훨씬 늙었잖아 지난주에 외출했을 때 봤더니 미모가 한물가고 있더라 사랑스러운 여자였는데 허리까지 내려오는 눈부신 머리칼을 그렇게 뒤로 홱 젖히던 모습이라

* 향료에 쓰이는 고무수지의 일종.

니 그랜섬 스트리트에서 키티 오셰이*가 했던 것처럼 말이야 매일 아침 일어나면 맨 먼저 길 건너로 보는 게 그 여자가 그 머리칼 빗는 모습인데 마치 그거에 폭 빠져서 그 생각뿐인 것 같았어 아쉽게도 우리가 이사하기 바로 전날에야 그 여자를 알게 됐지 뭐야 그리고 랭트리 부인도 있지 영국 왕세자가 사랑에 빠진 저지섬의 백합 말이야 그이는 그런 길을 간 첫번째 남자 비슷할 거야 왕족만 아니었더라도 남자들은 모두 그 한쪽으로만 타고났어 흑인 남자 것을 한번 시험해보고 싶다 미인은 몇 살까지 갈까 그 여자는 마흔다섯이던가 그 백합여자의 질투심 많은 노인 남편에 대한 재미있는 이야기가 뭔가 있었지 도대체 무슨 이야기였더라 그런데 굴 까는 칼로 그 남편이 가서는 아니 그 남편이 그 여자 몸에 일종의 양철판을 두르게 한 거야 그리고 영국 왕세자 그래 그이는 굴 까는 칼을 가지고 있었어 그런 일이 설마 사실일까 이 사람이 가져오는 어떤 책들처럼 대작가 프랑수아 어쩌고 하는 신부로 생각되는 사람의 작품**인데 여자의 궁둥이 창자가 삐져나오는 바람에 태아가 여자 귀로 나왔다는 이야기야 명색이 신부라는 사람이 쓴 단어하고는 그리고 여자의 궁—이라니 그게 무슨 소린지도 모르는 바보가 있는 줄 알았나봐 영락없는 상놈 상판을 하고 온갖 위선을 떠는 건 질색이야 그게 사실이 아니란 건 삼척동자도 알 텐데 그리고 이 사람이 나한테 두 번이나 빌려다준 기억이 나는데 『루비』랑 『아리따운 폭군』 있잖아 50쪽까지 갔더니 여자가 남자를 밧줄 달린 갈고리에 매다는 대목이 나와 채찍질하려고 거기엔 여자가 읽을 만한 내용이 없어 무도회

* 파넬의 정부와 동명이인.

** 프랑스 작가 프랑수아 라블레의 『가르강튀아와 팡타그뤼엘』을 말한다.

가 끝난 후 남자가 여자의 슬리퍼로 샴페인을 마신다는 둥 모두가 다 꾸며낸 이야기지 인치코에 있는 〈은혜 입은 마리아〉 품에 안긴 구유 속의 어린 예수상도 그래 어떤 여자가 자기 몸에서 그렇게 큰 아기를 빼낼 수 있겠어 그래서 난 처음에 마리아 옆구리에서 나온 줄 알았다니까 왜냐하면 그 여자가 요강에 볼일을 보고 싶어도 어떻게 보겠냐고 부유한 마님 신분이잖아 물론 명예로운 기분으로 살았겠지 왕세자 전하 그분은 내가 태어난 해에 지브롤터에 갔어 틀림없이 거기서도 백합꽃을 발견했을 테고 혈기왕성한 때였으니 나무 심은 곳에서 나무만 심은 게 아닐 거야 조금만 더 빨리 왔으면 나도 심어주었을지 모르는데 그랬다면 내가 지금 이 모양 이 꼴로 있지는 않을 거야 이 사람은 빠빠지게 일해서 돈이라곤 쥐꼬리만큼밖에 못 받는 그놈의 〈프리먼〉 일을 때려치워야 해 그리고 월급을 꼬박꼬박 받는 사무실 같은 데를 들어가는 거지 아니면 온종일 높은 자리에 앉혀놓고 돈이나 세게 해주는 은행도 좋고 물론 이 사람은 집에서 빈둥거리는 걸 더 좋아해 그러니 이 사람 때문에 옴짝달싹할 수가 있어야지 자기 오늘 공연 곡목은 뭐야 남자 냄새 맡을 수 있게 아버지처럼 파이프 담배라도 피우면 좋으련만 아니면 광고 일로 여기저기 쏘다니는 시늉이라도 하든지 아직 커프 상점에 그대로 눌러 있을 수 있었는데 그만 일을 저지르고는 나더러 수습하라고 심부름이나 시켰지 난 이 사람을 거기서 지배인으로 승진시킬 수도 있었어 커프 사장은 한 번인가 두 번인가 나를 뚫어지게 쳐다보더라고 처음엔 어디 탈이라도 난 것처럼 쭈뼛쭈뼛하더니 정말로 참말로 블룸 부인 해대더라 내가 그 낡은 구닥다리 옷을 잃어버린 일로 기분이 언짢았기 망정이지 마름질도 안 돼 있는데다 긴 치맛자락에서 납이 떨어져나간 옷이었어 하지만 그게 다시 유행하기 시작하잖아 단순히 이 사람이 좋아할까 싶어 산 건데 마무리 꼴로 보아 쓸모없다는 걸 난 알았어 리 상점이 아니라 내가 말한 대로 토드 앤드 번스 상점으로 가려던 마음을 바꾼 게 안타까워 상점 꼬락서니만 봐도 알조였지 떨이 판매라고 온통 쓰레기뿐이었거든 부티나는 그런 상점은 싫어 비위가 상해 날 완전히 기죽이는 게 있을까봐 그저 이 사람은 자기가 여자 옷이나 요리에 대해 꽤나 밝은 줄 알아서 그렇지 매사에 잘난 척하잖아 이 사람 충고를 따르다간 살 걸 고르느라고 선반에 있는 걸 다 뒤적일 사람이야 내가 써보는 잘난 모자마다 이거 나한테 어울려 그래 그걸로 해 그거 괜찮아 무슨 웨딩케이크도 아니고 내 머리 위로 몇 마일이나 높이 올라가는 그 모자가 나한테 어울린다는 거야 접시덮개같이 생겨가지고는 엉덩이까지 내려오는 그 모자도 그렇고 내가 재수 옴 붙느라고 이 사람을 데리고 들어간 그래프턴 스트리트에 있는 가게 처녀한테는 쩔쩔매는 거 있지 그 계집애는 거드름 피우는 웃음을 띤 채 건방을 있는 대로 다 떨더라고 이 사람이 그러는 거야 저희가 너무 폐를 끼치나봐요 그 계집애가 그 자리에 왜 있는데 하지만 난 무서운 눈길을 쏘아붙여가지고 그년 얼굴에서 그 웃음기를 싹 가시게 만들어줬지 그래 이 사람은 엄청나게 쭈뼛거렸어 무리도 아니지 하지만 이 사람이 두번째는 달라졌어 수프 사건 때처럼 예의 황소고집을 부리는 게 폴디다워 보이더라고 하지만 커프 사장이 나를 위해 문을 열어주려고 일어서면서 내 가슴을 뚫어져라 쳐다보는 모습이 눈에 띄더라 어쨌든 나를 문밖까지 배웅해준 게 친절하긴 했지만 죄송하기 짝이 없습니다 블룸 부인 제 말을 믿어주세요 너무 티나지 않게 말이지 자기가 모욕을 당한 뒤로 첫 대면이고 나는 자기에게 모욕 준 이 사람의 아내라는 생각을 못한 것도 아닐 텐데 말이야 난 그저 어설픈 미소만 지었어 커프 사장이 죄송하기 짝이 없습니다 그랬을 때 문간에서 내 가슴이 그런 식으로 훤히 드러났다는 걸 난 알지 암 죄송하고말고

그래 그 남자가 이것들을 그렇게 빨아대는 바람에 좀더 딴딴해졌나 봐 어찌나 오래 빨았는지 목이 다 타더라 이것들을 찌찌라고 부르는 바람에 웃음이 절로 나왔어 그래 이쪽 건 안 그래도 탱탱하지 젖꼭지는 슬쩍 건드리기만 해도 그렇게 돼 그 남자한테 그걸 계속하게 시킬 거야 그 달걀들에 마살라 백포도주를 쳐서 휘저어 먹어야지 그 남자를 위해 이것들을 팽팽하게 만드는 거야 그 모든 핏줄 같은 것들은 뭘까 그게 똑같은 두 개로 만들어진 게 신기해 쌍둥이 경우에는 그럼 박물관에 있는 여신상들처럼 저기 높이 세워놓고는 그것들이 아름다움을 나타낸다나 그중 하나는 한 손으로 거길 가리는 척까지 하면서 그 모습이 그렇게 아름다울까 하기야 남자가 통통한 불알 두 개에다가 또 다른 물건 하나를 몸에서 축 늘어지게 달랑거리거나 모자걸이처럼 보란듯이 곧추세우고 있는 꼴에 비할까 양배추 잎으로 그걸 가리는 것도 무리는 아니지 식육시장 뒤에서 본 그 흉측한 카메론 하일랜드 병사나 한때 물고기 조각상이 있던 나무 뒤에서 본 그 빨강머리 철면피만 해도 그래 내가 지나갈 때 오줌 누는 척하면서 나더러 보라고 둘러친 아기 옷 같은 걸 한쪽으로 들춰올린 채 한참이나 서 있더라고 여왕 직속연대 군인인데 참 한심하기 짝이 없는 족속들 같으니 서리 연대로 교체되기를 잘했지 남자들은 항상 그걸 보여주려고 하거든 그냥 어떤 놈팡이가 내 시선을 끌려는 수작을 하는지 보려고 하코트 스트리트

역 근처에 있는 남자화장실 밖을 괜히 지나갈 때면 거의 매번 그랬다니까 그게 무슨 세계 7대 불가사의라도 되는 것처럼 말이야 어머 근데 그 더러운 장소들에서 나던 고약한 냄새라니 코머퍼드네 파티가 끝나고 폴디하고 집으로 돌아오던 밤이었어 오렌지며 레모네이드를 잔뜩 먹었던 참이라 오줌이 마려워 그만 어느 남자화장실로 들어갔지 뭐야 날씨가 살을 에는 듯이 춥다보니 참을 수가 있어야지 언제더라 운하가 얼어붙은 93년인가 맞아 그때부터 두어 달 뒤야 남자화장실에서 쭈그리고 앉아 오줌 누는 내 모습을 바라보는 카메론 병사가 두어 명이라도 없었던 게 속상해 그 물건을 그림으로 그려보려다가 결국 찢어버렸지 영락없는 소시지 같은 것처럼 생겨서는 남자들은 돌아다니다가 거기를 걷어차이거나 뭔가에 쾅 부딪히기라도 할까봐 겁 안 나는지 몰라 물론 여자가 아름답기는 하지 그건 인정된 사실이야 이 사람이 힐리에서 실직해 내가 옷도 팔고 커피 팰리스에서 현악기 연주도 할 때 홀리스 스트리트에 사는 웬 부자한테 누드화 모델을 서도 되겠다고 말한 걸 보면 말이야 내가 머리카락을 늘어뜨리면 저 미역감는 님프 같을까 그래 저 님프가 더 젊다는 것만 빼면 아니면 이 사람이 가지고 있는 그 스페인 사진에 나온 년 같은 데도 좀 있을 거야 님프 재네들은 저런 모습으로 돌아다녔나 하고 난 이 사람한테 저 님프에 대해서 물어봤지 안에 호스가 들었다는 뭔가를 만났다든가 하는 그 단어에 대해서도 물어보았는데 화신 어쩌고 하며 알아듣지 못할 소리만 늘어놓지 뭐야 이 사람은 뭔가를 그냥 몸으로 알아들을 수 있게 설명할 줄을 몰라 그러더니 나가서는 콩팥을 굽는답시고 팬 바닥을 온통 태워버리지 이쪽 건 별로네 그 남자가 젖꼭지를 물어뜯으려고 하던 자리에 아직도 이빨자국이 남아 있어 소리를 다 질러야 했다니까 아프게 하려고 달려들 땐 무섭지 뭐야 밀리를 가졌을 땐 내 가슴이 아기 둘한테 먹일 만큼 젖이 많아서 큼지막했는데 그 이유가 뭘까 유모 일을 했으면 주당 1파운드를 벌 수 있었을 거라고 이 사람이 그랬지 시트론네 28호에서 하숙하던 연약하게 생긴 그 학생 펜로즈는 내가 씻는 걸 하마터면 유리창으로 볼 뻔한 날 아침엔 한껏 부풀어올라 있었어 후닥닥 수건을 집어올려 얼굴을 가렸기 망정이지 그 학생 공부는 그런 건가보지 밀리를 젖뗄 때는 젖이 곧잘 아파서 이 사람이 브레이디 박사한테 가서 벨라도나 약제를 타 와야 했어 이 사람한테 젖을 빨아달라고 했더니 어찌나 딱딱하던지 이 사람은 내 젖이 소젖보다 더 고소하고 진하다고 하더니만 내 젖을 짜서 차에다 타고 싶어하더라고 하여튼 못 말리는 사람이야 장담하지만 누가 이 사람을 신문에 내야 해 내가 그 별난 짓거리를 절반만이라도 기억해내서 책을 쓸 수 있다면 얼마나 좋을까 그래폴디 명인의 행적이라는 제목으로 말이야 그래 근데 그게 훨씬 더 부드러워지는 거 있지 젖가슴 살결이 말이야 내가 탁상시계를 봐서 아는데 이 사람이 한 시간은 족히 빨았거든 웬 커다란 어린애한테 젖 물린 것 같았어 남자들은 온갖 것을 입에 물고 싶어하지 남자들이 여자한테서 얻어내는 그 많은 쾌락이라니 지금도 이 사람 입이 주는 촉감이 남아 있어 어머 기지개 좀 켜야겠다 여기 그 남자든 누구든 함께 어울릴 사람이 있어서 다시 그렇게 뿅가봤으면 좋겠다 몸안이 온통 달아오른 것 같아 하다못해 그런 꿈이라도 꾸었으면 그 남자가 뒤에서 손가락으로 나를 자극해서 두번째로 물이 나왔을 때 난 다리로 그 남자를 감싸안고 오 분쯤 뿅가 있었지 그러고 나선 그 남자를 꼭 껴안아야 했어 어머 씨팔이고 썅이고 뭐고 간에 온갖 소리를 다 내뱉고 싶더라 추해 보일까봐 참았기 망정이지 힘쓰느라 생기는 주름살도 그렇고 그 남자가 그걸 어떻게 받아들이는지 누가 알아 남자랑 그 짓 할 때는 내 멋대로 느끼고 싶잖아 남자들이 다 그 남자 같지는 않아 다행히 어떤 남자들은 그걸 아주 멋지게 해주길 바래 난 그 대조를 알아차렸어 그 남자가 그걸 하면서 말은 하지 않는 거 말이야 나는 뒹구느라고 약간 흐트러진 머리 꼴을 하고 혀를 잇새로 내밀어 그 남자의 야수 같은 물건에 갖다댄 채 그런 눈 표정을 했지 목요일이니까 금요일이면 하루 토요일이면 이틀 일요일이면 사흘 어머 어쩜 좋아 월요일까지 어떻게 기다려

프르시이이이이이이이이프로오오옹 기차가 어디선가 기적을 울린다 저 엔진들이 지닌 우람한 거인 같은 힘이라니 그리고 물이 온통 휘돌아 엔진 밖 사방으로 흘러넘치는 게 꼭 〈달콤한 옛사라아아아앙 노래애애애〉 끝부분 같아 처자식을 두고 나와 밤새 그 찌는 듯이 더운 엔진 속에서 지내야 하는 불쌍한 남자들 같으니 오늘은 숨이 턱턱 막히는 날이었지 그 오래된 〈프리먼스〉랑 〈포토 비츠〉 신문 중 반을 태워버렸더니 기분좋네 그런 물건들을 아무데나 굴러다니게 놔두다니 이 사람이 아주 부주의해져가고 있어 나머지 반은 변소에다 팽개쳐버렸는데 그것들 값으로 몇 푼 안 되는 돈을 받겠다고 내년까지 거기 그대로 처박아둘 게 아니라 내일 나 대신 이 사람을 시켜 잘라버려야지 작년 1월 신문이 어디 있지 하고 묻게 만드는 거야 그 낡은 외투들도 몽땅 현관 밖으로 내다버렸지 그것들 때문에 집이 지금보다 더 더웠잖아 초저녁잠을 막 자고 난 뒤에 내린 비는 아주 상쾌했어 날씨가 지브롤터처럼 돼가는 줄

알았네 어휴 레반터*가 밤처럼 캄캄하게 불어닥치기 전에 거긴 어찌나 덥던지 이곳 사람들이 꽤나 큰 줄 알고 있는 스리록산에 비하면 우람한 거인처럼 더위 속에도 우뚝 솟은 바위산은 반들반들 빛났지 붉은 복장의 보초병들이 여기저기 서 있고 백양나무며 그 모든 게 뜨겁게 달아올랐어 탱크 속 빗물 냄새 속에 허구한 날 이글거리며 사람한테 내리쬐는 해를 바라보았지 오죽하면 그 아름다운 프록의 색이 다 바래 버렸을까 아빠 친구인 스탠홉 부인이 파리 B 마르셰 백화점에서 내게 보내준 건데 아까워라 엽서에 너무너무 그리운 강아지 아가씨라고 썼지 참 좋은 사람이었어 가만 그 언니 다른 이름이 뭐더라 그냥 엽서로 약소한 선물 보냈다는 걸 알린다 방금 상쾌한 온수 목욕을 했더니 이제 아주 깨끗한 강아지가 된 느낌이구나 즐거운 목욕이었다 깜씨는 언니는 자기 남편을 깜씨라고 불렀거든 지브로 돌아가서 네가 〈기다림〉과 〈옛날 마드리드에서〉를 노래하는 걸 듣고 싶어 죽겠대 『콘코네』가 그 연습곡집의 이름이었지 그 형부가 저 새 책들 중 한 권을 내게 사줬는데 어떤 단어는 뭔 뜻인지 못 알아먹겠더라고 숄이란 재미있는 물건이지만 아주 살짝 건드리기만 해도 찢어져 그래도 멋진 물건 같지 않아 넌 우리가 함께 마신 멋진 차를 언제나 생각하지 않을래 고급스러운 건포도 스콘이랑 라스베리 웨이퍼가 난 아주 좋아 그건 그렇고 그리운 강아지 아가씨 잊지 말고 빨리 답장해줘 아버님께 말씀 안부란 말은 뺐네 전해줘 그로브 대위님께도 사랑하는 자기 친구 헤스터가 ㅉㅉㅉㅉㅉ 언니는 전혀 유부녀같이 보이지 않았어 꼭 처녀 같았지 그로

* 지중해 특유의 세차고 혹독한 동풍.

브 대위님은 나이가 언니의 깜씨보다 한참이나 위였어 그분은 나를 끔찍이도 좋아했지 저 투우사 고메스가 황소 귀를 상으로 받았던 라 리네아 투우장에서 내가 넘어갈 수 있도록 발로 철조망을 눌러주었을 때도 그랬고 이 옷들을 우리가 입어야 하다니 이것들을 만들어낸 사람이 누구인지는 몰라도 예를 들어 그 소풍 때만 해도 킬리니 언덕을 어떻게 걸어올라가라는 거야 코르셋을 꽉 끼게 이 옷을 입은 채로 당최 어쩔 도리가 있어야지 군중 틈에서 달리든 뛰어오르든 해서 벗어나야 하는데 그 사납고 늙은 다른 황소가 어깨띠를 두르고 모자에 깃털 두 개를 단 반데릴레로*들에게 달려들 때 내가 겁먹은 것도 바로 그 때문이야 짐승 같은 사내들은 브라보 **투우** 하며 탄성을 질러댔지 곱고 하얀 만티야**를 쓴 여자들도 분명 똑같이 광분했을걸 소에 받쳐 찢긴 불쌍한 말들은 뱃속의 오장육부를 다 쏟아내는 판에 말이야 내 평생 이런 이야기는 들어본 적이 없어 그래 대위님은 내가 벨 레인에서 깨갱거리던 개 흉내를 내면 가슴 아파하곤 했지 불쌍한 짐승 같으니 병이 들었군 그분들은 그뒤로 어찌되었을까 둘 다 오래전에 세상을 떴을 거야 모든 게 안개 속으로 보듯이 까마득한 게 나이깨나 먹은 느낌이야 난 스콘을 만들었어 물론 난 모든 걸 독차지했지 헤스터가 그때는 처녀였어 우린 서로 머리칼을 비교해보곤 했는데 내 머리가 자기 머리보다 숱이 많은 걸 보고 언니는 내게 머리 손볼 때 머리칼을 등에다 잘 눌러두는 법하며 또 뭐냐 그 한 손을 써서 실에 매듭짓는 법을 가르쳐주었지 우린 사촌 같았어 그때 내 나이가 몇이었더라 그 폭풍 치던 밤에 언니 침

---

* '작은 장식을 단 창(banderilla)'을 쓰는 투우사.

** 스페인 여자들이 머리와 어깨에 쓰는 커다란 베일.

대에서 잤는데 나를 두 팔로 껴안더라 그러고는 아침이 되면 베개를 가지고 싸웠는데 얼마나 재미있었는지 형부는 내가 아버지랑 그로브 대위님이랑 함께 알라메다광장에서 군악대 연주 들을 때 틈만 나면 나를 쳐다보았어 난 처음에 교회를 그다음에 유리창을 올려다본 담에 다시 더 아래로 시선을 옮기다가 형부하고 시선이 마주치고 말았는데 내 온몸이 바늘로 찔린 듯이 짜르르 하는 거야 두 눈이 마구 춤을 추더라고 기억나는데 나중에 거울에 비친 내 모습이 얼마나 달라져 있던지 나인지도 못 알아볼 정도였어 형부는 머리가 조금 벗어지긴 했어도 처녀 눈에는 매력적으로 보였어 지적인데다가 실의에 찬 듯하면서도 쾌활해 보이는 것이 『애실리디엇의 그림자』에 나오는 토머스 같았거든 햇볕에 멋지게 그을려 있던 내 피부가 흥분해서 장밋빛이 되었지 잠을 한숨도 못 잘 정도였다니까 이러다가 언니 때문에 좋은 꼴을 보게 되지는 않았겠지 하지만 난 맘만 먹으면 적당한 선에서 끝낼 수도 있었을 거야 언니는 내게 읽어보라고 『월장석』을 빌려주었는데 그게 윌키 콜린스 소설 중에서 내가 처음 읽어본 작품이야 헨리 우드 여사의 작품으로는 『이스트 린』과 『애실리디엇의 그림자』를 읽어봤지 나중에 또다른 여자가 쓴 『헨리 던바』를 난 멀비의 사진을 끼워넣은 채 형부에게 빌려주었어 나한테 남자가 없는 게 아니란 걸 알려줄 속셈으로 말이야 그리고 언니는 리턴 경의 『유진 애럼』에다 이름 때문이라며 헝거퍼드 여사의 『미녀 몰리』도 빌려주었지 몰리라는 여자가 나오는 책들은 싫어 이 사람이 사다준 플랜더스 출신 여자 어쩌고 하는 그 책*만 해도 그래 옷

* 대니얼 디포의 소설 『몰 플랜더스』로, 주인공의 이름인 '몰'은 '몰리(Molly)'와 마찬가지로 '메리(Maria, Marion)'의 별칭으로, 첫 문자를 소문자로 쓰면 보통명사로 '창녀'를

감 등속을 그것도 몇 마나 되는 것들로 골라 닥치는 대로 밥 먹듯 훔쳐대는 창녀 얘기야 어휴 이 담요는 무거워서 못 덮겠어 이제 좀 낫네 변변한 잠옷 한 벌도 없는 내 팔자 이 옷은 입고 있으면 속에서 온통 말려드는데 그것도 모자라 이 사람이 옆에 붙어 서서 장난까지 쳐대니 원 이제 좀 낫네 그땐 찜통더위에 절어 지냈어 의자에 앉으면 슈미즈가 땀으로 젖어서 일어나면 볼기에 찰싹 달라붙어 있곤 했어 소파 쿠션에 앉아 있다 일어나 옷을 걷어올리고서 보면 볼기가 아주 통통하고 탱탱했지 밤에 바가지로 바글대던 빈대며 모기장 탓에 글을 한 줄이라도 읽을 수가 있어야지 세상에 까마득한 옛날이야 수백 년 지난 듯이 물론 그이들은 끝내 돌아오지 않았어 언니가 편지에 주소를 제대로 쓰지 않은 걸 보면 자기 깜씨에 대해서 낌새챈 걸까 사람들은 항상 떠나갔어 우린 한 번도 난 그날이 기억나 파도가 일어 높다란 뱃머리가 앞뒤로 흔들리는데 배 냄새는 어찌나 심하던지 해변에 휴가 나온 장교들 제복만 봐도 멀미가 났어 형부는 통 말이 없이 아주 심각했어 난 단추 달린 높은 장화를 신은 채 치마를 나부끼고 있었지 언니가 나한테 예닐곱 번이나 키스를 해대는 바람에 내가 울지 않았나 그래 틀림없이 울었을 거야 작별인사를 할 때 입술이 다 바르르 떨렸으니까 언니는 여행 차림으로 웬 이색적이고 호화스러운 푸른색 숄을 걸치고 있었는데 아주 특이하게 한쪽으로 치우친 듯이 만들어진 게 더없이 예뻤지 그이들이 떠나고 나서는 지겨워 죽겠더라 미칠 것 같아서 어디론가 도망칠 궁리까지 세울 뻔했다니까 우리는 우리 처지가 편한 적이 없어

뜻한다.

아버지다 아줌마다 결혼이다 해서 말이야 기다려 항상 기다려 그이를 내게로오오오 데려다주기이이이일 기다려 그이의 급한 발걸음을 재초오오옥하지도 않고 망할 놈의 군대 대포가 사방팔방에서 꽝꽝 터져댔지 특히 여왕 탄신일에는 더 심했고 온갖 물건을 사방으로 떨어뜨리는 거야 창문을 열지 않으면 율리시스 그랜트 장군이라고 누구인지 뭐 하는 사람인지 몰라도 하여튼 대단해 보이는 사람이 배에서 내려 상륙할 땐 먼 옛날부터 그곳에 주재했던 늙은 스프레이그 영사가 정장을 하고 영접했지 불쌍한 분 같으니 아들 상중이었는데도 말이야 그때도 똑같이 아침에 기상나팔이며 북이 울리면 재수없고 불쌍한 쫄따구 병사들은 휴대식기를 차고 뺑뺑이를 돌면서 국부 냄새를 풍겨대는데 꿀벌옷* 걸치고 긴 수염 기른 유대 노인들이나 레위족보다 더 고약한 냄새였어 그리고 집합 나팔과 발포준비 나팔 소리에 이어 포성이 울리면 사병들은 경계선을 넘어오고 열쇠 들고 행진하던 파수병이 대문을 잠그고 나면 백파이프가 울리지 그래도 그로브 대위님하고 아빠가 늘어놓는 록스 드리프트며 플레브나며 카르툼의 가닛 월슬리며 고든에 대한 얘기라도 들으면서 그나마 그분들이 나갈 때마다 파이프 담배에 불을 붙여드렸지 독한 술을 창턱에 올려놓고 떡이 되도록 마셔대는 주정뱅이 노인네 한 방울이라도 남겨놓는 꼴을 못 봤어 궁지에 몰리면 다른 추잡한 얘기를 더 꾸며대느라 코를 후비며 낑낑댔지 하지만 나 있는 자리에서 채신을 잃은 적은 없어 웬 말도 안 되는 구실로 나를 방밖

* jellibee. 아랍어 'jalab'(두건 달린 긴 외투)을 가리키는 듯한데, 이것을 몰리는 'jelly-bee(꿀벌)'이라고 부른 것으로 보인다. 또한 이 의복의 생김새가 벌 모양이라고 할 수도 있겠다.

으로 내보냈잖아 물론 입에 발린 소리며 부시밀스 위스키며 수다는 별로지만 그런데 다른 여자가 나타나 옆에 있었어도 그랬겠지 급속히 심해진 술병으로 옛날에 죽었을 거야 일각이 여삼추였지 내가 종잇조각 집어넣고 나 자신한테 부친 편지 두어 통 외에는 산 인간한테서 편지 한 통 오지 않았으니 오죽 따분해 그 외눈깔 아랍 늙은이가 수탕나귀 소리 나는 악기를 불며 히야 히야 어히야 노래 부르는 소릴 듣다보면 어떤 땐 손톱으로 할퀴며 싸울 것도 같았다니까 영감님의 잡종 수탕나귀에 경이*를 표하나이다 두 손 축 늘어뜨리고 창밖을 내다보는 지금이나 그때나 한심하긴 매일반 하다못해 맞은편 집에 멋진 사내라도 있었으면 간호사가 따라다니던 홀리스 스트리트의 그 의과대학생 내가 외출한다는 걸 보여주려고 창가에서 장갑이랑 모자를 써도 그 깊은 뜻을 헤아리지 못하니 남자들은 어쩜 그리도 무딜까 우리가 하는 말을 알아듣는 적이 없다니까 커다란 포스터에 인쇄해서 보여주고 싶을 지경이야 심지어 왼손으로 두 번 악수해도 마찬가지더라고 웨스틀랜드 로 예배당 밖에서 눈살을 살짝 찌푸려줘도 나를 못 알아볼 판이니 남자들 대단한 지성은 어디서 쓰이기 시작하는지 알고 싶어 할말은 아니지만 남자들은 골을 모두 꽁무니에 달고 다니는가봐 시티 암스 호텔에서 만난 그 촌뜨기들은 또 어떻고 자기들이 고기로 파는 황소나 암소보다도 머리가 한참 모자라 석탄배달부의 방울은 또 어떻고 그 소란스러운 놈팡이는 모자에서 꺼낸 엉뚱한 계산서로 나를 등쳐먹으려고 했지 두 손은 산도적같이 생겨가지곤 냄비 팬 솥 수선합니다 오늘 온 각설이에

* 원문은 찬사와 격식을 뜻하는 'compliments'를 아랍인이 실수로 'compriments'라 발음한 것을 몰리가 비아냥대며 흉내내는 대목이다.

게 깨진 병 파세요 손님도 우편물도 없어 고작 이 사람 수표나 여사님께 하고 말을 붙이면서 이 사람에게 온 기적의 명약 같은 광고전단뿐이니 맨 이 사람 편지야 오늘 아침 밀리한테서 온 엽서만 해도 그래 봐 편지를 이 사람한테 썼잖아 내가 받은 마지막 편지가 누구 거더라 참 드웬 여사 거가 있네 그런데 무슨 바람이 불어 그렇게 오랜 세월이 지나서야 캐나다에서 편지를 다 보냈을까 내 피스토 마드릴레뇨* 요리법을 알아내려는 거겠지 플로이 딜런도 소식이 끊겼어 마지막 편지에서는 아주 돈 많은 건축가와 결혼했다는데 귀에 들어오는 소리라고 족족 누가 믿을까봐 별장 말고도 방이 여덟 칸이라니 걔 아버지는 엄청 좋은 분이었지 나이가 일흔이 다 되었는데도 항상 사근사근했거든 그런데 말이오 트위디 양 아니면 길레스피 양 저기 피아노가 있다오 마호가니 찬장에는 순은제품 커피세트도 있었지 그때 그토록 먼 곳에서 죽어가고 있었다니 항상 청승맞은 이야기를 늘어놓는 사람들이 난 싫더라 근심걱정 없는 사람도 있나 그 불쌍한 낸시 블레이크만 해도 급성폐렴으로 한 달 전에 죽었잖아 하긴 내가 그다지 잘 알던 여자는 아니었으니까 내 친구라기보다는 플로이의 친구였지 불쌍한 낸시 답장 보내야 하는 것도 귀찮아 이 사람은 항상 나한테 틀린 말만 하면서도 한 사코 일장 연설을 늘어놓으려 들어 불행한 사별에 조의 운운하면서 난 꼭 그 실수를 저질러 조카에는 w를 두 개 넣지를 않나** 그 남자가 용

---

* 토마토와 고추를 섞은 마드리드 요리.

** 몰리가 '조의'를 뜻하는 'sympathy'를 h 하나가 잘못 들어간 'symphathy'로, '조카'를 뜻하는 'nephew'를 w가 하나 더 들어간 'newphew'로 틀리게 표기한 것을 말한다. 몇 줄 앞의 'pneumonia(폐렴)'도 p를 뺀 'neumonia'로 표기되어 있다.

케 날 정말로 좋아한다면 담엔 좀더 긴 편지를 보내줬음 좋겠어 어머 정말로 다행이야 내가 몹시 원하던 것을 줄 사람이 내게 있다는 게 나한테 감정을 불러일으켜주는 사람이 말야 옛날과 달리 이런 장소에서는 가능성이 전혀 없는 일이야 누가 나한테 연애편지 좀 보내줬음 좋겠다 그 남자 편지는 별로야 그래서 그 남자한테 자기가 좋아하는 소리를 써도 된다고 말해줬지 〈옛날 마드리드에서〉 따위에서처럼 그대의 영원한 사랑 휴 보일런이라고 말이야 사랑이 한숨짓는다고 믿는 건 멍청한 여자들이나 할 짓이야 그래도 난 그 남자가 그런 말을 써줬으면 하고 목놓아 기다려 그 안에 진실이 담겨 있긴 할 거야 진실이건 아니건 그런 말을 들으면 하루종일 그리고 한평생이 뿌듯해져 항상 그때 그때 뭔가 생각할 거리가 생기고 새 세상처럼 주변이 그걸로 가득차게 되지 그 남자가 나를 상상하도록 난 침대에서 답장을 써줄 수도 있어 짧게 딱 두세 마디로만 애티 딜런이 법원에서 방귀깨나 뀐답시고 나중에 자기를 차버린 그 작자에게 보내려고 여성 서한문집에서 베껴가면서까지 가로 써넣곤 하던 긴 편지 말고 말이야 남자가 곡해하게 딱 몇 마디만 써넣으라고 똑같이 솔직하게 재빨 재빨리 응답하지 않는 걸 남자가 얼마나 좋아하는지 아느냐고 내가 그렇게 일러줬건만 지상 최대의 행복은 남자의 구혼을 받아주는 거야 그 밖에는 에이그 별거 없어 남자들이야 무슨 상관이야 하지만 여자 입장은 달라 늙기가 무섭게 남자들이 헌신짝처럼 패대기칠걸.

멀비 거가 처음이었어 그날 아침 침대에 누워 있는데 루비오 아줌마가 커피 들여오면서 그걸 갖다줬지 그런데 내가 그것들을 손가락으로 가리키며 좀 건네달라고 부탁하는데 멀뚱멀뚱 서 있는 거야 그 단어가 생각나야 말이지 편지 뜯는 데 쓰는 머리핀인데 아 오르키야다 그 물건이 코빼기 앞에서 자기 얼굴을 빤히 쳐다보고 있는데도 말이야 인정머리 없는 할망구 같으니 가발이나 머리에 뒤집어쓰고 못생긴 주제에 자기 외모가 꽤나 잘난 줄 알아 여든 살이나 백 살이 다 되어 쭈그렁 상판을 해가지고는 그렇게 종교를 들이대며 뻣뻣하게 굴었어 왜냐하면 애틀랜틱 함대가 자기네 나라 조세 감시선을 무시한 채 세상 배의 절반은 될 만한 수의 배를 타고 영국 국기를 휘날리면서 입항한 사실을 절대 받아들일 수가 없었던 거지 왜냐하면 술 취한 잉글랜드 수병 넷이 자기네들한테서 지브롤터 바위산을 통째로 빼앗아버렸거든 왜냐하면 내가 자기 기분을 맞춰주느라고 산타마리아성당 미사에 뻔질나게 들락거리질 않았거든 혼례가 없는 날이면 숄을 칭칭 두르지를 않나 성인들과 은색 드레스를 입은 흑인 성처녀의 기적 얘기라든가 부활절 주일 아침에 해가 세 차례 춤춘다는 얘기 따위를 줄줄이 늘어놓지를 않나 그뿐야 이 할망구는 신부님이 죽어가는 이에게 줄 바티칸*을 들고 종을 울리며 옆을 지나가자 예수 폐하를 위해 성호를 긋지를 않나 멀비가 편지에 연모자라고 서명한 걸 보고 난 하늘을 날 듯했어 난 그 남자가 카예 레알에서 나를 따라오는 모습이 가게 진열창에 비친 걸 보고 한번 낚아보고 싶었지 그러더니 그냥 지나치면서 눈짓을 보내더라 그래도 만날 약속을 잡는 편지를 보내올 줄은 꿈에도 몰랐네 난 종일토록 그걸 속치마 허리춤에 넣고 아빠가 훈련지도하는 동안 샅샅이 들여다보면서 필적이나 우표언어**로 뜻을 알아내려고 했어 생각난다 그

* '비아티쿰'(죽어가거나 죽을 위험에 처한 사람에게 주는 성찬)을 몰리가 잘못 말한 것.

** 가령 우표를 우측상단 모서리에 거꾸로 붙이면 답장 거부, 좌측상단 모서리에 거꾸로

때 부른 노래가 흰 장미를 달까요였어 그리고 난 약속시간이 빨리 오라고 낡고 시원찮은 시계를 앞으로 돌려놓고 싶더라 나한테 키스한 첫 번째 남자야 무어 암벽 아래서였지 내 애인은 소년 시절에 난 키스라는 게 어떤 건지 까맣게 모르다가 그 남자가 혀를 내 입속에 넣고 나서야 알게 됐네 그 남자 입은 사탕 같고 싱싱했어 난 요령을 터득하려고 두어 번 한쪽 무릎을 그 남자에게 갖다댔어 내가 왜 플로라 가문의 돈 미겔이란 스페인 귀족 자제와 약혼했단 농담을 했을까 그랬더니 그 남자는 내가 삼 년 뒤에 그 사람과 결혼할 거라고 믿었지 장난삼아 했지만 진실인 말이 많아 한 송이 꽃이 핀다네*** 그냥 계속 상상하고 있으라고 나에 관한 진실한 얘기를 두어 개 해주었지 그 남자는 스페인 여자들을 싫어했는데 그중 한 명이 그 남자를 질색해했나봐 난 그 남자를 흥분시켜줬는데 자기가 가져온 꽃을 몽땅 내 가슴에 짓뭉개는 거 있지 내가 가르쳐줄 때까지는 페세타며 페라고르다 같은 잔돈도 세지 못했어 블랙워터 강변에 있는 카포킨 출신이라나 하지만 너무 짧은 만남이었어 그날이 그 남자가 떠나기 전날의 5월 그래 스페인의 아기 국왕이 태어난 5월이었어 난 봄에는 항상 이 모양이야 저 위 바위산 정상의 오하라탑 근처에 있는 대포 아래로 해마다 새 남자가 나타났으면 좋겠다 난 그 탑이 번개에 맞았다는 얘기며 서로서로 등에 타고 공연 내내 내달리던 꼬리 없는 늙은 바버리원숭이들을 클래펌으로 보내게

붙이면 사랑 고백, 중앙상단에 붙이면 긍정, 하단에 붙이면 부정을 뜻한다.

*** '한 송이 꽃이 핀다네'라는 노랫말의 원문은 'there is a flower that bloometh'다. 주인공의 이름 'Bloom'과 펜팔 이름 'Flower'가 꽃이니, 몰리가 우연히 사용한 스페인 가문의 이름 'Flora(꽃)'가 결과적으로 진실한 말이 된 셈이다. 바로 뒤에 나오는 것처럼 멀비가 몰리에게 꽃을 선물하는 사연에까지 '꽃'의 모티프가 이어진다.

된 그 모든 사연 따위를 그 남자에게 들려줬어 정통 바위산 전갈*인 루비오 할머니가 그러는데 그놈들은 인세스 팜에서 병아리를 털어가기도 하고 가까이 다가가면 돌도 던져댔대 그 남자는 나를 쳐다보고 있었고 난 너무 노골적이지 않은 선에서 그 남자를 최대한 충동질하려고 내가 입고 있던 블라우스 앞가슴을 열어젖혔지 젖가슴이 그때 막 부풀기 시작하는 참이었거든 내가 피곤하다고 말해서 우린 전나무만**에서 누웠어 난잡한 장소일 거야 현존하는 바위 중에 제일 높은 바위일걸 지하통로며 포대며 그 무시무시한 바위들이며 고드름인지 뭔지가 달려 있고 사다리가 걸린 세인트 미카엘 동굴 따위가 있었지 동굴에 진흙은 또 어찌나 많은지 내 구두가 얼룩투성이였어 원숭이들이 죽으면 바다 아래로 해서 아프리카로 보낼 때 내려가는 길이 틀림없어 저멀리 나뭇조각처럼 보이는 건 지나가는 몰타행 보트였을 거야 그래 그 바다며 하늘이며 하고 싶은 건 뭐든 할 수 있었지 언제까지라도 거기 누워 있고 싶었어 그 남자는 옷 위로 내 젖가슴을 껴안았어 남자들은 그 짓을 참 좋아해 거기가 봉긋해서일 거야 난 그 짓에서 새로움을 맛보려고 하얀 볏짚모자를 쓴 채 그 남자에게 기대고 있었지 내 왼쪽 얼굴이 최고야 그 남자의 마지막 날을 위해 내 블라우스를 벌렸지 그 남자는 투명한 셔츠 같은 걸 입고 있어서 난 그 남자 가슴이 분홍빛인 걸 볼 수 있었어 그 남자가 잠깐 자기 걸로 내 걸 건드리고 싶어했지만 난 한사코 거부했어 그 남자가 처음에 몹시 몸이 달아 있었지만 결핵이 옮

* 주둔군 부대에서 스페인 태생의 사람을 일컫던 속어.

** 몰리가 '전나무만(firtree cove)'이라 부른 장소는 기록에 없는 곳으로, 아마도 '무화과나무 동굴(Fig-Tree Cave)'일 것으로 보인다.

을지도 모르고 나한테 애라도 배게 만들까봐 겁이 나잖아 그 늙은 하녀 이네스 말이 한 방울이라도 일단 몸안에 들어가기만 하면 일 난다잖아 나중에 바나나 가지고 해봤지만 그게 부러져서 내 몸 안 어딘가에서 굴러다닐까봐 겁나더라 왜냐하면 어느 여자 몸에서 뭔가를 꺼냈는데 그게 석회소금으로 뒤덮인 채 몸속 깊은 곳에 몇 년이나 처박혀 있었다는 거야 남자들은 거기 들어가고 싶어서 환장을 해 자기들이 빠져나온 곳이라서 그럴까 남자들은 아무리 깊이 들어가도 만족 못하는가보다 하는 생각이 들어 그러고는 웬만큼 끝났다 싶으면 또 다음 차례야 그래 왜냐하면 거기엔 기막힌 느낌이 있거든 그러는 내내 너무나 부드러워 우리가 어떻게 마무리했더라 그래 오 그래 난 그 남자를 빼내 내 손수건에 감쌌어 난 흥분하지 않은 척 시치미뗐지만 다리를 벌렸어 그 남자가 속치마 속으로 나를 건드리지는 못하게 하고 왜냐하면 내가 입은 치마 옆이 위로 벌어져 있었거든 먼저 간질임으로 괴롭혀서 그 남자 얼을 빼놓았지 난 호텔에서 그 개를 자극하는 게 참 좋았어 르르르스스스스트트 어워워워 그 남자는 눈을 감았고 우리 밑으로는 새가 날았지 그래도 그 남자는 부끄럼을 탔지만 난 그 남자가 그렇게 신음소리 내는 게 좋았어 난 그런 식으로 올라타서 그 남자를 조금 낯붉히게 만들었지 내가 그 남자 단추를 끄르고 그 남자 걸 꺼내 표피를 밀어올렸더니 그 안에 눈 같은 게 있지 뭐야 남자들은 온통 단추투성이야 남자들은 단추가 옷 안쪽으로 가운데를 따라 쭉 내려가며 달려 있어 그 남자는 나를 사랑스러운 몰리라고 불렀어 그 남자 이름이 뭐더라 잭 조 해리 멀비였나 맞아 그 남자는 중위였던 것 같아 꽤 금발이었어 목소리에는 웃음기가 배어 있고 그래서 난 거시기를 잠깐 손대보았어 모든 게 거시기였지 콧수염을 길렀어 그 남자는 돌아오겠다고 그러더라 어머나 나한텐 꼭 어제 일 같아 그 남자는 내가 결혼한 상태라도 나한테 그 짓을 할 거야 나는 그래 하고 굳게 약속했지 지금이라도 나한테 씹하게 해주고 싶어 훨훨 날게 어쩌면 죽었을 거야 죽임을 당했을지도 아니면 대위나 해군장성이 되어 있을지도 거의 이십 년이 됐네 내가 전나무만이라고 말하면 그 남자는 아마 그 남자가 내 뒤로 다가와 두 손으로 내 눈을 가리고 누구게 해도 난 알아맞힐지 몰라 마흔쯤 됐을 테니 아직도 젊어 어쩌면 블랙워터에 사는 어떤 처녀랑 결혼해서 아주 달라져 있을 거야 남자들은 다 그렇거든 남자들은 인성이 여자들 반도 못 따라와 그 여자는 그 남자가 자기 꿈을 꾸기도 전에 내가 자기의 사랑하는 낭군님과 무슨 짓을 했는지 잘 모르겠지 그것도 온 세상이 다 보이는 백주대낮에 말이야 아마 〈크로니클〉지에 그에 관한 기사를 써도 될 거야 나중에 나는 좀 거칠어졌어 비스킷이 든 낡은 베너디브러더스 가게의 낡은 봉지를 불어서 터뜨렸더니 어머나 빵 소리가 어찌나 크던지 온갖 도요새며 비둘기들이 깩깩 소리를 질러댔어 우리가 갔던 길로 되돌아올 때는 중앙 언덕을 넘어 낡은 위병소랑 유대인 묘지 옆을 돌았는데 거기 쓰인 히브리어를 소리 내어 읽는 척했어 그 남자 권총을 쏘아보고 싶다고 했더니 없다더라고 그 남자는 나를 어찌 봐야 할지 몰랐어 챙 달린 모자를 항상 삐딱하게 써서 그럴 때마다 내가 바로잡아주었지 영국 군함 칼립소호가 내 모자를 나풀거리게 만들었어 그 늙은 주교는 제단 아래로 내려와 여성의 더 높은 기능에 대한 긴 연설을 하면서 자전거를 타고 챙 달린 모자를 쓰고 새로 나온 여성용 블루머를 입는 요즘 소녀들 얘기를 줄줄이 늘어놓았지 하느님 그분께는 분별을 제게는 더 많은 돈을 보내주시옵소서 블루머란 이름은 이 사람 이름을 따서 지어진 것 같아 블룸이라 이게 내 이름이 될 줄이야 난 그 이름을 명함에 올려놓으면 어떤 모양이 되는지 보려고 인쇄체로 써보기도 하고 정육점에서 연습 삼아 써보기도 했어 감사합니다 M 블룸 자기는 꽃 핀blooming 모습이야 라고 조시는 내가 이 사람과 결혼한 후로 말하곤 했어 하긴 브린이니 브릭스니 하는 이름보다야 낫지 훔치기라도 하나* 또는 램스보텀 부인이나 다른 종류의 보텀처럼 보텀이 들어간 끔찍한 이름들이 있지** 멀비 역시 혹할 이름은 못 돼 아니면 만일 내가 이 사람하고 이혼한다면 보일런 부인이 될 수도 우리 엄마는 어떻게 된 사람인지 모르지만 나한테 뭐가 됐든 더 멋진 이름을 지어줬으면 좋았을 텐데 자기가 가진 그 사랑스러운 이름 루니타 라레도를 따서 말이야 윌리스 로드를 따라 저지의 반대쪽을 요리조리 들락날락하면서 유로파곶으로 달릴 때는 얼마나 신나던지 내 젖가슴은 지금 밀리가 계단을 뛰어올라갈 때 그 작은 것들이 그러는 것처럼 블라우스 안에서 넘실넘실 출렁출렁 난 그것들을 내려다보는 게 즐거웠어 나는 후추나무랑 하얀 포플러나무에 뛰어올라 이파리를 뜯어내서 그 남자한테 던졌지 그 남자는 인도로 갔고 편지 쓰기로 했는데 그런 남자들이 지구 끝까지 갔다 와야 하는 여행을 생각하면 남자들이 적어도 그 정도 대접은 받아야지 기회 있을 때 한 여자한테서 한두 차례 쥐어짜는 일쯤이야 출항 나가 어딘가에서 익사하거나 바람에 날아갈 수도

* '브릭스(Briggs)'와 발음이 비슷한 'brig'는 '훔치다, 횡령하다' 등을 뜻한다.

** '보텀(bottom)'은 흔히 '바닥'을 뜻하나, 몰리가 염두에 둔 '엉덩이'란 뜻도 있다. 따라서 '램스보텀(Ramsbottom)'은 '숫양의 엉덩이'라는 뜻으로 들릴 수도 있다.

있잖아 나는 감시병의 것과 비슷한 죽은 루비오스 대위의 휴대용 망원경을 들고 그 일요일 아침 윈드밀 언덕을 올라 평원으로 갔지 그 남자는 배 타게 되면 망원경을 한두 개 가져오겠다고 했어 난 파리 B 마르셰 백화점에서 구한 프록 차림에 산호 목걸이를 했어 반짝이는 해협이 저 건너 모로코로 거의 하얀 탕헤르만이랑 눈 덮인 아틀라스산까지 이어지는 게 보였어 해협이 강물처럼 그렇게나 맑더라 해리 사랑스러운 몰리 나중에 미사에서 나는 내내 바다에 나가 있을 그 남자 생각을 하고 있었어 그때 성체 받들기 하는데 내 속치마가 미끄러져내려가기 시작했지 몇 주일이 지나도 그 남자 냄새를 맡아보려고 베개 밑에 손수건을 두었어 지브롤터에서는 쓸 만한 향수를 구할 수가 없어 그저 냄새가 약해지면서 몸에 악취를 남기는 싸구려 포 데스파뉴뿐이야 난 그 남자에게 다른 어떤 것보다도 기념품을 주고 싶었어 그 남자는 내게 행운을 빈다며 그 볼품없는 클라다 반지를 주었고 그걸 난 남아프리카로 떠나는 가드너에게 주었는데 그곳에서 보어인들은 전쟁에다 열병으로 그 남자를 죽였지 하지만 그래 봤자 보어인들은 결국 참패했어 마치 그 반지가 오팔이나 진주처럼 액운을 불러오기라도 한 것처럼 말이야 그래도 그 반지는 썩 무거웠던 걸 보면 틀림없이 순금 18캐럿일 거야 근데 그런 곳에서 무얼 구할 수 있겠어 아프리카에서 불어닥치는 모래개구리 소나기며 마리 뭐라고 하는 항구로 떠밀려온 표류선 따위밖에 없는걸 아냐 그 남자는 콧수염이 없었어 콧수염 있는 건 가드너였고 그래 깨끗이 면도한 그 남자 얼굴이 눈에 선하다 프르시이이이이이이이이이프롱 저놈의 기차가 다시 우는 소리를 내네 기억도나 지않게 흘러어간 그리운 시절 한때 눈을 감고 호흡 입술을 앞으로 내밀고 키스 슬픈 표정으로 눈 뜨고 피아노 세상에 안개가 시작하기 전에 난 이 개가시 어쩌고 하는 부분이 싫어 달콤한 옛사랑 노오오오오오래가 들려온다 난 다시 각광을 받게 되면 이 부분을 신나게 뽑아재낄 거야 돼지 목 따는 소리 내는 캐슬린 커니니 뭐니 하는 여자들 이양 저양 그양 등등의 참새방귀 뀌는 년들이 내 엉덩이만큼도 모르는 정치 얘기를 한답시고 낄낄거리며 설쳐대는 꼬락서니란 어떻게든 흥미를 끌어 보려고 아일랜드의 토종 미인이라느니 하며 못하는 짓이 없지 그래 나는 군인 딸이다 넌 누구 딸이냐 구두장이 딸이냐 술장수 딸이냐 죄송해요 마차님 손수레인 줄 알았어요* 기악 공연하는 밤에 나처럼 장교의 팔짱을 끼고 알라메다공원에서 산책할 기회를 한 번이라도 얻으면 까무러쳐서 쫙 뻗어버릴 거야 초롱초롱한 내 눈하며 그것들한텐 없는 내 가슴하며 정열하며 하느님 그것들의 모자란 머리를 도와주소서 난 남자와 인생에 대해 그년들 모두가 쉰 살이 된 지금 아는 것보다 더 많은 걸 열다섯 살 때 이미 깨우쳤걸랑 그것들은 이런 식으로 노래 부를 줄을 몰라 가드너 말이 내가 이렇게 웃을 때 내 입과 이를 보고도 그 생각을 안 할 남자는 없다나 처음엔 그 남자가 내 말투를 좋아하지 않을까봐 걱정했어 여간 영국적인 남자라야 말이지 내가 가진 아버지 우표 말고 아버지가 내게 남겨준 거라고는 말투뿐이니 내 눈이랑 몸매는 어머니한테서 타고난 거고 어쨌든 그 남자는 그년들이 되지도 않게 콧대가 하늘같이 높다는 말을 입에 달고 살았어 막된 남자들도 더러 있긴 하지 그 남자는 아주 딴판이었지만 그 남자는 내 입술에 뽕갔지 그년

* 잘난 체하는 언행에 대해 아일랜드 서부에서 쓰는 경멸조의 표현.

들은 그럭저럭 봐줄 만하게 생긴 남편이랑 내 딸 같은 애부터 얻으라고 그래 아니면 보일런같이 맘만 먹으면 아무 여자나 골라잡을 수 있는 돈 많은 거물을 흥분시킬 수 있나 어디 보라 그래 서로 꼭 끌어안고 그 짓을 네댓 번이나 하다니 목소리만 따져도 그래 난 프리마돈나도 될 수 있었던 여자라고 이 사람하고 결혼하지만 않았어도 말이야 온다 옛사아아아랑의 굵직하고 낮게 턱은 뒤로 빼고 그렇다고 너무 빼서 이중턱으로 만들지는 말고 석양 무렵의 해자 있는 저택이며 둥근 천장이 있는 방들을 그린 〈내 여인의 규방〉은 앙코르로 부르기에는 너무 긴 노래야 그래 그 남자가 준 〈남쪽에서 불어오는 바람〉을 불러야지 성가대 공연이 끝나고 나면 내 까만색 드레스에 달린 저 레이스를 가슴이 돋보이도록 바꿔야겠어 그리고 난 그렇게 아참 저 커다란 부채를 수선할 거야 그년들이 질투심으로 폭발하게 만드는 거야 그 남자 생각만 하면 언제나 내 구멍이 근질근질해 느낌상 일을 봐야겠네 뱃속에 공기가 찬 느낌이야 살며시 뀌는 게 나아 괜히 이 사람 깨워서 군침 흘리며 달라붙게 만들 일 없어 기껏 등이고 배고 옆구리고 할 것 없이 샅샅이 씻고 난 뒤인데 말이야 우리에게 하다못해 욕조라도 있든지 내 방이라도 있으면 또 몰라 이 사람이 딴 방에서 혼자 자면 좋겠어 차가운 발을 내 몸에 얹어놓으니 원 하다못해 방귀라도 뀔 수 있는 여지를 주소서 하느님 아니면 아주 하찮은 일이라도 더 잘할 수 있도록 그래 발을 그렇게 가만히 두고 살짝 모로 누워서 조용히 피아노로 달코오오오 저멀리 저 기차가 있어 피아니시모로 오오옴 한번 더 한 노래

그것참 후련하다 어디서건 방귀는 시원하게 뀌어야지 혹시 나중에 차 한 잔을 곁들여 먹은 그 돼지고기 토막이 이 더위에 제대로 신선한

거였는지 알 게 뭐야 고기에서 아무 냄새도 나지는 않았지만 그 수상해 보이는 돼지고기 정육점 주인이 아무래도 보통 사기꾼이 아닌가봐 저 등에서 연기 좀 안 났으면 좋겠어 코에 그을음이 가득차니 원 그래도 이 사람이 밤새 가스불을 켜두는 것보다는 낫지 지브롤터에서는 침대에서 느긋하게 쉴 수가 없었어 살펴보려고 일어나기까지 할 판이었으니 난 왜 그게 그리 신경쓰일까 그래도 겨울에는 그게 좋아 사람이 더 있는 것 같아서 어휴 내가 열 살이던 그해 겨울은 엄청 추웠어 열 살이 맞나 맞아 온갖 우스꽝스러운 옷을 입힌 커다란 인형을 가지고 있을 때니까 그 인형에 옷을 입혔다 벗겼다 했지 그 얼음장 같은 바람이 뭐뭐 네바다라는 산맥에서 쌩쌩 불어닥쳤지 시에라 네바다구나 몸을 덥히려고 손바닥만한 짧은 슈미즈 차림으로 불가에 서기도 했어 그 차림으로 돌아다니며 춤추기를 참 좋아했지 그러고는 쏜살같이 침대로 달려 돌아왔어 틀림없이 앞집에 살던 그 녀석이 여름에 불을 끈 채 거기에서 내내 지켜보고 있었을 거야 그런데 난 살가죽만 걸치고 뛰어다녔으니 그때는 세면대에서 옷 벗은 채로 토닥토닥 향수 바르고 크림 바르는 나 자신이 참 좋았어 요강에서 볼일 볼 때만큼은 나도 불을 껐지 그렇다면 그때 우리 둘이 있었네 이 밤에 잠은 다 잤다 그건 그렇고 이 사람이 그 의대생들이랑 어울려 다니려는 건 아니겠지 나쁜 물 들라 자기가 다시 젊어진 줄 아나봐 들어온 시간이 더도 말고 새벽 네시는 되었을걸 그래도 예의는 발라서 나를 깨우진 않더라 남자들이 밤새도록 무슨 수다를 그렇게 떨어댈까 돈은 돈대로 날리고 점점 취해가면서 말이지 물 좀 마시면 안 되나 그러고는 달걀이랑 차랑 훈제대구랑 버터 바른 뜨거운 토스트를 대령하라고 시키기 시작하다니 이러다가

이 사람이 시골의 왕처럼 의젓하게 앉아 숟가락을 거꾸로 잡고 위아래로 흔들어대며 달걀을 휘젓게 될라 도대체 어디서 그런 버르장머리를 배워왔을까 실은 이 사람이 아침마다 쟁반에 놓은 컵들을 딸가닥거리며 계단을 올라오다 넘어지는 소리를 듣는 재미가 쏠쏠한데 그러곤 고양이랑 장난치지 고양이는 저만 좋자고 사람한테 몸을 비벼대 혹시 벼룩이 있나 여자 못지않게 행실이 나빠서 항상 빨아대고 싸질러대지 하지만 그것들 발톱은 싫어 우리가 못 보는 걸 보는 게 있을까 그렇게 오래도록 계단 꼭대기에 앉아 그렇게 노려보지 내가 기다리면 귀를 기울이고 언제나 도둑질은 또 얼마나 잘하는지 내가 사놓은 그 탐스럽고 신선한 가자미를 그냥 내일 생선 한 토막 사와야지 아니 오늘인가 금요일이야 그래 그렇게 할 거야 오래전처럼 블랑망제도 조금 사고 까만 건포도 잼도 사고 런던과 뉴캐슬의 윌리엄스 앤드 우즈 제과점에서 산자두랑 사과를 섞어 만든 무게 2파운드짜리 잼 단지 같은 것들 말고 두 배나 오래가는 거야 뼈가 있어서 그렇지 뱀장어는 싫어 대구 그래 대구를 물 좋은 놈으로 한 토막 사야지 난 깜박하고 언제나 세 사람도 먹을 만큼 사고 있어 어쨌든 버클리 식료품점에서 사는 늘 그렇고 그런 정육점 고기는 질렸어 허리 토막이며 소다리며 갈비 스테이크며 양 목살이며 송아지 내장이며 이름만 들어도 지겨워 아님 소풍을 예를 들어 우리 모두 각자 5실링씩 내든가 아니면 그 남자가 다 내든가 하고 그 남자한텐 어떤 다른 여자 누구냐 플레밍 부인을 불러서 붙여준 뒤 마차를 타고 퍼리 글렌이나 스트로베리 베즈로 나가보면 어떨까 이 사람은 편지 살필 때처럼 모든 말들의 발톱을 살피게 되겠지 아니 거기서는 보일런을 빼자 그래 시원한 소고기 돼지고기가 섞인 샌드위치를 약간 준비해서 저 아래 둑 바닥에 아담한 집들이 있잖아 거기로 정한 건 다 생각이 있어서고 하지만 이 사람 말이 날씨가 불타듯이 덥다는데 휴일엔 말고 어쨌든 난 음악당의 온갖 어중이떠중이 계집들이 무슨 날이라도 만났다는 듯이 옷 떨쳐입고 설치는 꼴은 질색이야 성신강림절 지난 첫째 월요일도 재수없는 날이야 그놈의 벌한테 이 사람이 쏘인 것도 이상할 게 없어 바닷가가 나아 하지만 난 내 눈에 흙 들어가기 전엔 이 사람하고 두 번 다시 배를 타지 않을 거야 이 사람이 브레이에서 노 저을 줄 안다고 뱃사공한테 큰소리친 뒤탈을 겪어봤잖아 골드컵대회에서 야외 장애물 경마 기수로 뛸 수 있겠느냐고 누가 물어도 그렇다고 말할 사람이거든 그러더니 글쎄 파도가 세져 그놈의 배가 이리저리 기우뚱거리면서 무게중심이 몽땅 내 쪽으로만 쏠리는데 나한테 오른쪽 고삐를 당기랬다가 왼쪽 고삐를 당기랬다가 입만 나불대는 사이에 물살은 온통 바닥 사이로 흘러넘쳐들어오고 이 사람 노는 등자에서 빠져나가고 말았지 우리가 몽땅 빠져 죽지 않은 게 천만다행이야 하긴 이 사람은 수영할 줄 알거든 난 못하고 조금도 위험하지 않아 침착성을 유지해 자기는 운동바지를 입고서 말이야 사람들이 죄다 보는 앞에서 그놈의 바지를 벗겨 갈기갈기 찢어발기고 그 책에서 채찍질이라고 부른 걸 이 사람한테 검푸르게 멍들도록 퍼부었으면 좋겠어 이 사람한테 약이 될 만한 건 세상에 있는 대로 다 써보고 싶더라고 누군지 모르지만 저 다른 미인과 함께 있던 코 긴 남자만 아니었으면 시티 암스 호텔에서 나온 버크는 평소처럼 부두 경사면에서 어정거리며 엿보고 있었고 반갑지도 않은 주제에 꼭 코빼기를 디밀어 무슨 소동이라도 벌어졌다면 억지로라도 더 좋은 낯을 지어줄 테지만 우리는 정든 사이가 아니거든 그게 그나마 한 가지 위안이야 이 사람이 갖다준 저 책이 어떤 종류일까 『죄의 달콤함』이라고 또다른 드 코크 씨라는 상류층 사람이 쓴 책이야 사람들이 그 별명을 붙여준 건 그 남자가 관 모양의 물건을 달고 이 여자 저 여자한테 집적거렸기 때문일 거야 난 소금물로 엉망이 돼버린 내 하얀 새 구두라든지 깃털이 사방으로 나부끼며 몸을 건드리던 모자를 갈아 신거나 쓸 수도 없었어 바다 냄새 맡으며 한창 들떠 있던 판에 얼마나 화나고 짜증나는 일이야 하기야 바위산 뒤편에 있는 카탈란만의 정어리들이랑 도미는 좋았지 어부들의 바구니에서 온통 은빛으로 빛나는 게 멋졌어 백 살이 다 된 루이지 할아버지는 제노바 출신이라고들 했고 또 귀고리를 단 키 큰 노인도 있었지 기어올라가야 닿을 수 있는 남자는 싫어 그런 남자들은 모두 오래전에 죽어서 썩어버렸을 거야 게다가 난 밤중에 이 커다란 병영 같은 집에 혼자 있는 것도 싫어 그래도 참아내야 하겠지 난 심지어 이사 들어올 때도 북새통속에 소금* 한 조각 들여온 적이 없으니까 이 사람은 이층 응접실에 구리 간판을 단 음악학원을 만들 생각이었지 아니면 블룸스 프라이빗 호텔을 제안하기도 했고 자기 아버지가 저 아래 에니스에서 그랬던 것처럼 딱하게도 신세를 홀딱 망쳐버리는 거야 자기가 해보겠다고 아빠에게 말했던 그 많은 일들만 봐도 알 만하지 나한테도 말했지만 난 꿰뚫어봤어 신혼여행 갈 온갖 멋진 장소를 얘기해줬어 곤돌라가 있는 달밤의 베니스며 어느 신문에서 사진을 오려낸 코모호수며 만돌린이며 등불이며 어머 얼마나 멋질까 하고 난 말했지 내가 좋아하는 건

* 로마신화 등에서 '소금'은 가정의 신을 달래는 일종의 제물.

뭐든지 미리 알아서는 못해도 말이 떨어지기가 무섭게 당장 해주려고
했지 너 내 부하가 될래 내 깡통을 들어줄래 이 사람이 생각해내는 그
모든 계획들은 대단한 건 아니라도 제법 알아줄 만해 그런데 나를 온
종일 여기 처박아놓다니 다 굳은 빵 동냥이라도 해보겠다고 문간에 서
서 긴 사설을 늘어놓는 어떤 늙은 거지가 알고 보니 부랑자여서 발로
막아서서 문 닫지 못하게 할지 알 수 없는 일이야 〈로이즈 위클리 뉴
스〉에서 골수 범죄자라 불린 놈의 사진처럼 말이지 이십 년을 감방에
서 썩다가 나와서는 어느 노파를 돈 때문에 살해했다지 마누라건 어머
니건 누구이건 간에 그놈의 불쌍한 가족을 상상해봐 그런 면상을 보면
수십 리 밖으로 줄행랑을 놓을 거야 만사불여튼튼이라고 난 문이고 창
이고 다 걸어 잠그지 않고서는 편히 쉴 수가 없을 거야 하지만 감방이
나 정신병원에서처럼 갇혀 지내는 건 배나 더 괴롭지 그런 놈들은 모
조리 총살이나 아홉 가닥 채찍질을 당해도 싸 침대에 누워 있는 불쌍
한 노파한테 덤벼들어 죽이려 든 그놈처럼 커다란 짐승은 말이야 그런
놈들은 이 사람한테 접근도 시키지 말아야 해 암 그래야지 이 사람이
무슨 대단한 도움이 될까마는 그래도 없는 것보다는 나으니까 그날 밤
난 틀림없이 부엌에서 밤도둑 든 소리를 들었고 그래서 이 사람은 마
치 쥐를 찾는 것처럼 셔츠 바람에 초랑 부지깽이를 들고 내려가서는
두려움에 얼이 빠져 백지장같이 얼굴이 창백해져가지고 도둑 좋으라
고 그러는지 소리를 낼 수 있는 대로 크게 내는 거야 실은 훔칠 것도
별로 없는데 하긴 아무도 모를 일이긴 하지만 그래도 느낌으로는 그래
특히 지금은 밀리가 나가 있잖아 자기 할아버지 때문에 사진 찍는 법
을 배우라고 애를 저 아래로 보내다니 이 사람은 생각하는 것도 별나

그 대신 스케리 학원으로 보내지 않고서 그랬으면 밀리는 나와 달리 학교에서 수석을 독차지하며 배울 수밖에 없었을 텐데 다만 그게 아니라도 이 사람은 나하고 보일런 때문에 그렇게 했을 거야 바로 그래서 그런 거야 틀림없어 이 사람이 모든 일을 계획하고 꾸미는 수법이라니 요사이는 그애가 집에 있으면 문을 걸어 잠그지 않고는 돌아눕지도 못할 판이었어 내가 문에다 의자를 받쳐놓고 장갑 낀 손으로 막 저 아래 몸을 씻으려는데 먼저 노크도 하지 않고 불쑥 들어와 속을 긁었지 신경 거슬리더라고 그러고는 온종일 푼수 노릇을 하는 거야 애를 동시에 둘이서 볼 수 있도록 유리 상자 속에 가둬둘까보다 천방지축으로 날뛰더니 결국 떠나기 전에 그 허울좋은 조그만 동상 손을 부러뜨렸잖아 이 사람이 행여 알기라도 해봐 그 조그만 이탈리아 소년한테 2실링을 주고 이음매가 보이지 않도록 수선시켜놓았지 날 위해 삶은 감자 물 빼는 일조차 안 하려고 들어 하긴 손 버리지 않으려고 그러는 거니 잘 생각한 거지 최근에 보니까 이 사람이 요새 식탁에서 신문에 난 일들을 애한테 설명해주더라 애는 또 알아듣는 척을 하고 영악도 해라 물론 이 사람 집안 내력이지 설마하니 이 사람은 내가 아는 척한다는 말은 못하겠지 그럴까 사실 난 너무 솔직하잖아 애한테 코트까지 입혀주던데 그래도 애는 무슨 문제가 생기면 이 사람이 아니라 나한테 얘기한다 이 사람은 나를 볼장 다 본 퇴물로 아나봐 웬걸 아니거든 암 어림없는 말씀이지 두고 봐 두고 보자고 최근엔 톰 디밴네 아들 둘이랑 신나서 시시닥거리더라 내 흉내를 내는 건지 저를 불러내러 온 머리네 말괄량이 계집애들하고 휘파람을 다 불어대고 밀리 외출 좀 시켜주면 안 돼요 제발요 밀리가 꼭 있어야 해요 밤엔 해리 디밴의 자전거를 타고 넬슨 스트리트를 쏘다니며 애한테서 우려먹을 대로 우려먹으려는 속셈이지 이 사람이 애를 지금 있는 데로 보내기를 잘했어 요게 막 멋대로 놀기 시작하던 참이거든 스케이트장엘 가려고 하질 않나 코로 담배를 피워대질 않나 얘가 입고 있는 웃옷 밑두리에 바느질로 달아주려던 단추에서 실을 이빨로 뜯어내려는데 그만 드레스에서 그 냄새가 나더라니까 제까짓게 나한테 뭘 숨기겠다고 어림없지 다만 얘가 옷을 입고 있는데 그 옷에다 대고 바느질한 건 잘못했어 이별을 부른다잖아 마지막으로 먹은 자두 푸딩만 해도 그래 둘로 갈라졌거든 거봐 누가 뭐래도 결국 일이 그런 일이 생기잖아 요건 입방정을 잘 놓아서 질색이야 엄마 블라우스가 아래로 너무 훤히 벌어져 있네 나한테 그러잖아 똥 묻은 개 겨 묻은 개 나무라는 셈이니 나도 지지 않고 온갖 사람들이 지나다니는 앞에서 창턱에 그렇게 다리를 곧추세운 채 훤히 보여주지 말라고 한마디해주었지 사람들이 다 얘를 쳐다봐 그 나이 때 나도 그랬지만 하긴 그것도 이 몸을 쳐다보고 침 흘리지 않는 놈팡이가 없던 시절 얘기네 왕립극장에서 공연된 〈유일한 길〉을 보러 갔을 때 보니 살 닿는 걸 질색하는 게 나름대로 꽤나 새침데기야 거기 발 좀 치워주세요 사람들이 내 몸에 닿는 게 싫어요 얘가 죽기라도 할까봐 주름잡은 얘 치마를 어디 꾸길 수나 있겠어 극장 안이 어둡고 붐빌 땐 틀림없이 그런 접촉이 자주 일어나 남자들은 항상 우리한테 몸을 비벼대려고 기를 쓰거든 지난번 〈중절모자〉에 출연한 베어봄 트리를 보러 게이어티극장에 갔을 때 일층 뒷자리에 서 있던 그놈 말이야 〈중절모자〉고 맨살 엉덩이*고

---

* '맨살 엉덩이(bare bum)'는 연극의 주연배우 베어봄(Beerbohm)과 발음이 비슷하다.

간에 다시는 거기 가서 그렇게 짓눌리는 꼴을 당하나 봐라 이 분이 멀다하고 내 거기를 톡톡 건드리며 시치미떼는 품새가 살짝 맛이 간 놈이더라고 그놈이 나중에 스위스인 양장점 창밖에서 옷차림이 세련된 여자 두 명에게 가까이 다가가 똑같이 한심한 수작을 부리려고 하는 장면을 본 것 같아 얼굴이며 모든 걸로 금방 그놈이란 걸 알아봤지 하지만 그놈은 날 기억 못하데 그래 밀리는 브로드스톤역에서 떠날 때 내가 키스하는 것조차 꺼렸어 근데 얘도 나처럼 비위 맞춰주는 사람이 누구 생겼으면 좋겠다 얘가 이하선염에 걸려 임파선이 퉁퉁 부어 누워 있을 때는 이건 어딨어 저건 어딨어 하기는 얘가 아직 깊은 맛을 느낄 수는 없지 난 몇 살이냐 스물둘인가 되어서야 비로소 제대로 젖어봤으니까 그건 항상 번지수를 잘못 짚었어 그런데도 보통 계집애들은 되지도 않은 소릴 하며 낄낄대지 그 코니 코널리란 계집애는 얘한테 보내는 편지를 검정색 종이에 흰 잉크로 쓰고 납으로 봉하기까지 했어 그래도 앤 막이 내릴 때 박수를 쳐댔지 남자배우가 워낙 잘생겨 보였거든 그후로 우린 아침 점심 저녁 끼니로 마틴 하비를 먹었어 나중에 혼자 생각해보니 남자가 여자를 위해 바라는 것 없이 그렇게 목숨을 바친다면 그건 틀림없이 진정한 사랑일 것 같더라 그런 남자는 이제 두어 명밖에 남아 있지 않을 거야 하지만 그런 일이 정말 나한테 일어나지 않는다면 그런 사랑이 있을 거라고 믿기 어려워 대부분 남자들 본성에 사랑이라고는 눈곱만큼도 없으니 요새는 그렇게 서로에 대한 생각으로 가득차서 상대가 느끼는 것과 똑같이 느끼는 두 사람을 찾기가 여간 힘들어야지 남자들은 보통 머리가 멍청해 이 사람 아버지는 부인을 따라 음독자살을 저질러버린 걸 보면 약간 이상한 분이었을 거야 막막한 느낌이었나봐 얘는 내 물건에도 항상 눈독을 들여 열다섯 살 나이에 머리 올리고 싶어하면서 내가 가진 몇 벌 안 되는 누더기 같은 옷도 모자라 내 가루분까지 탐내잖아 발라봤자 피부만 버릴 것을 나중에 긴긴 평생 살면서 화장할 시간은 남아돌 텐데 하긴 입술을 그렇게 빨갛게 칠한 지 모습이 예쁘다는 걸 알고 있으니 안달이 나기도 하겠지 그렇게 예쁜 모습을 내내 유지하지 못하는 게 안타까워 나도 그랬잖아 하지만 요것이랑 장에 가봐야 쓸데없어 감자 반 스톤 사오라고 했더니 생선가게 아낙처럼 바락바락 소리지르며 대꾸를 하잖아 우리가 속보경마장에서 조 갤러허 부인을 만난 날인데 이 여편네가 프라이어리 변호사랑 이륜마차에 타고선 안면 꼬불치는 거 있지 우리가 품위 부족이라 이거지 참다못해 요년 버릇을 잡으려고 두어 차례 귀싸대기를 찰싹 갈겨줬지 어디 한번 맛 좀 봐라 이 한 대는 나한테 그따위로 말대꾸한 값이고 또 이 한 대는 싸가지 없이 군 값이다 요년이 어지간히 남의 속을 긁어야 말이지 물론 그렇게 받아친 나도 성질 못됐지만 말이야 왜냐하면 뭣 때문이었더라 차에 잡초가 들어갔거나 전날 밤 잠을 못 자서였겠지 치즈를 먹었는데 그 때문인가 그렇게 나이프를 엇갈리게 놓지 말라고 이르고 또 일렀건만 왜냐하면 지 말마따나 저를 버릇들일 사람이 없거든 좋아 이 사람이 요것을 바로잡지 않으면 정말이지 나라도 나설 거야 애가 질질 짠 건 그게 마지막이야 나도 딱 그랬어 감히 집 주변에서 감히 나한테 이래라저래라 할 사람이 없었거든 물론 이 사람 잘못이야 진즉에 여자 하나 들이지 않고 여기서 우리 둘을 종 부리듯 하다니 난 제대로 된 하녀를 다시 구하기나 하려나 그렇게 되면 그 하녀는 이 사람이 달라붙는 꼴을 볼 것이고 난 도리 없이 그년에게 따끔하게 한마디해주겠지 어쩌면 그걸 두고 그년이 앙갚음을 할지 몰라 하녀들이란 게 여간 골칫거리여야 말이지 그 늙은 플레밍 아줌마만 해도 그래 뒤꽁무니를 일일이 따라다녀야 해 물건에 손을 대질 않나 냄비에 대고 재채기하거나 방귀를 뀌어대질 않나 응 하긴 나이를 먹었으니 어쩔 수 없는 노릇이긴 해 다행히도 그 썩고 낡아서 냄새 고약한 행주가 없어진 걸 내가 요리대 뒤에서 찾아내기 망정이지 난 뭔가 있다는 걸 알았거든 지하현관 창문을 열고 냄새를 내보냈어 친구들을 대접한다고 집에 데려오다니 웬 개를 달고 집에 들어온 그날 밤처럼 말이야 행여 미친개면 어쩌려고 그것도 하필이면 사이먼 데덜러스 아들이야 그 청년 아버지는 크리켓 시합 때 실크해트 쓰고 안경을 올린 채 어찌나 딱딱거리던지 양말에 구멍은 뻥 뚫려가지고 말이지 비웃음을 짓는 사람이나 사는 사람이나 그런가 하면 그 아들은 온갖 종목에서 모든 상을 휩쓸었지 난간 위로 기어올라가는 모습을 상상해봐 우리를 아는 누가 자기를 보기라도 했으면 어쩌려고 이 사람이 그 멋진 장례식용 바지에 커다란 구멍을 내지 않은 게 신통해 자연이 준 구멍 하나면 누구에게나 충분한 게 아니라는 듯이 말이야 그 청년을 더럽고 낡은 부엌으로 몰고 오다니 아니 이 사람 머리가 어떻게 된 거 아닌지 묻고 싶네 빨래하는 날이 아니었던 게 아쉽다 내 낡은 팬티가 빨랫줄에 걸려 구경거리가 되었더라면 좋았을걸 그 멍청한 아줌마가 내 팬티에 다리미로 태워놓은 자국쯤 그 청년한테 뭔 상관이겠어 청년은 뭐 딴 거려니 할지 몰라 그 아줌마는 아무리 일러도 기름기조차 빼질 않아 칠칠치 못한 여편네지만 중풍이 심해진 남편 때문에 이제 떠난다니 원 남자들은 항상 탈이 잘 나

병에 걸리거나 수술을 받아야 하거나 그것도 아니면 술독에 빠지거나 남편이 아줌마를 팬다지 누군가를 구하러 다시 여기저기 수소문하고 다니게 생겼어 날마다 일어나보면 뭔가 새로운 일이 터진다 에구머니 이럴 수가 글쎄 죽어서 무덤 속에 쫙 뻗어버려야 내 신간이 좀 편해지려나봐 아무래도 잠깐 일어나야겠어 가만 아니 이런 가만 그래 내 몸에 그게 찾아왔구나 또 시달리게 생겼네 맞아 그 남자가 내 몸속 깊이 쑤시고 헤집고 뒤집고 한 그 모든 짓거리 탓이야 이제 어쩌나 금요일 토요일 일요일 그러다보면 목숨이 붙어 있지 못할 거야 그 남자가 이걸 좋아한다면 몰라도 그런 남자들이 있대 무슨 죄로 우리는 서너 주마다 닷새씩 항상 탈이 난담 통상적인 월례행사로 말이야 정말이지 욕지기가 나 게이어티극장에서 켄들 부부 배우를 보라고 마이클 건이 이 사람에게 표를 선물해서 팔자에도 없는 특등석에 딱 한 번 앉아본 그날 밤에도 이게 찾아왔었지 드리미 보험회사에서 이 사람이 그분한테 뭔가 보험상 편의를 좀 봐줬다나봐 난 꽁꽁 묶어놓아야 할 정도로 발광을 하고 싶었지만 어디 그럴 수가 있어야지 그 사교계 남자가 오페라글라스로 나를 빤히 내려다보고 있으니 말이야 이 사람은 내 다른 쪽 옆에서 스피노자니 그 영혼이니 하는 얘기나 하고 앉았지 죽은 지 수백만 년은 됐을 사람 얘기를 말이야 난 난처하기 짝이 없었지만 흥미를 느끼는 척 몸을 앞으로 기울이고 미소를 지을 수 있는 대로 다 지었어 그러고선 연극을 끝맺음하는 말이 나올 때까지 앉아서 버텨야 했지 난 스칼리의 아내를 쉬 잊지 못할 거야 간통을 다루는 난잡한 연극이었던 것 같은데 맨 위층 좌석에 앉은 그 멍청이가 여자배우에게 쉬잇 소리를 내며 야유를 퍼부어댔어 간통한 년이라고 소리치면서 말이지 아마 그놈은 꼴리는 걸 채우려고 나중에 근처 골목에 있는 어느 여자를 쫓아 온갖 뒷거리에서 도망다니게 만들었을 거야 내가 겪은 걸 그놈도 겪으면 좋겠어 그럼 놀라서 부우 소리를 질렀을 텐데 장담하는데 고양이 팔자도 우리보다는 좋을 거야 우리 몸속 깊은 곳엔 피가 너무 많은가 아님 뭐람 어머나 이거 봐 몸밖으로 마치 바닷물처럼 쏟아지네 어쨌든 그 남자가 나를 임신시킨 건 아닌가봐 물건은 그렇게 커가지고는 이제 갓 씌운 깨끗한 침대보를 버리긴 싫다 리넨 속옷을 깨끗한 걸로 입은 탓에 그게 나오기도 했나봐 에이 참 에이 참 근데 남자들은 우리가 처녀인지를 알아보려고 침대 위에 묻은 핏자국을 보고 싶어해 남자들한테 신경쓰이는 건 그것뿐이지 남자들은 못 말리는 바보이기도 해 우리가 과부일 수도 있고 마흔 번 넘게 이혼했을 수도 있는데 빨간색 잉크 얼룩 하나면 되는걸 아님 검은 딸기 주스나 아냐 그건 너무 자줏빛이야 오 제임시* 이것에서 벗어나게 날 좀 일으켜주오 흥 죄의 달콤함 좋아하네 누가 여자들한테 그런 골칫거리를 안길 생각을 했는지 몰라 빨래에 요리에 애새끼들도 부족해서 이 망할 놈의 낡아빠진 침대까지 고막 찢어져라 하고 딸랑거리네 멀리 공원 저편에서도 우리가 내는 소릴 들었을 거야 결국 난 내 엉덩이 밑에 베개를 깔고 방바닥에는 이불을 깔자고 했지 낮에 하는 재미가 더 나으려나 그럴 것 같아 살살 거기에 난 털을 싹 다 깎아버릴까봐 몸이 화끈거리게 말이지 젊은 처녀처럼 보일지도 몰라 다음번엔 그 남자가 실컷 빨아대지 않겠어 그 남자는 내 옷을 걷어서 내 위로 씌웠지 그 남자 상판대기

* O Jamesy. 문자 그대로는 '오 야고보'로서 'O God'이나 'O Jesus'처럼 당혹감이나 괴로움을 토로하는 감탄사지만, 이 소설의 작가(James)를 암시할 수도 있겠다.

가 어찌될지 무슨 수를 써서라도 보고 싶네 요강이 어디로 갔나 살살 이것이 내가 깔고 앉는 바람에 전에 쓰던 낡은 변기처럼 깨질까봐 엄청 겁이 나 그 남자 무릎에 앉았을 때 내가 너무 무겁지 않았으려나 내가 딴 방에서 먼저 블라우스랑 치마만 벗을 때 그 남자를 일부러 안락의자에 앉혔지 그 남자는 엉뚱한 부위에서 부산히 움직였어 한 번도 내 몸을 더듬지는 않았고 저 키스사탕*을 먹고 난 뒤라 내 숨결이 달콤했을 거야 시원해라 참 생각난다 한때는 나도 남자처럼 쉬이 소리를 내면서 곧게 쭉 싸지를 수 있던 시절이 있었지 거의 다 살살 어머나 소리도 요란해라 어떤 남자한테서 거금이라도 뜯어내게 오줌 위에 거품이 생겨서 그런 거면 좋겠다** 아침에 거기에 향수를 뿌려야지 잊지 마 그 남자는 이보다 훌륭한 한 쌍의 허벅지를 본 적이 절대로 없을 거야 봐 얼마나 하얘 제일 매끄러운 곳은 여기 이 작은 부분 사이야 복숭아처럼 얼마나 부드러워 살살 참 내가 남자가 되어 아름다운 여자 위에 올라타는 것도 좋을 텐데 어머나 너 웬 소란을 그렇게 피우니 저지섬의 백합 여자처럼 살살 살살 오 라호르 폭포수는 어떻게 쏟아질까

도대체 뭐지 위장에 무슨 탈이 난 걸까 아니면 몸속에서 뭐가 커지고 있는 걸까 이렇게 매주 이게 생기다니 마지막으로 달거리한 게 언제였더라 성신강림절 다음 월요일이니까 그래 한 삼 주밖에 안 됐어 의사한테 가봐야겠다 그렇지만 이 사람하고 결혼하기 전하고 같을 거야 그때도 내 몸에서 흰 물질이 나와서 플로이가 펨브로크 로드에 있는 여성 질병 전문인 맹한 노인네 콜린스 박사를 찾아가보라고 했잖

* 숨결을 상큼하게 만들기 위해 향내가 나는 사탕.

** 커피나 차에 거품이 생기면 재운이 따른다는 미신에서 온 생각.

아 그 의사는 그걸 아가씨의 질이라고 불렀지 그런 식으로 그 모든 도금 거울이랑 융단을 장만했을 거야 스티븐스 그린에서 좀 들어간 동네에 살면서 쥐뿔도 아니게 시시한 탈이라도 나기만 하면 쪼르르 달려가는 부잣집 여편네들을 구워삶는 거야 그 여자 질이 어떻고 그 여자 코친차이나*가 어떻고 하면서 말이야 돈 있는 여자들이야 물론 상관없겠지 나 같으면 그런 남자한테 시집 안 가 세상에 마지막 남은 남자라고 해도 안 돼 게다가 그 여자들 자식들은 어딘가 수상한 데가 있어 항상 곳곳에서 저 더러운 년들 주변을 맴돌며 냄새 맡고 다니잖아 의사는 그게 나오면 역한 냄새가 나느냐고 묻는데 나더러 어쩌라는 거야 오로지 한 가지야 돈을 내라는 거겠지 무슨 질문이 그따위야 내가 모든 경이를 표하며 쭈글쭈글한 영감 얼굴에 온통 그것을 처바른다면 그제야 알아먹겠지 그걸 통과시키기가 수월하던가요 뭘 통과한단 거야** 그런 식으로 표현하니까 지브롤터 바위산 얘기를 하는 줄 알았지 뭐야 그런데 그거 말 한번 참 잘 지어냈네 다만 난 나중에 오줌이 잘 안 나와 곤경에 처하면 몸을 웅크리고 젖 먹던 힘까지 주는 걸 좋아해 그러고 나서 쇠줄을 잡아당겨 물로 그걸 흘려내리면 짜릿짜릿하게 시원하지 그래도 그 방법에 일리가 있는 것 같아 밀리가 어렸을 때 기생충이 있는지 없는지 항상 개의 그걸 보고 알았지 하지만 그렇게 하는데도 의사한테 진료비를 내잖아 얼마예요 박사님 1기니

---

* cochin china. 인도차이나 반도의 베트남 남부지역으로 'vagina(질)'와 뒤 두 음절의 발음이 비슷하다.

** '통과하다, 통과시키다'에 해당하는 단어는 'pass'로, 'pass water'는 '소변을 보다'라는 뜻이다.

입니다 나한테 물어보는 말이 내가 생략을 자주 하느냐는 거야 생략이 라니* 그 늙다리들은 그 모든 단어를 어디서 다 그러모으는 걸까 근시안을 흘끔 옆으로 치뜨고는 말이야 나 같으면 그 의사를 지나치게 믿지는 않을 거야 클로로포름을 갖다주는지 다른 엉뚱한 걸 갖다주는지 알게 뭐야 그래도 그렇게 잔뜩 찌푸린 채 앉아서 처방전을 써주는 모습은 마음에 들더라 그 의사 코가 그렇게 생긴 게 지적이야 너 웃기지마 이 되바라진 거짓말쟁이 여자야 아니 아무거나 좋아 누가 됐든 바보만 아니라면 그걸 식별하다니 꽤나 똑똑해 물론 딱 거기까지야 이 사람이며 이 사람이 쓴 미친듯이 열광적인 편지를 생각하면 내 소중한 그대여 모든 것이 그대의 눈부신 몸과 연관된다오 그대 몸에서 생기는 모든 것은 모든 것에 밑줄 치고 영원히 아름답고 기쁜 것이라오 이 사람은 어떤 건 자기가 가지고 있는 웬 요상한 책에서 뽑아내더라 난 항상 내 손으로 했어 어떤 땐 하루에 네댓 번씩 그런데 난 그런 일 없다고 말했지 확실해요 하기에 어머 정말 확실해요 라고 말했지 어쩌면 그 대답에 이 사람 말문이 막혔을 거야 그다음에 나올 말이 뭔지 난 알고 있었걸랑 그건 밝히게끔 타고난 약점일 뿐입니다 이 사람은 내가 레호보스 테라스에 살던 시절 우리가 생전 처음 만난 날 밤 어떻게 한 건지는 모르지만 나를 흥분시켰어 우리는 마치 어디선가 만난 적이 있는 것처럼 십 분쯤을 서로 쳐다보면서 서 있었지 내가 어머니를 닮은 유대인 여자이기 때문일 거야 이 사람은 어설프고 맹한 미소를 띠고 말하던 것들이라든지 그 밖에 이런저런 얘기들로 나를 즐겁게 해주었

* 몰리가 사용한 '생략(omission)'이라는 단어는 '배설(물), 사정(물)' 등을 의미하는 'emission'을 잘못 말한 것으로 여기서는 '소변'을 뜻한다.

지 도일 부부 말로는 이 사람이 국회의원에 출마할 거라나 오 자치법이니 토지동맹이니 하고 이 사람이 그럴싸하게 떠드는 허튼소리들을 죄다 믿다니 나도 참 천생 바보 아냐 내가 좀더 고급스럽게 보이도록 〈위그노교도〉에서 뽑았다며 길게 늘어지는 노래를 프랑스어로 불러보라고 보내주기도 했어 오 아름다운 투렌 시골이여라고 한 번도 불러본 적이 없는 노래인데 종교와 박해에 대해 설명한답시고 시답잖은 얘기를 길게 늘어놓으면서 말이지 뭐든 자연스럽게 즐기게 놔두질 않는 사람이야 그러다가 브라이턴 스퀘어에서 굴러들어온 맨 처음 기회를 마치 선심이라도 쓴다는 듯이 즐겨도 되는 건지 내 침실로 들이닥쳐서는 손에 잉크가 묻어 내가 쓰던 앨비언 우유랑 유황 비누로 씻어야 되겠다고 능청을 떨더라고 아직 젤라틴 포장을 뜯지도 않은 비눈데 아 그날 난 이 사람을 보고 배꼽이 빠져라 웃어댔지 이 물건에 밤새도록 걸터앉아 있는 건 안 좋겠다 당연히 요강을 여자가 제대로 걸터앉을 수 있도록 자연스러운 크기로 만들어야지 이 사람은 용변 보려면 무릎을 꿇잖아 이 사람 같은 습관을 또 가진 사람은 도대체 한 명도 없을 거야 침대 발치에서 자는 저 꼴을 봐 딱딱한 베개도 없이 어떻게 저럴 수 있을까 발로 차지 않으니 차라리 잘됐지 잘못하면 내 이빨을 모조리 뽑아버릴 테니까 저렇게 한 손으로 코를 잡고 숨을 쉬는 게 어느 비 오는 일요일 킬데어 스트리트에 있는 박물관에 나를 데리고 가서 보여준 그 인도 신 같아 민소매 원피스 차림으로 열 발가락을 내민 채 한 손으로 머리를 받치고 모로 누워 있던 노란색투성이 신 말이야 이 사람이 그러는데 그 종교는 아시아 전역에 퍼져 있어서 유대인들과 우리의 주님들을 다 합친 것보다 크대나 이 사람이 항상 모든 사람을 흉내내듯이 모든 아시아인이 그 신을 흉내내는 거야 그 신도 그 커다랗게 네모난 두 발을 쳐들어 마누라 입속에 집어넣은 채 침대 발치에서 잤나보지 그건 그렇고 이 망할 것은 냄새 한번 지독하네 이게 어디 있지 생리대 말이야 아 그렇지 저놈의 낡은 옷장이 삐걱거리지 말아야 할 텐데 에이 이럴 줄 알았다니까 이 사람은 곤히도 자네 어디선가 재미를 봤잖아 그래도 그년은 이 사람 돈에 비해 신나게 놀아줬나봐 암 그년한테서 뽑아낸 재미 값을 지불해야지 에이 이런 성가신 것 같으니라고 저 세상에서는 우리한테 더 나은 걸 마련해주겠지 몸을 꽁꽁 싸매야 하다니 불쌍한 여자 신세 오늘밤엔 이걸로 되겠지 울퉁불퉁하고 딸랑거리는 이 낡은 침대를 보면 항상 늙은 코언이 생각난다니까 이 사람은 침대에 어지간히도 자주 몸을 긁혔을 거야 이 사람은 그걸 내가 어린 소녓적에 반했던 네이피어 경한테서 아빠가 샀다고 생각하지 왜냐하면 내가 그 얘기를 들려주었거든 살살 피아노로 아 난 내 침대가 맘에 들어 어휴 십육 년이 지나고도 그 어느 때보다도 더 형편없는 이런 데서 살다니 도대체 우리가 살아본 집이 다 합쳐서 몇이야 레이먼드 테라스에 온타리오 테라스에 롬바드 스트리트에 홀리스 스트리트에 그런데도 이 사람은 우리가 다시 쫓겨나가는 신세가 될 때마다 위그노교도랑 개구리 행진곡을 휘파람으로 불면서 돌아다녀 네 가지밖에 안 되는 우리 가구 나르는 사람들을 돕는 척하면서 말이지 그다음엔 시티 암스 호텔인데 데일리 관리인 말로는 갈수록 형편없어진다는 곳이야 계단 꼭대기에 있는 그 멋진 장소 안에서는 항상 누군가가 기도를 하고 있는데 나가면서 온갖 고약한 냄새를 뒤에 남겨놓으니 마지막에 누가 들어가 있었는지 항상 알게 돼 형편이 제대로 풀려나갈 때마다 무슨 일이 터지거나 아니면 이 사람이 다 된 밥에 코 빠뜨리는 짓을 저질렀어 톰스에 힐리스에 미스터 커프스에 드리미에 그건 우리 모두에게 숨통을 틔워줄 줄 알았던 그놈의 복권 때문에 이 사람이 철창 신세를 질 뻔한 탓이거나 아니면 이 사람이 주제넘게 군 탓이야 그놈의 시너 페인이나 프리메이슨 때문에 이전 직장에서처럼 〈프리먼〉 신문사에서도 머잖아 목이 잘려가지고 집에 돌아올 거야 코디 레인 근처에서 이 사람이 나한테 소개시켜줄 때 혼자서 비 맞고 있던 그 키 작은 사내가 그렇게나 능력 있고 진실한 아일랜드 사람이라니 이 사람한테 큰 위안을 줄지 어디 한번 지켜볼 거야 그 사내가 걸치고 있던 바지가 나도 봤지만 단정하다고 해서 이 사람은 정말 그것 하나로 판단하고 있어 가만 조지교회 종소리가 들린다 가만 사십오분인데 시간은 한시인가 가만 두시잖아 이 사람이 밤에 집에 들어오는 시간치고 누가 봐도 참 이르기도 하겠다 지하실 통로로 기어내려오다니 누가 보기라도 했으면 내일 그 하찮은 버르장머리를 고쳐놓아야겠어 먼저 이 사람 셔츠를 보고 알아봐야지 아니면 지갑에 아직도 그 콘돔이 있는지 확인해보든지 내가 모르는 줄 아나봐 못 믿을 남자들 같으니라구 남자들은 주머니가 스무 개나 되는데도 거짓말은 시원찮지 그렇다면 우린 왜 남자들한테 털어놔야 한담 그게 사실이라 할지라도 남자들은 믿지 않을 텐데 그래놓곤 또다른 때 자기가 가져온 『귀족의 명작』*에 실린 아기들처럼 침대 이불 속에 처박히지 이름이 케케묵은 귀족인지 뭔지 몰라도

* 『귀족의 명작*The Aristocrats Masterpiece*』은 몰리가 아리스토텔레스(Aristotle)를 귀족(Aristocrat)으로 잘못 안 데 따른 『아리스토텔레스의 명작*Aristotle's Masterpiece*』의 오류로, 다소 외설스러운 면이 있는 임상 서적이다.

실생활에서 그런 걸 한두 번 겪어보나 머리가 둘 달리고 다리가 없는 아이들 따위의 불쾌한 사진 때문에 더 역겨운 책이야 텅텅 빈 머릿속으로 다른 생각이라곤 하나도 할 줄 모르는 남자들이 항상 꿈꾸는 게 바로 그따위 흉물이야 남자들은 살금살금 독약을 먹여야 해 남자들 절반만이라도 말이야 그런 판에 이 사람에게 차랑 양쪽에 버터 바른 토스트랑 싱싱한 달걀을 갖다 바치나 나도 이제 한물갔나봐 홀리스 스트리트에 살던 시절 어느 날 밤에는 내 몸을 못 빨게 했더니만 꼴에 남자라고 유례없이 독재적인 남자 말이야 한 가지만 예를 들어봐도 유대인들이 누가 죽었을 때 그러듯이 남자들 특유의 방식으로 그날 밤 반쯤 발가벗다시피 한 몸으로 방바닥에 누워 자지를 않나 아침 먹는 것도 한마디 하는 것도 거부하질 않나 그렇게 애무해주기를 바라면서 말이지 그래도 난 이 사람이 그러거나 말거나 한 차례치고 무던히도 버텼던 것 같아 이 사람은 게다가 그걸 죄다 엉터리로 해 지 쾌감만 생각하는 거지 혀가 너무 짧아서일까 아니면 내가 모르는 다른 이유가 있는 걸까 이 사람은 그걸 잊어버리지만 난 정말 못 잊어 이 사람 스스로 괜찮다고만 하면 그 짓을 다시 시키고 지하 석탄 창고에서 검정딱정벌레하고 자도록 만들 거야 그 여자일까 내가 버린 것에 군침 흘리는 조시 말이야 이 사람은 거짓말도 아주 타고났어 아니 이 사람은 유부녀하고 어울릴 배짱도 없을 거야 그 때문에 나하고 보일런을 엮어주려는 거잖아 그래도 그 여자가 우리 데니스라고 부르는 남자로 말하면 그렇게 비루먹은 꼬락서니를 한 남자를 나 같으면 차마 남편이라고 부를 수 없을 거야 맞아 어떤 젖비린내나는 계집을 새로 사귄 거겠지 머리꼭대기에 어린애 보닛을 쓴 혼블로워가 뒷길로 해서 들여보내준 덕에 입장하게 된 트리니티 칼리지 경기장에 나랑 밀리랑 함께 있는 자리에서도 이 사람은 스커트 차림으로 이리저리 돌아다니는 두 계집애에게 추파를 던지고 있었잖아 처음엔 이 사람에게 눈짓을 보내려고 애썼지만 물론 소용없었지 이 사람 돈이 그런 데로 빠지는 거야 이건 패디 디그넘씨 탓이야 그래 보일런이 가져온 신문에 났는데 사람들이 모두 쫙 빼입고 엄숙한 장례식에 참석했다더라 그 사람들이 진짜 장교 장례식을 본다면 장관일 텐데 거꾸로 세운 총이며 낮은 북소리며 검은색 천을 두르고 그 뒤를 따라가는 그 불쌍한 말이며 L 붐과 어디선가 취해가지고 남자 화장실에서 고꾸라지는 바람에 혀를 깨문 주정뱅이 땅딸보에 배불뚝이 남자 톰 커넌과 마틴 커닝엄과 데덜러스 집안 남자 둘과 패니 머코이의 남편까지 패니 그년은 말라깽이에 머리는 양배추같이 하얘가지고 기겁한 눈으로 내 노래를 부르려고 기를 썼었지 송두리째 다시 태어나고 싶어할 거야 남자들 시선을 달리 어떤 수로도 끌 수 없으니까 목이 깊게 파인 낡은 녹색 드레스까지 입고 그래 봐야 비 오는 날 물장구치는 격이지 이제 그 모든 게 뚜렷이 보여 남자들이 우정이라고 부르는 건 서로 죽인 다음 묻어주는 거야 남자들은 모두 집에 처자식을 두고도 어찌 그럴까 더 특별한 건 잭 파워가 술집여자를 거두고 있는 거야 그러는 건 물론 자기 마누라가 항상 아프거나 아프려고 하거나 이제 겨우 나아가거나 해서거든 아직도 외모가 멀쩡한 남자지만 그래도 머리가 귀 위로는 약간 희끗희끗해지고 있어 모두들 괜찮은 남자들이야 하지만 할 수만 있다면 그 남자들이 남편을 다시는 손에 쥐고 쥐락펴락하지 못하게 할 거야 그때 보니 이 사람이 없는 자리에서 자기들끼리 이 사람을 놀리고 있더라고 난 잘 알지 이 사람이 늘 숙맥 노룻한다고 그러는 거지 이 사람이 버는 돈을 푼돈까지 지네들 목구멍 속으로 털어넣느라고 낭비하지 않을 만큼 분별이 있고 처자식을 보살핀다고 해서 말이야 덜떨어진 것들 같으니라고 불쌍한 패디 디그넘 그래도 어떻게 보면 그 사람이 안됐어 보험이라도 들어놓지 않았으면 마누라랑 자식들 다섯은 어쩔 셈일까 우스꽝스러운 작은 팽이처럼 항상 어떤 술집 구석에 처박혀 있으니 마누라나 아들이 기다리는 게 일이었지 빌 베일리 제발 집에 좀 돌아와요 과부 상복을 입어도 그 여자 외모가 나아 보이지는 않을걸 그래도 외모만 받쳐주면 상복이 엄청나게 잘 어울리는 법인데 무슨 남자들이 이 사람은 없었나 그래 있었어 벤 돌러드가 베이스 배럴톤*을 맡은 글렌크리 만찬 자리에서였어 벤이 홀리스 스트리트에서 노래 부르려고 연미복을 빌린 날 밤이었지 옷은 터질듯이 꽉 끼게 입었지 싱글싱글 웃음이 넘치는 커다란 돌리 얼굴은 호되게 두들겨맞은 어린애 엉덩이를 닮았지 그 남자는 영락없이 보들보들한 불알 꼴이었잖아 아닌 게 아니라 그 꼴로 무대에 올라갔으면 가관이었을 거야 바지 입고 출랑거리는 그 모습을 보겠다고 좌석 보존** 하는 데 5실링 남짓이나 낸다고 상상해봐 사이먼 데덜러스도 마찬가지야 항상 반 고주망태가 된 모습으로 나타나가지고 2절을 먼저 불렀지 옛사랑이 새 사랑이야 자기 사랑 중에 하나가 그랬나 산사나무 가지에 앉은 처녀 노래를 그토록 달콤하게 불렀지 그 사람도 항상 시시덕거리기 바빴어 프레디 메이어스 사립 오페라극장에서 그 사람하고 〈마리타

* '베이스 바리톤(base baritone, 저음 중음)'을 몰리가 '베이스 배럴톤(base barreltone, 저속한 술통음색)'이라고 바꿔 말한 것.

** '예약(reserved)'을 몰리가 '보존(preserved)'이라고 잘못 말한 것.

나〉를 부른 적이 있는데 목소리가 감미롭고 황홀하더라 소중한 피비 안녕히 내 사랑 내 사랑 하는데 바텔 다시처럼 다정한 매춘부 안녕히라고 부르진 않았어* 물론 사이먼이 목소리 재능은 있었지 그래서 뜨거운 샤워를 온몸에 쏟아붓듯이 하는데 기교가 없었어 오 마리타나 원시림의 꽃이여 우린 화려하게 열창했어 조옮김을 해도 내 음역에 비해서 약간 너무 높긴 했지만 말이야 그 사람은 그때 메이 골딩하고 결혼한 참이었지 그런데도 무슨 말이나 행동으로 판을 깨려고 들었어 지금은 홀아비 신세야 그 사람 아들은 어떤 부류일까 이 사람 말로는 현재 작가이고 곧 이탈리아어 전공 대학교수가 될 건데 내가 레슨 받게 될 거라나 스티븐한테 내 사진을 보여주다니 이 사람이 지금 무슨 꿍꿍일까 내가 잘 나온 사진도 아닌데 절대 유행에 뒤져 보이지 않는 주름진 옷을 입고 찍을걸 난 아직도 그걸 입으면 젊어 보여 이 사람이 그 사진을 그애한테 아예 선물로 줘버린 건 아닐까 내친김에 나까지도 따지고 보면 안 될 게 뭐야 그애가 부모랑 마차 타고 킹스브리지역으로 가는 걸 봤지 난 상중이었으니 이제 벌써 십일 년 전 일이네 그래 우리 아기는 열한 살이 돼 있을 거고 그래 봐야 이도 저도 아닌 존재를 위해 상을 치르는 게 무슨 소용이 있담 나한텐 첫 울음소리 들려준 걸로 충분하구만 난 빗살수염벌레가 벽에서 재깍거리는 소리도 들었어** 물론 이 사람이 주장했지 고양이한테도 상을 치러주려던 사람이니까 스티븐이

---

* 사이먼 데덜러스가 'sweet'과 'heart'를 구별되도록 h 발음을 제대로 내서 'sweet-heart(내 사랑)'라고 발음한 데 비해 바텔 다시는 'sweet'의 t가 'heart'에 연음되도록 발음함으로써 'sweet tart(달콤한 매춘부)'로 들리게끔 하는 버릇을 두고 하는 말.

** '빗살수염벌레'의 원어인 'deathwatch'는 문자 그대로 해석하면 '사망시계'도 되고 '경야(經夜)'도 된다.

이제 지금쯤이면 어엿한 남자로 다 커 있을 거야 그때만 해도 순진한 아이였는데 폰틀로이 경의 옷을 입고 곱슬머리를 한 것이 귀여운 꼬맹이였지 맷 딜런 집에서 봤을 때는 마치 무대에 선 왕자였어 그애도 나를 좋아했어 기억이 나 하긴 남자들은 모두 날 좋아하니까 가만 어머나 그래 가만 맞아 잠깐만 오늘 아침 카드 한 벌을 쫙 펼쳐놓았을 때 누가 카드에 나왔었지 전에 만난 적이 있는 피부가 희지도 검지도 않은 낯선 젊은이와 합칠 운세라나 난 그 남자를 가리키는 줄 알았지 하지만 그 남자는 영계도 아니고 낯설지도 않잖아 게다가 내 얼굴이 다른 쪽을 향하고 있었거든 그 다음에 일곱번째로 나온 카드가 뭐였더라 스페이드 10이니 육지여행을 할 운이야 그러곤 여행 도중에 편지를 받게 되고 스캔들도 날 거라고 했지 퀸 3장이랑 다이아몬드 8은 출세할 운이야 그래 가만 모두 다 나왔네 빨간색 8 두 장은 새 옷을 입을 운이야 거봐 그리고 내가 무슨 꿈도 꾸지 않았나 그래 꿈속에 시 어쩌고 하는 내용이 있었어 그애가 기름 바른 긴 머리를 눈으로 들어가게 늘어뜨리고 있거나 홍인종 인디언처럼 바짝 세우지 않았으면 좋겠다 남자들은 뭣 땜에 그런 꼴로 돌아다닌대 그래 봤자 자기들 자신이나 자기들 시詩가 비웃음이나 사게 될 텐데 난 소녓적에 항상 시를 좋아했어 처음에 난 이 사람이 바이런 경 같은 시인인 줄 알았어 그런데 그런 기질이라곤 털끝만큼도 없더라고 아주 딴판인 줄 알았더니만 그애가 너무 어리려나 나이가 대략 가만 88이라 내가 결혼한 게 88년이야 밀리가 89년에 났으니까 어제 날짜로 열다섯 살이지 딜런 집에서 본 그때 그애가 몇 살이었지 88년에 대여섯쯤이니까 이제 스물 남짓 됐겠네 그애가 스물셋이나 스물넷이면 거기 비해 내가 너무 늙은 건 아니야 거

만한 대학생 부류는 설마 아니겠지 암 그런 부류라면 이 사람하고 낡은 부엌에 앉아서 엡스 코코아 마시며 수다나 떨고 있었겠어 물론 이 사람은 그 모든 얘기를 알아듣는 척했겠지 어쩌면 트리니티 칼리지 나왔다고 말했을 거야 교수가 되기에는 아주 젊은걸 굿윈 같은 교수는 아니겠지 그러려니 그 사람은 존 제이머슨 위스키에는 도가 튼 교수였어 남자들은 모두 자기들 시에 어떤 여자 얘기를 써대 글쎄 그래도 나 같은 여자 찾기는 쉽지 않을걸 그곳엔 가벼운 기타가 부드럽게 사랑의 한숨을 짓네 가벼운 기타 소리 그곳엔 시가 떠돌고 푸른 바다와 달이 그토록 아름답게 빛나는데 타리파에서 밤배 타고 돌아오네 유로파곶에 있는 등대여 그 친구가 치던 기타는 그토록 표현이 풍부한데 나 거기 다시 돌아갈 수 있을까 모두가 새로운 얼굴들 격자문에 가려진 빛나는 두 눈 그 노래를 그애에게 들려줘야지 그건 내 눈이 되는 거야 그에게 시인다운 구석이 조금이라도 있다면 말이지 사랑만을 가진 별처럼 검게 빛나는 두 눈이여 아름다운 가사잖아 사랑의 젊은 별처럼이라니 너 자신에 대한 얘기를 들려줄 지적인 사람을 둔다는 건 엄청난 기분전환이 될 거야 늘 빌리 프레스콧 광고니 키스 광고니 톰 더 데블스 광고니 하며 떠들어대는 이 사람 얘기만 듣지 않아도 되고 그러다가 그런 사업에 뭔가 문제라도 생기면 우린 고생길이지 그애는 틀림없이 아주 뛰어날 거야 그런 남자를 만나고 싶어 아이고 다른 어중이떠중이들은 사절이야 게다가 나이도 젊잖아 저기 마게이트 해변 해수욕장에서 본 그 멋진 젊은이들 말이야 바위산 언저리에서 보니까 무슨 신이라도 된 양 알몸으로 햇볕을 쬐며 서 있다가 바닷속으로 뛰어들었지 그런 젊은이들이랑 어울린다면 얼마나 좋아 왜 남자들이 다 그렇질 못할까 여자에겐 위안거리가 좀 될 텐데 이 사람이 사온 그 아름답고 자그마한 조각상처럼 말이야 스티븐을 곱슬머리고 어깨고 하루종일이라도 쳐다볼 수 있을 거야 귀담아들으라고 손가락을 올리고 사모님께 들려드릴 참된 미와 시가 여기 있어요 난 그애 온몸에 키스 세례를 퍼부어주고 싶은 느낌이 들 때가 종종 있었어 거기 예쁘고 어린 고추에다가도 간단한 일이지 뭐 보는 사람만 없다면 그애를 내 입속에 넣어도 좋아 고것이 빨아달라고 사정이라도 하는 것처럼 말이야 소년다운 그 얼굴이 너무나 깨끗하고 하얘 보여 난 ½분 만에 할 수도 있어 그게 약간 밑으로 흘러내린들 뭐 어때 그냥 죽이나 이슬 같은 건데 위험할 게 없지 게다가 저 돼지 같은 사내들에 비하면 그애는 너무나 깨끗할 거야 그런 남자들은 대부분 한 해 말일부터 이듬해 말일까지 그걸 씻을 꿈도 꾸지 않을 거야 단지 그 때문에 여자들에게 콧수염 나는 일만 없다면 말이지 내 나이에 잘생기고 젊은 시인을 사귈 수 있다면 틀림없이 황홀할 거야 아침에 일어나자마자 만사 제쳐놓고 카드를 쳐서 소망패*가 나오는지 볼 거야 아니면 하트 퀸에게 지어줄 짝으로 스티븐이 나오는지 볼 거야 책을 찾을 수 있는 대로 찾아 읽고 공부하든지 아니면 몇 구절 떼어서 외워둬야지 그애가 좋아하는 작가를 알면 좋을 텐데 여자들이 다 마찬가지라고 생각해서 나를 멍청하게 보지 않도록 말이야 그리고 난 그애에게 다른 쪽을 가르쳐줄 수 있어 온몸으로 느끼다가 마침내 내 밑에서 반기절하도록 만들 거야 그러면 애인이자 정부라며 내 얘기를 쓰겠지 그것도 온 세상이 다 알게끔 그애가 유명해지

* '하트 9'를 말하며 한 벌의 카드 중 가장 기분 좋은 패다.

면 우리 사진 두 장이 신문마다 날 테니 말이야 아 그건 그렇지만 그 남자는 어떻게 한담

아냐 그 남자한테는 그런 식으로 해줄 것 없어 예의 없지 품위 없지 그렇다고 성격이라도 뭐 건질 게 있나 자기를 휴라고 편히 불러주지 않았다고 내 엉덩이를 그렇게 뒤에서 찰싹 치다니 시하고 양배추도 구별 못할 무식꾼 같으니라고 남자들 버릇을 잡아두지 않다가는 그런 꼴을 당하게 돼 있어 그래도 되겠느냔 말도 없이 뻔뻔한 얼굴로 내 앞에 있는 의자에 앉아 신발이랑 바지를 벗어부치질 않나 신부나 백정이나 율리우스 카이사르 시대의 위선자들처럼 남자들이 존경을 받으려고 입는 셔츠를 걸친 둥 만 둥 하며 그렇게 상스럽게 튀는 짓을 하질 않나 시간을 장난처럼 때우는 남자니 깐에 꽤나 어울리는 짓이겠지 아닌 게 아니라 침대에 그 뭣이냐 사자하고 함께 있는 게 차라리 나을 거야 어머 사자라면 자신을 위해서 더 좋은 할말이 뭔가 있을 텐데 늙은 사자라면 그럴 거야 아 참 내 짧은 속치마 속에 있는 요것들이 워낙 탱탱하고 끌리는 탓이었을 거야 주체할 수 없었던 거지 요것들이 어떤 땐 나까지도 흥분시킨다니까 남자들은 좋겠어 여자 몸에서 그 많고많은 쾌락을 다 얻어내니 말이야 남자들 좋으라고 우리가 항상 요렇게 볼록하고 하얗잖아 기분전환삼아 나도 한번 남자가 돼봤으면 했어 그냥 남자들이 부풀리고 곧추세워 우리한테 들이대는 고것 한번 써보게 만져보면 그렇게 단단하면서도 또 그렇게 부드러워 우리 존 삼촌 거시기는 길어 매로본 레인을 지날 때 내가 들은 그 건달들 소리야 우리 메리 아줌마 거시기는 털투성이 날이 어둡기로서니 처녀가 지나가는 걸 알면서 어쩜 그런 소리를 그런다고 누가 얼굴이라도 붉힐 줄 아나 붉힐 일

도 아니지 자연현상일 뿐이니까 삼촌이 기다란 거시기를 털 많은 숙모 거시기 속에 어쩌고저쩌고 하는데 나중에 알고 보니 쓰는 비에 손잡이를 꽂는 얘기였던 거야 역시 남자들이란 도처에서 남자들은 맘에 드는 대로 골라잡지 유부녀건 놀아나는 과부건 처녀건 저마다 입맛대로 말이야 아이리시 스트리트 뒷동네에 그런 집들이 왜 있겠어 에이그 그런데도 항상 매여 지내야 하는 여자들 팔자라니 남자들이 나를 매어두지는 못할걸 암 까짓것 쫄 게 뭐 있담 이왕 꺼내기 시작한 말 속시원히 까놓고 하자면 그건 멍청한 남편들의 질투심 때문이야 왜 우린 그 일로 의 상하는 대신 사이좋게 지낼 수 없는 걸까 그 둘이서 한 짓을 여자 쪽 남편이 알아버렸다나 암 그러고도 남지 남편이 알게 된들 그렇다고 돌이킬 수 있나 무슨 수를 쓰더라도 결국 오쟁이 진 건 진 거지 그러고는 『아리따운 폭군』에 나오는 아내 일로 미친듯이 다른 극단적인 수단을 쓰지 물론 남자 역시 남편이나 아내 쪽은 돌아보지도 않아 남자는 여자를 원하고 또 결국 손에 넣고 말지 달리 뭐 때문에 우리에게 그 모든 욕망이 주어졌게 난 알고 싶어 어쩔 수 없어 내가 아직 젊으면 난들 별도리 없지 도리 있나 이렇게 냉정한 이 사람하고 살면서 때아니게 일찍 쭈그렁 할망구가 되지 않은 게 신통해 생전 안아주는 법이 없다가 어쩌다 한 번씩 그러는 것도 잠잘 때뿐인데 그나마 내 엉뚱한 쪽 끝을 안으니 자기가 누굴 안았는지도 모를 거야 여자 엉덩이에 키스하려는 남자가 하나라도 있다면 난 그 남자를 높이 사겠어 그러고 나서는 별 괴상한 부위에 다 키스하려 들어 우리 몸속에서는 털끝만큼의 반응도 표현하는 게 없는데 말이야 우린 모두 똑같이 비곗덩어리를 두 개 가지고 있지 혹시라도 내가 남자에게 그 짓을 하려고 했다간 흥 더러운 짐승들 같으니 생각만 해도 기가 막혀 아가씨 그대의 발에 입맞추리다 그건 그래도 말이 좀 돼 이 사람은 우리집 현관문에 키스했잖아 그래 그랬어 얼마나 미친 사람이야 그래도 이 사람의 해괴한 생각을 알아줄 사람은 나 말고 없을걸 물론 여자야 하루에 스무 번이라도 안아주기를 바라지 그럼 젊어 보이기라도 하는 줄 알고 그게 누구라도 상관없어 자기가 사랑에 빠지기 위해서라면 또는 원하는 남자가 자리에 없을 경우에 누군가에게 사랑을 받기 위해서라면 말이야 때로는 주님한테라도 좋아 어머 내가 무슨 생각을 어느 어두운 저녁에 나를 아는 사람이 없는 저 부둣가로 가서 여기저기 다니며 항해 마치고 돌아온 해군병사나 낚아볼까 그런 남자라면 몸이 후끈 달아서 내가 누구 건지는 털끝만큼도 상관없이 어딘가 으슥한 골목에서 선 채로 단숨에 해치워버릴걸 아니면 라스파넘에서 거칠어 보이던 그 집시 중 한 명을 낚아볼까 틈만 보고 있다가 우리 물건을 훔쳐가려고 블룸필드 세탁소 근처에 천막을 치던 자들 말이야 모범세탁소라는 이름 때문에 거기에 두어 번 내 옷을 보내봤을 뿐인데 자꾸만 짝도 안 맞는 할망구들 스타킹을 돌려주곤 했어 멋진 눈을 하고 나뭇가지 껍질을 벗기던 그 상놈 같은 작자가 어둠 속에서 나를 덮쳐 말 한마디 없이 벽에다 세워놓고 올라탄다면 심지어 살인자 아니라 그 누구라도 좋아 남자들은 뭘 하는지 실크해트를 쓴 멋진 남자들 말이야 그 왕실변호사는 하드윅에서 나오는 걸 보면 이쪽 길 어딘가에 사나봐 그날 밤 권투시합에서 이겼다고 우리에게 생선만찬을 베풀었지 물론 그 선심은 나를 생각해서 베푼 거였지만 난 그 남자를 각반이며 걸음걸이로 알아봤어 그런데 잠시 후 그냥 한 번 보려고 고개를 돌렸더니 글쎄 여자 하나도 그 뒤를 따라 나오는 거야 웬 더러운 창녀인 거지 그 남자는 그 짓 하고도 집에 있는 마누라한테 돌아가겠지 문제는 그 선원들 절반이 다시 병에 걸렸을 거라는 거야 어휴 제발 부탁이니 그놈의 커다란 몸통 좀 거기서 옮겨주라 이 사람 소리 좀 들어봐 내 한숨을 그대에게 실어 나르는 바람 한숨 쉬며 참 잘도 자누나 위대한 제창자 플로라의 돈 폴도*여 오늘 아침 자기 카드 점괘가 어떻게 나왔는지를 안다면 이 사람 한숨 쉴 만도 하지 7패 두 개 사이에 끼어 약간 당황하는 검은 남자도 나오고** 감방에 가는 건 무슨 영문인지 누가 알겠어 난 몰라 낭군님이 미라처럼 몸을 감싼 채 잠든 동안 나는 그분께 바칠 아침식사를 만드느라 저 아래 부엌에서 꾸부정하게 왔다갔다하다니 내가 정말 해주게 될까 내가 어정거리는 모습을 본 적이 있니 나 자신도 그런 내 모습 보고 싶어 남자들한테 잘해줘봐야 개떡 취급밖에 못 받아 누가 뭐라 하건 알 게 뭐야 세상이 여자들 지배를 받는다면 훨씬 나을 텐데 그런 세상에서는 여자들이 서로 죽이고 살육하는 꼴을 보지 못할 거야 언제 여자들이 남자들처럼 술 취해서 비틀비틀 돌아다니거나 가진 돈을 있는 대로 노름에 퍼붓고 경마에 날리는 꼴을 볼 수가 있어 왜냐하면 여자들은 무슨 일을 하더라도 멈출 때를 알잖아 아암 우리가 아니면 남자들은 이 세상에서 씨가 마를 거야 남자들은 여자가 되고 어머니가 된다는 게 뭔지 몰라 어떻게 알겠어 자기들을 돌봐줄 어머니가 없다면 남자들이 모두

---

* Don Poldo de la Flora. '리어폴드 블룸'의 스페인어식 표기.

** '검은 남자'란 다재다능하나 외로운 남자 '클럽의 킹'을 가리키는 것으로 몰리는 이 패가 블룸을 암시한다고 풀이하며, '7패 두 개'는 억울한 비난 또는 고소를 당할 가능성을 암시한다.

어떤 꼬락서니가 될까 내가 누려본 적이 없는 어머니란 존재 바로 그 덕택에 그 청년도 집에서 살지 않고 책이며 공부를 다 팽개치고 밤에 밖에 나와 지금 멋대로 지내는 걸 거야 늘 정신 사나운 집구석 탓일 거야 그렇게 훌륭한 아들을 두고도 만족할 줄을 모르니 딱한 노릇이지 난 하나도 없는데 이 사람은 하나도 만들 수 없었나 내 탓은 아니야 내가 훤한 대로 한가운데서 개 두 마리가 앞발을 들고 암놈 뒤에 집어넣고 있는 꼴을 바라보고 있을 때 우린 함께 끌렸어 그 일*로 난 풀이 팍 죽었어 그 아이를 묻을 때 내가 그렇게 울면서 뜬 그 작은 모직 웃옷을 입히지 말 걸 그랬나봐 어떤 가난한 애한테 줄걸 하지만 난 자식을 더는 가지지 못할 거라는 걸 잘 알고 있었어 그건 우리 가족으로는 첫번째 죽음이기도 해 이후로 우리는 예전처럼 지내본 적이 없지 에이 이젠 더이상 그 일을 생각하느라 울적한 기분에 빠지지 않을 거야 스티븐은 왜 밤을 여기서 보내려고 하지 않았을까 난 내내 웬 이상한 사람인가보다 싶었어 이 사람이 몽유병자건 소매치기건 누군지도 모를 사람을 만나느라 온 도시를 떠돌아다니는 대신에 집에 데려온 사람이니 말이야 스티븐의 불쌍한 어머니가 살아 있다면 그렇게 죽어라 하고 자기 신세 망치는 걸 싫어했을 텐데 그래도 아주 조용한 것이 아름다운 시간이다 난 춤추고 나서 집에 돌아오기를 참 좋아했었지 밤공기가 그만이잖아 남자들은 얘기할 친구라도 있지만 우린 그마저도 없어 이 사람이 얻지 못할 걸 원하고 있거나 아니면 웬 여자가 너에게 원한을 품으려고 하거나 둘 중 하나야 난 여자들이 그러는 게 싫어 남자들이 그

* 블룸 부부의 아들 루디가 죽은 일을 가리킨다. 개들의 교미를 목격하는 바람에 그들은 루디를 낳게 되는 일을 벌였다.

런 식으로 우릴 취급하는 것도 당연해 우린 끔찍한 쌍년 무리거든 우리가 그렇게 걸핏하면 짜증내는 건 걱정거리가 많아서일 거야 난 그런데 스티븐은 저쪽 방 소파에서 편히 잘 수도 있었을 텐데 스물도 채 안 되게 어리니 소년처럼 나한테 수줍어했을 거야 옆방에 있었으면 내가 요강에서 낸 소리를 들었을 거야 하긴 뭐 어때 데덜러스라 지브롤터에서 들은 그 이름들 같은 걸까 델라파스니 델라그라시아니 거기서는 사람들 이름도 무척 희한했어 나한테 묵주를 준 산타마리아의 필라플라나 신부라든지 카예 라스 시에테 레부엘타스에 사는 로살레스 이 오레일리라든지 피심보라든지 가버너 스트리트에 사는 오피소 부인이라든지 에이 무슨 이름이 그래 내가 그런 이름을 가졌다면 아무 강물에나 확 뛰어들어버릴 거야 어휴 그 많은 거리들은 또 어떻고 패러다이스 램프며 베들램 램프며 로저스 램프며 크러칫스 램프*며 그리고 악마의 골짜기 계단이며 뭐 내가 막무가내라고 해도 내 탓은 별로 아냐 나도 내가 좀 그렇다는 건 알지만 하느님께 맹세해 그때보다 하루도 더 나이 먹지 않은 것 같아 스페인어 중에 내가 혀를 굴려 말할 수 있는 게 있을지 몰라 코모 에스타 우스테드 무이 비엔 그라시아스 이 우스테드** 거봐 다 잊어버린 건 아니잖아 다 잊어버린 줄 알았네 문법만 아니라면야 명사는 어떤 사람이나 장소나 물건의 이름이지 심술궂은 루비오 아줌마가 빌려준 발레라의 소설을 읽어볼 생각도 안 한 게 아쉽네 스페인어에선 모든 물음표들이 위 아래 두 가지로 돼 있었지 결국 우리가 떠날 거란 걸 난 항상 알고 있었어 내가 스티븐에게 스페인어를 가르

---

* 램프(ramp)는 비탈길이란 뜻이지만, 상스러운 여자 또는 야바위란 뜻도 있다.

** 스페인어로 '안녕하세요? 아주 잘 지내요, 고마워요. 댁은요?'라는 뜻.

쳐주면 그애는 내게 이탈리아어를 가르쳐줄 수 있잖아 그러면 그앤 내가 그렇게 무식하지 않다는 걸 알게 될 거야 여기 묵지 않은 게 아쉬워라 틀림없이 고 녀석은 몹시 피곤해서 푹 자고 싶은 생각이 굴뚝같았을 거야 토스트 한 조각을 넣은 아침을 침대에 누워 있는 그애에게 갖다줄 수도 있었을 텐데 액운을 불러오는 나이프를 밑에 받쳐서 그러지 않는 한 말이야* 아님 그 채소장수 여자가 동네를 돌면 물냉이라든지 아주 맛좋은 걸 곁들일 수도 있고 그애가 좋아할 만한 올리브가 두어 개 부엌에 있지 아브리네스에 있는 것들은 도저히 꼴을 봐줄 수가 없었어 내가 하녀 노릇을 해줄 수도 있어 방은 내가 다르게 바꿔놓고 나서부터는 봐줄 만해 있잖아 뭔가가 내내 말해주고 있었어 생판 모르는 사람한테 나 자신을 소개해야 할 거라고 말이야 내가 그애 아내라면 무척 재미있지 않을까 아니면 잠이 덜 깨서 자기가 어디 있는지도 까맣게 모르는 그애랑 스페인에 있는 척한다면 도스 우에보스 에스트렐라도스 세뇨르** 어머나 가끔 별 미친 생각이 다 떠올라 그애가 우리랑 함께 지낸다면 무척 재미있을 거야 안 될 게 뭐 있어 위층에 빈방이 있겠다 뒷방에 밀리 침대가 있겠다 거기 있는 테이블에서 글도 쓰고 공부도 할 수 있겠지 끼적거리는 그 모든 일을 그 테이블에서 하는 거야 이 사람이 식사 1인분을 만드는 동안 내가 그러는 것처럼 그애가 아침에 침대에 누워 책을 읽고 싶다면 이 사람이 1인분을 2인분으로 만들어도 되지 그애가 이런 구질구질한 집을 택한다 해도 난 절대로

---

* 스푼 대신에 나이프를 쓰면 불운이 따른다는 속설을 두고 한 말. '나이프로 저으면 불화가 생긴다'는 속담이 있다.

** 스페인어로 '달걀 프라이 두 개입니다, 선생님'이라는 뜻.

그애 때문에 길바닥에서 하숙치지는 않을 거야 지적이고 교양 많은 사람하고 긴 대화를 정말 하고 싶어 원추형 모자를 쓴 튀르키예인들이 팔던 빨간색 슬리퍼를 한 켤레 구해야 할 거야 아니면 노란색도 좋고 거기다 너무나 갖고 싶은 반투명 실내복이나 오래전에 월폴 의류점에서 8실링 6펜스인가 18실링 6펜스인가밖에 안 주고 산 것과 같은 짧은 자홍색 짧은 화장복을 구하든가 이 사람한테 그냥 한번 더 기회를 줘야지 아침에 일찍 일어날 거야 코언 상점의 낡은 침대는 어떻든 지긋지긋해 시장에 가서 모든 채소며 양배추며 토마토며 당근이며 온갖 종류의 최고급 과일들을 살펴볼 수도 있어 모두 때깔 좋고 싱싱한 것들로 말이야 거기서 맨 처음 만날 사람이 누가 될지 어찌 알아 남자들이 아침에 그걸 찾아서 나와 있어 메이미 딜런이 그렇다고 말했어 밤에도 그렇고 고것이 미사 가는 것도 그래서야 지금 물 많고 커다란 배를 입속에서 살살 녹도록 먹었으면 좋겠다 꿈 많던 시절에 그랬던 것처럼 말이야 그러곤 이 사람에게 밀리가 이 사람 입을 크게 만들겠다고 갓 다준 모양인 콧수염보호컵에 담은 차를 곁들여 달걀을 냅다 안길 거야 이 사람은 내 멋진 크림도 맘에 들어할 거야 난 한다면 해 아주 심하게는 아니라도 꽤 쾌활하게 움직일 거야 노래를 이따금 조금씩만 부르며 미 파 피에타 마세토 그러곤 외출복을 입기 시작할 거야 프레스토 논 손 피우 포르테* 내가 가진 것 중에서 제일 좋은 슈미즈랑 팬티를 입을 거야 이 사람이 어쩔 줄 몰라하며 그걸 실컷 보도록 해서 이 사람 고추

* 'mi fa pieta Masetto'는 '마세토가 안됐어요', 'presto non son piu forte'는 '어서요, 나 힘이 빠지고 있어요'라는 뜻의 이탈리아어로, 모차르트의 〈돈 조반니〉에서 체를리나가 하는 대사다.

를 세워주는 거야 알게 해줄 거야 이 사람이 원하는 게 그거라면 알게 해줄 거야 자기 마누라가 씹당했다는 걸 말이야 그래 그것도 다른 남자에게 아주 제대로 거의 목까지 차게 잇따라 대여섯 번이나 씹당했다는 걸 말이야 깨끗한 시트에 그 남자 정액 자국이 있지만 구태여 그걸 다리미질해서 펴는 짓조차 안 할 거야 그러면 제대로 알겠지 내 말이 믿기지 않으면 내 배를 만져봐 이 사람을 거기 세워놓고 자기 걸 내 속에 집어넣도록 만들지 못한다면 난 이 사람에게 시시콜콜 다 가르쳐주고 이 사람이 내 앞에서 갈 데까지 다 가도록 만들 생각이 있어 이 사람은 당해도 싸 객석에 있던 그놈이 말한 것처럼 내가 간통한 년이라 해도 다 이 사람 탓이라고 아 그건 너무해 한 많은 이 속세에서 우리가 저지른 잘못이 그뿐이라면 모르긴 몰라도 별것도 아닌 걸 갖고 누구나 그러잖아 단지 숨겨서 그렇지 아마 바로 그래서 여자가 있어야 하는 걸 거야 그렇지 않다면야 그분이 그런 식으로 우리를 남자한테 그토록 매력을 풍기게 만들었을라고 그러니 이 사람이 내 엉덩이에 키스하고 싶어하면 난 내 팬티를 끌어내리고 그걸 이 사람 얼굴에 대고 실물 크기만큼 쫙 벌려줄 거야 이 사람이 혀를 내 구멍 속으로 7마일이나 깊이 찔러넣을 수 있도록 말이야 이 사람이 내 갈색 음부에 붙어 있는 그때 난 1파운드나 어쩌면 30실링이 필요하다고 말할 거야 속옷을 사야겠다면서 말이지 그때 이 사람이 그 돈을 내게 주면 음 그렇게까지 나쁜 사람은 아닌 거지 다른 여자들이 그러는 것처럼 이 사람을 홀랑 다 벗겨먹고 싶지는 않아 난 종종 내 앞으로 수표 한 장 멋지게 쓰고 거기에 이 사람 이름을 적어 2파운드쯤 벌려면 벌 수도 있었어 이 사람이 서랍 잠그는 걸 잊어버린 적이 두어 번 있었거든 더구나 이 사람은 그걸 쓰지도 않을 거야 내 좋은 팬티를 있는 대로 다 더럽히지만 않는다면 뒤에서 내 몸에 싸게 해줄 거야 아 그건 어쩔 수 없을 것 같아 한두 가지 질문을 태연히 던져놓고 대답을 들어보면 알겠지 이 사람은 그럴 때면 하나도 숨기질 못해 난 이 사람 성미에 빠삭하거든 내 엉덩이를 꽉 조이고 구린내나는 엉덩이라든지 내 똥을 핥으라든지 아무 말이나 머리에 떠오르는 대로 몇 마디 더러운 말을 내뱉을 거야 그런 다음 뭘 제안하느냐 하면 그래 아 근데 잠깐 이런 달거리 얘가 나오네 얘가 나와도 난 아주 쾌활하고 친절할 거야 오 하지만 이 미치도록 성가신 걸 잊어버리고 있었다니 흥 웃어야 할지 울어야 할지 모르겠네 우린 좋고 나쁜 게 제대로 뒤섞인 동물이야 쓰던 걸 착용해야겠지 그게 훨씬 나아 그러면 더 짜릿할 거야 이 사람은 자기가 그걸 했는지 안 했는지도 모를걸 자 너한테 그거면 됐지 낡아도 어느 것이나 그런 다음 사업적으로 이 사람을 내 몸에서 빼낼 거야 이 사람 생략*을 말이야 그러고 나서 나갈 거야 이 사람은 멍하니 천장이나 쳐다보게 만드는 거지 그런데 이 사람이 어디 갔지 하며 나를 원하게 만든다고 그 수밖에 없어 얼마나 별세상 같은 새벽시간인데 거기서 십오 분이 지났네 지금이 중국인들은 막 일어날 시간이야 하루를 준비하느라 변발을 빗고 있을 거야 여기서는 곧 수녀들이 삼종기도 종을 칠 거고 수녀들은 들어와서 잠깨우는 사람도 없어 괴팍한 신부 한둘이 야간 근무를 하러 오거나 아니면 옆집에서 자명종시계가 수탉 울음소리에 맞춰 속에 있는 부품들이 쏟아져라 하고 따르릉거리지 않는 한 말이지 어디 보자 꾸벅꾸벅

---

* 앞서 언급했듯이 몰리가 'emission(배설물)'을 'omission(생략)'이라 잘못 말한 것으로 여기서는 '정액'을 뜻한다.

졸 수 있는지 1 2 3 4 5 별처럼 도안한 저 무늬들은 도대체 무슨 꽃일까 롬바드 스트리트에 있는 집의 벽지가 훨씬 나았어 이 사람이 준 앞치마가 저랬지 나 같은 사람이나 그것도 두 번밖에 쓰지 않을 물건 말이야 이 등을 낮추는 게 낫겠다 다시 한번 잠을 청해보자 아침 일찍 일어날 수 있게 핀들레이터 식료품점 옆에 있는 저 램스 꽃집에 가서 집 여기저기에 둘 꽃을 좀 보내달라고 해야지 혹시 알아 이 사람이 스티븐을 내일 아니 그러니까 오늘 집으로 데려올지 아냐 아냐 금요일은 불길한 날이야 우선 어떻게든 집 정돈부터 해야 돼 내가 잠들어 있는 동안 먼지가 쌓이는 것 같아 그런 다음 악보집이랑 담배를 갖춰놓아야지 그애 노래에 내가 반주 넣어줄 수 있게 먼저 우유로 피아노 건반을 닦아야겠다 뭘 입을까 하얀 장미를 꽂아볼까 또는 립튼 차 가게에서 호화롭고 큰 제과점 냄새가 참 좋아 파운드당 7실링 $\frac{1}{2}$펜스에 파는 우아한 케이크를 준비할까 아니면 체리랑 분홍색 설탕이 들어 있는 무게 2파운드에 11펜스짜리 다른 걸로 할까 그것들은 테이블 한가운데에는 멋진 화초를 놓아도 좋은데 그건 더 싸게 들여놓을 수 있을 거야 가만 이게 어디 갔지 바로 얼마 전에 봤는데 난 꽃이 참 좋아 온 집안이 장미로 넘쳐나게 하고 싶어 천국에 계신 하느님 자연만한 게 없어 야생의 산이며 그리고 바다랑 밀려오는 파도며 그리고 귀리랑 밀이랑 온갖 것들이 자라고 그 모든 멋진 소들이 노니는 벌판이 있는 아름다운 시골이며 그런 것들을 보노라면 우리 마음이 행복해질 거야 강이며 호수며 꽃이며 갖가지 형체랑 냄새랑 색깔이 심지어 도랑에서조차 솟구쳐 앵초꽃이며 제비꽃이며 그게 자연이란 거야 하느님이 안 계신다고 떠드는 종자들이야 아무리 아는 게 많다 해도 난 쥐뿔도 신경 안 써 어디

지들이 한번 뭐라도 창조해보라지 난 이 사람한테 종종 물어봐 무신론자인지 아니면 그 종자들이 스스로 부르는 그 뭣이냐인지 그런 종자들은 먼저 몸에서 덜떨어진 먹물부터 씻으라고 그래 그러면서 죽을 때는 신부 불러오라고 난리치지 왜 왜 왜냐하면 지들 불량한 양심 때문에 지옥이 겁나거든 아 그래 난 그런 종자들을 잘 알아 누가 생기기 전에 우주에서 그 모든 걸 맨 처음 만들어낸 사람이 누구겠어 누구냐고 아 그건 그놈들이 모르지 나도 몰라 그래서 우리가 있는 거라고 그놈들은 차라리 내일 해가 뜨지 못하게 막으려 드는 편이 나을걸 이 사람이 그랬어 해가 자기를 위해서 빛나네 우리가 호스 언덕에 있는 철쭉꽃밭에 파묻혀 누워 있던 날 회색 트위드 양복에 밀짚모자를 걸친 이 사람이 한 말이야 내가 이 사람을 청혼하게 만든 날이었지 그래 처음엔 내 입에서 캐러웨이 씨 박힌 과자 조각을 꺼내주었지 마침 그때가 지금처럼 윤년이었어 그래 십육 년 전이야 어머나 그렇게 오래 키스하고 나서 난 숨이 막힐 뻔했어 그래 이 사람이 그랬어 내가 산에 핀 꽃이라나 그래 그러니 우린 모두 꽃이야 여자 몸을 봐 그래 이 사람이 평생 딱 한 번 맞는 말 한 게 그 말이야 그래 해가 오늘 자기를 위해 빛나네 그래 바로 그래서 이 사람이 맘에 든 거야 왜냐하면 여자라는 게 뭔지 이 사람이 이해하거나 느낀다는 걸 난 알아차렸거든 그리고 내가 항상 휘어잡을 수 있는 사람이란 걸 알았거든 그리고 이 사람을 이끌면서 내가 줄 수 있는 쾌감이란 쾌감은 다 안겨주었더니 나더러 그래라고 대답하라는 거야 난 처음엔 대답할 생각을 않고 바다랑 하늘을 훑으며 내다봤어 생각나는 게 너무나 많았거든 이 사람은 몰랐지 멀비며 스탠홉 씨며 헤스터 부녀며 늙은 그로브 대위며 부두에서 모든 새 날다 그리고 나 졌어 그리고 설거지라고 부르던 카드게임들을 하던 선원들이며 테에다 헌병 배지를 단 흰색 철모를 쓰고 총독관저 앞에서 햇빛에 반쯤 탄 불쌍한 꼴로 서 있던 보초며 숄이랑 기다란 빗을 걸치고 웃던 스페인 처녀들이며 오전 경매며 그리스인 유대인 아랍인에다 그 밖에 유럽 끝에서 온 누군지도 모를 사람들이며 듀크 스트리트이며 라비 샤런스 밖에서 꼬꼬 소리가 진동하던 닭시장이며 설핏 잠들어 미끄러지던 불쌍한 당나귀며 계단 그늘에서 외투 차림으로 멍하니 잠들어 있던 사내들이며 커다란 투우마차 바퀴며 수천 년 된 고성이며 그래 다 같이 왕처럼 흰옷에 터번을 걸치고 성냥갑만한 자기네 가게 안에 앉아달라고 요구하던 잘생긴 무어인들이며 반짝이는 두 눈이 창살에 가려 애인이 쇠창살에 키스하고 만 낡은 여관 유리창이 있던 론다 마을이며 밤에 문을 살짝 열어놓은 포도주 가게며 캐스터네츠며 우리가 알헤시라스에서 배를 놓친 날 밤 램프를 들고 순찰을 돌던 야경꾼이며 오 저 무섭도록 깊이 떨어지는 폭포며 오 그리고 바다 어떤 땐 불처럼 붉던 바다며 찬란한 석양이며 그래 알라메다 정원에 있는 무화과나무며 수상해 보이던 그 모든 작은 길들이며 분홍색 파란색 노란색 집들이며 장미원이며 재스민에 제라늄에 선인장이며 내 소녀 시절 지브롤터며 거기서 난 산에 핀 꽃이었지 그래 그때 난 안달루시아 처녀들처럼 머리에 장미를 꽂았어 빨간 꽃을 꽂을까요 노래 부르며 그래 그 남자가 무어 암벽 아래에서 해주던 키스는 어쩜 그래서 난 좋아 다른 남자보다야 이 사람이라고 생각했지 그래서 난 눈빛으로 이 사람에게 요구했지 그래라는 말을 다시 요구하라고 그랬더니 이 사람이 내가 그래라고 할 건지 물었어 내 산꽃이여 그래라고 말해 이러면서 그래서 난 먼저 이 사람을 두 팔로 감싸안았어 그래 그리고 내 가슴을 만질 수 있게 이 사람을 내게로 끌어내렸어 향기는 진동하는데 그랬더니 이 사람 가슴이 쿵쿵대겠지 그래서 난 그래라고 말해줬지 그래 그럴게 그래.

트리에스테-취리히-파리

1914~1921

14장 태양신의 황소들

188 이들은 나중에 성이 아닌 이름(또는 별칭)으로 등장하는 경우가 있다. 이를 정리하면, Leopold Bloom과 Stephen Dedalus 외에, 세 명의 의대생 Joseph(Jo) Dixon, Vincent(Vin) Lynch, William(Will) Madden, 그리고 Matthew(Matt) Lenehan, J. Crotthers, Francis(Frank, Punch) Costello와 나중에 합류할 Malachi(Mal) Mulligan과 그의 친구 Alexander(Alec) Bannon 등이 있다.

189 작고 까만 아일랜드 암소로 질 좋은 우유를 생산하는 것으로 유명하다.

190 블룸이 자신의 즐거움밖에 모르는 이기적인 자라는 뜻이지만 자위행위도 암시한다.

191 한 시간 전쯤 몰리가 보일런과 저질렀을 것으로 추정되는 불륜을 따지고 싶은 블룸의 심정을 암시한다.

192 블룸 부부는 아들 루디가 죽은 후로 성관계를 하지 않았다.

193 태아가 또다른 태아를 품고 있는 경우. 태아를 닮은 조직 덩어리(쌍둥이 태아 중 하나가 다른 하나를 숙주 삼아 기생하는 경우일 수 있음)가 체내에 형성된 발달이상.

194 17년 전 블룸이 몰리를 처음 만난 잔디 볼링장.

195 어린 스티븐이 위험하게 화단의 물독 위에 서서 흔들흔들하며 물을 조금씩 흘리는 장난을 칠 때 몰리가 다정하게 스티븐이 떨어지지 않도록 두 손으로 독을 잡아주던 장면에 대한 묘사.

196 배넌은 블룸이 자기가 사귀고 있는 사진 속 주인공 밀리의 아버지임을 알아차렸다.

197 조이스의 경쟁자였던 친구(멀리건의 모델) 고가티가 쓴 외설적인 시에 「의대생 딕과 의대생 데이비」가 있다.

15장 키르케

198 원문은 'hat trick'으로 길바닥에 똥을 싼 사람이 그걸 모자로 덮어놓고 경관에게 모자 안에 새가 들어 있으니 잠시 잡고 있어달라고 부탁한 후 줄행랑친 일화에서 유래한 말.

199 샌디마운트 해변에서의 자위행위.

200 블룸은 여자가 오줌 누는 장면을 목격한 다음에 케언스의 노상 방뇨 얘기를 들었다. 블룸은 이후 자신이 케언스와 같은 행동을 하는 환상을 보지만, 13장에 나왔듯 과거에 실제 노상 방뇨를 한 적도 있다.

201 Absurd I am. 13장 끝에서 블룸이 쓰다 만 "I. AM. A."의 수수께끼에 대한 여러 해석 중 하나로 언급되는 대목이다. 또다른 해석으로는 몰리가 블룸에게 붙인 별명 '진흙 속의 막대기' 즉 'I AM A(stick in the mud)'가 있다.

202 순서대로 '알레프' '베트' '기멜' '달레트'는 히브리어의 첫 네 문자이고, 이후는 모두 종교와 관련된 히브리어 또는 이디시어로, '전례서' '모세4경 두루마리' '정결식품'을 칭하며 '욤 키푸르'는 '속죄일'을 뜻한다. 이어 '봉헌일' '설날'을 뜻하고 '베니 브리트'는 '우애 조합' '바르 미츠바'는 '성인식'을 뜻한다. 남은 단어들은 '유월절에 먹는 발효 안 된 빵' '노아의 증손자'에 이어 '메슈가'는 '별난' 그리고 '탈리트'는 '술 달린 숄'을 지칭한다.

203 여러 언어로 된 이 이름들은 각각 '금 코, 금 손가락, 금 입, 금 손, 은 미소, 은 자체, 수은, 순은'이라는 의미다.

204 이어지는 일화, 즉 클롱고스 우드 중학교 시절 시력이 약한 스티븐은 안경이 깨져 과제를 못 끝내고, 이 일로 돌런 신부에게 요령 부린다는 오해를 사 체벌을 당한 뒤 콘미 신부에게 억울한 사정을 호소하는 이야기가 『젊은 예술가의 초상』에 나온다.

205 조이스와 마찬가지로 블룸과 스티븐은 개를 무서워한다. 블룸은 멀리서 개 짖는 소리가 나자 만일의 경우에 대비해, 특히 스티븐을 지키기 위해 지팡이를 사용할 각오를 한다.

제3부 귀가

16장 에우마이오스

206 '생생한 거짓말을 하는 〈텔레그래프〉'의 원문 'the Telegraph tell a graphic lie'에서 비슷한 발음이 반복되는 것에 주목.

17장 이타카

207 '아무 생각도 없으면서 뭔가를 생각하느라고'에 해당하는 원문 'with thought of aught he sought though fraught with nought'에서 [ɔ:t] 발음이 반복된다.

208 『젊은 예술가의 초상』에서 스티븐이 설파한 예술이론 중, 정적(靜的, static)인 예술은 미학적 절제를 획득한 예술인 반면 동적(動的, kinetic)인 예술은 욕망과 혐오의 감정을 원색적으로 자극하는 미숙한 예술을 뜻한다.

209 이 문장에서 '담보' '추론' '유도' '제시'에 해당하는 원문은 각각 'conduce' 'deduce' 'induce' 'adduce'다.

210 이 여섯 줄의 가사는 이어지는 악보의 가사다.

211 이어지는 악보의 가사는 다음과 같다. "그때 유대인의 딸이 나왔다네 온통 녹색 옷차림으로 돌아와 돌아와 귀여운 꼬마야 공놀이 한번 더 해봐."

212 장 프리머 활자는 10포인트, 농파레유 활자는 6포인트, 브레비에 활자는 8포인트, 소 파이카 활자는 12포인트.

213 에이커(acre)=4040㎡, 루드(rood)=1011.7㎡, 퍼치(perch)=25.3㎡.

214 자연화된 자연(natured nature). '형상적 물질적 원인의 결과로 간주되는 세계', 즉 '현존의 세계'를 뜻하는 중세 라틴어 'natura naturata'를 영어로 옮긴 구절로 'natura naturans(세계의 지고한 또는 본질적인 존재)'에 대비되는 개념. 이해하기 쉽게 표현하자면 '구현된 본성' 혹은 '실제로 나타난 자연적 성질' 정도가 되겠으나, '자연'이란 어휘의 변주를 통해 언어유희를 하고자 하는 원문의 문체 의도를 살려 굳이 다소 낯설고 어색한 '자연화된 자연'이란 어구로 번역하였다. 영어의 nature는 우리말로 자연 외에도 천성, 본성, 본질 등의 의미를 가지고 있음을 참고할 것.

215 여기서 결혼이 '절정에 이른다'는 것은 보통 신랑 신부가 잠자리에 듦으로써 결혼식을 완료한다는 것을 뜻한다. 블룸 부부가 결혼한 해는 딸 밀리가 태어난 1889년보다 한 해 전인 1888년으로, 이해에 그들은 결혼 한 달 전쯤인 9월 10일에 처음 잠자리를 가졌으나 밀리를 낳게 한 잠자리를 가진 결혼 당일이 의미가 크므로 결혼을 절정에 이르게 한 날이 되는 것으로 보인다.

216 원문에서는 언어유희가 이루어지는 대목이다. 신바드부터 린바드에 이르기까지는 "Sinbad the Sailor and Tinbad the Tailor and ... Rinbad the Railer"의 방식으로 항목마다 'ailer' 또는 'ailor'로 끝나는 각운(rhyme) 비슷한 패턴과 두운(alliteration)이 이루어지다가, 딘바드 이후에는 두운이 사라진다. 그러다가 마지막의 린바드와 진바드에서는 더 나아가 아예 뜻이 거의 통하지 않는 'Linbad the Yailer and Xinbad the Phthailer'로까지 파격으로 이어진다. 이는 다음 질문에 대한 대답에 나오는 '낮을 밝히는 다킨바드(Darkinbad the Brightdayler)'에서 음절 수가 늘어나고 대립적인 의미를 형성하는 양태에서 절정을 이룬다.

더블린의 백과사전적 풍속화

I. 『율리시스』의 문학적 위상

2023년은 제임스 조이스James Joyce의 소설 『율리시스*Ulysses*』가 첫 출판된 지 101년이 되는 해다. 이 소설은 출간 초기에 난해성과 당시의 상식적인 기준을 벗어난 미학적 괴이함으로 인해 문학세계에 충격을 안겨주었다. 조이스 자신도 이 소설을 가리켜 엄청난 분량과 훨씬 엄청난 복잡성을 가진 "끔찍한 괴물소설"이라고 부를 정도였다. 게다가 미국에서는 외설적이라는 이유로 십여 년간 판금되기까지 했다. 그러나 『율리시스』가 독창성 넘치는 문학적 방법을 동원하여 인간생활을 관찰하고 묘사하는 데 성공한 미증유의 걸작이라는 평가를 받는 데에는 그리 오랜 시간이 걸리지 않았다. 오늘날 서구의 각종 걸작소설 목록에서 항상 상위를 차지하고 있으며, 특히 미국의 한 유명 출판사가 학자들과 작가들로 구성된 심사위원단을 통해 선정한 20세기의 걸작 영어 소설 100편 중에서 1위를 차지하기도 했다. 『율리시스』가 이해하기 어려운 소설인 것은 사실이지만, 그 예술적 깊이와 중요성 때문에 문학세계에서는 지속적으로 높은 평가를 받고 있다. 한동안 모더니즘을 대표하는 작품으로 흔히 자리매김되곤 했으나, 현재는 포스트모더니즘 혹은 후기구조주의뿐만 아니라 그 어떤 인문학계의 철학적 패러다임도 모두 수용하고 넘어설 만큼 시대를 뛰어넘는 보편성을 지닌 작품으로 그 위상을 굳건히 지키고 있다.

II. 조이스의 생애와 작품

1. 조이스의 생애

조이스는 1882년 2월 2일 아일랜드의 수도 더블린에서 하급 세리의 자녀 10남매 중 맏아들로 태어났다. 유년기의 짧은 시간 동안 어느 정도 넉넉하던 조이스의 가정형편은 아버지가 실직하면서 기울기 시작하고 해마다 늘어나는 아이들 때문에 더욱 어려워졌다. 그러나 조이스는 어린 시절부터 대학 시절에 이르기까지 평판 있는 예수회 학교를 다닐 수 있었다. 1902년 유니버시티 칼리지 더블린 졸업 후 의학공부를 꿈꾸며 프랑스 파리로 떠난 조이스는 어머니가 위독하다는 소식에 곧 돌아와야 했다. 이후 문학창작에 본격적으로 전념하기로 한 조이스는 호텔 여급인 노라 바너클과 함께 유럽으로 떠난 후 1941년 사망할 때까지 파리를 비롯해 트리에스테, 로마, 취리히 등의 도시를 전전하였다.

조이스 생존시의 아일랜드는 정치적으로 수백 년 전부터 이웃나라 잉글랜드의 지배를 받아오던 상태였다. 이에 따라 아일랜드의 독립을 열망하던 많은 사람들이 '자치'라는 개념의 '신 페인Sinn Fein' 운동에 호응하였다. 그러나 독립운동의 지도자 찰스 스튜어트 파넬이 불륜이라는 불미스러운 사건으로 말미암아 위상이 크게 추락하면서 독립운동의 기세는 한풀 꺾이기도 했다. 당시 아일랜드 국민의 대부분은 가톨릭신자였으나, 많은 신부들이 파넬을 비난함으로써 국민들 사이에 위화감이 조성되기도 하였다. 일부 지식인들은 아일랜드 문예부흥이라는 운동을 통해 조국의 전통적인 언어, 예술 등을 부활시키고자 했으나, 조이스는 그 운동의 경직성 때문에 동조하지 않았다. 오히려 그는 세계주의적인 가치관을 가지고 있었고, 이러한 사정들이 그가 20세를 넘기자마자 조국을 등지고 유럽대륙에서 살게 된 배경이 되었다. 그러나 조이스는 정신적으로 조국을 영원히 떠난 것이 아니었다. 본격적으로 창작활동을 하기 시작할 때부터 그는 유럽에 몸을 의탁했지만, 그가 쓴 작품들의 배경을 이루는 것은 철저하게 아일랜드의 수도 더블린이었다. 그는 또한 많은 아일랜드 사람들의 편협성에 환멸을 느꼈을망정, 친영적인 쪽으로 기운 것은 아니었다. 오히려 그의 모든 작품에서 그는 영국의 제국주의에 대한 비판을 멈추지 않는 한편, 조국과 동포에 대한 애정을 절실히 드러내고 있다.

2. 조이스의 작품

조이스의 창작활동 시기는 크게 세 부분으로 나누어 볼 수 있다. 대학입학 후부터 졸업 후 몇 년까지의 기간 동안에는 시, 에세이, 초기의 자전적 소설 『스티븐 히어로』 등 크게 성공하지 못한 작품들을 쓰다가, 1914년에 출간된 단편소설집 『더블린 사람들*Dubliners*』에 이르러 본격적인 인정을 받기 시작한다. 1914년부터 1922년까지는 조이스가 가장 왕성한 창작활동을 한 시기로서, 이 기간 동안에 오늘날과 같은 그의 명성을 가져온 두 작품, 즉 1916년에 출간된 자전적인 중편소설 『젊은 예술가의 초상*A Portrait of the Artist as a Young Man*』과 장편소설 『율리시스』가 탄생한다. 이후 마지막 열정을 불태우면서 마침내 1939년에 『피네건스 웨이크*Finnegans Wake*』를 완성하게 되는데, 이 작품은 소설이라는 장르로 분류하기가 멋쩍을 만큼 독특한 내용과 형식을 통해 어휘의 파괴적인 다의성을 실험하는 특성으로 인해 후기구조주의 작가 및 학자들에게 성전 대우를 받고 있다.

III. 『율리시스』의 창작 의도

『율리시스』의 구성에 대한 조이스의 취지는 다음과 같은 한 편지에 압축적으로 잘 나타나 있다.

> [『율리시스』]는 두 민족(이스라엘-아일랜드)의 서사시인 동시에 인체의 순환이자 하루(생활)에 대한 작은 이야기입니다. (…) 그것은 또한 일종의 백과사전입니다. 제 의도는 그 신화[오디세이아]를 우리 시대에 맞게 바꾸는 것일 뿐만 아니라, 각각의 모험이(즉 모든 시간, 모든 기관, 모든 학문이 전체 신체체계 속에서 상호연결과 상

호관련을 이루면서) 자체의 기법을 조건짓고 나아가 창조하도록 하는 것입니다. 각각의 모험은 말하자면 한 사람[의 몸]입니다. (…)

이 진술의 내용은 '서사시' '백과사전' '각각의 모험'의 세 가지 항목으로 나누어 설명할 수 있다.

1. 서사시로서의 『율리시스』 또는 호머 평행

조이스가 『율리시스』를 일컬어 "두 민족(이스라엘-아일랜드)의 서사시"라 칭한 것은 주인공 블룸이 혈통적으로 유대계와 아일랜드계의 혼혈이기 때문이지만, 이 소설이 고대 그리스의 대문호인 호머(호메로스)의 서사시 『오디세이아』를 구성적 틀의 바탕으로 삼고 있기 때문이기도 하다. 『오디세이아』는 십 년에 걸친 트로이 전쟁을 트로이목마라는 결정적 계책을 냄으로써 그리스 연합군의 승리로 이끈 이타카섬의 왕이자 장군인 오디세우스가 고국으로 돌아가는 십 년에 걸친 과정에서 겪는 여러 가지 모험담으로 구성되어 있다.* 오디세우스가 집을 떠나 있는 20년 동안 고국 이타카에서는 오랜 기간에 걸쳐 공석으로 비어 있는 왕좌와 페넬로페 왕비를 가로채려는 자들이 들끓는다. 오디세우스는 마침내 고국에 돌아와 이들을 처단하고 왕좌에 복귀하는데, 페넬로페는 이때까지 끝내 정절을 지켜내고, 아들인 텔레마코스는 아버

* '오디세우스'는 그리스 이름 '오디세프스'의 영어식 발음이며, '율리시스'는 이 그리스 이름에 대응하는 라틴어 표기의 영어식 발음이다. 아울러, '오디세이'는 그리스어 '오디세이아'에 대응하는 영어 표기이며, 흔히 보통명사로서 '장기간에 걸친 모험여행'이란 뜻으로 쓰이기도 한다.

지를 도와 왕위찬탈을 노리던 자들을 물리치는 과정에서 훌륭한 대장부로 거듭나게 된다.

『율리시스』의 이야기 뼈대는 전체적으로 볼 때 거칠게나마 『오디세이아』의 그것과 유사하다. 이 소설은 신문광고 판촉원인 더블린의 소시민 리어폴드 블룸Leopold Bloom이 1904년 6월 16일(소위 '블룸의 날')에 하루종일 더블린 시내를 돌아다니며 겪는 많은 경험을 다룬다. 블룸이 더블린 각지를 돌아다니는 동안 그의 아내 몰리Molly는 오후에 집에서 보일런이라는 남자와 불륜 행각을 벌인다. 이 부부 사이에는 열다섯 살 된 밀리라는 딸이 있고, 그보다 네 살 어린 루디라는 아들이 있었다. 그러나 루디가 태어난 지 십일 일 만에 죽고 난 이후 블룸 부부는 십 년 동안 성적 관계를 맺지 않은 터였다. 사별한 아들 루디에 대한 아픔과 그리움을 가슴 깊이 품고 지내던 블룸은 이날 만난 문학 지망 청년 스티븐 데덜러스Stephen Dedalus를 새로 생긴 아들처럼 느끼고 그와 함께 많은 시간을 보내며 잃어버린 아들에 대한 상실감을 달랜다. 그러나 이날 이후 블룸과 몰리의 관계가 어떻게 전개될지, 그리고 블룸과 스티븐의 관계가 어떻게 발전 혹은 단절될지는 불확실한 상태로 남는다.

이와 같이 약 3천 년의 시간적 간격을 두고 벌어지는 두 이야기 사이에는 일단 기본적인 구조적 유사성이 존재한다. 즉 주인공 남자가 집에 아내를 남겨둔 채 밖에서 여러 가지 경험을 하고 오랜 시간 만에 아들(같은 청년)을 (새로) 만난다는 설정이 그러하다. 그러나 흔히 '호머 평행'이라 불리는 이 유사성은 두드러지게 대조적인 양상을 보인다. 호머의 서사시가 십 년에 걸친 긴 기간 동안 걸출한 영웅이 겪는 엄청난 모험을 그리는 데 반해, 조이스의 소설은 하루라는 짧은 시간 동안 소외받는 소시민이 겪는 사소한 일상사를 그린다. 전자에서 주인공의 아내가 긴 세월 동안 정절을 지키는 반면, 후자에서 주인공의 아내는 간통을 범한다. 전자에서 주인공이 자신의 친아들을 다시 만나 문자 그대로 진정한 부자관계를 되찾는 것과 달리, 후자에서는 주인공이 자신의 친아들을 잃은 상태에서 문학을 지망하는 청년 스티븐 데덜러스가 그 빈자리를 대신 채워주기를 바라지만 스티븐은 이에 대해 별 관심이 없다. 이런 점 때문에 호머 평행에 내재하는 아이러니만을 강조하는 시각도 있다. 그러나 조이스는 유사 또는 대조의 어느 한쪽에 치우치기보다, 『오디세이아』를 『율리시스』를 쓰기 위해 자유롭고 다양한 방식으로 활용할 수 있는 구성상의 토대로 삼았다고 보는 편이 타당할 것이다. 조이스가 전자에서 등장하는 에피소드의 순서를 후자가 그대로 따르지 않고 나름의 새로운 순서를 설정한 것도 그 한 예다.

2. 백과사전으로서의 『율리시스』 또는 과잉의 예술

조이스가 위 인용문에서 『율리시스』를 '일종의 백과사전'이라 칭한 것은 그다지 과장이 아니다. 이 소설에서 그는 자신이 알고 있거나, 기억하고 있거나, 수집할 수 있는 한 최대한의 데이터를 동원하였다. 그 대상은 인명, 지명, 각종 사업체와 단체와 기관, 학문적 또는 예술적 작품, 아일랜드를 비롯한 많은 나라들의 역사적 사건, 삼라만상에 대한 과학적 사실, 일상생활에 관련된 갖가지 물건, 자연에 존재하는 온갖 동식물과 광물 등 이루 꼽을 수가 없을 정도로 광범위한 분야에 걸쳐 있다. 조이스는 특히 명세서 혹은 목록의 형식을 통해 일견 불필요해 보일 만큼 많은 항목을 길게 나열함으로써 백과사전으로서의 성격을 더욱 고조시킨다. 조이스는 『율리시스』 안에서 셰익스피어 예술의 특성을 언급하는 대목에서 '과잉의 예술'이란 말을 쓰는데, 이는 실상 이 소설에 자체참조의 방식으로 적용되는 어구이기도 하다. 이는 인간세계를 구성하는 각종 요소들을 가능한 한 많이 담고 싶어하는 자료수집가의 욕구에서 비롯되는 것이기도 하지만, 이를 통해 자신이 창조한 작품을 나름대로의 방식으로 존재하는 또하나의 작은 세계로 만들고자 하는 창조적 욕망의 소산이기도 하다. 그리고 그것은 비슷해 보이는 수많은 항목의 나열을 통해 이 소설이 해석될 수 있는 소지를 최대화하려는 방법론적 전략으로 볼 수도 있다.

3. 각각의 모험 또는 에피소드의 자율성

조이스가 위 인용문에서 "각각의 모험"이라 지칭한 것은 『율리시스』를 구성하는 열여덟 개의 장chapter을 뜻하며 이는 흔히 '에피소드'라고 지칭되기도 한다. 전체 줄거리는 시간의 흐름에 따라 장의 순서대로 흘러가지만, 『오디세이아』에서 오디세우스가 다양한 모험을 겪듯이 『율리시스』도 각 장마다 블룸(또는 스티븐이나 몰리)이 겪는 독자적인 에피소드를 다룬다. 더욱이 각 에피소드의 독자성은 사건에만 국한되는 것이 아니라 주제, 시간, 장소에도 적용되고, 각 에피소드의 주요 모티프로 기능하는 신체기관, 학문, 색깔, 기법, 서술 등에도 부분적으로 관계된다. 그리고 에피소드에 따라 문체와 시점이 바뀌는 경우가 많다. 이 독자적인 에피소드들은 그러나 완전히 따로 노는 것이 아니라 밀접한 상호관련을 형성함으로써 더 큰 차원에서 소설 전체의 유기적인 생명력을 산출해내는 데 이바지한다. 위 인용문에서 한몸에 해당하는 각 모험이 나름의 기법을 만들면서 전체 신체체계에서 상호적인 연결과 관련을 맺는다는 말은 바로 이러한 의미다. 『율리시스』가 지니는 백과사전적 특성과 더불어 각 에피소드의 자율성을 조이스의 분신인 스티븐은 미학이론을 설파하는 자리에서 "지방색. 아는 걸 다 넣어라. 그걸 서로 관련지어라"라는 간단명료한 말로 표현하기도 한다.

IV. 『율리시스』의 예술적 특성

1. 사실주의와 상징주의

『율리시스』는 극단적일 정도로 사실주의적이다. 그런데 이 소설의 사실주의는 단순히 현실이나 삶을 '있는 그대로' 묘사하는 데 그치지 않는다. 이 소설의 배경을 이루는 더블린의 모든 장소들, 즉 거리, 건물, 상점, 기관 등의 이름들은 실제 존재했던 것들이고, 그중 일부는 심지어 현재까지도 존재하는 명칭이다.* 그리고 당시 더블린 시민들의 관심사였던 정치, 사회, 문화, 종교 등의 분야에 걸쳐 실재했던 온갖 사건과 사실과 인물들이 언급된다. 그러면서도 역설적으로 이 소설은 무수한 상징적 장치를 도처에 심어놓고 있다. 이 소설은 상징을 위해 음식, 시계, 막대기, 거울, 파리, 대구, 불 등의 다양한 사물과 심지어 숫자까지도 동원한다. 조이스는 아마도 삶의 외면적 양상과 내면적 양상을 두루

* 조이스는 한 편지에서 "만일 [더블린이] 언젠가 갑자기 지구상에서 사라진다 해도 내 책을 통해 재건될 수 있을 것"이라고 말한 바 있다.

아우르고 싶었던 것이다. 그리고 이 두 가지 대조적 서술 요소의 긴장된 병치로 인해 사실과 상징은 각각의 표현적 잠재력을 증가시키고 사물이 존재하는 양상의 깊이를 더하는 효과를 빚어내는 데 성공한다.

2. 불확실성의 세계관

『율리시스』에는 불확실한 요소가 도처에 널려 있다.* 소설 내에서 답변을 알려주지 않는 수수께끼나 질문이 거론되기도 하고, 어떤 사물이나 인물 또는 문구가 무엇을 가리키는지 베일에 싸여 있기도 한다. 그 대표적인 사례가 소위 '매킨토시'로 지칭되는 인물인데, 블룸과 독자는 그의 정체를 궁금해하지만 끝내 알아내지 못한다. 조이스 자신은 그 답을 알고 있는지 아니면 심술궂게 문제만 던져놓은 것인지조차 수수께끼다. 이 밖에 브린이 받은 엽서에 적힌 "U. p: up"이란 문구가 무엇을 의미하는지, 블룸이 쓰다 만 문장 "I. AM. A."에 무슨 말이 생략 또는 암시되어 있는지, 17장 끝에 찍힌 커다란 마침표가 인쇄 과정에서 우연히 떨어진 잉크방울이 아니라면 그것이 무엇을 상징하는지, 심지어 스티븐이 해변에서 벌이는 행동이 정확히 무엇을 가리키는지 등에 대해 독자는 "셜록홈스노릇Sherlockholmsing"에 참여하지 않을 수 없지만 헛수고로 그치기 십상이다. 특히 이 소설에서 가장 중요한 위치를 차지하는 두 문제, 즉 간통을 저지른 아내 몰리와의 관계에 대해 블룸이 앞으로 어떤 결심을 할지, 그리고 블룸과 스티븐의 관계가 앞으로 어떻게

---

* 조이스는 "내가 불가해한 것과 수수께끼를 워낙 많이 심어놓았기 때문에 장차 수백 년 동안 교수들이 내가 뭘 의미하는지를 두고 갑론을박할 텐데, 이야말로 자신의 불멸성을 확보할 수 있는 유일한 길"이라고 농담조의 말을 한 적이 있다.

진행될지에 대해서도 소설의 결말은 열려 있다. 이는 세계와 삶의 진실은 인간이 이해하고 파악하는 데 한계가 있다는 작가의 의식에서 비롯하는 것으로 보인다.

3. 의식의 흐름

『율리시스』는 외면적인 줄거리로만 진행되지 않는다. 작가의 전지적 관점을 통해 전개되는 객관적 서술 사이사이에 각 장의 주요 인물(1~3장 및 9장에서는 스티븐, 4~17장에서는 블룸)의 의식의 흐름이 수시로 끼어든다. 심지어 마지막 18장은 몰리의 머릿속에서 이어지는 의식의 흐름으로만 채워져 있다. 그런데 작가는 이 의식의 흐름이 드나듦에 있어서 독자를 안내하는 보조행위를 철저하게 삼간다. 주요인물의 의식세계가 직접적인 내면독백 형식으로 난데없이 불쑥불쑥 나타나는 것이다. 줄거리 속 특정 내용이 야기하는 연상 작용에 의해 온갖 사항들, 가령 인물의 과거, 노래 가사, 딴 인물의 발언, 책의 인용문 따위가 작가의 친절한 안내 없이 들락날락함으로써 독자에게 혼란을 안겨준다. 이 작품이 어렵게 읽히는 가장 큰 원인이기도 하다. 이렇게 철저한 직접 내면독백은 세계문학사상 최초라 할 수 있거니와, 이는 인간의 내면세계가 외면적 현실 못지않게 삶의 중요한 부분을 차지한다는 사실을 선구적으로 간파한 조이스의 통찰력이 낳은 업적이라고 할 수 있다.

4. 철학

조이스는 자신의 철학을 내세우는 유형의 작가가 아니다. 그는 철저히 삶의 양상을 묘사하는 데 그칠 뿐, 어떤 특정한 사상이나 이론을 생경하게 설파하지 않는다. 그러나 소설의 저변에 흐르는 세계관조차 아예 없는 것은 아니다. 『율리시스』 전편에 걸쳐 내재하는 세계관과 상통하는 철학 또는 인식의 틀은 나름대로 존재한다. 가령 대립물의 일치, 즉 극과 극이 통한다는 브루노류의 세계관, 역사는 약간의 차이를 수반하면서 반복된다는 비코류의 역사관, 개체가 곧 전체라는, 즉 보편성과 특이성이 다르지 않고 상통한다는 인식, 남성과 여성의 구분을 비롯한 제반 경계의 모호성에 대한 인정, 모성이 아니라 부성에 바탕을 둔 그리스도교 교리에 대한 회의 등이 그것이다. 일견 어떤 특정한 사상가들(가령 프로이트)의 영향을 받은 것처럼 보이는 경우에도 조이스가 그들의 이론에 무겁게 의존하는 경우는 없다고 해도 과언이 아니다. 그는 어떤 사상이나 이론을 맹신하지 않고, 호머 평행에 대해 그런 것처럼, 자신의 목적이나 관점에 맞게 수용하고 자유로이 활용할 뿐인 것이다.

5. 문학적 실험정신

조금 과장하자면, 『율리시스』는 소설이라는 문학 장르가 행할 수 있는 실험이란 실험은 모두 행했다고 말해도 지나치지 않을 것이다. 앞서 언급한 의식의 흐름—을 통한 시간의 전이—외에도 언어, 문체, 서술 형태 등의 분야에서 그는 혁신적인 실험을 수행하였다. 그리고 그는 인물의 지적 수준이나 성격에 맞는 깨진 언어 등의 표현, 각 장의 주요 모티프에 걸맞은 문체와 서술 형태 등을 새로 고안해 구현하였다. 몇 가지만 예로 들어보자. 신문사를 주된 배경으로 삼은 7장은 신문기사처럼 조각 글들이 짜깁기되어 있고, 10장 「떠도는 바위들」에서는 더블린 곳곳에 따로 배치된 수많은 등장인물의 상황을 잘게 잘라 문자 그대로 '떠도는 바위들'처럼 산재시키며, 14장에서는 삼십여 편의 소단위 글들이 영국문학사를 장식하는 문필가들의 문체를 각각 흉내냈고, 희곡 형식을 취한 15장에서는 현실과 환상이 교차한다. 그런데 중요한 것은 이런 실험들이 실험을 위한 실험이 아니라, 그때그때 소설의 내용과 주제에 부합하도록 고안되었다는 것이다. 조이스의 실험은 당시 모더니즘의 구호 '새롭게 만들기'의 시대정신을 반영한 것이지만, 한 시대의 유행에서 그치지 않고 후세대 문학인들에게 엄청난 창조적 영향을 끼쳤다는 점에서 그 의의가 크다 할 것이다.

V. 『율리시스』의 주제

『율리시스』에서 일어나는 사건 중에서 가장 중요한 두 가지를 꼽는다면, 하나는 몰리와 보일런의 간통이고 다른 하나는 블룸과 스티븐의 만남이다. 그중 몰리의 간통은 실제 장면이 독자에게 제시되는 대신에 나중에 몰리의 기억을 통해 간접적으로 독자에게 전달될 뿐이다. 몰리의 간통은 말하자면 '무대 밖'에서 벌어지는 사건인 셈이다. 이 사건은 종일토록 블룸의 머릿속을 맴돌며 그를 괴롭히는 상념의 대상으로 작용한다. 그러나 그것이 서술 속에 직접 언급되는 것은 단지 몇 차례에 불과하다. 소설의 대부분 지면은 블룸이 만나고 경험하는 다른 사람들과 다른 사건들로 채워지는 것이다. 그리고 그 과정에서 그는 세상과 인생에 관한 모든 종류의 사물과 문제에 관해서 생각한다. '무대 안'에서 직접적으로 제시되는 스티븐과의 체험 및 대화 또한 세상에 존재하는 온갖 사물 및 사람들과 관련된다. 결국 조이스가 『율리시스』에서 그리고자 한 것은 더블린이라는 도시이며 더 나아가 세계의 축소판인 셈이다. 그리고 이를 통해 조이스가 다루고자 한 것은 개인과 개인, 개체와 전체 사이의 관계다. 도덕적인 차원에서 볼 때, 그 관계들에서 가장 중요하게 작용하는 가치는 아마도 사랑일 것이다. 12장에서 증오와 배타와 폭력에 의존하는 국수주의자 '시민'에 맞서서 블룸이 사랑의 가치를 주장하는 장면에서 출처도 불확실한 채 일견 말이 안 되는 허튼 소리처럼 등장하는 "사랑은 사랑을 사랑하기를 사랑한다"는 명제야말로 어쩌면 조이스가 가장 강조하고 싶었던 개념이 아닐까?

VI. 각 장에 대한 해설

앞서 말한 대로 『율리시스』는 장에 따라서 각각 다른 상황, 줄거리, 모티프, 문체 등을 보인다. 따라서 각 장의 이야기가 시작하는 시간, 주요 사건이 벌어지는 장소, 호머 평행(『오디세이아』와의 유사성), 그리고 간단한 줄거리를 제시하고, 필요에 따라 각 장의 특징적인 사항들을 거론하기로 한다.

1장 텔레마코스

시간: 오전 여덟시

장소: 더블린만 샌디코브 해변의 마텔로 탑

호머 평행: 텔레마코스는 이타카의 왕인 아버지 오디세우스가 트로이전쟁에 참가하기 위해 집을 비운 틈을 타 어머니 페넬로페에게 구혼하며 왕위 찬탈을 획책하는 자들을 피해 아버지를 찾아 집을 떠난다.

줄거리: 스티븐은 임시 거처로 삼던 마텔로 탑에서 함께 지내던 의대생 멀리건과 멀리건이 데려온 영국의 옥스퍼드 대학생 헤인스와 함께 아침식사를 마치고 탑을 나선다. 그들은 나중에 '더 십'이라는 술집에서 만나기로 하지만, 최근에 죽은 어머니가 기도를 해달라는 마지막 간청을 뿌리친 일 때문에 죄의식을 가진 스티븐은 그를 놀려대는 멀리건의 태도에 환멸을 느껴 탑에 돌아가지 않기로 결심한다.

2장 네스토르

시간: 오전 열시

장소: 더블린만의 도키 마을에 위치한 한 사립학교

호머 평행: 텔레마코스는 그의 멘토라 할 수 있는 네스토르를 통해 트로이전쟁이 끝나고 그리스 영웅들이 각자의 나라로 귀환하는 중이라는 근황을 접한다.

줄거리: 스티븐은 학생들에게 역사와 시를 가르치나 학생들은 그의 질문과 논평을 잘 이해하지 못한다. 수업이 끝난 후 그는 디지 교장으로부터 월급을 받고 이어서 구제역에 관한 논문 편지를 신문사 편집자에게 전해달라는 부탁을 받는다.

3장 프로테우스

시간: 오전 열한시

장소: 더블린만과 리피강이 만나는 샌디마운트 해변

호머 평행: 텔레마코스는 스파르타의 왕 메넬라오스로부터 프로테우스(예언의 신이자 강과 바다의 신으로, 변신에 능하여 파악하기 어려운 바다의 변화를 상징하는 신)를 붙잡는 이야기를 듣는다.

줄거리: 스티븐은 신문사로 가는 도중에 해변에 들러 삼십 분쯤 시간을 보내며 주변의 변화무쌍한 물질세계를 관찰하는 가운데 과거 및 현재의 여러 가지 난제와 철학적 문제에 대한 명상에 잠긴다.

4장 칼립소

시간: 오전 여덟시(스티븐을 주인공으로 삼는 첫 세 장과 블룸을 주인공으로 삼는 첫 세 장은 각각 시간이 일치한다)

장소: 블룸의 집(에클스 스트리트 7호)

호머 평행: 이타카로 귀환하는 항해 도중에 오디세우스는 오기기아 섬에 사는 바다의 여신 칼립소의 관능적 유혹에 빠져 고향과 아내를 망각하고 칠 년간 쾌락의 생활을 영위한다.

줄거리: 블룸은 침대에 누워 있는 아내 몰리에게 아침식사를 차려주고, 이웃 정육점으로 가서 자신이 먹을 콩팥을 산다. 집으로 돌아오는 길에 현관에서 딸 밀리한테서 온 편지와 보일런이 몰리에게 보내온 카드를 발견하는데, 그 카드를 보고 블룸은 그날 오후 네시에 몰리가 보일런과 밀회를 가질 것임을 예감한다.

5장 로터스 먹는 종족

시간: 오전 열시

장소: 더블린 남부의 거리들

호머 평행: 오디세우스와 그의 부하들은 로터스 먹는 종족의 땅에 도착한다. 부하들 중 일부는 로터스를 먹은 효과로 나른한 무기력 상태에 빠져 집을 망각하고 현재의 상황에 안주하려는 욕망에 빠지는데 오디세우스는 이들을 배에 태우려 애쓴다.

줄거리: 집을 나선 블룸은 우체국에 들러 헨리 플라워라는 그의 가명 앞으로 배송된 펜팔 마사의 편지를 찾는다. 그는 머코이를 만나고, 비누를 사고, 몰리를 위한 약 처방을 받은 후에, 우연히 만난 밴텀 라이언스가 경마 소식을 보기 위해 신문을 빌려달라고 하자 어차피 '버리려throw away' 한 신문이니 그냥 가지라고 하지만 밴텀은 스로어웨이Throwaway라는 말에 베팅하라는 정보인 줄 오해한다. 목욕탕 문에 도착한 블룸은 욕조에 누워 있는 자신의 모습을 상상한다.

6장 하데스

시간: 오전 열한시

장소: 프로스펙트 공동묘지

호머 평행: 오디세우스는 마녀 키르케의 조언을 받아 항해를 계속하기 전에 맹인 예언자 테이레시아스의 혼령이 주는 조언을 구하기 위해 죽은 자의 땅인 지하세계 하데스를 방문한다.

줄거리: 블룸은 패디 디그넘의 장례식에 참석하기 위해 마틴 커닝엄, 잭 파워, 사이먼 데덜러스와 함께 마차를 타고 프로스펙트 공동묘지로 향한다. 묘지에서 그는 장례예배에 참석하고, 조문객들을 따라 묘비 있는 곳으로 간다.

7장 아이올로스

시간: 정오 열두시

장소: 〈프리먼스 저널〉 신문사

호머 평행: 바람의 신 아이올로스는 오디세우스의 항해를 돕기 위해 역풍을 넣어둔 자루를 꼭 묶으라고 충고했으나, 호기심을 못 이긴 부하들이 풀어헤친 자루에서 튀어나온 역풍에 의해 오디세우스의 배는 출발했던 에올리아로 되돌아간다.

줄거리: 〈프리먼스 저널〉 신문사 사무실에서 블룸은 편집장 마일스 크로퍼드를 만나 주류상 알렉산더 키스의 광고계약 연장 문제를 상의한다. 디지의 편지를 전해주러 같은 곳에 온 스티븐은 맥휴 교수, 네드 램버트, 사이먼 데덜러스, 오몰로이, 마일스 크로퍼드, 레너핸 등의 인물들과 수사학, 민족주의, 언론 등의 주제로 대화를 나눈다.

8장 레스트리고니아 사람들

시간: 오후 한시

장소: 식당 '더 버턴' 및 '데이비 번스'

호머 평행: 아이올로스를 떠난 오디세우스 일행이 당도한 레스트리고니아섬의 왕 안티파테스는 식인 거인으로서 부하들을 거느리고 그의 땅에 온 모든 배를 파괴하고 선원들을 학살하는 인물이지만 오디세우스는 무사히 키르케의 섬으로 탈출한다.

줄거리: 신문사를 떠나 광고를 베끼기 위해 국립도서관으로 가는 길에서 블룸은 Y. M. C. A. 직원으로부터 선지자 엘리야의 도래를 알리는 전단지throwaway를 건네받지만 곧 강물에 버리고, 이어서 과거에 가

까운 관계였던 조시를 마주쳐 실성한 남편에 관한 하소연을 듣는다. 블룸은 점심을 먹기 위해 처음 들어간 식당 '더 버턴'이 너무 더러운 데 거부감을 느끼고 점잖은 식당 '데이비 번스'로 옮겨가서 간단한 식사를 한다. 블룸은 도서관 입구에서 보일런을 발견하자 다급하게 방향을 바꿔 국립박물관으로 들어간다.

9장 스킬라와 카립디스

시간: 오후 두시

장소: 국립도서관

호머 평행: 키르케는 오디세우스에게 '떠도는 바위들'이 있는 곳을 피해 스킬라와 카립디스 사이의 통로로 지나가라고 충고한다. 스킬라는 뾰족한 산봉우리에 살며 협곡을 지나는 배마다 한 사람씩 잡아먹는 괴물이고, 카립디스는 배를 통째로 삼켜버리는 소용돌이다. 오디세우스는 스킬라의 절벽 쪽으로 접근하여 지나가는 길을 선택함으로써 위기를 탈출한다.

줄거리: 스티븐은 자신이 정립한 『햄릿』 이론을 설명하기 위해 멀리건과 헤인스를 만나기로 한 약속을 지키지 못한다는 전보를 띄우고 그 대신 국립도서관으로 간다. 도서관에서 스티븐은 평판 있는 선배격의 문인들인 AE(러셀), 매기(에글린턴), 도서관장 리스터 및 부관장 베스트가 모인 자리에서 『햄릿』 이론을 설파하지만, 토론 도중에 이 무리에 가세한 멀리건은 다소 빈정거리는 태도를 보인다. 광고 베끼는 일을 마친 블룸은 스티븐과 멀리건이 도서관을 떠날 때 그들 사이로 지나간다.

10장 떠도는 바위들

시간: 오후 세시

장소: 더블린의 여러 거리

호머 평행: 오디세우스가 스킬라와 카립디스 사이의 통로를 선택하느라고 피한 항로인 '떠도는 바위들'은 열화의 강풍 아래에서 펄펄 끓는 파도를 몰고 다니는 표류물들이다.

줄거리: 『율리시스』에 등장하는 대부분의 인물들이 세시와 네시 사이에 더블린 곳곳에서 저마다의 생활을 영위한다.

구조: 총 19개의 단락으로 구성된 이 에피소드의 배경에는 교회와 정부를 대표하는 두 인물, 즉 첫 단락에 등장하는 콘미 수도원장과 마지막 단락에 등장하는 더들리 총독의 여행이 자리잡고 있다.

11장 세이렌

시간: 오후 네시

장소: 오먼드호텔의 바에 있는 홀

호머 평행: 키르케는 두 명의 세이렌이 매혹적인 노래로 항해자들을 홀리는 섬을 지날 때의 위험성을 경고한다. 위험을 피하기 위해 오디세우스는 부하들로 하여금 밀랍으로 귀를 틀어막게 하고 자신은 귀를 열어두는 대신에 돛대에 몸을 묶게 한다. 세이렌들의 노래를 들은 오디세우스는 결박을 풀라고 발버둥치지만 결국 위기를 벗어나게 된다.

줄거리: 보일런의 뒤를 몰래 밟아 오먼드호텔에 온 블룸은 간단한 식사를 하게 된다. 보일런은 곧 자리를 뜨지만 블룸은 계속 자리에 남아 마사에게 보낼 짧은 편지를 쓰면서 딴 자리에서 사이먼 데덜러스가 부

르는 노랫소리에 귀를 기울인다. 그러나 그는 지금쯤 보일런이 몰리를 만났으리라는 생각에 비참한 심경에 빠진다.

모티프와 구조: 각종 소리와 음악의 모티프가 지배하는 이 에피소드의 첫 부분에는 마치 오케스트라의 서곡처럼 이 에피소드에서 독자가 듣게 되는 각종 의성어와 문구 또는 짧은 문장이 열거되어 있다.

12장 키클롭스

시간: 오후 다섯시

장소: 바니 키어넌 술집

호머 평행: 오디세우스는 키클롭스라는 외눈의 거인족 중 하나인 폴리페모스의 동굴에 갇혔으나 올리브 목재로 만든 뜨거운 꼬챙이로 폴리페모스의 눈을 찔러 동굴을 탈출한다. 배에 오른 오디세우스는 전에 자신의 정체를 '비인간Noman'이라고 말한 것은 거짓이라며 실제 신분을 밝히고, 이에 분노한 폴리페모스는 큰 바위를 던져 오디세우스의 배를 침몰시키지만 오디세우스를 맞히지는 못한다.

줄거리: 블룸은 남편을 잃은 디그넘 부인을 함께 찾아가기로 약속한 커닝엄과 파워를 만나기 위해 바니 키어넌 술집에 간다. 거기에는 입이 거칠고 극단적으로 호전적인 국수주의자인 외눈박이 '시민'이 친구들과 함께 있었고, 블룸은 곧 이들과 일련의 논쟁에 휩싸인다. 가뜩이나 유대인인 블룸이 못마땅했던 '시민'은 블룸이 자신의 극단적인 민족주의적 발언에 합리적인 논리로 반박하는데다, 골드컵 경마에서 횡재했다고 소문난 블룸이 한턱낼 기미를 보이지 않자 분통을 터뜨린다. 마침내 '시민'은 술집을 나가는 블룸의 뒤에 대고 비스킷 통을 던지지만 맞

히지는 못한다.

문체: 이 에피소드는 기본적으로 이름이 밝혀지지 않은 인물의 시각에서 줄거리가 서술된다. 서술문 사이사이에 사회의 다양한 분야에서 구사되는 문체를 패러디한 허황되고 과장된 문장들로 구성된 서른세 개의 단락이 삽입되어 있다.

13장 나우시카

시간: 오후 여덟시

장소: 샌디마운트 해변

호머 평행: 칼립소의 섬을 떠난 오디세우스는 파이아키아의 해변에 표류하여 기진맥진한 채 알몸으로 쉬고 있다가 그 나라의 공주 나우시카가 시녀들과 공놀이하면서 웃고 떠드는 소리에 잠이 깬다. 놀라고 당황한 시녀들과 달리 나우시카 공주는 과감히 나서서 오디세우스를 씻기고 옷을 입혀 집으로 데려가 극진히 대접한다.

줄거리: 디그넘 부인을 방문한 뒤에 블룸은 샌디마운트 해변에 와서 잠시 명상에 잠긴다. 가까이에서는 두 명의 처녀가 어린아이 셋과 놀고 있고, 절름발이 처녀 거티만이 따로 떨어져 앉아 있다. 근처의 바자에서 불꽃놀이가 벌어지는 동안 거티는 블룸이 자신을 훔쳐보고 있다는 것을 의식하며 무릎을 들어올려 치마 속을 드러내고, 블룸은 그 모습을 보며 바지 주머니 속에 손을 넣고 자위행위를 한다. 이어서 그는 그날 벌어진 일들에 대하여 명상에 잠기다가 졸음에 빠진다.

구조: 이 에피소드는 거티의 시각으로 쓰인 전반부와 블룸의 시각으로 쓰인 후반부로 나뉜다. 낭만적인 환상에 사로잡힌 처녀인 거티의 감

정을 반영하는 전반부가 발기의 증가, 팽창 또는 상승의 양상을 보인다면, 현실적인 관찰을 견지하는 중년남자인 블룸의 생각을 반영하는 후반부는 발기의 감퇴, 수축, 또는 하강의 양상을 보인다.

14장 태양신의 황소들

시간: 오후 열시

장소: 국립산부인과병원

호머 평행: 태양신 헬리오스의 섬에 다다른 오디세우스는 신성한 태양신의 황소들을 건드리지 말라고 부하들에게 지시하지만 부하들은 그가 잠든 사이에 육 일 동안의 잔치를 벌이는 데 충분한 소들을 도살한다. 이에 분노한 헬리오스의 청을 받아들인 제우스는 번개를 내리쳐 배와 선원들을 파괴하는 벌을 내리지만 오디세우스는 화를 면한다.

줄거리: 스티븐을 비롯한 의대생 일행은 병원의 식당에서 질펀한 술판을 벌이면서 갖은 음담패설을 늘어놓음으로써 다산의 상징이라 할 수 있는 산모들에 대한 일종의 신성모독을 범한다. 출산중인 퓨어포이 부인을 방문하기 위해 병원을 찾아온 블룸은 곧 이들의 권유를 받아 자리를 함께하지만 이들의 무분별한 행동에 동참하지 않고 거리를 둔다. 멀쩡한 정신으로 술꾼들을 지켜보던 블룸은 스티븐이 린치와 함께 사창가를 향해 자리를 뜨자 걱정스러운 마음에 스티븐을 뒤따라간다.

문체: 이 에피소드는 총 서른두 개의 단락으로 구성되어 있다. 모의 라틴어와 앵글로색슨의 문체로 쓰인 첫 단락과 현대의 속어로 끝나는 마지막 단락 사이에 시대의 흐름에 따라 영국문학사를 장식하는 기라성 같은 문필가들의 문체를 흉내낸 다양한 문체의 단락들이 이어진다.

15장 키르케

시간: 자정

장소: 사창가

호머 평행: 키르케는 궁궐에서 오디세우스의 부하들을 대접하는 척하며 약을 먹여 돼지로 둔갑시킨다. 키르케의 요술에 대비할 수 있는 마법의 약을 헤르메스 신에게서 받은 오디세우스는 검을 뽑아 키르케를 정복하고 이에 따라 키르케는 오디세우스의 부하들을 원래 상태로 복귀시켜주고 그를 침대로 데려간다.

줄거리: 블룸은 스티븐과 린치를 따라가다가 잠시 놓치지만 이내 포주 벨라 코언 부인이 운영하는 집에서 그들을 찾아낸다. 스티븐은 피아노도 치고 춤도 추지만 창녀들과 성관계를 갖지는 않는다. 스티븐은 죽은 어머니의 환영을 보고 "노퉁!"이라고 소리치며 등을 후려치지만 등갓만 손상되었을 뿐이다. 이에 벨라는 등이 부서졌다며 스티븐에게 바가지를 씌우려 하지만 블룸이 나서서 사실을 밝힘으로써 곤경을 해결한다. 이어서 거리로 뛰쳐나간 스티븐은 어느 군인의 여자를 모욕했다는 오해를 산 나머지 폭행을 당해 쓰러지지만 블룸에 의해 다시 구출된다.

형태와 내용: 희곡의 형태를 띤 이 에피소드는 지문과 대사로 구성되어 있다. 실제로 일어난 사건 사이사이에 제시되는 온갖 종류의 환상적 상황과 초현실적인 사건이 무의식세계를 드러내듯이 파노라마처럼 펼쳐진다.

16장 에우마이오스

시간: 새벽 한시

장소: 마부휴게소

호머 평행: 우여곡절 끝에 이타카로 돌아온 오디세우스는 신변의 안전을 위해 거지로 분장하고 그의 돼지를 기르는 에우마이오스의 움막으로 찾아간다. 오디세우스는 처음에 자신의 귀환에 관해 거짓 이야기를 꾸며대지만 텔레마코스가 당도하자 실제 신분을 드러낸다. 마침내 재결합하게 된 부자는 오랫동안 페넬로페를 괴롭혀오던 구혼자들을 물리칠 계획을 함께 세운다.

줄거리: 블룸은 주인이 염소가죽꾼이라고 소문난 노점 형태의 마부휴게소로 스티븐을 데려가 커피와 작은 롤빵을 사주지만 스티븐은 잘 먹지 못한다. 그들은 머피라는 이름의 늙은 뱃사람이 늘어놓는 황당한 이야기들을 들은 후에 함께 블룸의 집으로 향한다.

문체: 이 에피소드는 숙어와 관용구가 난무하는 만연체의 문장들로 서술되는데, 이는 힘든 하루를 보내고 녹초가 된 블룸과 스티븐의 상태에 어울리는 것으로 보인다.

17장 이타카

시간: 새벽 두시

장소: 블룸의 집

호머 평행: 페넬로페가 잠들어 있는 시간에 오디세우스와 텔레마코스는 안티누스를 비롯한 찬탈자들을 궁궐 안에 가두고 모조리 처단한다.

줄거리: 아침에 열쇠를 챙기지 않았던 블룸은 지하실 출입구의 부엌을 통해 집으로 들어간다. 그는 스티븐을 부엌으로 데려가 코코아를 대접하고 공통 관심사일 거라고 여겨지는 여러 가지 사안들에 대해 대화를 나눈다. 스티븐은 자고 가라는 블룸의 권유를 뿌리치고 떠난다. 침실로 들어간 블룸은 몰리 옆에 69 형태로 눕고 몰리가 잠에서 깨어나자 그날 일어났던 일들을 선택적으로 들려준 다음 잠이 든다.

형태: 이 에피소드는 교리문답처럼 일련의 질문과 대답의 형태로 되어 있다.

18장 페넬로페

시간: (확실하지 않지만 일러도) 새벽 두시 삼십분

장소: 침대

호머 평행: 잠에서 깬 페넬로페는 유모로부터 오디세우스가 구혼자들을 처단했다는 소식을 듣는다. 그러나 이를 믿지 못하는 페넬로페는 홀에 있는 오디세우스를 만나고도 의심을 풀지 않다가 오디세우스가 그들의 침대에 관한 비밀(구조와 고정성)을 말하자 비로소 확신을 갖게 된다. 그들은 침대로 가서 다시 사랑을 나누고 그동안 각자에게 벌어진 이야기들을 주고받는다.

줄거리: 블룸이 잠들고 나서 몰리는 혼자 온갖 생각에 빠진다. (이 에피소드에서 유일하게 일어나는 외면적인 행동은 월경이 시작된 몰리가 침대에서 일어나 요강에 볼일을 보는 것이다.) 몰리는 의식의 흐름을 통해 꼬리에 꼬리를 무는 여러 남자에 대한 상념들을 직접적인 내면독백의 형태로 늘어놓는데, 이 의식의 흐름은 호스 언덕의 철쭉꽃밭

에서 블룸의 프러포즈를 받던 추억으로 끝을 맺는다.

형태와 모티프: 이 에피소드는 총 여덟 개의 문단으로 되어 있다. (각 문단 안에 있는 문장들에는 마침표가 일절 없고, 오직 네번째 문단의 끝과 마지막 문단의 끝, 총 두 군데에만 마침표가 찍혀 있다.) 첫 문장에서부터 달걀 두 개가 언급되는 이 에피소드에는 숫자 8이 도처에 등장함으로써 8(또는 ∞)은 이 에피소드의 지배적인 모티프를 형성한다. 8은 물론 무한대를 뜻하는 기호와 일치하지만, 일방적인 시각의 외눈('시민')에 대비되는 상대적인 시각의 두 눈, 그리고 여성의 외음부를 상징하기도 한다. 그러나 8은 시작한 곳에서 끝난다는 점에서 무엇보다도 회귀를 상징하는 것으로 보인다. 아닌 게 아니라, 이 에피소드는 블룸에 대한 생각에서 시작하여 블룸에 대한 생각으로 끝나고, "그래(yes)"로 시작하여 "그래(yes)"로 끝난다. 그리고 이는 이 소설의 첫 문자와 마지막 문자가 똑같이 S라는 사실에 의해서도 뒷받침된다. 요컨대 8의 이미지는 '변화를 수반하는 회귀'라는 비코적 역사관과 맥이 닿아 있는 셈이다.

VII. 등장인물

아래 나열되는 인물들의 명칭은 성과 이름 중에서 작품에 더 많이 쓰이는, 따라서 독자들에게 더 익숙할 것으로 생각되는 쪽을 선택하였다.

가드너 중위: 과거에 몰리가 좋아했던 인물로 보어전쟁시 남아프리카에서 사망함.

갤러허: 유명한 기자로 피닉스공원 살해사건 이야기를 들려준다.

거티: 샌디마운트 해변에서 치마 속을 보여줌으로써 블룸의 자위행위를 유도하는 젊은 처녀.

(리치) 골딩: 스티븐의 외삼촌으로 사이먼이 몹시 싫어하는 인물.

내너티: 아일랜드계 이탈리아인인 거물 출판업자이자 국회의원.

더들리 백작: 아일랜드의 총독.

(루벤 J.) 도드: 익사할 뻔한 아들을 구해준 이에게 인색하게 굴어 조롱거리가 된 공인회계사.

(밥) 도런: 실패한 결혼 때문에 상심하여 술에 빠져 지내는 인물.

도슨: 상인 및 정치인으로서 아일랜드를 졸졸 흐르는 여울의 땅이라고 감상적으로 표현한 연설문을 쓴 인물.

(벤) 돌러드: 몸집 비대한 가수로 11장에서 민요 〈까까머리 총각〉을 부른다.

(리디아) 두스: 오먼드호텔의 바에서 일하는 청동색 머리의 메이드.

(메리) 드리스컬: 블룸의 집에서 일하다가 블룸과 놀아난다고 오해한 몰리에게 쫓겨난 하녀.

들루가치: 블룸의 동네에 위치한 정육점의 주인.

(패디) 디그넘: 사망하여 글래스네빈 공동묘지에 묻히는 인물.

(패트릭) 디그넘: 죽은 디그넘의 아들.

디지: 스티븐이 근무하는 도키의 사립학교 교장.

딕슨: 블룸이 벌에 쏘였을 때 치료해준 의사.

딜런: 1887년에 블룸과 몰리가 사귈 때 그들에게 만날 장소를 제공한 인물.

(루니타) 라레도: 트위디 소령과 결혼했다고 알려진 몰리의 스페인계 유대인 어머니.

(밴텀) 라이언스: 블룸이 신문을 버리려 했다는 말을 오해해서 블룸이 스로어웨이에 베팅했다는 헛소문을 퍼뜨리기 시작한 인물.

(네드) 램버트: 곡물상점 직원으로 7장에서 토론에 참가하는 사람들 중 하나.

러셀: A. E.라는 필명으로 알려진 신비주의 철학자이자 문필가.

럼볼드: 이발사이자 교수형 집행자.

레너핸: 블룸이 골드컵 경마에서 스로어웨이에 베팅했다는 헛소문을 퍼뜨리는 데 일조하는 건달.

루디: 블룸의 아들로서 태어난 지 십일 일 만에 사망했고 이에 충격을 받은 블룸은 이후 몰리와 성관계를 갖지 않는다.

리스터: 국립도서관의 직원인 퀘이커교도.

리오던 부인: 블룸 부부가 환심을 사려 노력했으나 끝내 유산을 주지 않은 부유한 부인.

린치: 스티븐과 함께 사창가에 갔다가 먼저 빠져나간 친구.

마사 (클리퍼드): 블룸의 펜팔.

마스티안스키 부인: 몰리의 친구.

매킨토시 (입은 남자): 디그넘의 장례식에 나타나 블룸의 궁금증을 유발한 수수께끼의 인물.

맥휴 교수: 7장에 등장하는 주요인물 중 하나.

(플로렌스) 맥케이브: 스티븐이 해변에서 보게 된 노파.

머코이: 여행 가방을 빌려 전당포에 맡기는 습관이 있는 이상한 인물.

머피: 마부휴게소에서 황당한 허풍을 늘어놓는 늙은 뱃사람.

멀리건: 스티븐의 친구로서 재치 있고 냉소적이며 신성모독적인 한편 용기도 있는 인물.

멀비 중위: 십오 세 때 몰리의 첫사랑.

메리 (데덜러스): 스티븐의 어머니로 임종시에 기도를 해달라고 스티븐에게 요구했다가 거절당함.

멘턴: 몰리에 대한 감정으로 한때 블룸의 라이벌이었던 변호사.

(조지) 무어: 유명한 아일랜드 소설가.

몰리: 블룸의 아내로서 성악가.

밀리: 블룸의 딸로서 십오 세이며 멀링가에서 사진 모델 일을 하고 있다.

배넌: 블룸의 딸 밀리와 만나는 멀링가의 대학생.

베스트: 국립도서관의 부관장.

벨라 (코언): 스티븐이 찾아간 사창가의 포주.

보일런: 가수이자 포스터 붙이는 사람으로서 몰리의 순회공연을 기획하고 이날 몰리와 불륜관계를 맺는 인물.

(필립) 보포이: 〈팃비츠〉지에 단편소설 「매첨의 묘기」를 쓴 작가.

(데니스) 브린: 조시 브린의 남편으로서 'U. P: up'이란 문구가 쓰인 엽서를 받고 분개하는 반쯤 실성한 인물.

블룸: 이 소설의 주인공으로서 『프리먼스 저널』의 광고외판원.

비라그: 블룸의 아버지로서 영어 이름은 루돌프 블룸. 아내의 죽음에

상심한 나머지 약을 먹고 자살했음.

사이먼: 스티븐의 아버지인 한량.

사전트: 디지 학교에서 스티븐의 수업을 듣는 코흘리개 학생.

스웨니: 블룸이 레몬 비누를 산 약국의 주인.

시민: 반유대적이고 호전적인 열혈 국수주의자로서 키어넌 술집에서 블룸에게 비스킷 통을 던지는 인물.

시시 (캐프리): 샌디마운트 해변에 놀러 나온 거티의 친구.

에글린턴: 영향력 있는 앵글로아이리시계 수필가.

에디 (보드먼): 샌디마운트 해변에 놀러 나온 거티의 친구.

오몰로이: 신문사 사무실 문에서 블룸과 부딪친 인물.

(케빈) 이건: 망명생활을 하는 아일랜드의 독립운동가로 스티븐이 파리에서 만난 적이 있다.

조이: 스티븐이 찾아간 벨라 여사 집의 매춘부.

조지나 (존슨): 스티븐이 전에 A. E.로부터 빌린 돈으로 함께 잔 적이 있는 창녀.

카: 사창가에서 스티븐에게 폭행을 가한 이등병.

카울리: 신부가 되려다 실패한 인물.

커닝엄: 수시로 블룸을 배려하는 인물로 블룸과 함께 디그넘의 보험 문제를 상의하기 위해 디그넘 부인을 찾아간다.

(미나) 케네디: 오먼드호텔 바에서 일하는 황금색 머리의 메이드.

켈러허: 장의사 직원으로 암흑가 연줄이 있다는 소문이 있다.

코피: 패디 디그넘의 장례예배에서 면죄의식을 행하게 될 신부 대리.

(폴 드) 코크: 중하층계급을 위한 싸구려 소설을 쓰는 프랑스 작가.

콘미: 스티븐이 어려서 매맞을 때 위기에서 구해준 신부.

콜리: 마부휴게소에 가는 스티븐을 붙잡고 돈을 우려내려는 인물.

(마일스) 크로퍼드: 〈이브닝 텔레그래프〉의 편집장으로서 블룸의 키스 광고계약 연장 건을 결국 파기시키는 인물.

컴프턴 이병: 스티븐이 사창가에서 마주치는 두 명의 영국 군인 중 하나.

크로프턴: 수세총관을 역임한 연금수령자이자 오렌지 당원으로 12장 마지막에 블룸과 함께 마차를 타고 시민으로부터 탈출하는 무리 중 한 명.

(알렉산더) 키스: 블룸이 광고계약을 연장시키려고 애쓰는 차 및 주류의 상인.

트위디 소령: 술과 담배를 즐기는 몰리의 아버지.

(찰스) 파넬: 위대한 아일랜드 독립운동가로 영국인 비서 키티 오셰이와의 불륜으로 인해 쇠락의 길을 걷게 된다.

파워: 블룸이 바니 키어넌 술집을 탈출할 때 함께한 인물 중 하나.

(램프포스트) 패럴: 흐트러진 옷매무새로 가로등 바깥쪽을 걷는 괴짜.

팻: 오먼드호텔 바의 웨이터.

(미나) 퓨어포이: 시어도어 퓨어포이의 아내로 이날 아이를 분만한다.

피츠해리스: 일명 염소가죽꾼으로 마부휴게소의 주인이라고 잘못 소문난 인물.

하인스: 〈프리먼스 저널〉 및 〈이브닝 텔레그래프〉와 막연한 관계를 맺고 있는 기자로 패디 디그넘의 장례식에 대한 기사를 쓴다.

헤인스: 멀리건의 초대를 받아 마텔로 탑에서 스티븐과 함께 지내는

옥스퍼드 대학생.

혼 박사: 국립산부인과병원의 관리자.

(엘런) 히긴스: 블룸의 어머니.

힐리: 블룸이 한때 일했던 문구점 및 인쇄소의 주인.

이 해설의 앞부분(처음부터 'V. 『율리시스』의 주제'까지)은 웹진 〈지식의 지평〉에 실었던 글을 조금 수정한 것임을 밝힌다. 아울러 『율리시스』의 번역에 성원을 보내주신 분들, 『율리시스』 독회를 함께 해오고 계신 한국제임스조이스학회의 동료 회원들, 그리고 교정을 위해 세심하게 애써주신 문학동네 편집부에 깊은 감사를 드린다.

이종일

1882년 2월 2일 더블린 교외 라스가에서 존 스타니슬로스 조이스와 메리 제인의 장남으로 태어남.

1888년 더블린 남쪽에 있는 브레이로 가족 이주. 엘리트 예수회 학교인 클롱고스 우드 칼리지에 입학.

1891년 가세가 기울어 클롱고스 우드 칼리지를 중퇴하고 잠시 학교를 쉼.

1892년 가족이 더블린 교외의 블랙록으로 이사.

1893년 가세가 더욱 기울어 더블린으로 가족 이주. 예수회 학교인 벨비디어 칼리지에 입학.

1898년 유니버시티 칼리지 더블린에 입학.

1900년 『포트나이틀리 리뷰』지에 논문 「입센의 새 연극」 기고.

1901년 사비로 논문 「헛소리하는 날」 출판.

1902년 대학 졸업 후 의학 공부를 위해 파리 유학길 떠남.

1903년 모친 위독 소식에 더블린으로 귀환. 모친 사망.

1904년 에세이, 시, 단편소설 등을 씀. 6월 16일(『율리시스』의 배경일인 블룸의 날)에 노라 바너클과 첫 데이트. 노라와 함께 오스트리아의 폴라로 떠나 생계를 위해 영어 과외 시작.

1905년 트리에스테로 이주하여 베를리츠 스쿨에서 교편 잡음. 장남 조지오 탄생. 시집 『실내악』과 단편소설집 『더블린 사람들』 초고를 영국의 출판업자 그랜트 리처즈에게 보냄.

1906년 로마로 이주하여 은행 직원으로 취직.

1907년 트리에스테로 돌아온 후 딸 루시아 탄생. 『실내악』을 런던에서 출판하고 「망자」를 탈고. 영어 개인교습을 하며 공개 강연을 하고 신문에 논문 기고. 『젊은 예술가의 초상』을 다시 쓰기 시작.

1909년 『더블린 사람들』 출판 계약을 위해 두 차례 더블린 방문.

1912년 가족과 함께 골웨이와 더블린 마지막 방문.

1914년 『젊은 예술가의 초상』을 『에고이스트』지에 연재하기 시작. 『더블린 사람들』 출간. 『율리시스』 집필 시작.

1915년 스위스 취리히로 이주.

1916년 미국에서 『젊은 예술가의 초상』 출판.

1917년 해리엇 위버가 조이스 가족에 대한 평생에 걸친 물질적 후원을 시작.

1918년 희곡 『망명인』 출판. 『율리시스』를 〈리틀 리뷰〉지에 연재하기 시작.

1919년 트리에스테로 귀환.

1920년 파리로 이주. 연재하던 〈리틀 리뷰〉지 『율리시스』 연재가 법정 제재 조치를 당함.

1922년 『율리시스』가 실비아 비치의 서점인 '셰익스피어 앤드 컴퍼니'에 의해 파리에서 출판됨.

1923년 『미완성 작품』(나중에 『피네건스 웨이크』로 개명) 집필 시작.

1927년 『미완성 작품』이 〈트랜지션〉에 연재되기 시작.

1930년 조이스 부부가 런던에서 정식으로 결혼식을 올림.

1934년 『율리시스』가 미국의 출판사 랜덤하우스에 의해 출판됨.

1939년 『피네건스 웨이크』가 런던의 출판사 페이버 앤드 페이버 및 뉴욕의 출판사 바이킹에 의해 출판됨. 제2차세계대전의 발발로 조이스 가족이 남프랑스로 이주.

1940년 취리히로 이주.

1941년 1월 13일 58세의 나이로 조이스 사망. 취리히의 플룬테른 묘지에 묻힘.

1951년 노라 바너클 취리히에서 사망.

문학동네 세계문학전집 발간에 부쳐

세계문학은 국민문학 혹은 지역문학을 떠나 존재하는 문학이 아니지만 그것들의 총합도 아니다. 세계문학이라는 용어에는 그 나름의 언어와 전통을 갖고 있는 국민문학이나 지역문학의 존재를 인정하면서 그것을 넘어서는 문학의 보편적 질서에 대한 관념이 새겨져 있다. 그 용어를 처음 고안한 19세기 유럽인들은 유럽문학을 중심으로 그 질서를 구축했지만 풍부한 국민문학의 전통을 가지고 있는 현대의 문학 강국들은 나름의 방식으로 세계문학을 이해하면서 정전(正典)의 목록을 작성하고 또 수정한다.

한국에서도 세계문학 관념은 우리 사회와 문화의 변화 속에서 거듭 수정돼왔다. 어느 시기에는 제국 일본의 교양주의를 반영한 세계문학 관념이, 어느 시기에는 제3세계 민족주의에 동조한 세계문학 관념이 출현했고, 그러한 관념을 실천한 전집물이 출판됐다. 21세기 한국에 새로운 세계문학전집이 필요하다는 것은 명백하다. 우리의 지성과 감성의 기준에 부합하는 세계문학을 다시 구상할 때가 되었다.

문학동네 세계문학전집은 범세계적으로 통용되는 고전에 대한 상식을 존중하면서도 지난 반세기 동안 해외 주요 언어권에서 창작과 연구의 진전에 따라 일어난 정전의 변동을 고려하여 편성되었다. 그래서 불멸의 명작은 물론 동시대 세계의 중요한 정치·문화적 실천에 영감을 준 새로운 작품들을 두루 포함시켰다.

창립 이후 지금까지 한국문학 및 번역문학 출판에서 가장 전문적이고 생산적인 그룹을 대표해온 문학동네가 그간 축적한 문학 출판 경험을 바탕으로 새로운 세계문학전집을 펴낸다. 인류가 무지와 몽매의 어둠 속을 방황하면서도 끝내 길을 잃지 않은 것은 세계문학사의 하늘에 떠 있는 빛나는 별들이 길잡이가 되어주었기 때문이다. 우리가 자부심과 사명감 속에서 그리게 될 이 새로운 별자리가 독자들의 관심과 애정에 힘입어 우리 모두의 뿌듯한 자산이 되기를 소망한다.

문학동네 세계문학전집 편집위원

민은경, 박유하, 변현태, 송병선, 이재룡, 홍길표, 남진우, 황종연

세계문학전집 240
율리시스 2

1판 1쇄 2023년 12월 8일
1판 2쇄 2024년 11월 25일

지은이 제임스 조이스 | 옮긴이 이종일

책임편집 손예린 | 편집 오동규
디자인 김이정 최미영 | 저작권 박지영 형소진 최은진 서연주 오서영
마케팅 정민호 서지화 한민아 이민경 왕지경 정유진 정경주 김수인 김혜원 김예진
브랜딩 함유지 함근아 박민재 김희숙 이송이 김하연 박다솔 조다현 배진성
제작 강신은 김동욱 이순호 | 제작처 영신사

펴낸곳 (주)문학동네 | 펴낸이 김소영
출판등록 1993년 10월 22일 제2003-000045호
주소 10881 경기도 파주시 회동길 210
전자우편 editor@munhak.com | 대표전화 031)955-8888 | 팩스 031)955-8855
문의전화 031)955-1927(마케팅), 031)955-2654(편집)
문학동네카페 http://cafe.naver.com/mhdn
인스타그램 @munhakdongne | 트위터 @munhakdongne
북클럽문학동네 http://bookclubmunhak.com

ISBN 978-89-546-9686-9 04840
978-89-546-0901-2 (세트)

잘못된 책은 구입하신 서점에서 교환해드립니다.
기타 교환 문의 031) 955-2661, 3580

www.munhak.com

1, 2, 3 안나 카레니나 레프 톨스토이 | 박형규 옮김
4 판탈레온과 특별봉사대 마리오 바르가스 요사 | 송병선 옮김
5 황금 물고기 J. M. G. 르 클레지오 | 최수철 옮김
6 템페스트 윌리엄 셰익스피어 | 이경식 옮김
7 위대한 개츠비 F. 스콧 피츠제럴드 | 김영하 옮김
8 아름다운 애너벨 리 싸늘하게 죽다 오에 겐자부로 | 박유하 옮김
9, 10 파우스트 요한 볼프강 폰 괴테 | 이인웅 옮김
11 가면의 고백 미시마 유키오 | 양윤옥 옮김
12 킴 러디어드 키플링 | 하창수 옮김
13 나귀 가죽 오노레 드 발자크 | 이철의 옮김
14 피아노 치는 여자 엘프리데 옐리네크 | 이병애 옮김
15 1984 조지 오웰 | 김기혁 옮김
16 벤야멘타 하인학교-야콥 폰 군텐 이야기 로베르트 발저 | 홍길표 옮김
17, 18 적과 흑 스탕달 | 이규식 옮김
19, 20 휴먼 스테인 필립 로스 | 박범수 옮김
21 체스 이야기 · 낯선 여인의 편지 슈테판 츠바이크 | 김연수 옮김
22 왼손잡이 니콜라이 레스코프 | 이상훈 옮김
23 소송 프란츠 카프카 | 권혁준 옮김
24 마크롤 가비에로의 모험 알바로 무티스 | 송병선 옮김
25 파계 시마자키 도손 | 노영희 옮김
26 내 생명 앗아가주오 앙헬레스 마스트레타 | 강성식 옮김
27 여명 시도니가브리엘 콜레트 | 송기정 옮김
28 한때 흑인이었던 남자의 자서전 제임스 웰든 존슨 | 천승걸 옮김
29 슬픈 짐승 모니카 마론 | 김미선 옮김
30 피로 물든 방 앤절라 카터 | 이귀우 옮김
31 숨그네 헤르타 뮐러 | 박경희 옮김
32 우리 시대의 영웅 미하일 레르몬토프 | 김연경 옮김
33, 34 실낙원 존 밀턴 | 조신권 옮김
35 복낙원 존 밀턴 | 조신권 옮김
36 포로기 오오카 쇼헤이 | 허호 옮김
37 동물농장 · 파리와 런던의 따라지 인생 조지 오웰 | 김기혁 옮김
38 루이 랑베르 오노레 드 발자크 | 송기정 옮김
39 코틀로반 안드레이 플라토노프 | 김철균 옮김
40 어두운 상점들의 거리 파트릭 모디아노 | 김화영 옮김
41 순교자 김은국 | 도정일 옮김
42 젊은 베르테르의 슬픔 요한 볼프강 폰 괴테 | 안장혁 옮김
43 더블린 사람들 제임스 조이스 | 진선주 옮김
44 설득 제인 오스틴 | 원영선, 전신화 옮김
45 인공호흡 리카르도 피글리아 | 엄지영 옮김
46 정글북 러디어드 키플링 | 손향숙 옮김
47 외로운 남자 외젠 이오네스코 | 이재룡 옮김
48 에피 브리스트 테오도어 폰타네 | 한미희 옮김
49 둔황 이노우에 야스시 | 임용택 옮김
50 미크로메가스 · 캉디드 혹은 낙관주의 볼테르 | 이병애 옮김

51, 52 염소의 축제 마리오 바르가스 요사 | 송병선 옮김

53 고야산 스님 · 초롱불 노래 이즈미 교카 | 임태균 옮김

54 다니엘서 E. L. 닥터로 | 정상준 옮김

55 이날을 위한 우산 빌헬름 게나치노 | 박교진 옮김

56 톰 소여의 모험 마크 트웨인 | 강미경 옮김

57 카사노바의 귀향 · 꿈의 노벨레 아르투어 슈니츨러 | 모명숙 옮김

58 바보들을 위한 학교 사샤 소콜로프 | 권정임 옮김

59 어느 어릿광대의 견해 하인리히 뵐 | 신동도 옮김

60 웃는 늑대 쓰시마 유코 | 김훈아 옮김

61 팔코너 존 치버 | 박영원 옮김

62 한눈팔기 나쓰메 소세키 | 조영석 옮김

63, 64 톰 아저씨의 오두막 해리엇 비처 스토 | 이종인 옮김

65 아버지와 아들 이반 투르게네프 | 이항재 옮김

66 베니스의 상인 윌리엄 셰익스피어 | 이경식 옮김

67 해부학자 페데리코 안다아시 | 조구호 옮김

68 긴 이별을 위한 짧은 편지 페터 한트케 | 안장혁 옮김

69 호텔 뒤락 애니타 브루크너 | 김정 옮김

70 잔해 쥘리앵 그린 | 김종우 옮김

71 절망 블라디미르 나보코프 | 최종술 옮김

72 더버빌가의 테스 토머스 하디 | 유명숙 옮김

73 감상소설 미하일 조셴코 | 백용식 옮김

74 빙하와 어둠의 공포 크리스토프 란스마이어 | 진일상 옮김

75 쓰가루 · 석별 · 옛날이야기 다자이 오사무 | 서재곤 옮김

76 이인 알베르 카뮈 | 이기언 옮김

77 달려라, 토끼 존 업다이크 | 정영목 옮김

78 몰락하는 자 토마스 베른하르트 | 박인원 옮김

79, 80 한밤의 아이들 살만 루슈디 | 김진준 옮김

81 죽은 군대의 장군 이스마일 카다레 | 이창실 옮김

82 페레이라가 주장하다 안토니오 타부키 | 이승수 옮김

83, 84 목로주점 에밀 졸라 | 박명숙 옮김

85 아베 일족 모리 오가이 | 권태민 옮김

86 폭풍의 언덕 에밀리 브론테 | 김정아 옮김

87, 88 늦여름 아달베르트 슈티프터 | 박종대 옮김

89 클레브 공작부인 라파예트 부인 | 류재화 옮김

90 P세대 빅토르 펠레빈 | 박혜경 옮김

91 노인과 바다 어니스트 헤밍웨이 | 이인규 옮김

92 물방울 메도루마 슌 | 유은경 옮김

93 도깨비불 피에르 드리외라로셸 | 이재룡 옮김

94 프랑켄슈타인 메리 셸리 | 김선형 옮김

95 래그타임 E. L. 닥터로 | 최용준 옮김

96 캔터빌의 유령 오스카 와일드 | 김미나 옮김

97 만(卍) · 시게모토 소장의 어머니 다니자키 준이치로 | 김춘미, 이호철 옮김

98 맨해튼 트랜스퍼 존 더스패서스 | 박경희 옮김

99 단순한 열정 아니 에르노 | 최정수 옮김

100 열세 걸음 모옌 | 임홍빈 옮김
101 데미안 헤르만 헤세 | 안인희 옮김
102 수레바퀴 아래서 헤르만 헤세 | 한미희 옮김
103 소리와 분노 윌리엄 포크너 | 공진호 옮김
104 곰 윌리엄 포크너 | 민은영 옮김
105 롤리타 블라디미르 나보코프 | 김진준 옮김
106, 107 부활 레프 톨스토이 | 박형규 옮김
108, 109 모래그릇 마쓰모토 세이초 | 이병진 옮김
110 은둔자 막심 고리키 | 이강은 옮김
111 불타버린 지도 아베 고보 | 이영미 옮김
112 말라볼리아가의 사람들 조반니 베르가 | 김운찬 옮김
113 디어 라이프 앨리스 먼로 | 정연희 옮김
114 돈 카를로스 프리드리히 실러 | 안인희 옮김
115 인간 짐승 에밀 졸라 | 이철의 옮김
116 빌러비드 토니 모리슨 | 최인자 옮김
117, 118 미국의 목가 필립 로스 | 정영목 옮김
119 대성당 레이먼드 카버 | 김연수 옮김
120 나나 에밀 졸라 | 김치수 옮김
121, 122 제르미날 에밀 졸라 | 박명숙 옮김
123 현기증. 감정들 W. G. 제발트 | 배수아 옮김
124 강 동쪽의 기담 나가이 가후 | 정병호 옮김
125 붉은 밤의 도시들 윌리엄 버로스 | 박인찬 옮김
126 수고양이 무어의 인생관 E. T. A. 호프만 | 박은경 옮김
127 맘브루 R. H. 모레노 두란 | 송병선 옮김
128 익사 오에 겐자부로 | 박유하 옮김
129 땅의 혜택 크누트 함순 | 안미란 옮김
130 불안의 책 페르난두 페소아 | 오진영 옮김
131, 132 사랑과 어둠의 이야기 아모스 오즈 | 최창모 옮김
133 페스트 알베르 카뮈 | 유호식 옮김
134 다마세누 몬테이루의 잃어버린 머리 안토니오 타부키 | 이현경 옮김
135 작은 것들의 신 아룬다티 로이 | 박찬원 옮김
136 시스터 캐리 시어도어 드라이저 | 송은주 옮김
137 고독한 산책자의 몽상 장자크 루소 | 문경자 옮김
138 용의자의 야간열차 다와다 요코 | 이영미 옮김
139 세기아의 고백 알프레드 드 뮈세 | 김미성 옮김
140 햄릿 윌리엄 셰익스피어 | 이경식 옮김
141 카산드라 크리스타 볼프 | 한미희 옮김
142 이 글을 읽는 사람에게 영원한 저주를 마누엘 푸익 | 송병선 옮김
143 마음 나쓰메 소세키 | 유은경 옮김
144 바다 존 밴빌 | 정영목 옮김
145, 146, 147, 148 전쟁과 평화 레프 톨스토이 | 박형규 옮김
149 세 가지 이야기 귀스타브 플로베르 | 고봉만 옮김
150 제5도살장 커트 보니것 | 정영목 옮김
151 알렉시 · 은총의 일격 마르그리트 유르스나르 | 윤진 옮김

152 말라 온다 알베르토 푸겟 | 엄지영 옮김
153 아르세니예프의 인생 이반 부닌 | 이항재 옮김
154 오만과 편견 제인 오스틴 | 류경희 옮김
155 돈 에밀 졸라 | 유기환 옮김
156 젊은 예술가의 초상 제임스 조이스 | 진선주 옮김
157, 158, 159 카라마조프가의 형제들 표도르 도스토옙스키 | 김희숙 옮김
160 진 브로디 선생의 전성기 뮤리얼 스파크 | 서정은 옮김
161 13인당 이야기 오노레 드 발자크 | 송기정 옮김
162 하지 무라트 레프 톨스토이 | 박형규 옮김
163 희망 앙드레 말로 | 김웅권 옮김
164 임멘 호수 · 백마의 기사 · 프시케 테오도어 슈토름 | 배정희 옮김
165 밤은 부드러워라 F. 스콧 피츠제럴드 | 정영목 옮김
166 야간비행 앙투안 드 생텍쥐페리 | 용경식 옮김
167 나이트우드 주나 반스 | 이예원 옮김
168 소년들 앙리 드 몽테를랑 | 유정애 옮김
169, 170 독립기념일 리처드 포드 | 박영원 옮김
171, 172 닥터 지바고 보리스 파스테르나크 | 박형규 옮김
173 싯다르타 헤르만 헤세 | 권혁준 옮김
174 야만인을 기다리며 J. M. 쿳시 | 왕은철 옮김
175 철학편지 볼테르 | 이봉지 옮김
176 거지 소녀 앨리스 먼로 | 민은영 옮김
177 창백한 불꽃 블라디미르 나보코프 | 김윤하 옮김
178 슈틸러 막스 프리슈 | 김인순 옮김
179 시핑 뉴스 애니 프루 | 민승남 옮김
180 이 세상의 왕국 알레호 카르펜티에르 | 조구호 옮김
181 철의 시대 J. M. 쿳시 | 왕은철 옮김
182 카시지 조이스 캐럴 오츠 | 공경희 옮김
183, 184 모비 딕 허먼 멜빌 | 황유원 옮김
185 솔로몬의 노래 토니 모리슨 | 김선형 옮김
186 무기여 잘 있거라 어니스트 헤밍웨이 | 권진아 옮김
187 컬러 퍼플 앨리스 워커 | 고정아 옮김
188, 189 죄와 벌 표도르 도스토옙스키 | 이문영 옮김
190 사랑 광기 그리고 죽음의 이야기 오라시오 키로가 | 엄지영 옮김
191 빅 슬립 레이먼드 챈들러 | 김진준 옮김
192 시간은 밤 류드밀라 페트루솁스카야 | 김혜란 옮김
193 타타르인의 사막 디노 부차티 | 한리나 옮김
194 고양이와 쥐 귄터 그라스 | 박경희 옮김
195 펠리시아의 여정 윌리엄 트레버 | 박찬원 옮김
196 마이클 K의 삶과 시대 J. M. 쿳시 | 왕은철 옮김
197, 198 오스카와 루신다 피터 케리 | 김시현 옮김
199 패싱 넬라 라슨 | 박경희 옮김
200 마담 보바리 귀스타브 플로베르 | 김남주 옮김
201 패주 에밀 졸라 | 유기환 옮김
202 도시와 개들 마리오 바르가스 요사 | 송병선 옮김

203 루시 저메이카 킨케이드 | 정소영 옮김

204 대지 에밀 졸라 | 조성애 옮김

205, 206 백치 표도르 도스토옙스키 | 김희숙 옮김

207 백야 표도르 도스토옙스키 | 박은정 옮김

208 순수의 시대 이디스 워턴 | 손영미 옮김

209 단순한 이야기 엘리자베스 인치볼드 | 이혜수 옮김

210 바닷가에서 압둘라자크 구르나 | 황유원 옮김

211 낙원 압둘라자크 구르나 | 왕은철 옮김

212 피라미드 이스마일 카다레 | 이창실 옮김

213 애니 존 저메이카 킨케이드 | 정소영 옮김

214 지고 말 것을 가와바타 야스나리 | 박혜성 옮김

215 부서진 사월 이스마일 카다레 | 유정희 옮김

216 사람은 무엇으로 사는가 레프 톨스토이 | 이항재 옮김

217, 218 악마의 시 살만 루슈디 | 김진준 옮김

219 오늘을 잡아라 솔 벨로 | 김진준 옮김

220 배반 압둘라자크 구르나 | 황가한 옮김

221 어두운 밤 나는 적막한 집을 나섰다 페터 한트케 | 윤시향 옮김

222 무어의 마지막 한숨 살만 루슈디 | 김진준 옮김

223 속죄 이언 매큐언 | 한정아 옮김

224 암스테르담 이언 매큐언 | 박경희 옮김

225, 226, 227 특성 없는 남자 로베르트 무질 | 박종대 옮김

228 앨프리드와 에밀리 도리스 레싱 | 민은영 옮김

229 북과 남 엘리자베스 개스켈 | 민승남 옮김

230 마지막 이야기들 윌리엄 트레버 | 민승남 옮김

231 벤저민 프랭클린 자서전 벤저민 프랭클린 | 이종인 옮김

232 만년양식집 오에 겐자부로 | 박유하 옮김

233 이상한 나라의 앨리스 루이스 캐럴 | 존 테니얼 그림 | 김희진 옮김

234 소네치카 · 스페이드의 여왕 류드밀라 울리츠카야 | 박종소 옮김

235 메데야와 그녀의 아이들 류드밀라 울리츠카야 | 최종술 옮김

236 실종자 프란츠 카프카 | 이재황 옮김

237 진 알랭 로브그리예 | 성귀수 옮김

238 말테의 수기 라이너 마리아 릴케 | 홍사현 옮김

239, 240 율리시스 제임스 조이스 | 이종일 옮김

241 지도와 영토 미셸 우엘벡 | 장소미 옮김

242 사막 J. M. G. 르 클레지오 | 홍상희 옮김

243 사냥꾼의 수기 이반 투르게네프 | 이종현 옮김

244 험볼트의 선물 솔 벨로 | 전수용 옮김

245 바베트의 만찬 이자크 디네센 | 추미옥 옮김

246 나르치스와 골드문트 헤르만 헤세 | 안인희 옮김

247 변신 · 단식 광대 프란츠 카프카 | 이재황 옮김

248 상자 속의 사나이 안톤 체호프 | 박현섭 옮김

249 가장 파란 눈 토니 모리슨 | 정소영 옮김

250 꽃피는 노트르담 장 주네 | 성귀수 옮김

251, 252 울프홀 힐러리 맨틀 | 강아름 옮김

253 시체들을 끌어내라 힐러리 맨틀 | 김선형 옮김

254 샌프란시스코에서 온 신사 이반 부닌 | 최진희 옮김

● 문학동네 세계문학전집은 계속 출간됩니다